湖北省公益学术著作
Hubei Special Funds 出版专项资金
for Academic and Public-interest Publications

中国古代流贬文学研究丛书

尚永亮 主编

唐五代逐臣与贬谪文学研究

尚永亮 冯丽霞 张娟
邹运月 程建虎 著

WUHAN UNIVERSITY PRESS
武汉大学出版社

图书在版编目(CIP)数据

唐五代逐臣与贬谪文学研究/尚永亮等著.—武汉：武汉大学出版社,2025.6

中国古代流贬文学研究丛书/尚永亮主编

湖北省公益学术著作出版专项资金项目

ISBN 978-7-307-24398-9

Ⅰ.唐…　Ⅱ.尚…　Ⅲ.①中国文学—古典文学研究—唐代　②中国文学—古典文学研究—五代(907-960)　Ⅳ.I206.4

中国国家版本馆 CIP 数据核字(2024)第 100830 号

责任编辑:黄　殊　　　责任校对:杨　欢　　　版式设计:马　佳

出版发行：**武汉大学出版社**　(430072　武昌　珞珈山)

(电子邮箱:cbs22@ whu.edu.cn　网址：www.wdp. com.cn)

印刷:湖北金港彩印有限公司

开本:720×1000　1/16　印张:36.25　字数:604 千字　插页:2

版次:2025 年 6 月第 1 版　　2025 年 6 月第 1 次印刷

ISBN 978-7-307-24398-9　　定价:198.00 元

作者简介

尚永亮，现为陕西师范大学特聘教授。历任武汉大学文学院院长、国家社科基金学科规划组评审专家、中国唐代文学学会副会长、中国柳宗元研究会会长、中华诗教学会副会长等。主要从事汉唐文学、中国文学批评史的教学和研究，发表学术论文、译文近300篇，出版《贬谪文化与贬谪诗路》等著作20余部。

冯丽霞，湖北武汉人，东莞理工学院文学与传媒学院文产系副书记。主要从事古代文学、文化产业方向的教学，主持、参与省市级项目十余项，发表论文十余篇，主编、参编《唐宋诗鉴赏全典》《大学语文简明教程》等著作、教材多部。

张娟，湖南邵阳人，武汉大学文学硕士，获评湖北省优秀硕士论文。现在湖北金融监管局工作，获金融监管总局优秀党务工作者等荣誉称号。出版散文集《轻歌浅唱》，在《文学遗产》等报刊及电子媒体发表多篇文章。

邹运月，湖北监利人，武汉大学文学硕士，现在武汉工程科技学院人文学院任教。发表学术论文多篇。

程建虎，陕西韩城人，武汉大学文学博士，获评湖北省优秀博士论文。现为西安工业大学教授、文学院党委书记。先后主持“唐长安至汴京道文学的文化学考察”等国家社科、教育部基金6项，出版著作、教材7部，《中古应制诗的双重观照》获陕西省哲学社科、省高校人文社科优秀成果奖。

总　序

从法律角度来看，流放和贬谪是对负罪人员的一种惩罚，但政治史意义上的流贬，早在唐、宋之前，就超越了其法律内涵而成为帝制社会打击异己的一种手段；至于文化史意义上的流贬，内涵更为丰富，它以官僚阶层权力争斗或政治纷争为主要动因，以失败一方的空间远徙和恶地囚居为主要惩罚方式，以对失败、挫折、苦难的承受、消解或超越为流贬主体的心理表现，形成了一种环绕个体或群体之生命沉沦，并旁涉地理、宗教、思想、文学等多个领域的特殊文化现象。

严格来说，流放与贬谪并不相同，二者存在发生时间、个体身份、量刑程度等方面的差别。从时间上看，前者出现更早，上古三代，就有了“流宥五刑”的记载，后者到了中古时代才出现，并形成“减秩居官，前代通则；贬职左迁，往朝继轨”①的相关制度；从身份上看，前者包括官员和一般罪犯，而官员一经流放，即被免职，与普通罪犯无异，后者则主要针对官员，虽然被贬，却仍有官做，只是职位、品级下降而已；从量刑上看，前者于北齐被列为五刑之一，除流徙远恶之地外，往往还要附加笞、杖等刑，颇为严厉，后者并未入刑，多为降职和外放，而外放者则视其政绩和年资，允准量移善地。所谓“流贬量移，轻重相悬……流为减死，贬乃降资”②，指的就是这种情况。然而，从实质上看，有些外放的贬谪几与流刑混同，甚至惩罚程度更为严苛，以致二者在“徙之远方，放使生活”一点上，并无明显差异。所以孔颖达说：“据状合刑，而情差可恕；全

---

① （南朝·梁）沈约著，陈庆元校笺：《沈约集校笺》卷二《立左降诏》，浙江古籍出版社1995年版，第47页。

② （宋）王溥：《唐会要》卷四一《左降官及流人》，中华书局1955年版，第738页。

赦则太轻，致刑即太重。不忍依例刑杀，故完全其体，宥之远方，应刑不刑，是宽纵之也。”①进一步说，无论流还是贬，流贬主体都经受了来自政治强权施予的打击(尽管其中有正向、负向之别)，都在逆境中体验了生与死、放与归、自我拯救和他者救助的多重矛盾，都产生出或执着或超越的意识倾向以及远超常人的悲剧性情感，因而，我们广义地将流与贬作一整体看待；而在流贬者中，重点关注的则是那些被外放、流徙远方且有文学创作的文人士大夫。

这些文人士大夫多是历代士人中的翘楚，他们或因“信而见疑，忠而被谤”②，落得个“行吟泽畔，颜色憔悴，形容枯槁”③的结局；或因“一封朝奏九重天”④“许国不复为身谋”⑤，而被贬窜荒远，过着“食无肉，病无药，居无室，出无友，冬无炭……大率皆无”⑥的生活，半生沉沦，甚或殒身异域。明人王世贞《艺苑卮言》“文章九命”条列举历代“流徙”“贬窜”者有云：

> 流徙则屈原、吕不韦、马融、蔡邕、虞翻、顾谭、薛荣、卞铄、诸葛厷、张温、王诞、谢灵运、谢超宗、刘祥、李义府、郑世翼、沈佺期、宋之问、元万顷、阎朝隐、郭元振、崔液、李善、李白、吴武陵，明则宋濂、瞿佑、唐肃、丰熙、王元正、杨慎；贬窜则贾谊、杜审言、杜易简、韦元旦、杜甫、刘允济、李邕、张说、张九龄、李峤、王勃、苏味道、崔日用、武平一、王翰、郑虔、萧颖士、李华、王昌龄、刘长卿、钱起、韩愈、柳宗元、李绅、白居易、刘禹锡、吕温、陆贽、李德裕、牛僧孺、杨虞卿、李商隐、

---

① (唐)孔颖达等疏：《尚书正义》卷三《舜典》，(清)阮元校刻《十三经注疏》，中华书局2009年版，第271页。

② (汉)司马迁著，顾颉刚等点校，赵生群等修订：《史记》(修订本)卷八四《屈原贾生列传》，中华书局2014年版，第3010页。

③ (战国)屈原著，(宋)洪兴祖补注，白化文等点校：《楚辞补注》卷七《渔父》，中华书局，1983年，第179页。

④ (唐)韩愈著，钱仲联集释：《韩昌黎诗系年集释》卷一一《左迁至蓝关示侄孙湘》，上海古籍出版社1984年版，第1097页。

⑤ (唐)柳宗元著，尹占华、韩文奇校注：《柳宗元集校注》卷四三《冉溪》，中华书局2013年版，第2997页。

⑥ (宋)苏轼著，(明)茅维编，孔凡礼点校：《苏轼文集》卷五五《与程秀才三首》，中华书局1986年版，第1628页。

温庭筠、贾岛、韩偓、韩熙载、徐铉、王禹偁、尹洙、欧阳修、苏轼、苏辙、黄庭坚、秦观、王安中、陆游，明则解缙、王九思、王廷相、顾璘、常伦、王慎中辈，俱所不免。①

这里所列83位“流徙”者、“贬窜”者，即我们所说的流贬文人。尽管就人数言，上述流贬者仅是若干朝代流贬群体中的很小一部分代表，但已足以反映出他们在中国文学史中所占地位和分量。这些流贬者在人生逆境中展示出各不相同的生活样态，其中不少人或将视线转向自我情感的宣泄，或转向对政治、社会、人生的反思，或转向对自然山水的歌咏，由此生成大量体裁、题材不尽相同的文学作品，这些作品，可视为流贬文学的主体；至于流贬者在流贬前后以及非流贬者在送别赠答、追忆述怀时创作的有关流贬的作品，则可视为流贬文学的侧翼。②它们共同组成了贯穿中国历史数千年的流贬文学的洋洋大观。

对流贬及流贬文学的关注，中国历史上代不乏人。南朝江淹《恨赋》有云：“孤臣危涕，孽子坠心，迁客海上，流戍陇阴。此人但闻悲风汩起，泣下沾襟；亦复含酸茹叹，销落湮沉！”③宋人周煇《清波杂志》卷四“逐客”条亦谓：“放臣逐客，一旦弃置远外，其忧悲憔悴之叹，发于诗什，特为酸楚，极有不能自遣者。”④至如宋初王溥所纂《唐会要》一书，其卷四一即有“左降官及流人”⑤一节，宋元之际的方回在《瀛奎律髓》中，更将唐宋“迁客流人之作”⑥专设一类，对流贬文学有了专门的分类意识。

时至今日，流贬文学更引起学界的广泛关注。20世纪八九十年代，已有学

① （明）王世贞著，罗仲鼎校注：《艺苑卮言校注》卷八，齐鲁书社1992年版，第403~404页。

② 尚永亮：《贬谪文化与贬谪诗路：以中唐元和五大诗人之贬及其创作为中心》，中华书局2023年版，第431页。

③ （南朝·宋）江淹著，丁福林、杨胜朋校注：《江文通集校注》卷一《恨赋》，上海古籍出版社2017年版，第3页。

④ （宋）周煇著，刘永翔校注：《清波杂志校注》卷四，中华书局1994年版，第138页。

⑤ （宋）王溥：《唐会要》卷四一《左降官及流人》，中华书局1960年版，第734页。

⑥ 方回选评，李庆甲集评校点：《瀛奎律髓汇评》（下），上海古籍出版社2005年版，第1537页。

者开始了对流贬现象和流贬文学的专力考察，① 其后随着多次全国性的迁谪、流寓文学研讨会的召开，相关研究更是风生水起，涌现出大批研究者和数量可观的研究论著。据粗略统计，30年来研究流贬与流贬文学的著作约23部，其中唐代9部，宋代5部，明清各1部，其他7部；论文近1600篇，其中仅学位论文即有300余篇，博士论文至少16篇，而且从时段来看，从20世纪90年代至今，研究成果逐年递增，呈稳步上升的态势。②

毫无疑问，前述各类成果已展现出流贬文学研究多方面的开拓和喜人的发展态势，某种意义上，一门颇具规模且不乏理论和实践支撑的“流贬学”正呼之欲出。然而，这些研究中的部分成果也呈现出若干不可忽视的问题。整体而言，这些问题主要表现在以下几点：一是时段分布多寡不均，约70%的成果集中在唐宋两代及清代，而其他朝代光顾者少，至于先秦、汉魏、六朝、金、元、明诸代则问津乏人。二是人物研究冷热不均，多数研究者将目光集中在了先秦的屈原、唐代的柳宗元、刘禹锡、韩愈和宋代的苏轼、秦观、欧阳修等人身上，而对其他流贬文人则关注不够，甚至全未顾及，由此形成热者极热、冷者甚冷的局面。三是对流贬地域的考察缺少广度和深度，引起研究者关注较多的，除唐宋时期的岭南、两湖地区以及清代的西北、东北地区外，其他地区不仅涉及者寡，而且即便涉及，也多是纯地理层面的知识罗列，而缺乏文化层面的深层剖析，缺乏对流贬者行走路线、路程、路况、行期、行速及贬地生活等方面的细密考索。四是制度研究多静态而少动态，多律法规定而少操作环节，多客观描述而少实施主体考析，由此导致相关论述与实际流程一间有隔。五是缺乏整体性观照、学理性洞见和理论性提升，不少研究多流于一般性叙述、碎片化考察，而少了些全视域把握、规律性概括，并因研究者缺乏对生命感悟的融入，也少了些真正打动人心的力量。

正是有鉴于此，我们将目光投射到那些在选题的新颖度、论述的细密度、观照的整体性上更具特色的论著，以期为此后的流贬文学研究提供若干导引和镜

① 参见李兴盛《东北流人史》(黑龙江人民出版社1990年版)、《中国流人史》(黑龙江人民出版社1995年版)、尚永亮《元和五大诗人与贬谪文学考论》(台北文津出版社1993年版)等。

② 参见本丛书所收凌云、罗昌繁、孙雅洁、朱春洁诸书绪论。

鉴。在这些论著中，我们特别重视的是一些硕士、博士学位论文，尤其是博士生的学位论文。盖因此种论文之选题是经过学生和导师多次切磋、商讨才确定的，其中蕴涵着对学术发展状况较为深透的理解，对选题开展前景较为全面的把握；而在具体开展过程中，又经过反复思考、修订和打磨，再经过预答辩、外审等审阅及问难环节，历时三四年或更长的时间而完成，故其最终成果多具较高的扎实度和学理性，在其研究对象所涉及的领域中，往往占据较前沿的学术位置。仅就管见所及，21 世纪以来，海峡两岸有关流贬文学研究的博士论文即有如下多种：

高良荃：《宋初四朝官员贬谪研究》（山东大学博士学位论文，2003 年）

张英：《唐宋贬谪词研究》（苏州大学博士学位论文，2009 年）

张玮仪：《元祐迁谪诗作与生命安顿》（台湾成功大学博士学位论文，2009 年）

吴增辉：《北宋中后期贬谪与文学》（复旦大学博士学位论文，2011 年）

严宇乐：《苏轼、苏辙、苏过贬谪岭南时期心态与作品研究》（复旦大学博士学位论文，2012 年）

赵忠敏：《宋代谪官与文学》（浙江大学博士学位论文，2013 年）

罗昌繁：《三国两晋贬谪文化与文学》（武汉大学博士学位论文，2014 年）

石蓬勃：《苏门诗人贬谪诗歌研究》（河北大学博士学位论文，2014 年）

赵文焕：《黄庭坚贬谪文学研究》（南京师范大学博士学位论文，2016 年）

赵雅娟：《北宋前期贬谪文化与文学》（武汉大学博士学位论文，2018 年）

蔡龙威：《南宋高宗朝贬谪诗研究》（吉林大学博士学位论文，2018 年）

周乔木：《方拱乾父子流贬文学研究》（黑龙江大学博士学位论文，2018 年）

段亚青：《唐代贬谪制度与相关文体研究》（武汉大学博士学位论文，2019 年）

朱春洁：《清代流人文学研究》（武汉大学博士学位论文，2020 年）

凌云：《两汉流贬制度与文学研究》(武汉大学博士学位论文，2021 年)

孙雅洁：《南朝贬谪制度与文学研究》(武汉大学博士学位论文，2022 年)

徐嘉乐：《元代贬谪制度与文学的多元考察》(武汉大学博士学位论文，2025 年)

以上论文，有个体研究，也有群体研究，有诗歌、词作研究，也有制度、文体研究，有某一时段研究，也有一代文学研究，在观察视角、学术观点、研究方法等方面均多有创获，取得了不俗的成绩；而其中特别值得关注的，是关乎某些前人较少涉足的断代流贬文学的整体研究。这些研究，视野相对阔大，领域较为新颖，因而更具学术上的开拓性。兹仅依时代序，就前列武汉大学凌云、罗昌繁、孙雅洁、段亚青、赵雅娟、朱春洁诸博士之学位论文，稍做介绍如下。

《两汉流贬制度与文学研究》：共五章十八节，重点考察两汉流贬的构成要素、主要类型以及法律性质和地位，其中对流贬的主要程序和相关操作，流贬者在流贬前后遭遇的处置措施，在时间、空间、身份类型诸方面的分布规律，以及导致流贬的不同原因和各朝流贬情形的论述，用力尤多。在此基础上，展开对两汉流贬文人之拟骚现象与流贬文学书写的重点讨论。

《三国两晋贬谪文化与文学》：共七章二十节，以朝代为经，以各朝典型贬谪案例为纬，对三国两晋五朝的贬谪事件予以宏观把握和微观考察。其中首章与尾章重在考察三国两晋时期的选官、职官、爵位、流徙刑制度，通过计量分析，揭示贬谪人次与对象、贬谪地域、贬谪缘由等概况，并对此期贬谪事件的特点与规律予以归纳总结。其他诸章分别以曹魏、蜀汉、东吴、西晋、东晋五朝为中心，考述各朝的贬谪案例及其与文化、文学、政治等诸多层面的关系。

《南朝贬谪制度与文学研究》：共五章十五节，前三章分别着眼于南朝贬谪制度、贬谪类型和事件以及贬谪的家族性特征等，特别是着眼贬官数量较多、较具特点的陈郡谢氏、顺阳范氏和彭城刘氏三个家族，以及宗室及其周边之文学集团，进行制度、家族、个案等方面的考察。最后两章聚焦于南朝贬谪文学之发展，重点观照谢灵运、颜延之、江淹等代表性作家之创作，以及南朝贬谪文人与时代文化精神之间的关系，对其特点和规律展开研探。

《唐代贬谪制度与相关文体研究》：共六章十九节，前三章以制度研究为切入点，结合“礼”“法”“权”三大因素，考察唐代贬谪制度的全貌及其运作过程，尤其注意将制度研究中静态的条文章程与动态的具体操作相结合，分析制度与人的互动，在运作过程中了解贬谪制度的特点及弥漫其周围的政治生态环境。后两章主要分析与贬谪制度相关的两种文体：一为贬谪制诏，一为贬谪官员谢上表，两种文体一自上而下，一自下而上，分别代表着贬谪的实施与完成，交织出一幅士人与皇权互动、逐步树立自我人格的生动图景。

《北宋前期贬谪文化与文学》：共六章十八节，将贬谪制度与贬谪文学的研究相结合，注重考察北宋前期贬谪制度之制定、实施的文化背景和特点，以及受此影响所形成的贬谪文学内容和艺术特色。由此两方面之关联沟通，揭示北宋前期贬谪制度、文化与贬谪文人主体精神之重塑、政治节操之作成间的关系，并对此期呈现的“道”与“位”、“进身”与“行己”诸问题展开新的思考。

《清代流人文学研究》：共五章十五节，以清代近三百年历史发展为轴线，重点择取初期从南到北的遗民流人、前期自江南到东北的科场案流人、前中期由江南至东北与西北的文字狱流人、中后期因中西冲突而遣发各地的流人为典型对象，论述了遣戍空间之“南/北”“东/西”(江南/塞北、西域)的转换，以及流人在政治、身份、时空交错中所形成的故国依恋、异域抗拒、戍地恐惧、服膺皇权、时代觉醒等复杂心理。

以上所述不过是这些论文极为简略的一个概貌。进一步说，这些论文除因各自研究对象不同而形成的独特性外，还在以下几个方面展现出若干共通性特点：

其一，以不同时代为切入点，在选题上进行新领域的开拓。这些选题，除唐、宋两代外，汉、三国、两晋、南朝(宋齐梁陈)诸代之流贬文学，前人均很少留意，更无纵贯一代或数代的研究论著；即就已成为研究热点的唐、宋两代和准热点的清代来说，关乎流贬制度与特定时段、特殊文体的研究，以及关乎东北、西北两大地域和四种流人类型的综合研究也不多见。就此而言，说这些论著在选题上具有开拓性，是符合实际的。

其二，聚焦于流贬制度的考察，为流贬文学研究奠定基础。流贬制度是政治制度的分支，既与不同时期之政治、文化精神相关，又与各代执政者之自身素质相关，从而展现出代有变化、宽严不同的多种样态。同时，这些制度有明文记载者，如《晋律》《唐律疏议》《唐六典》《宋刑统》《大清律例》及历代正史之《刑法志》等，也有无法律条文而在具体操作中不断变化者；至于流贬之认定、实施，如罪行上奏、法律推鞫、个案分析、贬诏下达等，既有有规可依者，亦有因人情好恶而灵活变动者，甚至有抛开法律，仅凭最高统治者之一时喜怒即施行者。它们大大丰富了流贬制度的内涵，并使之充满变易性和复杂性。凡此，均在以上各文中有程度不同的考索和呈现。

其三，注重事、地、人、文间的关联性，对流贬文人之心理、流贬文学之特点展开多层面探析。首先是在全面掌握文献资料的前提下，对事件发生的真实形态、原因、类型等做出客观认知和性质评判；其次从人文地理的角度切入，考察影响流贬者的贬途、贬地等空间环境；最后在此基础上，或由文而人，聚焦流贬者的生存状态和心路历程，或由人而文，把握流贬文学的风格、艺术特点。

其四，在研究方法上兼容并蓄，重在解决实际问题。除历史-文化研究、心理分析、比较研究等方法外，还主要采用两种方法：一是以考据为主的实证研究方法，在对该期所有流贬者之材料作穷尽式收罗的基础上，进行细密考订，由此编成由汉至唐各代之“流贬官考”或“流贬文人纪年”；一是以数据为主的定量分析方法，既对某一时代之流贬者的数量作出翔实统计(有名可考的流贬事件，涉及汉代1413人次，三国两晋369人次，南朝619人次，唐代2828人次，清代1822人次)，又从时间、空间两个维度，考察流贬者的发展变化和分布情形，由此形成对该时期流贬态势之全面了解和准确把握，并为此后研究者提供较为翔实的数据借鉴。

大概正是这样一些特点，使上述研究具有了某种整体的一致性。需要说明的是，这些论文作者都是我近三十年所指导的数十位博士生中较优秀的几位，在选题和写作过程中，我们切磋往还颇多，相互论难不少，而他们也常以其深细的探索和独到的看法，屡补我之未逮，由此共同深化了对流贬现象和流贬文学相关问题的理解，最终成就了这些虽仍有不小提升空间，但就其所研究对象而言已大抵完备的阶段性成果。所以我们将之汇聚一起，组成这套《中国古代流贬文学研究丛书》。因这套丛书有幸入选2023年度湖北省公益学术著作出版专项资金项目，为强化其系统性，遂依出版社要求，又增列了十多年前由我和我的几位硕士生冯丽霞、张娟、邹运月、程建虎诸君共同撰著的《唐五代逐臣与贬谪文学研究》一书(该书重点涉及初唐神龙逐臣、盛唐荆湘逐臣、中唐元和逐臣、晚唐乱离逐臣及唐五代逐臣离别诗等，由武汉大学出版社于2007年出版)，以使相关内容尽可能全面、丰富一些。

"道屈才方振，身闲业始专。天教声烜赫，理合命迍邅。"①白居易的话，道出了流贬与人生、命运、文学创作间的内在关联，也侧面揭示出流贬文学的价值所在。早在20年前，我在拙著《贬谪文化与贬谪文学》的后记中，曾深有感触地说过这样几句话："要对'贬谪文化与贬谪文学'这样一个涉及面极广而又与政治、文化、人生紧密相关的课题获得更深入的解会，仅凭一己之力是远远不够的，它需要对数千年历史资料的细密爬梳和阐释，需要具有理论深度的回应和挑战，需要一批志同道合者的切磋琢磨和商榷交流。"现在看来，这一目标虽远未实现，但通过持续的努力，正在逐步接近。朱熹有言："旧学商量加邃密，新知培养转深沉。"②我们真切希望，通过这套丛书的出版，既能商量旧学，又能培养新知；既能为方兴未艾的流贬文学研究增添一些助力，也能由此引起学界同道的回应与挑战、商榷与交流，以期共同推进这一跨朝代、跨地域、跨学科课题的深化和细化，为实践层面和理论层面之"流贬学"的建立做些添砖加瓦的工作。

尚永亮

甲辰岁初匆草于古都长安寓所

---

① (唐)白居易著，谢思炜校注：《白居易诗集校注》卷十七《江楼夜吟元九律诗成三十韵》，中华书局2006年版，第1339页。

② (宋)朱熹：《鹅湖寺和陆子寿》，(清)吴之振等编选：《宋诗钞·文公集钞》，中华书局1986年版，第1676页。

目　　录

第四编　中唐元和逐臣研究

第五编　晚唐乱离逐臣研究

第六编　唐代逐臣别诗研究

第一编

唐五代贬谪制度与逐臣类型的总体考察

作为中国古代一种独特的政治、文化现象，贬谪制度起源甚早。而自秦、汉以降，贬流之人亦即逐臣更是史不绝书。到了唐五代，贬谪之频繁，人数之众多，均远迈前代，贬谪制度亦因之完善、严密起来，成为唐五代政治制度的重要补充。对唐五代贬官现象的研究，已日益引起文、史学界的重视，但对唐五代贬谪制度的相关研究，仍嫌薄弱①。故要研究唐五代逐臣与贬谪文学，首先需对此一时段的贬谪制度及其构成因素、贬官类型和相关处置以及几种外任的实际情形(涉及贬官的包容范围)等，予以详细考察。

① 今所见者，主要有丁之方：《唐代的贬官制度》，《史林》1990年第2期；古永继：《唐代岭南地区的贬流之人》，《学术研究》1998年第8期；李中华、唐磊：《唐代贬官制度与不平之鸣——试论开明专制下的文人遭遇与心声》，《华中师范大学学报(人文社会科学版)》2001年第3期诸文。

第一章 唐五代贬谪制度与贬官类型

第一节 贬谪的基本范围与构成因素

《说文》："贬，损也。""谪，罚也。"①贬谪是对负罪官吏的一种行政处罚，"大凡政有乖枉、怀奸挟情、贪黩乱法、心怀不轨而又不够五刑之量刑标准者，皆在贬谪之列"②。贬谪又是一种强制性措施，通过对负罪者减秩降职、出之外地等手段，使其"思过自效"。故论者一般以为贬谪在理论上应具备两个要素：其一，品秩下降，高品降为低品，所谓"贬则降秩而已"；其二，地域迁改，京官出为外官，近官变为远官，亦即将"犯罪诸色，授以文武远官"③。

贬谪的适用范围非常广泛，上至当国宰辅，下至州县佐贰，所犯事由大到谋逆不轨，小到才不称职，均可施以贬谪。贬谪的实施又较为灵活，轻者出守近郡，略施惩诫，不久即可召回，或委以重任；重者则斥逐遐荒，不许量移，终至死于虺蛇瘴疠之所。贬谪制度在唐代的政治生活中扮演着重要角色，但其"与唐代官制、兵制、科举等制度不同，贬官制度在实施时并没有一套完整详备的典章规制作为指导，而是直接由中书门下那些宣布贬官或量移的诏书敕令，以及各级官署的有关申牒行文来决定的"④。因此，在实际操作中就可随时调整以适用于

---

① （汉）许慎著，（清）段玉裁注：《说文解字注》第六篇下、第三篇上，中华书局，2013年，第284、100页。

② 尚永亮：《元和五大诗人与贬谪文学考论》，台北：文津出版社，1993年，第1页。

③ （宋）王溥撰：《唐会要》卷四一《左降官及流人》，中华书局，1960年，第738、734页。

④ 丁之方：《唐代的贬官制度》，《史林》1990年第2期。

不同对象，以致往往超越贬谪的理论形态，呈现出多样的变化。下面试就几种主要情形作一简述：

既降品秩又远迁异地者。这是一种典型的贬谪，它同时包含降秩、出外（含外官远贬，即地方官贬往条件、环境更为远恶之地）两个方面的处置。如长寿元年，狄仁杰陷酷吏之狱，自相位贬为彭泽令；给事中李峤覆狱忤旨，贬润州司马；大和九年，京兆尹杨虞卿遭陷下狱，贬虔州司马，再贬虔州司户；李宗闵坐救杨虞卿，自相位贬为明州刺史，再贬处州长史等①。这种贬谪往往是处罚较为严厉的，因而，被贬者所受心理打击和肉体磨难也就格外沉重、剧烈。

降秩而不出京者。如元和八年，司空、平章事于頔因其子杀人及其他不法事，贬恩王傅(从三品)、绝朝诣②。大和五年二月，宰相宋申锡被诬以谋反，诏贬申锡为太子右庶子。九月，太子左庶子郭求因与同僚忿竞，贬为婺王府司马③。以上诸例皆仅降为低品京官，虽降秩却未外放，但史书明言其为“贬”。

不出京(或出京)品秩不降而投闲置散者。如开成元年，因边兵诉赐衣敝恶不时，王彦威自户部侍郎(正四品下)判度支被贬卫尉卿(从三品)④。不出京而品秩略升，仍称之为贬，盖谓户部侍郎、判度支，掌控国家财务，权重自不待言，而卫尉卿掌器械文物，类于散官。由此可见，由清要之官贬为闲散之官，亦是贬谪之一种。所谓“一旦悉疏弃之，或降于散班”⑤者是也。事实上，唐五代诸多贬谪大多包含投闲置散这一因素，而在出外贬官中，此种情形更是普遍存在，只是比起在朝的闲散官员来，他们的“投闲置散”要来得格外凄凉沉重而已。如清要朝官贬为别驾、长史等上佐或司马、司户、司仓等低级判司，历来被视为投闲置散。以司马为例，白居易《江州司马厅记》说：“自五大都督府至于上中下

① （后晋）刘昫等撰：《旧唐书》，中华书局，1975 年。参见该书卷八九《狄仁杰传》，第 2889 页；卷九四《李峤传》，第 2992 页；卷一七六《杨虞卿传》，第 4563 页；卷一七六《李宗闵传》，第 4553 页。

② （宋）欧阳修、宋祁等撰：《新唐书》卷一七二《于頔传》，中华书局，1975 年，第 5200 页。

③ 《旧唐书》卷十七《文宗本纪下》，第 543 页。

④ 《旧唐书》卷一五七《王彦威传》，第 4157 页。

⑤ （唐）白居易撰，谢思炜校注：《白居易文集校注》卷二一《论制科人状》，中华书局，2011 年，第 1192 页。

郡，司马之事尽去，唯员与俸在。凡内外文武官左迁右移者第居之。”司马只是一个有职无权的官位，所谓“司马人间冗长官”①是也。这只是常员，更有甚者，朝廷在贬谪官员时还往往附带这样一项处置，即被贬后的这些州郡佐贰之官衔往往带有“员外”或“员外置同正员”字样，表明是常员之外的虚职，投闲置散之意更为明显。

被贬出外而品秩不降反升者。此类贬谪为数颇多。如永贞、元和年间，刘、柳、元、白、韩之贬，品级均较贬前为高②；大和九年八月，高元裕由中书舍人（正五品）贬为阆州刺史（阆州为上州，刺史从三品）③；咸通五年正月，刘蜕自左拾遗（从八品上）贬为华阴令（华阴为望县，令从六品上）④；大中九年，权审由司封员外郎（从六品上）贬为宿州刺史（宿州为上州，刺史从三品）⑤，这种现象源于唐人心目中根深蒂固的重内轻外观念⑥。唐人之轻外官，自唐初以来，已成风气。朝廷虽多次下诏要求“中外迭用”，以期均平中外，但收效甚微。京官才望不称，才出为外任；而所遣外任多犯罪贬累之人，故京官出外，纵使品级提高，亦有不平之气和耻辱之心。唐后期地方官地位虽有所上升，但并未从根本上动摇“重内轻外”的格局。关于此点，详见本书第三节的相关论述，兹不赘。

综而言之，上述降级、改置闲官、出外三个因素，均可独立形成贬谪，又可两者甚或三者同时构成贬谪。而三者之中，以出外一点最为重要，其人数也最为众多，故外放远贬乃是最具特征的贬谪形式。

第二节 贬官的主要类型及相关处置

唐五代贬谪具有广泛性与灵活性的特点，其在具体实施时因受贬对象、犯事

① （唐）白居易撰，谢思炜校注：《白居易诗集校注》卷一五《得微之到官后书备知通州之事怅然有感因成四章》其四，第1207页。

② 尚永亮：《元和五大诗人与贬谪文学考论》，第126页。

③ （宋）司马光撰：《资治通鉴》卷二四五大和九年，中华书局，2011年，第8029页。

④ 《资治通鉴》卷二五〇咸通五年，第8230页。

⑤ （唐）裴庭裕撰，田廷柱点校：《东观奏记》上卷《权审贬为宿州刺史》，中华书局，1994年，第95页。

⑥ 尚永亮：《元和五大诗人与贬谪文学考论》，第126~127页；唐晓涛：《唐代桂管地区贬官人数考析》，《学术论坛》2003年第2期。

大小而轻重有别，遣送赴任、在任所的限制以及迁转量移亦各有不同，因而贬官的名称亦不无区别。据有关诏书制令和正史行文看，可明确视之为“贬”的约有这样几种类型：左降官(贬降官)、责授正员官、量移官、流人。流虽为五刑之一，但它适用于官吏时，与贬相去不远，人们往往以“流贬”合称，习惯上将其视为贬谪的一种。下面试就诸种类型稍予说明。

左降官。这是贬官的主体，是最典型、处置最严厉的一种贬官类型，也是文学研究中最为关注的对象。它往往同时含有降级、投闲、出外三种处罚意义，贬地也大多比较荒恶。如李德裕于大和九年贬袁州长史，大中元年贬潮州司马，二年再贬崖州司户，其贬官制文中所谓“宜加窜斥”①、“俾佐遐服”②、“宜移投荒服”③，即明确说明了朝廷的处罚意图。左降官从赴任、谪居到迁转还往往伴随着一些附加处罚。贬谪之初，制文下即仓促就道，遣送赴任，李德裕三贬制书均明令“驰驿发遣”。左降官在贬所亦有诸多限制：不得补职、不得流连宴会、不得擅离州县。④ 他们在贬所的身份虽仍是朝廷官员，其职权却非常有限，有时甚至官衔带“员外”或“同正”，即不是正式职位。所谓“左降官是受谪之人，都不厘务”⑤。柳宗元之贬永州，身份是“员外司马”，故他自述道：“余时谪为州司马，官外乎常员”⑥；李德裕之贬潮州司马、崖州司户，均带“员外置同正员”字样，与正员官有别。贬官在任所如遇朝廷大赦，可提前量移；而左降官如所犯罪大，遭严厉处罚时，则别有处置。如元和元年八月，朝廷即明申：“左降官韦执谊、韩泰、陈谏、柳宗元、刘禹锡、韩晔、凌准、程异等八人，纵逢恩赦，不在量移

① (清)董诰等编：《全唐文》卷七十九《贬李德裕潮州司马制》，中华书局，第825页。另见(宋)宋敏求编：《唐大诏令集》卷五八《李德裕潮州司马制》载“宜加窜谪”，中华书局，1983年，第308页。

② 《全唐文》卷六十九《贬李德裕袁州长史制》，第733页。另见《唐大诏令集》卷五七《李德裕袁州长史制》，第305页。

③ 《全唐文》卷七十九《再贬李德裕崖州司户参军制》，第828页。另见《唐大诏令集》卷五八《李德裕崖州司户制》，第308页。

④ 《唐会要》卷四一《左降官及流人》，第736页。

⑤ (唐)柳宗元撰，尹占华、韩文奇校注：《柳宗元集校注》卷三九《上户部状》，第2501页。

⑥ 《柳宗元集校注》卷二八《永州法华寺新作西亭记》，第1857页。

之限”①；李德裕崖州之贬，朝廷亦明令“纵逢恩赦，不在量移之限”②。贬官在任所应例经五考，考满量移，但在实际执行中，“左降官缘任处州府，多是遐远”，量移制度“因循日久，都不举行，遂使幽遐之中，恩泽不及”③。柳宗元、刘禹锡于永贞元年被贬永州、朗州，十年不曾量移；元和十年虽召至京师，但旋又远迁柳、连二州。至如朝廷明令不许量移者，除上举柳、刘及李德裕诸端外，还有明确期限者，如大和九年，牛党成员李汉贬汾州司马，即“诏有司不二十年不得用”④。

责授正员官。责授是“贬”的委婉说法，元和以前言“左授”；正员官与员外、判、试、检校等官相对，是职官正员。责授正员与左降官相较，贬后官衔不带“员外”，其处置也大抵稍轻。这从以下几条史料中可略窥端倪。

1.（元和十二年）九月，刑部奏：准今年七月二十一日敕，诸道左降官等，经五考满日，许量移者。其贬降日授正员官，或无责辞，亦是责授，并请至五考满，然后许本任处申阙。

2.（元和）十四年十一月，吏部奏：今请应责授官，前制已改转者，各敕依今任考数，停替日便放。东西合选时，任自参选，不要反更有检辖，庶使人无凝滞，事有指归。敕旨，依奏。

3. 开成元年二月敕：贬责降资授正员官员，及曾经误累停免、未经引用者，并与进改。左降官有事情可恕、才用足称者，中书门下量才处分。

4.（开成）四年五月敕：诸州府有责授六品以下正员官，起今以后，宜委吏部许终四考满，与替。仍先具事由，申中书门下取指检，不得同寻常员阙使用。⑤

受贬者乃有罪之身，通常宣布其贬官的制书，措辞极为严厉。条 1 言“或无责辞，

① 《旧唐书》卷一四《宪宗本纪上》，第 418 页。
② 《旧唐书》卷十八《宣宗本纪》，第 625 页。
③ 《唐会要》卷四一《左降官及流人》，第 737 页。
④ 《新唐书》卷七八《李汉传》，第 3519 页。
⑤ 以上引文并见《唐会要》卷四一《左降官及流人》，第 737~738 页。

亦是责授”，大概其制文较左降官要温和，至有无责辞者。又言“并请至五考满”，则此前责授正员官或不需经五考即可量移；参之条4，责授六品以下正员官，可经四考量移，可见责授正员官比左降官很多时候经考的时间要短。条2言已经量移的责授正员官，今任考满，即可脱谪籍参加吏部铨选，无需再量移别处。条3言责授正员官，可与误累昭雪的官员一样，获得进改，可见其地位明显优于左降官。以上四条均是关于量移进改的处置，至于责授正员官在赴任、谪居的处置上，与左降官有何不同，尚待考。

量移官。量移官并非一种独立的贬官类型，它只是贬官在贬谪过程中的一个阶段、一种形态，即迁转离开初贬之地以后，到复资、脱离谪籍以前的受贬官员。其身份仍是左降官或责授正员官。所谓量移，顾炎武谓“唐朝人得罪，贬窜远方，遇赦改近地，谓之‘量移’”①。顾氏只言遇赦量移，事实上考满量移更为常法。流人依例亦可量移近处②。

流人。流为五刑之一，“《书》云：‘流宥五刑’，谓不忍刑杀，宥之于远也”③。流刑分三等，流二千里、二千五百里、三千里。流放时间则有三年、六年、长流等几种。所谓“非反逆缘坐，六岁纵之，特流者三岁纵之，有官者得复仕”④。流刑又可分两类，一为常流，役一年后可在所在编户居住；二为加役流，为犯死免为配流及反逆缘坐流者，加役三年⑤。流人遇赦亦可量移近地或提前放还。官员遭流，先除名，“到流放地后可免居作（劳役）而附籍当地，同于百姓”⑥。期满还可收叙复仕。这里需注意的是，流为减死之刑，贬官仅为行政处罚，但在实际操作中，贬官有时几与普通流刑混同，甚至在某些处置方面更为苛严。如天宝五载七月敕：“流贬人多在道逗留，自今左降官日驰十驿以上。”史家

① （清）顾炎武撰，（清）黄汝成集释，栾保群校点：《日知录集释》卷三二《量移》，中华书局，2020年，第1638页。

② 参见长庆四年四月刑部奏。《唐会要》卷四一《左降官及流人》，第738页。

③ 《新唐书》卷五六《刑法志》，第1408页。

④ 《新唐书》卷五六《刑法志》，第1411页。

⑤ （唐）李林甫等撰，陈仲夫点校：《唐六典》卷六《尚书刑部卷》，中华书局，1992年，第185~186页。

⑥ 古永继：《唐代岭南地区的贬流之人》，《学术研究》1998年第8期。

明谓："是后流贬者多不全矣。"①可见，对官吏的贬谪已由行政处罚升级到对生命的威胁，与流放之严酷相近。又如开元十七年十一月大赦天下，"流移人并放还，左降官移近处"②。其后赦文多从此例。流贬之轻重倒置愈来愈严重。至长庆四年，朝廷不得不进行辩明，"以流贬量移，轻重相悬……流为减死，贬乃降资，量移者却限年数，流放者便议归还……"③由此可见，贬官的强制性与严厉性已远远超出行政处分的范围，有时甚至比流刑更重。

以上左降官、责授正员官、量移官、流人(限于官员)均被史书明确称为"贬"或"流贬"，如官员是以上四种身份者，将之视为贬官了无异议。但如前节所述，在唐人如此看重京官、轻视外任的情况下，有些调离京城的外任，史书虽未标明贬谪字样，也是可纳入贬官范围的。下节所述节度使、观察使、刺史、东都分司官等，便较普遍地存在着这种情形。

第三节　节度使、刺史、东都分司官等几种主要外任之辨析

唐五代的贬谪制度由于缺乏完整详备的典章规则，故在实际运作中，因具体情况的差异而呈现出不同的样态。有些贬官是史书明言为"贬"的，有些则在各种记载中均无"贬谪"字样。因而，我们在考察唐五代贬官时，"无疑不应抛开唐朝政府的实际运作、时人的评价及官员的实际处境等因素"④。一般来说，唐五代因贬出京或离京外任的官员，数量最多的是出任刺史及刺史以下的州县令尹、丞尉、司马、司户、别驾、判官、从事等职，其中除刺史外，地位均较低下，且多有职无权，备位而已，故不论史书是否明言，亦可大致认定其贬官身份。至于刺史，情形便复杂一些；而刺史之上的节度使、观察使以及东都分司官等，因其地位较高，条件稍优，在是否贬谪这一点上更易引起认识上的混淆，故皆需稍予考察和辨析。

---

① 《资治通鉴》卷二一五天宝五载，第 6991 页。

② 《旧唐书》卷八《玄宗本纪上》，第 194 页。

③ 《唐会要》卷四一《左降官及流人》，第 738 页。

④ 唐晓涛：《唐代桂管地区贬官人数考析》，《学术论坛》2003 年第 2 期。

一、节度使、观察使

节度使制度正式形成于睿宗景云年间，玄宗置十节度御边。安史乱后，中原遍立节镇，至元和节镇之数已达 48 个①，晚唐当更在此数之上。节度使往往兼观察、支度、营田、招讨、经略等使②，集军政财权于一身，成为统辖数州的最高地方军政长官。唐后期，除武人盘踞的藩镇之外，尚控制在朝廷手里的节镇，多由宰相出任，节镇成为宰相的回旋之地。“出将入相”是对仕途的最高评价和追求，但出入之间，并非都是正常的迁转调动，其中不少即具有左迁贬降性质。兹举数例以明之。

长庆二年六月，元稹与裴度不睦，二人俱罢相。元出为同州刺史、同州防御使；裴罢为左仆射。元稹在同州越二年又改授浙东观察使，在越凡八年，始入为尚书左丞。赵嘏《九日陪越州元相燕龟山寺》云：“共贺万家逢此节，可怜风物似荆州。”③因元稹曾于元和五年贬江陵府士曹参军，故言其镇浙东与谪江陵相类，为其不平也。至于裴度之罢，盖因李逢吉“百端中伤裴度，赖学士李绅、韦处厚等显于上前，言度为逢吉排斥，而度于国有功，不宜摈弃，故得以仆射在朝”④。又宝历元年，裴度在兴元，“言事者多称裴度贤，不宜弃之藩镇”⑤。裴度因之得复入为相。前者裴度未出镇，时人不以“摈弃”视之；后者裴度在山南西道节度使任上，兴元乃雄藩，并不遐远，时人却视为“弃之”。可见在当时人眼里，裴度此出与贬谪相类。

李德裕于会昌六年四月罢相，出为江陵尹、荆南节度使。《资治通鉴》曰：“德裕秉权日久，位重有功，众不谓其遽罢，闻之莫不惊骇。”⑥则德裕罢相出镇，绝非寻常出外。后宋人论其事，孙甫谓宣宗怨武宗，而“德裕是用事大臣，

① 谭其骧主编：《简明中国历史地图集》，中国地图出版社，1991 年，第 45~46 页。

② 《新唐书》卷四十九《百官制》，第 1315~1316 页。

③ (唐)赵嘏：《九日陪越州元相燕龟山寺》，(清)彭定求等编：《全唐诗》卷五四九，中华书局，1960 年，第 6348 页。

④ 《旧唐书》卷一六七《李逢吉传》，第 4366 页。

⑤ 《资治通鉴》卷二四三宝历元年，第 7969 页。

⑥ 《资治通鉴》卷二四八会昌六年，第 8146 页。

自不容矣”①；邵博谓“威震主者不畜”②。人主不容不畜，则必弃逐。可见德裕罢相出镇，虽带相衔亦无责辞③，却与贬谪无异。

大和九年，李德裕在浙西，为王璠、郑注等构陷谋逆，赖宰相路隋救解，得免重罪，四月改太子宾客分司，未行，又贬袁州长史④。而路隋也因此罢相，代德裕出镇浙西，“趣之赴镇，不得面辞，坐救李德裕故也”⑤，四月仓促出京，七月“遘疾于路，薨于扬子江之中流”⑥。宰相出镇，被驱上路，冒暑奔驰，其处置之严厉，遭遇之惨凄，又与普通贬官无异。

咸通十二年，辅政八年的权相路岩终为与之争权的韦保衡排挤出京，以同平章事充西川节度使。“岩出城，路人以瓦砾掷之。权京兆尹薛能，岩所擢也，岩谓能曰：‘临行，烦以瓦砾相饯！’能徐举笏对曰：‘向来宰相出，府司无例发人防卫。’岩甚惭。”⑦宰相出镇，百姓投以瓦砾，旧属语含讥刺，若非贬逐出京，何至如此狼狈？

上举数例，可见宰相出镇，虽曰“出将”，但与“入相”相比，风头差之甚远。唐后期宰臣“出将入相”的频率颇高。晚唐国势日下，宦官、藩镇、朝中朋党成为影响朝政的举足轻重的力量，各种势力纷纭排陷，此消彼长，伴随朝政的动荡，宰臣“出将入相”亦随之频繁，而每一次出入的背后大多或隐或显地有着复杂政治争斗的因素。宰相为国之钧轴，也是臣子所能达到的仕途峰巅，而罢相意味着从峰顶跌落，出镇则意味着去国离京，大多为政治倾轧所逼迫，例非情愿，当此之时，于情于理均形同贬官。

然而，宰相与节度使毕竟是特殊的职位，其任免辞授更具复杂性。有时是宰

① （宋）孙甫：《唐史论断》卷下，（清）纪昀等编：《景印文渊阁四库全书》第685册史部四四三，台湾“商务印书馆”，1985年，第689页。

② （宋）邵博撰，李剑雄、刘德权点校：《邵氏闻见后录》卷九，中华书局，1983年，第67页。

③ 《唐大诏令集》卷五三《李德裕荆南节度平章事制》，第281页。

④ 傅璇琮：《李德裕年谱》大和九年条，中华书局，2013年，第234~241页。

⑤ 《资治通鉴》卷二四五大和九年，第8024页。

⑥ 《旧唐书》卷一五九《路隋传》，第4193页。

⑦ 《资治通鉴》卷二五二咸通十二年，第8283~8284页。

臣年高婴疾，表请辞位，如会昌二年，陈夷行“以足疾乞身，罢为太子太保”①，出为河中节度使；会昌四年，李绅“暴中风恙，足缓不任朝谒，拜章求罢”②，出为淮南节度使。有时是因为天下用兵，宰相请自督战。如元和十二年，裴度讨淮西，出为彰义军节度使、淮西宣慰招讨使；黄巢兵乱，王铎请督师讨伐，乾符六年出为荆南节度使、诸道行营都统，中和二年出为义成节度使，诸道行营都统。有时则因在朝难于立足，自请出外，如大和六年，牛僧孺惧文宗责怨，“累表请罢”，出为淮南节度使③。开成三年，李石惧宦官刺杀，“累表称疾辞位”，出为荆南节度使④。如此之类，则不可一例视为贬官。贬谪是强制性措施，只能被动接受。若是主动辞位，则与被动罢相不可视为一事。至于起自行伍、功高权重之节帅如郭子仪、李晟者，入朝拜相仅崇以虚位，不预政事，是为“罢权”。出入之间，黜用又正好相反。

此外，尚书诸司侍郎出镇，亦与宰相出镇情形略似。大历改制以后，门下、中书侍郎升阶成为宰相专职，尚书诸司侍郎虽未升阶，政治地位则随之升高，其实际资望，甚至超过八座之官(左、右仆射及六部尚书)，而成为各司的实际长官，进可拜相，退则出镇，晚唐诸宰相之中，其初拜之日由诸司侍郎而进者占大多数。故侍郎出镇，亦略类贬官。如大和三年，裴度欲引李德裕为相，为李宗闵排挤，由兵部侍郎出为义成节度使。《旧唐书》本传谓“到未旬时，又为宗闵所逐，中怀于悒，无以自申”⑤。咸通三年，吏部侍郎韦澳以“铨综平允，不受请托。为执政所恶，出为邠州刺史，邠宁节度使”⑥。另中书舍人、给事中等五品以上清要京官出为江西、福建、湖南、黔中、桂管、安南等遐远之地的观察使，亦贬意明显。唐晓涛在考察唐代桂管地区贬官时收录李渤、郑亚等 8 人，皆系由给舍等五品以上清要京官出为桂管观察使，而史籍未明确称之为贬官者⑦。

---

① 《新唐书》卷一八一《陈夷行传》，第 5347 页。
② 《旧唐书》卷一七三《李绅传》，第 4500 页。
③ 《资治通鉴》卷二四四大和六年，第 8002 页。
④ 《资治通鉴》卷二四六开成三年，第 8054 页。
⑤ 《旧唐书》卷一七四《李德裕传》，第 4518 页。
⑥ 《旧唐书》卷一五八《韦贯之传附韦澳传》，第 4177 页。
⑦ 详见唐晓涛：《唐代桂管地区贬官人数考析》，《学术论坛》2003 年第 2 期。

二、刺史

刺史是唐京官外放的主体，前节述唐人重京官轻外职时已有所涉及，兹据具体情形进一步申论之。

先看刺史之来源。据《唐会要》卷六八、卷六九所载有关史料，唐刺史的来源大致有四：

其一，京职沙汰者，即无才或不贤而声望低下者。贞观十一年，马周疏曰："刺史多是武夫勋人，或京官不称职，方始外出。"①唐初刺史尚多勋功武人，然用京职不称者出为牧守的现象已很普遍，以后更相沿为习，形成惯例。如神龙元年，赵冬曦疏曰："京职之不称者，乃左为外任"②；景龙二年，韦嗣立疏曰："京官有犯罪声望下者，方遣牧州……此风久扇，上下同知"③；开元八年六月敕："顷来朝士出牧，例非情愿，缘沙汰之色"④；元和二年，李吉甫言于上曰："末世命官，多轻外任，选授之际，意涉沙汰。"⑤唐人根深蒂固的"重内轻外"习气，使有司除授刺史时都在"沙汰"的习惯思维中进行，虽历朝都有朝士论列，朝廷亦多次下诏调整，然终唐之世，无大改观。

其二，贬累之人，即获罪被贬者。如长安四年，李峤奏言："朝廷物议，莫不重内官，轻外职，每除授牧伯，皆再三批诉。比来所遣外任，多是贬累之人。"⑥京官外授刺史，既不情愿，则有司注拟时，必将遇到不小的人事阻力，进行得不会那么顺畅。于是，贬累之人便成为替代的当然人选，历朝用事者皆乐于使用。所谓"犯罪声望下者，方遣牧州"⑦，既可让出外者没有话说，又可少树仇敌。清要京官被贬，以贬为州刺史最为常见。大凡重臣被贬，常有一大批人受到牵连。如元和十一年八月，宰相韦贯之以议兵不合旨，又为小人所构，罢为吏部侍郎，"翰林学士、左拾遗郭求上疏申理，诏免求学士，出贯之为湖南观察使。

① 《唐会要》卷六八《刺史上》，第 1197 页。
② 《唐会要》卷六八《刺史上》，第 1199 页。
③ 《唐会要》卷六八《刺史上》，第 1199 页。
④ 《全唐文》卷三四《铨择内外官敕》，第 161 页。
⑤ 《唐会要》卷五三《杂录》，第 923 页。
⑥ 参见《旧唐书》卷八八《韦嗣立传》载李峤、唐休璟奏言，第 2869 页。
⑦ 《唐会要》卷六八《刺史上》，第 1199 页。

不三日，韦顗、李正辞、薛公干、李宣、韦处厚、崔韶坐与贯之厚善，悉贬为州刺史"①。此类事件，各朝史不乏其书，难以悉数。终唐之世，贬累之人一直是刺史的重要来源。

其三，使府从事差摄。安史乱后，中原遍置节镇，节度使集军、政、财赋及人事权于一身，唐前期的州、县二级制变为道、州、县三级制，各道辖内之州，往往委派使府幕佐差摄。而幕佐皆节度使自辟，为限制节度使之权，朝廷曾屡下令禁止。大历十二年五月敕："刺史有故及缺，使司不得差摄，但令上佐依次知州事。其上佐等，多非其才，亦望委外道使臣，精加铨择。"②又元和四年，杨於陵奏："臣伏见近日诸道，差判官监领州务，朝廷以为非宜。"③可见使司差摄州牧，久成风气，朝廷以为非宜，却不能禁绝。晚唐朝廷暗弱，更无力干预。诗人唐彦谦于中和中在河中幕任晋州、绛州刺史，后又于兴元幕任阆、壁二州刺史④，便是显例。

其四，州郡上佐充任。如上引大历十二年敕："令上佐依次知州事。"⑤即由别驾、长史、司马等上佐以资充任。又大和四年，御史台奏："请自今以后，刺史未至，上佐阙人，及别有勾当处，许差录事参军知州事。如录事参军又阙，则任(使府)别差判官。"⑥为限制节度使之权，充刺史者已不仅仅为州郡上佐，甚至降至参军等下层官吏。至于岭南边远小州，"多是本道奏散试官及州县官，充司马知州事，不三两考，便请正除。侥幸之门，莫甚于此"⑦。可见其用人更轻，刺史出身更低。

上述不才、获罪之人，郡佐、幕士之色，即唐五代刺史的主要来源。来源既明，刺史之任在唐人心目中的地位便不难知晓了。然而，在现实政治中，所谓京职不称者，便有不少是遭异己排挤出京的俊贤之士；那些获罪被贬者，其中亦不乏勇于参政、强颜直谏的忠直之人。俊彦才杰与无才无德者混杂在一起，蒙受着同样的不佳声名，却要承受远超后者的心理负担。无怪乎唐人由清要京职外迁，

① 《新唐书》卷一六九《韦贯之传》，第5154页。

② 《唐会要》卷六八《刺史上》，第1204页。

③ 《唐会要》卷六八《刺史上》，第1202页。

④ (元)辛文房撰，傅璇琮主编：《唐才子传校笺》第4册卷九《唐彦谦》，中华书局，1990年，第44、48页。

⑤ 《唐会要》卷六八《刺史上》，第1204页。

⑥ 《唐会要》卷六八《刺史上》，第1204页。

⑦ 《唐会要》卷六八《刺史上》，第1208页。

"纵使超资，尚多怀耻"①，出入之间，至有"左迁""登仙"之说：

> 开元中，朝廷选用群官，必推精当，文物既盛，英贤出入，皆薄其外任，虽雄藩大府，由中朝冗员而授，时以为左迁。班景倩自扬州采访使入为大理少卿，路由大梁，倪若水为郡守，西郊盛设祖席。宴罢，景倩登舟，若水望其行尘，谓椽吏曰："班公是行，何异登仙乎？为之驺殿，良所甘心。"默然良久，方整回驾。既而为诗投相府，以道其诚。其词为当时所称赏。②

以三品之上州刺史，视五品之大理少卿，尚称其为"登仙"，以至于望其行尘，默然良久。其艳羡、怅惘、渴望，均溢于言表。据此，则守郡之倪若水，在某种意义上便有些类似谪居的贬官了；而其"登仙"之词，为当时所称赏，又说明倪若水之心态乃当时郡守之普遍心态。至于时人对京官出牧以"中朝冗员""左迁"视之，更代表了一种较广泛的社会评价，即使出守的是雄藩大府，也不例外。

再看刺史在中晚唐之地位。有人认为唐中叶以后，重外而轻内③，或谓唐后期地方官地位上升，至有上书求为地方官者④。此亦颇有可议之处。唐代中期以后，地方官在俸禄收入上确有很大改观。《新唐书》卷一三九《李泌传》："是时，州刺史月奉至千缗，方镇所取无艺，而京官禄寡薄，自方镇入八座，至谓罢权。"⑤据陈寅恪《元白诗中俸料钱问题》一文考察："唐代中晚以后，地方官吏除法定俸料之外，其他不载于法令，而可以认为正当之收入者，为数远在中央官吏之上。"⑥经济上向地方官吏的倾斜导致时人以京官重于外官的情形得到了一定程度的改变，以致一些人不愿再到朝廷去做官；但这也只是暂时的、个别的现象，

---

① 《唐大诏令集》卷一〇〇《京官都督刺史中外迭用敕》，第508页。

② (唐)郑处诲撰，田廷柱点校：《明皇杂录》卷下《官吏皆薄外任》，中华书局，1994年，第33页。

③ 吕思勉：《隋唐五代史》下册，上海古籍出版社，2020年，第984~986页。

④ 丁之方：《唐代的贬官制度》，《史林》1990年第2期。

⑤ 《新唐书》卷一三九《李泌传》，第4635页。

⑥ 陈寅恪：《金明馆丛稿二编》，上海古籍出版社，2020年，第77页。

从总体来看，终唐之世，京官在人们心目中都具有不可取代的位置，正如晚唐僧人卿云在《长安言怀寄沈彬侍郎》诗中所说："生作长安草，胜为边地花。"①

为了说明这种情况，兹再举自请外出的几个例子予以具体分析：

白居易于长庆二年七月，由中书舍人自求出为杭州刺史。《旧唐书》本传云："时天子荒纵不法，执政非其人，制御乖方，河朔复乱。居易屡上疏论其事，天子不能用，乃求外任。"②由此看来，白居易主动放弃中书舍人之要职而自请外出，是有其不得已的苦衷的。一方面，李逢吉离间裴度与元稹，使二人俱罢相，出元稹为同州刺史，自己登上相位，其事在六月。而白居易与元稹之交，世所共知，当此情形，势难自立于朝，观逢吉其后对与元稹声气相应之李德裕、李绅之排挤打击可知。另一方面，白居易自贬后宦情衰落，留意释老，热衷"中隐"，追求超越，虽仕而又避灾远祸成为其处世的主要心态。③ 故白居易此次自求出外，实乃远祸全身之举。

杜牧也曾自求出为湖州刺史。大中二年八月，杜牧由睦州刺史任内擢为司勋员外郎、史馆修撰(不久)，次年底即上表乞杭州。④ 大中四年转吏部员外郎，即三上表求湖州⑤。今详其四《启》内容，杜牧实有不得已处。牧有孀妹及弟均需照拂，其弟名顗，亦具才名，开成二年入李德裕淮南幕即眼暗失明，杜牧四处延医为治，不果；开成四年，牧赴京任补阙，以京中无产业，杜顗转依堂兄慥，后遂家于扬州，然其药石衣食供给皆仰于牧。唐刺史俸禄向来优厚⑥，故杜牧自会昌二年至大中二年、七年历三郡，尚能周济。在他离睦州赴京任司勋员外郎、途经扬州与弟别时，即明言："此行也，必祈大郡，东来谋汝医药衣食。"⑦据此，则

① (唐)卿云：《长安言怀寄沈彬侍郎》，《全唐诗》卷八二五，第9295页。

② 《旧唐书》卷一六六《白居易传》，第4353页。

③ 详参尚永亮：《元和五大诗人与贬谪文学考论》下篇第四节有关论述，第241~270页。

④ (唐)杜牧撰，吴在庆校注：《杜牧集系年校注》卷一六《上宰相求杭州启》，中华书局，2008年，第1018~1019页。

⑤ 《杜牧集系年校注》卷一六《上宰相求湖州第一启》、《上宰相求湖州第二启》、《上宰相求湖州第三启》，第1004~1016页。

⑥ 据《新唐书》卷五五《食货志五》，唐世百官俸钱，员外郎四万，而上州刺史八万，倍于员外郎，第1402~1403页。又据《唐会要》卷六九《刺史下》，刺史到任有"下担"，离任有"资送"等名目的收入，第1210页。

⑦ 《杜牧集系年校注》卷一六《上宰相求湖州第二启》，第1010页。

杜牧主要是因了经济压力，遂有四表求出之事。参之此前杜牧任东都御史时，就曾为弟寻医而超假去官，则此番为其弟不惜放弃前程，上表求外任，实乃事出有因。

杜牧《上宰相求湖州第一启》有言，“有爱某者，言于某曰：‘吏部员外郎例不为郡，子不可求，假使已求，慎勿坚恳。’至于再三。答曰：‘……此乃急于进趋之徒，自为其说”①。可见当时风气，仍薄外任；而杜牧之言，则说明当时至有急于进趋之徒，假求外出，以怀愤使气为手段来要挟有司，期获升迁。杜牧在启文中虽极言刺史至重，批评时人将郎官刺史之轻重倒置，实为自唐初以来之老调重弹，亦是希望请求得遂的官样文章。杜牧自己如何看待外任？考杜牧之仕历，会昌二年以比部外郎出，历三州刺史，至大中二年入为司勋外郎，历时七年，官位并无明显升迁，在杜牧一生中，此段仕历颇为可怪。杜牧在《上宰相求杭州启》中，自言“自去年八月，特蒙奖擢，授以名曹郎官，史氏重职，七年弃逐，再复官荣”②，说明在杜牧心里，这七年外任，是形同贬斥的。及杜牧求杭州，谋于友，“皆曰，子七年三郡，今始归。无不感泣”③。从友人的叹惋中，也可见出明显的重内而轻外的倾向。

许浑于大中七年，以虞部员外郎分司东都，曾求河南尹刘瑑为之斡旋，求为刺史④。东都分司官，乃闲职一个，求为刺史，本不足怪。况许浑尚有另外打算，其《寄献三川守刘公(并序)》云：“余奉陪三川守刘公宴言，尝蒙询访行止，因话一麾之任，冀成三径之谋。特蒙府鉴丹诚，寻许慰荐。”⑤则其事情始末，乃许浑从刘瑑游，语及行止，乃求为刺史，图积薪俸为悬车养老之资，并获应允。其后果于明年得为郢州刺史。

上举数例，可见唐后期重内轻外的社会心理并未发生大的变化。其自求出守者，均有个人特殊原因，或为垂老之年，干进之心渐淡，归老之志已萌，故于政

① 《杜牧集系年校注》卷一六《上宰相求湖州第一启》，第1004页。

② 《杜牧集系年校注》卷一六《上宰相求杭州启》，第1018~1019页。

③ 《杜牧集系年校注》卷一六《上宰相求杭州启》，第1019页。

④ 参见《许浑年谱稿》，罗时进：《唐诗演进论》考述卷，江苏古籍出版社，2001年，第266页。

⑤ (唐)许浑撰，罗时进笺证：《丁卯集笺证》卷九《寄献三川守刘公(并序)》，中华书局，2012年，第561页。

治险恶之时，远祸全身；或为贫寒之士，迫于生计，冀其丰薪，全活家口，多非锐意仕进者所为。到了唐末僖、昭时，长安屡遭兵乱，自求出守者有所增加。内外轻重之间，距离缩小，但亦未达到内外持平或轻内重外的程度。且自求出守与朝命出牧，意味颇不同。所以从这些个案还不能认为清要京官出守的贬官意味已被中晚唐人看淡。况其所求之地，也仅限于苏杭等江淮富庶之地，至若偏远州郡，则无人愿意涉足。

此外，唐前期刺史，牧守一方，政由己出，朝廷但派采访使以时巡察而已。安史乱后，州、县两级制一变为道(镇)、州、县三级制，节度使统辖数州，刺史仰其鼻息，“郡守之职，总于诸侯帅，郡佐之职，移于部从事”①。刺史、郡佐之职权被节帅、幕佐侵夺是唐后期史实，刺史的实际地位已经下降，刺史之任，更不为人所看重。

当然，例外也还是有的。《新唐书·李吉甫传》云：“元和二年，杜黄裳罢宰相，乃擢吉甫中书侍郎、同中书门下平章事。吉甫连蹇外迁十余年，究知闾里疾苦，常病方镇强恣，至是为帝从容言：‘使属郡刺史得自为政，则风化可成。’帝然之，出郎吏十余人为刺史。”②又，白居易有《除郎官分牧诸州制》，时居易入翰林，其制云：“今之台郎，一时妙选，尝经任历，率有才用。虽典曹它(庀)事，其务非轻，而恤隐分忧，所寄尤重。是用并命，分牧吾人。岁时之间，期于报政。”③这一批台郎出牧，从朝廷方面言，是为加强地方治理而特意采取的一大举措；从出守者而言，则是肩负为君分忧使命，深膺人主信重与期待的行动，君臣间的关系并未因此疏远，故人们自不会将之与贬官等量齐观。然自唐初以来奖崇刺史的努力，鲜有如此落到实处的，元和以后，更罕有听闻。

综上所述，清要朝官出牧，若非上表自求，亦不是朝廷重大举措所致，而确系政治原因而被排挤出京者，虽未明言为贬，而其实际情形则如同弃逐，与贬官相类。

---

① 《白居易文集校注》卷六《江州司马厅记》，第 249 页。

② 《新唐书》卷一四六《李吉甫传》，第 4739~4740 页。

③ 据《李德裕年谱》元和二年条，第 40~41 页。又见《白居易文集校注》卷十七《除郎官分牧诸州制》，第 895 页。

三、东都分司官

以各种官职分司东都者，姑且称之为东都分司官。此种情况较为特殊，唐行两都制，诸官分司东都，严格来说不算外任。东都理务者为河南尹、东都留守，诸官分司东都，实际无职掌，亦无定员，唯月拜起居表而已。而分司官已离朝廷班行，严格来说又算不得京官，只是一个游离于京官与外任之外的特殊群体，是朝廷别为设置的一个投闲置散之地。京官请疾，例分司东都，如白居易晚年悠游出处之间，数度以东宫官(太子左庶子、太子宾客、太子太傅等)分司东都。至于获罪被贬，其轻者亦可分司东都，如大和四年，汝州刺史裴潾坐违法杖杀人，贬太子左庶子分司；乾符五年，司空图拜殿中侍御史，以赴阙迟留，责授光禄寺主簿分司。兹可注意者，台辅重臣、外道节使乃至州郡刺史，以故分司东都，史书往往并不明言为贬，而实则与贬无异。这从下面数例即可看出：

会昌二年，山南东道节度使牛僧孺因汉水溢，坏城郭，以太子少保分司东都。《旧唐书》卷一七二本传言："李德裕用事，罢僧孺兵权，征为太子少保。"①未明言为贬；《资治通鉴》卷二四六曰："李德裕以为僧孺罪而废之"②，略含贬义；而《新唐书》卷一七四本传则径谓："坐不谨防，下迁太子少保。"③"下迁"即贬也，可见僧孺此次分司，确与贬官相类。

李绅于大和七年由寿州刺史改太子宾客分司，《旧唐书》卷一七三本传云："再迁太子宾客，分司东都。"④《新唐书》本传略同。李绅《寿阳罢郡日有诗十首，与追怀不殊，今编于后，兼纪瑞物》有句云："罢分符竹作闲官，舟冻肥河拟棹难。"⑤"休为建隼临肥守，转作垂丝入洛人……云遮北雁愁行客，柳起东风慰病身。"⑥则见得李绅此次北行，颇怀怨愁。李绅同卷又有诗，题为《转寿春守，大和庚戌岁二月祗命寿阳……三载复遭邪佞所恶，授宾客分司东都……》，更明言

① 《旧唐书》卷一七二《牛僧孺传》，第 4473 页。

② 《资治通鉴》卷二四六会昌元年，第 8077 页。

③ 《新唐书》卷一七四《牛僧孺传》，第 5232 页。

④ 《旧唐书》卷一七三《李绅传》，第 4499 页。

⑤ (唐)李绅著，卢燕平校注：《李绅集校注》，《寿阳罢郡日有诗十首，与追怀不殊，今编于后，兼纪瑞物·肥河维舟阻冻祗待敕命》，中华书局，2009 年，第 33 页。

⑥ 《李绅集校注》，第 41 页。

此次除授，乃邪佞所恶；而所谓邪佞，盖指李宗闵及其党羽①。据此，则李绅此次分司虽名为量移，而实际政治地位并无改善。②

综以言之，从官员的价值实现来看，黜之散地，则与贬官无异；身任分司，不会有“驰驿发遣”之事，亦无“不得留连宴会，擅离所在”等诸种限制和“满五考与量移”之条限，朝廷可以随时起复。李绅两次分司，皆不过数月即擢用。故分司东都者，不会受到严厉的附加处罚，且易于起复，废而不弃，大抵属于一种很温和的贬官。也因此，朝廷明诏的东洛贬官，与因政治排挤而至分司者，没有明确差异。但无论是朝中清要，还是外道节使，如非请疾告退，而是由或明或暗的政治原因而导致分司者，大多应视同贬官。州郡刺史分司，如非偏远穷恶之处，亦略同此例。

前述罢相、出镇、出牧、分司诸种情形，皆未被史书明确载为贬官。但从政治地位和实际状况来看，受这类处分的人大多与朝中政治斗争有关联，是被迫离开天子庙堂、被朝廷或弃或废的一群。尽管这种废、弃的程度不完全一样，但就其人生价值的实现而言，都是打了折扣的。如果说君臣关系的亲疏远近、政治地位的高下尊卑是历代士人关注的重心所在，重京官、轻外官是唐人约定俗成的价值审定规范，那么，上述罢相、出镇、出牧、分司的大部分人，会因为与君主、京城在空间距离上的拉大而产生心理上的落差，产生不同程度的被弃被逐的感受。而在时人眼里，他们也大多属于与贬官相类的一批政治失意者。

当然，与那些被明诏贬斥、严厉惩处的贬官相比，他们又是幸运者，是没有遭到附加的一系列严厉处置的较为温和的贬官。与此同时，明诏贬斥的贬官，就朝廷颁发的贬诏看，也有较温和的情形，如贬为低品京官，贬为闲散官、分司东都者，均没有附加处置。故此我们在考察唐五代贬官时，应尽可能根据实际情形予以判定。官修正史，对同一事件，用词往往不一，曰授、曰改、曰出为、曰贬、曰逐、曰左迁，不一而足，这些词语给我们的研究带来了很大的便利，但同

① 《李绅集校注》，《转寿春守，大和庚戌岁二月祗命寿阳，时替裴五墉终殁。因视壁题，自墉而上，或除名在边坐殿，殁凡七子，无一存焉。寿人多寇盗，好诉讦，时谓之凶郡，犷俗特著。蒙此处之，顾余衰年甘蹑前患，俾三月而寇静，期岁而人和，虎不暴物，奸吏屏窜。三载，复遭邪佞所恶，授宾客，分司东都。或举其目，或寄于风，亦粗继诗人之末云》，第129~130页。

② 参见《李德裕年谱》大和七年条，第210页。

时也造成了一定的混淆；而在这些词语之外，更有不少的遗漏。因而，仅根据史书的用词来界定贬官是不够的，还应变换视角，依据对具体人事的考察分析，将前述诸种出外情形纳入观照的范围，对贬官作一重新分类：

第一，典型的贬官。即施用“驰驿发遣”、“不得补职、留连宴会、擅离州县”、“考满量移”等附加处置的贬官，是最严厉的一种贬官类型。它含有“斥之遐荒”的含义，有时也兼具降级、投闲的因素。如贞元、元和年间韩愈、柳宗元、刘禹锡等人的贬逐。至于官员的“流”亦应归入此类，如神龙年间沈佺期、杜审言等人的岭外放流。这样一种贬或流强势地改变了士人的生活，甚至危及他们的生命，尤其是其中的负向贬谪(即因正道直行、无罪枉祸而贬者)，是士人研究和文学研究中最需关注的一类贬谪，也是贬谪文学研究中最有价值的部分。

第二，普通的贬官。既包括史书明言为贬但处置较轻、贬地较优的，如前述降秩而不出京或品秩不降而投闲置散者，也包括史书未明言为贬而实际类同于贬者，如前述罢相、出镇、出牧、分司者。此类贬谪或外放同样改变了当事者的生活，影响了他们的思想观念和文学创作，因而自然应成为历史研究和文学研究中需要兼及的一类对象。

第二章　唐五代各朝贬官及文人逐臣考述

第一节　唐五代各朝贬官概况

据对有关材料的初步统计①，唐五代各类贬官、逐臣约有3641人次（其中贬谪朝代和时间均不详者223人次）；这些贬官、逐臣中，可确定为文士、诗人者约有1209人次（其中朝代和时间均不详者22人次）。当然，这些被贬逐的文士、诗人是分散在唐五代342年中的，而且各朝的人数也不平均，有的甚至差别很大。考察不同时期被贬逐士人的分布情形及贬谪状况，有利于对唐五代贬官逐臣作动态的深入了解，并从中发现某些规律性的现象。下面，试对从高祖至哀帝再到五代各帝王之二十六个历史时段中的贬官情形作一概述，并以此为参照背景，联系当时朝局和重大政治事件，分析各朝文士诗人贬官之概况、成因和发展态势。

高祖朝（618—626）

高祖初兴，制度草创，“士不求禄，官不充员”②，招贤揽才之际，贬谪不行于时。武德中前期仅刘文静、殷开山、独孤晟等数人因兵败而贬，武德后期仅王珪、韦挺、杜淹、房玄龄、杜如晦等数人因秦王与太子争位而贬。终武德一朝，

① 这些材料主要是《全唐诗》、《全唐诗补编》、《全唐文》、《历代石刻资料汇编》、周绍良主编《唐代墓志汇编》、周祖譔主编《唐五代文学家大辞典》、傅璇琮主编《唐才子传校笺》等，疑而未能明者，则参以旧、新《唐书》、新旧《五代史》、《资治通鉴》、《通典》、《唐会要》、《大唐六典》、《唐律疏议》、《唐大诏令集》、《唐摭言》、《册府元龟》、《太平御览》、《郎官石柱题名考》等，以及数十种唐人杂史笔记，唐人别集；并借助《四库全书》、《四部丛刊》、《中国历代基本典籍库·隋唐五代卷》、《汉籍全文检索系统》等电子文献，综合去取。

② 《新唐书》卷四五《选举志下》，第1174页。

9 年间贬官约 38 人次，未见有大的流贬事件。

隋末丧乱，士民逃匿，高祖开国，立朝者皆武人勋旧，故高祖朝诗人文士贬官之少，为唐代各朝之最，仅见 4 人。其中王珪、杜淹、唐临三人之贬，均涉武德后期宫廷储位之争。

太宗朝(627—649)

太宗不世明主，能量才用臣。房玄龄、杜如晦同心辅国，魏征、王珪、温彦博、戴胄、李靖等一批名臣亦协力参政，君明臣贤，遂开贞观之治。大略而言，人主猜忌不明则易逞雷霆之威，大臣争权不协则易开倾轧之端，贬官必大兴于朝。然君臣相得不易，重臣无隙尤难，太宗则得而兼之。故太宗一朝，贬官颇少。23 年中贬官约 125 人次，年均仅 5. 43 人次。两次较大的贬谪见于贞观二年追宇文化及之党隋末弑逆旧恶，流裴虔通、牛方裕、薛世良等数人；贞观十七年承乾太子事败，侯君集、杜荷等伏诛，东宫官属张玄素、令狐德棻、赵弘智、裴宣机、萧钧等皆坐除名。

太宗朝文士诗人贬官 25 人次，年均仅 1. 09 人次而已。其原因除政治清明之外，太宗朝科举初兴，取士未广，朝中格局仍为武人勋旧，初唐新生文学群体尚未登上历史舞台，当亦是原因之一。贬官诸人中，基本不见有因直谏犯颜或政治倾轧而无罪枉祸的负向贬谪类型。贬谪制度在太宗朝基本体现了惩戒失职和有过官吏的原始功能。此应是太宗朝贬官之基本特点。

高宗朝(650—683)

高宗暗懦，启觊觎之隙。永徽三年，房遗爱等三驸马都尉与荆王元景构逆伏诛，长孙无忌因之诛吴王恪，贬江夏王道宗等，冀为高宗剪除潜在威胁。高宗又惑于武氏，而武氏志欲夺权，致力铲除异己，流贬遂兴。永徽六年，废后立武氏，仆射褚遂良谏阻被逐，许敬宗、李义府缘奸得进，不数年褚遂良与侍中韩瑗、中书令杜正伦贬死，来济、高履行远黜，至显庆四年诬长孙无忌谋反，无忌与柳奭贬杀，长孙氏、柳氏流贬者十三人，于氏坐于志宁贬者九人，皆朝中清要。褚遂良子彦甫、彦冲流爱州，被杀于道；籍没韩瑗三家，近亲皆流岭南为奴。至此高宗大臣诛窜殆尽，大政归于武后。麟德元年，帝与上官仪密谋废后，事发，仪父子伏诛，籍没其家，朝士与仪善者流贬甚众。自是武后垂帘，“黜陟、杀生，决于其口，天子拱手而已”①。武后强悍，诛杀虽亲族不避，咸亨二年贬杀姊子贺兰敏之，永隆元年又废太子贤，朝士坐流贬者颇多。故高宗朝之贬官人数上升，虽因许敬宗、李义府等人逞奸弄权，实则秉承武后之旨意。

高宗朝贬官仅姓名可考见者约 207 人次。由于武后奋力夺权，王皇后、长孙无忌、上官仪、贺兰敏之、太子贤等几次大狱均牵连甚广，故实际之数又不止于此。就诗人文士贬官看，约 50 人次，年均人数略多于太宗朝。其中因谏阻废后立武而贬者 7 人次、坐太子贤废者 4 人次、为许敬宗所构者 7 人次、为李义府所排者 4 人次。故高宗朝文士贬官，半数因有碍于武后夺权而获罪。又 50 人次中，多贬地远恶，且先贬后杀或配流者 13 人次，占 1/4，贬官已较太宗朝严厉。此二者亦为高宗朝贬官之特点。

武后朝(684—704)

武后朝政之显著特点有三：第一，刑杀流贬成为政权革命的手段。武后不出闱闼之间潜移国柄，以兵不血刃的方式完成武周革命，刑杀流贬这一不出日常朝政运转范围的方式，无疑成为其对宗室诸王及李唐旧臣进行长期打击的有效手段。至天授元年称帝时，唐之宗室数十家被诛杀殆尽，幼弱存者亦流岭南；又诛其亲党大臣数百家，上自宰辅，下至郎将、刺史，诛窜不可胜纪。刑杀流贬需罪名借口，于是酷吏罗织大行于世。

第二，酷吏当朝。武后以枭杰之才终成旷代大业，但毕竟牝鸡司晨，内不自安，常疑天下之人图己，乃欲以刑杀立威，于是大启告密之门。索元礼、周兴、来俊臣、万国俊、武懿宗、侯思止、王弘义等纷涌而进，告密罗织，酷刑承服。周兴、索元礼所杀各数千人，来俊臣所破千余家。万国俊按岭南，流人三百余人，于广州一朝杀之，诈为反状，还授封赏。武后乃更遣刘光业、王德寿等数人分按诸道流人，于是竞相多杀求赏，光业杀七百人，德寿杀五百人，自余少者不减百人，且牵连甚众，不少远年流人亦与之俱毙，遂成长寿二年流人劫。这些权奸酷吏能叱咤于时而特受宠幸，一是因其在武周革命中打击李唐宗室大臣，有拥

① 《资治通鉴》卷二〇一麟德元年，第 6457 页。

戴之功；二是此辈不绝于朝，则朝士人人自危，不敢稍存怨望之心。酷吏罗织为武后朝最显之弊政，其所以能长期存在，非武后不知此辈行事之冤滥，实源于其内心疑惧之心理。基于此一心理，武后朝贬官之罪名，多为反逆大恶。至神功元年来俊臣伏诛，狄仁杰、姚崇相继用事，酷吏罗织方渐止息，朝政稍安。

第三，大浪淘沙的用人方式。武后欲收天下人望，乃广开仕进之门。其一为试官。如长寿元年“一月，丁卯，太后引见存抚使所举人，无问贤愚，悉加擢用，高者试凤阁舍人、给事中，次试员外郎、侍御史、补阙、拾遗、校书郎。试官自此始。时人为之语曰：‘补阙连车载，拾遗平斗量；欋推侍御史，碗脱校书郎’”①。其二是打破门第资历常规，有才者皆不次擢用，不合意者不久即罢免。“太后虽滥以禄位收天下人心，然不称职者，寻亦黜之，或加刑诛。”②在这种大浪淘沙式的进退官员过程中，姚崇、宋璟、张说之流皆得磨砺，至玄宗时终获大用。故武后朝官爵易得而法网严峻，人竞为趋进而多陷刑戮。

武后朝贬官之盛居唐代各朝之首，上述三者当为其主要原因。武后朝诛贬官吏仅姓名可考见者约 231 人次，其时大狱频兴，动辄牵涉数十百家，周兴、索元礼、来俊臣等酷吏皆曾贬杀数千人，故遭贬遭诛官吏之数远不止此。

文士贬官较前朝增加，获罪亦重。为打击关陇豪族集团以实现夺权目的，武后大力奖崇进士文词之科，破格用人。自武后专政之高宗后期起，取士之数逐年递增，辞翰遂为时人所重，“四杰”“沈宋”“文章四友”等一大批新生文学群体纷纷登上历史舞台。又设立奉宸府，先后网罗四十七人预修《三教珠英》，由此形成珠英学士集团，李峤、崔融、沈佺期、宋之问、杨炯、张说、员半千、阎朝隐、富嘉谟等皆预其事③。这样一些优待政策，无疑刺激了诗文之士的进趋之心。故贬官大盛的武后朝，文士诗人贬官之数达 80 人次，年均 4 人次。其中以谋反罪名或受此牵累者而贬者 25 人次，死或流者 20 人次，为酷吏所构者 15 人次，为二张、诸武、宗楚客等所逐者 11 人次。酷吏群小逞奸，遭贬者罪名尤重，贬逐严厉，乃是武后朝贬官的一大特点。

---

① 《资治通鉴》卷二〇五长寿元年，第 6592~6593 页。

② 《资治通鉴》卷二〇五长寿元年，第 6593 页。

③ 《唐诗演进论》时序卷，第 6~7 页。

中宗朝(705—710)

神龙元年，张柬之等以诛二张之名发动兵变，中宗得以复辟，然政变并不彻底。中宗早历艰难，复位后苟安享乐，大政委于韦后，故政局未改前代旧貌。武、韦两代外戚当政，大臣多苟容取奸之辈，朝政一无可称。神龙元年治二张之党，窜逐数十人。继而武三思用事，武氏之势复振，肆行反扑，当年的复辟功臣张柬之、敬晖等五王及驸马都尉王同皎皆遭贬杀。武三思权倾天下，忠直者不得立于朝。景龙元年，太子重俊起兵诛武三思，败死，有牵连者皆受贬窜。

中宗在位不足六年即被弑，因神龙中经历了诛二张及杀五王的反复，故中宗朝贬官人数不少，达 86 人次，主要集中在神龙元年、二年间，景龙以后渐趋稳定。

文士贬官继续增加。自武后破坏“关中本位政策”以来，关陇贵族集团遂分崩堕落，进士词科日益崇重，逐渐成为士子入仕的唯一正途①。由于文词成为官吏的基本素质，使得朝士贬官盛衰与文士贬官多寡之联系更趋密切。武后以前，诗人文士贬官占贬官总数的比例在 20%以内；中宗以后，大多在 30%以上。又，士子入仕之后，其个人才性和君主的文学好尚，直接影响其对文学的重视程度和创作量的多寡，并由此导致不同时段文人数量的增减；故中宗以后各朝诗人文士贬官之盛衰，除随朝士贬官之盛衰而上下波动外，诗文之士的代群分布和君主的文学好尚，亦成为引起诗人文士贬官所占贬官总数比例多寡的两个因素②。

武后时控鹤府及《三教珠英》之修撰皆为二张所主，故珠英学士大多在诛二张时受到贬窜，与珠英学士从游者多受过二张接纳，亦被牵连。故中宗朝诗人文士贬官之数急剧上升，达 52 人次，年均近 9 人次，所占贬官总数的比例亦达 60%。其中坐二张之党流贬者，至少 18 人次③。中宗朝诗人文士贬官的特点：其一，时间集中。主要发生在神龙元年、二年两年，其他年份不足 10 人次。其二，

---

① 陈寅恪：《唐代政治史述论稿》上篇《统治阶级之氏族及其升降》，上海古籍出版社，2020 年，第 23、53~54 页。

② 参见尚永亮、张娟：《唐知名诗人之层级分布与代群发展的定量分析》，《文学遗产》2003 年第 6 期。

③ 沈佺期《初达驩州》：“流子一十八。”陶敏、易淑琼校注：《沈佺期宋之问集校注》卷一，中华书局 2001 年，第 97 页。参见本书第二编第一章第二节相关论述。

贬谪严厉。诛二张事涉复辟，故二张之党多流贬岭南远恶地；及武三思反扑，张柬之等五王和所善者多遭贬杀。其三，谪居时间不长。因政变不彻底，武氏之势复振，兼中宗雅好诗文，故坐二张而贬逐者，一二年间多已召还，且大半于景龙二年入修文馆为学士。

睿宗朝(710—712)

中宗遇弑，韦后复效则天故事，及临淄王李隆基与太平公主起兵政变，武、韦两代外戚方诛窜殆尽。朝中大臣少数与韦后同谋者如宗楚客、赵履温等伏诛，其余大部分如萧至忠、韦嗣立等皆坐后党而尽行贬逐，朝列几空。故睿宗受禅即位后，为稳定局势，复召前黜之宰臣萧至忠、韦嗣立、赵彦昭、崔湜等辅政。数日后姚崇、宋璟用事，洗革前弊，前代之宰相大臣又渐次贬出。时太平公主权盛，遂谋废立。睿宗优柔，太平肆行其志，逐姚崇、宋璟，一日罢睿宗五相，于是崔湜、窦怀贞、魏知古、岑羲、萧至忠等此前被黜者复因公主得进。朝中多附公主，东宫危殆，情势日逼，睿宗不得已于先天元年八月内禅。睿宗在位两年，处新旧交替之际，政局风起云涌，人事迁黜变幻倏忽，延至先天二年玄宗再度起兵诛太平公主，朝局始定。故睿宗朝贬官频繁，两年间达 47 人次。

睿宗朝诗人文士贬官达 43 人次。以年均人次多，占贬官总数比例高，改朝换代痕迹明显为特点。考其原因，其一，中宗乃好文之主，神龙元年坐二张之党贬出的一批文士，时间不长多已相继召还。景龙二年又于修文馆网罗了大批诗坛才俊①，半数为昔日的珠英学士。“每游幸禁苑，或宗戚宴集，学士无不毕从，赋诗属和，使上官昭容第其甲乙，优者赐金帛。”②自武后以来奖擢的进士文词之士，于中宗朝多居重位，修文馆中位列宰相者即有七人。到了睿宗朝，由于政局的数度变易，这批人无疑皆处于政治争斗的风口浪尖，故睿宗朝诗人文士贬官之数骤增，年均达 21 人次；且其占贬官总数的比例，亦高达 91%，两项均臻于国

① 《新唐书》卷二〇二《李适传》：“中宗景龙二年，始于修文馆置大学士四员、学士八员、直学士十二员，象四时、八节、十二月。于是李峤、宗楚客、赵彦昭、韦嗣立为大学士，适、刘宪、崔湜、郑愔、卢藏用、李乂、岑羲、刘子玄为学士，薛稷、马怀素、宋之问、武平一、杜审言、沈佺期、阎朝隐为直学士，又召徐坚、韦元旦、徐彦伯、刘允济等满员。其后被选者不一。”第 5748 页。

② 《资治通鉴》卷二〇九景龙二年，第 6739 页。

初以来之极。其二，武周天下真正重归李唐当在睿宗之世，中宗朝实为武韦政权，宰相大臣多依附武韦以取苟容，故其在睿宗之初多坐韦后之党或以武韦旧臣屡遭贬斥，共计 25 人次，占 53%。如此看来，睿宗朝诗人文士贬官具有改朝换代的过渡性质，便不足为怪了。

玄宗朝(712—756)

先天二年七月，玄宗起兵诛太平公主，宰相大臣萧至忠、岑羲、窦怀贞、崔湜、薛稷、常元楷等伏诛。时穷治公主支党，“百官素为公主所善及恶之者，或黜或陟，终岁不尽”①。开元二年又追责中宗朝宰相旧过，贬韦安石、韦嗣之、赵彦昭、李峤等，自高宗以来之四代女主势力遗留，彻底洗肃一清。玄宗励精图治，遂有开元全盛之世。

开元中之朝士升降，以几任宰臣升黜进退为经纬，隐伏吏治与文学之争。大略言之，开元元年张说等文儒才士以匡赞之功掌枢衡，不久为吏事圆通之姚崇取代。姚崇奖拔吏干之才，压制文学后进，可视为对中宗以来重用文学之臣的反拨。其继任者宋璟持正尚法，张嘉贞吏事强敏，虽志操各异，然皆以吏能为用人趣向。至开元十一年，张说为中书令，劝导玄宗开馆置学士，延礼文儒，发明典章，成开元文物彬彬之盛。说奖掖文学后进，开元前期知名文学之士，多出燕公门下。而玄宗渐骄侈，聚敛吏能之士渐进，张说为宇文融、李林甫等排挤而罢相。至开元二十四年“一代辞宗”张九龄罢黜，有吏能之李林甫、牛仙客掌权衡，钱谷之臣杨慎矜、韦坚、王珙竞以利进，巧佞吏能者遂取得全面胜利。就吏能一派而言，前之姚崇重吏为协心辅国，故能兴利振废，至于大治；后之李林甫等重吏为巧固权位，故奸弊丛生，以至于乱。综观开元中吏治与文学之争，几度反复，并未构成激烈的党派倾轧，仅为不同时期君主宰臣用人趣尚不同而已，故几次更迭基本未出现大规模的流贬之祸。

及开元末李林甫权倾天下，玄宗之政治清明时代遂告终结。至有人认为开元二十四年张九龄罢相、李林甫用事为唐之理乱所分②，确为有见。玄宗太平日

---

① 《资治通鉴》卷二一〇开元元年，第 6804 页。

② 《旧唐书》卷一五九《崔群传》载崔群对宪宗语曰：“人皆以天宝十五年禄山自范阳起兵，是理乱分时，臣以为开元二十年罢贤相张九龄，专任奸臣李林甫，理乱自此分矣。”第 4189 页。

久，渐肆奢欲，九龄遇事无细大皆力争，而林甫巧伺上意，因而有宠。及林甫当国，欲塞人主视听，尤防谏臣，尝明诫谏官杜口①，“补阙杜琎尝上书言事，明日，黜为下邽令。自是谏争路绝矣”②。文儒多不屑吏事，以赞佐王道为己任，喜论事，好谏争，故林甫尤忌文学之士。天宝六载，“上欲广求天下之士，命通一艺以上皆诣京师。李林甫恐草野之士对策斥言其奸恶……遂无一人及第者”③。其年元结，杜甫皆在其中。林甫专权固宠，将势位近于己者百计去之，兵部侍郎卢绚、绛州刺史严挺之、泸州刺史齐瀚、户部尚书裴宽、刑部尚书裴敦复、朔方河东等四镇节度使王忠嗣，皆为其构陷贬黜。林甫又豢养酷吏，有吉温、罗希奭者，时人谓之“罗钳吉网”④，屡起大狱。天宝五载，韦坚、皇甫惟明之狱，李适之、裴宽等坐韦坚亲党流贬者数十人。杜有邻、柳勣之狱，著作郎王曾、淄川太守裴敦复、北海太守李邕，皆坐死。又分遣御史赴贬所赐皇甫惟明、韦坚兄弟等死。罗希奭自青州至岭南，所过杀迁谪者，郡县惶骇，李适之、王琚皆为其怖杀⑤。天宝六载，杨慎矜之狱，连坐者数十人。又别置推事院于长安，引杨国忠为御史，挤陷诛夷数百家⑥。李林甫养酷吏、起大狱、严贬官处置⑦，其目的皆为固宠擅权，以谋废立。及杨国忠为相，巧媚固宠，排斥异己，一如林甫。遂养成禄山之祸。

玄宗在位日久，虽天宝以后李、杨乱政，毕竟有开元近 30 年政治较为清明的时期，故玄宗朝贬官较武后以来颇有下降，44 年中贬官约 523 人次，年均 12 人次。玄宗朝虽文学鼎盛，但文学之士较少获得实际参政机会，即便是张说、张九龄所奖拔的一批文学之士，进入权力上层者亦寥寥可数，故玄宗朝诗人文士贬官 171 人次，仅占贬官总数的 32.7%，远不及中、睿之世。年均近 4 人次，略同

① 《资治通鉴》卷二一四开元二十四年载：“李林甫欲蔽塞人主视听，自专大权，明召诸谏官谓曰：‘今明主在上，群臣将顺之不暇，乌用多言！诸君不见立仗马乎？食三品料，一鸣辄斥去，悔之何及！’”第 6945 页。

② 《资治通鉴》卷二一四开元二十四年，第 6945~6946 页。

③ 《资治通鉴》卷二一五天宝六载，第 6995 页。

④ 《旧唐书》卷宗一八六下《罗希奭传》，第 4858 页。

⑤ 《资治通鉴》卷二一五天宝五载，第 6989~6994 页；

⑥ 《资治通鉴》卷二一五天宝六载，第 7001~7002 页。

⑦ 《资治通鉴》卷二一五天宝五载载：“秋，七月，丙辰，敕：‘流贬人多在道逗留。自今左降官日驰十驿以上’。是后流贬者多不全矣”。第 6991 页。

于武后朝。其中先天、开元初以太平公主之党或以前朝旧过而遭诛贬者 14 人次，为李林甫诛贬者 15 人次，为杨国忠贬逐者 13 人次。

肃宗朝(756—762)

肃宗于灵武草创朝廷，文武阙员。房琯本因追随玄宗入蜀而进位宰相，及谒灵武传位，遂获大用。继而琯兵败陈涛斜，失恩于帝；又受崔圆等精于吏事者排挤，遭贺兰进明、李辅国等新朝宠臣所忌，终至贬逐。刘秩、严武、李何忌、杜甫、贾至等亦坐党于房琯先后贬出。肃宗其后所用之相如苗晋卿、崔圆、吕諲、第五琦、元载等皆以吏事练达或擅于财利著称。而琯性高简，不喜俗务，好宾客，喜高论，为一典型文儒。“时天下多故，急于谋略攻取，帝以吏事绳下，而琯为相，遽欲从容镇静以辅治之”①，结果可想而知。房琯因时而进，亦以不合于时而败，从某种程度上宣告了开元文儒时代的彻底终结。愈是盛世，文儒愈能发挥典章教化的作用。随着唐王朝由盛转衰，文儒遂失却了其历史舞台，盛唐文学中赞佐王道、致君尧舜的政治理想和昂扬奋发、高唱入云的进取情怀遂成为历史的绝响。

此前肃宗在藩，数为李林甫、杨国忠所危，以切身之痛，尤忌宰相专权。故肃宗朝宰相任免频繁，六年间至用 16 人，除谨身固位之苗晋卿而外，余皆逾年即罢。频繁的宰相任免必然带来人事上的动荡；又终肃宗之世，祸乱未平，战局变幻，时有兵败被贬者。乾元二年，九节度溃于相州，河洛之地，官吏奔窜，被贬者尤多。

肃宗既忌宰相专权，乃重用宦官。观军容使鱼朝恩忌郭子仪之功，谮于上，罢其兵权，致河朔失于处置，遗患无穷。李辅国以劝进之功，尤宠渥无比，专掌禁兵，与张皇后相表里，干预政事，势倾朝野。乾元二年，凤翔马房押官之狱，监察御史孙蓥、御史中丞崔伯阳、刑部侍郎李晔、大理卿权献、宰相李岘，皆遭贬逐；上元二年，又起两宫之争，迁玄宗于西内，逐颜真卿、高力士等；肃宗卒后，又称兵拥立代宗。凡宦官观军容，典禁兵、擅废立等恶例，皆成于肃宗之世。尤可注意者，李辅国官居兵部尚书，宦官列外朝重位，实属罕见。代宗立，

① 《新唐书》卷一三九《房琯传》，第 4628 页。

辅国更进位宰相，封王。可见宦官势力兴盛之初，张狂忘形，以致不避物议名讳。至代宗诛辅国、程元振、鱼朝恩等，宦官势力方隐于幕后。肃宗朝及代宗前期，宦官既跃于台前，朝士因之流贬者稍多。

安史之乱席卷中原，两京陷没。及收两京，至德、乾元间议陷贼官之罪，达奚珣等十八人被斩于独柳下，陈希烈等七人赐自尽于大理，其余贬降者殆不可数，王维、储光羲、李华等皆预其中。

综上所述，肃宗在位六年，值万方多难，兵革不息，宦者擅权，朝政失序。故朝士贬官及诗人文士贬官之数，皆复大盛。肃宗朝贬官约 97 人次，诗人文士贬官 50 人次，年均 8. 33 人次，其中因陷贼而贬逐者 10 人次，为李辅国等宦官贬逐者 10 人次，坐房琯事而贬逐者 4 人次，坐兵败而贬者 3 人次。

代宗朝(762—780)

代宗性近肃宗，凡宠任宦官、含容节将、侈贿盛行、刑法废弛诸弊，一无改易。肃宗尚志在恢复，代宗朝则苟安取容。宝应元年之宫闱政变，外朝大臣未预其事，乃两派宦官之斗争，故诛贬者皆宦官与后宫亲属。其后李辅国、程元振、鱼朝恩虽弄权，然未起大狱。且元振、朝恩更忌宿将有大功者，废黜郭子仪，杀山南节度来瑱、同华节度李怀让，仆固怀恩畏诛而叛，安史余党失于处置，遂盘踞河北。此皆宦官弄权之失，然朝士为其贬逐者不多。代宗诛逐辅国等三人，皆使其自服，未峻刑显诛，亦未穷治其党羽，故未造成大规模流贬。元载当国十余年，颇弄权不法，然亦未起大狱，至大历十二年诛元载，方有王缙、杨炎等一批朝士坐元载党贬出。且载、缙当国，“货赂公行，天下不按赃吏者殆二十年”①，刑法废弛可见一斑。因此上数故，代宗朝朝士贬官数骤降，十七年间贬官约 152 人次，年均仅 8. 94 人次。

开天之间诗人文士之盛，经安史浩劫，渐趋衰歇。以“大历十才子”为代表，活跃于大历间之诗文之士，多沉郁下僚，故代宗朝文士诗人贬官尤少，17 年间仅 43 人次，反不如肃宗朝 6 年之总数，年均仅 2. 53 人次。其中为元载弄权所贬者 7 人次，坐元载党而贬者 6 人次，共占 1/3。此外为宦官所贬者 2 人次，坐交

① 《资治通鉴》卷二二六建中元年，第 7407 页。

结宦官而贬者 3 人次。

德宗朝(780—805)

德宗初立，颇思振拔，疏斥宦官，亲任朝士，罢四方贡献，讨平泾州叛将刘文喜，决意不许成德李惟岳世袭旌节，皆欲一革代宗之弊。而“张涉以儒学入侍，薛邕以文雅登朝，继以赃败。宦官武将得以借口……于是上心始疑，不知所倚仗矣”①。朝中党争又起，杨炎先坐元载之党贬出，后既入揽大政，专以复恩仇为事，杀刘晏，逐崔宁，连累者数十人。藩臣以为口实，德宗恶之，进用卢杞，杞“既居相位，忌能妒贤，迎吠阴害，小不附者，必致之于死”②，杀杨炎、赵惠伯、崔宁、郑詹，逐张镒、颜真卿、李揆、严郢、杜佑、田晋等。朝政益滥，终有建中四年朱泚之乱。

历兴元艰难之后，德宗一改前志。忌握兵宿将，以宦官专禁卫军政，增强宦官在地方军镇的势力，并使宦官参与节度使的任命；德宗自兴元还后，“虽一州一镇有兵者，皆务姑息”③，河北诸镇世袭成例，他镇纷纷拥兵自恣，兵骄将横，乃至“军郡刺史，亦难于更代”④；德宗既历奉天窘乏，“故还宫以来，尤专意聚敛”⑤，内则“宫市”、“五坊小儿”为患，外则藩镇、刺史乃至幕僚竞为进奉以邀宠；德宗惩于杨炎、卢杞朋党失序，遂“不委任臣下，官无大小，必自选而用之，宰相进拟，少所称可”⑥。德宗本无人主器量，性刚愎，耻闻过，宰臣敢言者如姜公辅、萧复、崔造、齐映、柳浑等皆遭贬黜。即便是较尊崇之李泌、陆贽，所谏亦多不听，或阳奉阴违；其性刻薄少恩，故所用宰臣多以获罪而终，“及群臣一有谴责，往往终身不复收用”⑦；德宗性既猜忌，遂自树私党以防朝臣。前之卢杞，后之裴延龄、李实等，皆德宗宠信不疑者。卢杞“知上性多忌，因以疑似

---

① 《资治通鉴》卷二二六建中元年，第 7408 页。
② 《旧唐书》卷一三五《卢杞传》，第 3714 页。
③ 《资治通鉴》卷二三五贞元十五年，第 7707 页。
④ 《旧唐书》卷一四六《杜兼传》，第 3969 页。
⑤ 《资治通鉴》卷二三五贞元十二年，第 7694 页。
⑥ 《资治通鉴》卷二三四贞元十年，第 7677 页。
⑦ 《资治通鉴》卷二三四贞元十年，第 7677 页。

离间群臣，始劝上以严刻御下”①。至于裴延龄，“上亦颇知其诞妄，但以其好诋毁人，冀闻外事，故亲厚之”②。

要而言之，德宗朝用事者杨炎、卢杞、窦参几位宰臣及晚年所宠信之裴延龄、李实等，皆弄权树党、排斥异己之辈，朝士为其贬逐者众；又几任宰相大臣以获罪诛贬，朝士遭牵连者颇多。兼以德宗猜忌朝臣、党争及兴元元年陷贼官等因素，德宗朝 26 年间贬官约 286 人次，盛于代宗之世。

至德以来，翰林学士制度逐步形成；大历末“常衮当国……非以辞赋登科者，莫得进用”③。“自德宗以后，其宰相大抵皆由当日文章之士由翰林学士升任者也。”④国家文官政体中进士词科的作用愈发强化，至晚唐宣宗时达到极致。与之相应，朝士贬官与诗人文士贬官之频率愈趋于同步。兼以德宗为好文之主，故德宗朝诗人文士之贬尤盛于代宗之世，达 99 人次，年均逾 3. 9 人次。

德宗朝诗人文士贬官特点：第一，多宰臣获罪遭贬者。德宗忌刻少恩，因宰相常衮、杨炎、窦参、陆贽及仆射刘晏获罪，共贬官 21 人次。第二，窜谪时间长。德宗尤防嫌贬臣，贞元十年，宰相陆贽以“郊礼赦下已近半年，而窜谪者尚未沾恩”，乃为三状拟进。德宗犹以所拟稍逾三五百里，又多近兵马及当路州县而不允⑤。其后更十年无赦，群臣谴逐者往往终身不复叙用。贞元初卢景亮贬朗州司马，贞元八年令狐峘贬衡州别驾，姜公辅贬泉州别驾，唐次贬开州刺史，李吉甫贬明州长史，十一年陆贽贬忠州别驾，十四年阳城贬道州刺史，十六年郑余庆贬郴州司马，皆终德宗之世，长从摈弃之列，废抑十几二十年，至永贞元年始重获进用。第三，为奸邪弄权谮逐者众。德宗猜忌，卢杞、裴延龄、李实等以天子私党恃恩弄权，为其谮逐者 18 人次。第四，以言事而贬者众。德宗刚愎，以敢于言事而不容于朝者 11 人次。此外，为杨炎、卢杞党争所贬者 9 人次。综而言之，德宗朝诗人文士贬官多为无辜被逐者。真正因不法、失职而获罪者仅十几人次，不足 1/5。

---

① 《资治通鉴》卷二二七建中三年，第 7448 页。

② 《资治通鉴》卷二三五贞元十年，第 7685 页。

③ 《旧唐书》卷一一九《崔祐甫传》，第 3440 页。

④ 陈寅恪：《唐代政治史述论稿》上篇《统治阶级之氏族及其升降》，第 23 页。

⑤ 《资治通鉴》卷二三四贞元十年，第 7676 页。

顺宗朝(805—806)

顺宗即位，王叔文用事，联络刘禹锡、柳宗元等一批锐意进取的青年才俊，悉罢进奉、宫市、五坊小儿，召谮逐之臣，谋夺宦者兵权，革除德宗弊政，是为“永贞革新”。但在宦官、藩臣及保守官僚的联合打击下，这场革新仅持续了120余天，即以顺宗被迫内禅而告失败。其历时甚短，革新派亦因种种阻力而未能铁腕施政，故仅有武元衡、羊士谔、窦群、韩皋等昌言反对者数人被贬，大规模的贬谪发生在宪宗即位之后。故顺宗朝贬官仅9人，诗人文士贬官8人，其中为革新派所贬者4人，为保守派所贬者2人。

宪宗朝(806—821)

宪宗既因俱文珍、刘光琦等宦官之力得以受禅登位，则以打抑宦官为主要内容之一的王叔文集团便不能不受到毁灭性的打击。永贞元年八月至十一月间，王伾、王叔文、韩泰、韩晔、柳宗元、刘禹锡、韦执谊、陈谏、凌准、程异先后被贬荒远州郡，从此，历史上便出现了饱含悲剧意义的“二王八司马”这一名称。八个月后，朝廷又一次严厉申明：韦执谊等八人“纵逢恩赦，不在量移之限”①。受革新派牵连，在宪宗初年遭贬者约二十人次。

用兵藩镇为宪宗朝政之最大特点。宪宗一改德宗姑息态度，用宰相杜黄裳之议，用兵讨蜀，开始收复朝廷威权的连续征伐。元和元年平西蜀刘辟、夏绥杨惠琳，元和二年平镇海李锜；元和四年至五年讨成德王承宗，五年收昭义卢从史，七年魏博来归；九年至十二年平淮西吴元济，十年至十二年复讨成德，王承宗敛手割地；十三年至十四年平淄青李师道，宣武韩弘归朝。至是天下藩镇惕息，盘踞两河三十余州达六十余年之河朔强藩，皆请官吏，输贡赋，尽遵朝廷法令，一洗藩镇跋扈之弊，故史称“中兴”。终元和一朝，十余年间兵未暂歇，连年调发天下诸道之兵，讨伐征战，战局变幻，人事调整随之频繁，因讨伐无功或因兵败而被贬者亦众。

由于连年用兵方镇，故终宪宗一朝，一直隐伏着力主用兵一派与主张慎议用

① 《旧唐书》卷一四《宪宗本纪上》，第418页。

兵甚或反对用兵一派的斗争。前之杜黄裳，后之裴度，及两度入相之武元衡、李吉甫，皆力排众议，力主用兵者。与之相较，主张不可轻议用兵甚或反对用兵之公卿朝士更多，仅宰相即有前之裴垍、李绛，后之张弘靖、韦贯之、李逢吉、令狐楚等人。宪宗朝虽未成党争之局，然两派政见不同，叠相主事，难免党同排异。宪宗亦颇忧之，曾前后数次向宰相访问朋党之事。主用兵一派虽为少数，然得君主及主战派宦官之助，故稍处优势。然用兵未断，则两派之争斗不绝，战局愈不利，争斗愈激烈。至元和十一、十二年，讨蔡未克，又兼伐成德，群臣以师老财竭请罢兵者日众，两派之争斗趋于白热化。于是张弘靖、韦贯之、钱徽、萧俛、韦顗、独孤朗、李逢吉、令狐楚等坐言罢兵而相继贬黜，用兵始卒获成功。

肃、代以来，节镇愈置愈多，至元和二年李吉甫上《元和国计簿》，天下方镇之数已达四十八①，晚唐又逾此数。然肃、代以来，除河朔武人盘踞外，其他节帅亦多为军勋功臣，德宗更“务为姑息，不生除节帅。有物故者，先遣中使察军情所与则授之。中使或私受大将赂，归而誉之，即降旄钺，未尝有出朝廷之意者”②。至宪宗裁抑藩镇，收朝廷威权，始令宰相出为重镇节帅，又多令台阁重臣频繁出镇地方，以加强中央对地方的控制。此后相沿成习，蜀中、关内、河南、山南、江淮等地重镇遂成为宰相回旋之地，节度、观察亦成为台阁重臣出入升降之官。故自宪宗始，除以往郎官、御史等清要朝官出为州郡刺史外，又多一台阁重臣出为节度、观察之重要途径。此类人事变动频率颇高，一位台阁大臣往往有数次出镇的经历，这无疑大大增加了中晚唐各朝贬降官的数量。但此类贬官，朝廷诏书往往不明言贬降，故贬意较轻，处罚不重。

宪宗虽为中兴之主，然其既因宦官而得位，故终元和一朝，宦官势力颇盛。元和元年郑余庆罢相，元和五年元稹贬江陵，六年李绛罢学士，九年罢相等，皆因触忤宦官。元和三年制策案，韦贯之、杨於陵、裴垍、王涯等十余人亦因触怒宦官而遭贬。宪宗除宠任宦官外，末年又渐骄侈，好丹药，皇甫镈以钱谷得幸，弄权树党，裴度、崔群、裴潾等皆为其谮逐。

① 《资治通鉴》卷二三七元和二年载：“是岁，李吉甫撰《元和国计簿》上之，总计天下方镇四十八，州府二百九十五，县千四百五十三。”第7769页。

② 《资治通鉴》卷二三七元和元年，第7749页。

综以言之，穷治王叔文之党、主战与罢兵两派之争及台阁大臣出镇，为宪宗朝贬谪外放的几大关节。兼以元和三年制策案、元和末皇甫镈弄权等事端，宪宗朝贬官又盛，15 年间约 299 人次，逾德宗 26 年间之总数。

宪宗朝文士贬官数亦远超德宗朝。伴随“中兴”思想，自贞元后期开始涌现的，以刘柳、元白、韩孟为中坚的一大批诗文之士，带来了中唐文学的繁荣，创造了以元和新诗，“古文运动”为特色的唐代文学的第二个高峰。而宪宗朝正是他们受多难兴邦、发愤图强之元和时代精神①感召，积极参政、锐意进取之时，故众多文士诗人被卷入此一时期的贬谪大潮，总计达 119 人次，年均约 8 人次，倍于德宗之世，占贬官总数的比例亦达 39. 8%。其中坐王叔文之党而贬逐者 12 人次，因元和三年制策案而贬者 5 人次，因言事忤旨或为执政所忌而贬者 11 人次，因主罢兵而贬者 7 人次，为皇甫镈所谮者 5 人次，重臣出镇者 27 人次。

穆宗朝(821—825)

穆宗承元和中兴之局，以为天下无事，耽于荒宴。成德、幽州有收归朝廷之机而不能把握，宰相崔植、杜元颖、王播、度支崔倰等不识安危大体，处置失宜，致幽镇复叛。及至用兵，宦官擅制军事，将帅不专号令，禁中遥授方略，又急于求成，惟督速战，终致财竭力尽，讨贼无功；军旅失于处置，魏博复叛。由是朝廷再失河朔，讫于唐亡，不能复取。武宁、昭义、宣武诸镇亦纷纷离心，两河不宁，元和十余年努力之成果渐次荡尽。各镇兵乱相继，节帅田弘正、田布、张弘靖、卢士玫、崔群、李愿等皆因兵乱被杀或失旌节而遭贬。长庆元年，因著名的科试案贬钱徽、李宗闵、杨汝士等。以此为标志，党争复萌；嗣后李逢吉入相，弄权树党，排挤李德裕、李绅，内结枢密使王守澄，势倾朝野。倾轧垂四十年的牛李党争正式开场。

穆宗朝军、政失序，外则三镇复叛，两河动荡，内则宰臣弄权，朋党构扇。故贬官频率又略高于宪宗朝，4 年间约 95 人次。长庆紧承元和，元和文学群体至此尚盛而未衰，兼穆宗亦一好文之主，故诗人文士贬官尤盛于前朝，4 年间遭贬者 49 人次，年均达 12. 3 人次，所占贬官总数的比例高达 51. 6%。其中贬皇甫

① 尚永亮：《元和五大诗人与贬谪文学考论》，第 32~33 页。

镈党羽及令狐楚 5 人次，贬李景俭及亲善者 7 人次，因科试案而贬者 3 人次，为李逢吉朋党所构而贬者 9 人次，因兵乱失守而贬者 4 人次，大臣出镇 12 人次。

敬宗朝(825—827)

敬宗十六岁即位，承穆宗乱局，外则河朔为患，内则群小乱政。况以性情未定之年，骤登大位，是非不明，宦竖为导引，游宴、击球、手搏(摔跤)、夜猎不息，幼稚而荒唐。“视朝月不再三，大臣罕得进见。”①终为小人乘隙而弑，史曰“不君”。宦官王守澄以助穆宗即位得宠，自穆宗寝疾，“守澄专制国事，势倾中外。”②宝历元年“崔发之狱”，给事中李渤论之，出为桂管观察使。李逢吉自长庆中逐元稹，出裴度，窃居大位，“内结知枢密王守澄，势倾朝野”③。忌李绅，遂有端州之贬；同贬者尚有右拾遗吴思、翰林学士庞严、蒋防。并广植党羽，至有“八关十六子”之号；又防裴度入朝，遂有“武昭之狱”。武昭死，李仍叔贬道州、李虞贬河南士曹，茅汇、李仲言、李涉皆流岭表④。

观敬宗朝局，非敬宗“不君”，实为“无君”，朝政亦出弄权者之手，故敬宗朝贬官约 60 人次，文士受贬 26 人次，多与上述“崔发之狱”、“武昭之狱”、李绅贬端州三事有牵连。所贬 9 人中除李汉、李渤外，余 7 人均与李逢吉相关。

文宗朝(827—841)

文宗恭俭求治，然受制于宦官。宦官擅兵权而总大政，威权出人主之右，大和二年刘蕡对策，痛斥其祸：“专废立之权，陷先君不得正其终，致陛下不得正其始”⑤，“祸稔萧墙，奸生帷幄”、“宫闱将变、社稷将危、天下将倾、海内将乱”⑥。考官不敢取，遂致蕡沦踬使府而卒。五年，宰臣宋申锡谋诛宦官，事泄，宋申锡贬开州司马，晏敬则等坐死及流窜者数百十人。九年，重用李训、郑注诛

① 《资治通鉴》卷二四三宝历元年，第 7964 页。
② 《资治通鉴》卷二四三长庆三年，第 7948 页。
③ 《资治通鉴》卷二四三长庆三年，第 7950 页。
④ 事见《旧唐书》之《穆宗本纪》《敬宗本纪》《李逢吉传》《李绅传》。
⑤ 《新唐书》卷一百三《刘贲传》，第 5297 页。
⑥ 《资治通鉴》卷二四三大和二年，第 7978 页。

宦官，杨承和、韦元素、王践言流徙远贬，陈弘志、王守澄、王守涓被诛。遂激起震惊中外的“甘露之变”，宰相王涯、贾餗、舒元舆、李训死，豫事之王璠、罗立言、郭行余、李孝本、顾师邕被杀，他如诸司官员吏卒死者不可胜数。凤翔灭郑注，又杀千余人。副使钱可复、判官卢简能，萧杰、掌书记卢弘茂皆死其中。宦官气焰益盛，数日之间，生杀除拜，上不豫知，“迫胁天子，下视宰相，陵暴朝士如草芥。”巡边之田全操返京，扬言：“我入城，凡儒服者，无贵贱当尽杀之！”①甘露之变后，文宗受仇士良等凌迫，“忽忽不乐”，郁郁而终。

文宗思治心切，而纳听不坚，统御无术，贤不肖两进，迭相倾轧，故朋党相争最剧，流贬屡起。大和三年，李宗闵得宦官之助窃居相位，广植党羽，排挤朝士，杨虞卿、杨汝士、杨汉公、张元夫、萧浣等曲为结纳，“上干执政，下挠有司”②，肆为朋党。及七年，李德裕辅政，此辈渐次贬出。八年，李宗闵复相，与李训、郑注排摈德裕，贬德裕为袁州长史，路隋亦坐贬。九年，李训、郑注用事，复排挤宗闵党，贬宗闵于潮州，杨虞卿、李汉、萧浣、李珏、高元裕等尽行贬出。训、注所恶朝士，“皆指目为二李之党，贬逐无虚日，班列殆空，廷中恟恟”③。“甘露之变”后，郑覃辅政，政局稍定。不久又进宗闵党杨嗣复、李珏，排摈郑覃、陈夷行。朝政反复，流贬相继。贬官约224人次。

文宗朝受贬文士约116人次，而以大和八年、九年最为集中，即李宗闵、李训、郑注相继弄权期间，达20余人次。各段分而言之，因李德裕秉政而出者3人；因李宗闵弄权而贬出者8人次；因训、注弄权而贬出者11人次，多为李宗闵党羽。坐赃而贬者4人，其他犯法、不职者6人，因事坐累者4人，余者贬因不明。

文宗朝文士贬官人数多，因宗闵、训、注弄权而逐出者所占比例大，共19人次，因贪赃、犯法、不职而贬者10人。其中，处置严厉的流贬者21人。

武宗朝(841—847)

武宗英武勇断，有太宗遗风，收回鹘，平泽潞，抑宦竖，复振威权。且用人

① 《资治通鉴》卷二四五大和九年，第8041、8042页。

② 《资治通鉴》卷二四四大和七年，第8006页。

③ 《资治通鉴》卷二四五大和九年，第8029页。

不疑，政不反复。李德裕正身立朝，不以朋党害政，观其救杨嗣复、李珏，任柳仲郢可知。奋其才智，运筹帷幄，君臣相得，故会昌政局，自元和以后少有，贬官亦颇有减少。文宗寝疾时，本议太子即位，宦官争功，矫诏立武宗为皇太弟。因之武宗之立尤为不正，故有杨嗣复、李珏、裴夷直、魏謩等之贬；四年，破泽潞，遂有牛僧孺、李宗闵之贬①；6 年间贬官约 80 人次。

会昌文士贬官约 39 人次，与文宗朝相比，总体人数下降。其中因涉所立而贬者 4 人，因事为李德裕所贬者 4 人次，宦官所逐者 1 人，坐事者 1 人，失职者 2 人，余不明。未见有贪赃、犯法或故意不职者。

宣宗朝(847—860)

宣宗明察善断，勤政求治，威权不假于人，驾驭臣下有术，即如白敏中、令狐綯辈、亦不敢肆意妄为。故大中之政，承会昌之荫，延十余年不致挠败。然宣宗之立亦不正，且怨武宗，故即位之初大行贬逐，李德裕罢相，先出为荆南节度使，继以太子少保分司东都，再贬潮州司马，终贬崖州司户。薛元赏、薛元龟、柳仲郢、崔嘏、蔡京、丁柔立、李回、郑亚等皆坐与德裕亲善，尽行贬逐。而武宗所贬之牛僧孺、李宗闵等五相同日北迁，白敏中曲意迎合，“凡德裕所薄者，皆不次用之”②。所谓“德裕之党”遂不复存在。此后不见有规模较大的贬谪。

大中朝贬官约 143 人次，文士贬官约 51 人次。其中因德裕党而贬者 6 人次，为宰相所逐者 4 人，兵乱被逐者 3 人，议事被贬者 3 人，诸犯累者 7 人，余者贬因不明。穆宗以来的党争被宣宗以改朝换代的形式结束。宣宗明察，故因宰臣弄权而逐者少，因贪赃枉法而贬者亦少，政治较为清明，处置严厉的流贬者 9 人。

懿宗朝(860—874)

较之宣宗朝，懿宗朝政局可谓江河日下。宣宗善驾驭朝臣，然所除节帅多贪暴不法，致生兵乱。仅大中十二年一年间，即有岭南、安南、湖南、江西、宣

① 事具见《资治通鉴》卷二四六至卷二四八，第 8070～8150 页；《旧唐书》卷一七四《李德裕传》，第 4509～4530 页；卷一七六《杨嗣复传》，第 4555～4560 页；卷一七三《李珏传》，第 4503～4506 页。

② 《资治通鉴》卷二四八大中元年，第 8151 页。

州、容管等处发生兵乱。故大中末乱象已现，终懿宗一朝，裘甫起于浙东，南诏进寇安南，庞勋为祸徐州，南蛮复寇西川，兵革不息。懿宗本昏弱之主，不理庶政，政事一委权臣。宰相中稍正直者，皆在位不久。如毕诚见同列不法，引疾辞位；刘瞻进忠言不纳，反遭贬逐。主昏臣奸，白敏中、杨收擅权于前，路岩、韦保衡逞奸于后，兵火稍息，流贬即起。四年，杨收拜相，复宝历、大和故事，与宦官杨玄价勾结，权倾一时。至七年，因宦官疑其背已，罢相贬出，八年，再贬端州司马，十年，复流驩州，赐死，其僚属党友坐长流岭表者十余人。十一年宰相刘瞻上书论谏得罪，复为路岩、韦保衡构陷，三贬驩州司户。坐与刘瞻亲善而遭贬逐岭表者有谏议大夫高湘、比部郎中知制诰杨知至、礼部郎中魏筜、翰林承旨郑畋、御史中丞孙瑝等。十三年，国子司业韦殷裕状告外戚，遭杖杀、没家，太府少卿崔元应、中书舍人崔沆、给事中杜裔休皆坐贬官岭表。又，同年，宰相于琮为韦保衡所谮，三贬韶州刺史，李当、王沨、李都、张裼、封彦卿、杨塾、严祁、李贶、张铎、李敬仲、萧遘、李渎、郑彦特、李藻等十数人，皆朝中清要，坐贬湖岭以南，班列几为一空。韦保衡前后所逐宰相有刘瞻、路岩、于琮、王铎等。武宣政局隳堕殆尽。

懿宗朝贬官约 140 人次，文士贬官约 45 人次，为韦保衡所逐者 9 人，为路岩所逐者 2 人，为其他宰相所贬者 6 人次，因论谏被贬者 2 人，为宦官所逐者 1 人，其他犯累者 4 人。因宰相擅权而被贬的文士 16 人，且大多数是处置严厉的贬谪。贬谪完全沦为政治倾轧的工具。

僖宗朝(874—889)

兵乱四起是僖宗朝局的显著特点。僖宗上承懿宗乱局，年十四即位，政事一委田令孜，呼为“阿父”。关东遭水旱而赋敛愈急，民不聊生。王仙芝、黄巢起义，扫荡南北，唐朝天下遂至不可收拾。僖宗朝兵火不曾暂息，自乾符元年冬始，南诏寇西川，历时数月；王仙芝、黄巢起义，历时十年；沙陀为乱，历时三年；秦宗权反，终难剿灭。天下州县，盗贼蜂起，武人乘时盘踞，小则一县，大则数州，递相攻伐，往来吞噬，朝廷颠沛于兵火间，“天下无复公道，纽解纲绝”①，维系大

① 《资治通鉴》卷二五五中和三年，第 8414 页。

唐王朝的纽带已不复存在，成是败非，天下大乱。当此之时，公卿大夫或乞命于兵火之间，或丧身于刀光之下。广明元年，黄巢入长安，“唐宗室在长安者无遗类”①，宰相豆卢瑑、崔沆、左右仆射于琮、刘邺、太子少师裴谂、御史中丞赵濛、刑部侍郎李溥、京兆尹李汤皆被杀，将作监郑綦、库部郎中郑系举家自杀②。光启二年，邠宁节度使朱玫立嗣襄王，事败，朝臣二百余人，死者殆半，宰相萧遘、裴澈、郑昌图皆死③。乱世之中，天子在外，朝廷播越，号令出于宦官之手，纲维失绪，各地州县遍布烽火，贬谪的外在条件已不存在，贬谪已无实际意义。

僖宗朝贬官约90人次，初期尚有对前朝奸相韦保衡、路岩之贬，此后仅有将兵之臣因无功或兵败被贬，守土之臣因城破被贬，天子身边偶有卑品谏官如侯昌业、孟昭图、常浚辈之贬死，终僖宗一朝，无大的流贬事件。

僖宗朝文人贬官约30人次，因兵败被贬者3人，为宦官所排者3人，因节度使兵乱被杀而坐贬者2人，其他犯累者6人。僖宗一朝因銮舆播迁，朝士颠沛，不能完全聚集在天子周围，且刀兵之中，保命已属不易，无暇顾及彼此争权夺利，故贬官的人数减少，亦少有处置严厉的流贬事件，而以罢权、退置散地为主。

昭宗朝(889—904)

昭宗朝局以方镇为祸与宰臣依托方镇擅权为特点。昭宗雄俊，志在恢复，不耐宦官挠政，故杨复恭虽势力遍于中外，为各朝宦官所不及，然终为昭宗仗剑逐出。其后虽有“少阳院之囚”事件，不过为杀伐所逼，亦止于乱宫闱而已。故唐季由天子、藩镇、朝臣、宦官所组成的政治势力格局中，宦官实为最弱的一环。藩镇成为影响朝局的决定性力量，宦官投靠方镇以自保，朝臣以诛杀宦官求立功，以依托方镇求擅权，宦官、朝臣均成为方镇之工具。几大强藩随自身势力的消长，轮番称兵入朝，侵凌人主，迫害朝臣。

---

① 《资治通鉴》卷二五四广明元年，第8362页。

② 《资治通鉴》卷二五四广明元年，第8364页。

③ 《资治通鉴》卷二五六光启二年，第8461~8462页。

昭宗朝宰臣约略可分为东西两派，西依邠岐者先后有崔昭纬、陆扆、韦贻范、苏俭，东依汴梁者先后有崔胤、王溥、裴枢、柳璨。其甚者又外托藩镇，擅权弄政，前有崔昭纬，后有崔胤。朝廷方议西讨邠岐，崔昭纬则阴通二镇，为之耳目，使其事败，排摈杜让能、韦昭度、李磎，终借二镇之手置三人于死地。崔胤本依附崔昭纬得为相，及昭纬失势，崔胤亦贬湖南，转而求援于朱全忠，复得为相，自是厚结全忠，数次致书甚至矫诏促朱全忠迎车驾幸洛阳，乃至“亲执板，为全忠歌以侑酒”。车驾自凤翔还京后，崔胤“恃全忠之势，专权自恣，天子动静皆禀之。朝臣从上幸凤翔者，凡贬逐(之)三十余人。刑赏系其爱憎，中外畏之”①。其先后贬杀宰相王抟、苏检及吏部侍郎卢光启，贬逐宰相陆扆、徐彦若、王溥及翰林承旨韩偓、学士薛贻矩、姚洎。又谋诛宦官以固昭宗之宠，虽宦官尽除，终至引狼入室，累及昭宗遇弑。

昭宗虽英睿，然藩镇已成为影响朝政的决定性力量，朝士多依附强藩取容，且天下州县之地尽失，贬谪已很难顺利实施，故昭宗朝的贬官人数进一步下降。16 年中约 71 人次，文士贬官 26 人次，其中为崔胤所逐者 6 人次，为韩建所逐者 3 人，为朱全忠所逐者 2 人，言事被贬者 2 人，崔昭纬所逐 1 人，兵败被贬者 1 人，宦官所逐者 1 人，余不明。其中，被贬死者 5 人。

哀帝朝(904—907)

这是唐代最后一个朝廷，其贬官以朱温在篡位中厌恶士大夫、予以无情贬杀为特点，而对文人士大夫迫害之酷烈，此时为最。可查证的贬官约 64 人次，文士贬官 12 人次，除张茂枢不详外，其余皆被贬杀。

五代(907—960)

五代十国之割据政权，本起于唐世藩镇。藩镇以攻伐易主，唯力是上。且武人以武略、战功、兵权见重，藩镇内部易代很少不以兵变的方式进行，拥兵诸将(包括子嗣及养子)皆可通过兵变成为新主，其风气久习难改。由于此种不稳固军事政权之更迭以相互攻伐、兵变易主的方式频繁进行，因此，改朝换代是五代

① 《资治通鉴》卷二六四天复三年，第 8723 页。

贬官的重要原因，也是主要特点，其间多伴随着刀光血影。若具体分析五代各朝的政局与贬官情形，则征伐混乱的53年中，历5代13朝，再加上十国，更是难以细述。概而论之，因割据政权受地域限制和人才流动的影响，贬官的频率远不及唐代，53年中仅351人，年均6.6人次。其中后唐13.5年中贬官150人次，占整个五代的43%；年均达11.1人次，两项皆为五代之最。究其原因，后唐在不足14年的时间中历经四朝，三换其姓，如此动荡频繁的朝代更迭应是主要原因。五代乱世之中，文士多隐居不仕，故五代文士贬官更少，仅49人次，年均不足1人，占整体贬官的比例仅为14%。

综上所言，唐五代26朝342年间有姓名可考的各类贬官共约3641人次，文士贬官约为1209人次。其中唐代21朝289年间各类贬官约为3067人次，文士贬官约为1138人次；五代5朝53年间各类贬官约为351人次，文士贬官约为49人次；朝代不详之各类贬官约为223人次，文士贬官约为22人次。为便于查看，兹将上述唐五代各朝贬官及文士贬官之相关情况列表2-1如下：

表2-1 唐五代各朝姓名可考之贬官人次总表

朝代	立朝起止时间		立朝年数	姓名可考贬官人次	姓名可考文士贬官人次	年均贬官人次	年均文士贬官人次	文士贬官占朝士贬官比例
高祖	618, 5	626, 8	8	38	4	4.8	0.5	10.53%
太宗	626, 8	649, 5	23	125	25	5.4	1.1	20.00%
高宗	649, 6	683, 12	34.5	207	50	6.0	1.4	24.15%
武后	684, 1	705, 1	21	231	80	11.0	3.8	34.63%
中宗	705, 1	710, 6	5.5	86	52	15.6	9.5	60.47%
睿宗	710, 6	712, 8	2	47	43	23.5	21.5	91.49%
玄宗	712, 8	756, 7	44	523	171	11.9	3.9	32.70%
肃宗	756, 7	762, 4	6	97	50	16.2	8.3	51.55%
代宗	762, 4	779, 5	17	152	43	8.9	2.5	28.29%
德宗	779, 5	805, 1	25.5	286	99	11.2	3.9	34.62%

续表

朝代	立朝起止时间		立朝年数	姓名可考贬官人次	姓名可考文士贬官人次	年均贬官人次	年均文士贬官人次	文士贬官占朝士贬官比例
顺宗	805, 1	805, 8	0. 5	9	8	18. 0	16. 0	88. 89%
宪宗	805, 8	820, 1	14. 5	299	119	20. 6	8. 2	39. 80%
穆宗	820, 1	824, 1	4	95	49	23. 8	12. 3	51. 58%
敬宗	824, 1	826, 12	3	60	26	20. 0	8. 7	43. 33%
文宗	826, 12	840, 1	13	224	116	17. 2	8. 9	51. 79%
武宗	840, 1	846, 3	6	80	39	13. 3	6. 5	48. 75%
宣宗	846, 3	859, 8	13. 5	143	51	10. 6	3. 8	35. 66%
懿宗	859, 8	873, 7	14	140	45	10. 0	3. 2	32. 14%
僖宗	873, 7	888, 3	15	90	30	6. 0	2. 0	33. 33%
昭宗	888, 3	904, 8	16. 5	71	26	4. 3	1. 6	36. 62%
哀帝	904, 8	907, 3	2. 5	64	12	25. 6	4. 8	18. 75%
后梁	907, 3	923, 10	16. 5	42	8	2. 5	0. 5	19. 05%
后唐	923, 10	936, 闰 11	13. 5	150	18	11. 1	1. 3	12. 00%
后晋	936, 闰 11	946, 12	10	58	6	5. 8	0. 6	10. 34%
后汉	947, 2	951, 1	4	26	6	6. 5	1. 5	23. 08%
后周	951, 1	960, 1	9	75	11	8. 3	1. 2	14. 67%
朝代不详				223	22			
唐五代总计	618, 5	960, 1	342	3641	1209	10. 6	3. 5	33. 21%

第二节 贬官之时期与地域分布的定量分析

作为一种特殊的政治文化现象，贬谪与贬谪文学已引起文史学界的积极关注，但在研究方法上，多数研究者还是运用传统的历史文化批评法，而相对缺乏对唐五代贬官之整体数量及其分布时期、分布地域的实证性考察。这样一来，既易于导致其理论分析与历史实际一间有隔，也不易获得对唐五代三百四十余年贬官情形的动态把握。有鉴于此，本节尝试以统计学的方法，对唐五代贬官之时空分布及其发展变化进行定量分析，以期对此一论题的研究有所拓展，有所深化。

在时期划分上，我们依据传统的四唐说，加上五代，共分为五个大的时段。其时间起讫分别为：初唐：高祖武德至玄宗开元初(618—713)，盛唐：开元初至代宗大历初(713—766)，中唐：大历初至文宗大和初(766—827)，晚唐：大和初至唐末(827—907)，五代：后梁开平初至后周显德末(907—960)。在地域划分上，则依据唐之十五道进行考察。唐太宗时，曾依山川形势将全国分为十道，至玄宗开元时，又扩充为十五道。其中地处秦岭、淮水以北者七道，即关内、陇右、河东、河北、河南、京畿、都畿诸道，大致属于北方地区；地处秦岭、淮水以南者八道，即剑南、山南东、山南西、淮南、岭南、江南东、江南西、黔中诸道，基本属于南方地区。当然，在实际上，有些道往往地跨南北，亦彼亦此，如淮南道、山南东、山南西诸道的北部地区，即当属北方；故这里的南北划分，只能视为一种总体上的区划，而不便将之从细部一一坐实。

将我们通过阅读多种文献史料所得数据，按上述时空划分法制成表格，便有了如下所示的唐五代贬官人次时空分布总表(见表2-2)：

表2-2　唐五代贬官人次时空分布表①

地域		时期					总计
		初唐	盛唐	中唐	晚唐	五代	
北方	京畿道	26	26	35	41	6	134
	关内道	20	4	13	10	25	72
	都畿道	17	18	42	70	9	156
	河南道	36	52	4	63	41	196

① 表2-2所统计的贬官对象仅为有姓名、时期及贬地可考者。其中观察使、节度使之贬地皆归入其所治州，如宣歙观察使归宣州(江南西道)，陕虢观察使归陕州(都畿道)，江西观察使归洪州(江南西道)，湖南观察使归潭州(江南西道)、鄂岳观察使归鄂州(江南西道)，西川节度使归益州(剑南道)，东川节度使归梓州(剑南道)，平卢军归青州(河南道)。

续表

地域		时期					总计
		初唐	盛唐	中唐	晚唐	五代	
北方	陇右道	19	3	3	2	5	32
	河北道	27	27	5	13	12	84
	河东道	35	34	34	23	22	148
南方	淮南道	33	18	30	28	11	120
	山南东道	20	38	73	77	34	242
	山南西道	37	29	37	33	1	137
	江南东道	43	57	95	75	7	277
	江南西道	44	64	180	94	20	402
	剑南道	58	26	22	31	18	155
	黔中道	17	31	26	9	5	88
	岭南道	97	75	123	134	7	436
其他①		69	41	28	8	3	149
总计		598	543	750	711	226	2828

据表 2-2 可知，唐五代有姓名可考并有贬地记载的贬官共 2828 人次②，而唐五代共 342 年，求其平均数，则每年约有贬官 8. 27 人次。

从时期分布看，初唐 598 人次，盛唐 543 人次，中唐 750 人次，晚唐 711 人次，五代 226 人次。其中除五代人次较少外，以其他四个时期而论，初、盛唐较接近，中、晚唐较接近，而以中唐和晚唐人次最多。因五个时段长短不同，若以贬官频率而论，初唐 95 年，年均 6. 3 人次；盛唐 53 年，年均 10. 2 人次；中唐 61 年，年均 12. 3 人次；晚唐 80 年，年均 8. 9 人次；五代 53 年，年均 4. 3 人次，其中仍以中唐为最。究其原因，中唐自宪宗至敬宗的二十余年均是贬官高峰期，德宗二十余年间的贬官频率也较高，仅代宗一朝较低，与唐五代平均数持平。故

① 此行数据包括被贬往“南裔”“岭南”“岭外”“岭表”“南方”“远郡”“远州”“外州”“远处”等地的逐臣人次。

② 若将有关文献记载中可见及的贬官数综合统计，则唐五代约有贬官 3641 人次。

中唐虽时间不长，但贬官总数与年均人次都居首位。五代割据政权受地域限制和人才流动影响，贬官总数与年均人次都远低于平均水平。

从地域分布看，南方与北方悬殊颇大。北方 822 人次，南方 1995① 人次，为北方的 2.43 倍。而在南方诸道中，数量最多的是岭南道，高达 436② 人次，其下依次是江南西道，402 人次；江南东道，277 人次；山南东道，242 人次；剑南道，155 人次；至于山南西道、淮南道、黔中道，则人数稍少，分别为 137、120、88 人次。在北方诸道中，以河南道最高，为 196 人次；其他依次为都畿道，156 人次；河东道，148 人次；京畿道，134 人次；河北道、关内道、陇右道最少，分别仅为 84、72、32 人次。若将南北方综合起来看，则岭南道、江南西道贬官人次达 400 以上，是唐五代贬官最集中的地区，属于第一层级。江南东道、山南东道次之，贬官人次都在 200 人以上，属于第二层级。河南道、剑南道、河东道、山南西道、淮南道、京畿道、都畿道的贬官人次为 100～200 人，大抵属于第三层级。至如关内道、河北道、陇右道、黔中道均在百人以下，属于第四层级。在这四个层级中，第一、第二层级全部是南方地区，第三层级有三道属南方地区，四道属北方地区，第四层级除黔中道外，其他三道全部属于北方地区。

上述统计结果说明，中唐是贬官最盛的时期，而南方则是唐王朝流贬官员的主要地区。在南方诸道中，岭南道，江南西道、东道和山南东道因其荒远偏僻，更成为处置贬官的首选之地。相比之下，北方的贬官就少了许多，其中人次最多的河南道，也比南方的岭南道和江南西道少了一半以上。至如陇右道、河北道，因有少数民族的不时侵扰和藩镇的割据，贬官就尤其稀少了。

细读表 2-2，我们还可以发现一些值得注意的问题。首先，初唐时期，贬官人次较多的，北方主要为河南道（36）、河东道（35），南方则主要是岭南道（163③）、剑南道（58）。这四个地区贬官人次之和，已达 292 人，占初唐贬官总

① “南方”一栏的数据包括贬往“南方”“岭南”“南裔”“岭外”“岭表”然未言具体州郡的贬官人次，此类贬官共计 138 人次，其中初唐 66 人次，盛唐 38 人次，中唐 26 人次，晚唐 8 人次。

② 如将贬地为“岭南”“南裔”“岭外”“岭表”的贬官人次计入岭南道，则其数据可达 574 人次。

③ 此数据包含贬地为“岭南”“南裔”“岭外”“岭表”的贬官人次。

数的半数以上；盛唐时期，北方仍然以河南道(52)、河东道(34)为多，南方除岭南道(113①)继续领先外，江南西道(64)、东道(57)大量增加，剑南道(26)则显著减少。这五个地区贬官人次之和达到320人次，占盛唐贬官总数的58.93%。这种情况说明，在从初唐到盛唐的150年间，北方的河南道、河东道，南方的岭南道、江南西、东道等地，乃是唐代贬官的首选之地。

其次，到了中唐，北方占领先地位的分别是都畿道(42)、京畿道(35)、河东道(34)，南方则是江南西道(180)、岭南道(149)②，其贬官人次之和为440，占中唐贬官总数的58.67%。晚唐时期，北方以都畿道(70)、河南道(63)为多，南方仍以岭南道(142)③、江南西道(94)领先，其贬官人次之和为369，占晚唐贬官总数的51.9%。据此可知，在中晚唐的140年间，除南方的岭南道、江南西道，北方的河南道等地继续保持领先地位外，北方的都畿道以及京畿道等地在贬官人次上也有了显著的增长。

再次，到了五代，除北方的河南道(41)、南方的山南东道(34)的贬官人次稍多外，其他地区的贬官人次锐减，因战乱和割据的影响，岭南道、江南东道等地已较少有贬官了。

在大致了解了唐五代不同时期、不同地域的贬官的总体情形后，我们再来考察唐五代各朝贬官在不同地域的分布情况(见表2-3)。

表2-3 唐五代各朝十五道贬官分布表

朝代	地域															总计
	京畿道	关内道	都畿道	河南道	陇右道	河东道	河北道	山南东道	山南西道	江南东道	江南西道	淮南道	剑南道	黔中道	岭南道	
高祖	0	1	2	1	1	1	0	0	1	1	0	5	3	0	2	18
太宗	10	3	1	2	1	7	4	4	5	3	8	3	8	1	9	69
高宗	4	3	4	7	9	9	5	6	10	16	13	7	26	5	31	155

① 此数据包含贬地为“岭南”“南裔”“岭外”“岭表”的贬官人次。
② 此数据包含贬地为“岭南”“南裔”“岭外”“岭表”的贬官人次。
③ 此数据包含贬地为“岭南”“南裔”“岭外”“岭表”的贬官人次。

续表

朝代	地域															总计
	京畿道	关内道	都畿道	河南道	陇右道	河东道	河北道	山南东道	山南西道	江南东道	江南西道	淮南道	剑南道	黔中道	岭南道	
武后	4	10	4	16	5	8	10	8	13	13	16	9	11	8	29	164
中宗	4	0	4	5	1	4	7	1	4	6	5	5	8	2	23	79
睿宗	4	3	2	5	2	6	1	1	4	4	2	4	2	1	3	44
玄宗	20	4	17	48	2	29	26	33	17	49	51	15	19	18	71	419
肃宗	6	0	1	4	1	5	1	5	12	8	13	3	7	13	4	83
代宗	6	1	6	0	1	7	1	10	4	18	37	7	5	10	7	120
德宗	4	2	11	0	1	5	2	26	7	43	52	6	1	9	39	208
顺宗	0	0	1	0	0	0	0	1	3	2	0	0	1	0	0	8
宪宗	16	5	15	3	1	14	1	27	15	17	61	11	10	5	50	251
穆宗	5	0	4	1	0	5	1	7	5	9	22	2	5	1	16	83
敬宗	4	5	5	0	0	3	0	2	3	6	8	4	0	1	11	52
文宗	18	4	24	8	1	7	2	22	12	27	30	10	7	2	33	207
武宗	2	1	7	1	0	4	0	11	1	15	11	4	5	0	14	76
宣宗	4	4	17	8	0	2	2	16	4	14	24	5	6	0	16	122
懿宗	9	0	11	3	0	8	0	11	4	11	18	5	6	2	30	118
僖宗	7	0	8	6	1	2	2	11	8	5	6	3	2	0	15	76
昭宗	1	0	2	3	0	0	1	6	3	3	5	0	5	5	17	51
哀帝	0	1	1	34	0	0	6	0	1	0	0	1	0	0	9	53
后梁	1	0	1	9	0	1	2	2	1	0	0	3	13	1	3	37
后唐	3	13	4	15	1	19	9	13	0	1	4	2	4	4	2	94
后晋	1	10	2	3	4	1	1	9	0	4	5	2	0	0	1	43
后汉	0	2	0	2	0	0	0	1	0	2	2	3	0	0	0	12
后周	1	0	2	12	0	1	0	9	0	0	9	1	1	0	1	37
总计	134	72	156	196	32	148	84	242	137	277	402	120	155	88	436	2679

表 2-3 分列了唐五代二十六朝的贬官情形。五代割据政权的贬官情形与唐代差异较大，如除开五代的 223 人次，则唐代 21 朝 289 年中，有姓名、地域可考

的贬官总数为 2456 人次，求其平均数，则年均贬官 8.5 人次。将此 21 朝按贬官人次的多寡依次排列，位居前九名的分别为玄宗朝(419)、宪宗朝(251)、德宗朝(208)、文宗朝(207)、武后朝(164)、高宗朝(155)、宣宗朝(122)、代宗朝(120)、懿宗朝(118)。这九朝的贬官人次均在百人以上，总计 1764 人次，占唐五代贬官总数的 65.85%。值得注意的是，这九朝的实存时间长短不一，而在一般情况下，时间的长短与贬官的多寡成正比例的关系，如果将每朝立朝的时间综合计入，则以上诸朝按时间长短排列，依次为玄宗朝(44 年)、高宗朝(34.5 年)、德宗朝(25.5 年)、武后朝(21 年)、代宗朝(17 年)、宪宗朝(14.5 年)、懿宗朝(14 年)、文宗朝(13 年)、宣宗朝(13.5 年)，其总年数为 197 年。将 1764 人次平均到 197 年中，则每年约有贬官 8.9 人次。这一数字，已高于唐代年均 8.5 的贬官人次。如果再以此平均数与上述诸朝立朝时间、年贬官人次作一比照和换算，我们就会发现一个新的关于贬官人次多寡的序列：宪宗朝（17.3）、文宗朝（15.9）、玄宗朝（9.5）、宣宗朝（9.0）、懿宗朝（8.4）、德宗朝（8.2）、武后朝（7.8）、代宗朝（7.1）、高宗朝（4.5）。这就是说，宪、文、玄、宣四朝年均贬官人次都在九朝平均数之上；而宪宗一朝在 14.5 年间贬官 251 人次，年均 17.3，较之唐代平均数高出一倍有余，较之九朝平均数高出近一倍，位居榜首；文宗朝 14 年间贬官 207 人次，年均 15.9，位居第二；玄宗朝 9.5 的年均数也高于九朝贬官平均数。宣宗朝 9.0 略同于九朝平均数，高于唐代平均数，只有懿宗、德宗、武后、代宗、高宗五朝低于唐代贬官的平均数，其中懿宗、德宗朝与唐代年均数很接近①。此外，尚需注意的是，穆宗一朝虽仅短短四年，贬官人数已达 83 人次，其绝对数值虽不算多，但年均贬官人次却高达 20.8，位居各朝年均数的前列；至如睿宗朝 2 年，贬官 44 人次，年均 22；哀帝朝 2.5 年，贬官 53 人次，年均 21.2；敬宗朝 3 年，贬官 52 人次，年均 17.3；中宗朝 5.5 年，贬

① 这里的朝代序列是以唐代有姓名及贬地可考的数据 2456(唐代之 2679—五代之 223)人次为基础的，若以上节《各朝贬官概述》中的数据来分析，其序列又略有不同。唐代有姓名可考的贬官总数为 3067 人次，年均 10.6 人次。居此平均数之上者依次为宪宗朝 20.6、文宗朝 17.2、玄宗朝 11.9、德宗朝 11.2、武后朝 11.0；与之持平者为宣宗朝，10.6；居平均数之下者为懿宗朝 10.0、代宗朝 8.9、高宗朝 6.0。其中除宣宗朝、懿宗朝各后移 2 位，德宗朝、武后朝各前移 1 位外，皆无大变动。由此看来，这一序列在总体上应是可信的。

官79人次，年均14.4；肃宗朝6年，贬官83人次，年均13.8，均已远超唐代年均数和九朝年均数。当然，这样一种仅以年均数来定其先后的方法还不尽全面，考察贬官的高潮期，还应与该朝贬官的总数及其在唐代贬官史上的影响结合起来，与各朝的文化精神和政治斗争之性质以及贬官的个人影响力结合起来，庶几得出较为确当的结论。然而，上述数据却能在一定程度上说明不同朝代间贬官的大致差别，有助于我们对唐代贬官情形的基本了解。

进一步看，各朝贬官的分布地域也有差别。在唐五代二十六朝中，高祖、睿宗、顺宗、敬宗、武宗、哀帝诸朝立朝时间较短、贬官人次略少，在贬谪地域上，差别不甚明显；五代诸朝因战乱和所占领土不广，除后唐贬官人次稍多外，其余均在50人次以下，所贬地域亦主要在其辖区之内。至如初唐之太宗、高宗、武后、中宗诸朝，贬地已以岭南为主；盛唐玄宗一朝，贬赴岭南者高达71①人次，遥遥领先于其他地域；贬往河南道、江南东、西道者也开始大量增加，呈现出与初唐不同的趋势。盛、中唐交界的肃、代两朝，因安史之乱及其影响，贬赴岭南者骤减，贬赴江南西、东道者稍多；而德、宪、穆、敬诸朝，除岭南道继续领先外，贬赴江南西道者亦居高不下。进入晚唐，文宗、宣宗、懿宗、僖宗、昭宗诸朝的贬官地仍以岭南道为主，其他则多在江南西、东道以及山南东道或都畿道、河南道，展示了与中唐时期略有不同的一些新的特点。

在前列表2-2、表2-3的基础上，我们将唐五代贬官分布地域进一步细化到州、府，对各道所辖州、府的贬官人次作一统计(见表2-4)。

表2-4　唐五代不同时期各州贬官分布表

地域		时期					总计
		初唐	盛唐	中唐	晚唐	五代	
京畿道	邠州		3		3	1	7
	华州	4	8	14	20	1	47
	同州	7②	3	9	9	3	31

① 此数据未包含贬地为“岭南”“南裔”“南方”“岭外”及“岭表”者。

② 权万纪于太宗朝贬西韩州刺史，贞观八年西韩州废，属同州。

续表

地域		时期					总计
		初唐	盛唐	中唐	晚唐	五代	
	岐州	8	9	4	7		28
	京兆府	7①	3	8	2	1	21
关内道	丹州	2					2
	延州	1				1	2
	坊州			2		2	4
	麟州	2				2	4
	陇州	1	1		1	2②	5
	宁州	1			1	3	5
	绥州	1				2	3
	夏州	1	1		1		3
	原州	1				1	2
	丰州			7③	3	1④	11
	灵州	2	1	3	3	1	10
	鄜州	2	1	2		1	6
	泾州	3		1			4
	庆州					2	2
	威州					2	2
	武州					3	3
	宥州					1	1

① 王师顺于武后朝贬雍州司马，雍州唐时为京兆府。

② 王继宏后晋高祖天福二年(937)配义州军。义州五代唐置，治华亭，属陇州。

③ 高霞寓于元和十三年(818)贬振武节度使。振武节度使于乾元元年(758)置，治所在今呼和浩特市和林格尔县土城子古城，属丰州。又田秀岩、赵洽于贞元十四年(798)由右金吾都知流天德军。据《元和郡县图志》卷四《关内道四・丰州・天德军》：天德军本安北都护……乾元后改为天德军。元和八年，复移军于大同川之旧城。按：天德军故城在今内蒙古自治区境内乌拉特前旗西北，属丰州。参见(唐)李吉甫撰，贺次君点校：《元和郡县图志》卷四《关内道四》，中华书局，1983年，第113~114页。

④ 于峤于后唐明宗天成四年(929)流振武。振武军治所为单于都督府，属丰州。

续表

地域		时期					总计
		初唐	盛唐	中唐	晚唐	五代	
	胜州	1				1①	2
	银州				1		1
都畿道	东都	2	4	15	25	2②	48
	陕州	6	3	7	8	3	27
	汝州③	1	7	6	5	2	21
	郑州	4	4	2	6		16
	怀州	3	2	1	4	1	11
	河南府	2	1	17	22	1	43
河南道	宋州	5	4		1		10
	汴州	4	4		4		12
	亳州	3	2		3	4	12
	许州	4	3		4	2④	13
	陈州	2	3		2		7
	蔡州				1	2⑤	3
	莱州	3	2		3	4	12
	濮州	1		1	6	1	9
	青州	6	2		4	2	14
	密州		2		3	1	6
	谷州	1					1

① 卢损于后唐庄宗同光二年(924)贬府州司户。唐置府州，治所在今陕西府谷。五代时升府州为永安军，属胜州境。

② 景延广于后晋少帝开运元年(944)出为西京留守。后晋西京为洛阳，计入东都。

③ 包括仙州。唐置仙州，旋废，许州舞阳、襄城，唐州方城，汝州叶县，豫州西平四地为其旧地，时治所叶县，故归仙州于汝州。

④ 李从温于后唐明宗长兴元年(930)出镇许田，五代唐改许昌为许田，计入许州。

⑤ 朱瑾于后梁末帝贞明四年(918)贬淮宁节度使。按：淮宁节度使唐至德初置，治蔡州，大历中移汴，寻还蔡，曰淮宁。后李希烈徙镇许州，贞元初蔡州将陈侧奇杀烈降，授淮西节度使。吴元济继之，元济平，曰淮西，治蔡州。

续表

地域		时期					总计
		初唐	盛唐	中唐	晚唐	五代	
河南道	豫州	3	1				4
	曹州		4		3		7
	杞州①	1					1
	郓州		1		4		5
	海州		2				2
	滑州	1	2	1	3	2	9
	齐州	1	2		1		4
	济州		3				3
	颍州		1				1
	泗州		2		1		3
	徐州		4	1②	10	1	16
	兖州	1	1			1	3
	沂州	1	1		3	1	6
	淄州		4	1	3		8
	登州		1	1	4	20③	26
陇右道	叠州	2					2
	凉州	5	1				6
	秦州	3	1			1	5
	漠州④			1			1
	鄯州	1			2		3
	渭州					1	1

① 杞州，武德四年置，领雍丘、陈留、圉城、襄邑、外黄、济阴六县，贞观元年废，所领县归入宋州、汴州等地。

② 令狐通于元和八年(813)贬宿州刺史。宿州治符离，属徐州境。

③ 王绍隐、安友规于后汉隐帝乾祐三年(950)流沙门岛。按沙门岛位于蓬莱县西北六十里，属登州。

④ 唐置羁縻州，在新疆吐鲁番境，属陇右道。

续表

地域		时期					总计
		初唐	盛唐	中唐	晚唐	五代	
	洮州	1					1
	庭州	3					3
	西州	1					1
	阶州					1	1
	瓜州	1		1		2①	4
	沙州	1		1			2
	伊州	1					1
	岷州		1				1
河东道	晋州	3	4	5		2	14
	并州	2	1			1	4
	汾州	2	4	4②	2		12
	虢州	2	1	10	4	1	18
	绛州	6	7	3	2	1	19
	潞州	3	1	1	2	1	8
	蒲州	7	5	9	8	2	31
	沁州	3	2			1	6
	隰州	2	1		1		4
	泽州	1	4	1		1	7
	泰州	1					1
	代州	1	1				2
	太原府		1	1	1		3
	蔚州			1		1	2
	慈州		1		1		2
	云州				1		1

① 桑维翰于后晋高祖天福八年(943)出为晋昌军节度使，治所瓜州。
② 杨潜长于庆元年(821)贬西河郡刺史。天宝元年汾州改西河郡，乾元元年复为汾州。

续表

地域		时期					总计
		初唐	盛唐	中唐	晚唐	五代	
河东道	岚州					4	4
	石州					3	3
	朔州	1				1	2
	宪州					1	1
	忻州					1	1
	仪州①	1	1			1	3
河北道	定州	3	2		3	1②	9
	贝州	3		1	1	1	6
	檀州	1					1
	卫州	4			1		5
	邢州	3	2			1	6
	赵州	1					1
	蓟州		1				1
	博州	1	1				2
	沧州	1	2		3		6
	棣州		1		2		3
	洺州	4	2		2		8
	莫州		1	1			2
	德州	1	3			2	6
	魏州	1	4			1③	6
	相州		3			2	5
	幽州	4	1	1			6

① 唐置辽州，寻改箕州，又改仪州，复曰辽州，山西辽县治。

② 乐文纪于后唐明宗天成二年(927)贬祁州。按：祁州唐置，治所于无极，属定州境。

③ 刘训于后唐明宗天成二年(927)贬澶州刺史。按：唐置澶州，寻废，后复置，治所顿丘，属魏州。

续表

地域		时期					总计
		初唐	盛唐	中唐	晚唐	五代	
河北道	景州			1			1
	易州			1			1
	深州				1		1
	惠州		1①			2	3
	瀛州		2				2
	妫州					1②	1
	冀州					1	1
	镇州		1③				1
淮南道	安州	1	3	3	2	3	12
	楚州	2		2	3		7
	濠州	5	1	2			8
	和州	3		3	3	2	11
	黄州	3	1		1		5
	庐州	4	3	3	3		13
	蕲州	4	3	3	3	2	15
	申州	2	1		3		6
	扬州	8	2	8	4	1	23
	滁州		1	3	2		6
	沔州		2				2
	舒州	1	1	2	2	3	9
	光州				1		1
	寿州			1	1		2

① 房光庭于玄宗朝贬磁州刺史。隋置磁州，寻废，唐复置，又废，后复置，曰惠州。

② 毛璋于后唐明宗天成四年(929)流儒州。按：武宗时置儒州，治所在今北京延庆，属妫州境。

③ 杜希望于玄宗朝贬恒州刺史。唐置恒州，寻改曰镇州。

续表

地域		时期					总计
		初唐	盛唐	中唐	晚唐	五代	
山南东道	复州	1	2	2	4	4	13
	襄州	4	6	2	7		19
	唐州			1	3	1	5
	房州	4	3	4	1	7	19
	荆州	2	8	8	12		30
	忠州	1	2	8	4		15
	商州	2		2	6	10	20
	隋州	1	3	4	4	2	14
	峡州	1	1	8	8		18
	金州		1	2	7		10
	归州	2	1	5	1		9
	郢州	1	2	4	4		11
	夔州		3	14	6		23
	万州		2	3	3		8
	邓州		3	4	3	6	16
	均州	1	1	2	4	4	12
山南西道	巴州	5	4	4	1		14
	壁州	2	1	1	1		5
	涪州	2	6	3	2		13
	集州	2	1		2		5
	利州	1	1		1		3
	梁州	7		7	14		28
	通州	4	4	6	1		15
	洋州	1	1	3	4		9
	阆州		1	3	1		5
	蓬州	2	4		1		7

续表

地域		时期					总计
		初唐	盛唐	中唐	晚唐	五代	
山南西道	渠州	2	1				3
	果州	2	4	2	1		9
	开州	2		7	1		10
	渝州	3	1	1	1	1	7
	凤州	2			2		4
江南东道	建州	3	1	7	4	1	16
	括州	6	5	3	1	2	17
	常州	3	4	8	4		19
	台州	3	5	3	2		13
	睦州	8	6	5	5	1	25
	润州	4	4	3	6	1	18
	婺州	5	2	5	3		15
	歙州	1	3	7	4		15
	越州	2	2	2	5	1①	12
	漳州	1		3	3	1	8
	湖州	2	3	6	6		17
	苏州	2	4	4	8		18
	杭州		5	5	6		16
	泉州	1	3	11	1		16
	明州		1	3	3		7
	衢州	2	5	5	3		15
	温州		4	2	3		9
	福州			2	4		6
	汀州			11	4		15

① 敬贇于后晋少帝开运元年(944)出为威胜军节度使。按：浙江东道节度使中和三年为义胜军，光启三年曰威胜军，乾宁三年改镇东军，治所越州。

续表

地域		时期					总计
		初唐	盛唐	中唐	晚唐	五代	
江南西道	吉州	3	2	11	2		18
	抚州	3	6	9	3	4	25
	道州	2	4	12	1		19
	衡州	3		6	3		12
	洪州	4	3	6	4		17
	鄂州	1	5	6	4		16
	江州	3	3	7	4	1	18
	澧州	3	4	9	9		25
	连州	3	3	16	8		30
	饶州	5	5	12	3	4	29
	虔州	2	5	17	6		30
	潭州	4	2	10	6		22
	袁州	2	6	7	6		21
	岳州	3	5	4	3		15
	永州	1	3	14	5	1	24
	郴州	1	3	11	7	1	23
	邵州	1	2	6	1	1	11
	朗州	1	2	11	6		20
	宣州①		1	5	9	2	17
	池州			1	3	6	10
剑南道	嶲州	14	1				15
	戎州		2				2
	嘉州	1		1	1		3

① 《旧唐书》卷四〇《地理志三·江南西道》：隋置宣城，武德七年改置宣州都督，督宣、潜、猷、池四州，贞观元年废池州，天宝元年改宣城郡，永泰元年复置池州。宣州与池州地域重叠，在不同时期名称有异，故分列计之。参见第1601~1602页。

续表

地域		时期					总计
		初唐	盛唐	中唐	晚唐	五代	
剑南道	简州	3		2	1		6
	龙州	2			1		3
	眉州	2					2
	普州	2			3		5
	邛州	2	2			1	5
	荣州	2					2
	始州	2	1				3
	蜀州	2	3	1	1		7
	遂州	2	1	3	2		8
	益州	4	5	2	3		14
	姚州	2					2
	翼州	2	2				4
	梓州	3	1	4	6		14
	合州	1	1		1	1	4
	静州	2					2
	陵州	3				1	4
	彭州		1	1			2
	绵州	2	1	2	2		7
	雅州	2	1		2	3	8
	成都府	1		2	4		7
	剑州	1	2	1			4
	资州	1		1			2
	昌州				1		1
	汉州			1	1		2
	黎州	1			1	2	4
	泸州	1		1	2	2	6

续表

地域		时期					总计
		初唐	盛唐	中唐	晚唐	五代	
剑南道	权州				1		1
	茂州					4	4
	维州					4	4
黔中道	播州	2	5	4	2		13
	南州	1		1	2		4
	黔州	5		5			10
	庄州	1					1
	琰州①	1	1				2
	溱州	1	4	2			7
	施州	1	2	2	1		6
	巫州	2	5		1②	1	9
	思州	1	2		1		4
	沅州	1					1
	珍州	1	4	2			7
	辰州		2	2		1	5
	费州		1	4		1	6
	业州		1③				1
	锦州		2	1			3
	溪州		1	1	2	1	5
	夷州		1	2		1	4
岭南道	交州	6					6
	驩州	4		5	4		13
	瀼州	2	7				9

① 吉顼于武后久视元年(700)贬琰川尉，琰川属琰州。
② 董昌龄于文宗朝贬溆州司户。代宗时改巫州为溆州，治黔阳。
③ 毛守庆于玄宗开元十九年(731)贬鹤州司仓。唐置鹤州，寻改业州。

续表

地域		时期					总计
		初唐	盛唐	中唐	晚唐	五代	
岭南道	新州	2	5	2	1		10
	端州	4	4	9	13		30
	广州	3		8	6	1①	18
	爱州	7			6		13
	白州	2	1		2		5
	潮州	1	1	7	5		14
	勤州②			1			1
	春州	2	1	2	1		6
	儋州	5		1	7		13
	峰州	3	2				5
	藤州	3	2		1		6
	桂州	6	4	5	8		23
	横州	1					1
	康州	2	4	6	6		18
	雷州	1	3	10	3		17
	柳州	2		7	4	1	14
	泷州	2					2
	钦州	9	3				12
	廉州		3		1		4
	潘州			2	2		4
	窦州	1	3				4
	琼州	3	1		2		6
	象州	5	1	2	3		11
	绣州	1	1		2		4

① 王翻于后晋少帝开运二年(945)贬英州刺史。五代置英州，属广州。
② 韦乾度于元和十三年(818)贬铜陵郡守。勤州云浮郡本铜陵郡，武德四年析春州，置勤州。

续表

地域		时期					总计
		初唐	盛唐	中唐	晚唐	五代	
岭南道	循州	2	3①	5	10		20
	环州	1			1	1	3
	崖州	4	3	14	12	4	37
	昭州	1	2	7	4		14
	振州	7	1		1		9
	古州	1	1				2
	封州		3	5	4		12
	党州		2				2
	恩州		2	4	3		9
	富州		2				2
	高州		2	1	2		5
	贺州		2	7	6		15
	陆州		1				1
	浔州		2				2
	严州		1				1
	岩州		1				1
	邕州		1				1
	宾州			1	1		2
	罗州	1		1			2
	韶州			10	5		15
	梧州	1		1	6		8
	容州				1		1
	义州	1					1
	禄州	1					1
	澄州				1		1

① 王旭于玄宗开元四年(716)贬龙川尉。龙川属循州。

续表

地域	时期					总计
	初唐	盛唐	中唐	晚唐	五代	
其他①	69	41	28	8	3	149
总计	598	543	750	711	226	2828

表2-4显示的是唐五代十五道299个州、府的贬官情况。根据贬官所涉及州、府的多寡，各道依次排列如下：岭南道(50)、剑南道(32)、河南道(26)、河北道(24)、河东道(22)、江南西道(20)、江南东道(19)、关内道(19)、黔中道(17)、山南东道(16)、山南西道(15)、淮南道(14)、陇右道(14)、都畿道(6)、京畿道(5)。据此可知，唐五代贬官分布的地域十分广阔，其中尤以岭南道、剑南道所辖州为多。当然，各道所涉及州、府的多寡与贬官人次的多少并无内在的必然联系，但由此却可反映出贬官的分布情形，提供研究贬官与地域之间关系的必要数据。

下面，再依南北方各道贬官人次的多寡，对其所辖州的贬官人次作一统计，从中既探究各具体地区与贬官人次的关联程度，又考察其不同时期的发展动态。

先看南方诸道。岭南道：贬官20人次及以上的地区，有崖州(37)、端州(30)、桂州(23)、循州(20)；贬官10人次及以上的地区，有广州(18)、康州(18)、雷州(17)、韶州(15)、贺州(15)、潮州(14)、昭州(14)、柳州(14)、爱州(13)、驩州(13)、儋州(13)、封州(12)、钦州(12)、象州(11)、新州(10)。

江南西道：贬官20人次及以上的地区，有虔州(30)、连州(30)、饶州(29)、澧州(25)、抚州(25)、永州(24)、郴州(23)、潭州(22)、袁州(21)、朗州(20)；贬官10人次及以上的地区，有道州(19)、吉州(18)、江州(18)、宣州(17)、洪州(17)、鄂州(16)、岳州(15)、衡州(12)、邵州(11)、池州(10)。

江南东道：贬官20人次及以上的地区，有睦州(25)。贬官10人次及以上的地区，有常州(19)、苏州(18)、润州(18)、括州(17)、湖州(17)、杭州(16)、

① 此行数据包括被贬往"南裔""岭南""岭外""岭表""南方""远郡""远州""外州""远处"等地的逐臣人次。

建州(16)、泉州(16)、歙州(15)、汀州(15)、衢州(15)、婺州(15)、台州(13)、越州(12)。

山南东道：贬官20人次及以上的地区，有荆州(30)、夔州(23)、商州(20)。10人次及以上的地区，有房州(19)、襄州(19)、峡州(18)、邓州(16)、忠州(15)、隋州(14)、复州(13)、均州(12)、郢州(11)、金州(10)。

剑南道：贬官10人次及以上的地区，有巂州(15)、梓州(14)、益州(14)。

山南西道：贬官20人次及以上的地区，有梁州(28)；10人次及以上的地区，有通州(15)、巴州(14)、涪州(13)、开州(10)。

淮南道：贬官20人次及以上的地区，有扬州(23)；10人次及以上的地区，有蕲州(15)、庐州(13)、安州(12)、和州(11)。

黔中道：贬官10人次及以上的地区，有播州(13)、黔州(10)。

再看北方诸道。河南道：贬官20人次及以上的地区，有登州(26)。贬官10人次及以上的地区，有徐州(16)、青州(14)、许州(13)、汴州(12)、亳州(12)、莱州(12)、宋州(10)。

都畿道：贬官20人次及以上的地区，有东都洛阳(48)、河南府(43)、陕州(27)、汝州(21)；10人次及以上的地区，有郑州(16)、怀州(11)。

河东道：贬官20人次及以上的地区，有蒲州(31)；10人次及以上地区，有绛州(19)、虢州(18)、晋州(14)、汾州(12)。

京畿道：贬官20人次及以上的地区，有华州(47)、同州(31)、岐州(28)、京兆府(21)。

关内道：贬官10人次及以上的地区，有丰州(11)、灵州(10)。

河北道与陇右道：其管辖地区之贬官人次均在10人次以下。

对以上数据加以分析，似可得出如下结论：

其一，贬官20人次及以上的州，是唐五代贬官最集中也最值得重视的地区。其中岭南道的崖州、端州、桂州、循州，江南西道的饶州、虔州、连州、郴州、潭州、抚州、永州、澧州、袁州、朗州，江南东道的睦州，山南东道的荆州、商州、夔州，山南西道的梁州，淮南道的扬州，大多荒远穷恶，是贬谪南方官员的首选之地；其贬官数量的总和，共508人次，占南方贬官总数(1995)的25.46%，占唐五代贬官总数(2828)的17.96%，因而在唐五代贬官与地域关系的研究中，具有举足轻重的作用。相比之下，北方诸道贬官 20 人次以上州要少一些，如河南道的登州、都畿道的洛阳、陕州、河南府，河东道的蒲州，京畿道的华州、同州、京兆府、岐州等，大多距长安较近，生活条件相对优越。但若就贬官数量看，其总和为 294 人次，占北方贬官总数(822)的 35. 77%，占唐五代贬官总数的 10. 4%，其重要性亦不容忽视。

其二，在南方诸道中，岭南道、江南西道所辖诸州最值得重视。就其贬官 10 人次以上州计，岭南道 19 个，共有贬官 319 人次，占该两道贬官总人次(838)的 38. 07%，占唐五代贬官总数的 11. 28%；江南西道 20 个，共有贬官 402 人次，占该两道贬官总人次的 47. 97%，占唐五代贬官总数的 14. 21%；二者总计共有贬官 721 人次，占唐五代贬官数的 25. 5%。也就是说，近四分之一的唐五代贬官都集中到了上述地区。进一步看，江南西道虽然在贬官总量上不及岭南道，但由于后者地域分散(有贬官者 50 州)，每州平均 8. 72 人次；前者地域相对集中(有贬官者 20 州)，每州平均 20. 1 人次，故其多数州的贬官人次均远远超过了岭南道相关州，形成唐五代贬官史上的一个独特现象。

其三，若干州在不同时期的贬官史上具有较为突出的地位。初唐时期，以剑南道的巂州贬官最多，共 14 人次；其次为京畿道的岐州(8)、同州(7)、京兆府(7)，河东道的绛州(6)，都畿道的陕州(6)、河南道的青州(6)、淮南道的扬州(8)、山南西道的梁州(7)、江南东道的睦州(8)、括州(6)、岭南道的钦州(9)、爱州(7)、振州(7)、桂州(6)、交州(6)。盛唐时期，各州贬官人次大抵较为均衡，稍突出的有京畿道的华州(8)、岐州(9)、山南东道的荆州(8)、河东道的绛州(7)、山南西道的涪州(6)、江南东道的睦州(6)、江南西道的抚州(6)、袁州(6)、岭南道的瀼州(7)。到了中唐，情况发生了较大的变化，原有的均衡被打破，一些州成为贬官最常“光顾”之地，其中较突出者是江南西道的饶州(12)、连州(16)、虔州(17)、永州(14)、道州(12)、潭州(10)、郴州(11)、吉州(11)，岭南道的崖州(14)、韶州(10)、雷州(10)、端州(9)，江南东道的泉州(11)、汀州(11)，山南东道的夔州(14)、都畿道的河南府(17)、京畿道的华州(14)、河东道的虢州(10)。他如淮南道的扬州(8)、山南东道的荆州(8)、忠州(8)、峡州(8)、山南西道的梁州(7)、开州(7)、河东道的蒲州(8)、岭南道的广州(9)等，也都需要注意。与中唐相比，晚唐除部分区域有所沿袭外，又有一些不同，主要贬官地域有京畿道的华州(20)、同州(9)、都畿道的洛阳(25)、河南府(22)、河南道的徐州(10)、河东道的蒲州(9)、山南东道的荆州(12)、峡州(8)、山南西道的梁州(14)、江南东道的苏州(8)、江南西道的宣州(9)、澧州(9)、连州(8)、岭南道的端州(13)、崖州(12)、循州(10)。时至五代，河南道的登州(20)，山南东道的商州(10)、房州(7)较为突出。

综括唐五代三百四十余年的贬官情形，可以看出各时期、各地域间均存在许多差异。虽然从绝对数量上看，中唐时期与岭南道、江南西道等地贬官人次最多，也最值得重视，但这并不意味着其他时期、其他地域不重要。事实上，各个时期、各个地域都有其独特性，都有其可资发掘和利用的与当时政治、文化相关，与贬官生存状态相关的大量资料。认真梳理、研究这些资料，无疑有助于扩大并深化对唐五代贬官的整体研究和个案研究。我们希望在以后的章节中，能在此基础上有进一步的拓展。

第三节 文人逐臣时空分布的定量分析

在上一节“贬官之时期与地域分布的定量分析”中，我们依据对大量文献资料的统计，得知唐五代三百四十余年间，有姓名和贬地可考的贬官共 2828 人次。从时期分布看，初唐 598 人次，盛唐 543 人次，中唐 750 人次，晚唐 711 人次，五代 226 人次。从地域分布看，南方与北方悬殊。北方 822 人次，南方 1995 人次，为北方的 2.43 倍。而在南方诸道中，数量最多的是岭南道，高达 436① 人次，其下依次是江南西道，402 人次；江南东道，277 人次；山南东道，242 人次；剑南道，155 人次；至于山南西道、淮南道、黔中道，则人数稍少，但也分别为 137、120、88 人次。在北方诸道中，以河南道最高，为 196 人次；其他依次为都畿道，156 人次；河东道，148 人次；京畿道，134 人次；河北道、关内道、陇右道最少，分别仅为 84、72、32 人次。将时期与地域二者结合起来看，则中唐是贬官最盛的时期，而南方则是唐王朝流贬官员的主要地区。

以上述结论为参照，我们依据前述初、盛、中、晚、五代五个时期和南北十

① 若将贬往“岭南”“岭外”“岭表”之贬官人次计入，则此数据可达 574 人次。

五道的划分，再对唐五代文人贬官的分布时期与分布地域作一考察，既借以了解文人贬官的时空分布状况，又可将之与非文人贬官作一比照，从中探索某些规律性的东西(见表 2-5)。

表 2-5　唐五代不同时期各道文人逐臣分布表

地域		时期					总计
		初唐	盛唐	中唐	晚唐	五代	
北方	京畿道	4	8	20	20	3	55
	关内道	7	0	2	1	4	14
	都畿道	8	13	27	41	2	91
	河南道	20	13	3	26	3	65
	陇右道	2	2	0	0	0	4
	河北道	11	14	0	3	1	29
	河东道	9	14	20	12	3	58
南方	淮南道	15	11	9	10	4	48
	山南东道	9	12	31	30	3	85
	山南西道	13	12	18	19	0	62
	江南东道	17	21	48	38	0	124
	江南西道	20	29	71	37	6	163
	剑南道	23	8	9	12	7	60
	黔中道	9	8	8	5	2	32
	岭南道	42	14	21	49	2	128
其他①		11	7	2	2	0	22
总计		220	186	289	305	40	1040

表 2-5 显示，可考知姓名和地域的唐五代文人贬官共计 1040 人次②，占唐五

① 此行数据包括被贬往“南裔”“岭南”“岭外”“岭表”等地的逐臣人次。

② 若将有关文献记载中姓名与贬地不明的贬官综合统计，则唐五代文人贬官约有 1209 余人次，其中 22 人次为不明朝代及具体时间者。

代有姓名贬地可考之各类贬官人次(2828)的36.78%。将其分散到唐五代的342年中，则平均每年3.04人次。若除开贬官情形差异较大的五代，则唐代21朝289年中，有姓名和贬地可考的文士贬官共计978人，年均3.4人次。

从时期来看，文人贬官在初唐为220人次，盛唐为186人次，中唐升至289人次，晚唐为305人次，五代为40人次，其中晚唐最多，中唐次之，初、盛唐又次之，五代最少。

从地域来看，北方316人次，南方724人次，后者是前者的2.29倍，较之非文人贬官的南北比例略有增长。在南方诸道中，江南西道贬官最多，共163人次；岭南道其次，为150①人次；其他按人次多寡排列，依次为江南东道(124)、山南东道(85)、山南西道(62)、剑南道(60)、淮南道(48)、黔中道(32)；北方诸道以都畿道与河南道为多，分别为91、65人次；其他按人次多寡排列，依次为河东道(58)、京畿道(55)、河北道(29)、关内道(14)、陇右道(4)。

对此一统计结果稍加分析，还可形成更进一步的认识：

其一，与非文人贬官相比，文人贬官的时空分布呈现出大致相同的趋势，但也在两个方面有所不同：一是贬官人次在时期分布上，晚唐超过了中唐，占据首位；二是在地域分布上，江南西道超过了岭南道，成为最引人注目的地区。而这两道贬官之和，达到313人次，已接近南方其余诸道贬官人次之和(411)，几与北方七道之和(316)持平。在唐五代文人贬官总数(1040)中占30.1%，在唐五代各类贬官总数(2828)中占11.07%。

其二，就贬官人次在各时期具体地域的分布看，初唐时期，北方以河南道(20)以及河北道(11)贬官较多；南方则以岭南道(53)为最，其次为剑南道(23)、江南西道(20)、江南东道(17)，四个地区的贬官之和为113人次，已占初唐贬官总人次(220)的51.36%。盛唐时期，南方以江南西道(29)、江南东道(21)及岭南道(21)为重点地区，北方以河北道(14)、河东道(14)、河南道(13)、都畿道(13)人次稍多。这七个地区贬官人次之和为125，已占该时期总人次(186)的67.2%。到了中唐，各地区的差距显著拉大，南方以江南西道(71)遥

① 此数据包含贬地为“岭南”“岭表”“岭外”“南裔”“南方”的贬官人次。此后凡岭南道皆将此部分数据计入，不再说明。

遥领先，其次为江南东道(48)、山南东道(31)、岭南道(23)，此四道之和为173人次，占中唐贬官总人次(289)的59.86%；北方则以都畿道(27)、河东道(20)、京畿道(20)为多。晚唐时期，南方的岭南道再次跃升到首位(51)，其次为江南东(38)、西道(37)、山南东道(30)，此四道之和为156人次，占晚唐贬官人次(305)的51.15%；北方以都畿道(41)贬官人次最多，其次为河南道(26)、京畿道(20)。五代则各道都在10人次以下，唯剑南道(7)和江南西道(6)人次略高。据此可知，初唐和晚唐，南方以岭南道和江南东、西道为最，北方以河南道和都畿道为多；盛唐和中唐时期，南方以江南西道、东道的贬官人次最多，北方则以河南道、都畿道领先。这一态势，与唐五代各类贬官在不同时期、不同地域的分布情形是大体一致的。

下面，再将时期具体到各朝，考察唐五代文人贬官在唐五代二十六朝不同地域的分布情形(见表2-6)。

表2-6　唐五代各朝十五道文人逐臣分布表

	京畿道	关内道	都畿道	河南道	陇右道	河东道	河北道	山南东道	山南西道	江南东道	江南西道	淮南道	剑南道	黔中道	岭南道	总计
高祖	0	1	0	0	0	1	0	0	0	0	0	0	2	0	0	4
太宗	1	1	0	2	0	0	0	2	0	0	2	1	2	1	2	14
高宗	1	1	1	1	1	0	0	1	2	6	5	3	10	2	9	43
武后	1	2	2	9	0	2	5	2	4	8	5	3	4	4	12	63
中宗	0	0	1	4	0	1	6	3	5	3	6	4	4	1	16	54
睿宗	1	2	4	4	1	5	0	1	2	0	2	3	2	1	3	31
玄宗	3	0	10	12	2	11	14	9	6	16	22	10	6	3	11	135
肃宗	5	0	3	1	0	3	0	3	6	5	7	1	2	5	3	44
代宗	0	0	3	0	0	2	0	5	1	9	12	2	1	1	2	38
德宗	5	0	6	1	0	5	0	6	2	19	21	1	0	3	8	77
顺宗	0	0	1	0	0	1	0	1	0	2	0	0	0	0	0	5
宪宗	10	1	9	1	0	9	0	13	11	8	22	3	4	3	6	100
穆宗	1	0	6	1	0	1	0	3	2	5	13	1	4	1	1	39

续表

	京畿道	关内道	都畿道	河南道	陇右道	河东道	河北道	山南东道	山南西道	江南东道	江南西道	淮南道	剑南道	黔中道	岭南道	总计
敬宗	4	1	2	0	0	2	0	3	2	5	3	2	0	0	4	28
文宗	9	0	20	6	0	5	1	12	8	16	14	5	3	0	13	112
武宗	1	1	5	0	0	3	0	4	1	7	6	2	2	0	7	39
宣宗	4	0	6	4	0	2	0	5	3	8	6	1	4		6	49
懿宗	4	0	5	2	0	2	0	5	3	3	5	0	2	1	12	44
僖宗	2	0	4	5	0	0	1	2	3	3	2	2	0	0	3	27
昭宗	0	0	1	2	0	0	0	2	0	1	4	0	1	4	6	21
哀帝	0	0	0	7	0	0	1	0	1	0	0	0	0	0	2	11
后梁	0	0	0	1	0	0	1	1	0	0	0	0	5	0	0	8
后唐	2	3	1	1	0	3	0	1	0	0	1	0	2	2	2	18
后晋	0	1	0	0	0	0	0	1	0	0	1	1	0	0	0	4
后汉	0	0	0	0	0	0	0	0	0	0	1	2	0	0	0	3
后周	1	0	1	1	0	0	0	0	0	0	3	1	0	0	0	7
总计	55	14	91	65	4	58	29	85	62	124	163	48	60	32	128	1018

据表 2-6 所列唐五代二十六朝文人贬官的分布情形可知，居于前十位的分别是玄宗朝(135)、文宗朝(112)、宪宗朝(100)、德宗朝(77)、武后朝(63)、中宗朝(54)、宣宗朝(49)、肃宗朝(44)、懿宗朝(44)、高宗朝(43)。这十朝的贬官人次均在 40 人次以上，总计 721 人次，占唐五代文人贬官总数(1018)的 70.8%，从而大致构成了唐代文人贬官的若干重要时期。当然，这只是就各朝贬官的绝对数值得出的初步结论，如果考虑到时间长短与贬官多寡的正比例关系，将每朝立朝的时间综合计入，则以上诸朝按时间长短排列，依次为玄宗朝(45 年)、高宗朝(34 年)、德宗朝(25 年)、武后朝(21 年)、懿宗朝(14 年)、文宗朝(14 年)、宪宗朝(15 年)、宣宗朝(13 年)、中宗朝(6 年)、肃宗朝(6 年)，其总年数为 193 年；将 721 人次平均到 193 年中，则每年文人贬官 3.74 人次。这一数字，已高于唐代每年 3.4 人次的平均数。如果再以此平均数与上述诸朝立朝时

间、年贬官人次作一比照和换算，我们就会发现一个新的关于文人贬官人次多寡的序列：中宗朝(9.8)、文宗朝(8.6)、肃宗朝(7.3)、宪宗朝(6.9)、宣宗朝(3.6)、懿宗朝(3.1)、玄宗朝(3.1)、德宗朝(3.0)、武后朝(3.0)、高宗朝(1.2)。这就是说，自中宗至宣宗的五朝年均贬官人次都在唐代的平均数之上，自懿宗至高宗五朝则在唐代的平均数以下。将此十朝情形与前述唐代各类贬官在宪、文、玄、宣、懿、德、武、代、高九朝的分布相比，除由中宗、肃宗二朝取代了代宗朝外，在序列的先后上也发生了一些变化：一是中宗、肃宗二朝跻身第一、第三位；二是宪宗、玄宗二朝分别由第一、第三位退居第四、第七位。其他各朝次序虽略有升降，但大体保持一致。

上述变化透露出一个重要信息，即以年均数计量贬官人次之多寡，各朝存续时间的长短便成了一个很关键的因素。立朝时间长者如玄、宪、文诸朝，往往是贬官人次的绝对值高，但年均人次却有所减少；而立朝时间短者如中宗、肃宗诸朝，其贬官人次的绝对值一般不高，但年均人次却大幅攀升。类似的情形，在尚未进入此一序列的其他几个朝代也表现得较突出。如睿宗立朝 2 年，贬官 31 人次，年均 15.5 人次；穆宗立朝 4 年，贬官 39 人次，年均 9.8 人次；敬宗立朝 3 年，贬官 28 人次，年均 9.3 人次；武宗立朝 6 年，贬官 39 人次，年均 6.5 人次。究其原因，固然与这些朝代存续时间较短，故易于导致年均人次增加的统计学原理有关，但更重要的原因在于：立朝时间的短暂，反映了这些朝代的政治斗争之剧烈和频繁，而朝代更迭造成的人事动荡使得单位时间内的贬官密度急剧增加，此其一。其二，上述诸朝分别处在唐代文士诗人代群分布的高峰时段，且诸朝帝王多为好文之主，这些因素使得这些朝代的文士贬官总数和年均数均颇为可观，尤其是年均数，乃是整个唐代年均数的 2 至 3 倍，睿宗朝更高达 4.6 倍。因此，在了解前述按正常统计法得出的十朝贬官序列的同时，对这些立朝时间较短而贬官年均数极高的朝代，也应予以足够的重视。

从贬谪地域看，各朝亦颇有差异。在唐五代二十六朝中，高祖、太宗、睿宗、肃宗、代宗、顺宗、敬宗、武宗、僖宗、昭宗、哀帝及五代诸朝因贬官人次略少，差别不甚明显；至如初唐之高宗、武后、中宗三朝，贬赴岭南者已大量增加；至玄宗一朝，江南西道、东道及岭南道遥遥领先；他如南方的山南东道、淮南道、剑南道，北方的河北道、河南道、都畿道、河东道等也齐头并进，显示出了一种较为均衡的态势。中唐时期，德宗、宪宗、穆宗三朝已以江南西道的贬官独占鳌头，其次如岭南道、江南东道、山南东道互有增减。晚唐时期，文宗、宣宗、懿宗诸朝仍大体保持了此一局面，岭南道与江南东道、西道贬官人次继续高于其他地区。据此可知，从高宗朝开始，岭南道已是文人贬官的首选之地，而从玄宗朝始，江南西道、东道的文人贬官呈现出超越岭南道的势头。

在前列表 2-5、表 2-6 的基础上，我们将唐五代文人贬官的分布地域进一步细化到州、府，对各道所辖州、府的贬官人次作一统计。

表 2-7　唐五代不同时期各州文人逐臣分布表

		初唐	盛唐	中唐	晚唐	五代	总计
京畿道	邠州		1	1	3		5
	华州	1	1	9	11		22
	同州	1	4	3	1	2	11
	耀州（五代唐置，治华原）					1	1
	京兆府	1	1	5	3		10
	岐州	1	1	2	2		6
关内道	坊州	1		1			2
	麟州	1					1
	陇州	1				1	2
	绥州					1	1
	原州	1					1
	泾州	1		1			2
	威州				1	1	2
	宁州	1					1
	武州	1				1	2
都畿道	东都	2	3	15	23	1	44
	陕州	2		2	5		9
	汝州		7	1	1		9
	郑州	2	1		2		5

续表

		初唐	盛唐	中唐	晚唐	五代	总计
	怀州	1	1	1	2		5
	河南府	1	1	8	8	1	19
河南道	宋州	2	2				4
	汴州	2		2	3		7
	亳州	2			2		4
	许州	2			2		4
	蔡州				1		1
	莱州	1			1		2
	濮州				3		3
	青州	3	1		3	1	8
	密州				1		1
	谷州	1					1
	豫州	3	1				4
	曹州		1				1
	郓州		1				1
	滑州	1			3		4
	宿州				1		1
	齐州	1	2				3
	济州		2				2
	泗州		1				1
	徐州		1	1	4		6
	沂州	1				1	2
	淄州		1		1		2
	兖州	1					1
	登州				1	1	2
陇右道	凉州	1	1				2
	洮州	1					1
	渭州		1				1

续表

		初唐	盛唐	中唐	晚唐	五代	总计
河东道	晋州	2	1	1			4
	汾州	1	1		1		3
	虢州		3	4	3		10
	绛州	1	2	3	1		7
	潞州	2	1	1			4
	蒲州	2	4	9	5		20
	沁州	1					1
	泽州		1				1
	太原府		1	2	1		4
	蔚州					1	1
	慈州				1		1
	岚州					1	1
	石州					1	1
河北道	贝州	1					1
	卫州	1	1				2
	邢州	2					2
	蓟州	1					1
	博州		1				1
	沧州	1			1		2
	棣州		1		1		2
	洺州	1			1		2
	莫州		1				1
	德州	1	2				3
	魏州		3				3
	相州	1	1				2
	幽州		2				2
	冀州	1	1			1	3

续表

		初唐	盛唐	中唐	晚唐	五代	总计
河北道	定州	1					1
	瀛州		1				1
淮南道	安州	1	2				3
	楚州	3	1	1			5
	寿州			1			1
	和州			2		1	3
	黄州				1		1
	庐州	2	1	1	1		5
	蕲州	3	3		1	1	8
	申州	1			1		2
	扬州	4	1	2	5		12
	滁州		1	1			2
	沔州		1				1
	舒州		1	1	1	2	5
山南东道	复州	1	1				2
	襄州	2	2	3	2		9
	唐州			1	2		3
	房州	1				1	2
	荆州	1	2	8	8		19
	忠州		1	3	1		5
	商州	1		2	3	1	7
	隋州		3	2	2		7
	峡州		1	4	3		8
	金州		1		1		2
	归州			1			1
	郢州	2		1	3		6
	夔州			4	2		6

续表

		初唐	盛唐	中唐	晚唐	五代	总计
山南东道	万州		1		1		2
	邓州			1	1	1	3
	均州	1		1	1		3
山南西道	巴州	1	2	4	1		8
	壁州	1					1
	涪州	2	1		1		4
	集州	2					2
	利州			1	1		2
	梁州	1		6	11		18
	通州	1	3	1			5
	洋州		1	1	1		3
	阆州		1		1		2
	蓬州		1		1		2
	渠州	2					2
	果州	1	2	1	1		5
	渝州	1	1		1		3
	开州	1		4			5
江南东道	建州	1		1	2		4
	括州	1	3	4			8
	常州	1	1	5	3		10
	台州	2	3	1	1		7
	睦州	3	3	2	2		10
	润州	2	3	1	3		9
	婺州	2		4	1		7
	歙州		1	3	1		5
	越州	1		1	5		7
	漳州	1		2	1		4

续表

		初唐	盛唐	中唐	晚唐	五代	总计
江南东道	湖州	1	1	2	3		7
	苏州	1	2	5	4		12
	杭州		1	2	3		6
	泉州		1	5			6
	明州			2	3		5
	衢州		1	4	1		6
	温州	1	1		1		3
	福州			1	2		3
	汀州			3	2		5
江南西道	吉州	1	1	6			8
	抚州		1	4	2	2	9
	道州		2	4	1		7
	衡州	2		2	1		5
	洪州	1	1	1	3		6
	鄂州		2	3	1		6
	江州	3	2	4	4	1	14
	澧州	1		4	3		8
	连州			7	3		10
	饶州	4	3	5	1	1	14
	虔州	2	1	8	5		16
	潭州	1	2	4	2		9
	袁州	1	4	1	2		8
	岳州		6	2			8
	永州		2	3			5
	郴州	3	2	3	1	1	10
	邵州			3		1	4
	朗州	1		5	2		8

续表

		初唐	盛唐	中唐	晚唐	五代	总计
江南西道	宣州			2	5		7
	池州				1		1
剑南道	嶲州	7					7
	简州	1			1		2
	眉州	1					1
	普州	2					2
	嘉州			1			1
	荣州	1					1
	始州	1					1
	蜀州	1	2				3
	遂州				1		1
	益州	3	2				5
	姚州	1					1
	当州	1					1
	梓州	2	1	1	3		7
	合州	1	1			1	3
	陵州	1					1
	彭州			1			1
	绵州		1	1	2		4
	雅州		1	1		2	4
	成都府			2	4		6
	剑州			1			1
	资州	1		1			2
	黎州					1	1
	泸州				1		1
	茂州					2	2
	维州					1	1

续表

		初唐	盛唐	中唐	晚唐	五代	总计
黔中道	播州	2		1	1		4
	南州			1	2		3
	黔州	4		3			7
	施州				1		1
	巫州	1	3			1	5
	思州	1					1
	沅州	1					1
	珍州		1	1			2
	辰州		1	2			3
	溪州				1		1
	溱州		1				1
	费州		1				1
	夷州		1			1	2
岭南道	交州	3					3
	驩州	2		1	3		6
	瀼州	1					1
	新州	1			1		2
	端州	1	1	1	3		6
	广州	3		4	4		11
	爱州	1					1
	白州	1			1		2
	潮州	1		3	4		8
	儋州			1	2		3
	峰州	2					2
	藤州	1					1
	桂州	1		2	3		6
	横州	1					1

续表

		初唐	盛唐	中唐	晚唐	五代	总计
岭南道	康州	1		1	1		3
	雷州				1		1
	柳州			1	1		2
	泷州	3	1				4
	钦州	3	2				5
	廉州		1		1		2
	潘州		1		2		3
	窦州	1	1				2
	琼州				1		1
	象州	1					1
	绣州				2		2
	循州	3		1	3		7
	环州	1					1
	崖州	4	1	2	4	2	13
	昭州		1		1		2
	振州	1					1
	古州	1	1				2
	封州	1	2		3		6
	富州	1					1
	高州	1	1		1		3
	贺州			1	2		3
	岩州		1				1
	韶州			3	2		5
	梧州	1			2		3
	澄州				1		1
其他①		11	7	2	2		22
总计		220	186	289	305	40	1040

① 此行数据包括被贬往“南裔”“岭南”“岭外”“岭表”等地的逐臣人次。

表2-7显示的是唐五代十五道234个州、府的文人贬官情况。根据贬官所涉及州、府的多寡，各道依次排列如下：岭南道(39)、剑南道(25)、河南道(23)、江南西道(20)、江南东道(19)、山南东道(16)、河北道(16)、山南西道(14)、河东道(13)、黔中道(13)、淮南道(12)、关内道(9)、都畿道(6)、京畿道(6)、陇右道(3)。据此可知，唐五代文人贬官分布的地域虽较各类贬官分布地域总数(299)有一定减少，但仍十分广阔，其中尤以岭南道、剑南道所辖州为多。当然，各道所涉及州、府的多寡与贬官人次的多少并无内在的必然联系，但由此却可反映出文人贬官的分布情形，提供研究文人贬官与地域关系的必要数据。

下面，再依南北方各道文人贬官人次的多寡，对其所辖州文人贬官人次作一统计，从中既探究各具体地区与贬官人次的关联程度，又考察其不同时期的发展动态。

先看南方诸道。江南西道：贬官10人次及以上的地区，有虔州(16)、饶州(14)、江州(14)、连州(10)、郴州(10)；贬官5人次及以上的地区，有抚州(9)、潭州(9)、袁州(8)、朗州(8)、吉州(8)、澧州(8)、岳州(8)、道州(7)、宣州(7)、洪州(6)、鄂州(6)、衡州(5)、永州(5)。

江南东道：贬官10人次及以上的地区，有苏州(12)、睦州(10)、常州(10)；贬官5人次及以上的地区，有润州(9)、括州(8)、越州(7)、湖州(7)、台州(7)、婺州(7)、泉州(6)、杭州(6)、衢州(6)、歙州(5)、明州(5)、汀州(5)。

岭南道：贬官10人次及以上的地区，有崖州(13)、广州(11)；贬官5人次及以上的地区，有潮州(8)、循州(7)、端州(6)、桂州(6)、驩州(6)、封州(6)、钦州(5)、韶州(5)。

山南东道：贬官10人次及以上的地区，有荆州(19)；5人次及以上的地区，有襄州(9)、峡州(8)、商州(7)、隋州(7)、郢州(6)、夔州(6)、忠州(5)。

山南西道：贬官10人次及以上的地区，有梁州(18)；5人次及以上的地区，有巴州(8)、通州(5)、开州(5)、果州(5)。

淮南道：贬官10人次及以上的地区，有扬州(12)；5人次及以上的地区，有蕲州(8)、楚州(5)、舒州(5)、庐州(5)。

剑南道：贬官5人次及以上的地区，有嶲州(7)、梓州(7)、成都府(6)、益州(5)。

黔中道：贬官5人次及以上的地区，有黔州(7)、巫州(5)。

再看北方诸道。都畿道：贬官10人次及以上的地区，有东都洛阳(44)、河南府(19)；贬官5人次及以上的地区，有陕州(9)、汝州(9)、郑州(5)、怀州(5)。

京畿道：贬官10人次及以上的地区，有华州(22)、同州(11)、京兆府(10)；5人次及以上的地区，有岐州(6)、邠州(5)。

河东道：贬官10人次及以上的地区，有蒲州(20)、虢州(10)；5人次及以上的地区，有绛州(7)。

河南道：贬官5人次及以上的地区，有青州(8)、汴州(7)、徐州(6)。

关内道、河北道与陇右道：其管辖地区之贬官均在5人次以下。

对以上数据加以分析，似可得出如下结论：

其一，贬官10人次以上的州，是唐五代文人贬官最集中也最值得重视的地区。在南方诸道中，江南西道的饶州、虔州、江州、连州、郴州，岭南道的崖州、广州，江南东道的苏州、睦州、常州，山南东道的荆州，山南西道的梁州，淮南道的扬州，除个别州府外，大多较为荒远，是贬谪南方官员的首选之地。其贬官数量的总和，共169人次，占南方可考知姓名及详细地域之文人贬官总数(702)的24.07%，占唐五代有详细地域之文人贬官总数(1018)的16.6%①，因而在唐五代文人贬官与地域关系的研究中，具有举足轻重的作用。相比之下，北方诸道中文人贬官10人次以上州要少一些，如都畿道的洛阳、河南府，京畿道的华州、同州、京兆府，河东道的蒲州、虢州等，大多距长安较近，生活条件相对优越。但若就贬官数量看，其总和为136人次，占北方贬官总数(316)的43.04%，占唐五代贬官总数的13.36%，其重要性亦不容忽视。

其二，在南方诸道中，江南西道、东道、岭南道所辖诸州最值得重视。就其贬官5人次及以上的州计，江南西道18个，共有贬官158人次；江南东道15个，共有贬官110人次；岭南道10个，共有贬官73人次；三者之和，已达341人次，占该三道文人贬官总人次(415)的82.17%，占唐五代文人贬官总数的

① 因169为10人次及以上南方诸州郡的贬官总和，其中无法计入贬地为“岭南”、“岭表”的贬官人次，故计算其比率时，南方贬官的总人次(724)也应减去“岭南”“岭表”等贬地不甚详细的22人次，而以702人次为准。同理，在计算其占唐五代文人贬官总数的百分比时，总数亦应以1018为准。下同不赘。

33.5%。也就是说，近十分之三的唐五代文人贬官都集中到了上述地区。进一步看，在唐五代各类贬官中，江南西道、东道均居于岭南道之后，但在文人贬官中，此两道均跃升至岭南道之前，分居第一、第二位；而且其贬官 10 人次以上州和 5 人次以上州亦均超过岭南道。这种情况说明，就文人贬官而言，江南西、东道作为安置贬官的地理位置，较之岭南道更被朝廷所看重。

其三，以贬官 4 人次以上为基准来统计，可以发现，若干州在不同时期的贬官史上具有较为突出的地位。初唐时期，以剑南道的巂州贬官最多，共 7 人次；他如江南东道的扬州、江南西道的饶州、黔中道的黔州、岭南道的崖州，均为 4 人次。盛唐时期，各州贬官人次大抵较为均衡，稍突出的有江南西道的岳州和都畿道的汝州，均为 6 人次；他如京畿道的同州、河东道的蒲州、江南西道的袁州，均为 4 人次。到了中唐，情况发生了较大的变化，原有的均衡被打破，一些州成为贬官最常"光顾"之地，其中较突出者是京畿道的华州(9)、东都洛阳(15)、河南府(8)、河东道的蒲州(9)、山南东道的荆州(8)、山南西道的梁州(6)、江南西道的虔州(8)、连州(7)、吉州(6)等；他如京兆府、江南东道的常州、苏州和江南西道的饶州、朗州等，均为 5 人次；河东道的虢州、山南东道的峡州、夔州、山南西道的巴州、开州、江南东道的括州、婺州、衢州、江南西道的抚州、道州、江州、澧州、潭州及岭南道的广州等，均为 4 人次。与中唐相比，晚唐除部分区域有所沿袭外，又有一些不同，贬官的主要集中地，有京畿道的华州(11)、都畿道的洛阳(23)、河南府(8)、山南东道的荆州(8)、山南西道的梁州(11)等；他如都畿道的陕州，河东道的蒲州、江南东道的越州、江南西道的虔州、宣州，淮南道的扬州等均为 5 人次；河南道的徐州、江南东道的苏州、江南西道的江州、剑南道的成都府、岭南道的广州、潮州和崖州等，均为 4 人次。时至五代，文人贬官急剧减少，贬官较集中的州府已然无多了。

综括唐五代三百四十余年的文人贬官情形，可以看出各时期、各地域间均存在若干差异，而且与唐五代各类贬官相比，在大致相似的发展曲线中也呈现出了一些波折。如在贬官人次上，晚唐超过了中唐；在贬官分布的地域上，江南西道、东道超过了岭南道，在不同时期各道具体州府的贬官分布数量上，也出现了互有升降的差异。所有这些，都在一定程度上展示了唐五代文人贬官的特点，值得重视。同时，也构成下文有关历史文化分析及个案分析的必要参照。

第三章　唐五代贬谪的规律与特点

第一节　影响贬谪的社会政治因素

据前文对高祖至哀帝朝及五代各个时期贬官情形的考查，以及相关定量分析可知，历时久、人数多、分布地域广，是唐五代贬谪的基本特点。就时段来看，中、晚唐是贬官人数最多的时期；就地域来看，南方较之北方，岭南道及江南西、东道较之其他诸道，流贬人数更为集中。如果联系唐五代的社会政治情势，进一步探究不同时期贬谪事件背后隐藏着的深层社会政治因素，还可发现，朝代更迭、权奸擅政、朋党之争、宦者作祟、武人为祸，乃是导致流贬者大量产生的更为重要的原因和颇具普遍性的规律。

一、朝代更迭

自高祖武德九年的“玄武门之变”始，唐代的皇位继承就没有遵循嫡长制。诸子争立，东宫废立无常，“于是皇位继承之无固定性及新旧君主接续之交，辄有政变发生，遂为唐代政治史之一大问题也”①。太宗时期，东宫储位即屡经废立。太子承乾与魏王泰争位，太子废，改立晋王治，复又欲立吴王恪。至高宗武后朝，历忠、弘、贤、显、旦、显，储位六易其主。中宗朝历重俊、重茂，睿宗朝历成器、隆基，玄宗朝历瑛、亨，皆后先仿效，变化无常。可见唐时太子，“实皆是已指定而不牢固之皇位继承者”②。皇权继承的无固定性，对朝局的稳定

① 陈寅恪：《唐代政治史述论稿》中篇《政治革命及党派分野》，第 65 页。
② 陈寅恪：《唐代政治史述论稿》中篇《政治革命及党派分野》，第 68 页。

及朝士命运的升降所带来的影响，大略有如下几种情形：

其一，东宫地位不稳固，“太子之嗣位亦不得不别有拥戴扶立之元勋”①。另一方面，东宫地位不稳固，也容易引起觊觎之隙。而有能力与太子争位者，才识声望多非凡庸之辈，也都有拥戴之腹心朝臣。皇位继承动摇不定，“朝臣党派之活动必不能止息”②。如贞观中太子承乾与魏王泰相争，“时魏王泰有美名，帝爱重。而承乾病足，不良行，且惧废，与泰交恶。泰亦谋夺长，各树党”③。“泰潜有夺嫡之意，招驸马都尉柴令武、房遗爱等二十余人，厚加赠遗，寄以腹心。黄门侍郎韦挺、工部尚书杜楚客相继摄泰府事，二人俱为泰要结朝臣，津通赂遗。文武群官，各有附托，自为朋党。”④于是元昌、侯君集、赵节等之于太子承乾，岑文本、刘洎之于魏王泰，长孙无忌之于晋王治，皆各成党派。无论哪一方在争斗中败北，均牵涉一大批朝臣，流贬之祸也接踵而至。贞观十七年，太子与魏王两败，仅魏王一方而言，魏王泰“降爵为东莱郡王，泰府僚属为泰所亲狎者，皆迁岭表。以杜楚客兄如晦有功，免死，废为庶人。给事中崔仁师尝密请立魏王泰为太子，左迁鸿胪少卿”⑤。朝臣既然难免分党参与储位之争，与权力核心之生死争斗相伴随的，自然是大规模的流贬之祸。

其二，由于东宫地位不稳固，倘遇情势逼迫，太子难免有铤而走险之念者。一旦事泄，参与其事者自抵死无疑，东宫属官亦难免贬黜，其牵涉面甚广。贞观十七年，承乾太子事败，太子废为庶人，徙黔州，预事之汉王元昌、侯君集、李安俨、赵节、杜荷等皆伏诛，“官属张玄素、令狐德棻、赵弘智、裴宣机、萧钧皆除名为民，不复用”⑥。外官也有受牵累者，杜正伦流驩州⑦，杜如晦子杜构以杜荷累贬死岭表⑧，李靖子李德謇坐善太子，流岭表⑨。因为罪名涉及反逆大

① 陈寅恪：《唐代政治史述论稿》中篇《政治革命及党派分野》，第 66 页。

② 陈寅恪：《唐代政治史述论稿》中篇《政治革命及党派分野》，第 66 页。

③ 《新唐书》卷八十《太宗诸子》，第 3564 页。

④ 《旧唐书》卷七六《太宗诸子》，第 2655 页。

⑤ 《资治通鉴》卷一九七贞观十七年，第 6311 页。

⑥ 《新唐书》卷二二三上《许敬宗传》，第 6336 页。

⑦ 《旧唐书》卷七十《杜正伦传》，第 2543 页。

⑧ 《新唐书》卷九六《杜如晦传》，第 3860 页。

⑨ 《新唐书》卷九三《李靖传》，第 3816 页。

恶，故打击面更大，或诛或贬，或流或黜，处置极严厉。高宗永隆元年，章怀太子贤以怀逆废，“党与皆伏诛”①，官属张大安贬普州刺史，刘讷言流振州，韦承庆出为乌程令，“坐徙者十余人”②。外官苏州刺史曹王明降封零陵郡王，黔州安置；沂州刺史嗣蒋王炜除名，道州安置。③ 因为事情的背后隐藏着武后夺权之意，故反逆罪名既成，则诛贬必然冷酷无情。

其三，新君于政变中既得大位，对先时别有拥戴者，必行贬黜，如开成五年武宗对李珏、杨嗣复、裴夷直、魏謩等人之贬；或被权奸借以为口实，用来打击政敌，如建中元年杨炎贬逐刘晏及其党令狐峘、柳冕等数十人④，长庆四年李逢吉贬逐李绅及所善者庞严、蒋防、吴思等⑤，皆是诬政敌别有所立而以谮逐之。对新君而言，皇位来之不易，那些别有拥戴者，即便只是捕风捉影，也都可归入向时的政敌一类。据此可知，新旧接续之中，让天子猜怨的朝臣很难逃脱被贬逐的厄运。

其四，新君倘是诉诸武力，以军事政变夺权即位，则因情形非常，诛贬尤众。神龙元年中宗复辟，二张及兄弟数人枭首，朝士坐二张之党者，窜逐数十人。景龙四年诛武、韦，韦氏、武氏宗属诛死流窜殆尽，朝中大臣与韦后同谋者如宗楚客、宗晋卿、赵履温、纪处讷、张嘉福等皆伏诛，其余如萧至忠、韦嗣立、赵彦昭、岑羲、崔湜等尽行贬逐。先天二年，玄宗诛太平公主，宰相大臣萧至忠、岑羲、窦怀贞、崔湜、薛稷、李慈、常元楷伏诛，“公主诸子及党与死者数十人”。“时穷治公主枝党，当坐者众……百官素为公主所善及恶之者，或黜或陟，终岁不尽。”⑥此种情形，因新旧势力的矛盾冲突达到极点，而且表面化，不得不诉之于公开的武力拼搏。成败生死系于一役，不容有丝毫妇人之仁。且非常时期，诛杀贬流不受舆论限制，故军事政变中的贬杀规模和程度比前述几种情形更大更甚。

---

① 《资治通鉴》卷二〇二永隆元年，第6512页。
② 《新唐书》卷八一《三宗诸子》，第3591页。
③ 《资治通鉴》卷二〇二永隆元年，第6514页。
④ 《旧唐书》卷一二三《刘晏传》，第2516页。
⑤ 《资治通鉴》卷二四三长庆四年，第7954页。
⑥ 《资治通鉴》卷二一〇开元元年，第6803~6804页。

另外，新君即位，对先朝旧臣有失德失职者，或弄权妄为者，往往会追惩旧过旧恶。前者如景云元年睿宗在局势稳定后，任用姚崇、宋璟洗革前弊，对崔湜、张锡、萧至忠、韦嗣立、赵彦昭、李峤、裴谈、韦安石等前代宰辅大臣，陆续罢黜贬出①。开元二年，玄宗又追责景龙四年宗楚客等改中宗遗诏、宰相不能匡正之旧过，贬韦安石、韦嗣立、李峤、赵彦昭等②。后者如咸通十四年僖宗即位，贬前朝权相韦保衡为贺州刺史，“再贬崖州澄迈令，寻赐自尽。又贬其弟翰林学士、兵部侍郎保乂为宾州司户，所亲翰林学士、户部侍郎刘承雍为涪州司马”③。又贬荆南节度使、前朝奸相路岩为新州刺史，复长流儋州，寻赐自尽，籍没其家④。新君初立每按例改元，正是彰显去旧开新之义，先朝旧臣中有身负旧过旧恶涉于物议者，罢黜正当其时，亦可以迎合天下时望。

概而言之，因唐代的皇位继承无固定性，皇权接替多伴随着争斗与政变，故朝臣难免卷入激烈的政治争斗漩涡，加上去旧开新的因素，遂使得朝代更迭成为朝士命运升降沉浮的一大关节。至于超出皇权接替之外的朝代更迭，如武后夺权，改唐为周，则刑杀流贬更为酷烈，唐之宗室数十家被诛杀殆尽，幼弱存者亦流岭南；唐之旧臣，上至宰辅，下至刺史、郎将，诛窜难以胜数。

二、权奸擅政

君主用人不明，忠邪不分，小人则巧伺上意，缘奸得进。小人既居重位，恃人主宠幸，肆行其志，逞一己之私欲，招权纳贿，挟私报怨，结党自固，排挤打击不附己者；或妒贤嫉能，排抑胜己者以保其位，由此贬谪遂成为权奸弄权之工具。此辈历代不乏其人，兹略举其尤者：开元天宝间李、杨乱政，李林甫巧佞事主，居相位十九年，固宠市权。“同时相若(张)九龄、李适之皆遭逐。”⑤“凡才望功业出己右及为上所厚、势位将逼己者，必百计去之”⑥，兵部侍郎卢绚、绛

① 《资治通鉴》卷二〇九、卷二一〇景云元年，第6768~6776页。

② 《资治通鉴》卷二一一开元二年，第6816~6817页。

③ 《资治通鉴》卷二五二咸通十四年，第8289页。

④ 《资治通鉴》卷二五二乾符元年，第8290~8291页。

⑤ 《新唐书》卷二二三上《李林甫传》，第6345页。

⑥ 《资治通鉴》卷二一五天宝元年，第6972页。

州刺史严挺之、汴州刺史齐澣、户部尚书裴宽、刑部尚书裴敦复、朔方、河东等四镇节度使王忠嗣，皆为其构陷贬黜①。“公卿不由其门而进，必被罪徙；附离者，虽小人且为引重。”至杨慎矜、张瑄、卢幼临、柳升等数百人，皆为其相继贬杀②。杨国忠自为御史时，充李林甫爪牙，“逞其私志，所挤陷诛夷者数百家。”③“自侍御史至为相，凡领四十余使。台省官有才行时名，不为己用者，皆出之。”④正是因为李杨乱政，开元全盛之局才转向衰败，最终养成禄山之祸。咸通年间，懿宗昏弱，杨收与中尉杨玄价相勾结，权倾一时，“门吏童客倚为奸”⑤。路岩继之，“上荒宴，不亲庶政，委任路岩；岩奢靡，颇通赂遗，左右用事”⑥，及“与韦保衡同当国，二人势动天下，时目其党为‘牛头阿旁’，言如鬼阴恶可畏也”⑦。韦保衡则“恃恩据权，以嫌爱自肆，所悦者擢，不悦挤之”⑧。逐杨收，倾路岩，贬刘瞻，斥于琮，挤王铎，皆懿宗朝宰相。主昏臣奸，宰臣弄权不法，亲党乃至左右门吏肆为奸佞，武宣政局隳堕殆尽。唐时本行集体宰相制度，若此辈便佞得宠，则肆行威权，播弄朝士命运，其他宰相少敢言者，不过备位而已。上举仅为奸相，至若便佞小人，倘受君主宠幸，即使不为相，也能窃人主之威，权倾宰辅。如德宗宠信裴延龄，“以其好诋毁人，冀闻外事，故亲厚之”⑨。延龄由此得势，逐陆贽，贬阳城。其余如李齐运、李实、韦渠牟等亦为德宗宠信，皆权倾一时，趋附盈门。

权奸擅政，往往会带来朝廷人事上的动荡。因此辈身处朝廷权力的核心，其排挤打击的对象也多为位高权重之人，而这些被打击者多为世家大族，子侄、宗属、姻亲众多，家业巨大，同时为官者亦众；又因唐时科举未密，参用举荐，盛行投刺干谒之风。干进者以职官乃天下公器，奔走取之不以为耻，举荐者以举才

---

① 《资治通鉴》卷二一五天宝元年至天宝六载，第6972~7001页。
② 《新唐书》卷二二三上《李林甫传》，第6345页。
③ 《资治通鉴》卷二一五天宝六载，第7002页。
④ 《资治通鉴》卷二一六天宝十一载，第7034页。
⑤ 《新唐书》卷一八四《杨收传》，第5395页。
⑥ 《资治通鉴》卷二五一咸通十年，第8272页。
⑦ 《新唐书》卷一八四《路岩传》，第5397页。
⑧ 《新唐书》卷一八四《韦保衡传》，第5398页。
⑨ 《资治通鉴》卷二三五贞元十年，第7685页。

进贤为时誉，荐用擢拔不以为嫌，故举进士时门生座主之亲，及第或入仕后举用拔擢之恩，征辟佐府之谊，汇结成一张张情谊网络。加上朝中行事接近、意气相投之同官，上下相得之僚属，私谊相厚之朋友、同年或同门之关系，均辗转关联，荣辱与共，一旦在上位者遭贬，所亲厚者多被牵累，由此极易形成大的流贬事件。如天宝五载李林甫构韦坚(太子妃兄，刑部尚书)、皇甫惟明(陇右节度使)之狱，“连累者数十人”①。坚弟将作少匠韦兰，鄠县令韦冰，兵部员外郎韦芝，子河南户曹韦谅，婿巴陵太守卢幼临，皆远贬而诛。宗亲太常卿韦斌，甥嗣薛王琄，戚睢阳太守裴宽则遭远贬；其余自宰相李适之以下，郑章、豆卢友、杨惠、房琯等因与坚厚善，郑钦说、第五琦曾为坚擢用，李齐物、韩朝宗等又坐与李适之厚善，及适之子卫尉少卿雪，也都被远贬。天宝六载，杨慎矜(户部侍郎兼御史中丞)之狱，慎矜及兄少府少监慎余、洛阳令慎名，皆赐死，子女配流岭南，外甥通事舍人辛景凑，为慎矜所荐引之太府少卿张瑄，决杖配流；天马副监万俟承晖，闲厩使殿中监韦衢，坐相党附，流配远贬。史载：“坐窜徙者十余族，所在部送，近亲不得仕京师。”②权奸逞怒，或为重威以畏众，或为泄忿以快心，或为夸张其功以邀宠，无论出于哪种目的，对打击的对象都会穷追其罪，扩大打击面，务求斩草除根，消除一切与对手有亲厚关系的潜在敌人，以免留下后患。同时也减少了朝中不依附自己的势力，使其权位更加稳固。咸通十一年，宰相刘瞻为路岩、韦保衡所逐，右谏议大夫高湘，比部郎中知制诰杨知至，礼部郎中魏筜、户部侍郎翰林承旨郑畋、刑部员外郎张颜、刑部员外郎崔颜融，皆坐与刘瞻亲善，分贬岭南。御史中丞孙煌因系刘瞻所擢用，亦贬汀州刺史③。咸通十三年，韦保衡逐于琮，尚书左丞李当、吏部侍郎王沨、左散骑常侍李郁、翰林学士承旨兵部侍郎张裼、前中书舍人封彦卿、左谏议大夫杨塾、工部尚书严祁、给事中李贶、给事中张铎、左金吾大将军李敬仲、起居舍人萧遘、李渎、郑彦特、李藻，皆坐与琮厚善，贬逐湖、岭之南。琮兄前平卢节度使于瑁、前湖南观察使于

① 《旧唐书》卷一〇五《韦坚传》，第3225页。

② 《新唐书》卷一三四《杨慎矜传》，第4564页；另见《资治通鉴》卷二一五天宝六载，第7001页。

③ 《资治通鉴》卷二五二咸通十一年，第8282页；《旧唐书》卷一九上《懿宗本纪》，第676页。

瑰亦被贬官①。逐一宰相，牵连如此之广，以至班列几空，令人惊悚！

“自古人君所甚恶者，莫若人臣为朋党，故小人谮君子必曰朋党。何则？朋党言之则可恶，寻之则无迹故也。”②若朝臣人情胶固，互为党援，易于私情害公，也会使人主进退措手，御臣乏术，故君主深疾朝臣朋党，并由此对朝廷各种人情网络心生猜疑，小人因之为借口以促成人主之疑，则见疑者难以自明，即便公直如张九龄，也因李林甫所谮而令玄宗疑九龄有党。故权重之臣，一旦获谴，与之有厚善关系者，即使没有明显朋党之迹，也因朋类过从之嫌疑，容易一同贬逐。久而久之，去疑存实，习以为常，但有亲近厚善之关系，循例可以同贬，犹如亲族株连之法。史书记载人臣受贬原由，多言“坐与某某亲善”，盖亲厚者同贬已成为不成文之通则，也成为权奸逞怒肆欲、遂其私心的有效手段。

此辈权奸，因趋附者多，故党与尤众；且家业繁盛，亲族亦多。一旦又为另一权奸所构，失势获罪，也容易形成大的流贬事件。天宝十二载，李林甫为杨国忠所构，制削官爵，剖棺改葬，“子孙有官者除名，流岭南及黔中，给随身衣及粮食，自余资产并没官；近亲及党与坐贬者五十余人”③。诸子司储郎中崿、太常少卿屿与岫等悉流岭南、黔中，诸婿张博济、郑平、杜位、元扐，属子复、道、光等皆贬官④。咸通十年，杨收为韦保衡所构，长流驩州，不久赐死，其僚属党友坐长流岭表者十数人。“其党杨公庆、严季实、杨全益、史明、廉遂、何师玄、李孟勋、马全佑、李羽、王彦复等长流儋、崖、播等州，判官朱侃、常潾、阎均等配流岭南。”⑤概而言之，权奸擅政，既结党自固，又伐异务尽，不容有不附己者，打击面大，株连面广，故弄权黩政的同时也往往伴随着大规模的贬流之祸。

三、朋党之争

朝臣争权竞胜，则结党张势，以恩仇为事，迭相倾轧，弄权乱政，于是产生

① 《资治通鉴》卷二五一咸通十三年，第 8285~8286 页。

② 《资治通鉴》卷二三九元和八年李绛语，第 7825 页。

③ 《资治通鉴》卷二一六天宝十二载，第 7037 页。

④ 《新唐书》卷二二三上《李林甫传》，第 6348~6349 页。

⑤ 《旧唐书》卷一九上《懿宗本纪》，第 666 页。

朋党。朋党起则意味着官场上的争斗扩大化，由个体的冲突转为群体性的倾轧，流贬之祸产生的概率和规模也随之增大。如德宗初杨炎、卢杞朋党失序，杨炎初与刘晏同在吏部，“各恃权使气，两不相得”①。刘晏治宰相元载罪，杨炎因与元载亲善而坐贬。及炎入主大政，专以复恩仇为事，招引同类，贬杀刘晏。晏家属徙岭表，崔宁、令狐峘、柳冕、崔造、杜亚、卢征、潘炎等被连累者数十人。继而卢杞入相，与杨炎争权不协，亦各引类相倾，终至贬杀杨炎②。这种聚朋引类的争斗，党援休戚与共，进退均与群体相关，引发的流贬自然不止一人。然而这种朋党相斗多因小人争权固位而起，与因政见不同而引发的党争在性质上还是有所不同的。

唐代历时最久的党争起于宪宗元和之世。先是元和三年朝廷以“贤良方正能直言极谏科”举人，牛僧孺、皇甫湜、李宗闵在对策中直言无忌，痛诋时政，考官杨於陵、韦贯之将之评为上第。对三名考生及考官的做法，宰相李吉甫(李德裕之父)大为不满，认为考生之试策是在攻击他的施政，是对他的诋毁，于是向宪宗哭诉，并称翰林学士裴垍、王涯二人“覆策”有私。结果导致裴、王、杨、韦四人免职贬官，对牛僧孺三人也不重用。虽然事后曾有人上疏指责李吉甫忌贤抑才，宪宗也将李吉甫派赴淮南任节度使，做了必要调停，但牛僧孺等人与李吉甫自此结下嫌隙，构成了日后“牛李党争”的远因。此外，宪宗用兵藩镇，朝中主用兵一派与主销兵一派一直隐然相争。战事愈紧，争斗愈烈，至韦贯之、钱徽、萧俛、李逢吉、令狐楚等坐言罢兵相继贬黜，用兵卒获成功，然而两派芥蒂已存。至穆宗长庆元年科试案贬钱徽、杨汝士、李宗闵等，芥蒂愈深。后李逢吉入相，“内结知枢密王守澄，势倾朝野。”所厚张又新、李仲言之徒因缘得势，号“八关十六子”③。引牛僧孺入相，排摈李德裕出镇浙西八年，贬李绅端州司马，“牛李党争”正式形成。“至文宗朝为两党参错并进，竞逐最剧之时。”④倾轧既烈，则流贬相继，已见前节文宗朝之论述，此不赘述。武宗朝为李党全盛时期。武宗立，因册立事，杨嗣复、李珏、裴夷直、魏謩等牛党之人皆被贬逐。会昌四

① 《旧唐书》卷一二三《刘晏传》，第 3515 页。
② 《旧唐书》卷一一八《杨炎传》，第 3422~3425 页。
③ 《资治通鉴》卷二四三穆宗长庆三年、四年，第 7950、7957 页。
④ 陈寅恪：《唐代政治史述论稿》中篇《政治革命及党派分野》，第 124 页。

年，破泽潞，以与刘从谏有连，再贬牛僧孺、李宗闵、崔珙诸人。至宣宗立，牛党复振，李德裕贬死崖州，崔嘏、李回、郑亚、丁柔之、薛元赏、薛元龟、蔡京等皆坐与德裕亲善，尽行贬逐。所谓李党遂不复存在，牛李党争宣告终结。这种起因于政见不同的党争，到了后来，多沦为集团利益之争。其所体现的群体争斗，与前述小人朋党相斗比较而言，参与的人数更多，争斗的规模更大，正如陈寅恪先生所言："及其后斗争之程度随时间之长久逐渐增剧，当日士大夫纵欲置身于局外之中立，亦几不可能。"①盖当时之士大夫，苟欲致身通显，则必须有所依附，而朝中势力，非牛即李，若立身行事为两党俱不收，则可能"名宦不进，坎壈终身"②。在实际利益的诱惑和强大舆论的压迫下，多数士大夫都须选择立场，因循不止，故党争持续的时间也更长。

小人朋党相斗，还受物议舆论约束，至于士大夫党争，因有强大舆论推波助澜，易为小人所利用，借党争之名行弄权之实，而不必顾忌物议人言。牛李二党虽迭相倾轧垂四十年，然观裴度、李德裕、郑覃诸人之与李逢吉、李宗闵、杨嗣复、李珏辈之行事，贤与不肖甚明，故后人多是李党而非牛党。司马温公曰："夫君子小人之不相容，犹冰炭之不可同器而处也。故君子得位则斥小人，小人得势则排君子，此自然之理也。然君子进贤退不肖，其处心也公，其指事也实；小人誉其所好，毁其所恶，其处心也私，其指事也诬。"③故所谓朋党之争，唯宪宗朝为政见不同之两派相争，但其后的发展为权奸所利用，渐混杂了诸种其他因素。故穆宗以后之党争，掺杂了浓厚的小人弄权的色彩，其底子仍为权奸擅政。

四、宦者作祟

唐时宦者之盛始于玄宗开、天之际，其时宦者人数已多达三千；而其祸则起于肃宗之世。至德、乾元年间，李辅国以拥戴劝进之功势倾朝野，"专掌禁兵，常居内宅，制敕必经辅国押署，然后施行。""常于银台门决天下事，事无大小，辅国口为制敕，写付外施行。"④"州县狱讼，三司制劾，有所逮捕流降，皆私判

① 陈寅恪：《唐代政治史述论稿》中篇《政治革命及党派分野》，第 111 页。

② 《旧唐书》卷一九〇《李商隐传》，第 5078 页。

③ 《资治通鉴》卷二四五大和八年，第 8021 页。

④ 《资治通鉴》卷二二一乾元二年，第 7192~7193 页。

臆处，因称制敕，然未始上闻也。”①乾元二年，凤翔马坊押官之狱，宰相李岘等数人被贬。上元二年，又起两宫之争，迁玄宗于西内，逐颜真卿、高力士、陈玄礼等。辅国于是进位兵部尚书，南省视事，又求为宰相，不得，即贬黜宰相萧华，引元载代之。肃宗崩，又拥立代宗，“恃功益横，明谓上曰：‘大家但居禁中，外事听老奴处分。’”②更进位中书令，封王。程元振以册立代宗之功，权震天下，倾李辅国，废黜郭子仪，贬仆射裴冕，杀山南节度使来瑱、同华节度使李怀让，排摈李光弼，凶决过于辅国③。凡宦者观军容，典禁兵，擅册立等恶例，皆成于肃宗之世。且宦官列外朝重位，不避物议名讳，于此时最甚。至代宗诛辅国、程元振、鱼朝恩等，宦官势力渐隐于幕后。其后宦官握禁卫之兵，擅废立之权，专拥戴之功，操纵君主，勾结朝臣，潜谋阴害，暗中作祟。如永贞革新之“二王八司马”之贬，即主要缘于宦官之力。

宦官争权竞胜，渐各成党派，竞争愈演愈烈，逢外朝士大夫党派已起，于是相互联结，互为党援。起于宪宗、终于宣宗之外朝党争，受内廷阉寺党派争斗影响的情状，陈寅恪先生所论深得其秘：“外朝士大夫朋党之动态即内廷阉寺党派之反影。内廷阉寺为主动，外朝士大夫为被动。阉寺为两派同时并进，或某一时甲派进而乙派退，或某一时乙派进而甲派退，则外朝之士大夫亦为两党同时并进，或某一时甲党进而乙党退，或某一时乙党进而甲党退。迄至后来内廷之阉寺‘合为一片’全体对外之时，则内廷阉寺与外廷士大夫成为生死不两立之仇敌集团。”“外朝士大夫党派乃内廷阉寺党派之应声虫，或附属品，倘阉寺起族类之自觉，其间不发生甚剧之党争，而能团结一致以对外者，则与外朝诸臣无分别连结之必要，而士大夫之党既失其各别之内助，其竞争遂亦不得不终归消歇也。”④即是说内廷宦官之党派争斗，不但决定着外朝士大夫党派的进退，而且也决定了外朝党争的兴盛与衰歇。既然宦官是党派争斗的主宰力量，那么党争倾轧所带来的朝士贬官，虽与宦官无直接之关系，却带有宦者为祟的深层远因。

宣宗后期，内廷阉寺已然合为一片，起族类之自觉一致对外，南北司势同水

---

① 《新唐书》卷二〇八《李辅国传》，第5880页。
② 《资治通鉴》卷二二二宝应元年，第7244页。
③ 《新唐书》卷二〇七《程元振传》，第5861页。
④ 陈寅恪：《唐代政治史述论稿》中篇《政治革命及党派分野》，第124、134页。

火。懿宗时，除少数弄权者如杨收辈勾结宦官外，朝士与宦官壁垒较森严，彼此不相往来。《资治通鉴》卷二五〇咸通二年二月条云："是时士大夫深疾宦官，事有小相涉，则众共弃之。"①这种族群整体的对立，使宦官既找不到可以进行流贬打击的单个对象，也不易寻找可以勾结利用充当其爪牙的权臣，因而难以造成大的流贬之祸。僖宗以后，宦官挟冲幼天子，专制朝政，一改自代、德以后隐身幕后干政之态，复跃至台前，俨然挟天子以令诸侯。田令孜以"阿父"之身专揽政事，"除官及赐绯紫皆不关白于上"，"宰相以下，钳口莫敢言"②。"禁制天子，不得有所主断。"③又数度劫帝奔窜，阻隔朝臣。天子受挟制，朝士遂失去与宦官斗争的依托，除极少数卑品谏官如董禹、侯昌业、孟昭图等挺身抗言宦官之恶而遭贬死以外，朝士唯有"相与备员，偷安噤默而已"④。既然俯首于宦者，自然不会有大的流贬事件发生。至昭宗朝，宦官势力盛极而衰，朝士再兴谋诛宦官之议，"由是南、北司益相憎嫉，各结藩镇为援以相倾夺"⑤。然而，此时两派皆已成为藩镇武人争夺天下的工具，宦官也早已失去主宰地位。由此看来，晚唐后期宦官虽一度挟制天子，号令天下，或擅兵权之利，广收假子，培植武人，或与诸强藩勾结构扇，凌制朝廷，往来争夺，但其对朝士贬官的影响，却是越来越小了。

五、武人为祸

晚唐后期，兵乱四起，节镇愈置愈多，武人乘时盘踞，恃兵骄横。广明庚子乱后，藩镇往来攻伐，递相吞噬，"天下无复公道，纽解纲绝"⑥，朝廷威权丧失殆尽。其时天子播迁，宦官主政，凤翔、邠宁、河东、宣武诸镇，内得宦官之助，外倚军功，其势渐强。于是与宦官勾结构扇，凌制朝廷，往来争夺。光启元年，宦官田令孜同邠宁朱玫、凤翔李昌符共讨河中王重荣、河东李克用，兵败，

① 《资治通鉴》卷二五〇咸通二年，第 8216 页。
② 《资治通鉴》卷二五二乾符二年，第 8298 页。
③ 《新唐书》卷二〇八《田令孜传》，第 5887 页。
④ 《新唐书》卷二〇八《田令孜传》，第 5885 页。
⑤ 《资治通鉴》卷二六二光化三年，第 8650 页。
⑥ 《资治通鉴》卷二五五中和三年，第 8414 页。

僖宗再次播迁山南。朱玫、李昌符转而追逼乘舆，欲挟持天子未成，于是逼百官奉立嗣襄王，朱玫自为宰相。及朱玫败死，朝官二百余人奉襄王奔河中，王重荣即杀襄王、诛朝士，百官死者殆半。其后宰相萧遘、裴澈、郑昌图被处死，朝士受伪官者多受诛贬。藩镇逼天子、擅册立之例既开，则更无禁忌，各唯力是视。此后群雄逐鹿，武人主宰天下，唐之政局已无可振拔。

昭宗朝，各镇均阴结南北司为党援耳目，欲挟天子以令诸侯。随着自身势力的消涨，轻者干预朝中宰臣进退，重者轮番称兵入朝，侵凌人主，迫害朝臣，遂使贬杀之声不绝于耳，天子、南北司皆成为其势力争夺的工具。邠、岐、华等关辅强藩，本皆出宦者之门，得势则跋扈难制。景福二年，昭宗不耐李茂贞骄横凌主，与宰相杜让能谋讨邠、岐。二镇内结宰相崔昭韦，兵临城下，逼朝廷贬死杜让能及其弟户部侍郎杜弘徽。“自是朝廷动息皆禀于邠、岐”，“少有依违，其辞语已不逊”①。乾宁二年，王行瑜求为尚书令及天子禁兵，不得，邠、岐、华三镇则称兵犯阙，杀前宰相韦昭度、李谿、枢密使康尚弼，贬户部尚书杨堪、太常卿刘崇望。又欲谋废立，及闻李克用已起兵声讨，复欲劫持车驾，昭宗出走南山始得免②。乾宁三年，李茂贞以诸王典兵为借口，兵犯长安，昭宗被迫跑到华州依附韩建③。韩建即解诸王兵权，诛杀十一王，贬逐宰相崔胤、孙偓、朱朴、刑部尚书张祎、谏议大夫何迎，挟迫天子，专制朝政④。以当时形势论，邠、岐、华三镇之实力尚不足以抗衡汴梁、河东、淮南、蜀中诸地，然因其接近廷阙，故得凌视天子，削弱唐室。天复元年，李茂贞又勾结中尉韩全诲，劫逼昭宗西幸凤翔。及败，昭宗落入朱全忠之手，为祸唐朝一百五十余年的宦官，亦全部引颈就戮。

朱全忠内得崔胤之助，西迎车驾，破李茂贞，并吞关中。于是与崔胤相表里，杀苏检、卢光启，贬王溥，逐韩偓，“朝臣从上幸凤翔者，凡贬逐三十余人。”⑤此后朱氏谋篡夺，大肆贬杀。围杀左仆射致仕张浚于墅，贬侍中崔胤、京

① 《资治通鉴》卷二五九景福二年，第 8570 页。

② 《资治通鉴》卷二六〇乾宁二年，第 8589~8592 页。

③ 《资治通鉴》卷二六〇乾宁三年，第 8610~8611 页。

④ 《资治通鉴》卷二六一乾宁四年，第 8618~8627 页。

⑤ 《资治通鉴》卷二六四天复三年，第 8723 页。

兆尹郑元规、威远军使陈班，既而诛杀于第。医官使阎佑之、司天监王墀、内都知韦周，皆死。弑昭宗、杀昭宗诸子于九曲池。“自余或门胄高华，或科第自进，居三省台阁，以名检自处，声迹稍著者，皆指为浮薄，贬逐无虚日，搢绅为之一空。”①此后更于白马驿聚朝士贬官者三十余人，一夕尽杀之，投尸于河。南、北司至此玉石俱焚，三百年唐室亦亡。乱世立朝，人命危浅，武人为祸，横刀相向，贬杀相连，朝士结局尤为惨烈。

综上所述，朝代更迭，权奸擅政，朋党之争，宦者作祟，武人为祸，是影响唐代贬官的几大深层因素。当然，这几种因素虽在不同时段互有消长，迭分主次，但也常常盘结错杂在一起，或为表里，或为因果，对朝廷政治发挥着综合性的影响。玄宗朝以前，主要为朝代更迭与权奸擅政；玄宗朝以后，则呈现非常复杂的局面。宦官擅拥戴废立之权，则主宰朝代更迭；宦官勾结朝臣，则弄权之奸佞多与宦者有染；宦官分党竞胜，又影响朝士党派进退，而朋党相争又多表现为权奸擅政；至宦官与朝士南北对抗，则各引藩镇为援，而强藩干政又需依托弄政之权奸或宦官。情状不一，此其大概。

第二节　唐五代贬谪的若干重要特点

如前所述，唐五代的贬谪是在朝代更迭、权奸擅政、朋党之争、宦者作祟、武人为祸的大背景下展开的。在此大背景下，观照唐五代贬谪的总体面貌，又可以发现以下若干具有规律性的特点：宽严交替，株连面广，贬杀结合，久不量移，文士多逐臣。兹分而论之：

一、宽严交替

贬官的多少在唐五代各朝并不平均，三百余年中颇有起伏变化。高祖开国，官不充员；贞观之治，政治清明，故唐初两朝贬官颇少。高宗显庆以后，武后夺权，大狱屡起，于是流贬开始兴盛。及武后以刑杀流贬之手段行武周革命，任使酷吏打击李唐宗室和旧臣，广开仕进之门以收买天下人心、打击关陇豪强，又以

① 《资治通鉴》卷二六五天祐二年，第 8762 页。

峻刑密网、诛贬立威以维系女主天下，于是显庆至神功约四十年间诛杀贬流之盛，臻于峰极。神功以后，狄仁杰、姚崇用事，酷吏渐息，朝政稍安，诛贬稍降。至中宗复辟，诛贬二张之党，武氏继行反扑，贬官又盛。景龙后朝政渐趋稳定。而睿宗诛武韦之党，继而太平公主弄权，朝政动荡，至玄宗诛太平之党，其间新旧更迭，犬牙交错，波澜屡起，贬官再盛。开元政治清明，贬官颇有下降。但天宝以后，李杨乱政，大狱再起，酷吏又兴，贬官复盛。安史乱后，议陷贼官，“三司用刑连年，流贬相继”①。加上宦官擅权，兵革未息，朝政失序，故肃宗朝贬官人数居高未下。代宗苟安之世，贬官骤降。而德宗猜忌刻薄，贬官继升。元和中兴，用兵藩镇，用兵销兵两派相争，加上贬永贞之党及台阁大臣出镇，贬官愈盛。穆敬两朝，宦官弄权，朋党构扇，贬官又升。文宗朝两党并进，竞争激烈，加上“甘露之变”，诛贬又攀新高。武、宣两朝朝局稳定，贬官回落。懿宗昏弱，权奸擅政，贬官略有回升。僖、昭两朝，贬谪制度松动，贬官渐趋衰歇。哀帝朝朱温篡代，贬杀朝士，诛贬再次骤然升高。至五代，因军阀割据，地域窄狭，各图自保，相关制度松弛，贬官数量遂大为减少。

由此观之，唐五代三百余年贬官的盛衰，以朝局清明与动荡之交替为经纬，以“武周革命”、唐室复辟、李杨乱政、中兴用兵、牛李党争、“白马之祸”等重大历史事件为关节，呈现宽严交替的波浪形变化。而几次峰值出现在显庆至神功的四十年、中睿之世、玄宗天宝至肃宗上元、宪宗元和至文宗开成、哀帝朝。一般说来，刑杀流贬作为维护朝廷政治运转的主要手段之一，其盛衰成为朝政稳定与否的重要表征，除极少例外如唐末兵乱时贬官制度松动外，一般情形下贬谪的盛衰均与朝政稳定与动荡同步。而朝代政局的发展按其自身规律多是呈治乱交替状变化的，故贬谪的盛衰也随之宽严交替，起伏变化。朝政每一安宁与动荡的时段有长有短，故贬谪高峰时段持续的时间也长短不一。从另一方面看，高峰出现的几个时段，正是朝代更迭的关键时期，或弄权、党争、宦者武人为祸剧烈之时，由此也可印证这些因素正是引起贬谪的主要因素。

二、株连面广

重臣获罪贬逐，若罪名稍大，或政敌忌刻，或涉党争，则除兄弟子侄等直系

① 《新唐书》卷五六《刑法志》，第 1416 页。

亲属外，宗亲、姻亲、门生、后进、意气相投之故旧、上下相得之僚属、私谊交厚之友朋、科场出身之同年，皆有可能坐亲厚而被株连。此点已于前节论权奸擅政时论及，此不赘述。兹再论二端，作为补充。其一，门生、后进获罪，座主、恩门、府主亦可能坐举用非才获贬。开元八年，御史大夫韦抗坐荐御史非其人，贬安州都督①。张九龄为相时，曾荐长安尉周子谅为监察御史。开元二十五年，周子谅以妄陈休咎获罪，“九龄坐举非其人，贬荆州长史”②。其二，僚属下级犯罪，亦可连坐。天宝九载十二月敕：“自今以后，判司、县令一人犯，夺太守一季禄。丞、簿、尉一人有犯，与县令中下考。三人以上，既量事贬黜。”③即言僚属犯赃，事连官长；县令犯赃，连坐太守。一般情况下的连坐，皆涉亲朋、后进、僚属等亲厚关系，都是由上而下或横向的连坐。此处所补两种，为由下而上之连坐，且后一种并不涉及厚善的私人情谊因素。这两种情形虽不如前论之连坐常见，也可作为唐时贬谪株连面广的旁证。

株连面如此之广，则意味着贬臣中更多的是无罪枉祸、无辜遭贬的负向贬谪，同时也意味着贬谪制度在某种程度上已失去其惩罚官员的意义。而这种无论有罪无罪，均循例贬降的做法，既昭示出君主专制政治的严酷，也使贬谪成了朝廷进退官员、维系朝政运转的日常手段。

三、贬杀结合

贬谪本来是对失职获罪而又不够五刑之量刑标准的官员所施行的行政处罚，但在实际执行中，贬谪往往与笞、杖、徒、流、死五刑混同叠用。唐世诏令敕制中多“流贬”合称，可见唐人眼中视流与贬同类相近。有时甚至出现“流贬量移，轻重相悬”④的情况。也可以先笞杖后流贬，如开元十年六月敕：“自今以后，准格及敕，应合决杖人，若有便流移左贬之色，决讫，许一月内将息，然后发遣。其缘恶逆指斥乘舆者，临时发遣。”⑤由此可见，贬谪严厉时，并不亚于五刑。另

① 《新唐书》卷一二二《韦抗传》，第 4360 页。
② 《新唐书》卷一二六《张九龄传》，第 4429 页。
③ 《唐会要》卷四一《杂记》，第 746~747 页。
④ 《唐会要》卷四一《左降官及流人》，第 738 页。
⑤ 《唐会要》卷四一《左降官及流人》，第 735~735 页。

一方面，朝廷似乎更习惯以贬谪左降来惩处获罪官吏，从十恶五逆、指斥乘舆、妄言休咎、反逆缘坐至违逆名教、枉法赃贿等重罪，皆可以贬降来惩处①。贬谪俨然为五刑之外更常用之第六刑。既然贬谪与五刑混同叠用，且更习用，则贬谪与刑杀相联使用便不足为异。故处置严厉时，对重罪官员往往先行贬逐，既而赐死于途，或诛杀于贬所。兹举数例：

显庆中武后夺权，对高宗大臣长孙无忌、褚遂良、韩瑗、柳奭等先已贬逐，既而，令无忌于贬所自尽，诏柳奭、韩瑗所至斩决。杀长孙铨、长孙祥于流贬之所。杀褚彦甫、褚彦冲于流放之途②。几大家族皆是先贬流，再处死。天宝五载，韦坚、皇甫惟明之狱，韦坚、皇甫惟明、坚弟韦兰、韦冰、韦芝及子韦谅、婿卢幼临，皆为李林甫分遣御史赐死于贬流之所。“罗希奭自青州如岭南，所过杀迁谪者，郡县惶骇”，李适之、王琚为其怖杀。③ 尤可注意者，罗希奭于旨意之外，能广杀其他迁谪之人，尤可见出贬谪之严酷以及贬臣性命之轻贱，以至于酷吏可以肆意妄为，草菅人命。咸通八年，杨收贬端州司马，继长流驩州，寻赐死。“坐收流死者十一人”④。咸通十四年，韦保衡自相位贬贺州刺史，“再贬崖州澄迈令，寻赐自尽”⑤。咸通末，路岩累贬新州刺史，乾符元年又长流儋州，寻赐死⑥。以上皆先流贬再赐死于贬所、贬谪与流死之刑相联使用之显例。至若天祐二年“白马之祸”中，朱全忠聚裴枢、独孤损、崔远、陆扆、王溥、赵崇、王赞等朝士贬官者三十余人于白马驿，“一夕尽杀之，投尸于河”⑦。贬杀之无情，更是骇人听闻。

贬谪虽列五刑之外，却往往与五刑混同叠用，杖谪相继，流贬结合，贬杀相连，其严厉程度几无区别。可见专制政治的常态之下，也潜藏着历史的残酷与狰狞，所谓宥之远方、蒙恩思过等冠冕之辞，在很大程度上不过是温情脉脉的面纱

---

① 参乾元元年二月五日敕，元和十二年七月敕。《唐会要》卷四一《左降官及流人》，第735、737页。

② 《资治通鉴》卷二〇〇显庆四年，第6428~6430页。

③ 《资治通鉴》卷二一五天宝六载，第6994页。

④ 《新唐书》卷一八四《杨收传》，第5395页。

⑤ 《资治通鉴》卷二五二咸通十四年，第8289页。

⑥ 《资治通鉴》卷二五二咸通十四年、乾符元年，第8290~8291页。

⑦ 《资治通鉴》卷二六五天祐二年，第8762~8763页。

而已。

四、久不量移

量移之法：贬官在贬所例经五考，考满量移；若遇朝廷大赦，则可提前量移。兹可注意者，贬官考满后，须所在州府，申牒尚书省有司处分。天宝以后，贬官处置渐趋严厉，则左降官身份颇为敏感，尤其是获罪较重之人。所在州府或中央有司之官吏，在对左降官勘计劳考和考后处分时，则可能心存顾虑，以免落下与左降官亲善之嫌疑。又由于“左降官缘任处州府，多是遐远，至考满日，其中申牒稽迟，致留滞者”①种种原因，考满量移之常法逐渐废弛，以致“因循日久，都不举行，遂使幽遐之中，恩泽不及。”②此种情形下，左降官若朝中无人救援，欲得量移，仅剩朝廷大赦一途。然而，有些获罪较重之人，贬降诏书上既已明言“纵逢恩赦，不在量移之限”③，如柳宗元、刘禹锡贬永、朗司马，李德裕贬崖州司户即是。故刘、柳谪居朗州、永州十年不曾量移。又或即使朝廷大赦，恩泽也不一定及于贬臣。如敬宗宝历元年四月，上尊号赦天下，李逢吉恐李绅量移，赦文但云“左降官已经量移者，宜与量移”，不言及未量移者。后赖学士韦处厚上言：“如此，则应近年流贬官，因李绅一人皆不得量移也。”敬宗追改赦文，李绅始得由端州司马移江州长史④。又如贞元十年陆贽上言：“郊礼赦下已近半年，而窜谪者尚未沾恩。”乃为三状拟进。德宗犹以其他缘由而不允⑤。可见即使逢朝廷大赦，也可能因权臣或君主之原因，左降之人得不到量移。

大赦无常，而考满量移常法又疏落，于是窜谪之人，往往幽废。如德宗忌刻，猜嫌贬臣，贞元之末，“十年无赦，群臣以微过谴逐者皆不复叙用。”至永贞元年顺宗立，赦天下，贬臣“至是始得量移”⑥。令狐峘、姜公辅、唐次、陆贽诸人，皆逾十余年未曾量移。据载，唐次“在巴峡间十余年，不获进用。西川节度

① 《唐会要》卷四一《左降官及流人》，第737页。

② 《唐会要》卷四一《左降官及流人》，第737页。

③ 柳宗元、刘禹锡例见《旧唐书》卷一四《宪宗本纪上》，第418页；李德裕例见《旧唐书》卷十八《宣宗本纪》，第625页。

④ 《资治通鉴》卷二四三宝历元年，第7965~7966页。

⑤ 《资治通鉴》卷二三四贞元十年，第7676页。

⑥ 《资治通鉴》卷二三六永贞元年，第7733页。

使韦皋抗表请为副使，德宗密谕皋令罢之。次久滞蛮荒，孤心抑郁，怨谤所积，孰与申明，乃采自古忠臣贤士，遭罹谗谤放逐，遂至杀身，而君犹不悟，其书三篇，谓之《辨谤略》，上之。德宗省之，犹怒，谓左右曰：‘唐次乃方吾为古之昏主，何自谕如此！’改夔州刺史”①。贬谪作为维系朝政运转的常用手段，本应具有恒定性，但其量移再进之法却如此荒落，由此益见专制政治之无情、贬谪制度之冰冷。由于逐臣再获进用的常见方式为朝廷不时、不次之诏命，这意味着逐臣何时离开贬地没有一个可预见的日期，则逐臣所面对的，一方面是随时征召起用的可能，另一方面是幽废于蛮荒年复一年的现实；一方面是时时刻刻延颈以望的焦虑折磨，另一方面是一次又一次失望的苦痛如割。这种希望与失望的交替，考验着逐臣的神经，也无疑加剧了逐臣心理上的煎熬。

五、文士多逐臣

唐初科举初兴，取士未广，朝中格局多为武人勋旧。逐臣中诗人、文士所占比例在20%以下，总数也不多。自武后奖崇进士文词，科举取士之数逐年递增，辞翰渐为世人所重，初唐文学群体也登上历史舞台，诗人文士在逐臣中的比例遂跃至30%。武后以二张主持控鹤府及《三教珠英》之修撰，吸引了大批诗文之士。中宗时修文馆亦网罗了大批诗坛才俊，且文学之臣多被引居重位，故自武后专政至景龙的三四十年间，出现了唐代第一个诗人文士代群的高峰。以珠英学士集团和修文馆学士集团为代表的文学群体，在中睿之世唐室复辟、新旧接续之交，大多卷入风起云涌的政治漩涡，故此时逐臣中诗文之士的比例激增，达到70%，神龙贬谪诗人群体即是显证。玄宗朝虽文学鼎盛，但文学之士较少获得实际参政机会，进入权力上层者寥寥无几。张说、张九龄主政仅十余年，其余三十余年皆为崇尚吏能者当权，前之姚崇等，后之李林甫等皆压制文学后进，故逐臣中文士比例下降，仅占30%。肃宗朝因兵乱陷贼及房琯案牵连等原因，文士贬官又有所上升，占50%。安史乱后盛唐文学群体渐衰，故代宗之世，文士贬官再降，不足30%。德宗好文，世风渐转，又上升至35%。伴随“中兴”思潮，诗文之士锐意参政，多跻身权力高层，故顺、宪之世，比例又升至40%以上。且随着中唐文学代

① 《旧唐书》卷一九〇下《唐次传》，第5060页。

群高峰的出现，出现了元和逐臣文学群体。自德宗以后，进士词科在国家文官政体中的作用愈来愈强化，至宣宗时达到极致。且穆、文、宣诸帝皆好文之主，流风所及，文士争趋。而此时正值牛李党争最盛之时，两派间的激烈拼搏，使得大批文士陷身其中，广被株连，故此期文士逐臣所占比例升至50%以上。宣、懿两朝党争消歇，文士逐臣有所下降，接近35%。僖、昭两朝，文士逐臣的比例虽仍维持在35%左右，但随着政局的急剧衰败，朝士贬官趋于衰歇，文士逐臣的总体数量也大为减少，年均仅为2人次。唐末朱温篡代，文士纷纷避趋，其贬官比例速落至唐初水平，不足20%。五代割据乱世，文士贬官数量尤少，比例骤降至13%。

文士逐臣在唐五代贬臣中所占比例虽时高时低，但总体呈逐渐升高的趋势。唐初仅为20%，科举渐开，迅速升至30%。随着进士词科在文官政体中的作用强化，这种比例遂升至40%，至牛李党争时期更高达50%以上。其后也维持在35%左右。由此观之，唐代贬臣中诗人文士所占比例甚高，其平均值约为37%。可见在激扬跌宕、波澜壮阔的唐代，诗人文士为实现自己的政治抱负和人生理想，投身举场，宦海浮沉，多摆脱不了几经窜逐的命运。

综观唐五代340余年的贬谪史，可谓严酷激烈，繁复多变，其内里蕴含着各种各样的原因，表现出难以缕述的丰富样态。但从整体来看，宽严交替、株连面广、贬杀结合、久不量移、文士多逐臣，乃是其较为突出的几大特点。这几大特点，一方面深层次地反映了唐五代贬谪制度实施过程中的某些规律，另一方面，则宛如一个风向标或晴雨表，清晰地昭示出唐五代政治在不同时期的清平与淆乱、宽松与严酷，以及士人生存状态的异同变化和命运的升降起伏。

第三节　逐臣与政治之关系及其悲剧的历史必然性

据第一章的相关分析可知，唐五代贬谪主要有既降品秩又远迁异地者、降秩而不出京者、不出京(或出京)品秩不降而投闲置散者、被贬出外而品秩不降反升者等几种情形；唐五代的贬官主要有左降官、责授正员官、量移官和流人几种类型；而一些史书未明言为贬实则与贬谪无异的外任，如节度使、观察使、刺史及东都分司官等，亦当视同贬官。在这些叙述、分析中，我们认为有一点需要注意：即无论是典型的贬官，还是普通的贬官，无论是仅降级或改置闲官，还是既降级又被贬荒远之地，尽管在遭受打击和体验痛苦的程度上不尽一致，但在实质上都具有相同的一面，那就是都体现了君主对臣子的疏远弃逐，都体现了政治这柄双刃剑给予逐臣的警戒和惩罚。

我们知道，古代士人的价值实现与其同君主间的距离密切相关。从大的方面讲，“中国古代知识分子所持的‘道’是人间的性格，他们所面临的问题是政治社会秩序的重建。”因此，“中国知识分子一开始就和政治权威发生了面对面的关系。”①“修身、齐家”的士人必须借助现实的政治权力才能“治国、平天下”，“道”必须借助于“势”（政治权威）才能得到最大程度地实现。从小的方面讲，个人禄位、仕途风光等亦须尽可能接近君王才能获得。历代士人均以自己的仕宦生涯实践、证实着这一潜在规则，并逐渐沉淀为一种心理定势。就臣与君的关系而言，品级愈高，职掌愈重要，愈见君主的信任与崇重；而由高官降为卑职，由清要之所到闲散之地，由庙堂之迩到江湖之遥，无论从哪种意义上说，都意味着与君主在空间距离和心理距离上的扩大和疏远，都意味着政治理想和人生价值的弱化和沦落；如果远窜遐荒，他们更会产生被抛弃、被幽囚的生命悲感。“信非吾罪而弃逐兮，何日夜而忘之”②，“予既委废于世，恒得与是山水为伍”③，表现的正是这种无罪被逐、人生价值无由实现的一腔孤愤。故上述诸种贬官类型，虽在实质上有其一致性，但就受打击之程度而言，又无疑以外逐，尤其是被贬荒远之地、由高官降为卑职且长期滞留不归的外逐，对被贬者心灵之震撼最为强烈。

这种君臣之间距离的掌控权，握在君主和用事者手里。他们通过改变君臣的距离，来操纵臣僚下属的升降荣辱，进而实现对文武百官的驾驭。其正面效用，是对那些欺罔、逞欲、不职、不法的官吏予以应有的惩诫，使已犯者受罚，未犯者知惧，从而约束官员的行为，维护朝廷政治运转的稳定进行。这也是贬谪制度产生的理论依据。其负面效应，一方面表现为昏戾之君逞雷霆之威而无节制，专制制度恶性膨胀，小人窃柄，邪佞得进，弄权者得以上下其手，挟私报怨，排斥

① 余英时：《士与中国文化》，上海人民出版社，2013 年，第 107 页。

② （宋）洪兴祖撰，白化文等点校：《楚辞补注》卷四《哀郢》，第 136 页。

③ 《柳宗元集校注》卷二四《陪永州崔使君游宴南池序》，第 1601 页。

异己，巧为罗织，坏纲乱政，将贬谪变成政治倾轧的利器；另一方面，则造成了大批忠正之士信而见疑，忠而被谤，一身去国，万死投荒，使得他们大有可为之生命在穷山恶水中空被消耗，并由此成就了那些史不绝书的饱含血泪、凄楚悲凉的文学精品。

换一个角度看，由于唐人根深蒂固的“重内轻外”习气，导致京官普遍不愿出为外任，于是贬官便成为朝廷选派外官的绝佳替代，一批又一批的朝士被贬出京城，为政地方，从而在实际上加强了地方治理；又由于所贬之官大多具有较高的文化水准，他们来到荒远落后之地，或革除弊政，释放奴婢，或兴办学校，指导后进，从而在客观上造成不同文化的交流融汇，特别是先进文化对落后文化的改造、提升，而那些贬官的名字从此也就被镌刻在了地方史的丰碑上。典型者如韩愈被贬潮州虽不足一年，但潮人生子皆以韩字之；柳宗元卒于柳州任所，柳人为建罗池庙碑，奉为神明。至于如论者所言：“贬官所造成的中央地方之间官吏的频繁迁调，对于巩固中央对地方的统治，起了很大的作用”①，容或有之，但这种情况连同上文所述为政地方、文化交融之种种，都只能说是贬谪在客观上达到的一种效果，而不能成为我们不加分析地肯定这种制度的理由。因为在专制政治时代，人治往往代替法治，被贬官吏除部分属罪有应得者外，还有相当数量的官员是无罪被贬，甚至是应该受到褒奖提升却被远迁遐荒的。在这种貌似合理的制度中，实际上潜藏着历史的狰狞和残酷！

从历史上看，作为对负罪官吏的惩罚，贬谪一直是历代封建君主用来维护极权、强化统治、打击异己的有力工具。早在尧舜时代就已出现贬谪的滥觞，《尚书·虞书·舜典》载：“流共工于幽州，放驩兜于崇山，窜三苗于三危，殛鲧于羽山，四罪而天下咸服。”②此后贬谪便作为一种“法则”被沿革和继承，诚所谓“减秩居官，前代通则；贬职左迁，往朝继轨”③。贬谪的类型虽然繁杂，但按性质来分不外乎两类：一是罪有应得的正向贬谪，二是不该被贬甚至应该提升却反

① 丁之方：《唐代的贬官制度》，《史林》1990 年第 2 期。

② （唐）孔颖达等疏：《尚书正义》卷三《舜典》，（清）阮元校刻：《十三经注疏》，中华书局，2009 年，第 270 页。

③ （南朝梁）沈约撰，陈庆元校笺：《沈约集校笺》卷二《立左降诏》，第 47 页。

遭窜逐的负向贬谪①。细考负向贬谪的成因，主要集中在两大方面：

第一，一人专制的君主制度。君主专制是中国古代政治的突出特征，它集中表现为君主个人独裁、包揽生杀予夺等一切权力，而其实质，则在于排斥民主，取代法律，以便为所欲为。“专制”一词早在先秦就已出现，《国语·楚语上》曰：“既得道，犹不敢专制。”②《韩非子·亡征》：“大臣专制，树羁旅以为党。”③《大戴礼·本命》曰：“妇人，伏于人也。是故无专制之义。”④这些用法，与我们所说的“专制”还有一定区别。徐复观先生在《两汉思想史》中指出：“所谓专制，指的是就朝廷的政权运用上，最后的决定权，乃操在皇帝一个人的手上；皇帝的权力，没有任何立法的根据及具体的制度可加以限制的。”⑤在这种制度下，皇帝的地位至高无上，可以“凭尊恃势，不友不师，宰割天下，以奉其私”⑥；而所有臣民都须处于服从地位，不允许在皇权支配之外，保有独立乃至反抗性的社会势力，不允许其他人有自由意志。臣子“一旦直接使专制政治的专制者及其周围的权贵感到威胁时，将立即受到政治上的毁灭性的打击。”⑦重者就戮殒命，轻者衔冤囹圄。相比之下，贬谪只是“刑”之外的“轻微”处罚，有如孔颖达所言：“据状合刑，而情差可恕；全赦则太轻，致刑即太重。不忍依例刑杀，故完全其体，宥之远方，应刑不用，是宽纵之也。”⑧如此看来，严酷的刑罚因专制皇帝“操生杀之柄”都已被滥施无度，更何况等而下之的“完全其体”、补充刑罚的贬谪！将之施加于臣子身上，不就更加具有随意性了吗？

如果说皇帝握有的生杀予夺的权力使臣子时刻都如闻雷霆、如临深渊的话，

---

①　参见尚永亮：《元和五大诗人与贬谪文学考论》，第2页。

②　徐元诰集解，王树民、沈长云点校：《国语集解》卷一七《楚语上》，中华书局，2002年，第504页。

③　（清）王先慎集解，钟哲点校：《韩非子集解》卷五《亡征》，中华书局，1998年，第111页。

④　（清）王聘珍撰，王文锦点校：《大戴礼记解诂》卷一三《本命》，中华书局，1983年，第254页。

⑤　徐复观：《两汉思想史》，华东师范大学出版社，2001年，第80页。

⑥　（三国魏）嵇康著，戴明扬校注：《嵇康集校注》卷一〇《太师箴》，中华书局，2014年，第534页。

⑦　徐复观：《两汉思想史》，第91页。

⑧　（唐）孔颖达等疏：《尚书正义》卷三《舜典》，《十三经注疏》，第271页。

君主思想的变动不居和难以揣度更让人臣惴惴不安。《韩非子·主道》说："寂乎其无位而处，漻乎莫得其所，明君无为于上，群臣竦惧乎下。"①臣子无法测度人主的崇高威严和思想活动，其荣枯浮沉往往只在君主一念之间。白居易曾在诗中屡次指明："人生莫作妇人身，百年苦乐由他人。行路难，难于山，险于水。不独人间夫与妻，近代君臣亦如此。君不见：左纳言，右纳史，朝承恩，暮赐死。行路难，不在水，不在山，只在人情反覆间"，②"由来君臣间，宠辱在朝暮"，③"佩服身未暖，已闻窜遐荒。"④韩愈、柳宗元更以自己被贬的切身遭际，发为"一封朝奏九重天，夕贬潮州路八千"⑤、"一身去国六千里，万死投荒十二年"⑥的悲吟。这种朝荣暮枯，恩宠倏忽，深刻反映出君主专制制度残酷暴戾的本质。一人专制的君主制度使臣子的动辄被贬成为必然，而因这种制度滋生的人主的乖戾跋扈，则给诤臣的被贬蒙上一层"人方为刀俎，我为鱼肉"⑦的无奈悲凉的色彩。

第二，士人发扬蹈厉、积极猛进的用世意念和坚韧执著、以身殉道的献身精神。中国士人自古就有济世救民、不甘以文人自居的参政情结。早在先秦时期，孔子就曾指出："士志于道，而耻恶衣恶食者，未足与议也"⑧，"士而怀居，不足以为士矣"⑨，"君子谋道不谋食……忧道不忧贫"⑩；孟子认为："古之人得志，泽加于民；不得志，修身见于世。穷则独善其身，达则兼善天下"⑪；荀悦也说："为世忧乐者，君子之志也。不为世忧乐者，小人之志也"；"违上顺道谓之忠臣，违道顺上谓之谀臣；忠所以为上也，谀所以自为也；忠臣安于心，谀臣

① 《韩非子集解》卷一《主道》，第27页。

② 《白居易诗集校注》卷三《太行路》，第315~316页。

③ 《白居易诗集校注》卷一《寄隐者》，第128页。

④ 《白居易诗集校注》卷二《寓意诗五首·其二》，第195页。

⑤ （唐）韩愈著，钱仲联集释：《韩昌黎诗系年集释》卷一一《左迁至蓝关示侄孙湘》，上海古籍出版社，2020年，第1165页。

⑥ 《柳宗元集校注》卷四二《别舍弟宗一》，第2855页。

⑦ 《史记（修订本）》卷七《项羽本纪》，第401页。

⑧ 程树德撰，程俊英、蒋见元点校：《论语集释》卷七《里仁上》，中华书局，1990年，第246页。

⑨ 《论语集释》卷二八《宪问上》，第950页。

⑩ 《论语集释》卷三二《卫灵公下》，第1119页。

⑪ 《孟子集注》卷一三《尽心章句上》，见（宋）朱熹撰：《四书章句集注》，中华书局，1983年，第351页。

安于身”①。从这些大儒的论述中可以看出，“中国知识阶层刚刚出现在历史舞台上的时候，孔子便已努力给它贯注一种理想主义的精神，要求它的每一个分子——士——都能超越他自己个体的和群体的利害得失，而发展对整个社会的深厚关怀。这是一种近乎宗教信仰的精神”②。秉承着这种近乎宗教信仰般的精神，士人们肩挑道义，明道救世，以天下为己任，其志行经代代传承，深深积淀在士人们的心理底层，成为他们参与政治的一股强大的内在驱动力。

这样一种守死善道的参政意识和执著精神，将必然地与手握权势的君主及整个专制制度发生碰撞和冲突。韩非有言：“夫龙之为虫也，柔可狎而骑也，然其喉下有逆鳞径尺，若人有婴之者，则必杀人。人主亦有逆鳞，说者能无婴人主之逆鳞，则几矣。”③这段话非常形象地展示了君臣间两种力量的对比及其危险性。由此看来，只要文人参政的热情不泯，其被贬谪的可能性就永远存在。如果说积极猛进的用世精神使士人们面临着被贬的可能，那么他们执著的求道、殉道精神则加大了这种可能性。中国古代士人历来就有舍身求道的传统，曾子曰：“士不可以不弘毅，任重而道远。仁以为己任，不亦重乎？死而后已，不亦远乎？”④孟子曰：“天下有道，以道殉身；天下无道，以身殉道。未闻以道殉乎人者也。”⑤士人们怀着这种近乎悲壮的执著和献身精神，与以“势”为特征、以“刑”为手段的专制制度进行体制内的抗衡。他们强言直谏，“以安国之危”⑥，“拂心逆耳，而有犯无隐，触法靡悔，守死不贰”，“面折廷诤，以救其非；露章封事，以明其道”⑦，由此形成了对君主专制的抗衡力量和谏诤传统。这种传统在唐人那里得到了很好的继承，不少唐代士人就是怀着“生逢尧舜君，不忍便永诀”、“葵藿

① （汉）荀悦撰，（明）黄省曾注，孙启治校补：《申鉴注补校》卷四《杂言上》，中华书局，2012年，第170、171页。

② Richard Hofstadter, *Anti-intellectualism in American Life*. New York：Vintage，1963：27-29。转引自余英时：《士与中国文化》，第25页。

③ 《韩非子集解》卷四《说难》，第94~95页。

④ 《论语集释》卷一五《泰伯上》，第527页。

⑤ 《孟子集注》卷二七《尽心章句上》，《四书章句集注》，第362页。

⑥ （清）王先谦撰，沈啸寰点校：《荀子集解》卷九《臣道》，中华书局，1988年，第250页。

⑦ （宋）王钦若等编纂，周勋初等校订：《册府元龟》卷五三四《谏诤部·直谏一》，凤凰出版社，2006年，第6088页。

倾太阳，物性固难夺”①的信念，秉承着“欲为圣明除弊事，肯将衰朽惜残年”②、“知不可而愈进兮，誓不偷以自好”③的献身精神，在险象环生的仕途上前仆后继。而等待他们的，只能是“官多为直移”④、“此去播迁明主意”⑤、“风波一跌逝万里，壮心瓦解空缧囚”⑥的严酷回报。

从造成士人被贬的成因中，可以看到一个无法消解的矛盾：君主专制的本质决定了无道的君主必然会视臣子如草芥，对参与朝政并拂逆己意的朝臣进行打击；而积极进取的用世精神和不屈不挠的坚韧品格，则使文士明知“伴君如伴虎”，仍奋不顾身，欲遂其“治国、平天下”之志；而其“勿轻直折剑，犹胜曲全钩”⑦的耿直刚强，更把自己置于一个危险的境地。因此，从整体上来说，古代士人守死善道的精神和积极参政的实践与君主专制制度构成了一对尖锐的矛盾，唐五代三百余年间不胜枚举的负向贬谪，主要即由此矛盾的剧烈冲突而造成。

---

① （唐）杜甫著，（清）仇兆鳌注：《杜诗详注》卷四《自京赴奉先县咏怀五百字》，中华书局，1979年，第265页。

② 《韩昌黎诗系年集释》卷一一《左迁至蓝关示侄孙湘》，第1165页。

③ 《柳宗元集校注》卷一九《吊苌弘文》，第1294页。

④ （唐）王建撰，尹占华校注：《王建诗集校注》卷五《送李郎中赴忠州》，上海古籍出版社，2020年，第233页。

⑤ （唐）刘长卿著，储仲君笺注：《刘长卿诗编年笺注》，《将赴岭外留题萧寺远公院》，中华书局，1996年，第200页。

⑥ 《柳宗元集校注》卷四三《冉溪》，第2997页。

⑦ 《白居易诗集校注》卷一《折剑头》，第60页。

第二编

初唐神龙逐臣研究

武周后期，张易之兄弟乱政，神龙元年(705)中宗复辟，谄附张氏兄弟的数十人被贬。其中李峤、崔融、杜审言、苏味道、沈佺期、宋之问都是在初唐诗坛上有重要影响的诗人。与盛唐、中晚唐贬谪诗人相比，神龙逐臣因普遍具有人格缺憾而显得风骨不振，他们的被贬均缘于与二张交往过密或有遗行，但其贬后诗文中同样表达了无罪遭贬的激愤怨嗟，这使得他们的作品显现出耐人寻味的特殊涵蕴。同时，就其不同时期创作相比，被贬后的成就也更高一些。因此，考察神龙逐臣在逆境中的诗歌创作，对于深入了解其生存状态、心理变化、文学成就，对于更准确地把握初唐诗歌风貌乃至某种特殊类型的贬谪文学的特点，都不无意义。

学术史上对沈、宋诸人的研究主要从他们对律诗发展的贡献、宫廷诗的成就着手，也有部分研究者注意到了贬谪对其创作的影响。直到近年来，才有少数论者将之置于贬谪文学视野下进行个体研究①，至于对这样一个有着相近抱负、类似人格、共同人生遭际的群体所作的研究，至今尚未见到。故本编拟从群体角度着手，对神龙逐臣的人数、贬所等进行考订；以诗人心态为研究重点，比较其贬谪前后诗歌创作、心态变化及其成因，力求勾勒出此期贬谪文学的共性特征。

---

① 如章继光：《宋之问贬流岭南诗论》，《求索》1999 年第 5 期；田彩仙：《从宋之问后期诗歌看其贬谪心态》，《集美大学学报》(哲学社会科学版)2001 年第 3 期等。

第四章　武周政局与神龙逐臣

第一节　神龙逐臣形成的政治文化背景

初唐是唐代政治风云颇为激荡的时期。从武德九年(626)李世民玄武门之变、永徽六年(655年)唐高宗废王立武、天授元年(690年)武则天称帝、改唐为周，到神龙元年中宗复辟①的短短80年间，历经五帝(太宗、高宗、中宗、睿宗、武则天)和多次重大政治事件。每一次政局动荡都会有一批臣子遭贬，而在武则天执政时表现尤为突出。

武则天初为太宗才人，后为高宗昭仪、宸妃，进而为皇后，高宗死，临朝称制，废唐建周，成为中国历史上少见的女主。自显庆五年(660)冬十月，高宗政归武后，②直至神龙元年中宗复唐，在这近50年的时间里，朝廷政治、文化政策与唐初武德、贞观乃至永徽、显庆年间相比，均发生了很大的变化。

武则天执政的50年，志宏贞观，政启开元，对唐前期的繁盛起到承上启下的重要作用，国内经济持续稳定发展，人口数量也大大增加。据载，永徽三年(652)，官方统计的全国户数只有三百八十万户，而到武后去世的神龙元年，户数已增至六百一十五万六千余户③。可见，武后治下全国人口增加近一倍。与此

---

① 事分别见于《资治通鉴》卷一九一武德九年(第6121~6123页)、卷二百永徽六年(第6407~6408页)、卷二〇四天授元年(第6582页)、卷二〇八神龙元年(第6700页)。

② 《资治通鉴》卷二〇〇显庆五年载："冬，十月，上初苦风眩头重，目不能视，百司奏事，上或使皇后决之。后性明敏，涉猎文史，处事皆称旨。由是始委以政事，权与人主侔矣。"第6436页。

③ 《唐会要》卷八十四《户口数》，第1550~1551页。

同时，城市商业和手工业也得到发展。对平民大众而言，这是个太平之世。但对与政治紧相关联的士人而言，这却是机会与杀机并存的年代。

为了创建并巩固帝业，获得更广泛的支持，武氏进一步发展完善了自隋朝以来的科举制度，并逐渐破坏传统的“关中本位”政策，大量擢拔在南北朝士族政治体制下和初唐关陇贵族统治时期很少显贵的庶族寒士。显庆四年(659)六月，诏改《氏族志》为《姓氏录》，许敬宗等按武后意，“以后族为第一等，其余悉以仕唐官品高下为准，凡九等。于是士卒以军功致位五品，豫士流”①，这就打破了士庶界限，使得庶族寒士有可能提升自己的地位。从科举取士情况看，高祖朝年均取士 3 人(其中进士科 2.9 人)，太宗朝年均取士 9.91 人(其中进士科 8.91 人)，高宗朝(武后主事)年均取士 21.79 人(其中进士 21.06 人)，武周时期年均取士 29.14 人(其中进士 25.33 人)②。相比之下，武后柄政时科举取士人数开始大增。另外，天授元年二月，武则天主持了贡士殿试③，开启了此后殿试制度的先河。此时参加科举考试的固然仍有许多士族子弟，但是越来越多的庶族寒士通过这一途径进入政权也是不争的事实。在东晋南北朝士族政治体制下，庶族寒士少有显达的机会，即使是到了唐初的高祖、太宗朝，勋旧占据核心统治层，庶族寒士仍然机会有限。显庆、龙朔中，武后对科举取士的重视激发了庶族寒士的仕进热情，也为其营建了进身之阶，一批关陇集团之外的破落士族和庶族寒士逐渐进入高宗朝的核心领导层。从此以后，庶族寒士就成为高宗、武后朝政治领域、文化领域(尤其是文学领域)十分引人注目的群体。以诗坛为例，据《全唐诗》作者小传粗略统计，武德、贞观诗人中，出身士族者 26 人，约占总数的 60%，庶族寒士只占 40%强，其中由科举入仕者仅 5 人。而永徽至景云的诗人中，出身庶族寒士的占近 87%，而由科举入仕者即达 82 人，约占此期诗人总数的 56%④。可见，在武后柄政之后，由科举入仕的庶族寒士逐渐成为诗坛的主要力量。

---

① 《资治通鉴》卷二〇〇显庆四年，第 6429~6430 页。

② 杜晓勤：《初盛唐诗歌的文化阐释》第十章《武后、中宗朝宫廷诗风对盛唐诗歌的先导意义》，东方出版社，1997 年，第 250 页。

③ 事见《资治通鉴》卷二〇四天授元年，第 6578 页。

④ 杜晓勤：《初盛唐诗歌的文化阐释》第十章《武后、中宗朝宫廷诗风对盛唐诗歌的先导意义》，第 250 页。

尽管庶族寒士获得了前所未有的机遇，但另一方面他们也时刻面临危机。这种危机首先来自柔弱多疑的高宗。王夫之有言："夫高宗柔懦之主也。柔者易以合，然而难以离也，乃合之易而离之亦易者，何也？惟其疑而已矣。"①面对如此君主，臣下难以得到坚定的支持与信任，即使位高权重者，也难免获罪于旦夕之间："高宗在位三十四年，尚书令、仆、左右相、侍中、同平章事皆辅相之任，为国心膂者也，而乍进乍退，尸其位者四十三人，进不知其所自，退不知其所亡，无有一人为高宗所笃信而固任者，大臣之贱，于此极矣。"②加之显庆五年后，君权旁落，汲汲于功名的士人不得不把眼光转向掌权的武后。

武则天柄政，虽能不拘一格提拔人才，同时又因自知久专国事，且内行不正，宗室大臣多有不服，欲凭借杀戮来威吓天下，故制定了严密的监察措施。先是在朝堂设立铜匦，以受理天下密奏。史载："(垂拱二年)三月，初置匦于朝堂，有进书言事者听投之，由是人间善恶事多所知悉。"③继开"风闻奏事"之风，"有告密者，臣下不得问，皆给驿马，供五品食，使诣行在。虽农夫樵人，皆得召见，廪于客馆，所言或称旨，则不次除官，无实者不问"④。任何人都可以告密，并能得到赏赐，奏事者不负虚罔责任，甚至有大字不识的无赖靠诬人谋反而当上了朝散大夫、侍御史⑤。于是告密之风四起，以至于"朝士人人自危，相见莫敢交言，道路以目。或因入朝密遭掩捕，每朝，辄与家人诀曰：'未知复相见否？'"⑥

此外，武则天还大量任用酷吏，如有名的周兴、来俊臣等酷吏都是武则天朝臣，他们私蓄无赖数百人专以告密为事，朝士们朝登甲科而夕陷刑辟的现象屡见不鲜；周、来等人又使用残酷的手段刑讯逼供，每审一人，被牵连者众。这当中固然也有一些罪有应得者，但更多的人是宫廷较量的无辜牺牲品，正如时任麟台

① (清)王夫之著，舒士彦点校：《读通鉴论》卷二一《中宗》，中华书局，2013年，第607页。

② 《读通鉴论》卷二一《中宗》，第606~607页。

③ 《旧唐书》卷六《则天皇后本纪》，第118页。

④ 《资治通鉴》卷二〇三垂拱二年，第6553~6554页。

⑤ 醴泉人侯思止事。参见《资治通鉴》卷二〇四天授元年，第6579页。

⑥ 《资治通鉴》卷二〇四天授元年，第6580页。

正字的陈子昂上疏所说：“伏见诸方告密，囚累百千辈，及其穷竟，百无一实。”①何况，在政治斗争中，是非善恶本来就不是那么泾渭分明的。故后人对这段历史感叹曰：“无辜被陷，引颈就诛，天地为笼，去将安所？”②

在这种环境下，满怀仕进热情的士人屡遭贬斥。据《旧唐书·则天皇后本纪》，垂拱元年(685)，蹇味道左授青州刺史，王德真流象州。垂拱四年(688)，霍王元轨配流黔州，其子孙年幼者咸配流岭外，诛其亲党数百余家。永昌元年(689)，纪王慎流于巴州，韦待价配流绣州，李昭德左授南宾县尉。证圣元年(694)，豆卢钦望、韦巨源、杜景俭、苏味道、陆元方，并左授赵、鄜、集、绥等州刺史。圣历三年(700)，吉顼配流岭表。大足元年(701)，张锡配循州。长安三年(703)，魏元忠左授高要尉。长安四年(704)，宗楚客左授原州都督。武则天逊位之后的神龙年间，也有大批士人因依附武氏宠臣张氏兄弟而遭贬(这次流贬的一批诗人正是本编的研究对象)。翻检这段历史，时常有被逐者的身影伴着险山恶水在眼前闪过，旅程中的颠沛流离、贬所的瘴气氤氲、贬谪期间来自多方面的心灵折磨，让人想来不寒而栗。这些狰狞的政治迫害与惨烈的人生遭遇，使得当时士人往往战战兢兢，如履薄冰。忠直如狄仁杰、张说，在武后朝也曾或迫于酷吏淫威而自诬，或屈节事张易之、武三思之徒，表现出懦弱的一面③。

整体看来，武后朝以及后来中宗朝的士人无论人格还是处世态度都有卑琐、谄媚之嫌，既不如早些时候的四杰及同一时代的陈子昂刚健、耿直；更不如后来开元诗人那样自由、洒脱，这除了与各人品格有关外，恐怕也是特定的政治文化环境使然。基于这种背景来看下文将要重点涉及的神龙贬谪诗人，或许能多一分态度上的客观和公允。

---

① 《资治通鉴》卷二〇三垂拱二年，第6555页。

② 《旧唐书》卷六《则天皇后本纪》，第133页。

③ 狄仁杰遭来俊臣等构陷，承认谋反以保全性命，事见《资治通鉴》卷二〇五长寿元年，第6594~6595页。另见《新唐书》卷一一五《狄仁杰传》，第4209~4210页。张说为张昌宗赂以美官，使作伪证，后因宋璟、刘知几、张廷珪等人晓以大义，终于在武则天面前指证张昌宗，事见《资治通鉴》卷二〇七长安三年，第6680~6681页。

第二节　神龙逐臣人数及流贬地域、路线

神龙元年，张柬之等五王诛张易之、张昌宗兄弟，则天退位，中宗复辟。谄附张氏兄弟的数十人被贬。具体而言，该群体成员有如下特征：其中很多人如李峤、崔融、杜审言、苏味道、沈佺期、宋之问等都是当时颇具艺术修养的诗人，在初唐诗坛有重要影响；他们都曾在武后朝与张氏兄弟有过不同程度的交往，并因此于神龙年间被贬流荒远之地；在赴贬所途中和谪居期间，诗人之间也曾有过交往、酬唱，并在诗文创作中表现出群体的某些共性。故我们以“神龙逐臣”称呼此一群体。

关于神龙遭贬官员之名姓，史书仅载：“朝官房融、崔神庆、崔融、李峤、宋之问、杜审言、沈佺期、阎朝隐等皆坐二张窜逐，凡数十人。”①但具体有哪些人，所论不详，查历来研究论文亦鲜有完整提及者，故有必要就此予以考证。

根据新、旧《唐书》列传，遭神龙之贬的有崔神庆②、谯王重福③、韦承庆④、

①《旧唐书》卷七八《张行成传附族孙易之昌宗传》，第2708页。

②《旧唐书》卷七七《崔义玄传附神庆传》：“神庆尝受诏推张昌宗，而竟宽其罪，神龙初，昌宗等伏诛，神庆坐流于钦州。寻卒，年七十余。明年，敬晖等得罪，缘昌宗被流贬者例皆雪免，赠神庆幽州都督。”参见第2690页。

③《旧唐书》卷八六《高宗中宗诸子传》：“庶人重福，中宗第二子也。……长安四年，进封谯王，历迁国子祭酒、左散骑常侍。神龙初，为韦庶人所谮，云与张易之兄弟潜构成重润之罪，由是左授濮州员外刺史，转均州，司防守，不许视事。”参见第2835页。《资治通鉴》卷二〇八神龙元年载：“(二月丙寅)左散骑常侍谯王重福，上之庶子也；其妃，张易之之甥。韦后恶之，谮于上曰：‘重润之死，重福为之也。’由是贬濮州员外刺史，又改均州刺史，常令州司防守之。”参见第6705页。

④《旧唐书》卷八八《韦思谦传附承庆传》：“神龙初，坐附推张易之弟昌宗失实，配流岭表。……岁余，起授辰州刺史，未之任，入为秘书员外少监，兼修国史。寻以修《则天实录》之功，赐爵扶阳县子，赍物五百段。又制撰《则天皇后纪圣文》，中宗称善，特加银青光禄大夫。俄授黄门侍郎，仍依旧兼修国史，未拜而卒……赠秘书监，谥曰温。”参见第2865页。《新唐书》卷一一六《韦思谦传附承庆传》亦作“流岭表”。参见第4230页。但《新唐书》卷六一表第一《神龙元年》：(二月甲寅)“韦承庆贬高要尉”。参见第1670页。《资治通鉴》卷二〇八神龙元年载：“(二月)乙卯，凤阁侍郎、同平章事韦承庆贬高要尉”。参见第6701页。

韦嗣立①、苏味道②、李峤③、崔融④、王绍宗⑤、杜审言⑥、刘允济⑦、刘宪⑧、沈佺期⑨、宋之问⑩、阎朝隐⑪、王无竞⑫、韦元旦⑬等人。

---

① 《旧唐书》卷八八《韦思谦传附嗣立传》："嗣立兄承庆入知政事，嗣立转成均祭酒，兼检校魏州刺史。又徙洺州刺史。寻坐承庆左授饶州长史。岁余，征为太仆少卿，兼掌吏部选事。神龙二年，为相州刺史。……及承庆卒，代为黄门侍郎，转太府卿，加修文馆学士。"参见第 2859 页。

② 《旧唐书》卷九四《苏味道传》："神龙初，以亲附张易之、昌宗，贬授眉州刺史。俄而复为益州大都督府长史，未行而卒，年五十八，赠冀州刺史。"参见第 2992 页。

③ 《旧唐书》卷九四《李峤传》："中宗即位，峤以附会张易之兄弟，出为豫州刺史，未行，又贬为通州刺史。数月，征拜吏部侍郎，封赞皇县男。无几，迁吏部尚书，进封县公。神龙二年，代韦安石为中书令。"参见第 2995 页。

④ 《旧唐书》卷九四《崔融传》："四年，除司礼少卿，仍知制诰。时张易之兄弟颇招集文学之士，融与纳言李峤、凤阁侍郎苏味道、麟台少监王绍宗等俱以文才降节事之。及易之伏诛，融左授袁州刺史。"参见第 3000 页。

⑤ 《旧唐书》卷一八九下《王绍宗传》："扬州江都人。……绍宗性澹雅，以儒素见称，当时朝廷之士，咸敬慕之。张易之兄弟，亦加厚礼。易之伏诛，绍宗坐以交往见废，卒于乡里。"参见第 4963~4964 页。

⑥ 《旧唐书》卷一九〇上《杜易简传附从祖弟审言传》："神龙初，坐与张易之兄弟交往，配流岭外。"参见第 4999 页。《新唐书》卷二〇一《杜审言传》："迁膳部员外郎。神龙初，坐交通张易之，流峰州。"参见第 5736 页。

⑦ 《旧唐书》卷一九〇中《刘允济传》："中兴初，坐与张易之款狎，左授青州长史，为吏清白，河南道巡察使路敬潜甚称荐之。寻丁母忧，服阕而卒。"参见第 5013 页。

⑧ 《旧唐书》卷一九〇中《刘宪传》："神龙初，坐尝为张易之所引，自吏部侍郎出为渝州刺史。俄复入为太仆少卿，兼修国史，加修文馆学士。景云初，三迁太子詹事。"参见第 5016 页。

⑨ 《旧唐书》卷一九〇中《沈佺期传》："与宋之问齐名，时人称为沈宋。再转考功员外郎，坐赃配流岭表。"参见第 5017 页。《新唐书》卷二〇二《李适传附沈佺期传》："考功受赇，劾未究，会张易之败，遂长流驩州。"参见第 5749 页。按，旧书以佺期坐赃贬岭表，但研究者均以新书说为是。参见(唐)沈佺期著，陶敏、易淑琼校注：《沈佺期集校注》前言，中华书局，2001 年，第 1 页。

⑩ 《旧唐书》卷一九〇中《宋之问传》："及易之等败，左迁泷州参军……起之问为鸿胪主簿……寻转越州长史。睿宗即位，以之问尝附张易之、武三思，配徙钦州。先天中，赐死于徙所。"参见第 5025 页。

⑪ 《旧唐书》卷一九〇中《阎朝隐传》："转麟台少监。易之伏诛，坐徙岭外。寻召还。先天中，复为秘书少监。又坐事贬为通州别驾，卒官。"参见第 5026 页。《新唐书》卷二〇二《李适传附阎朝隐传》："景龙初，自崖州遇赦还，累迁著作郎。先天中，为秘书少监，坐事贬通州别驾，卒。"参见第 5751 页。

⑫ 《旧唐书》卷一九〇中《阎朝隐传附王无竞传》："神龙初，坐诃诋权幸，出为苏州司马。及张易之等败，以尝交往，再贬岭外，卒于广州，年五十四。"参见第 5026 页。

⑬ 《新唐书》卷二〇二《李适传附韦元旦传》："与张易之有姻属，易之败，贬感义尉。俄召为主客员外郎，迁中书舍人。舅陆颂妻，韦后弟也，故元旦凭以复进云。"参见第 5749 页。

而据两《唐书》本纪，神龙年间遭贬的还有另外一些官员：

神龙元年：《旧唐书》卷七《中宗本纪》："二月甲寅，复国号，依旧为唐。……韦承庆贬高要尉，房融配流钦州（一说"流房融于高州"①）。……太仆卿、同中书门下三品姚元之出为亳州刺史。……丙寅，左散骑常侍、谯王重福贬濮州员外刺史，不知州事。……三月……其酷吏刘光业、王德寿、王处贞、屈贞筠、刘景阳等五人，虽已身死，官爵并宜追夺；景阳见在，贬禄州乐单尉。……唐奉一配流，李秦授、曹仁哲并改与岭南远恶处。"②

神龙二年：《旧唐书》卷七《中宗本纪》："六月戊寅，特进、朗州刺史、平阳郡王敬晖贬崖州司马，特进、亳州刺史、扶阳郡王桓彦范龙州司马，特进、郢州刺史袁恕己窦州司马，特进、均州刺史、博陵郡王崔玄暐白州司马，特进、襄州刺史、汉阳郡王张柬之新州司马，并员外置，长任，旧官封爵并追夺。……祝钦明为中丞萧至忠所劾……九月，祝钦明贬青州刺史③。……十一月戊午，兼秘书郑普思坐妖逆配流儋州，其党与皆伏诛。"④

《新唐书》卷四《中宗本纪》所载神龙年间贬谪官员与《旧唐书》同。

以上文献提到的中宗神龙年间被流贬者，计有如下诸人：韦承庆、房融、李重福、姚元之、刘景阳、唐奉一、李秦授、曹仁哲、敬晖、桓彦范、袁恕己、崔玄暐、张柬之、祝钦明、郑普思。但这些人并不都是我们所要论述的神龙逐臣。其中姚元之因武后迁上阳宫时为之落泪而被贬⑤，刘景阳、唐奉一、李秦授、曹

① 《新唐书》卷四《中宗本纪》："流房融于高州"。参见第106页。《新唐书》卷六一表第一《神龙元年》作（二月甲寅）"融除名，流高州"。参见第1670页。《新唐书》卷一三九《房琯传》作"贬死高州"。参见第4625页。《资治通鉴》卷二〇八神龙元年载："正谏大夫、同平章事房融除名，流高州。"参见第6701页。

② 《旧唐书》卷七《中宗本纪》，第136~138页。

③ 《旧唐书》卷一八九《祝钦明传》又作"贬授申州刺史"。参见第4965页。《新唐书》卷四《中宗本纪》作"（神龙二年，八月丙子）贬祝钦明为申州刺史"。参见第109页。

④ 《旧唐书》卷七《中宗本纪》，第142~143页。

⑤ 《资治通鉴》卷二〇八神龙元年载："太后之迁上阳宫也，太仆卿、同中书门下三品姚元之独呜咽流涕。桓彦范、张柬之谓曰：'今日岂公涕泣时邪！恐公祸由此始。'元之曰：'元之事则天皇帝久，乍此辞违，悲不能忍。且元之前日从公诛奸逆，人臣之义也；今日别旧君，亦人臣之义也，虽获罪，实所甘心。'是日，出为亳州刺史。"参见第6701页。

仁哲因是酷吏而被贬，祝钦明“以匿忌日，为御史中丞萧至忠所劾”①，郑普思坐妖逆而被流，都不在我们讨论的神龙逐臣之列；敬晖、桓彦范、袁恕己、崔玄暐、张柬之是主持诛杀张氏兄弟的政变的首要官员，显然与神龙逐臣并非一党，后因遭武三思构陷而被贬，也不在我们的研究范围；所以这些人中属于我们讨论范围的，只有神龙元年遭贬的韦承庆、房融、谯王重福。

另据《资治通鉴》载，神龙元年因谄事二张而遭贬的官员还有郑愔、宋之悉②。宋之问诗《留别之望舍弟》云：“同气有三人，分飞在此晨。西驰巴岭徼，东去汶阳滨。”③巴岭在今陕西南郑，汶阳在兖州龚丘县东北④。之悉贬兖州司仓，故诗中东去者即之悉，贬巴岭者当为之问弟之悌⑤。但之悌贬因未详。

综上所述，可以确定为神龙逐臣的，计有沈佺期、杜审言、房融、王无竞、崔神庆、阎朝隐、宋之问、韦元旦、韦承庆、刘宪、苏味道、李峤、崔融、韦嗣立、郑愔、刘允济、宋之悉、重福、王朝宗，共十九人。

然而，据沈佺期《初达驩州二首》其二所说“流子一十八”⑥来看，当时遭贬人数为十八人。在《初达驩州二首》其一中，沈佺期写道：“自昔闻铜柱，行来向一年。”⑦据此，则神龙元年二月被贬的沈氏至迟在神龙二年二月就已到达贬所，而且此时其余逐臣都已先期到达各自贬所。因此，他诗中所谓十八“流子”应在神龙元年中宗复位改元时期遭贬，当属无疑。这样，就与上文统计所得十九之数

① 《旧唐书》卷一八九《祝钦明传》，第4963页。

② 《资治通鉴》卷二〇八神龙元年载：“(五月)先是，殿中侍御史南皮郑愔谄事二张，二张败，贬宣州司士参军。”参见第6708页。《资治通鉴》卷二〇八神龙二年载：“(三月)初，少府监丞弘农宋之问及弟兖州司仓之逊皆坐附会张易之贬岭南。”参见第6716页。另《太平广记》卷二六三《宋之悉》转引《朝野佥载》曰：“唐洛阳丞宋之悉，太常主簿之问弟……初，之悉谄附张易之兄弟，出为兖州司仓。”参见(宋)李昉等编：《太平广记》，中华书局，1961年，第2059页。

③ (唐)宋之问：《留别之望舍弟》，陶敏、易淑琼校注：《沈佺期宋之问集校注·宋之问集校注》卷二，中华书局，2001年，第420页。

④ 《元和郡县图志》卷一〇《河南道六》兖州龚丘县：“故汶阳城，在县东北五十四里。”参见第267页。

⑤ 参见《宋之问集校注》卷二《留别之望舍弟》注释，第421页。

⑥ 《沈佺期集校注》卷二《初达驩州二首》其二，第97页。

⑦ 《沈佺期集校注》卷二《初达驩州二首》其一，第95页。

产生了矛盾。神龙逐臣究竟是十八，还是十九？我们统计的逐臣与沈佺期所谓十八“流子”是否完全一致？沈氏所说十八“流子”是指此次所有被贬者，还是专指流贬至岭外者？仍有待新资料的发现和进一步的考究。

神龙逐臣虽同期受到处罚，但受罚的程度却不尽相同。其中有些人受罚后还有官职，属于贬谪；有些人则已失去官职，属于更重的流刑；而且由于贬流地不同，路程远近不一，故所受磨难程度亦自有别。下面试以表格形式对其被流被贬地域、所任官职、距离远近和贬流结果等予以概略说明(见表4-1、表4-2)。

表4-1　神龙流臣表①

流　臣	流前官职	流所名称	与京都的距离	贬流结果
沈佺期	考功员外郎	驩州	东北距洛阳6615里	稍迁台州录事参军事，神龙中授起居郎兼修文馆直学士
杜审言	膳部员外郎	峰州	北至洛阳5845里	寻召授国子监主簿，加修文馆直学士
房融	正谏大夫、同平章事	高州②	距洛阳5520里	死于高州
王无竞	太子舍人	广州	西北至洛阳取桂州路5085里	卒于广州
崔神庆	司礼卿	钦州	东北至洛阳4805里	卒于贬所，赠幽州都督。

表4-2　神龙贬官表

贬　臣	贬前官职	贬后官职	与京都的距离	贬谪结果
阎朝隐	麟台少监	崖州（官职未详）	距洛阳6300里③	景龙初遇赦还。先天中，复为秘书少监

① 表中贬谪前后官职据两唐书各人传记。与京都距离据《元和郡县图志》及《旧唐书》的有关记载。其中房融流所有疑，韦承庆遭贬或遭流有疑，姑依史书所载取其一。

② 一说钦州，见《旧唐书》卷七《中宗本纪》，第137页。另，高州距京都距离，《元和郡县图志》不载，取《旧唐书》卷四一《地理志四·岭南道》，第1722页。

③ 崖州至洛阳距离据《旧唐书》卷四一《地理志四·岭南道》，第1762页。

续表

贬　臣	贬前官职	贬后官职	与京都的距离	贬谪结果
宋之问	方监丞、左奉宸内供奉	泷州参军	距离不详，即今广东罗定	神龙二年遇赦还。景龙中贬越州长史，睿宗即位流钦州
韦元旦	左台监察御史	藤州感义尉	距洛阳5200里①	俄召为主客员外郎，迁中书舍人
韦承庆	凤阁侍郎、同凤阁鸾台平章事	贬端州高要尉②	西北至洛阳4615里	岁余，拜辰州刺史，未行，以秘书员外少监召，兼修国史，封扶阳县子
刘宪	中书舍人	渝州刺史	东北至洛阳3810里	俄复入为太仆少卿，兼修国史，加修文馆学士
苏味道	益州大都督府长史	眉州刺史	距洛阳3289里③	俄而复职，未行而卒，年五十八，赠冀州刺史
李峤	成均祭酒，同凤阁鸾台平章事	通州刺史	距洛阳2875里④	数月，征拜吏部侍郎，封赞皇县男
崔融	司礼少卿	袁州刺史	西北距洛阳2400里	寻召拜国子司业，兼修国史
韦嗣立	成均祭酒，兼检校魏州刺史。又徙洺州刺史	饶州长史	西北距洛阳2320里	岁余，征为太仆少卿，兼掌吏部选事。神龙二年，为相州刺史。
郑愔	殿中侍御史	宣州司户	西北至洛阳2150里	附武三思，累迁吏部侍郎
宋之逊	洛阳丞	兖州司仓	西南至洛阳980里	告密，擢升光禄丞
重福	左散骑常侍	均州员外刺史	东北至洛阳885里	睿宗即位，转集州刺史，谋反，自投漕河而死。
刘允济	凤阁舍人	青州长史	距洛阳1507里⑤	丁母忧，服阕而卒

① 藤州至洛阳距离据《旧唐书》卷四一《地理志四·岭南道》，第1722页。
② 一说流岭表，见《旧唐书》卷八八《韦思谦传附承庆传》，第2865页。
③ 眉州至洛阳距离据《旧唐书》卷四一《地理志四·剑南道》，第1668页。
④ 通州至洛阳距离据《旧唐书》卷三九《地理志二·山南西道》，第1532页。
⑤ 青州至洛阳距离据《旧唐书》卷三八《地理志一·河南道》，第1453页。

续表

贬 臣	贬前官职	贬后官职	与京都的距离	贬谪结果
王绍宗	麟台少监	归故乡扬州江都	距洛阳1749里①	卒于乡里

由表4-1、表4-2可知，神龙逐臣有流有贬，相比之下，流臣较贬臣所受惩罚更重，且距京都越远，所受磨难越大。沈佺期遭流刑，而且流放地是距京都最远的驩州②，故其所受惩罚无疑最重。

由于缺乏史料记载，神龙逐臣存留的贬谪作品亦较少，故不易详细考证每位逐臣的具体贬谪路线。现仅据有关材料，对杜审言、宋之问、沈佺期等人贬途所经地点、所费时日稍加考索。

杜审言流放岭南所作诗③有《渡湘江》《南海乱石山④作》《旅寓安南》诸首可资参证；另据沈佺期《遥同杜员外审言过岭》、宋之问《至端州驿见杜五审言、沈三佺期、阎五朝隐、王二无竞题壁慨然成咏》诸诗，知杜审言系经湖南，溯湘江而上，度岭，历广州(今广东肇庆)、端州而赴峰州(今越南北⑤)。

沈佺期自洛阳出发，取道湖南，出郴口(湖南郴州)，大约由郴州与广东交界的骑田岭入广东，经端州入广西，历鬼门关(在今广西北流)、度安海(今广西东兴各族自治县东南)、入龙编(今越南河内东北)、过九真山(在今越南清化北)，到达驩州⑥。

宋之问赴泷州路线为：自洛阳南行，经黄梅(今湖北黄梅)、洪府(今江西南

① 扬州至洛阳距离据《旧唐书》卷四十《地理志三·淮南道》，第1572页。

② 《中国历史地名大辞典》“驩州条”：“治所在九德县(今越南义安省荣市)。”参见史为乐主编：《中国历史地名大辞典》，中国社会科学出版社，2017年，第3149页。

③ 杜审言诗据徐定祥注：《杜审言诗注》，上海古籍出版社，1982年。

④ (明)戴璟、张岳等纂修：《广东通志初稿》卷一山川上广州府“乱石山”条：“在郡城东北二十里。”第17页。

⑤ 《中国历史地名大辞典》载“峰州条”：“治所在嘉宁县(今越南富寿省白鹤县南风州)。”第2243页。

⑥ 参见《沈佺期集校注》卷二《神龙初废逐南荒途初郴口北望苏耽山》，第83页；《遥同杜员外审言过岭》，第85页；《入鬼门关》，第87页；《寄北使》，第88页；《度安海入龙编》，第91页；《九真山净居寺谒无碍上人》，第93页；《初达驩州二首》，第95~97页。

昌）、溯赣水，度大庾岭，经始兴（今属广东韶关）、端州（今广东肇庆），沿泷州江到达泷州（今广东罗定），沿途均有诗纪行①。

房融流所存疑，但贬流途中有《谪南海过始兴广胜寺果上人房》（一作《过韶州广界寺》）②，南海治所在今广州，始兴今属韶关，则房融由洛阳南下，经韶州、广州，其流所当在广州以远。

由宋之问《至端州驿见杜五审言、沈三佺期、阎五朝隐、王二无竞题壁慨然成咏》③可知，阎朝隐、王无竞均经过端州。

崔融有《和宋之问寒食题黄梅临江驿》，诗中有“春分自淮北，寒食渡江南。忽见浔阳水，疑是宋家潭”④的句子，则崔融应在春分前出发，寒食已渡江，从洛阳越长江到达贬所袁州（今江西宜春）。

其余流贬者路线因资料欠缺，暂且存疑。

---

① 参见《宋之问集校注》卷二《途中寒食题黄梅临江驿寄崔融》，第 421 页；《自洪府舟行直书其事》，第 423 页；《题大庾岭北驿》，第 427 页；《度大庾岭》，第 428 页；《早发大庾岭》，第 429~430 页；《早发始兴江口至虚氏村作》，第 431 页；《至端州驿见杜五审言、沈三佺期、阎五朝隐、王二无竞题壁慨然成咏》，第 433 页；《入泷州江》，第 434 页。

② （唐）房融：《谪南海过始兴广胜寺果上人房》，《全唐诗》卷一〇〇，第 1076 页。

③ 《宋之问集校注》卷二《至端州驿见杜五审言、沈三佺期、阎五朝隐、王二无竞题壁慨然成咏》，第 433 页。

④ （唐）崔融：《和宋之问寒食题黄梅临江驿》，《全唐诗》卷六八，第 765~766 页。

第五章　神龙逐臣的诗歌创作

第一节　神龙逐臣的群体特征及创作概况

将神龙逐臣作为贬谪诗人群体，除了神龙贬谪这一历史事件成为联系他们的纽带之外，还因为这些诗人在朝时也不乏交往。他们在武后朝曾同殿为臣，其中苏味道、杜审言、李峤、崔融并称“文章四友”，作为一个群体的地位在文学史上早就得到承认。四人之间交游甚多，往还诗作也有不少。其余诸人之间也有不少往还酬唱。如杜审言有《送崔融》诗：“君王行出将，书记远从征”①，当为万岁通天元年(696)诗人在洛阳送崔融随武三思东征契丹时所作；崔融有《留别杜审言并呈洛中旧游》②，则为同时作品。神龙二年春，崔融由袁州奉诏回长安，路经洛阳时，杜审言又有《赠崔融二十韵》：“十年俱薄宦，万里各他方。”③高宗调露元年(679)七月，裴行俭将兵讨突厥，苏味道从行，杜审言作《赠苏味道》④以赠。圣历元年(698)，杜审言贬吉州司户，有45人作诗赠别⑤，宋之问《送杜审言》⑥即当时的赠别之作。宋另有《途中寒食题黄梅临江驿寄崔融》⑦，崔融也

① 《杜审言诗注》，《送崔融》，第21页。

② (唐)崔融：《留别杜审言并呈洛中旧游》，《全唐诗》卷六八，第766页。

③ 《杜审言诗注》，《赠崔融二十韵》，第21页。

④ 《杜审言诗注》，《赠苏味道》，第38页。

⑤ 陈子昂曰：“群公嘉之，赋诗以赠，凡四十五人，具题爵里。”参见(唐)陈子昂撰，徐鹏校点：《陈子昂集》卷七《送吉州杜司户审言序》，上海古籍出版社，2013年，第183页。

⑥ 《宋之问集校注》卷一《送杜审言》，第398页。

⑦ 《宋之问集校注》卷二《途中寒食题黄梅临江驿寄崔融》，第421页。

有《和宋之问寒食题黄梅临江驿》①，是贬谪时二人唱和的作品。在广东端州驿，宋之问与杜审言、沈佺期、阎朝隐、王无竞等四人先后题壁，惺惺相惜②。宋贬赴越州期间还有悼念王绍宗的诗作《伤王七秘书监寄呈扬州陆长史通简府僚广陵好事》③。王无竞也有《和宋之问下山歌》④。另外，沈佺期有赠杜审言《遥同杜员外审言过岭》⑤，是神龙元年流放途中与杜相和之作，惜杜原诗已佚。神龙三年(707)，苏味道、崔融去世，沈佺期作《哭苏眉州崔司业二公》⑥悼念。武后朝，李峤、宋之问、沈佺期、王无竞、刘允济、阎朝隐同为珠英学士⑦，中宗朝，李峤、韦嗣立、刘宪、郑愔、宋之问、杜审言、沈佺期、阎朝隐、韦元旦、刘允济同为修文馆学士，有不少同题应制诗⑧。这些相互往还的诗作，证实了他们之间在友情和创作上的密切联系。事实上，即使没有神龙年间的贬谪事件，他们也是作为一个创作群体而存在的。

据《全唐诗》统计，大多数神龙逐臣存诗不多，除李峤 212 首、宋之问 198 首、沈佺期 151 首⑨外，余皆存诗数十首至一首不等，或竟无作品存留。如杜审言 43 首，郑愔 29 首，刘宪 26 首，崔融 20 首，苏味道 16 首，阎朝隐 15 首，韦元旦 11 首，王无竞 9 首，韦嗣立 8 首，韦承庆 7 首，刘允济 4 首(另一首有疑)，

---

① (唐)崔融:《和宋之问寒食题黄梅临江驿》,《全唐诗》卷六八,第 765~766 页。

② 《宋之问集校注》卷二《至端州驿见杜五审言、沈三佺期、阎五朝隐、王二无竞题壁慨然成咏》,第 433 页。

③ 《宋之问集校注》卷三《伤王七秘书监寄呈扬州陆长史通简府僚广陵好事》,第 495 页。

④ (唐)王无竞:《和宋之问下山歌》,《全唐诗》卷六七,第 760 页。

⑤ 《沈佺期集校注》卷二《遥同杜员外审言过岭》,第 85 页。

⑥ 《沈佺期集校注》卷二《哭苏眉州崔司业二公》,第 135 页。

⑦ 《新唐书》卷二〇二《李适传》载:"武后修《三教珠英》书,以李峤、张昌宗为使,取文学士缀集,于是适与王无竞、尹元凯、富嘉谟、宋之问、沈佺期、阎朝隐、刘允济在选。……初,中宗景龙二年,始于修文馆置大学士四员、学士八员、直学士十二员,象四时、八节、十二月。于是李峤、宗楚客、赵彦昭、韦嗣立为大学士,适、刘宪、崔湜、郑愔、卢藏用、李乂、岑羲、刘子玄为学士,薛稷、马怀素、宋之问、武平一、杜审言、沈佺期、阎朝隐为直学士,又召徐坚、韦元旦、徐彦伯、刘允济等满员。其后被选者不一。……帝有所感即赋诗,学士皆属和。"参见第 5747~5748 页。

⑧ 如《全唐诗》卷五二第五首宋之问《奉和九日幸临渭亭登高应制得欢字》,第 632 页;卷六九第十四首韦元旦《奉和九日幸临渭亭登高应制得月字》,第 772 页;卷九一第二首韦嗣立《奉和九日幸临渭亭登高应制得深字》,第 986 页。

⑨ 沈宋诗歌数量依《沈佺期宋之问集校注》统计。

房融、王绍宗各 1 首，崔神庆、宋之逊、重福无存留作品(因崔、宋、重福三人无诗作存世，故暂不列入这里讨论的神龙贬谪诗人群体)。尽管神龙逐臣存诗不多，但他们作为一个群体，在初唐贬谪诗人中却占有重要地位。我们依据多种资料，编制成“唐五代贬官数据库”，将其中统计的初唐贬谪诗人诗作数与神龙贬谪诗人、存诗数进行比较，得到如下结果(见表 5-1)：

表 5-1　初唐贬谪文士不同层级存诗量及神龙逐臣所占比例

	初唐贬谪诗人		神龙贬谪诗人			
存诗量层级分布	总人数	存诗量	人数	所占比例	存诗量	所占比例
100 首以上	5	1043	3	60%	561	53. 79%
10～100 首	20	575	7	35%	160	27. 83%
1～9 首	70	210	6	8. 6%	30	14. 29%
0	44	0	0	0	0	0
合计	139	1828	16	11. 51%	751	41. 08%

初唐有名姓可考的诗人共计 375 人，其中曾遭到贬黜的共计 139 人，存诗共计 1828 首。由表 5-1 可知，尽管神龙逐臣人数不足初唐贬谪诗人的 20%，但其存诗量却几乎占初唐贬谪诗人存诗总量的一半。而且在存诗量越高的层级中，后者所占比例越高，其中排名前三位的都是神龙逐臣。由此不难看出其举足轻重的地位和作用。

在这些有贬谪际遇的神龙诗人中，沈佺期、宋之问的创作最具代表性。据《沈佺期宋之问集校注》统计，宋之问贬越州、岭南之作 72 首，占其诗歌总数的五分之二强。沈佺期在入狱流放期间存诗 32 首，占其存诗总量的五分之一强，此外，据《全唐诗》统计，神龙逐臣所作诗与贬谪相关者，杜审言 7 首、韦承庆 3 首、崔融 2 首、房融 1 首、苏味道 1 首、王无竞 1 首、刘允济 1 首。阎朝隐等人贬谪不久即召回，没有贬谪诗歌存世。所以除沈、宋外，其余诸人贬谪诗作总量不足 20 首。因此，神龙逐臣，尤其是沈、宋的贬谪诗歌作品构成本章研究的主要对象。

第二节　诗歌题材的扩展与情感的深化

神龙年间的这次贬谪，既给沈、宋等诗人带来人生经历的重大转折，也因生活环境的改变在其诗歌创作中留下了深刻烙印。

除了贬谪时期沦落边荒外，神龙逐臣多数时间都居官京城，频频出入宫禁，交通显贵。活动地点局限在以上都长安、东都洛阳为中心的关中、中原一带，接触到的只是世间百态的有限层面，所以诗中所涉及的环境、景物颇为狭窄、有限。如李峤《咏物诗》百首①，所咏日月星辰、风云雨露、金银珠玉、琴棋书画、钟鼓刀剑、奇鸟吉兽等人间物象虽种类繁多，但涉及的生活层面并不宽广。简而言之，以宫廷应制为主，精美的皇家园林，豪华的宫廷气派，此家楼阁、彼家亭榭的描摹歌咏，成为他们诗歌表现的重要内容。

神龙年间的贬谪把他们骤然抛掷到千里之外，从荣耀的顶峰降到耻辱的谷底，由热闹繁华的京都发配到险山恶水、炎热潮湿的岭南，生活环境、人生地位的剧烈变化不能不在诗人心中激起巨波狂澜，并在诗歌中呈现出来。较之宫廷时期，他们笔下的题材得以大大拓宽。困厄的人生遭际、险恶的生存环境反而造就了他们更广阔的心理空间。贬途的艰危、异域殊方的风物、内心的痛苦忧惧和不平愤懑，都写得十分真切动人。写景抒怀、思乡送友、游山参禅等都成为其诗歌的常见题材。

诗歌以贬谪为题材，并不自神龙逐臣始，但如此集中的大量出现，在诗歌史上却是第一次。初唐百年诗坛，在《全唐诗》存有作品的220余位诗人中，绝大多数为帝王后妃、宫廷文臣，不在此列的亦仅王绩、四杰、陈子昂、刘希夷等人，仅占十分之一左右；而就诗歌内容而言，亦以宫廷诗占多数。那些生活优渥的宫廷诗人要用诗去歌功颂德，与皇帝唱和应制，因此其作品又大多带有浓厚的富贵气息，缺少个人情感与社会生命，而成为雍容华贵的装饰品。性情贫乏，风骨不扬，缺少气势，规模局促，这是初唐诗歌与盛唐诗歌的主要差距。神龙逐臣的贬谪诗歌则在性情的抒发上前进了一大步，使诗歌渗入了更多的个人情致，具有深沉的感人力量。正如严羽《沧浪诗话 · 诗评》所说："唐人好诗，多是征戍、迁谪、行旅、离别之

① （唐）李峤：《咏物诗》，《全唐诗》卷五九、六〇，第700~722页。

作，往往能感动激发人意。”①方回编选《瀛奎律髓》，因“迁客流人之作，唐诗中多有之”②而于卷四十三别立“迁谪”一类，且以宋之问《途中寒食题黄梅临江驿寄崔融》③诗冠于卷首，这正是对神龙逐臣于此类诗歌题材之开创意义的肯定。闻一多称赞四杰的历史功绩说：“宫体诗在卢、骆手里是由宫廷走到市井，五律到王、杨的时代是从台阁移至江山与塞漠。”④单就贬谪诗而言，沈、宋、杜审言等人的作品同样反映了唐诗由宫廷走向现实生活和个人情致的历史发展趋势。

对山水诗的发展同样是神龙逐臣贬谪诗歌的重要成就。

山水诗的大量兴起在南朝，大小谢是其代表人物。作为第一个集中精力写作山水诗的人，谢灵运主要是对自然山水作精雕细刻的客观描绘；谢灵运之后，谢朓也创作了部分山水诗，但不同于大谢的单纯刻画摹写，而是在山水中渗入了主观的情思与人生感悟，语言更加清新流美。这种写法后来影响到阴铿、何逊等人。初唐四杰将诗歌题材由台阁移至江山塞漠，将自然山水与羁旅宦游情怀结合起来，使山水诗增添了新的情感内涵。神龙逐臣的岭南贬谪经历，更为山水诗创作添加了新的质素。

从外部空间来看，谢灵运主要描绘的是东南永嘉、会稽、彭蠡等地山水；谢朓主要着眼于建康、宣城一带山水；阴、何的山水诗也主要表现江南山水。初唐四杰虽扩大了诗歌的表现范围，但岭南山水大量进入诗歌领域自神龙逐臣始。检索《先秦汉魏晋南北朝诗》可以发现：初唐以前，涉及岭南的诗作很少，少数送别之作提及，也多为臆测之词，而非身临其境有感而发。南朝陈代诗人江总、苏子卿、阴铿曾涉及岭南风光⑤，但仅只言片语，且流于一般化，难以给人深刻印

---

① （宋）严羽著，郭绍虞校释：《沧浪诗话校释》，人民文学出版社，1983年，第198页。

② （元）方回选评，李庆甲集评校点：《瀛奎律髓汇评》卷四三，上海古籍出版社，2005年，第1643页。

③ 《瀛奎律髓汇评》卷四三《途中寒食题黄梅临江驿寄崔融》，第1643页。

④ 闻一多：《唐诗杂论》，中华书局，2009年，第26页。

⑤ 如（南朝陈）江总：《秋日登广州城南楼诗》、《诒孔中丞奂诗》、《别南海宾化侯诗》，《先秦汉魏晋南北朝诗》陈诗卷八，第2579、2580、2581页；（南朝陈）苏子卿：《南征诗》，《先秦汉魏晋南北朝诗》陈诗卷九，第2601～2602页；（南朝陈）阴铿：《游始兴道馆诗》，《先秦汉魏晋南北朝诗》陈诗卷一，第2453页。参见逯钦立辑校：《先秦汉魏晋南北朝诗》，中华书局，2017年。

象。王勃曾南行省父，但也未见有岭南诗篇。这种情况的改变，是从沈、宋、杜等神龙逐臣开始的，正是贬谪，使他们把荒蛮的山水与高度规范的诗体一同带入诗坛。

岭南天气炎热，雨水淫多，四季变化与物色转变、物产都与诗人们熟悉的中原相去甚远。在贬谪生活中，这些迥异于此前经验的物色既吸引了逐臣的目光，也加深了他们的内心焦虑，并成为其诗歌反复吟咏的对象。如杜审言《南海乱石山作》写乱石山的高危精异①；《旅寓安南》着眼于对殊异的南方风物的描写②；宋之问诗中，岭南广果寺、逍遥楼、舜祠、粤王台等名胜古迹一一得到呈现，《发藤州》等纪行诗描述在崇山峻岭、藤蔓纵横中行进的艰难③；沈佺期《自乐昌溯流至白石岭下行入郴州》更将这种险恶山水表现得触目惊心④，而于驩州所作近10首，纪风土人情，几乎可谓唐时“驩州地方志”，颇具史料价值。就岭南风物而言，在沈佺期笔下，中原难得一见的椰子是“丛生雕木首，圆实槟榔身。玉房九霄露，碧叶四时春”⑤。在宋之问笔下，岭南一带的气候是“日夜清明少，春冬雾雨饶”⑥，“潭蒸水沫起，山热火云生”⑦，潮湿多雨、炎热蒸腾，与北方的干燥凉爽截然不同。岭南在唐代还是所谓的蛮荒之地，是中原人很少知悉的领域，神龙逐臣来到这片土地，通过诗笔，把祖国东南隅诸多神秘物象、风土人情展现到世人面前，既使诗歌呈现出奇异色彩，又给后人留下了第一手的历史资料。这无论从文学还是史学角度看，都是很有价值的。

与上述题材的扩展相比，神龙逐臣在深化诗歌情感上所作的努力更值得关注。

宫廷时期，沈宋等人的诗歌创作活动多在宫廷应制、奉酬迎合，诗人以供奉帝王为职志，具有明显的御用性和依附性，其诗作宛如宫廷建筑的雕龙画凤，是一种装点陪衬，在某种程度上，正是这种妆饰性的要求压抑并萎缩了诗人的个

① 《杜审言诗注》，《南海乱石山作》，第1页。
② 《杜审言诗注》，《旅寓安南》，第17页。
③ 《宋之问集校注》卷三《发藤州》，第555~556页。
④ 《沈佺期集校注》卷二《自乐昌溯流至白石岭下行入郴州》，第132页。
⑤ 《沈佺期集校注》卷二《题椰子树》，第121页。
⑥ 《宋之问集校注》卷三《早发韶州》，第551页。
⑦ 《宋之问集校注》卷二《入泷州江》，第434页。

性。因而在宫廷诗中，无病呻吟的伤感、恭谨的敬畏、迷惑不定的情绪较为普遍，诗歌虽雅致庄重却缺乏生气和鲜明的个性特点，声色有余而性情不足。然而，贬谪造成的命运转折使他们的创作在性情与声色的结合方面较之初唐其他作品都产生了长足的进步。遭贬时期的特定环境、心态，使得诗人渐渐剥下宫廷时期的面具，直面惨淡人生，而内心波浪翻涌的情感既无须遮掩，亦难得遮掩，必须一吐为快，从而导致其诗作风貌不能不发生大的变化。

诗歌情感的深化，突出表现在神龙逐臣思乡怀归的一些作品中。如宋之问《度大庾岭》：

度岭方辞国，停轺一望家。魂随南翥鸟，泪尽北枝花。山雨初含霁，江云欲变霞。但令归有日，不敢恨长沙。①

诗人在中原与岭南交界的大庾岭踯躅，停轺望家，期盼回归。颔联二句，借南飞之鸟与北枝之花，深刻地表现了诗人南行的惶恐不安和对乡国的深深依恋；尾联二句，更借贾谊之事以自喻，将殷殷盼归之心和盘托出，颇具动人力量。

再如其《渡汉江》：

岭外音书断，经冬复历春。近乡情更怯，不敢问来人。②

首句写空间的阻隔，次句写时间的久长，都在为诗人的盼归心理作铺垫；而到了第三句，本应是近乡情更“切”才对，可作者却偏偏用了一个“怯”字！一字之别，便将逐客还乡时惊、惧、忧、喜相交织的复杂情绪，将贬谪中承受的沉重精神负担和还家途中矛盾复杂的心理，都深细委曲地展示出来，极耐人寻味。

宋之问两次放逐岭南，终至被杀，后半生多在动荡漂移中度过，故所作尤多悲戚声情，如“谁言望乡国，流涕失芳菲”③、“故园长在目，魂去不须招”④、

① 《宋之问集校注》卷二《度大庾岭》，第 428 页。
② 《宋之问集校注》卷二《渡汉江》，第 440 页。
③ 《宋之问集校注》卷三《早入清远峡》，第 572 页。
④ 《宋之问集校注》卷三《早发韶州》，第 551 页。

"乡心新岁切，天畔独潸然。老至居人下，春归在客先"①等，"莫不表示出迟暮投荒，徘徊欲泣的情绪来"②。

再如韦承庆《南中咏雁诗》：

> 万里人南去，三春雁北飞。不知何岁月，得与尔同归。③

诗人被放逐到万里之外的南方，春天看见大雁掠过天空，向北方飞去；遥念北方乡国，归程遥遥无期；惨遭放逐，人不如雁，心中无限酸楚，却只凝聚到一句："不知何岁月，得与尔同归。"寥寥十个字，包含了哀怨、忧愁、绝望种种复杂情绪，感人力度远胜那些华美、雕琢的宫廷应制作品。

另外，沈佺期到达驩州贬所后作有《答魑魅代书寄家人》④，以答魑魅问的形式抒写贬谪的苦闷，不但构思奇特，情感更是悲愤激越，是值得注意的一篇诗作。

第三节　诗歌表现艺术的完善

在贬流岭南以前，神龙逐臣都曾参与过宫廷诗的创作活动。如果我们从更大范围运用宫廷诗这一概念（即宫廷风格），就会发现在这一时期，几乎找不到多少有个性的诗作。宇文所安认为，"在宫廷诗中占主导地位的有两类诗。第一类从文体上模仿民间抒情诗——乐府。在此类文人乐府中，爱情诗特别流行，但写得十分雅致，远离了它们朴素的始祖。第二种是正规应酬诗，用优雅和巧妙的形式赞美朝臣的日常生活事物"⑤。这两种风格的诗歌也是我们在神龙逐臣贬谪前

① 《宋之问集校注》卷八《新年作》，第763页。

② 郑振铎：《插图本中国文学史》卷上第二十四章《律诗的起来》，中华书局，2016年，第313页。

③ （唐）韦承庆：《南中咏雁诗》、《全唐诗》卷四六，第557页。

④ 《沈佺期集校注》卷二《答魑魅代书寄家人》，第108~109页。

⑤ ［美］宇文所安著，贾晋华译：《初唐诗》第一章《宫廷诗的时代》，生活·读书·新知三联书店，2014年，第5页。

的宫廷作品中常见的。由于题材风格的限制，更经常的是诗人的独特心性被束缚在宫廷的角色里，他们专注于技巧的锤炼，而以工稳的偶对、曲折的句法、含蓄的语意、华丽的辞藻把内心的想法包裹起来，这也成为后人贬抑他们的原因之一。但另一方面，在长期应制唱和的历练中，诗人的艺术表现手法却也成熟了，一旦这些手法、技巧被用于流贬落魄、山程水驿的自我抒情，则格律、语言、风格、意境等诗歌艺术上的进一步完善，便也都在情理之中了。

自南朝沈约等人开创"永明体"以来，声律虽已开始为人看重，但有关篇制字数、平仄粘对等后来律诗必须遵守的基本规则，在唐前还是相对模糊的。到了初唐，经过上官仪、元兢等人的理论阐发，经过沈宋及其同时代诗人的创作实践，律诗在声律、对偶、篇制上的基本规则才得以大体完备。其时世运承平，君臣好诗，在宫廷唱和中，诗人们越来越看重诗歌的形式，积极寻找诗歌形式美的最佳体现。《新唐书·宋之问传》载："魏建安后迄江左，诗律屡变，至沈约、庾信，以音韵相婉附，属对精密。及之问、沈佺期，又加靡丽，回忌声病，约句准篇，如锦绣成文。"①可见沈、宋等人在前人"属对精密"的基础上，又强调"回忌声病"、"约句准篇"，从整体上把握律诗的各种形式要素，使得律诗在对偶、声律、篇制上日趋统一，日趋成熟，并在章法、句法上变齐梁及唐初的平板滞重为灵动自如。正是在这样的背景下，处于流贬境遇的沈、宋等人运用律诗的形式，创作了不少优秀的近体作品，诸如宋之问《晚泊湘江》、《题大庾岭北驿》、《度大庾岭》②，沈佺期《遥同杜员外审言过岭》、《赦到不得归题江上石》③等，均可圈可点。

贬谪还给他们的诗歌语言打下深刻的烙印。与初唐四杰及陈子昂等人注目魏晋、希望通过复古来变革文风有所不同，沈宋等人顺应诗歌发展趋势，继承并改造了齐梁文学传统。他们追求平易浅近的语言风格，把宫廷诗华美雅致、工稳雕琢的语言引向了自然流利的方向。如沈佺期《遥同杜员外审言过岭》：

---

① 《新唐书》卷二百二《文艺中·宋之问传》，第5751页。

② 《宋之问集校注》卷三《晚泊湘江》，第546页；《宋之问集校注》卷二《题大庾岭北驿》，第427页；《宋之问集校注》卷二《度大庾岭》，第428页。

③ 《沈佺期集校注》卷二《遥同杜员外审言过岭》，第85页；《沈佺期集校注》卷二《赦到不得归题江上石》，第104页。

天长地阔岭头分，去国离家见白云。洛浦风光何所似，崇山瘴疠不堪闻。南浮涨海人何处，北望衡阳雁几群。两地江山万余里，何时重谒圣明君？①

沈佺期的宫廷应制诗含芬吐芳，繁华秀美。自遭贬斥，处境逆转，心境沉凝，洗削铅华。这首诗没有宫廷诗惯用的强烈色彩、宏大景象，只平直书写天地之高阔、白云之飘浮，对比洛浦风光与岭南瘴疠，不事雕琢而伤情无限。

阎朝隐的度岭之作同样写得笔调纯净：

岭南流水岭南流，岭北游人望岭头。感念乡园不可□，肝腹(肠)一断一回愁。

千重山水万重山，毒瘴□氛道路间。回首俯眉但下泪，不知何处是乡关。②

阎朝隐素以滑稽、文辞诡谲著称③，然而此二诗却一扫旧日面目，只是按照贬途经历顺序描写途中的艰难跋涉，以及与之相伴的忧恐、思乡种种情绪，笔法平实简洁而情怀婉转。

宋之问的五绝《渡汉江》④，一方面具有如前所述的"近乡情更怯"的复杂心理表现，另一方面也具有口语化、通俗化的语言特点。诗句清丽，语言流畅，读来琅琅上口。这种不假修饰、自然清新的语言与诗人过去习惯的那种工丽缜密、雍容华贵的辞藻形成鲜明对比，表现出诗人对于一种近乎原生态的单纯美的表达方式的尝试。换言之，这种简单却直触内心的语句，也可以说是仓皇流转的贬谪生活冲淡了诗人精致细密的宫廷诗风的产物。

---

① 《沈佺期集校注》卷二《遥同杜员外审言过岭》，第 85 页。

② (唐)阎朝隐：《度岭二首》，陈尚君辑校：《全唐诗补编》第一编《补全唐诗》，中华书局，1992 年，第 11 页。

③ 《新唐书》卷二〇二《文艺中・阎朝隐传》，第 5751 页。

④ 《宋之问集校注》卷二《渡汉江》，第 440 页。

岭南山水的怪异奇险也对逐臣诗风产生影响，使之呈现出异域殊方的新鲜色彩。在神龙逐臣的宫廷生活中，诗歌作为帝王、权贵的高雅消遣，必须尊奉雅致得体的游戏规则，按照一定的格式，表现出相似的气度。那种刻意的节制与冷静态度使得诗歌缺乏生气。由于贬谪，逐臣们脱离了宴饮游乐的生活，也冲淡了缜密精致的宫廷诗风。以沈、宋、杜为代表的神龙逐臣多角度地审视和描绘了岭南河山，而岭南的独特山水也为他们的诗歌带来了异乡色彩——他们在描绘岭南险恶山水时，多采用长篇古体或排律的形式，多方铺排物象，从而使诗歌呈现出物象森罗、气势淋漓、情感激越的特点。

试看杜审言的《南海乱石山作》：

> 涨海积稽天，群山高嶪地。相传称乱石，图典失其事。悬危悉可惊，大小都不类。乍将云岛极，还与星河次。上耸忽如飞，下临仍欲坠。朝暾艳丹紫，夜魄炯青翠。穹崇雾雨蓄，幽隐灵仙閟。万寻挂鹤巢，千丈垂猿臂。①

这里，涨海稽天、怪石嶙峋、雾气蒸腾、潮湿多雨，充满了南方蛮荒之地的怪异色彩；而南流的痛苦与惆怅仿佛浓得化不开的雾，渗透楮墨，成为构织全诗的纽带。诗人以赋的笔法铺陈敷衍，驰骋想象，其笔调之恣肆酣畅，诗情之激越跳荡，都与宫廷诗的平直工稳迥然不同。诗人宛如丹青妙手，将视线所及之自然风光收入笔底，从不同角度予以展现，在其笔下，自然山水既是一种客观的存在，又注入了诗人的感情，奇险、愁苦的岭南山水与诗人惊魂不定的情绪形成一种互为呼应的关系，形成一定的同构与共鸣。

再如宋之问的《发藤州》：

> 朝夕苦遄征，孤魂长自惊。泛舟依雁渚，投馆听猿鸣。石发缘溪蔓，林衣扫地轻。云峰刻不似，苔藓画难成。露裛千花气，泉和万籁声。攀幽红处歇，跻险绿中行。恋切芝兰砌，悲缠松柏茔。丹心江北死，白发岭南生。魑

① 《杜审言诗注》，《南海乱石山作》，第 1 页。

魅天边国，穷愁海上城。劳歌意无限，今日为谁明？①

此诗是宋之问流配钦州时，从藤州沿江西行时所作，诗中对西江沿岸的悬崖峭壁、松柏流泉、藤蔓幽红、雁叫猿鸣一一作出细致刻画，鲜艳锐利的色彩、奇异繁复的景物既展现了岭南特有风光，又加重了诗人“朝夕苦遄征，孤魂长自惊”的心理感受的分量，而“丹心江北死，白发岭南生”的抒情，更使整首诗弥漫着穷愁悲怆的气氛。

当然，神龙逐臣也有一些描绘秀洁明丽之景的山水之作。如宋之问的《始安秋日》②、《早发始兴江口至虚氏村作》③、《自衡阳至韶州谒能禅师》④、沈佺期的《乐城白鹤寺》⑤等。如果说，他们那些写险恶山水的诗是用环境的恶劣来反衬人生的艰难，那么，这些秀洁明丽的山水诗则是用山水的灵秀来抚慰艰难困苦带来的人生不幸。与宫廷时期多数诗歌满是朱紫青黄相比，这些诗作也表现出一种清水芙蓉的脱俗味道。

① 《宋之问集校注》卷三《发藤州》，第555~556页。
② 《宋之问集校注》卷三《始安秋日》，第564页。
③ 《宋之问集校注》卷二《早发始兴江口至虚氏村作》，第431页。
④ 《宋之问集校注》卷三《自衡阳至韶州谒能禅师》，第547页。
⑤ 《沈佺期集校注》卷四《乐城白鹤寺》，第215页。

第六章　神龙逐臣的群体心态

第一节　流贬前的心态特点

学术界对武后、中宗朝诗人一般持贬斥态度，认为他们人品普遍低下，诗歌有谄媚之气，少刚健之作。但是，如果换一角度，将这批诗人放在诗歌由齐梁向盛唐嬗变的过程中考察，便会发现，他们也并非毫无可取之处。

不同于龙朔诗人多追求物质利禄，这一时期的士人们功名意识普遍增强，仕进热情空前高涨，所以在诗歌中除了歌功颂德、追求富贵等内容外，还伴随着直抒胸臆、表露怀抱、吟咏建功立业的壮举，呈现出昂扬进取的心态。如李峤在《奉使筑朔方六州城率尔而作》中感慨古今兴亡，抒发自己“奉诏受边服，总徒筑朔方”①的使命感，诗情慷慨豪迈，诗境雄浑开阔；咏物诗《城》津津乐道于“何辞一万里，边徼捍匈奴”②；《剑》则表达“倚天持报国，画地取雄名”③的宏大抱负。崔融《报三原李少府书》感激李峤“广肆褒扬、深加提饰”，使自己能“出忠入孝，自公及私，养亲以禄，效官以智”④；《西征军行遇风》则在行军途中追忆往昔：“夙龄慕忠义，雅尚存孤直。览史怀浸骄，读诗叹孔棘”，表达自己愿为国事“倚马申微力”的忠勇之情⑤，《寒垣行》抒发“岂要黄河誓，须勒燕山石”的豪

① (唐)李峤：《奉使筑朔方六州城率尔而作》，《全唐诗》卷五七，第687页。

② (唐)李峤：《城》，《全唐诗》卷五九，第704页。

③ (唐)李峤：《剑》，《全唐诗》卷五九，第707页。

④ (唐)崔融：《报三原李少府书》，《全唐文》卷二二〇，第979-980页。

⑤ (唐)崔融：《西征军行遇风》，《全唐诗》卷六八，第765页。

情壮志，结以“可嗟牧羊臣，海外久为客”①，借苏武故事表达希望为国效力的愿望。杜审言“寄语洛城风日道，明年春色倍还人”②，流露了自己寓京多日，怀才不遇的愁思，以及期盼来年春风得意的美好愿望。阎朝隐以阿谀谄媚为后人诟病，但他在诗中亦曾表露忠勇报国之心。如《侍从途中口号应制》云：“疵贱出山东，忠贞任土风。因敷河朔藻，得奉洛阳宫。一顾侍御史，再顾给事中。常愿粉肌骨，特答造化功。”③宋之问《明河篇》用“明河可望不可亲，愿得乘槎一问津”④，委婉地表达自己的仕进愿望。沈佺期也喜欢在诗中托物寓意，抒发政治怀抱。如其《古镜》诗以蒙尘古镜自喻，表示“埋落今如此，烟心未尝歇。愿垂拂拭恩，为君鉴云发”⑤。在《凤箫曲》中则以宫女失宠喻己不被时主重用，结以“含情转睐向萧史，千载红颜持赠君”⑥，表露了期求进用的愿望。《紫骝马》《骢马》诗借写马之英姿俊气，抒发自己欲得明主、报国疆场的豪情：“踠足追奔易，长鸣遇赏难。摐金一万里，霜露不辞寒”⑦；“借君驰沛艾，一战取云中”⑧。他的边塞诗同样表现出奋发进取的态度，《塞北二首》描绘沙场迎敌的场景，慨然吟唱：“秘略三军动，妖氛百战摧。何言投笔去，终作勒铭回。”⑨“归来拜天子，凯乐助南熏。”⑩诗风刚健、俊逸，展示了不同于宫廷诗风的别样面目。

这些宫廷诗人在往来酬唱中也常发言慷慨，以建功立业互相勉励。如李峤《饯薛大夫护边》期望对方“决胜三河勇，长驱六郡雄。登山窥代北，屈指计辽东。伫见燕然上，抽毫颂武功”⑪。在《送骆奉礼从军》中勉励骆宾王：“希君勒石返，歌舞入城闉。”⑫苏味道从军北征，杜审言作《赠苏味道》诗送别，致以“方期来献

① （唐）崔融：《塞垣行》，《全唐诗》卷六八，第765页。
② 《杜审言诗注》，《春日京中有怀》，第28页。
③ （唐）阎朝隐：《侍从途中口号应制》，《全唐诗》卷六九，第769页。
④ 《宋之问集校注》卷一《明河篇》，第410页。
⑤ 《沈佺期集校注》卷一《古镜》，第46页。
⑥ 《沈佺期集校注》卷一《凤箫曲》，第42页。
⑦ 《沈佺期集校注》卷四《紫骝马》，第225页。
⑧ 《沈佺期集校注》卷四《骢马》，第229页。
⑨ 《沈佺期集校注》卷四《塞北二首》其二，第253页。
⑩ 《沈佺期集校注》卷四《塞北二首》其一，第251页。
⑪ （唐）李峤：《饯薛大夫护边》，《全唐诗》卷六一，第726页。
⑫ （唐）李峤：《送骆奉礼从军》，《全唐诗》卷六一，第726页。

凯，歌舞共春辉”①的良好祝愿。崔融随武三思东征契丹，杜审言作《送崔融》，寄语好友“坐觉烟尘扫，秋风古北平。”②宋之问《饯湖州薛司马》也展现了对功业的热望：“镇静移吴俗，风流在汉京。会看陈仲举，从此拜公卿。”③《使往天兵军约与陈子昂新乡为期及还而不相遇》诗则夸赞陈子昂：“知君心许国，不是爱封侯。”④沈佺期《夏日都门送司马员外逸客孙员外佺北征》诗对好友寄予厚望：“计日方夷寇，旋闻杕杜诗。”⑤凡此，都可概见一时风会。还需注意的是，沈、宋等人在当时与陈子昂、杨炯、骆宾王等人均有交往游从⑥，陈、杨等人亦视之为知己，他们时有唱酬、勉励之作。由此可见，在积极仕进、追求功名这一点上，宫廷时期的神龙逐臣与四杰、陈子昂等人是大体相似的。

除以上所举抒怀诗，李峤及沈、宋等人还创作了不少颂体诗。对这些诗歌，学术界一向评价不高，多以“上官体”余绪乃至齐梁遗风视之。其实，在艺术上，他们已经不像龙朔诗人那样主要靠辞藻的繁缛、富丽来粉饰太平、歌功颂德，而是开始直接面对具体的场景，注重渲染气势，烘托气氛，写出皇家气派、盛世气象。更重要的是，这些歌颂君主、赞叹国势的诗歌体现出了诗人们开朗、阔大的心态，而不能仅仅简单视之为宫廷诗人谄媚、谀主心态的外化。衡之当日情势：幸逢明时，春风得意，形成发自内心的自豪与振奋，乃是一般士人乃至整个社会的文化心态，沈、宋等人也不例外。如宋之问《龙门应制》⑦为杂言歌行体，以蝉联法连缀文字，寓目所及，敷衍成文，辞随势转，势因辞生，故虽然字面华丽，

① 《杜审言诗注》，《赠苏味道》，第38页。

② 《杜审言诗注》，《送崔融》，第21页。

③ 《宋之问集校注》卷四《饯湖州薛司马》，第608页。

④ 《宋之问集校注》卷一《使往天兵军约与陈子昂新乡为期及还而不相遇》，第392页。

⑤ 《沈佺期集校注》卷一《夏日都门送司马员外逸客孙员外佺北征》，第54页。

⑥ 如宋之问有《温泉庄卧病寄杨七炯》，参见《宋之问集校注》卷一，第375页；骆宾王有《秋夜送阎五还润州》、《别李峤得胜字》、《在兖州饯宋五之问》，参见(唐)骆宾王撰，(清)陈熙晋笺，王群栗点校：《骆宾王集》卷三、二，浙江古籍出版社，2015年，第127~129、122~123、61~62页；陈子昂有诗《度峡口山赠乔补阙知之王二无竞》、《东征至淇门答宋参军之问》、《送著作佐郎崔融等从梁王东征(并序)》等为证，参见《陈子昂集》卷二，第23~24、29、44~45页。

⑦ 《宋之问集校注》卷一《龙门应制》，第394~395页。

却无堆砌、斧凿之痕，反觉雍容、大气。沈佺期《则天门赦改年》①则以鼓声、鸡鸣、歌舞等着意渲染喜庆之气氛，表现出君臣同乐的盛世情怀。

然而，在武后晚期，宫廷文学由颂美转向娱情，由早期标举大国气派转为赞美张氏兄弟的姿容仪态，格调渐低。尽管神龙逐臣都有很强的功名意识，尽管他们都曾在诗歌中流露出奋发自豪的情绪，但由于所追求的功名更大程度上落脚于“名”、甚至是“利”，在追名逐利的过程中，早期的雄心壮志、自豪开朗往往为谄媚、软弱、卑琐的庸俗心态所消磨；所以，后世史书对他们颇多微词，也就不无道理了。

第二节　流贬后的愤懑屈辱和忧惧恐畏

神龙年间的流贬，使这些诗人的生活出现巨大转折，心态也与宫廷时期大不相同。他们由早期的汲汲功名、以诗歌为干谒工具，转而专注于一己命运，借助诗歌宣泄愤懑幽怨，以期自我慰藉。于是，历代逐臣常见的那种忠而被谤、无辜被弃的愤懑屈辱，前途无望、生命沦落的哀伤恐惧，对故乡、故国的眷恋，对人生命运的低沉思索，都纷纷出现在诗作中。这样一些复杂的情感，真实地折射出神龙逐臣心态的重大转变。

神龙逐臣是在宫廷政变中受到牵连而南投蛮荒的。这些人所受处罚，多数属罪有应得，少数显得过于严苛，但无论哪种情况，逐臣们在贬谪诗歌中大多执拗地表达着一种怨愤，普遍认为自己是忠而被谤、负冤受屈的。随着谪居时日的延伸，这种愤懑日益增强，郁结于胸，不吐不快，于是以诗歌宣泄苦闷，控诉命运的不公，便形成一个较为突出的主题。

在诗歌中，他们为自己进行了辩护。沈佺期于神龙元年遭贬，实因受贿和依附张氏兄弟两事，但他在被弹劾、系狱和遭贬之后所作诸诗中一直认为自己属蒙冤被谴。他认为，自己得罪的缘由是“平生守直道”故而遭到“众所嫉”②，并在

① 《沈佺期集校注》卷一《则天门赦改年》，第 21 页。

② 《沈佺期集校注》卷一《被弹》，第 66 页。

初被弹劾的时候就辩称那些罪状纯属诽谤——“我无毫发瑕，苦心怀冰雪”①、“万铄当众怒，千谤无片实”②，而自己之所以系狱良久是因为“臣子竭忠孝，君亲惑谗欺”③，审判者“事间拾虚证，理外存枉笔”④。他称自己反复自省也没有找到任何错误：“一朝逢纠谬，三省竟无虞”，坚持认为自己“任直翻多悔，安身遂少徒”⑤。故当传闻皇帝驾幸长安时，寄望能有直言如东方朔者，为自己洗清冤屈：“扈从由来是方朔，为申冤气在长平”⑥。在长流驩州之后，沈佺期也没有悔罪心理，反而认为自己是因忠信见弃，如他在《赦到不得归题江上石》诗中说：“自幼输丹恳，何尝玷白圭。承言窜遐魅，雪枉间深狴。”⑦自谓从小以赤诚待人，品行端正，并无污点，然而却先陷刑狱，后流荒徼，内心的不满和怨气溢于言表。

宋之问亦复如此。中宗初复位，因宋曾与张易之兄弟交，将其贬为泷州参军。睿宗即位后，又因宋尝附张易之、武三思，将其配流钦州。初贬泷州途中，他作有《自洪府舟行直书其事》，回顾了自己的生活经历：“揆己道德余，幼闻虚白旨。贵身贱外物，抗迹远尘轨。”⑧自诩以道德自任，从小就闻说清静空虚的道理，珍视生命，不以功名富贵等身外之物为贵。宋之问出身于一个道教色彩颇浓的家庭，贵身确是他的重要思想，贱物却未必：太平公主后来发其赃而导致他二度遭贬，虽然是太平的借口，但对宋之问而言却不一定是捕风捉影。在同诗中他回顾了自己在官场的行迹：“妙年拙自晦，皎洁弄文史。谬辱紫泥书，挥翰青云里。事往每增伤，宠来常誓止。铭骨怀林丘，逆鳞让金紫。安谓衅潜构，退耕祸犹起。”⑨认为自己行事已颇为收敛，没想到祸事仍然降临到自己身上；而其所以

① 《沈佺期集校注》卷一《枉系二首》其二，第 75 页。
② 《沈佺期集校注》卷一《被弹》，第 66 页。
③ 《沈佺期集校注》卷一《枉系二首》其一，第 73 页。
④ 《沈佺期集校注》卷一《被弹》，第 66 页。
⑤ 《沈佺期集校注》卷一《移禁司刑》，第 68 页。
⑥ 《沈佺期集校注》卷一《狱中闻驾幸长安二首》其一，第 78 页。
⑦ 《沈佺期集校注》卷二《赦到不得归题江上石》，第 104 页。
⑧ 《宋之问集校注》卷二《自洪府舟行直书其事》，第 423 页。
⑨ 《宋之问集校注》卷二《自洪府舟行直书其事》，第 423 页。

被贬，乃是因为遭到诽谤："黄金忽销铄，素业坐沦毁。"①这种愤恨不平在稍后的诗作中也有发泄："自惟勖忠孝，斯罪懵所得"②。

由上述诗歌表现的心态可以看出，沈、宋等人普遍认为自己无罪，觉得身遭流贬是受了莫大的冤屈。其他逐臣的态度，我们难以找到诗歌材料作为证明，只有崔融在《和宋之问寒食题黄梅临江驿》中提到："明主阍难叫，孤臣逐未堪"③，感到呼告无望，贬谪生活让人无法忍受，隐隐有受屈感透露于文字之间。

由于觉得自己是无辜的，所受惩罚是冤屈的，而流贬生活又确实给他们造成了身心的双重磨难，所以在他们的诗中，便充溢着一股浓郁的哀伤气息，他们也反复使用"逐"、"投"、"窜"、"放弃"和"羁囚"、"逐臣"一类词语，着力渲染生命沉沦的程度，又加强心理上的被弃感。如"谁念招魂节，翻为御魅囚"④、"北极怀明主，南溟作逐臣"⑤、"问我投何处，西南尽北蛮"⑥、"家在东京里，身投南海西"⑦……仔细体味这些诗句，不难发现，其中蕴含的，既有诗人们借以引起他人同情怜悯的某种心理意识，也充溢着自感委屈而又无可奈何的伤痛情怀。

神龙逐臣被发落之地多在岭南，蛮荒边地又带给他们生命沉沦的恐惧。

岭南，又称岭表、岭外，泛指五岭以南地区，《山海经》中提到的"儋耳"、"雕题"、"鼻饮"、"贯匈"等国即在这一带⑧。唐贞观时置十道，开元时增置十五道，"岭南道"均在其中。这是唐代最南端的行政地理区划。其治所在广州(今广东省广州市)，范围约当今海南及广东、广西大部、云南南盘江以南和越南北部地区。

岭南地区开发较晚。秦始皇统一六国后才在这里置郡，但绵长险峻的五岭一

① 《宋之问集校注》卷二《自洪府舟行直书其事》，第424页。

② 《宋之问集校注》卷二《早发大庾岭》，第429页。

③ (唐)崔融：《和宋之问寒食题黄梅临江驿》，《全唐诗》卷六八，第765页。

④ 《沈佺期集校注》卷二《三日独坐驩州思忆旧游》，第100页。

⑤ 《宋之问集校注》卷二《途中寒食题黄梅临江驿寄崔融》，第421页。

⑥ 《沈佺期集校注》卷二《入鬼门关》，第87页。

⑦ 《沈佺期集校注》卷二《赦到不得归题江上石》，第104页。

⑧ "儋耳"、"雕题"见《山海经校注》卷一〇《海内南经》，第269页；"鼻饮"、"贯胸"见《山海经校注》卷一〇《海外南经》，第194页。详参袁珂校注：《山海经校注》，上海古籍出版社，1980年。

直阻隔着中原、吴越、楚蜀文化向岭外渗透，因而岭南地区一直独立于北方文明之外，被视为南夷蛮荒之地，直到武德四年，仍有“以岭海陋远，久不见德”①的说法。到了开元四年，张九龄奏请开凿大庾岭道，才使其交通状况有了一些改善。

岭南地处亚热带，与处于温带的中原地区有显著的气候差异。据《广东通志》，“岭南诸州通号瘴乡”，“四时常花，三冬不雪，一岁之间暑热过半。……一日之内气候屡变”，“晨夕雾昏，春夏雨淫”②，“下潦上雾，毒气重蒸”③，以致飞鸟都会因此而坠落。

由于岭南偏处南海，远离当时政治文化中心的京都长安，而又炎热潮湿、瘴疠蒸腾，自然环境极为恶劣，故一直被唐朝廷作为贬谪流放官吏的主要地区之一，而那些流贬之臣，也无不视之为畏途，闻之色变。所谓“畏途横万里”④、“浩途不可测”⑤，即是神龙逐臣未到岭南之前对此一未知世界形成的心理恐惧。沈佺期《入鬼门关》有言：

> 昔传瘴江路，今到鬼门关。土地无人老，流移几客还？自从别京洛，颓鬓与衰颜。夕宿含沙里，晨行蔄露间。马危千仞谷，舟险万重湾。问我投何处，西南尽百蛮。⑥

在历来“去者罕得生还”⑦的鬼门关，诗人忧心忡忡，唯恐客死异乡。他回忆一路南行的艰辛：朝披晨露，夕宿水泽，犯毒草，畏沙虫，水险山高，艰辛备尝，使他面目憔悴，容颜衰老。他既对未来充满畏惧，又对身体衰老不无惶恐，不由得

① 《新唐书》卷九三《李靖传》，第3813页。

② 《嘉靖广东通志初稿》卷十八《气候》，337页。

③ （南朝宋）范晔撰，（唐）李贤等注：《后汉书》卷二四《马援传》，中华书局，1965年，第838页。

④ 《宋之问集校注》卷二《自洪府舟行直书其事》，第423页。

⑤ 《宋之问集校注》卷二《早发大庾岭》，第429页。

⑥ 《沈佺期集校注》卷二《入鬼门关》，第87页。

⑦ 《旧唐书》卷四一《地理志四·岭南道》容州北流县：“县南三十里，有两石相对，其间阔三十步，俗号鬼门关。……其南尤多瘴疠，去者罕得生还。”参见第1743页。

生出“土地无人老，流移几客还”的哀叹。

与恐惧相伴，衰老成为诗歌中常见的话题。在心灵忧惧和恶劣环境的双重折磨下，诗人老态顿现：“鬓发俄成素”①、“容鬓骤催年”②。岭南险恶环境对诗人生命构成极大的威胁，当他们一夜之间与这里产生如此紧密的联系，当生命随时可能陨落于此的时候，诗人萌发的，便不能不是对自身生命至深至切的担忧了：“处处山川同瘴疠，自怜能得几人归”③。

恐惧之外，诗人还感到了绝望：财产、功名、荣誉、学识，乃至整个身家性命顷刻间堕入深渊，流贬异乡，归期无望，生还希望亦复渺茫，更遑论其他！“镜愁玄发改，心负紫芝荣”④，“丹心已作灰”⑤、“平生万事休”⑥，在这些短吟长叹中，可以清晰地察觉到诗人们的绝望之感来。

第三节　乡国之念与人生思考

神龙逐臣从官居高职到贬斥南荒，巨大的心理落差带来强烈的不适；岭南与洛阳距离遥远，风物大异中土，逐臣们离开旧有的熟悉的环境，面对陌生的人群、怪异的气候，内心更深感恐惧和焦虑不安。在这种情境下，诗人们不能不将其飘摇动荡的思绪投向自己的故乡，以获取精神的皈依。他们怀念故乡、故都，怀念那些熟悉的人和事，强烈渴望回到过去的生活中去。故乡，成为诗人心灵的最后慰藉，怀乡的吟唱，也成为这一时期诗歌的普遍主题。无论是崔融的“遥思故园陌，桃李正酣酣”⑦，还是杜审言的“河山鉴魏阙，桑梓忆秦川”⑧，都散发出浓浓的思乡之情。至于宋之问的《度大庾岭》、《题大庾岭北驿》、《晚泊湘江》、

---

① 《宋之问集校注》卷二《早发始兴江口至墟氏村作》，第 431 页。

② 《沈佺期集校注》卷二《度安海入龙编》，第 91 页。

③ 《宋之问集校注》卷二《至端州驿见杜五审言沈三佺期阎五朝隐王二无竞题壁慨然成咏》，第 433 页。

④ 《宋之问集校注》卷二《入泷州江》，第 434 页。

⑤ 《宋之问集校注》卷二《早发始兴江口至虚氏村作》，第 431 页。

⑥ 《沈佺期集校注》卷二《从驩州廨宅移住山间水亭赠苏使君》，第 117 页。

⑦ （唐）崔融：《和宋之问寒食题黄梅临江驿》，《全唐诗》卷六八，第 765 页。

⑧ 《杜审言诗注》，《春日怀归》，第 18 页。

《入泷州江》等，也都是这一主题的重要诗作①。

《度大庾岭》的“魂随南翥鸟，泪尽北枝花”②在一南一北的比照中，已深切地展现了作者对故乡、故都的依恋；而同时所作《题大庾岭北驿》则由雁及人，感慨无端：

> 阳月南飞雁，传闻至此回。我行殊未已，何日复归来？江静潮初落，林昏瘴不开。明朝望乡处，应见陇头梅。③

传闻大雁南飞至大庾岭便折回，而自己却不能停止南迁的脚步，远望前程，诗人哀叹归期无望，岭南又瘴气氤氲，使他对未来生活的想望更添焦虑。明晨就将进入南国，那时在开满梅花的山岭上回望故乡，又该是何等况味呵！诗在想象中作结，却低回婉转，伤情无限。

杜审言贬所更远，已至安南。其《旅寓安南》这样写道：

> 交趾殊风候，寒迟暖复催。仲冬山果熟，正月野花开。积雨生昏雾，轻霜下震雷。故乡逾万里，客思倍从来。④

首句一个“殊”字，刺目戟心，已暗寓诗人身在异乡的强烈漂泊感和不适感。下文围绕“殊”字层层展开，不事雕琢，集中笔力描摹了安南与故乡的巨大差异，笔下明白写出的是安南景物，其实心中无时无刻不与故乡景物对比，所以最后对故乡的强烈思念自然喷薄而出。

沈佺期在神龙逐臣中贬所最远，到达贬所驩州后，他在诗中以比较的手法，将当年的交游盛况与今日的孤独凄楚所形成的巨大落差和盘托出：

---

① 上述诗《度大庾岭》、《题大庾岭北驿》、《晚泊湘江》、《入泷州江》参见《宋之问集校注》卷二、三，第428、427、546、434页。

② 《宋之问集校注》卷二《度大庾岭》，第428页。

③ 《宋之问集校注》卷二《题大庾岭北驿》，第427页。

④ 杜审言贬所更远，已至安南。其《旅寓安南》见《杜审言诗注》，第17页。

两京多节物，三日最遨游。丽日风徐卷，香尘雨暂收。红桃初下地，绿柳半垂沟。童子成春服，宫人罢射鞲。禊堂通汉苑，解席绕秦楼。束晳言谈妙，张华史汉遒。……谁念招魂节，翻为御魅囚。朋从天外尽，心赏日南求。……炎蒸连晓夕，瘴疠满冬秋。西水何时贷，南方讵可留。无人对炉酒，宁缓去乡忧。①

上巳节，两京热闹繁华，风和日丽，春意盎然，人们服饰一新，城中有各种各样的节庆活动，还有博学的鸿儒可以相与谈玄论道，说史诵文。其升平景象、文化氛围让诗人无比怀念。可是，眼下的自己却"翻为御魅囚"，一个"翻"字，包含了多少身世之痛和人生的辛酸屈辱。举目南荒，人事风物大异中原，物质文化水平均极为落后，以负罪之身，独在异乡，昔日的友人散落岭南各地，即便饮酒都无法找到情投意合之人，精神上的空虚寂寞令心灵丰富的诗人难以忍受，他不能不对故都寄与一份深挚的思念。实际上，这样一种思乡情怀即使在其山水之作中也时常表现出来。所谓"岂徒探怪异，聊欲缓归心"②，便是这种心理的最好说明。

为了强化思乡的情感，神龙逐臣在诗作中常常使用一些大致相同的表现方法：

其一，以"雁"、"梅"等物象寄托情思。雁在神龙逐臣诗中不仅常见，而且多与逐臣的南行对比为言，借以深化其渴慕北归的心情。如韦承庆的"万里人南去，三春雁北飞"③，宋之问的"路逐鹏南转，心依雁北还。唯余望乡泪，更染竹成斑"④、"北去衡阳二千里，无因雁足系书还"⑤、"赠曲南凫断，征途北雁催"⑥，都以"雁"作为一个颇具象征意味的符号。大雁在中国古代有其特定的文化意义。首先，作为候鸟，大雁每年秋天飞到南方过冬，春天飞回北方。对于谪

① 《沈佺期集校注》卷二《三日独坐驩州思忆旧游》，第99~100页。

② 《沈佺期集校注》卷二《从崇山向越常》，第120页。

③ （宋）计有功撰，王仲镛校笺：《南中咏雁诗》，《唐诗纪事校笺》卷九《韦承庆》，中华书局，2007年，第283页。

④ 《宋之问集校注》卷三《晚泊湘江》，第546页。

⑤ 《宋之问集校注》卷三《登逍遥楼》，第559页。

⑥ 《宋之问集校注》卷三《酬李丹徒见赠之作》，第498~499页。

居南方的逐臣而言，北方意味着家乡，意味着故园亲友、熟悉的生活，也意味着尚未实现的政治抱负、功名理想。因而，看到大雁北飞，而自己仍然沉沦于南方荒野的时候，他们往往会产生人不如雁的感伤，由此加深了对故乡的思念和对友人的眷恋。其次，古人传说雁不得过衡阳，而逐臣却往往被流放到更遥远的五岭之南，那里蒙昧未开，环境恶劣，相比之下，他们的遭遇之凄楚更远甚于雁，一种不自由感、被抛弃感和文化上的失落感便愈发强烈。最后，大雁古来就被人们赋予了传书的功能。神龙逐臣身不得归，于是产生借北归之雁来寄书传信的想法。可是，这在实际上是不可能的；明知其不可能，仍然要寄予一丝幻想，在表达效果上，便愈发增添了伤感、哀凉的韵味。

除了大雁，“梅”也常常出现在逐臣笔下，其中最突出的是大庾岭之梅。这里的梅花作为北方与南国的最后一道分界线，提醒着诗人从此便长辞故国，落拓异乡，走上了漂泊无依的途程。因而，见到岭头之梅，自然使得诗人的恋乡之情倍感浓郁和强烈。前引宋之问“明朝望乡处，应见陇头梅”①、“魂随南翥鸟，泪尽北枝花”②等诗句，便都是这种用法。

其二，对比手法的运用。在神龙逐臣的诗歌中，常用方位背离的手法来写其去国怀乡的情绪，如“丹心江北死，白发岭南生”③、“魂随南翥鸟，泪尽北枝花”④、“路逐鹏南转，心依雁北还”⑤、“搔首向南荒，拭泪看北斗”⑥、“南浮涨海人何处，北望衡阳雁几群”⑦。方位的背离延伸了岭南与北方的距离感，有效地凸显了诗人的思乡情怀。

与地理的南北对举相伴，还有南北相反的景物对举。诗人们每以景物的南北背离形成岭南和故国的强烈对照，来揭示其身份居所变化带来的感情体验上的巨大落差，反衬其思乡之情。如杜审言《春日怀归》：

---

① 《宋之问集校注》卷二《题大庾岭北驿》，第428页。
② 《宋之问集校注》卷二《度大庾岭》，第427页。
③ 《宋之问集校注》卷三《发藤州》，第556页。
④ 《宋之问集校注》卷二《度大庾岭》，第428页。
⑤ 《宋之问集校注》卷三《晚泊湘江》，第546页。
⑥ 《沈佺期集校注》卷二《初达驩州二首》其二，第97页。
⑦ 《沈佺期集校注》卷二《遥同杜员外审言过岭》，第85页。

心是伤归望，春归异往年。河山鉴魏阙，桑梓忆秦川。花杂芳园鸟，风和绿野烟。更怀欢赏地，车马洛桥边。①

这里虽未进行两地间的直接对比，但是“异”字本身已经体现出“比较”的实施。地域不同，春光也与往年不同，贬所与故国不啻两重天地。这种反差更加勾起诗人对车水马龙的洛阳的怀念。诗人还作有《渡湘江》：

迟日园林悲昔游，今春花鸟作边愁。独怜京国人南窜，不似湘江水北流。②

这首诗是杜审言流放峰州途中经湘江所作。江水北流，而自己却被放逐南方，方位的背离增添了诗人心中的伤感。虽然时值春光满目，诗中却丝毫看不出光亮的色彩。诗人仿佛置身于一个阴暗寒冷的囚笼，外界的春光花鸟不仅无助于缓解忧愁，反而更增烦恼。这种以乐景写哀情的手法，益发强化了悲哀情绪的表达。

其三，频频使用“万里”、“千里”一类数量词，极言路途遥远，乡关难返，从而增加其被羁之痛，乡思之哀。如“羁望伤千里，长歌遣四愁”③、“故乡逾万里，客思倍从来”④，都借这类数量词强调与故乡的遥远距离，加重了对故乡的思念。至如沈佺期《赦到不得归题江上石》，在运用这种表现手法时更为情深意重：

家住东京里，身投南海西。风烟万里隔，朝夕几行啼……⑤

“投”字描摹出了在强大外力作用下被抛掷岭南的身不由己；“南海”已是远之又

① 《杜审言诗注》，《春日怀归》，第18页。

② 《杜审言诗注》，《渡湘江》，第47~48页。

③ （唐）韦承庆：《凌朝浮江旅思》，《全唐诗》卷四六，第557页，一作马周诗。另见《唐诗纪事校笺》卷四《马周》，第122页；卷九《韦承庆》，第283页。

④ 《杜审言诗注》，《旅寓安南》，第17页。

⑤ 《沈佺期集校注》卷二《赦到不得归题江上石》，第104页。

远了，何况所投置的处所更在南海之“西”。“风烟”，见出故乡的渺远迷茫，“万里”，益发突现了空间的巨大阻隔。在如此遥远的所在，思乡而不得归，不得归而愈发思念，万般无奈之下，只好“朝夕几行啼”了。

与沈诗相比，宋之问《登逍遥楼》有异曲同工之妙：

逍遥楼上望乡关，绿水泓澄云雾间。北去衡阳二千里，无因雁足系书还。①

诗写于桂州，深婉动情地抒发了逐客的孤独感，以及对数千里之外的故国的思念。桂州州治始安(今桂林)，逍遥楼位于城之东角，诗人登楼望乡，眼前只见绿水白云，四野苍茫，更难以看见归途；由苏武雁足传书的故事兴起托雁寄信的想法，然而，雁至衡阳即止，此地距衡阳犹有二千里之遥，即使想托雁传书，也是不可能的呵！全诗韵味深长，在七绝风调未谐的初唐堪属引人注目之作。

神龙逐臣对故乡、故国的眷恋既缘于骤至陌生环境的焦虑，又缘于自视无罪却被贬被弃的愤懑幽怨，从初遭流贬的愤懑到对故乡故国的思念是一个逻辑发展的过程。遭贬之初，诗人自以为背负了莫大的冤屈，呼天抢地的悲恸呼告比较多；岭南的蛮荒、恶劣气候让看不到未来的诗人忧心忡忡、恐惧万分；贬途中和到贬所之后，这样的情绪投射到对山水景物的描摹中，对故乡的眷恋也逐渐加强；偶尔，从自身的苦痛中挣扎出来，诗人也可以稍稍冷静，反思以往。

于是，对自己悲剧性的命运、人生的思考，便成为逐臣诗作的另一主题。

他们是敏感的诗人，是功名意识强烈的士人，也曾是在达官显贵中穿梭的宫廷文人，其中还有把握大权的朝廷重臣，而此刻，他们是罪人，是逐臣，是不得不与南蛮为伍的异乡人。在人生、事业都遭遇巨大挫折的时候，他们从焦灼不安的控诉呼告中暂且脱身，开始了对人生的思考。这种思考，大致表现在以下几个方面。

其一，对政治生命和相关问题的思考。如前所述，对于神龙贬谪，逐臣们普遍怀着含冤受屈的感情；这种情感，既使其思考的深度受到一定限制，也使其对

① 《宋之问集校注》卷三《登逍遥楼》，第559页。

政治、人生产生了独特的解会。

沈佺期《从驩州廨宅移住山间水亭赠苏使君》有这样的质问：“古来尧禅舜，何必罪驩兜。”①驩兜是尧臣，舜继位后，驩兜因依附共工，被放逐至崇山。沈佺期以驩兜自比，一方面固有为自己开脱之意，另一方面也深刻触及了封建政治的本质：在激烈的宫廷斗争和新旧君主交替之际，一部分臣子被罪被贬乃是必然的，说到底，他们不过是宫廷改朝换代之政治斗争的牺牲品而已。

与沈佺期相比，杜审言更多关注的是人生处世的某些哲理。其《春日江津游望》这样写道：

> 旅客摇边思，春江弄晚晴。烟销垂柳弱，雾卷落花轻。飞棹乘空下，回流向日平。鸟啼移几处，蝶舞乱相迎。忽叹人皆浊，堤防水至清。谷王常不让，深可戒中盈。②

贬谪途中，夕阳西沉，烟销柳弱、雾散花轻，有飞舟顺流而下，回旋的水流渐渐在天际平静下来，鸟和蝴蝶在静谧的山水中飞舞。面对如此柔和景象，对比江海的汹涌诡谲，杜审言感叹世人自满自骄、争名夺利、贪位慕爵，不能适可而止，以“让”警戒世人要知进知退，善争善让。在这感慨里，何尝没有诗人对昔日政治角逐的反思？对自己处世之道的警诫？

宋之问的情况要复杂一些。贬谪之初，他曾懊悔“昔闻垂堂言，将诫千金子”，醒悟朝廷险地，难以久居，表示“栖岩实吾策”③，宁愿归隐。神龙二年，他代武攸暨作请降王位表时也认识到：“自古迄今，如臣流辈，苟进者速祸，勇退者获全”④。这是他对自身乃至人生命运的透彻揭示，是在看多了宫廷的人事兴衰和历史上的政治更迭后得出的深刻结论。在这里，他似乎对人生已经看得很通透，可是从他日后的表现来看，这种认识不过是一时的、空泛的，远未落实到他的实际生活层面；求取功名、结交权贵，在以后的一段时间里仍然是指导他人

① 《沈佺期集校注》卷二《从驩州廨宅移住山间水亭赠苏使君》，第117页。
② 《杜审言诗注》，《春日江津游望》，第31页。
③ 《宋之问集校注》卷二《自洪府舟行直书其事》，第423页。
④ 《宋之问集校注》卷七《为定王武攸暨请降王位表》，第688页。

生的风向标。由贬所回到京城后，宋之问历任鸿胪主簿、考功员外郎、修文馆直学士，又过起了攀附权贵、锦绣荣华、赋诗应制的生活，并且为了地位，先谄事太平公主，至安乐公主权盛时又谐结安乐，不想由此得罪了太平，太平公主发其知贡举时赇饷狼藉，宋被先贬越州，再流钦州，最终赐死岭南。为了功名，宋之问执著追求，直到最后付出了生命的代价。他并非对这种生活的危险没有认识，却仍如飞蛾扑火，最终牺牲了名誉，甚至赔掉了性命。这样一种思考、认识与实际、行动相悖反的情形，实在值得我们深长思之。

其二，对人情冷暖、世态炎凉的体认和感触。贬谪之前，逐臣们都曾感受过作为宫廷宠臣的虚荣。遭到流贬之后，对比昔日的宠遇优容、宾客盈门，自有天壤之别。是什么使得过去的朋友纷纷远离，诗人的心中洞若明镜，这样的人情冷暖、世态炎凉让脆弱的诗人更添凄苦郁闷。正如沈佺期所写："物情牵倚伏，人事限荣枯。门客心谁在，邻交迹党无"①，"死生离骨肉，荣辱间朋游"②。因为自己政治地位的骤降，不仅遭受骨肉分离、远谪南荒的打击，那些过去希图巴结攀附自己的人也纷纷远离，避之犹恐不及；即使是朋友，碍于政治形势也不敢正常往来。杜审言也感叹"人事盈虚改，交游宠辱妨。雀罗争去翟，鹤氅竞寻王"③。失势者被冷落遗忘，得势者炙手可热，如此横向对比，更见世风浇薄。

其三，对命运的无奈感喟与对佛理的认同。经历了政治的失败，经历了人情的冷暖，人生的种种不如意让诗人深深感受到命运是如此不可把捉，在强大的命运面前，人显得如此渺小，细若微尘。沈佺期在贬所感叹，"戚属甘胡越，声名任秕糠。由来休愤命，命也信苍苍。独坐寻周易，清晨咏老庄。此中因悟道，无问入猖狂"④。亲朋好友感情疏远，声名也大可视如秕糠，诗人似乎要皈依老庄，退隐山林，恣意而行。在对命运的领悟中，深蕴着诗人的无可奈何之感。

宋之问也有同样的无奈之感，在《祭杜学士审言文》中，他借杜审言之遭贬、先逝，明确申言：人生在世，"鲜业备而官成，多声高而名薄"。接着，历数自古以来才士之多舛命运："屈原不终于楚相，扬雄自投于汉阁……后俊有王、杨、

① 《沈佺期集校注》卷一《移禁司刑》，第 68~69 页。
② 《沈佺期集校注》卷二《从驩州廨宅移住山间水亭赠苏使君》，第 117 页。
③ 《杜审言诗注》，《赠崔融二十韵》，第 35 页。
④ 《沈佺期集校注》卷二《答魑魅代书寄家人》，第 109 页。

卢、骆，继之以子跃云衢。王也才参卿于西陕，杨也终远宰于东吴，卢则哀其栖山而卧疾，骆则不能保族而全躯。”所得出的结论则是：“由运然也，莫以福寿自卫；将神忌也，不得华实斯俱。”①哀伤中透露出才命两相妨、天命不可违的无奈。

杜审言临终时，回答宋之问、武平一等同僚的省问，也说“甚为造化小儿相苦，尚何言？”②回顾一生，身世浮沉，只能无奈地归于造化弄人。

对命运的无奈和感喟，自然易导致身处逆境的诗人向佛教靠拢。沈佺期“欲究因缘理，聊宽放弃惭”③说得直白，对佛理的认同只是为了宽解被放逐的羞愤。宋之问贬泷州途中时，已援引佛家空寂之训开解自己，“周旋本师训，佩服无生理”④，但岭南的种种不适让他难以沉静，功业名利也还牵挂于心，一心指望早归，发愿“生还倘非远，誓当酬恩德”⑤，“只应保忠信，延促赴神明”⑥；再贬越州，在江南湖山间置酒赋诗，天竺寺、法华寺、云门寺间的流连让他与禅学产生了更多的共鸣。其时所作诗，注重意境的优美与浑然。如《见南山夕阳召鉴师不至》：

> 夕阳黯晴碧，山翠互明灭。此中意无限，要与开士说。徒郁仲举思，难回道林辙。孤兴欲待谁，待此湖上月。⑦

他在夕阳山翠之间领得了无限意，眼光与心境已不同于初次被贬，他似乎已不再专心倾羡于公卿大臣的荣华，不再专注于个人的出处，而欲在山水和孤寂中求得心安。

在越州仅一年，宋之问再次远谪岭南，诗中只有绝望的呼号：“水一曲兮肠一曲，山一重兮悲一重！”⑧这段时期，北归的无望使他将心思寄托于禅门而求解

① 《宋之问集校注》卷八《祭杜学士审言文》，第740页。
② 《新唐书》卷二〇一上《文艺上·杜审言传》，第5736页。
③ 《沈佺期集校注》卷二《九真山静居寺谒无碍上人》，第93~94页。
④ 《宋之问集校注》卷二《自洪府舟行直书其事》，第424页。
⑤ 《宋之问集校注》卷二《早发大庾岭》，第430页。
⑥ 《宋之问集校注》卷二《入泷州江》，第434页。
⑦ 《宋之问集校注》卷三《见南山夕阳召鉴师不至》，第524页。
⑧ 《宋之问集校注》卷三《高山引》，第547页。

脱："吾师在韶阳，欣此得躬诣。洗虑宾空寂，焚香结精誓。愿以有漏躯，聿薰无生惠。物用益冲旷，心源日闲细。伊我获此途，游道回晚计。"①诗人要洗心皈依佛教，焚香礼佛以修养身心，对命运的绝望反而使他获得了一种超然的眼光，涤除尘念，在自然山水中获得了心理的宁静。

这样的超脱或许并不稳定，因为其后在《早发韶州》、《发藤州》、《桂州三月三日》、《经梧州》等诗中，我们还可以看到"愁"、"泣"、"肠断"这样的字眼，但综观诗人流钦州时的一系列诗作，对来自命运的打击，诗人已更能承受一些了②。

综上所述可知，逐臣们由地位极高的宫廷文学侍臣顷刻变为负罪遭贬的弃臣，被逐出繁华的宫廷，弃置于荒蛮的岭南，这骤然间酿成的极大落差，使他们在心理上难以承受，倍感惶惑不安。他们一直认为自己是无罪遭贬，有着强烈的负屈心理，诗中便一再以屈原、贾谊、虞翻自比。归返朝廷的希冀，返归难遂的绝望，死于贬地的恐惧，加之贬地水土的不服，风俗人情的隔膜，形成了诗人对前途的无比忧虑和恐惧。万般无奈之际，他们只好用人间的伦理亲情（思乡）来补偿因遭贬而引起的心理失衡，用昔日温馨的回忆（忆旧）来拂去心中的凄凉，用精神的超脱（悟道）来消解现实的磨难，用异域风情的欣赏来转移心中的凄楚。生命险危之际的沈、宋诸人无暇也无心于国家兴亡、历史盛衰的深沉思考，而仅专注于一己命运的思索，故而在他们那里，缺乏陈子昂那样广远的时空视界与深邃的宇宙意识，更多的是个体情感世界的传达；缺乏积极进取、悲壮而又顽强的人生态度，更多的是对人生的感喟和怨嗟。换言之，沈、宋等人的贬谪诗是生命沉沦之泪浸染的绝望悲歌，而低沉、感伤则是其风格主调。

第四节　神龙逐臣的特殊人格与心态成因

神龙逐臣因依附权贵而被贬谪，其委曲求全，谄媚谀主，缺乏风骨气节的普

① 《宋之问集校注》卷三《自衡阳至韶州谒能禅师》，第557页。

② 上述诗《早发韶州》、《发藤州》、《桂州三月三日》、《经梧州》参见《宋之问集校注》卷三，第551、555、560、568页。

遍人格颇具典型性。翻阅史书，可以得到较翔实的印证。

《新唐书》卷二〇二《文艺传中·李适传》载："初，中宗景龙二年，始于修文馆置大学士四员、学士八员、直学士十二员，象四时、八节、十二月。于是李峤、宗楚客、赵彦昭、韦嗣立为大学士，适、刘宪、崔湜、郑愔、卢藏用、李乂、岑羲、刘子玄为学士，薛稷、马怀素、宋之问、武平一、杜审言、沈佺期、阎朝隐为直学士，又召徐坚、韦元旦、徐彦伯、刘允济等满员。其后被选者不一。凡天子飨会游豫，唯宰相及学士得从。……帝有所感即赋诗，学士皆属和。当时人所歆慕，然皆狎猥佻佞，忘君臣礼法，惟以文华取幸。若韦元旦、刘允济、沈佺期、宋之问、阎朝隐等无它称。"①"于时张易之等烝昵宠甚，之问与阎朝隐、沈佺期、刘允济倾心媚附，易之所赋诸篇，尽之问、朝隐所为，至为易之奉溺器。"②

李峤，《唐诗纪事》卷十记载时人对他的评价："峤有三戾：性好荣迁，憎人升进；性好文章，憎人才华；性贪浊，憎人受赂。"③

苏味道，居相位数载，亦"不能有所发明，但脂韦其间，苟度取容而已"。曾对人说："处事不欲决断明白，若有错误，必贻咎谴，但摸棱以持两端可矣。"时人有不屑于苏氏言行的，径号之为"苏摸棱"④。

宋之问，《唐诗纪事》卷十一谓其曾求为北门学士，但因口疾，武后未许以官职，宋之问为此事耿耿于怀，终生以为耻。仕途中，宋之问前附张氏兄弟，后归武三思，景龙中谄事太平公主，后安乐公主得势，又往谐结，遭太平举报而贬越州。睿宗时被流钦州，后为玄宗赐死于贬所。可见其为人投机钻营，缺乏操守⑤。

郑愔，《唐诗纪事》卷十一载："初附来俊臣，俊臣诛，附易之，易之诛，讬韦庶人，后附谯王，卒被戮。"⑥也是个政治投机者。

① 《新唐书》卷二〇二《文艺中·李适传》，第5748页。

② 《新唐书》卷二〇二《文艺中·宋之问传》，第5750页。捧溺器事，《旧唐书》、《资治通鉴》不载，《唐诗人行年考(续编)》认为此说可疑。参见谭优学著：《宋之问行年考》，《唐诗人行年考(续编)》，巴蜀书社，1987年，第7~8页。

③ 《唐诗纪事校笺》卷十《李峤》，第336页。

④ 《旧唐书》卷九四《苏味道传》，第2991~2992页。

⑤ 《唐诗纪事校笺》卷十一《宋之问》，第382页。

⑥ 《唐诗纪事校笺》卷十一《郑愔》，第364页。

阎朝隐，以性滑稽、属辞奇诡为武后所喜，“圣历二年，则天不豫，令朝隐往少室山祈祷。朝隐乃曲申悦媚，以身为牺牲，请代上所苦。”①所作所为实如同宫廷弄臣。

上述诸人在宫廷生活中所表现出的人格缺陷，与中国政治传统，尤其是初唐社会背景有着不可忽视的关联。

首先，从根本上说，佞臣是高度中央集权制无可避免的产物。自秦以来，先秦民主风气被摧残殆尽。在中央集权政治的控束下，君主拥有生杀予夺的大权，其旨意言行几乎不受制约，不容辩驳，不可更改。而为人臣者，伴君如伴虎，身家性命都掌握在君王的喜怒之间。一言不慎，即可能导致流贬或被杀的厄运，甚或牵连九族。为趋利避害的本性所驱动，如无坚强正直的信念支撑，臣子们很容易滑向谄谀一途。由于初唐政局变幻，危机四伏，遂使得不少士人如履如临，行无特操，甚至对女主之面首倾心依附，以保其仕途无虞，便是不难理解的现象了。

其次，唐承隋制，隋朝开始实行的科举制也为唐代统治者所继承。武后柄政后，逐渐破坏传统的关中本位政策，大量庶族寒士通过科举等途径进入官场，参与政治。官僚身份的变化自然带来文化心态的变化。龙朔诗人普遍追求利禄财富等物质利益，至沈、宋等人，在追求现世荣华的同时，也较为看重政治理想。他们仕进心切，在武周朝与陈子昂等有志之士相互游从，感慨怀抱。然而，仕进与名利之心过切，在很大程度上会带来追求过程中的不择手段。他们患得之，复患失之，为了求荣固宠，自然要多方经营，屈节事人。因此，武后朝庶族寒士在普遍竞进干利的同时，也普遍表现出委曲求全、谄媚取荣的人格特征。与其他时代同类情形相比，神龙逐臣在遭贬前多系宫廷文学侍臣，因而，他们对君主的依附性更强，个人气质也更显柔弱。

另外，高宗、武后朝是儒学衰微时期。《旧唐书》卷一八九上《儒学传》云：“近代重文轻儒，或参以法律，儒道既丧，淳风大衰……高宗嗣位，政教渐衰，薄于儒术，尤重文吏……及则天称制，以权道临下，不吝官爵，取悦当时。其国子祭酒，多授诸王及驸马都尉。准贞观旧事，祭酒孔颖达等赴上日，皆讲《五经》题。至是，诸王与驸马赴上，唯判祥瑞按三道而已。至于博士、助教，唯有

① 《旧唐书》卷一九〇中《文苑中·阎朝隐传》，第5026页。

学官之名，多非儒雅之实。”①至中宗复辟后，儒学依然未能复兴。如前所引《新唐书·李适传》，景龙二年，中宗置修文馆学士，李峤等人预选，“当时人所歆慕，然皆狎猥佻佞，忘君臣礼法，惟以文华取幸”②。由于高宗、武后、中宗诸朝皆不重儒，使得这几朝文士儒学思想观念普遍淡薄，在人格上显得卑弱，缺乏秉正直行的气节，也普遍缺少远大无私的政治抱负。所以，尽管高宗、武后朝因大量擢拔寒士，激发了中下层寒士的仕进热情，但又因薄于儒学，疏于德行，而很少有人直道事君，以“致君尧舜”自许。到了武周后期，二张甚得宠幸，权势熏天。武后明令李峤等人搜纳天下文士，入二张掌管的控鹤府、奉宸府从事文学、编撰活动。这样，二张实际上是代表武后招募文学之士，与二张交好，便是与武后接近；得罪了二张，便是得罪了武后。在这种局面下，不但一向人品卑劣的谄媚之徒会攀附二张，即使一些比较刚直、嫉恶如仇的诗人也不免与二张交往，久而久之，便形成一种攀附的风气。

就神龙逐臣而言，既受上述政治文化背景之濡染，表现出了部分卑弱、龌龊的人格特征，也因个体的差异而在立身行事上有所不同，也就是说，他们中的部分人仍在不同时期有过明辨是非、维护公义的言行。如李峤在高宗朝末年审理狄仁杰、李嗣真、裴宣礼三家遭酷吏构陷案时，就曾不畏来俊臣权势，忤武后旨，为狄氏等三人申冤，因而遭贬；③ 崔融于久视元年（700）亦曾因忤张昌宗意，左授婺州长史；他如刘宪，“天授中，受诏推按来俊臣，宪嫉其酷暴，欲因事绳之”④，反为来俊臣构陷而贬潾水令；王无竞为殿中时因斥责宗楚客、杨再思，为宗楚客所恶，转太子舍人，神龙初，又因诃诋权幸，出为苏州司马。这些言行，都可见出他们身上所体现出的良知的一面。虽然他们后来均因与二张有染或倾心依附而被流贬，但并不能因此而对其此前的作为一概否定。在神龙逐臣中，还有些人不但颇负文名，而且人品也值得肯定，如韦嗣立，“少友悌，母遇承庆严，每笞，辄解衣求代，母不听，即遣奴自捶，母感寤，为均爱”⑤。幼时如此，

① 《旧唐书》卷一八九上《儒学传》，第4939~4942页。
② 《新唐书》卷二〇二《文艺中·李适传》，第5748页。
③ 《新唐书》卷一二三《李峤传》，第4367页。
④ 《旧唐书》卷一九〇中《文苑中·刘宪传》，第5016页。
⑤ 《新唐书》卷一一六《韦嗣立传》，第4230页。

已可略见其品德；后来被贬，也主要是因其兄交结二张，并非自身人品有瑕。退一步讲，即使大部分神龙逐臣确实人品低劣，我们也需辨别某些夸大其词、落井下石，乃至人云亦云、以讹传讹的因素。比如，史书和不少论者提及的宋之问自岭南逃归、告密求荣一事，并不符合历史实际。据新发现的宋氏佚诗《初承恩旨言放归舟》①可知，宋之问由泷州贬所返洛当是遇赦北归，而告密事实乃其弟宋之逊所为②，两《唐书》本传将卖友求荣的罪名加在之问头上实有未妥。又如，沈佺期考功受贿案被弹一年仍未定罪结案，次年才因附二张而流放，可见控方证据大概也较薄弱。昔子贡有言："纣之不善，不如是甚也。是以君子恶居下流，天下之恶皆归焉。"③以彼衡此，颇可发人深思。

需要指出的是，神龙贬谪本身也存在不公正之处。比如王绍宗，"性澹雅，以儒素见称，当时朝廷之士，咸敬慕之。张易之兄弟，亦加厚礼。易之伏诛，绍宗坐以交往见废，卒于乡里。"④据此可知，不是王绍宗主动结交二张，而是二张出于附庸风雅或慕其才华的心理，主动接近并礼遇王氏。就其交往本末言，王绍宗本无过错，但结果却仍被贬谪，废归乡里。这样的处罚无疑有欠公正。实际上，当时已有大臣指出了中宗对与二张交往文士的贬逐有扩大化的倾向，如张廷珪即认为："易之兄弟荣盛多时，趋附之徒，天下大半，欲尽杀之，则罪不加众；欲少杀之，则法难画一。在都城者，乍可有数；遍四方者，未知几人"，故"自非至亲，及于谋首"皆应原宥。⑤ 但中宗并未采纳张廷珪的意见，仍贬逐了大量官员，而真正祸乱朝政的武三思、专以谄媚取荣的杨再思等人却未受惩罚⑥。这样一种处理，自然使得被贬士人难以心服，所以他们中不少人并未对自己与二张

① 此诗原载《诗渊》；《宋之问集校注》卷二《初承恩旨言放归舟》，第438页，校记谓："此诗宋集诸本未收，见《诗渊》一四九八页"。

② 《旧唐书》卷一〇〇《苏珦传》："仲之神龙中谋杀武三思，为友人宋之逊所发，下狱死。"，参见第3117页。参见《沈佺期宋之问集校注》前言，第3页，对此事考之甚详。

③ 《论语集释》卷三八《子张》，第1332页。

④ 《旧唐书》卷一八九下《儒学传下·王绍宗传》，第4964页。

⑤ 《全唐文》卷二六九《请宽宥与张易之往还人表》，第1208页。

⑥ 《资治通鉴》卷二〇七长安四年载："（秋，七月）再思为相，专以谄媚取荣。……时人或誉张昌宗之美曰：'六郎面似莲花。'再思独曰：'不然。'昌宗问其故，再思曰：'乃莲花似六郎耳。'"参见第6688~6689页。《资治通鉴》卷二〇八神龙元年载："（二月乙卯）杨再思为户部尚书、同中书门下三品、西京留守"。参见第6701页。

的交往进行反思，更未认为此番被贬是咎由自取，反而觉得受了冤枉，并由己及人，联系自古以来才士、寒士的遭际，加深了自己对才命相妨的体认与不平。

尽管有种种缘由使得我们可以理解他们，但神龙逐臣的行为并非无可指摘，他们中的不少人，确实还存在着如前所述的不良行为；这次贬谪虽缘于宫廷斗争，但对那些品行不端甚至低劣者而言，却也是一种合理的惩罚。惩罚的目的在于使之悔过、自警，而他们又没有悔过、自警，在诗中普遍流露出一种忠而被谤的愤懑、幽怨心态，这就需要认真思考了。仔细分析这种心态及其产生缘由，似可得出以下几点认识：

其一，诗歌与诗人人格的对立统一关系。神龙逐臣存在着功利与审美的双重人格，并呈现出共时态的双重性和历时态的交替性，从而造成人品与诗品的离合同异。

荣格认为，人的心理存在“人格面具”，它是一个人公开的自我。人格面具的产生是因为人需要在社会中扮演某个角色；并认为在某种意义上，人格面具只是用来欺骗他人的工具，因为它只是把个人人格中很小的部分呈现给他人①。对沈、宋等人，也可作如是观。宫廷时期的沈、宋，扮演着宫廷御用文人这一特定的社会角色，他们周旋于宫廷中，为仕途而钻营，歌功颂德，点缀升平，迎合皇帝及台阁重臣，以讨得恩宠；加之他们本身功利心理非常强烈，总是考虑着现实中的利害得失，便戴上虚假功利的人格面具，谀上藉以升迁。在这种情况下，诗人的真性情遂被媚附讨好、歌功颂德的世俗需求所遮蔽，其真实的人格不可能完全显现出来。这样一种戴着面具、虚假功利的人格并非其人格的全部，而只是其中的一个方面。到了日常生活和亲友交往中，他们已无必要再戴面具，故其真性情多有显露。如宋之问《送杜审言》诗：

卧病人事绝，嗟君万里行。河桥不相送，江树远含情。别路追孙楚，维舟吊屈平。可惜龙泉剑，流落在丰城。②

① 参看冯契主编：《外国哲学大辞典》，上海辞书出版社，2008年，第286页。

② 《宋之问集校注》卷一《送杜审言》，第398页。

其时杜审言贬吉州司马，诗人卧病在床未能送别故友，诗中道出宋之问的内疚遗憾以及对杜审言远贬吉州的同情叹惋，韵味悠远，感情真挚。至于他的《别之望独宿蓝田山庄》、《留别之望舍弟》①诸诗，则写出了兄弟间的手足深情，略无矫饰。

至于被贬以后，遭受突发政治事件的打击，往日的功利之心自然消歇，取而代之的，是对一己生命的关注和忧恐，因而，沈、宋诸人已无需再用虚假的人格面具来欺骗亲友、欺骗自己，其在社交圈中常常借用的虚伪面具变得既无价值，也无必要，于是，一种原初的不加掩饰的真率感情便得到自然流露。如前所述，流贬途中，神龙逐臣所作诗歌因生命的沉沦，大多弥漫着焦灼、恐惧、惶惑、痛苦，其自诉悲伤忧愤尚且不暇，哪里还顾得上矫情自饰。这里可以比较沈、宋两首风格类似的诗作：

> 攀云窈窕兮上跻悬峰，长路浩浩兮此去何从。水一曲兮肠一曲，山一重兮悲一重。松槚渺已远，友于何日逢。况满室兮童稚，攒众虑于心胸。天高难诉兮远负明德，却望咸京兮挥涕龙钟。②
>
> 流子一十八，命予偏不偶。配远天遂穷，到迟日最后。水行儋耳国，陆行雕题薮。魂魄游鬼门，骸骨遗鲸口。夜则忍饥卧，朝则抱病走。搔首向南荒，拭泪看北斗。何年赦书来，重饮洛阳酒。③

宋诗仿骚体，言词悲切，表达了诗人一步一颠簸，一步一悲怨，天高难诉、呼告无门的惨状和撕裂肺腑的绝望哭号；沈诗则以古体表述了自身处境的困厄，心境的凄惶，生命的险危。于是，宫廷时期虚假多于真实的双重人格至此发生变化：虚假人格退位，真实人格呈露；其诗的内容也由干谒颂德一变而为抒愤写怨、自我慰藉。

其二，古代哀怨文学传统的影响。李峤《楚望赋·序》云："登高能赋，谓感

---

① 二诗《别之望独宿蓝田山庄》、《留别之望舍弟》参见《宋之问集校注》卷一、二，第379、420页。

② 《宋之问集校注》卷三《高山引》，第557页。

③ 《沈佺期集校注》卷二《初达驩州二首》其二，第97页。

物造端者也。夫情以物感，而心由目畅，非历览无以寄杼轴之怀，非高远无以开沉郁之绪。是以骚人发兴于临水，柱史诠妙于登台，不其然欤？盖人禀性情，是生哀乐。思必深而深必怨，望必远而情必伤……是知青山之上，每多惆怅之客；白苹之野，斯见不平之人。”①思深必怨，望远伤情，这里明确勾勒出了古代哀怨文学之传统及其创作定势。沈、宋等人的作品便是对这种传统和定势的自觉吸纳和发扬，他们写抑郁之情、发不平之鸣的举动，既受制于一己情感的冲动，也是对此类文学传统之习染和运用的产物。

由于神龙逐臣有意识地将一己遭际与历史上诸多忠信见弃之才士的命运联系到一起，遂使得他们在流贬途中所作诗赋也自觉地继承了屈宋以来的贬谪文学传统，重在抒抑郁之情，发不平之鸣。这种感情基调也成为中国古代贬谪文学的共同特点。

屈宋以降，贬谪文学的创作规律之一就是在作品中感叹自己负冤受屈，呼告命运的不公正。由于沈佺期、宋之问遭贬后一直认为自己是蒙冤被遣，因而很自然地将自己的遭贬与历史上诸多忠直之士遭诬见弃的遭际联系起来，发出不平之鸣。如沈佺期在《枉系二首》中就自比为“曾家子”“姬公旦”“公冶长”等人；在《三日独坐驩州思忆旧游》、《答魑魅代书寄家人》中更以屈原遭贬自况。② 宋之问于两次贬逐途中所作诗文，也并未对自己所托非人、媚附取荣进行反思，而一直认为自己是受人谗害、蒙冤遭贬。如宋之问在《祭杜学士审言文》中，历数屈原、扬雄、王、杨、卢、骆等古来命运多舛之才士，借以喻友喻己；在《早发韶州》、《经梧州》、《登粤王台》等诗中也多次提到受冤被贬的贾谊、虞翻等人，将一己遭际与之关合③。当然，就诗作的表现深度而言，沈、宋等人的诗歌，感情宣泄多于理性思考，专注于一己之得失，诗境单薄，视界狭窄，还不能与屈、贾等人的赋作相提并论。

其三，基于拯救目的的传播需求。从创作动机而言，神龙逐臣的诗歌除了感

① （唐）李峤：《望楚赋（有序）》，《全唐文》卷二四二，第 2443 页。

② 《枉系二首》《三日独坐驩州思忆旧游》《答魑魅代书寄家人》参见《沈佺期宋之问集校注》沈佺期卷一、二，第 73～75、99～100、108～109 页。

③ 《祭杜学士审言文》、《早发韶州》、《经梧州》、《登粤王台》参见《沈佺期宋之问集校注》宋之问卷八、卷三，第 740～741、551、568、570～571 页。

慨、泄怨以外，还有以诗代简，希望经传播以达圣听并获得同情和拯救的意图。

作为著名诗人，沈、宋等人的作品在当时能得到较为快速广泛的传播，正如《旧唐书·宋之问传》所云："之问再被窜谪，经途江、岭，所有篇咏，传布远近。"①诗歌的传播功能使得他们的作品可以承担起倾诉内心苦闷以达圣听的使命。当沉沦南荒之时，诗歌成为他们向朝廷向君主传递心声的最佳工具。因此在诗歌中，神龙逐臣反复描绘贬地生活的苦难，倾诉命运的不公正，表白自己的忠贞以及对重归朝政的渴望、对君王的热爱。他们渴望这样的诗句能打动统治者，从而拯救自己于水火。如神龙逐臣著名的端州驿题壁诗，即在一定程度上具此目的，诚如论者所谓："谪臣行经同地，先后留诗慰解声援。或许借着诗作的发表，共同形成一种声音，以期得到执政者的注意，矜怜悃忠，还得清白，获得释罪召回。"②他如"忆昨京华子，伤今边地囚"③、"何年赦书来，重饮洛阳酒"④、"丹心江北死，白发岭南生"⑤、"路逐鹏南转，心依北雁还"⑥、"独怜京国人南窜，不似湘江水北流"⑦，这样一些诗句，都是一边伤今，一边忆往；一边写现实之不堪忍受，一边表恋阙思君之丹心；而其目的之一，便是希望这些诗能通过北返之人传到朝廷，以获得在上位者乃至皇帝的怜悯和拯救。

既然如上所言，神龙逐臣的这些诗作存在着一个间接传播的目的，那么，其诗中反复陈述的哀怨感怀在真实感受之余，也还多多少少存在着一些说给别人听的意图；而他们对自己人格的表白以及类似忠而被谤、无罪见逐的陈述，也就自然包含有某种自我洗刷罪名的用意。就此而言，前引沈、宋等人所谓"自幼输丹恳，何尝玷白圭"⑧、"自惟勖忠孝，斯罪懵所得"⑨，这样一些信誓旦旦的话语，

---

① 《旧唐书》卷一九〇中《文苑·宋之问传》，第 5025 页。

② 严纪华：《试论两组与历史事件相关的谪贬题写诗——"端州驿题壁"与"玄都观题壁"》，《唐代文学研究》第七辑，广西师大出版社，1998 年，第 78 页。

③ 《沈佺期集校注》卷二《从驩州廨宅移住山间水亭赠苏使君》，第 117 页。

④ 《沈佺期集校注》卷二《初达驩州二首》其二，第 97 页。

⑤ 《宋之问集校注》卷三《发藤州》，第 555 页。

⑥ 《宋之问集校注》卷三《晚泊湘江》，第 546 页。

⑦ 《杜审言诗注》，《渡湘江》，第 47~48 页。

⑧ 《沈佺期集校注》卷二《赦到不得归题江上石》，第 104 页。

⑨ 《宋之问集校注》卷二《早发大庾岭》，第 429 页。

便都值得在一个新的层面上加以细细考察和推敲了。

其四，普遍的积极仕进的社会心态，使得他们在认同自己目的合理性的同时，很少对过程和手段进行反思，所以他们很少认识到自己人格的卑下，反而在被贬时一直认为自己行事相当收敛，完全是遭小人构陷才会有此厄运；中宗对与二张交往文士之贬逐的扩大化倾向，也使得遭贬诗人多认为自己是蒙受冤屈的。

应当承认，唐人，尤其是唐代庶族寒士的仕进热情是此前历史上罕见的。强大的国家赋予他们高度的自豪感和责任感，科举制度又为他们实现政治抱负提供了眩目的可能性，在这样的双重刺激下，他们为了达成目的而颇有些不惜代价、不顾小节，甚至急功近利，以至于为人鄙视。无论是上官仪、许敬宗、杜审言、苏味道、李峤、沈佺期、宋之问等以宫廷诗创作为主的诗人，还是初唐四杰、陈子昂等中下层诗人，都表现出不同程度的褊躁、张狂、计较得失、措意沉浮的心态特征，所以他们或因身居高位、得享荣华而喜形于色，或为沉沦下僚、仕途蹇困而愤激、颓丧。这实际上都是寒士阶层的政治人格尚未完全成熟的表现。从另一方面看，如同幼儿的蹒跚学步，虽然常常跌倒，但在经过一段必要的历练之后，才会逐渐成熟。我们看到，正是在这样一群人之后，中国古代寒士文人开始渐渐在政治舞台上有了较为完美的演出。

初唐时期，诗人们屡有遭贬，但大量创作贬谪诗文则从神龙逐臣开始。他们的贬谪诗歌在兴寄与山水的结合上作了初步探索，但是由于宫廷斗争异常频仍，贬所多为边鄙蛮荒，且贬地分散、难以互相存问，故存留下来的作品多为对山川风物的描摹、对自己怨伤心境的抒写，无论在诗境的拓展、还是艺术的创新方面仍有较大的局限性，反映的生活面还不够广阔，技巧也未臻完全纯熟，各体诗歌的数量和质量也颇不平衡。更重要的是，他们的诗歌中还缺乏一种精神，即缺乏道德人格的力量、缺乏理想抱负的光辉，这一任务，只能留待盛唐诗人来完成了。

从人品上评价，这样一批诗人也有太多可争议之处。但由于诸多历史已经被岁月的烟尘遮掩，我们只能评判结果而无法体验过程，可以看到的，有多少是真相？对于他们的人生，没有切实的体会又如何尽晓其中的艰辛苦难？今天我们在诗歌中追寻他们昔日的足迹，揣摩当时的心情，所作评说固然有切至处，但是否也多少有些隔岸观火的悠然？

第三编

盛唐荆湘逐臣研究

在中国古代贬谪文学家族中，盛唐荆湘逐臣堪称一个典型的群落，占有比较突出的地位。从开元元年(713)至乾元二年(759)，张说、张九龄、崔成甫、王昌龄、崔国辅、贾至等相继贬谪荆湘，受楚文化精神、湖湘山水及个人遭际的影响和感发，他们创作了大量诗歌，尽情展现了以屈贾情结为中心的哀怨情怀和悲剧精神。这个贬谪群体的痛苦和在痛苦中坚守的乐观豁达都带有盛唐士子所特有的风貌，并为盛唐诗歌增添了一种新的特质。以此为切入点，通过对该群体的审视归纳以及特定时空的纵横考察，可以从一个侧面揭明文学与政治、地域的关系，以及政治上升降沉浮和生活地域突然改变对于作家创作所具有的影响。

第七章　盛唐的政治文化政策与荆湘逐臣群体之形成

第一节　吏治与文学之争及文官之贬

与初唐相比，盛唐政治较为清明。唐玄宗任人唯贤，接受劝谏，大力整顿吏治，真正实现了"官不滥升，才无虚受"①，并推行一系列政治和文化上的改革措施。同时通过科举扩大选用人才的范围，网罗了大量人才，扭转了"世胄蹑高位，英俊沉下僚"②的局面，给中下层知识分子提供了施展抱负的机会，培养了他们建功立业的志向。然而，在这繁华盛世景象中，却贯穿着一条对当时政治以及士人生活颇具影响的"吏治与文学之争"③。在相当长的一段时期内，吏治与文学两派政治势力交替上升，轮流执政，从中不难窥察盛唐政治文化政策的变化，以及与之相应的文学创作倾向及诗风的某些变化。至于那些在这场斗争中的失势者，有不少便是作为逐臣而离开了京城，被发放到荒远之地的。下面，我们在前人论述的基础上，对吏治与文学之争勾勒出三条大致的线索。

张说—姚崇、宋璟　这是"吏治与文学之争"的第一阶段。张说与姚崇、宋

---

①《唐会要》卷八一《勋》，第1495页。

②（西晋）左思：《咏史八首》，《先秦汉魏晋南北朝诗》卷七，第733页。

③ 汪篯：《唐玄宗时期吏治与文学之争——玄宗朝政治史发微之二》一文认为，开元时期朝廷存在着姚崇等重吏治一派与刘幽求、张说等重文学一派之间的政治冲突。这一论点对研究姚崇用事期间，匡赞玄宗的大臣，如刘幽求、张说之流，都相继被贬逐流窜，以及后来张说又被宇文融、李林甫、崔隐甫三人联合弹劾，以至罢相，甚至张九龄也被李林甫排挤等政治事件，都提供了新颖且有说服力的解释。参见汪篯：《汪篯汉唐史论稿》下卷，北京大学出版社，2017年，第421~431页。

璟之争乃是持不同政见朝臣间的倾轧，两党目的皆在致治兴邦，并非权奸与贤臣之间的斗争，远不如武周朝酷吏对朝臣残酷。重吏治一派与重文学一派政见之异主要体现在：一主张用吏干之才，不重视官吏的文学创作才能，顶多只注意到文学的实用性；一提倡用“文学”之士，将文学创作才能之高低视为选拔官吏的必备条件，他们更加重视文学的审美性、艺术性。

“吏治与文学之争”开始于开元元年。因助玄宗诛太平公主有功，张说、刘幽求等擅长词章的官吏于开元元年七、八、九月相继入相①。但是，他们的相位还没坐稳，便遭到了“吏治”派的挑战。张说在武后朝以文学对策天下第一而被拔擢，是典型的文学才士。他虽也明吏治，但就总体而言，其思想中因习儒而显得迂远不切于情事的一面，不适合开元初急待整顿吏治安定皇权的需要。所以，当以吏治著称的姚崇和以文学著称的张说相争时，一心励精图治的玄宗便毫不犹豫地贬斥了张说，进行了人事上的调整。正是在姚崇为相期间，“使赋役宽平，刑罚清省，百姓富庶”②。“开元全盛日”的到来，在很大程度上要归功于姚崇及其继任者宋璟的“吏治”。然而，从文学发展的角度看，姚崇于开元初入相，排挤、打击张说、刘幽求等文学之臣，压制后进文士，使朝廷中几无善诗能文之人。张说的罢相是对开元文士的一次重大打击，受牵连而遭贬者有十多人；又由于姚崇等提拔吏干之才，提倡实用之文，不重视文学的艺术观，也使得当时诗歌艺术的发展受到影响。值得注意的是，正是在此一阶段，张说、赵冬曦在荆湘贬地将身世遭际寓诸诗文，摆脱了宫廷之风的限制，实现了艺术上的突破，为盛唐诗歌的发展做出了努力。

张说从荆湘贬地回朝，再度为相，这是玄宗大力重视文治的转折点。玄宗于开元十一年(723)九月“置丽正书院，聚文学之士”③，其规模远大于以往；十三年(725)成立集贤殿书院，“其书院官五品以上为学士，六品以下为直学士；以张说知院事，右散骑常侍徐坚副之”④。玄宗写诗歌咏其事：“广学开书院，崇儒

---

① 《资治通鉴》卷二一〇开元元年，第6804~6805页。

② 《资治通鉴》卷二一一开元四年，第6843~6844页。

③ 《资治通鉴》卷二一二开元十一年，第6874页。

④ 《资治通鉴》卷二一二开元十三年，第6883页。

引席珍。集贤招衮职，论道命台臣。礼乐沿今古，文章革旧新。"①开元十四年(726)六月，玄宗降敕批评"谓儒士为冗列，视之若遗；谓吏职为要津，求如不及"的观点，诏告"天下官人百姓，有精于经史，道德可遵，工于著述，文质兼美，宜令本司本州长官指陈艺业，录奏状奏闻。其吏部选人，亦令所司铨择，各以名荐"②。以上种种，可以看出玄宗崇尚儒家王化之道及提倡转变文风的心理。玄宗朝制定的文化政策，当时文风的扭转，实与张说的努力和影响密不可分。"天子尊尚经术，开馆置学士，修太宗之政，皆说倡之"，"说于玄宗最有德，及太平用事，纳忠惓惓，又图封禅，发明典章，开元文物彬彬，说力居多"③。在这右文的时代，张说以宰辅重臣的地位主持文坛数十年，奖掖扶持文学后进，对当时"耻不以文章达"④的士子们具有一种特殊的魅力和威望。《旧唐书·韦述传》曰："说重词学之士，述与张九龄、许景先、袁晖、赵冬曦、孙逖、王翰常游其门。"⑤可以这么说，开元前期的知名文学家，大多出自燕公门下。张说对文士们的提携、影响所及并不止于这些文士本身，因为他们各自又提携了更多的文学后进。如张九龄之于王维、孟浩然，贺知章之于李白，孙逖之于李华、萧颖士，这些人都成了盛唐名家。所以，张说的延纳后进，对唐代文学的发展，意义是重大的，影响是深远的。

张九龄—李林甫　这是"吏治与文学之争"的第二阶段。以张九龄为代表的文士集团与以李林甫为代表的吏能派势力斗争激烈，属于贤臣与权奸之间的斗争。陈寅恪亦论及张九龄的思想政治状况，认为"九龄本为武后拔擢之进士出身新兴阶级"，"始兴张氏实为以文学进用之寒族……宜乎张说与九龄共通谱牒，密切结合，由二人之气类本同也"⑥。玄宗重用张九龄，看重的是其文学之才。徐浩记载九龄行事云："属燕公薨落，斯文将丧，擢秘书少监、集贤院学士、副

---

① (唐)明皇帝：《集贤书院成送张说上集贤学士赐宴得珍字》，《全唐诗》卷三，第35页。

② 《册府元龟》卷六八《帝王部·求贤第二》，第722页。

③ 《新唐书》卷一二五《张说传》，第4412页。

④ (唐)杜佑撰，王文锦点校：《通典》卷一五《选举三·历代制下》，中华书局，2016年，第357页。

⑤ 《旧唐书》卷一〇二《韦述传》，第3183~3184页。

⑥ 陈寅恪著：《唐代政治史述论稿》中篇《政治革命与党派分野》，第113~114页。

知院事。时属朋党，颇相排挀，穷栖岁余，深不得意。渤海国王武艺违我王命，思绝其词，中书奏章，不惬上意。命公改作，援笔立成，上甚嘉焉。即拜尚书工部侍郎兼知制诰。扈从北巡，便祠后土，命公撰敕，对御为文，凡十三纸，初无稿草，上曰：'比以卿为儒学之士，不知有王佐之才，今日得卿，当以经术济朕。'"①开元二十一年(733)十二月，张九龄居母丧，朝廷夺哀起复其为中书侍郎、同中书门下平章事，旋即加中书令、集贤院知院事，修国史。时人誉之为"文高宗匠"②，"一代辞宗"③。同时他奖掖团结了一批文学之士，如孟浩然、王维、卢象、皇甫冉等人，将开元诗坛的创作水平向前推进了一步。

面对政治经济文化的全面繁盛，玄宗逐渐居功自傲，居安无为，"万国笙歌醉太平"④。为了聚敛财富，他开始重用一些道德低下而颇有聚财才干的官吏，以取代文学之士。《新唐书·食货志一》载："天子骄于佚乐而用不知节，大抵用物之数，常过其所入，于是钱谷之臣，始事朘刻。"⑤这是"吏治与文学之争"的第二阶段的开始。同时，在纳谏方面也出现了问题，玄宗疏远张九龄，重用媚事左右、迎合上意、掩蔽聪明、排抑胜己、诛逐贵臣的李林甫等。⑥ 开元二十四年(736)，张九龄为李林甫等人所诟病，被罢相，他的失势反映了开元后期统治者开始弃置文士、扶植吏治的倾向⑦。这不仅是张九龄人生的一个挫折，也成了唐代治乱的分水岭⑧。此后，与文学派相对立的吏能派掌握了朝政。李林甫虽然在开元中当过国子司业，但不学无术，先是附和宇文融排诋张说，后又在任用有吏

① (唐)徐浩：《唐尚书右丞相中书令张公神道碑》，《全唐文》卷四四〇，第4490页。

② (唐)徐浩：《唐尚书右丞相中书令张公神道碑》，《全唐文》卷四四〇，第4491页。

③ 《旧唐书》卷九二《韦安石传附子陟传》，第2958页。

④ 《杜牧集系年校注》卷二《过华清宫绝句三首》其三，第228页。

⑤ 《新唐书》卷五一《食货志一》，第1346页。

⑥ 《资治通鉴》卷二一六天宝十一载曰："上(玄宗)晚年自恃承平，以为天下无复可忧，遂深居禁中，专以声色自娱，悉委政事于林甫。林甫媚事左右，迎合上意，以固其宠；杜绝言路，掩蔽聪明，以成其奸；妒贤疾能，排抑胜己，以保其位；屡起大狱，诛逐贵臣，以张其势。自皇太子以下，畏之侧足。凡在相位十九年，养成天下之乱，而上不之寤也。"参见第7033页。

⑦ 《资治通鉴》卷二一四开元二十四年，第6944页。

⑧ 参见《资治通鉴》卷二四一宪宗元和十四年崔群与宪宗关于开元、天宝年间理乱之分的对话，第7895页。

能的牛仙客为尚书的问题上，挤对张九龄，称“但有材识，何必辞学”，而且李林甫认为张九龄是“文吏，拘古义，失大体”①。李林甫为相后，先后对长于吏事的韦坚、杨慎矜、王鉷示结恩信，不久即忌其权位再加斥逐②。作为吏能派的首领，李林甫对那些“才望功业出己右及为上所厚、势位将逼己者，必百计去之；尤忌文学之士，或阳与之善，啖以甘言而阴陷之。”③至于衣冠士子，则“非常调无仕进之门”④。这些行径，极大地伤害了文人从政的热情，破坏了文人进身政途的环境。《资治通鉴》卷二一五天宝六载条谓：“上欲广求天下之士，命通一艺以上皆诣京师。李林甫恐草野之士对策斥言其奸恶，建言：‘举人多卑贱愚聩，恐有俚言污浊圣听。’乃令郡县长官精加试练，灼然超绝者，具名送省，委尚书覆试，御史中丞监之，取名实相副者闻奏。既而至者皆试以诗、赋、论，遂无一人及第者。林甫乃上表贺野无遗贤。”⑤此次进士试，元结、杜甫皆在其中。李林甫这种嫉贤妒能而又专权的行为，对盛唐诗人的创作心态产生了很大的冲击；而张九龄的被贬荆州，一方面形成其政治生命的沉沦，另一方面则和张说一样，进行了诗歌的创作与新变，至于他对出处的思考，也在一定程度上影响了盛唐士子的人生态度。

房琯、贾至—李辅国　这一阶段“吏治与文学之争”的表现比较隐秘，房琯与李辅国的矛盾主要是蜀郡旧臣和新朝宠臣之间的矛盾，但吏治和文学之争也是因素之一。“开元中，(房琯)作《封禅书》，说宰相张说，说奇之，奏为校书郎”⑥，房琯又献诗，表示“愿起自燕国门下，令众人别意瞻瞩也”⑦。据此，房琯可谓起自张说门下的文学之臣。房琯与诗人孟浩然、王维、储光羲、李颀、綦毋潜、高适、陶翰、贾至等相善，与杜甫为“布衣”之交。房琯是在追随玄宗入蜀的途中拜相的，至德元载(756)九月，他与韦见素、崔涣一道被派至肃宗处辅

① 《旧唐书》卷一〇六《李林甫传》，第3237页；《新唐书》卷一二六《张九龄传》，第4429页。

② 按：荆湘逐臣崔成甫受韦坚累、崔国辅受王鉷累先后被贬。

③ 《资治通鉴》卷二一五天宝元年，第6972页。

④ 《旧唐书》卷一〇六《李林甫传》，第3241页。

⑤ 《资治通鉴》卷二一五天宝六载，第6995页。

⑥ 《新唐书》卷一三九《房琯传》，第4625页。

⑦ (唐)房琯：《上张燕公书》，《全唐文》卷三三二，第3368页。

政，“肃宗以琯素有重名，倾意待之”。但自此以后，“琯亦自负其才，以天下为己任。时行在机务，多决之于琯，凡有大事，诸将无敢预言”①。至德元载十月，房琯自请率兵收复两京，肃宗应允。由于房琯本不懂军事，所选用之参佐又都是儒生，遂致大败。与房琯不同，李辅国“以阉奴为闲厩小儿。貌伧陋，略通书计。事高力士，年四十余，使主厩中簿最”②。于天宝中入东宫侍太子。玄宗赴蜀途中，他献计太子，请分玄宗麾下兵，北趋朔方，以图兴复，从至灵武，又劝太子即帝位，以系人心。“肃宗即位，擢为太子家令，判元帅府行军司马事，以心腹委之。”③可见，李辅国还是有才干和谋略的。在房琯和李辅国的斗争中，肃宗后因房琯曾经提出“命诸王分守重镇”的安排而耿耿于怀，使得房琯处于不利地位。加上他书生意气颇重，喜宾客，好谈论，“但与庶子刘秩、谏议李揖、何忌等高谈虚论，说释氏因果、老子虚无”，表现出结党揽权的倾向，故肃宗在贬房琯为邠州刺史的诏书中就明确指斥其“率情自任，怙气恃权……有朋党不公之名，违臣子奉上之体”④。所谓房党，有贾至、严武、杜甫、刘秩等人，其中杜甫为盛唐著名诗人，严武、贾至诗文颇工，皆可称为文学之臣。“时天下多故，急于谋略攻取，帝以吏事绳下”，与玄宗继位初需姚崇、宋璟等敏于吏事者安顿天下，颇为相似。“而琯为相，遽欲从容镇静以辅治之，又知人不明，以取败桡，故功名隳损云。”⑤房琯被贬，与其关系密近之贾至、严武、杜甫也相继被贬。作为荆湘逐臣的贾至在岳州写下为数不少的贬谪诗作，其后与流放夜郎赦归、途经岳州的李白交游，又与远在四川的杜甫和严武遥相呼应，在当时具有一定的影响。

综上所述可知，张说、张九龄、贾至等盛唐政治家、诗人之被贬，皆与玄宗朝的吏治文学之争相关，而他们的贬谪地，又毫无例外的都在荆湘一带。如果联系到此期其他被贬荆湘的诗人如赵冬曦、崔国辅、王昌龄等人，则大致已可构成一个以荆湘为集散地和创作圈的贬谪诗人群体。那么，这样一个群体，曾受到

① 《旧唐书》卷一一一《房琯传》，第3321页。
② 《新唐书》卷二〇八《李辅国传》，第5879页。
③ 《旧唐书》卷一八四《李辅国传》，第4759页。
④ 《旧唐书》卷一一一《房琯传》，第3323~3324页。
⑤ 《新唐书》卷一三九《房琯传》，第4628页。

“盛唐气象”的哪些惠泽？他们在生存状态、心理状态和创作特点上有些什么异同？荆湘一地给予他们一些什么影响？他们的贬谪作品表现了一种什么样的精神意向？所有这些，我们将在下面的章节中予以考察。

第二节　盛唐贬官特点与荆湘地域的文化特征

盛唐时期，尤其是张说、张九龄执掌政坛和文坛期间，唐帝国的强盛达到顶点，乐观、自信、富于进取的精神弥漫于这个时代，开明的政治文化政策极大地促发了士人感时报国、致君尧舜的政治理想和人生意气，他们的参与意识特别强烈，充满着对国家、民族的使命感和个人成就功业的紧迫感，表现出强烈的事功心态。一大批慷慨激扬、乐观进取的诗人应运而生，蔚为大观。但是，在开元盛世中，专制制度的种种不合理现象和矛盾依然存在，不遇于明世的逐臣也不在少数。日人儿岛献吉郎说：“顾开元底天下玄宗之治已极，阳虽有四海欢虞之风，而阴则已萌崇极而圮的动机。日中则倾，月盈则亏，历史于此中藏一大转变的气运，天下将现出一大活动的舞台。”①盛世的两面性，光明与黑暗混成的复合光投射到逐臣心中，给这个群体造成了重要影响。其中，盛唐荆湘逐臣最具典型性。

分析盛唐荆湘逐臣的贬谪状态，首先须就盛唐贬谪制度之特点做一了解。

唐立国后执行“强干弱枝”政策，因循京官贬授外任惯例，至开元盛世仍持续不绝。“京职之不称者，乃左为外任。大邑之负累者，乃降为小邑。近官之不能者，乃迁为远官。”②久而久之，便形成唐人重内轻外的思维定势。如本书第一编第一章所言，他们把由州官调任内职比喻为“登仙”，而京官外放，即令是出刺雄藩大府，也被认为是左迁③。张九龄曾就此上书言事：“但于京官之中，出为州县者，或是缘身有累，在职无声，用于牧宰之间，以为斥逐之地；或因势附

① ［日］儿岛献吉郎著，孙俍中译：《中国文学通论》下卷第六编《唐宋文学概观》，山西人民出版社，2015年，第172页。

② 引神龙元年正月举人赵冬曦上疏语，参见《唐会要》卷六八《刺史上》，第1199页。

③ 参看《明皇杂录》卷下《官吏皆薄外任》，第33页。

会，遂忝高班，比其势衰，且无他责；又谓之不称京职，亦乃出为刺史。”①玄宗一朝的政治斗争，亦如张九龄所描述的那样，每一次争斗的结果都是失败的一方被逐出中枢，谪放外州。张说、张九龄、赵冬曦、崔国辅等人就是这样先后被迫越过秦岭，来到时人眼中的“瘴乡”，成了政治斗争的牺牲品的。

其次，从对贬官的处置来看，朝廷对贬官的管束呈逐步严酷的发展趋势。据则天长寿三年（694）五月三日敕文：“贬降官并令于朝堂谢。仍容三五日装束”②；玄宗开元十年（722）六月十二日敕文：“自今以后，准格及敕，应合决杖人，若有便流移左贬之色，决讫，许一月内将息，然后发遣。”③可是，随着李林甫对朝臣迫害的日渐加剧，天宝五载（746）七月六日所发敕文，对贬官的处置便发生了大幅度的严厉升级：“应流贬之人，皆负谴罪，如闻在路多作逗留，郡县阿容，许其停滞，自今以后，左降官量情状稍重者，日驰十驿以上赴任，流人押领，纲典画时，递相分付，如更因循，所由官当别有处分。”④这里规定的不许多作逗留及日驰十驿以上赴任，都是极严厉的规定，其中包含着对逐臣精神和肉体的双重戕害，正因为如此，司马光在《资治通鉴》卷二一五述此诏令后，曾深有感慨地说：“是后流贬者多不全矣。”⑤

从贬官制度的变异可以大致窥察盛唐荆湘逐臣的贬谪处境，第一阶段的吏治与文学之争可谓“救时”和“治世”之差异所引起的倾轧，因而张说等逐臣处境尚优，心态相对平和；第二阶段是忠奸之争，残酷性加剧，对失败者的惩罚大大加重，贬谪投射在张九龄、崔国辅、崔成甫等人心头的阴影也较为浓厚。张说被贬岳州，只不过“承恩惶怖，狼狈上道”⑥；张九龄被贬荆州时的情形是“闻命皇怖，魂胆飞越，即日戒路，星夜奔驰”⑦。到了第三阶段，安史之乱甫定，政治混乱，

① （唐）张九龄撰，熊飞校注：《张九龄集校注》卷一六《上封事书》，中华书局，2008年，第847页。

② 《唐会要》卷四一《左降官及流人》，第734页。

③ 《唐会要》卷四一《左降官及流人》，第734~735页。

④ 《唐会要》卷四一《左降官及流人》，第735页。

⑤ 《资治通鉴》卷二一五天宝五载，第6991页。

⑥ （唐）张说著，熊飞校注：《张说集校注》卷三〇《岳州谢上表》，中华书局，2013年，第1493页。

⑦ 《张九龄集校注》卷二八九《荆州谢上表》，第2921页。

宦官专权，贾至等人被贬上路的情形也就可想而知了。

当然，这里呈现的只是贬诏下达及踏上贬途时的情形。若从逐臣被贬后的总体情形看，盛唐较之初唐又有其宽松的一面。盛唐虽然一直延续着“吏治与文学”之争，并于天宝五载加重对贬官的处置，但此一时期始终坚持爱民、重人的宽松政策，对待贬官也有其优容的一面，类似初唐那种对贬官大量赐死、杀戮的事件便减少了许多。若就贬谪地域的分布来考察，亦可看出盛唐逐臣与初唐逐臣的一些差异。一般而言，政治斗争愈激烈，贬谪地域及待遇愈苛刻。以岭南道为例，它地处偏远蛮荒，可以作为贬谪情势恶劣或是宽松的晴雨表。初唐文人被贬至岭南道者为 51 人次，贬至江南东道、江南西道、山南东道者分别为 18、17、9 人次。而至盛唐，文人被贬至岭南道者骤降至 20 人次，贬至江南东道、江南西道及山南东道者则分别为 24、26、14 人次。由此可知，盛唐时期文人贬至岭南道者已大幅减少，而贬至江南东、西道及山南东道者则开始增加，山南东道与江南西道主要包含今荆、湘一带。诸如张说、张九龄、贾至都被贬至岳州或荆州，两地虽偏远，但比起岭南等处，尚算佳地。由于盛唐贬官在贬所还掌握着一定的权力，故生活基本无虞，不用说张说、张九龄、赵冬曦之流，就连官职低微的王昌龄也在贬谪期间受到了当地长官的青睐和厚待，没有遭遇思想上的压制和物质上的匮乏。

据前列表 2-5 统计，盛唐遭贬文士有名姓及贬地可考者约 186 人次。其遭贬原因，颇为繁杂，但按性质划分，主要有以下几类：因小人、酷吏构陷，权贵皇帝猜忌而遭贬者；因疏忽职守或失误而遭贬者；因直言进谏，触怒龙颜而被贬者；因人格缺陷(如安史之乱中受伪职等)而遭贬者；因亲朋获罪受到牵连而遭贬者。在这些逐臣中，从事过贬谪诗创作的有崔成甫、高力士、徐浩、张叔卿、李适之、严武、张均、张子容、赵冬曦、李华、崔国辅、贾至、张说、张九龄、李白、杜甫、王维、王昌龄、储光羲等 19 人，其中张说、张九龄、王昌龄、赵冬曦、崔成甫、崔国辅、贾至为荆湘逐臣。由于地理位置的原因，荆湘地区在历史上曾经是贬官逐臣们的聚散分合之地。为数不少的盛唐诗人或贬经荆湘，或流寓荆湘，如李白、杜甫等，他们大多与谪居荆湘一带的逐臣有过交游、唱和，我们亦将之作为背景人物纳入研究视野，以加深对荆湘逐臣的认识。

研究盛唐荆湘逐臣，有必要首先就荆湘一带的地理沿革予以考察。

所谓荆湘，主要指今湖北、湖南两地，亦即故楚国之地。值得一提的是，西周末期，楚文化才开始对湖南产生影响；春秋早期，楚人开疆拓土，进入湖南①。湖南当时属于南楚。此后，今湖北、湖南一直分处于不同的行政区划，到了明朝，历史又戏剧性地绕回早期，今湖北、湖南才又归于一个共同的高层政区管辖。

进一步看，“湖北”作为一个区域，其得名乃与“湖南”相对而来。唐代后期，以湘、资二水流域置湖南观察使，是为“湖南”得名之始。宋代以前设荆湖南路，而在沅、澧二水流域及今湖北中部地区设置荆湖北路；由于前者简称仍作“湖南”，与此相对，后者也就简称“湖北”。明代设湖广布政司，辖湖北、湖南，此时两湖地区的高层政区才真正成型。清康熙三年(1664)分湖广行省为左右二布政司，六年(1667)改左司名“湖北”、右司名“湖南”。至此，湖北、湖南才各自成省。

湖南全省可以划分为两个文化区：湘资区为湘、资二水流域，沅澧区为沅、澧二水流域。从政区来看，湘资流域和沅澧流域两大地区历来分属不同的统县政区和高层政区。前者在秦代属长沙郡，汉代分属长沙、桂阳、零陵三郡，南朝于此置湘州，唐后期于此置湖南观察使，宋代于此置荆湖南路。后者在秦代属黔中郡，汉代属武陵郡，南朝分属荆、郢两州，唐后期分属荆南节度使、黔州观察使，宋代属荆湖北路。元代以后，两大区域同属一个高层政区。沅澧区的政治文化中心自东汉以来一直在今常德，唐人称之为“荆南都会，粤在澧阳”②。此地为荆之附庸，交通便利，有“水陆吴楚”之称。湘资区政治文化中心在今长沙，它一直是该区治所，西汉为长沙国都，南朝为湘州治，唐后期为湖南观察使治。长沙北部的岳阳亦一重镇，因其襟江带湖的地理位置，遂成为众多迁客谪吏的聚散之地。盛唐荆湘逐臣张说、赵冬曦、贾至等即先后贬至此地，其他流贬岭南诸地的逐臣也多于此经行。

湖北沿革亦较复杂。秦代湖北省境主要属于南郡和衡山郡，同时北部地区属南阳郡，西北一角属汉中郡，西南一隅则属黔中郡。从汉武帝时起，南阳、江

---

① 李海勇：《湖南早期楚文化的历史地理分析》，《中国历史地理论丛》2001年第2期。

② 《册府元龟》卷六七一《牧守部(一)·选任》，第7736页。

夏、南郡三郡连同在湖南省境的各郡属于荆州；至唐开元时，今省境中部、北部属于山南东道，此外其东南部属于江南西道，东北部属淮南道，而西南一隅属黔中道。秦汉之前，江汉之间作为楚国疆域的核心区域，其中丹阳最为发达。始于汉末，襄阳作为中心区域兴起。南朝以后，江汉之间的中心呈三足鼎立局面。其中以建康南渡为界，前期中心位于西部的荆襄，后期中心则东移鄂州(今武昌)。

综上所述，湖北、湖南在历代沿革中一直处于不断分合、变动不居的状态。就盛唐时段综合来看，今湖南分属黔中道和江南西道，湖北分属山南东道、江南西道、淮南道、黔中道。荆湘地区共分属四道管辖，处于这样一种分散状况，而能表现出较为集中的地域文化特征，其主要原因似在于地域的接近和古楚国文化传统的影响和传承，使之形成了丰足的具有向心力的文化内蕴。这是一个具有物质和精神双重属性的独特感觉的文化区，此一文化区以楚国的历史文化为表征，有着悠久的共同的文化归依。

下面，试就荆湘之地域文化与盛唐荆湘逐臣之贬谪地的状况作一分析。

一、荆湘地域文化

荆湘地域文化源自楚文化。楚立国 800 余年，其早期文明程度虽远逊中原，却以南方首屈一指的大国而自成一局。崇尚自然和多神、放任心灵、张扬个性、驰骋想象、富于创造性和开拓进取精神，成为楚文化的典型特点。屈原、宋玉等人的“楚辞”，一直受到后人的崇敬、仿效和研究。秦汉的统一局面形成之后，楚地失去了南方大国和区域中心的地位，与中原文化相比，楚文化一方面居从属地位，是处于外围的边缘文化；另一方面，楚人充分利用位于黄河、长江两大文明交接带的地利之便，兼采华夏与蛮夷之长，使楚文化有着经文化交融而形成的新的增长点和活力。此后，处于四战之地的荆楚，在历史的变动时期，常常面临大规模的人口迁徙局面，无论是人口南北的纵向移动还是东西的横向移动，荆湘一带大多成为移民的过境地或居留地。大量人口的迁出与迁入，给荆湘带来文化上的丰富和变化，使得楚文化长期保持着多元与融汇的文化特征，具有强烈的吸纳力和辐射性，并产生了深远的影响。而历代被贬荆湘的士人在和异质文化的碰撞中，既受到楚文化精神的影响，同时又促进了荆湘文学的发展。

在楚文化的发展过程中，贯穿着一种蛮荒精神。楚国长期遭受中原诸夏的歧视和侵伐，自先秦至汉魏，都被人视为“南蛮”或“荆蛮”，被划在中国之外。由于这种特殊的地理位置、历史地位，遂导致了楚民族文化心理上的一种定向趋势——僻陋在夷的屈辱感，以及由这种屈辱感激发而生成的与宗国同构的责任心、眷念情怀和自强不息的奋斗精神。在屈原作品中所表现出的深厚的宗国感情，对理想与美政的深情呼唤和九死不悔的韧性追求，以及他那砥砺不懈、傲岸不屈的人格，正是楚文化这一精神的完美写照和突出显现。

楚文化中沉积着深重的忧患意识。在南北战争的夹缝中，楚之先民们“筚路蓝缕，以处草莽，跋涉山林，以事天子”①，艰苦、悲壮地与自然、与各国周旋着，以求得自身的生存和发展，并终于以数百年的艰苦创业，迎来了楚国的强盛。它启群蛮，征汉东，争霸中原，扩境江南，成为战国七雄中的佼佼者。早年艰苦悲壮的创业，使楚文化中的悲剧意识逐渐地沉积下来。《左传·宣公十二年》载晋大夫栾书语云：“楚自克庸以来，其君无日不讨国人而训之，于民生之不易，祸至之无日，戒惧之不可以怠。”②从中可以窥见楚人幽深沉重的忧患意识的闪动。

我们知道，楚文化的主流是氏族文化，保留了丰富的原始神话内容，其中最著名的是“精卫填海”。精卫那种衔微木填沧海的悲壮让人深为震撼，其内蕴的悲剧意识也附丽于这些神话而传流下去。至于庄周、屈原，作为楚文化的代表，更是因其独特的人生经历而深深体会到人生困境的压力和惶惑，“道”与“美政”两种理想既远远地悬于现实之外，又深深沉潜入个体心灵，从而使得两位巨人一起走向了悲剧的人生之途。清代学者胡文英曾说：“庄子最是深情。人第知三闾之哀怨，而不知漆园之哀怨有甚于三闾也。盖三闾之哀怨在一国，而漆园之哀怨

① （周）左丘明传，（晋）杜预注，（唐）孔颖达正义，浦卫忠等整理：《春秋左传正义》卷四五《昭公十二年》，《十三经注疏》，第4482页。

② 《春秋左传正义》卷二三《宣公十二年》，《十三经注疏》，第4082页。

在天下；三闾之哀怨在一时，而漆园之哀怨在万世。”①话虽略有抑扬，但实质却入木三分——二人均体味到了人世与个体的哀怨。此后，贾谊被贬至卑湿之地长沙，作赋自伤，与以屈原为代表的楚文化进行了跨时空的交流，亦留下了浓墨重彩的一笔。

荆湘大地自古以来就有隐逸避世的传统。孔子周游列国，所遇隐士以楚为多。《论语·微子》载楚狂人接舆歌曰：“往者不可谏，来者犹可追。已而，已而！今之从政者殆而！”②认为世事不可为，讽劝孔子归隐。此外还记载了长沮、桀溺等楚地隐士的故事。楚地隐逸之风的盛行可见一斑。荆湘偏远闭塞，与外界相对隔绝，是乱世之中人们躲避战祸、归隐山林的理想去处。正因为如此，陶渊明才将理想的避世王国桃花源安置在湖南武陵。

总的来说，楚文化精神体现了一种悲美的风格。以老庄、屈骚为核心的楚文化程度不一地影响了荆湘逐臣，使他们既怀有萦绕胸中挥之不去的屈贾情结，由此呈现出悲愤哀怨的文学风貌；又在人生逆境中展示出一定的超越倾向，从而导致文学中时时具有淡泊超然的情调。

二、盛唐荆湘逐臣贬谪地分析

唐代贬官的被贬处所大多文化落后，偏远荒恶。荆湘一带虽较岭南略好，但较之文化发达的关中、中原地区，还是非常落后的。从盛唐荆湘贬谪官员的分布地来看，在今湖北境内者以随州、鄂州、荆州为主，在今湖南境内者以岳州、永州、巫州、潭州为主。细论之，荆湘逐臣的贬地主要集中在荆州、岳州、竟陵、龙标、湘阴(属岳州)。

湖北境内，唐朝前期以荆、襄、鄂为三个区域性中心。荆州在东晋南朝时期，作为江左的“西土”、“陕西”，一洗其因“楚”而“蛮”的文化形象，成为礼教之邦。这一方面与南朝的政治地理形势深有关，同时也有北方移民的功劳。《隋书·地理志》云：“自晋氏南迁之后，南郡、襄阳，皆为重镇，四方凑会，故益

① (清)胡文英撰，李花蕾点校：《庄子论略》，《庄子独见》，华东师范大学出版社，2011年，第6~7页。

② 《论语集释》卷三六《微子上》，第1261页。

多衣冠之绪，稍尚礼义经籍焉。”①盛弘之《荆州记》称：“自晋室东迁，王居建业，则以荆、扬为京师根本之所寄，荆楚为重镇。”②到了唐代，“几代传荆国，当时敌陕郛”的荆州，已是“古往山川在，今来郡邑殊”③了。尽管如此，在文化、教育等方面，荆州还是无法与北方发达地域相比。据载：“唐荆州衣冠薮泽，每岁解送举人，多不成名，号曰‘天荒解’。刘蜕舍人以荆解及第，号为‘破天荒’”④。刘蜕之及第，在大中四年(850)，那么前溯至盛唐时期，荆州的文化状况也可见一斑了。与荆州相比，鄂州辖地不广，城隍狭窄，经济基础大不如荆州。如赵憬《鄂州新厅记》所称：“天宝以前，四方无虞，第据编户众寡，等衰州望，鄂是以齿于下。”⑤荆州、鄂州在湖北境内尚称佳郡，故贬官至此者为数尚不多。

湖南的自然生态与文化生态比湖北更不理想，群山迭岭，滩河峻激，“北阻大江，南薄五岭，西接黔蜀，群苗所萃，盖四塞之国”⑥。舟车不便，远离政治文化中心，表现出文化上的落后和闭塞。据考，有唐一代湖北中进士人数为 43 人，其中中唐前 19 人，而湖南合计进士数 7 人，中唐前则为空白⑦。两地的文化发展状况借此即可分出优劣了。常建在湖南赋诗称：“湖南无村落，山舍多黄茆。淳朴如太古，其人归鸟巢。”⑧韩愈从南中回到江汉平原，曾感叹道：“面犹含瘴色，眼已带华风。”⑨相比之下，两地在物质生活和文化水平上已判然有别。

---

① (唐)魏征等撰，汪绍楹等点校，吴玉贵等修订：《隋书(修订本)》卷三一《地理下·熙平郡》，中华书局，2019 年，第 1010 页。

② (南朝·宋)盛弘之撰，(清)陈运溶集证：《荆州记》其一附录《宜都郡·夷陵县》，参见(清)陈运溶、王仁俊辑，石洪运点校：《荆州记九种》，湖北人民出版社，2018 年，第 70~71 页。

③ 《张九龄集校注》卷二《登荆州城楼》，第 133 页。

④ (五代)孙光宪著，贾二强点校：《北梦琐言》卷四《破天荒解》，中华书局，2002 年，第 181 页。

⑤ (唐)赵憬：《鄂州新厅记》，《全唐文》卷四五五《鄂州新厅记》，第 4652 页。

⑥ 钱基博：《近百年湖南学风》导言，岳麓书社，2010 年，第 1 页。

⑦ 牟发松：《唐代长江中游的经济与社会》，武汉大学出版社，1989 年，第 314~316 页。

⑧ (唐)常建撰，王锡九校注：《常建诗歌校注》卷上《空灵山应田叟》，中华书局，2017 年，第 167 页。

⑨ 《韩昌黎诗系年集释》卷一二《自袁州还京行次安陆先寄随州周员外》，第 1265 页。

在唐人眼中，今湖北省域已渐被纳入华夏文化的腹心范畴，而湖南仍是一个未被完全汉化的边鄙蛮夷之地，受儒家文化的泽被有限。《隋书·地理志》曰："长沙郡又杂有夷蜒，名曰莫徭"，"武陵、巴陵、零陵、桂阳、澧阳、衡山、熙平皆同焉。其丧葬之节，颇同于诸左云"①。这说明湖南境内居民未尽汉化。王昌龄尝云："卢溪郡南夜泊舟，夜闻两岸羌戎讴"②，即反映出湖湘汉蛮混杂的情形。由于"湖南编户，风化凌夷，习俗暴恶"③，故既导致其"风气锢塞，常不为中原人文所沾被"，也形成其"风气自创，能别于中原人物以独立"④的特点。岳州为盛唐荆湘贬谪人次最多的地区，地处江湖之会，为交通便利之处，但张说谪官于此，时人以为是"沦滞于遐方"⑤，张说对岳州亦颇有怨辞："物土南州异，关河北信赊。日昏闻鸺鸟，地热见修蛇。"⑥岳州如此，其他地方就更有过之而无不及了。如龙标(属巫州)，《元和郡县志》卷三〇引《荆州记》云："溪山阻绝，非人迹所履。"⑦至于永州，柳宗元其后概括道："过洞庭、上湘江，非有罪左迁者罕至"⑧，且特别指出："永州多谪吏。"⑨据此可大致推知盛唐时永州的情形。盛唐逐臣从繁华的长安辗转至偏僻的荆湘贬地，从权力中枢骤降至偏郡一吏，其所受打击不言自明，而荒僻的自然环境和文化氛围更加重了这种打击。

不过较之初唐和中唐，盛唐的贬谪诗人所感受到的死亡威胁不是很大。张说贬岳州，尚为一州之长，较宽松的环境允许他会集一个松散的文人群体，纵情山水，诗酒唱和，借以寻觅心灵的慰藉。王昌龄被贬沅溪后，曾得到当地官吏的热情欢迎和招待。他在《武陵田太守席送司马卢溪》中写道："诸侯分楚郡，饮饯武

① 《隋书(修订本)》卷三一《地理下·熙平郡》，第1011页。

② (唐)王昌龄撰，胡问涛、罗琴校注：《王昌龄集编年校注》卷三《箜篌引》，巴蜀书社，2000年，第170页。

③ (宋)欧阳守道：《赠了敬序》，曾枣庄、刘琳主编：《全宋文》第346册卷八〇〇五，上海辞书出版社；安徽教育出版社，2006年，第391页。

④ 钱基博著：《近百年湖南学风》导言，第1页。

⑤ 《明皇杂录》卷下《张说致书苏颋》，第28页。

⑥ 《张说集校注》卷八《岳州作二首》，第389页。

⑦ 《元和郡县图志》卷三〇《江南道六·叙州》，第750页。

⑧ 《柳宗元集校注》卷二三《送李渭赴京师序》，第1552页。

⑨ 《柳宗元集校注》卷二三《送南涪州量移澧州序》，第1538页。

陵春。山水清晖远，俱怜一逐臣。”①《留别司马太守》亦云：“辰阳太守念王孙，远谪沅溪何可论？黄鹤青云当一举，明珠吐著报君恩。”②从荆湘官吏们对待王昌龄的亲切态度，既可以见出盛唐社会对才学之士的推许和尊重，也侧面传达出王昌龄在贬谪过程中所受迫害不甚惨烈，至少不是你死我活的那种尖锐对峙。崔国辅贬竟陵，与陆羽游，“三岁，交情至厚，谑笑永日，又相与较定茶水之品”③，也大体展现了一种较为优容的生存环境。

需要指出的是，荆湘的文化生态环境尽管较为荒陋，但楚文化的历史辉煌毕竟给这块土地留下了深刻的烙印。荆湘地区的自然及人文景观，包括山川形胜、神话传说、风俗民情、历史掌故等，在一定程度上都能起到使贬谪作家息养心灵、丰富创作的功用。而就总体来看，盛唐荆湘逐臣与其他时期的逐臣相比，还是较为幸运的一个群体——政治上相对开明，贬谪地虽偏远，但风景明丽，人情淳朴，精神压力较小。使他们真正感到不甘和痛苦的，倒是生当这样一个风雷激荡的年代，而被废弃荒远，失去了乘时而起、实现自我、报效社稷的机会。在他们的诗文中，时时可以感受到这种苦涩的隐衷。

第三节　盛唐荆湘逐臣事略

先后被贬到荆湘一带的盛唐诗人有张说(726 年贬岳州)、赵冬曦(713 年至 728 年间贬岳州)、张九龄(737 年贬荆州)、王昌龄(贬龙标)、崔成甫(贬湘阴)、崔国辅(贬湖北钟祥)、贾至(贬岳州)。下面，依据史料并参照近今学者的相关研究成果，试依次对其生平事略予以梳理。

张说(667—731)，字道济，一字说之，其先范阳人，代居河东(今山西永济)，后徙家洛阳。出身于“近代新门”④，自谓“臣本书生，门非代禄；数叶单

① 《王昌龄集编年校注》卷三《武陵田太守席送司马卢溪》，第 164 页。

② 《王昌龄集编年校注》卷三《留别司马太守》，第 170 页。

③ (元)辛文房撰，傅璇琮主编：《唐才子传校笺》第 1 册卷二《崔国辅》，中华书局，1987 年，第 234 页。

④ (唐)封演撰，赵贞信校注：《封氏闻见记校注》卷十《讨论》，中华书局，2005 年，第 94 页。

绪，族无亲房”①；“家贫，佣文以取给”②。天授元年(690)，张说制举登第，一时“大知名，拔乎其萃者也。”③刘肃《大唐新语》卷八《文章》载：“则天初革命，大搜遗逸，四方之士应制者向万人。则天御洛阳城南门，亲自临试。张说对策为天下第一。则天以近古以来未有甲科，乃屈为第二等。”④后由太子校书转右补阙，大足元年(701)修《三教珠英》，累迁右史、内供奉、凤阁舍人。

长安三年，张说因在朝廷对质时未阿附张昌宗而被武后配流钦州。据《旧唐书·张说传》，“时麟台监张易之与其弟昌宗构陷御史大夫魏元忠，称其谋反，引说令证其事。说至御前，扬言元忠实不反，此是易之诬构耳。元忠由是免诛，说坐忤旨配流钦州。在岭外岁余。”⑤张说虽流放钦州，但此举为时人所重。中宗称他“不屈二凶之威，独全一至之节”⑥。玄宗更于张说卒后为之亲制《神道碑》，指出：“人谓此举义重于生。由是长流钦州，守正故也。”⑦张说被逐岭外约一年有余，中宗即位，召拜兵部员外郎，累转工部侍郎。睿宗即位，迁中书侍郎，兼雍州长史。景云二年(711)为同中书门下平章事、兼修国史。开元元年七月，检校中书令；八月封燕国公。十二月庚寅(初一)，中书省易名紫微省，张说为紫微令；同月壬寅(十三)，姚崇兼紫微令；癸丑(二十四)，张说为姚崇所构，贬相州刺史、河北道按察使。《资治通鉴》对姚崇构陷张说一事叙述详细：“姚崇既为相，紫微令张说惧，乃潜诣岐王申款。他日，崇对于便殿，行微蹇。上问：‘有足疾乎？’对曰：‘臣有腹心之疾，非足疾也。’上问其故。对曰：‘岐王陛下爱弟，张说为辅臣，而密乘车入王家，恐为所误，故忧之。’”⑧开元三年(715)四月，左迁岳州刺史。五年二月，迁荆州大都督府长史。六年春，迁幽州都督、河

① 《张说集校注》补遗《让起复除黄门侍郎第三表》，第1519页。

② 《张说集校注》卷二六《张氏女墓志铭并序》，第1271页。

③ 《张九龄集校注》卷一八《故开府仪同三司行尚书左丞相燕国公赠太师张公墓志铭》，第952页。

④ (唐)刘肃撰，许德楠、李鼎霞点校：《大唐新语》卷八《文章》，中华书局，1984年，第127页。

⑤ 《旧唐书》卷九七《张说传》，第3050~3051页。

⑥ 《张说集校注》卷二七《让起复除黄门侍郎表并批答》，第1289页。

⑦ 《大唐新语》卷一一《褒锡》，第166页。

⑧ 《资治通鉴》卷二一〇开元元年，第6810页。

北节度使。至此，前后外放整五年。八年，改并州大都督府长史、持节天兵军节度大使。九年九月，守兵部尚书、同中书门下三品。十一年四月，正除中书令。十三年四月，诏改丽正书院为集贤殿书院，张说充学士，知院事，徐坚为副，学士有贺知章、韦述、吕向等十八人。十四年，为宇文融、李林甫弹奏，四月，停中书令。十五年二月致仕。十七年三月，复为右丞相，依旧知集贤院事；八月迁左丞相。十八年正月，加开府仪同三司；十二月二十八日病逝，享年六十四岁。张说重文学，《大唐新语》卷一《匡赞》谓其“前后三秉大政，掌文学之任凡三十年。为文思精，老而益壮，尤工大手笔，善用所长，引文儒之士以佐王化。”①

张说自开元三年至开元六年(718)贬谪荆湘，其间谪居岳州近三年，在诗歌创作上达到高峰，“既谪岳州，而诗益凄婉，人谓得江山助云”②。有《岳阳集》③。

张九龄(678—740)，一名博物，字子寿，韶州曲江(今广东韶关)人。出身寒门，少聪敏，七岁知属文。神功元年(697)，乡试名列前茅。长安二年(702)擢进士，“考功郎沈佺期尤所激扬，一举高第”④。因下第者谤议上闻，诏令中书令李峤重试，九龄仍合格。长安三年，张说被流钦州，途经韶州，见到九龄之文，大加赞赏。张九龄感其恩曰：“追惟小子，夙荷深期，一顾增价，二纪及兹。”⑤神龙三年(707)，张九龄中材堪经邦科，擢秘书省校书郎。先天元年(712)，以道侔伊吕科对策高第，迁左拾遗。其间上书姚崇，劝其“远谄躁，进纯厚”⑥。又上封事，指陈地方吏治弊端，由此招致姚崇不满。开元四年(716)，被迫以病告归。至六年奉诏还京。八年，迁司勋员外郎。十年，时张说为中书令，与九龄叙为昭穆，待以族子，擢其为中书舍人内供奉，封曲江县男。四年

---

① 《大唐新语》卷一《匡赞》，第10页。

② 《新唐书》卷一二五《张说传》，第4410页。

③ 张说生平事迹见《旧唐书》卷九七《张说传》，第3049~3057页；《新唐书》卷一二五《张说传》，第4404~4410页；《张九龄集校注》卷一八《故开府仪同三司行尚书左丞相燕国公赠太师张公墓志铭》，第951~953页；《唐才子传校笺》第1册卷一《张说》，第130~138页。

④ (唐)徐浩：《唐尚书右丞相中书令张公神道碑》，《全唐文》卷四四〇，第4489页。

⑤ 《张九龄集校注》卷一七《祭张燕公文》，第945页。

⑥ 《资治通鉴》卷二一〇开元元年，第6808页。张九龄《上姚令公书》参见《张九龄集校注》卷一六，第854~855页。

后，因张说罢相事牵连，九龄改任太常少卿，后出为冀州刺史。十五年，授洪州都督。十八年，转桂州刺史，兼岭南按察使。开元十九年，召拜秘书少监兼集贤院学士副知院事。张九龄随从玄宗北巡，撰写敕文等，被玄宗赞为“儒学之士”、“王佐之才”①。开元二十二年，任中书令。但好景不长，又受李林甫嫉恨、谗毁。“是时，上在位岁久，渐肆奢欲，怠于政事。而九龄遇事无细大皆力争；林甫巧伺上意，日思所以中伤之”②。二十三年，在提升幽州节度使张守珪问题上，九龄严词反对，认为“宰相者，代天理物，非赏功之官也”③。又在牛仙客问题上与玄宗屡有争执：“尚书，古之纳言，唐兴以来，惟旧相及扬历中外有德望者乃为之。仙客本河湟使典，今骤居清要，恐羞朝廷。”④对李林甫的入相，张九龄在御前坚执异议：“宰相系国安危，陛下相林甫，臣恐异日为庙社之忧。”⑤在废立太子问题上，九龄亦犯颜力谏，而李林甫却顺从上意，阿谀逢迎，进一步赢得玄宗的欢心。同年受严挺之事牵连，九龄罢政事，以林甫兼中书令。开元二十五年，“监察御史周子谅弹牛仙客非才，引谶书为证。上怒，命左右擽于殿庭，绝而复苏；仍杖之朝堂，流瀼州，至蓝田而死。李林甫言，‘子谅，张九龄所荐也’”⑥。张九龄坐引非其人，迁荆州大都督府长史，“虽以直道黜，不戚戚婴望，惟文史自娱，朝廷许其胜流。久之，封始兴县伯”⑦。开元二十八年(740)，请还展墓，病卒，年六十八，赠荆州大都督，谥曰文献⑧。

张九龄于开元二十五年(737)至二十八年贬谪荆州，创作了大量诗作，承继了屈骚托物言志的审美传统，并对陈子昂宣扬的兴寄主题有所发展、突破。刘禹锡读《张九龄文集》后说：“今读其文章，自内职牧始安，有瘴疠之叹，自退相守

① (唐)徐浩：《唐尚书右丞相中书令张公神道碑》，《全唐文》卷四四〇，第4490页。
② 《资治通鉴》卷二一四开元二十四年，第6943页。
③ 《资治通鉴》卷二一四开元二十三年，第6931页。
④ 《资治通鉴》卷二一四开元二十四年，第6942页。
⑤ 《资治通鉴》卷二一四开元二十四年，第6943页。
⑥ 《资治通鉴》卷二一四开元二十五年，第6947~6948页。
⑦ 《新唐书》卷一二六《张九龄传》，第4429页。
⑧ 张九龄生平事迹见《旧唐书》卷九九，第3097~3100页；《新唐书》卷一二六，第4424~4430页；(唐)徐浩：《唐尚书左丞相中书令张公神道碑》，《全唐文》卷四四〇，第4489~4492页。

荆州，有拘囚之思。托讽禽鸟，寄辞草树，郁然与骚人同风。”①

王昌龄(698？—756？)②，字少伯，京兆万年(今陕西西安)人。“久于贫贱，是以多知危苦之事。”③早年躬耕读书，约当开元十一年(723)前后，游历潞州和并州。后数年间，又漫游西北边疆。开元十五年登进士第。顾况《监察御史储公集序》：“开元十四年，严黄门知考功，以鲁国储公进士高第，与崔国辅员外綦母(毋)潜著作同时；其明年，擢第常建少府王龙标昌龄，此数人皆当时之秀。”④后授秘书省校书郎，时与孟浩然交。开元二十二年以博学宏辞登科，再迁汜水(今河南巩县)尉。开元二十七年，王昌龄贬岭南，作《见谴至伊水》，有“得罪由已招，本性易然诺”之句。⑤ 又有《出郴山口至叠石湾野人室中寄张十一》⑥，则南谪途中经郴州。但此次谪于何地，尚难确考。路经襄阳，王昌龄与孟浩然相见；在荆州，拜会张九龄。二十八年北归，又游襄阳，访孟浩然，“时浩然疾疹发背且愈，相得甚欢，浪情宴谑，食鲜疾动”⑦，遂至暴卒。同年岁末，离京赴江宁，任县丞。经洛阳，又与李颀等游。王昌龄除天宝二年春因事暂至长安外，

---

① 《旧唐书》卷一六〇《刘禹锡传》，第4211页。

② 关于王昌龄生年，陆侃如、冯沅君本《中国诗史》、闻一多本《唐诗大系》定为698年(武周圣历元年)，参见陆侃如、冯沅君等著：《中国诗史》，山东大学出版社，2000年，第372页；闻一多：《唐诗大系》，海南国际新闻出版中心，1997年，第55页。傅璇琮本《唐代诗人丛考·王昌龄事迹考略》提出了690年左右一说。参见傅璇琮编：《唐代诗人丛考》，中华书局，2003年，第120页。近年来，傅璇琮、李珍华合著《王昌龄事迹新探》(以下简称《新探》)又提出其生年大致在698—701的说法。论据有，第一，《宿灞上寄侍御玙弟》一诗的作年是在开元二十八年(740)之后数年，诗中说：“孤城海门月，万里流光带。不应百尺松，空老钟山霭。”若以五十岁为白首而言，其生年应在690年以后；第二，《代扶风主人答》：“少年与运会，何事发悲端。天子初封禅，贤良刷羽翰。”玄宗开元十三年冬登封泰山，此诗作于此后不久，或为开元十四年，即公元726年。诗中称王昌龄为“少年”，以一老年店主人视二十余岁之诗人，“少年”之称大体尚可。如生年为690年，则王昌龄已36岁，就不当称之为少年了。其生年虽早于王维，但相当接近。参见李珍华：《王昌龄研究》，太白文艺出版社，1994年，第127页。

③ 《王昌龄集编年校注》卷五《上李侍郎书》，第259页。

④ (唐)顾况：《监察御史储公集序》，《全唐文》卷五二八，第5368页。

⑤ 《王昌龄集编年校注》卷四《见谴至伊水》，第230页。

⑥ 《王昌龄集编年校注》卷三《出郴山口至叠石湾野人室中寄张十一》，第122页。

⑦ (唐)王士源：《孟浩然集序》，《全唐文》卷三七八，第3837页。

一直在江宁任所，称“县职如长缨，终日检我身”①。天宝六载(747)，被贬龙标(今湖南黔阳)②。此次之贬，乃由江宁启程，溯江而上，有诗句“昨从金陵邑，远谪沅溪滨”③；另有《九江口作》④。经鄂渚时，常建又赠以诗。龙标尉上，“往返惟琴书一肩，令苍头拾败叶自爨。时有慕其名，长跪乞诗者”⑤。《黔阳县志》称其“为治以宽”，“政善民安”⑥。天宝十三年殷璠编《河岳英灵集》，选王诗十六首⑦。安史之乱后，王昌龄还乡里，路经亳州，为刺史闾丘晓所杀⑧。《旧唐书·文苑下》称“昌龄为文，绪微而思清。有集五卷”⑨。《新唐书·艺文四》载其《诗格》二卷⑩。在谪居龙标的八九年时间里，王昌龄以送别诗创作居多⑪。

贾至(718—772)，字幼邻，又作幼几。河南洛阳人。天宝元载擢明经第。据贾至《虙子贱碑颂》⑫和《微子庙碑颂》⑬，可知贾至于天宝初以校书郎为单父尉。天宝七载，“至自宋都，西经洛阳”。⑭ 天宝十五载六月，贾至随玄宗赴蜀，拜起居舍人，知制诰；七月肃宗在灵武即位，“上皇遣至为传位册文，上皇览之叹曰：

---

① 《王昌龄集编年校注文》卷三《送韦十二兵曹》，第139页。

② 李云逸：《王昌龄诗注》断为六载，谭优学《唐诗人行年考》断为七载，今从李考。参见(唐)王昌龄撰，李云逸注：《王昌龄诗注》前言，上海古籍出版社，1984年，第1页；谭优学：《王昌龄行年考》，《唐诗人行年考》，四川人民出版社，1981年，第110页。

③ (唐)王昌龄：《句》，《全唐诗》卷一四三，第1452页。

④ 《王昌龄集编年校注》卷三《九江口作》，第161页。

⑤ (清)陈弘谋修，范成、欧阳正焕纂：《同治芷江县志》卷三〇《迁谪》，《中国地方志集成·湖南府县志辑67》，江苏古籍出版社，2002年，第322页。

⑥ (清)张扶翼编纂，王光电增辑：《雍正黔阳县志》卷七《秩官》，《中国地方志集成·湖南府县志辑61》，江苏古籍出版社，2002年，第106页。

⑦ (唐)殷璠编，傅璇琮等编：《河岳英灵集》卷下《王昌龄》，见《唐人选唐诗新编(增订本)》，中华书局，2014年，第244~252页。

⑧ 《新唐书》卷二〇三《文艺下·王昌龄传》，第5780页。

⑨ 《旧唐书》卷一九〇下《文苑下·王昌龄传》，第5050页。

⑩ 《新唐书》卷六〇《艺文四》，第1604页。

⑪ 王昌龄生平事迹见《旧唐书》卷一九〇下《文苑下·王昌龄传》，第5050页；《新唐书》卷二〇三《文艺下·王昌龄传》，第5780页；《唐诗纪事校笺》卷二四《王昌龄》，第790~796页；《唐才子传校笺》第1册卷二《王昌龄》，第250~261页。

⑫ (唐)贾至：《虙子贱碑颂》，《全唐文》卷三六八，第3741页。

⑬ (唐)贾至：《微子庙碑颂》，《全唐文》卷三六八，第3740页。

⑭ (唐)贾至：《虎牢关铭》，《全唐文》卷三六八，第3738页。

‘昔先帝逊位于朕，册文则卿之先父所为。今朕以神器大宝付储君，卿又当演诰。累朝盛典，出卿父子之手，可谓难矣’”①。据《旧唐书·韦见素传》，玄宗派韦见素、房琯、贾至等往灵武，传位肃宗，自此贾至在肃宗朝供职。至德时与房琯、杜甫、严武等为友。房琯于至德初为相，将兵复长安，“请自选参佐”②，乃以贾至为判官，可见二人关系较为密切。乾元元年(758)，杜甫自鄜州回，复任左拾遗，时贾至有《早朝大明宫呈两省僚友》③诗，杜甫、王维、岑参皆有和作。是年，贾至因受肃宗朝党派斗争牵连，由中书舍人出为汝州刺史，杜甫有《送贾阁老出汝州》：“西掖梧桐树，空留一院阴。艰难归故里，去住损春心。宫殿青门隔，云山紫逻深。人生五马贵，莫受二毛侵。”钱谦益笺云：“贾至本传，不载出守之故。杜有《别贾严二阁老及寄岳州两阁老》诗，知其为房琯党也。琯与武尚未贬，而先出至者，以普安郡制置天下之诏，至实当制，故先去之也。”④乾元二年(759)，“壬申，九节度之师溃于滏水。史思明杀安庆绪。东京留守崔园、河南尹苏震、汝州刺史贾至奔于襄、邓”⑤。崔园委弃东京，虽受到处分，但不久即召拜为济王傅，苏震后来也起为济王府长史，而贾至却因此贬为岳州司马。时李白流夜郎赦归，与贾至相遇，互以诗歌相慰。杜甫在秦州，亦有诗寄贾至、严武。宝应元年(762)四月，代宗继位，才复为中书舍人；二年，迁为尚书左丞。广德二年(764)九月授礼部侍郎，永泰元年(765)主东都贡举，加集贤院待制。大历初，“徙兵部。累封信都县伯，进京兆尹”⑥。七年(772)，以右散骑常侍卒⑦。

① 《旧唐书》卷一九〇中《文苑中·贾至传》，第5029页。

② 《旧唐书》卷一一一《房琯传》，第3321页。

③ (唐)贾至：《早朝大明宫呈两省僚友》，《全唐诗》卷二三五，第2596页。

④ (唐)杜甫撰，(清)钱谦益笺注：《钱注杜诗》卷十《送贾阁老出汝州》，上海古籍出版社，2009年，第332页。

⑤ 《新唐书》卷六《肃宗本纪》，第161页。

⑥ 《新唐书》卷一一九《贾至传》，第4299页。

⑦ 贾至生平事迹见《旧唐书》卷一九〇《文苑中·贾至传》，第5029~5031页；《新唐书》卷一一九《贾至传》，第4298~4300页；(唐)独孤及撰，刘鹏等校注：《昆陵集校注》卷二〇《祭贾尚书文》，第428~429页；《唐诗纪事校笺》卷二二《贾至》，第706~707页；《唐才子传校笺》第1册卷三《贾至》，第480~492页。

贾至自乾元二年至宝应元年贬岳州三年，将此间所作诗编为《巴陵诗集》。独孤及以贾至贬官岳阳之作与阮籍《咏怀》①相比，评云："暂若窥武库，森然矛戟寒。眼明遗头风，心悦忘朝餐。"②

崔国辅（生卒年不详），郡望青河青州(今山东益都)，两《唐书》无传。据顾况《监察御史储公集序》③，他是开元十四年(726)严迪榜进士，与储光羲等同时。此后数年间，官山阴(今浙江绍兴)尉，时孟浩然有《宿永嘉江寄山阴崔少府国辅》、《江上寄山阴崔少府国辅》。④ 开元二十三年(735)，应县令举，授许昌令⑤。据崔国辅的诗来看，他还到过辽东、淮北、江西等地，大概是任地方官或游幕。五代王定保《唐摭言》卷十一收录了崔国辅写的《上何都督履光书》，可知他曾在何的幕府中任职，时间不详⑥。芮挺章《国秀集》收录崔诗，标明"左补阙崔国辅"，可见他在开元末、天宝初已任京官，后迁起居舍人⑦。天宝十、十一载任集贤直学士、礼部员外郎。杜甫向唐玄宗进献《进三大礼赋表》⑧，受到玄宗礼遇，并召试文章，主试官即是任集贤直学士的崔国辅和任右补阙起居郎的于休烈。对此，杜甫曾在《奉留赠集贤院崔于二学士》一诗中表达了深切的谢意："欲整还乡旌，长怀禁掖垣。谬称三赋在，难述二公恩。"⑨天宝十一载(752)，京兆尹王鉷弟与邢縡策划刺杀李林甫与杨国忠，事发，京兆尹王鉷受牵连赐死。国辅

① （三国魏）阮籍撰，陈伯君校注：《阮籍集校注》卷下《咏怀》，中华书局，2012年，第199～405页。

② （唐）独孤及：《贾员外处见中书贾舍人巴陵诗集览之怀旧代书寄赠》，《毘陵集校注》卷一，第25页。

③ （唐）顾况：《监察御史储公集序》，《全唐文》卷五二八，第5368页。

④ 《宿永嘉江寄山阴崔少府国辅》、《江上寄山阴崔少府国辅》参见（唐）孟浩然撰，李景白校注：《孟浩然诗集校注》，中华书局，2018年，第303、308页。

⑤ （清）徐松撰，孟二冬补正：《登科记考补正》卷八玄宗开元二十三年，中华书局，2019年，第287页。

⑥ （五代）王定保撰，陶绍清校证：《唐摭言校证》卷一一《怨怒(贡直附)》，中华书局，2021年，第516页。

⑦ （唐）芮挺章编：《国秀集》卷中，见傅璇琮等编：《唐人选唐诗新编(增订本)》，中华书局，2014年，第323～324页。

⑧ 《杜诗详注》卷二四《进三大礼赋表》，第2103～2104页。《朝献太清宫赋》《朝享太庙赋》《有事于南郊赋》参见第2105～2156页。

⑨ 《杜诗详注》卷二《奉留赠集贤院崔于二学士》，第132页。

因与王为近亲，亦坐贬竟陵司马。国辅贬竟陵后，与处士陆羽游。《唐才子传》卷二记载崔与陆“游，三岁，交情至厚，谑笑永日，又相与较定茶水之品……雅意高情，一时所尚，有酬酢之歌诗，并集传焉”。又谓其“有文及诗，婉娈清楚，深宜讽咏，乐府短章，古人有不能过也”①。崔国辅贬竟陵后，行踪不可考②。

崔成甫(713？—758)，京兆长安(今陕西西安)人。崔沔长子。李华《赠礼部尚书清河孝公崔沔集序》云：“长子成甫，进士擢第校书郎陕县尉，知名当时，不幸早世。”③开元中进士及第，任秘书省校书郎。天宝元年(742)任陕县尉。据《有唐通议大夫守太子宾客赠尚书左仆射崔孝公(沔)墓志》之附记(成甫弟祐甫作)，知“孝公长子成甫，服阕授陕县尉”④。按：崔沔卒于开元二十七年(739)，成甫服阕当在天宝元年，则其任陕县尉当在同年。另据两《唐书·韦坚传》、《唐诗纪事》载，时韦坚为陕郡太守，兼水陆转运使，凿潭望春楼下。成甫以得体歌为得宝歌，命众妇人齐声高唱；又作歌词十首，“自衣缺胯绿衫，锦半臂，偏袒膊，红罗抹额，于第一船作号头唱之。和者妇人一百人，皆鲜服靓妆，齐声接影，鼓笛胡部以应之”⑤。可见一时声势之浩大，亦可见成甫放浪不羁之心性。事后，“帝大悦，擢坚左散骑常侍，官属赏有差，蠲役人一年赋，舟工赐钱二百万，名潭曰广运。坚进兼江淮南租庸、转运、处置等使，又兼御史中丞，封韦城县男。”⑥据郁贤皓先生考证，崔成甫大概就是因韦坚之升迁而被惠泽，在天宝三载前后升任“摄(代理)监察御史”一职⑦。由于韦坚有宠于皇室，自然引起李林甫嫉妒，遂以他事构陷，遽兴大狱，贬坚缙云太守，复贬江夏别驾。未几，长流临封郡。其亲属友人多遭贬谪，从坐十余人。更有甚者，韦坚被贬后，“林甫遣

---

① 《唐才子传校笺》第1册卷二《崔国辅》，第234~235页。

② 崔国辅生平事迹见《新唐书》卷七二下《宰相世系表》，第2772页；《全唐文》卷三七一《泗州刺史李君神道碑》，第3769~3770页；《唐诗纪事》卷一五《崔国辅》，第526~527页；《唐才子传校笺》第1册卷二《崔国辅》，第228~235页。

③ (唐)李华：《赠礼部尚书清河孝公崔沔集序》，《全唐文》卷三一五，第3197页。

④ (唐)李邕：《有唐通议大夫守太子宾客赠尚书左仆射崔孝公(沔)墓志》，见吴刚主编：《全唐文补遗》第三辑，三秦出版社，1996年，第114页。

⑤ 《旧唐书》卷一〇五《韦坚传》，第3223页。

⑥ 《新唐书》卷一三四《韦坚传》，第4561页。

⑦ 参见郁贤皓：《李白诗中崔侍御考辨》，《李白丛考》，陕西人民出版社，1982年，第90页。

使江、淮，钩索坚罪，捕治舟夫漕史，所在狱皆满。郡县剥敛偿输，责及邻伍，多裸死牢户”①。株连之广，舟夫漕史尚不得免，则为坚摇旗呐喊、亲作歌词并于“第一船作号头唱”的崔成甫自然难以逃脱。韦坚被贬事发生在天宝五载(746)正月，成甫之贬当与之同时或稍后。从李白为成甫《泽畔吟》所作序看，崔成甫确是受了很大冤屈：“同时得罪者数十人，或才长命夭，覆巢荡室。崔公忠愤义烈，形于清辞，恸哭泽畔，哀形翰墨……惧奸臣之猜，常韬之于竹简，酷吏将至，则藏之于名山。前后数四，蠹伤卷轴。”②可以看出，这在当时乃是一大冤狱。

崔成甫被贬之地，李白《泽畔吟序》说是“湘阴”，成甫《赠李十二白》亦谓“我是潇湘放逐臣”③，则在今湖南境内无疑。另据李白多首与之交往的诗作看，成甫后曾移官金陵，与李白同在金陵、宣城一带漫游，约卒于乾元元年(758)④。所作《泽畔吟》不存。

赵冬曦(677—750)，字仲爱，定州鼓城(今河北晋县)人。性格放达，不屑世事。神龙二年(706)，进士及第。兄夏日，弟和璧、安贞、居贞、颐贞、汇贞相继擢进士第。景龙二年(708)，上《王政》三卷。先天元年(712)，登藻思清华科，授校书郎，历右拾遗。“玄宗时在春宫，亲问国政，(韩)休对策与校书郎赵冬曦并为乙第。”⑤又以才鉴见推，“吏部试拔萃选人及应举者，咸令九龄与右拾遗赵冬曦考其等第，前后数四，每称平允”⑥。开元初，迁监察御史。流岳州，原因未见记载，其墓志铭但云“以他事联及”⑦。大致因其与张说善，遭到姚崇为首的吏治派排斥。因张说于开元五年二月迁荆，赵冬曦之贬岳州应在此前。贬黜岳州期间，常与张说、岳州刺史尹懋等游宴赋诗。其现存诗大部分为流岳期间唱

① 《新唐书》卷一三四《韦坚传》，第4561~4562页。

② (唐)李白撰，安旗等笺注：《李白全集编年笺注》卷一八《泽畔吟序》，中华书局，2015年，第1911~1912页。

③ (唐)崔成甫：《赠李十二》，《全唐诗》卷二六一，第2906页。

④ 参见郁贤皓著：《李白诗中崔侍御考辨》，《李白丛考》，第93页。

⑤ 《旧唐书》卷九八《韩休传》，第3078页。

⑥ 《旧唐书》卷九九《张九龄传》，第3098页。

⑦ (唐)赵慧：《唐故国子祭酒赵君圹志》，参见陈尚君辑校：《全唐文补编》卷四三，中华书局，2005年，第528页。

和之作。开元七年，以监察御史召，自岳州北归，其妻牛氏道卒，遂停官。开元八年，“召还复官，与秘书少监贺知章、校书郎孙季良、大理评事咸廙业入集贤院修撰”。未几，“冬曦知史官事，迁考功员外郎。逾年，与季良、廙业、知章、吕向皆为直学士。冬曦俄迁中书舍人内供奉”①。其间奉使西军，作诗赠张九龄等两省旧僚。时张说亲重文学之士，“(韦)述与张九龄、许景先、袁晖、赵冬曦、孙逖、王翰常游其门”②。后以亲累，贬合州刺史，历眉、亳、许、宋等地刺史，弘农、荥阳、华阴诸郡太守。复入为国子祭酒。天宝九载卒③。

① 《新唐书》卷二〇〇《赵冬曦传》，第5702~5703页。

② 《旧唐书》卷一〇二《韦述传》，第3183~3184页。

③ 赵冬曦生平事迹见《新唐书》卷二〇〇《赵冬曦传》，第5702~5703页；及河南荥阳出土之《唐故国子祭酒赵君圹志》，参见陈尚君辑校：《全唐文补编》卷四三，第527~528页。

第八章　盛唐荆湘逐臣的精神态势与孤直情怀

第一节　荆湘逐臣的精神态势

考察盛唐逐臣的精神态势，我们首先感到的是其贯通内外时时呈露的一种豪情。这种豪情来自两个方面：

其一，强盛的国力激发了士子们的自信心和自豪感。盛唐国力达到顶点，社会经济发展，人民生活安定，前期政治也比较开明。杜甫在诗中写下的“忆昔开元全盛日，小邑犹藏万家室。稻米流脂粟米白，公私仓廪俱丰实”①，可以当作历史的实录。唐王朝成为当时世界上版图最大的封建帝国。周边诸国纷纷依附，各路使节络绎往来。“声教所及，惟唐为大”②，“冠带百蛮，车书万里”③。这正是李白高唱“一百四十年，国容何赫然”④的根本原因。盛唐的文教武功和军事实力所激发的蓬勃进取的社会精神，深刻影响了众多士子，使他们的民族自豪感高涨，自信心倍增，一种乘时而起、建功立业、报恩明主的思想，迅速转化成了在政治昌明环境中积极用世的人生实践。

其二，盛唐的用人原则极大刺激了广大士子的进取精神，培养了一代文人以天下为己任的信念。广开仕进之路，平流可望公卿，已形成特定的社会政治文化的价值取向，这种取向使充满生命力的文士阶层在求取功名的同时，更具有一种

---

① 《杜诗详注》卷一三《忆昔二首》其二，第 1163 页。

② 《旧唐书》卷一三八《贾耽传》，第 3785 页。

③ 《旧唐书》卷九《玄宗本纪》，第 236 页。

④ 《李白全集编年笺注》卷一〇《古风》第四十六，第 966 页。

“使寰区大定，海县清一”①的使命感，具有一种晋宋以降普遍欠缺的主体意识。盛唐士子往往“以道自任”，把帝国的命运同自身的前途当作一个同构体来看待，在他们的诗句中，处处可见济苍生、忧庶黎、安社稷的情思。自我实现与政治参与并进的道义感将盛唐诗人的人格魅力提升到一个近乎悲壮的境界。“不叹携手稀，常思著鞭速。终当拂羽翰，轻举随鸿鹄”②，“有诏征草泽，微诚将献谋。冠冕如星罗，拜揖曹与周”③，“剑舞轻离别，歌酣忘苦辛”、“从来思博望，许国不谋身”④，“谁能定礼乐，为国著功成”⑤……在这些诗中，充溢着对前程的坚实信念和豪迈情怀，读来令人感奋。

即使遭到贬谪之苦，他们的苦闷也多是未失去理想的英雄的苦闷，在苦闷中也可以感觉到一种激扬的情调、壮伟的气势，体现出整个时代的宏阔气度与上升精神。他们身处逆境，却一直保持着对盛世对明主的希望，保持着自强不息的热情。如张九龄初至贬地时，“日夜乡山远，秋风复此时。旧闻胡马思，今听楚猿悲”，但“壮图空不息，常恐发如丝”⑥，在遭受人生挫折时，依旧壮心不已，时时恐惧的是时间飞逝、志业未成的人生空白。同样强烈的功业欲望与进取精神，使得张说生发“立功在异域”⑦、“会待安边报明主”的慷慨豪情的同时，面对时光流驰，年华易逝，又自然发出“人生在世能几时，壮年征战发如丝”⑧的惜时之叹；在贬逐的境遇中，更会产生“旧恩怀未报，倾胆镜中看”⑨的时不我予的紧迫感。这是对生命热爱过切而感到时光易逝的悲凉，但并不绝望，这就是盛唐精神。王昌龄在贬谪中依旧没有丧失对未来的信心，“黄鹤青云当一举，明珠吐著报君恩”⑩。自喻为黄鹤，展示其卓然出众的才能和高远不群的志向，格调是高

① 《李白全集编年笺注》卷三四八《代寿山答孟少府移文书》，第 3535 页。
② 《王昌龄集编年校注》卷四《酬鸿胪裴主簿雨后北楼见赠》，第 239 页。
③ 《王昌龄集编年校注》卷二《放歌行》，第 64 页。
④ 《张说集校注》卷四《将赴朔方军应制》，第 147～148 页。
⑤ 《张说集校注》卷八《却归在道中作》，第 368 页。
⑥ 《张九龄集校注》卷三《初发道中寄远》，第 226 页。
⑦ 《张说集校注》卷六《送郭大(元振)再使吐蕃》，第 214 页。
⑧ 《张说集校注》卷八《巡边在河北作二首》，第 380 页。
⑨ 《张说集校注》卷九《闻雨二首》，第 447 页。
⑩ 《王昌龄集编年校注》卷三《留别司马太守》，第 170 页。

昂的。

与上述豪情相伴随，盛唐荆湘逐臣还表现出一种因个体人生际遇而导致的悲情。

在高蹈扬厉的盛唐精神氛围中，君臣遇合、贤才得其主得其时的理想际遇让盛唐士子渴盼不已，他们喷涌着对功成名垂的呼唤，认为可以不受阻碍地施展自己的抱负，唾手取功名，立登要路津。然而怀有经邦济世宏愿的士子们面临的往往是仕途坎坷、沉沦下僚的冷酷现实，用世之心愈切，不遇之感就愈强。盛唐荆湘逐臣于盛世遭遇打击，直行反受枉屈，不能不生出沉重的悲情。

他们的悲情表现为"耻作明时失路人"①的不平和怨愤，以及作为边缘人的焦虑和哀痛。盛唐荆湘逐臣被剥夺了议国是于朝中、献奇策于君前的权力和荣耀，堵塞了其通往成功的人生道路，生命荒废的痛苦时时冲撞着心灵；与此同时，他们并没有因被贬而放弃对天下的道义和责任，既肩负着道义和责任，却又无法身体力行地实现，当此之际，他们感到命运对自己这种高贵情感的嘲弄，徒然陷入了有心无力的尴尬之中。张九龄"湘水吊灵妃，斑竹为情绪"；"行吟至落日，坐望只愁予"②，在诗作中充分地表达了理想受到压抑的痛楚和为国事忧心忡忡的心绪。贾至"谪居潇湘渚"时，感慨"帝子去永久，楚词尚悲秋"，但更使他忧虑的则是："我同长沙行，时事加百忧。登高望旧国，胡马满东周。"③以废弃之身，面对危急的国势和残破的旧国，他"百忧"缠心，感慨系之。

盛唐荆湘逐臣的这种悲情与豪情不是分裂的，而是有机地统一在了具体的个体身上，只是因环境之变异而有不同的侧重。从宏观角度看，他们无论是上升朝列的得意之际，还是迁谪外放的失意之时，都能透现出一种共性的精神状态，这就是深厚高朗的情感基调和阔远壮大的气度力量。这种追求功名的热烈情感及不懈精神，在其人生逆境中虽然有所沉潜，却未失落，反而使其精神风貌更具有一种深沉厚重的力度，从而成为"盛唐气象"的重要组成部分。

---

① 《常建诗歌校注》卷下《落第长安》，第267页。

② 《张九龄集校注》卷四《杂诗五首》其四，第337页。

③ （唐）贾至：《巴陵早秋寄荆州崔司马吏部阎功曹舍人》，《全唐诗》卷二三五，第2592页。

在总体上，盛唐荆湘逐臣具有一种进退从容的精神风度，追求着“委顺无不乐”①、“荣辱两都遣”②的境界。因了贬谪，他们一方面得以暂时从官场漩涡和烦杂世事中解脱出来，作些山水的游历和胜迹的探访，既借以消弭心灵之痛，亦获取使精神宁静平和的支撑。如张说《翻著葛巾呈赵尹》写道：“昔日接䍦倒，今我葛巾翻。宿酒何时醒，形骸不复存。忽闻有嘉客，骊步出闲门。桃花春径满，误识武陵源。”③王昌龄也屡次提及武陵源，“桃花遗古岸，金涧流春水”④，“欲访桃源入溪路，忽闻鸡犬使人疑”⑤。另一方面，作为盛唐人，奔放的人生情态和“以道自任”的精神决定了发扬蹈厉永远是他们思想的主导，他们相信着有东山再起、功成名就的一天。如张九龄提出“避世辞轩冕，逢时解薜萝”⑥，体现了对自身才能的自信，对人生进退穷通的旷达，多了一份自由和潇洒。这就可以帮助我们解析他在朝“直气鲠词，有死无二，彰善瘅恶，见义不回”⑦与在野“无心与物竞”⑧、“委顺无不乐”⑨之人生态度上的强烈反差。唐玄宗很欣赏张九龄的“风度”，并作为录用大臣的一条标准⑩。“九龄风度”成为盛唐文人心目中的美的风范，亦成为盛唐之音的美学内核。从中可以窥见盛唐荆湘逐臣的总体心态，也反映了盛唐士大夫文人精神性格的成熟。实事求是地讲，正是在这个层面，盛唐荆湘逐臣缓和了前辈们怀才不遇的沉重苦涩和执着追求的辛酸。

第二节　盛唐气象中的孤直情怀和骚怨气格

盛唐较为清明的政局、强盛的国势以及由此形成的意气风发、舍我其谁的时

① 《张九龄集校注》卷四《杂诗五首》其二，第335页。
② 《张说集校注》卷七《赠赵侍御》，第306页。
③ 《张说集校注》卷七《翻著葛巾呈赵尹》，第310页。
④ 《王昌龄集编年校注》卷三《留别武陵袁丞》，第185页。
⑤ 《王昌龄集编年校注》卷三《武陵开元观黄炼师院三首》其一，第164~165页。
⑥ 《张九龄集校注》卷三《商洛山行怀古》，第233页。
⑦ （唐）徐浩：《全唐文》卷四四〇《唐尚书右丞相中书令张公神道碑》，第4490页。
⑧ 《张九龄集校注》卷四《咏燕》，第279页。
⑨ 《张九龄集校注》卷四《杂诗五首》其二，第335页。
⑩ 《旧唐书》卷九九《张九龄传》引玄宗语：“二十四年，（张九龄）迁尚书右丞相，罢知政事。后宰执每荐引公卿，上（玄宗）必问：‘风度得如九龄否？’”参见第3099页。

代精神，在盛唐荆湘逐臣身上有着明显的体现，从而使其诗作在哀伤凄婉中蕴含着一种孤直的情怀和挺劲的风骨。

以张说前后贬谪诗为例，即可说明不同的时代精神赋予诗人诗歌影响力的差别。张说在武后朝被贬岭南，是因魏忠元事触怒张氏兄弟，所冒风险极大，贬地又极遥远，能否全身而返实难逆料，故其岭南谪诗多写得深切凄厉。如：

> 秋雁逢春返，流人何日归？将余去国泪，洒子入乡衣。饥狖啼相聚，愁猿喘更飞。南中不可问，书此示京畿。①
>
> 老亲依北海，贱子弃南荒。有泪皆成血，无声不断肠。此中逢故友，彼地送还乡。愿作枫林叶，随君度洛阳。②

去国念阙之忧，骨肉分离之痛，谪荒转蓬之怨，异地送人之情，迫切归乡之思，诸般情愫，溢于言表。这种沉痛显然来源于对不可知命运的惧怕和惊疑，对朝不保夕的命运的担忧，是武周朝高压政策的特有产物。

张说后期被贬岳州，由于时代精神发生了大的变化，使得其贬谪之作虽不无凄婉，但较之此前的岭南诗，已自多了几份孤直、雄浑的气魄。如其《送梁六自洞庭山作》："巴陵一望洞庭秋，日见孤峰水上浮。闻道神仙不可接，心随湖水共悠悠。"③诗情悠然而淡远，诗境清新而阔大，将别情挥洒于浑融的诗境之中，借写眼前景，微妙而深婉地表现了迁谪的孤苦和失望。

岳州诗是张说的代表作，若以进入盛唐的张说与初唐逐臣的代表宋之问相比，对照更为鲜明。二人在人品、个人事业建树上不可同日而语，但在某些方面却有共同点。宋之问与张说都曾在朝廷有显赫的声名和地位，又都曾远遭贬谪，二人都经历了前后期诗风的变化，这种变化，往往可看作盛唐诗风的起步。宋之问"穷历剡溪山，置酒赋诗，流布京师，人人传讽"④，而就其诗风言，却显得悲凄软弱；张说"为文属思精壮，长于碑志，世所不逮。既谪岳州，而诗益悽婉，

① 《张说集校注》卷六《岭南送使三首》，第283页。

② 《张说集校注》卷六《南中别蒋五(岑)向青州》，第289页。

③ 《张说集校注》卷六《送梁六自洞庭山作》，第268页。

④ 《新唐书》卷二〇二《文艺中・宋之问传》，第5750页。

人谓得江山助云”①。后人又道：“唐初五言绝，子安诸作已入妙境，七言初变梁、陈，音律未谐，韵度尚乏。……至张说‘巴陵’之什，王翰出塞之吟，句格成就，渐入盛唐矣。”②与宋诗相比，张说的贬岳州之作自是多了一种英拔之气。这除了和两人性格有关外，也与不同的时代精神有关。

宋之问是武则天执政时期文人的典型代表，其对统治者有着强烈的依附性，呈现出低俗、软弱的人格特征。即使是遭贬之后，他对自身媚附二张的行为和政治命运的反思也并不深刻。与之相比，张说身处盛世，屡有建树，深得玄宗宠幸，他被外放，是因素与姚崇不和，并非与玄宗关系断裂，再加上当时政治清明，没有生死之虞，他耿耿于怀的是从庙堂之高到江湖之远，生发的是岁月蹉跎、功业未成的嗟叹。

宋之问负罪遭贬，却始终声称自己是无辜的，究其原因，即在于其软弱的性格无法承受自身过失所带来的心理重压。他屡屡悲叹，“自惟勖忠孝，斯罪懵所得”③。“吾生抱忠信，吟啸自安闲”④，并以虞翻、贾谊自比，“迹类虞翻枉，人非贾谊才”⑤。“幸君逢圣日，何惜理虞翻。”⑥“流芳虽可悦，会自泣长沙。”⑦将自己的遭遇与历史上诸多忠直之士遭诬见弃的遭际联系起来，发出“才高而位下”“声高而命薄”⑧的不平之鸣。但在他内心深处，总逃不脱媚附张氏兄弟的负罪感，故其诗中虽表现了负屈心理，但同时也流露出某种胆怯和羞愧，如其《渡汉江》诗中的“近乡情更怯，不敢问来人”⑨即是。同时，在他的贬谪诗作中，虽然相较早期应制诗媚附讨好、歌功颂德的特点已有很大改观，但其萎缩孱弱、委曲求全的人格特征却因政治高压而被放大，时有乞怜之态，以致格调不高。《度

① 《新唐书》卷一二五《张说传》，第4410页。

② （明）胡应麟撰：《诗薮》内编卷六，上海古籍出版社，1979年，第107页。

③ 《宋之问集校注》卷二《早发大庾岭》，第429页。

④ 《宋之问集校注》卷三《下桂江县黎壁》，第567页。

⑤ 《宋之问集校注》卷三《登粤王台》，第570页。

⑥ 《宋之问集校注》卷三《初发荆府赠崔长史》，第543页。

⑦ 《宋之问集校注》卷三《经梧州》，第568页。

⑧ 《宋之问集校注》卷八《祭杜学士审言文》，第740~741页；另见（唐）宋之问：《祭杜学士审言文》，《全唐文》卷二四一，第2442~2443页。

⑨ 《宋之问集校注》卷二《渡汉江》，第440页。

大庾岭》诗曰："但令归有日，不敢恨长沙。"①在希求恩赦之外又有一种哀哀告饶的悲情。二次遭贬之后，他可能也明白再无归去的可能，"丹心江北死，白发岭南生"②，"鬓发俄成素，丹心已作灰"③，"唯余望乡泪，更染竹成斑"④，心情已是悲切而绝望了。

在宋之问的贬谪诗中，我们看到的是紧张着挣扎着的人生情态；在张说的贬谪诗中，我们所触及的是相对平静缓和的情怀，其人清空，其诗也清空。"水国何辽旷，风波遂极天。西江三汜合，南浦二湖连。危堞临清境，烦忧暂豁然。"⑤"平湖一望上连天，秋景千寻下洞泉。忽惊水上光华满，疑是乘舟到日边。"⑥作者似乎以不居之岁月而阅无穷之人代，在一个空阔的时空中挥洒自如，一种阔大壮逸的诗歌境界得到了呈示，只有一个没有自责和悔恨的人才能远离内心的争斗，与自然共生存共呼吸，达到一种亲密无间的程度。张说诗中也有对圣恩眷顾的期待，但那并不是向统治者卑躬屈膝、毫无尊严的妥协，而是希望伺机再起，重建功名。作为一位杰出的政治家，在遭构被贬以后，已是知天命之年的张说深惧像郭元振一样落得个"殀命沦江路"⑦的不幸结局。他在江陵寻访南朝刘义庆所建一柱观的遗迹，冥想其景象，有感而发曰："奈何任一柱，斯焉容众材。奇功非长世，今余草露台"⑧，亦是此种心态的流露。此外，他的许多送别诗也表达了不甘心终老于斯的意念："浦树悬秋影，江云烧落晖。离魂似征帆，恒往帝乡飞。"⑨目睹昔日同僚被召回朝，诗人再也不能沉默了，时时向友朋表达了希望被援引的心愿。开元五年(717)二月二十五日，张说接到除荆州大都督府长史的制书，四月一日过江赴荆州，心情愉快地说："春色沅湘尽，三年客始回。"⑩以西

---

① 《宋之问集校注》卷二《度大庾岭》，第 428 页。
② 《宋之问集校注》卷三《发藤州》，第 556 页。
③ 《宋之问集校注》卷二《早发始兴江口至虚氏村作》，第 431 页。
④ 《宋之问集校注》卷三《晚泊湘江》，第 546 页。
⑤ 《张说集校注》卷八《岳州西城》，第 395 页。
⑥ 《张说集校注》卷八《泛洞庭》，第 406 页。
⑦ 《张说集校注》卷一〇《五君咏五首·代公郭元振》，第 505 页。
⑧ 《张说集校注》卷八《一柱观》，第 420 页。
⑨ 《张说集校注》卷六《岳州别赵国公王十一琚入朝》，第 264 页。
⑩ 《张说集校注》卷八《四月一日过江赴荆州》，第 378 页。

晋著名征南大将军羊祜自期，以示雄心不减。在经历了“巫山云雨峡，湘水洞庭波”的风浪之后，此次提举也坚定了诗人的用世信心，希望再入台阁，施展其文经武纬而致太平的抱负，故有“不果朝宗庙，其如江汉何”①的自期与担忧。所有这些，都与初唐宋之问等逐臣有着明显的差异。

这是盛唐荆湘逐臣特有的孤直情怀，这种情怀，与他们根深蒂固的屈贾情结紧相关联，从而在其作品中展现出明确的骚怨气格。

如所周知，屈原的精神、人格典型真切地体现了中国传统文人精神的精髓，深刻地影响了其后中国各个时代的知识分子。屈原“博闻强志，明于治乱”，却“信而见疑，忠而被谤”②，被流放于沅湘，一腔怨愤无处宣泄，于是书之成文，尽抒孤愤。所以司马迁称《离骚》乃“发愤之所为作”③；《隋书·经籍志》则云：“《离骚》八篇，言己离别愁思，申杼其心，自明无罪，因以讽谏”④。汉代贾谊被贬为长沙王太傅，渡湘水作《吊屈原赋》凭吊屈子⑤。贾谊以屈原来比况自身，借屈原之酒杯自浇垒块，抒发怀才不遇、独罹此咎的忧愤，名为吊屈，实则自伤。《吊屈原赋》开了后世文人骚客特别是贬迁者们凭吊屈原的先河。自此以后，屈原便成了贬谪文学中表现孤直情怀的原型，也成了迁客骚人借以诉说寂寥怨情的媒介。

盛唐荆湘逐臣的屈贾情结，首先容纳了贬谪诗人身处逆境、正道直行的高洁品性和深重的政治失落感。他们徜徉在楚地风物中，淋漓尽致地抒发了这种情感。其中最突出的是张九龄。开元二十五年(737)他贬荆州时，“千载一遭遇，往贤所至难”的经历使他内心“翻复如波澜”⑥。他悲叹世道，“西日下山隐，北风乘夕流。燕雀感昏旦，檐楹呼匹俦”⑦，对仕途险恶充满了惊惧。“众口金可

① 《张说集校注》卷八《荆州亭入朝》，第393页。

② (汉)司马迁撰，顾颉刚等点校，赵生群等修订：《史记(修订本)》卷八四《贾生屈原列传》，中华书局，2014年，第3010页。

③ 《史记(修订本)》卷一三〇《太史公自序》，第4006页。

④ 《隋书(修订本)》卷三五《经籍四》，第1200页。

⑤ (西汉)贾谊撰，(明)何孟春订注，彭昊、赵勖点校：《贾谊集》，岳麓书社，2010年，第140页。

⑥ 《张九龄集校注》卷四《荆州作二首》其二，第318页。

⑦ 《张九龄集校注》卷二《感遇(十六首)》其六，第177页。

铄，孤心丝共棼”，“内讼已惭沮，积毁今摧残。胡为复惕息，伤鸟畏虚弹”①。诗人更多的是以兰、桂、橘、竹等为喻，表白自己高洁的人品和孤直的操守，如“色无玄月变”、“高节人相重，虚心世所知”②；“孤根若可用，非直爱华滋”③，“荷叶生幽渚，芳华信在兹”④；他如《杂诗五首》展示的“木直石坚”、“孤桐修干”⑤等意象，都表现了同一的精神。其《感遇（十二首）·其一》首篇有言：

> 兰叶春葳蕤，桂华秋皎洁。欣欣此生意，自尔为佳节。谁知林栖者，闻风坐相悦。草木有本心，何求美人折。⑥

兰逢春而葳蕤，桂遇秋而皎洁，这是它们的本性，并非为了博得美人的折取、欣赏。诗人以此来表达自己洁身自好、进德修业的纯正目的，其主旨即承屈原“不吾知其亦已兮，苟余情其信芳”⑦而来。沈德潜评曰：“‘草木有本心，何求美人折’，想见君子立品，即昌黎‘不采而佩，于兰何伤’意。”⑧再如《感遇（十二首）》之七：“江南有丹橘，经冬犹绿林。岂伊地气暖，自有岁寒心。”⑨屈原《橘颂》开头说：“后皇嘉树，橘徕服兮。受命不迁，生南国兮”⑩。张诗正承屈子“受命不迁”之意而来，不仅以橘树“可以荐嘉客”来表白自己也是有用之材，而且重在以橘树“自有岁寒心”来表白自己的节操，明显继承了屈骚借“思慕美人”以表达君国之思的传统，抒发了作者的忠爱之情。《诗比兴笺》曰：“至唐曲江以姚、宋之相业，兼燕、许之文章，诗人遭遇，于斯为盛。所谓不平之鸣，有托之作，宜若无有焉。此《杂诗》《感遇》诸篇，所以椟重千秋，珠还合浦也。今观集中自应制

① 《张九龄集校注》卷四《荆州作二首》，第 315~318 页。

② 《张九龄集校注》卷一《和黄门卢侍郎咏竹》，第 85 页。

③ 《张九龄集校注》卷一《苏侍郎紫微庭各赋一物得芍药》，第 61 页。

④ 《张九龄集校注》卷三《饯济阴梁明府各探一物得荷叶》，第 198 页。

⑤ 《张九龄集校注》卷四《杂诗五首》，第 334~338 页。

⑥ 《张九龄集校注》卷二《感遇（十二首）》其一，第 171 页。

⑦ 《楚辞补注》卷一《离骚》，第 17 页。

⑧ （清）沈德潜编：《唐诗别裁集》卷一《感遇九首》，上海古籍出版社，2013 年，第 9 页。

⑨ 《张九龄集校注》卷二《感遇（十二首）》其七，第 178 页。

⑩ 《楚辞补注》卷四《橘颂》，第 153 页。

酬酢诸什外，类皆去国以后，泽畔之行吟，湘累之忠爱，特以象超声色之表，神出古异之余，有德之言，知味者希焉。”①刘熙载《艺概·诗概》曰：“曲江之《感遇》出于《骚》。”②都注意到张九龄与屈原一脉相承的关系。联系到同时期王昌龄以“玉壶冰心”这一晶莹澄洁的意象来写照自己的思想品格，不难发现，借助上述意象，荆湘逐臣准确地展现了自我身处逆境但不为所屈的高洁品质和傲岸形象。这既是诗人灵魂的写照和独白，又是对所谓“谤议沸腾”者含蓄的抨击，也是对屈原“亦余心之所善兮，虽九死其犹未悔”③那种佩兰餐菊之骚人遗意的承传。

荆湘逐臣的屈贾情结还包括他们贬至荆湘后的孤独感、隔绝感、被弃感。贾至曾说过“骚人怨靡”“荡而不返”④，对屈原之怨有过异议；但在被贬岳州后，他的“怨靡”之情陡生：“极浦三春草，高楼万里心。楚山晴靄碧，湘水暮流深。忽与朝中旧，同为泽畔吟。停杯试北望，还欲泪沾襟。”⑤就诗意而言，与屈赋似并无二致。崔成甫“流离乎沅湘，摧颓于草莽”，遂以屈原自比，命诗集之名为《泽畔吟》⑥，表达了“举世皆浊我独清，众人皆醉我独醒”⑦的孤怨。这种孤怨在王昌龄那里主要是借助“孤舟”意象来表现的。孤舟意象在王昌龄笔下有着极高的使用频率。“旦夕望吾友，如何迅孤舟。”⑧，“从此武陵溪，孤舟二千里。”⑨“江城建业楼，山尽沧海头。副职守兹县，东南棹孤舟。”⑩“㠯㠯清夜猿，孤舟坐如此。湘中有来雁，雨雪候音旨。”⑪“水与五溪合，心期万里游。明时无弃才，

---

① （清）魏源撰，魏源全集编辑委员会编校：《诗比兴笺》卷三《张九龄诗笺》，岳麓书社，2004年，第523页。

② （清）刘熙载著，袁津琥笺释：《艺概笺释》卷二《诗概》，中华书局，2019年，第288页。

③ 《楚辞补注》卷一《离骚》，第14页。

④ 《全唐文》卷三六八《工部侍郎李公集序》，第3736页。

⑤ 《全唐诗》卷二三五《岳阳楼宴王员外贬长沙》，第2596页。

⑥ 《李白全集编年笺注》卷一八《泽畔吟序》，第1911～1912页。

⑦ 《楚辞补注》卷七《渔父》，第179页。

⑧ 《王昌龄集编年校注》卷三《出郴山口至叠石湾野人室中寄张十一》，第122页。

⑨ 《王昌龄集编年校注》卷三《留别武陵袁丞》，第185页。

⑩ 《王昌龄集编年校注》卷三《留别岑参兄弟》，第137页。

⑪ 《王昌龄集编年校注》卷三《巴陵别刘处士》，第117页。

谪去随孤舟。”①“清洛日夜涨，微风引孤舟。离肠便千里，远梦生江楼。”②“桂阳秋水长沙县，楚竹离声为君变。青山隐隐孤舟微，白鹤双飞忽相见。”③孤舟意象，是远贬异域、沉沦下僚的诗人自我形象的写照，换言之，是诗人的孤形、孤心、孤境的真实写照。在这一意象中，深寓着逐臣身世之飘荡，心灵之无依。

此外，一些特有意象的使用也孕育于屈贾情结。其一是具有荆湘地域特色的意象，如湘水、灵妃、斑竹、云梦、洞庭等。自屈原《离骚》、《九章》等以楚声、楚语、楚事、楚地风俗与物象营构作品以来，“才高者菀其鸿裁，中巧者猎其艳辞，吟讽者衔其山川，童蒙者拾其香草”④，历代贬居或途经湖湘的逐臣更将这一传统发扬光大，在对历史人物的凭吊中，浸透着对兴亡的思索。仅以张说、张九龄及同时期逐臣为例，即可看到此种情形：

楚国所以霸，樊姬有力焉。不怀沈尹禄，谁谙叔敖贤。万化茫无在，孤坟独岿然。北分阳台陌，南识郢城阡。漠漠渚宫树，苍苍云梦田。⑤

庭树日衰飒，风霜未云已。驾言遣忧思，乘兴求相似。楚国兹故都，兰台有余址。传闻襄王世，仍立巫山祀。方此全盛时，岂无婵娟子。色荒神女至，魂荡宫观侈。蔓草今如积，朝云为谁起。⑥

逐臣们还借用一些特有的意象对自己的谪宦命运再三寄意，使其诗作濡染了浓郁的凄艳哀伤格调：

一湾一浦怅邅回，千曲千漾怳迷哉。乍见灵妃含笑往，复闻游女怨歌来。⑦

① 《王昌龄集编年校注》卷三《九江口作》，第161页。

② 《王昌龄集编年校注》卷四《送李擢游江东》，第207页。

③ 《王昌龄集编年校注》卷三《送万大归长沙》，第121页。

④ （南朝·梁）刘勰著，（清）黄叔琳注，（清）李详补注，杨明照校注拾遗：《文心雕龙校注》卷一《辨骚第五》，中华书局，2021年，第55页。

⑤ 《张说集校注》卷八《登九里台是楚樊姬墓》，第421~422页。

⑥ 《张九龄集校注》卷二《登古阳云台》，第140页。

⑦ 《张说集校注》卷七《同赵侍御乾湖作》，第331页。

寒鸮鸣舍下，昏虎卧篱前。客泪堪斑竹，离忧欲赠荃。①

湘水吊灵妃，斑竹为情绪。汉水访游女，解佩欲谁与？②

湘妃斑竹，包含着一个南游不归的故事，这正与逐臣们对迁谪生涯的忧惧相通，最易表现其沉重感情和悲凉心境。受楚地风土熏陶，逐臣们在抒发人生体验时，这些具有楚地特色的意象便纷至沓来：

语别意凄凄，零陵湘水西。佳人金谷返，爱子洞庭迷。③

我年四十余，已叹前路短。羁离洞庭上，安得不引满。李侯忘情者，与我同疏懒。孤帆泣潇湘，望远心欲断。④

携手登临处，巴陵天一隅。春生云梦泽，水溢洞庭湖。⑤

一片仙云入帝乡，数声秋雁至衡阳。借问清都旧花月，岂知迁客泣潇湘。⑥

数种意象由楚声楚调浸渍而出，其所表达的情意之伤感、之哀凉，便是不言而喻的了。

其二是近乎凝固化了的悲怨传统和符号功能。“屈原信而见疑，忠而被谤，行吟泽畔；贾谊年少遭忌，才高遇妒，待罪长沙，无不以诗文抒其悲情怨思，首开湖湘贬谪文学以悲怨为特色之先河。唐代贬谪诗人沿流扬波，创作了大量抒发内心郁愤的感怀之作，承继发扬了这一传统。其中最可注意的是，贾谊的名字和他的贬地长沙在诗歌中频频出现，成为人们借以自况和指代谪居生活的特定代码和符号。”⑦张说《巴丘春作》：“自怜心问景，三岁客长沙。”⑧贾至《长沙别李六

① 《张说集校注》卷七《伯奴边见归田赋因投赵侍御》，第 308 页。
② 《张九龄集校注》卷四《杂诗五首》其四，第 337 页。
③ (唐)赵冬曦：《奉答燕公》，《全唐诗》卷九八，第 1058 页。
④ (唐)贾至：《送李侍御》，《全唐诗》卷二三五，第 2593 页。
⑤ (唐)贾至：《送王员外赴长沙》，《全唐诗》卷二三五，第 2595 页。
⑥ (唐)贾至：《送王道士还京》，《全唐诗》卷二三五，第 2598 页。
⑦ 尚永亮：《湖湘贬谪文学的地域特点》，《求索》2001 年第 6 期。
⑧ 《张说集校注》卷八《巴丘春作》，第 414 页。

侍御》："月明湘水白，霜落洞庭干。放逐长沙外，相逢路正难。"①李白《巴陵赠贾舍人》："贾生西望忆京华，湘浦南迁莫怨嗟。圣主恩深汉文帝，怜君不遣到长沙。"②这里，"贾生""长沙"作为贬谪或谪居地的代名词，似乎已经约定俗成。

盛唐荆湘逐臣在对屈贾情结的继承和沿袭中，又有所侧重。"唐代中前期不少诗人对屈原的接受态度似已发生了一个微妙的变化：由赞扬屈原转向认同贾谊，从刚烈正大的忠奸斗争转向自悲自叹的感士不遇，并逐渐形成一种群体性的心态。"③和孔子、庄子相比，屈原更鲜明地显示了他人格结构的单一性和处世态度的坚定性。作为一个有强烈社会责任感的诗人，屈原所面对的阻力比孔子、庄子、贾谊要大得多，但屈原比他们表现得更倔强，更矢志不移，"宁溘死以流亡兮，余不忍为此态也"，"伏清白以死直兮，固前圣之所厚"④。在其理想无法实现时，他义无反顾地选择了投水自尽，以身殉国的道路。这或许也就是贾谊不能完全理解他的原因所在⑤。贾谊在较顺利时，表现出强烈的功业意识和进取心态，在遭遇了挫折之后，虽然仍关注现实，追求自我价值的实现，但同时吸纳了老庄逍遥自由，置生死、荣辱、祸福于身外的处世哲学，从而表现出处世态度的二重性和心灵的复杂性。这种矛盾心态不断体现在后代逐臣的生活之中，承传、延绵而构成了其代表性特征。

盛唐荆湘逐臣，有失落有不甘，但骨子里的坚韧和浪漫并未因此而消失，他们受到屈原的人格魅力的影响，正道直行，不向世俗妥协，却不愿意用生命与社会、朝廷做彻底的决裂，所以他们更多选择的是贾谊的缓解之道。赵冬曦《灉湖作》声称："来今自昔无终始，人事回环常若是。……盈虚用舍轮舆旋，勿学灵均远问天。"⑥屈原那种因强烈的情感冲突所带来的尖锐对立已失去其模式力量，取而代之的，是对"礼许一身逃"⑦的认可，是因看透世事而"勿学灵均远问天"。

① (唐)贾至：《长沙别李六侍御》，《全唐诗》卷二三五，第2596页。

② 《李白全集编年笺注》卷一四《巴陵赠贾舍人》，第1426页。

③ 尚永亮：《人生困境中的执著与超越——对屈、贾、陶的接受态度看中唐贬谪诗人心态》，《社会科学战线》2001年第4期。

④ 《楚辞补注》卷一《离骚》，第16页。

⑤ 参见贾谊《吊屈原赋》，《贾谊集》，第140页。

⑥ (唐)赵冬曦：《灉湖作》，《全唐诗》卷九八，第1057页。

⑦ (唐)窦常：《谒三闾庙》，《全唐诗》卷二七一，第3032页。

第三节　置身逆境的个体风貌

对盛唐荆湘逐臣而言，悲伤感怀不会由于诗人的政治建树显赫而隐遁，也不会由于某人的气质豪放而消失，只是因个体政治经历和功名建树的差异，其表现程度与方式有所不同而已。下面，试以张说、张九龄、王昌龄三人为例，予以重点分析和比较。

一、“离魂似征帆，恒往帝乡飞”——张说之失落

在盛唐荆湘逐臣中，张说的宦海起伏应是最激荡的。短短十一天里，他的人生由最高峰重重跌入了低谷。开元元年十二月壬寅（十三日），他被玄宗拜为紫微令；至十二月癸丑（二十四日），即因姚崇的排挤，被贬相州（州治在今河南安阳）刺史、河北道按察使。风云变幻的政治争斗和生命浮沉，使他陷入了巨大的失落中。到了开元三年，张说又被远迁岳阳。贬地离长安越来越远，被召还朝的希望愈来愈渺茫。

张说在岳州，一方面能以一种世事洞明的豁达去对待荣辱出处，另一方面，他心中仍时时涌动着建功立业的思想。可是，“孤城入楚塞，远树入秦宫”，诗人置身楚故国的断壁颓垣，昔日出将入相、纵横一世的自我已渐渐远去，留下的只是“江潭一老翁”①的落寞和孤寂。

张说对被召回朝有着热切的渴望，这种渴望用他的话说就是“离魂似征帆，恒往帝乡飞”②。本来，张说作为有拥立之功的重臣，自负济世之才，是想在这非常之世做出一番事业的；可是，命运与他开了一个大玩笑，将他像一叶浮萍般抛向了岳州，他的雄心壮志失去了用武之地，只能满腹心酸地看着构陷自己的“政敌”在本属于自己的政治舞台上大放光彩，独占君宠。史载：玄宗“初即位，务修德政，军国庶务，多访于崇”，姚崇“独当重任，明于吏道，断割不滞”③，

① 《张说集校注》卷六《岳州宴别潭州王熊二首》，第 262 页。

② 《张说集校注》卷六《岳州别王十一赵公入朝》，第 264 页。

③ 《旧唐书》卷九六《姚崇传》，第 3025 页。

果断地推行了一系列的改革措施，兴利除弊，革故鼎新，“首佐玄宗起中兴业”①，被誉为“善应变以成天下之务”②的“救时之相”③。张说不甘就此沦落，不愿意生命的曲调就这样暗哑，他渴望在激情和火热中实现平生抱负，渴望在玄宗面前证明自己的政治才能并不逊于姚崇。可是纵有千般不甘，张说也只能呆在岳州，纵情山水，以诗文自宽。对天生属于政治场的他而言，诗人不是他追求的身份，岳州这片青山绿水不是他随遇而安的栖止地。这块土地宽容地接纳了他，给了他暂时的平静和解脱，但诗人永远无法将之视为心灵的归宿，对此地而言，他只是个暂时的过客，他的离魂牵挂着帝乡，那里有过最大的创痛，可也有着最大的满足。

张说等待着君恩降临，每每等来的是无尽的失落。诗人的眼睛被归舟的影子一次次刺痛。送走了一个又一个归朝的旧友，开始还能分享他人的快乐，后来就惶惑了，不安了。难道自己要在这里一直沦落下去吗？“思欲生入京华，老归田里，脱身瘴疠”④，但在遥遥无期的盼望中，这一切仿佛都无法实现。张说虽用老庄思想、陶潜行为尽力安抚自己躁动不安的心灵，可还是忍不住发出“今年即如此，来岁知如何”⑤的悲叹。他时时向友朋表达求援之意，迫切的程度自然也反映了诗人失落的程度。通过其谪居期间的诗文可以看到，张说一方面试图保持对荣辱出处的从容之态，另一方面又容易患得患失，郁郁不乐。也就是说，他更多地表现出一种矛盾的心态，借助外力，确能使自己达到暂时的超脱和平静，而一旦回首往事，返观本心和初愿，便不由自主地感到一种失落和痛苦。这实际上是一种大气魄、大抱负受阻后的自然反应。

当张说被迁荆州后，他心情愉快。荆州长史与昔年的紫微令相比，简直微不足道，可是对于诗人来说，只要给予一点希望，他就会抓住这点希望拼搏下去，最终赢得一马平川、春风得意。这就是不甘在失落中憔悴的盛唐荆湘逐臣。

---

① 《杜牧集系年校注》卷一二《上宣州高大夫书》，第 850 页。

② 《新唐书》卷一二四《宋浑传》，第 4395 页。

③ 《资治通鉴》卷二一一开元三年，第 6827 页。

④ （唐）王泠然：《论荐书》，见《唐摭言》卷六《公荐（门生荐坐主师友相荐附）》，第 232 页；《全唐文》卷二九四作“归老田里”，第 2982 页。

⑤ 《张说集校注》卷九《岳州守岁三首》，第 430 页。

二、“馨香虽尚尔，飘荡复谁知”——张九龄之孤独

深重的孤独感使张九龄在与李林甫的争斗中早就隐隐预料到了被贬的结局。他采用的是自然而然、全身避害的态度。李林甫屡屡攻击张九龄，诗人甚为惶恐，于开元二十五年写《咏燕》诗：“无心与物竞，鹰隼莫相猜。”①自比海燕，表示自己出身泥滓之贱，步入朝廷，出将为相，只是暂时的，以平息李林甫的猜忌，释其忌害之心。有了这种心理铺垫，张九龄比张说多了几分平和。如贺裳《载酒园诗话·又编》所云：“燕公中年淹絷江潭，曲江晚亦沦落荆楚，其诗皆多哀伤憔悴。然燕公惟切归阙之思，曲江已安止足之分，恬竞自别。言发于衷，作者亦不自知也。”②比较二人有关情况可知，首先，张说、张九龄皆出身寒微，但对此的敏感程度不一样。张说族姓微弱，其父、祖皆不显于当世，至燕公方大贵，乃越族冒姓，自序其谱系为西晋张华之裔孙，追认汉留侯张良为远祖。唐李肇《国史补》卷上载：“张燕公好求山东婚姻，当时皆恶之。”但毕竟“及后与张氏为亲者，乃为甲门”。③ 张说立下数功，为玄宗“深见亲敬”④，孤危之感并不强烈。九龄乃寒庶之人，受知于张说，又叙为昭穆，依旧无法改变其来自岭南、族寒势微的处境及心态。其次，张九龄与玄宗的关系远不及张说之于玄宗的亲密，《资治通鉴》：“张九龄尚直。”⑤然而毋须讳言的是，其“尚直”所带来的性格弱点也是明显的。《旧唐书·张九龄传》载：九龄“性颇躁急，动辄忿詈，议者以此少之”⑥。崔瑞德认为：“张九龄是一个有名的难以相处的人，拘泥，固执，碍事，并且对一些小的原则问题斤斤计较；他心胸狭窄，偏见很深。”⑦并由此推测：张九龄肯定是一个难以相处的咨询大臣，其他朝臣并不喜欢他。就个人情感而言，

---

① 《张九龄集校注》卷四《咏燕》，第279页。

② (清)贺裳：《载酒园诗话》又编，郭绍虞编选，富寿荪校点：《清诗话续编》本，上海古籍出版社，2016年，第295页。

③ (唐)李肇撰，聂清风校注：《唐国史补校注》卷之上《张说婚山东》，中华书局，2021年，第47页。

④ 《旧唐书》卷九七《张说传》，第3051页。

⑤ 《资治通鉴》卷二一四开元二十四年，第6945页。

⑥ 《旧唐书》卷九九《张九龄传》，第3100页。

⑦ [英]崔瑞德编：《剑桥中国隋唐史》第七章，中国社会科学出版社，1990年，第396页。

玄宗对张九龄尊重之心有之，亲爱之心恐怕就微乎其微了。再者，张说在中年被贬至岳州，对自己的再起充满信心；张九龄于六十余岁被贬至荆州，对自己能否回朝充满不确定感，只好努力淡化此念。

由于以上原因，张九龄的孤独感异常突出。他深知归阙机会遥遥无期，所以被贬为荆州长史时，唯以文史自娱，而其“每读韩非《孤愤》，涕泣沾襟”①，郁积心头的，是“馨香虽尚尔，飘荡复谁知”②的强烈悲慨。情绪虽悲愤，但他总体上仍能以守正中和、随缘自适的文化心态面对贬谪之痛，其诗锋芒不露，内涵清而淡，呈现出委婉深秀的特色，以一种宠辱不惊的谦和、从容之态兀自摇曳。

> 木直几自寇，石坚亦他攻。何言为用薄，而与火膏同。物累有固然，谁能取径通。纤纤良田草，靡靡唯从风。日夜沐甘泽，春秋等芳丛。生性苟不夭，香臭谁为中。道家贵至柔，儒生何固穷。终始行一意，无乃过愚公。③
>
> 林居逢岁晏，遇物使情多。蘅茝不时与，芬荣奈汝何。更怜篱下菊，无如松上萝。因依自有命，非是隔阳和。④

两诗命意基本相同，以自然界中的草木形象为譬，对社会生活中品德美好者往往遭殃，阿谀逢迎者却能得宠的不合理现象充满感慨，不平之气充溢其间。翁方纲对此赞曰：“曲江公委婉深秀，远出燕、许诸公之上，阮、陈而后，实推一人，不得以初唐论。”⑤

为了进一步了解二张心性的差异，我们再取其诗各一首试作比较：

> 旅泊青山夜，荒庭白露秋。洞房悬月影，高枕听江流。猿响寒岩树，萤飞古驿楼。他乡对摇落。并觉起离忧。⑥

---

① （唐）徐浩：《唐尚书右丞相中书令张公神道碑》，《全唐文》卷四四〇，第4491页。

② 《张九龄集校注》卷四《庭梅咏》，第308页。

③ 《张九龄集校注》卷四《杂诗五首》其五，第338~339页。

④ 《张九龄集校注》卷二《林亭寓言》，第169页。

⑤ （清）翁方纲著，陈迩冬校点：《石洲诗话》卷一，人民文学出版社，1981年，第27页。

⑥ 《张说集校注》卷八《深渡驿》，第359页。

孤鸿海上来，池潢不敢顾。侧见双翠鸟，巢在三珠树。矫矫珍木巅，得无金丸惧？美服患人指，高明逼神恶。今我游冥冥，弋者何所慕？①

前者借白露、寒月、微茫的江涛、猿之哀鸣烘托出寒夜的凄冷寂寞。古道驿楼，流萤于黑暗中隐现一丝光亮，更表现出诗人“夜中不能寐”、“忧思独伤心”②之情。因而，诗境显得沉重。后者以“环譬设喻”的抒情方式，借“孤鸿”传达失志贤人忧谗畏祸的恐惧和超然尘外的旷达，诗情柔婉曲折。由于张说功业心强，虽身在荒远，而心在朝廷，自然易于由期盼产生牵绊，患得患失中多了焦虑，故其诗侧重于沉郁悲凉的山水抒愤；张九龄孤危感强，而又深感返朝无望，于是竭力淡化功业之心，借优游于自然以自慰，故其诗侧重于委婉深秀的山水逸情。

三、“遣谪离心是丈夫，鸿恩共待春江涨”——王昌龄之执著

王昌龄一生遭际坎坷，多处于困顿落魄之中。从开元十五年(727)到天宝末年，二十多年的时间里，虽然都在仕途，却屡遭贬谪，栖息一尉，使他很难有大的作为。诗人身逢盛世，高唱着入世的劲歌：“天生贤才，必有圣代用之”③。然而，自负甚高的诗人却像尘埃般被嫌弃被践踏，自己视若珍宝的信念成为他人茶余饭后的笑柄和恶意中伤的目标，这怎能不使诗人唏嘘不已？在谤议沸腾中，诗人保持着一片冰心，“桃花遗古岸，金涧春流水。谁识马将军，忠贞抱生死”④，“留君夜饮对潇湘，从此归舟客梦长。岭上梅花侵雪暗，归时还拂桂花香”⑤。诗人不为时人理解，饱尝孤独寂寞，屡屡在诗歌中自明心迹，表白忠贞，倾吐衷肠。桃花、梅花、桂花这些意象的撷入，展现了诗人浸透着芬芳的灵魂。“孤洁恬淡，与物无伤”⑥，使诗人展现出一种坚贞孤傲的精神。他以高贵的姿态去俯视来自世俗的不公正，并且坚信这隐匿在黑暗中的一切都将过去，他将迎来寂寞后的辉煌。盛

① 《张九龄集校注》卷二《感遇(十二首)》其四，第174页。

② 《阮籍集校注》卷下《咏怀·其一》，第210页。

③ (唐)王昌龄：《上李侍郎书》，《全唐文》卷三三一，第3352~3353页。另见《王昌龄集编年校注》卷五，第257-259页。

④ 《王昌龄集编年校注》卷三《留别武陵袁丞》，第185页。

⑤ 《王昌龄集编年校注》卷三《送高三之桂林》，第119页。

⑥ 《唐诗纪事校笺》卷二四《王昌龄》，第793页。

唐人的青春和冲动在王昌龄的心中深深扎下了根：“鸿恩共待春江涨”①、“黄鹤青云当一举”②，这种带点儿天真、带点儿狂热的梦想成为他生命的支柱。

在持久的等待中，王昌龄并没有封闭在一己愁思里，而是对外界倾注了一如既往的热情和关注。诗人早年关怀边塞士卒及宫女，遭贬以后，多知危苦之事，更将注意力转向同遭贬谪命运的友朋。他的心胸是非常开阔的，他悲己复悲人，置身逆境而不过度悲观，始终充满对未来的希望。盛唐人那种傲岸的英风豪气和博大襟怀，在他身上体现得最为明显，支撑他的，是儒家积极入世、兼济天下的原则。他试图凭借自己的执著和虔诚，有朝一日，一鸣惊人，一飞冲天。《别刘谞》云：

> 天地寒更雨，苍茫楚城阴。一尊广陵酒，十载衡阳心。倚伏不可料，悲欢岂易寻？相逢成远别，后会何如今。身在江海上，云连京国深。行当务功业，策马何骎骎。③

这是诗人被贬龙标途中留别友人之作，既歌颂友情之真挚，又以昂扬的精神与友共勉。在一个阴雨绵绵、苍茫萧瑟的秋日，诗人踏上了远谪他乡的路途。就要与相交多年的朋友分开了，此一别离不知还能否再见，万千感慨都借一杯广陵美酒倾泻出来。前途未卜，倚伏难料，唯有朋友的情意是那般真挚，给诗人以巨大的鼓舞。临别之际，诗人用奋发向上的壮志与朋友共勉：虽“身在江海”，却心系“京国”，而“行当务功业”五个大字，振起全篇诗意，读来令人豪情顿起。在此后的诗中，类似的壮语仍一再出现，如“仆本东山为国忧，明光殿前论九畴”④，“何当报君恩，却系单于头”⑤，均情豪意迈，激励飞扬。其《岳阳别李十七越宾》云：

> 平明孤帆心，岁晚济代策。时在身未充，潇湘不盈画。湖小洲渚联，澹

① 《王昌龄集编年校注》卷三《送崔参军往龙溪》，第178页。
② 《王昌龄集编年校注》卷三《留别司马太守》，第170页。
③ 《王昌龄集编年校注》卷三《别刘谞》，第158页。
④ 《王昌龄集编年校注》卷三《箜篌引》，第171页。
⑤ 《王昌龄集编年校注》卷三《九江口作》，第161页。

淡烟景碧。鱼鳖自有性，龟龙无能易。谴黜同所安，风土任所适。①

一面是“孤帆心”，一面是“济代策”，两相对照，已自见出诗人身在贬途而志不稍屈；“自有性”、“无能易”，说的是水中生物，又何尝不是对自己坚刚不易之性的写照？正是因了这种本性，他才能在“谴黜”中安心适然。在《送吴十九之沅陵》中，诗人声称：“远谪唯知望雷雨，明年春水共还乡。”②他相信来年会踏着碧波，共拥春水，小舟还乡；他相信人生还有许多希望和机遇，在他这里，儒家兼济精神始终占据主导地位。与之相比，张九龄便显得低沉了许多。作为曾经的宰辅之臣，他更多地沉浸于个人命运的悲思，借自然山水以自慰，力求随缘自适、清淡无为。贬荆州长史后不久，九龄便请求南归拜扫，隐退曲江旧居。他感叹道：“幸得不锄去，孤苗守旧根。无心羡旨蓄，岂欲近名园。遇赏宁充佩，为生莫碍门。幽林芳意在，非是为人论”③。张九龄的全身持性，不是消极避世，也不是任性放情，而是将老子的“贵身”和儒家的“独善”思想相结合的处世之道。而在王昌龄身上，就很难看到这种思想，王的执着之心比张要强烈得多，他毫不吝惜地用整个生命在等待一个希望，只是这个希望始终没有圆满的一天，他的执着让人感受到了高贵和美好的事物被撕裂开来的惨痛。这就是王昌龄的悲剧所在。

综上所论，我们认为：无论是张说的失落，张九龄的孤独，还是王昌龄的执著，都体现了盛唐荆湘逐臣的一种杂糅着悲伤感恨的孤直情怀。尽管这种情怀在具体诗人那里有着程度不同的表露，但失落感、孤独感、执着感却是他们共同的心态特征。

---

① 《王昌龄集编年校注》卷三《岳阳别李十七越宾》，第 163 页。

② 《王昌龄集编年校注》卷三《送吴十九之沅陵》，第 175 页。

③ 《张九龄集校注》卷二《园中时蔬尽皆锄理唯秋兰数本委而不顾彼虽一物有足悲者遂赋二章·又》，第 166 页。

第九章　盛唐荆湘逐臣的创作和新变

第一节　张说、张九龄、贾至及其创作

盛唐荆湘逐臣贬窜荆湘，由昔日的朝廷重臣，变成屈居下僚的官员，其生存状态和心理状态都发生了巨大的变化。在谪守郡县时期，他们一方面心念国事，情寄朝廷，恳盼君恩重降，另一方面设法排遣苦闷，把重心转移到诗歌创作上。在诗歌创作中，除前文谈到的他们在精神态势上的一些共同点外，也还因人而异，呈现出不同的情形。下面，我们先分别对张说、张九龄、贾至在贬谪期间的创作予以论述，以求对其各自的创作内容和创作特点获取更深一层的解会。

一、张说及其创作

从中书令这一权力顶峰跌落，这既是张说作为政治家的不幸，也是他作为诗人之幸。此一遭际，促成了他在诗歌艺术上的创新，并形成其山水诗创作的高峰期。张说在岳州任上，经常与赵冬曦等文士“聿理方舟，嬉游灉壑，览山川之异，探泉石之奇，骋望崇朝，留尊待月”①。畅游山水的赏心之乐与坎坷人生境遇的相互交织，使得他的山水之作更多地融进了岁月的变迁之感。除去那些被淘汰和散佚的，张说现存岳州诗就有九十余首。这些诗大部分是山水诗。同时，张说与赵冬曦、尹懋、张均、张垍等吟咏湘中山水，这种群体性创作，“在诗坛相对寂寥的这段时期内兴起了山水诗的一个小高潮”②，从而促进了盛唐诗歌的发展。

---

① (唐)尹懋：《秋夜陪张丞相赵侍御游灉湖二首序》，《全唐诗》卷九十八，第1060页。

② 葛晓音：《诗国高潮与盛唐文化》，北京大学出版社，1998年，第325页.

张说于开元元年(713)贬相州，悲怨之情难以抑制，开元三年(715)又改迁偏郡岳州，身世上的进一步沦落增添了诗歌中的委屈不平、苦闷无奈。如果说“昼携壮士破坚阵，夜接词人赋华屋”①，在怀古叹逝中尚不失进取的锐气，那么，“今年即如此，来岁知如何”②的吟叹已是英雄失路，万绪悲凉了。《明皇杂录》卷下称：“张说之谪岳州也，常郁郁不乐。”③他的凄凉哀伤渗透在诗句中，“然诺心犹在，荣华岁不同。孤城临楚塞，远树入秦宫。谁念三千里，江潭一老翁”④，“去国逾三岁，兹山老二年。寒鸮鸣舍下，昏虎卧篱前。客泪堪斑竹，离忧欲赠荃”⑤，“孤城”“远树”“寒鸮”“昏虎”“斑竹”，这些色调灰暗的物象接踵而至，折射出诗人悲剧视野里人生旅途之漫长，生存奋搏力量之微弱。

在流离迁转的悲愤孤寂中，在远离乡园的荒僻贬所，思乡念亲的情怀无时无刻不撞击着张说的心扉。张说触物生恸，即使是春暖花开、欣欣向荣的景象也不能使他与异地他乡产生亲和感。“日出洞庭水，春山挂断霞。江涔相映发，草木共纷华。……岛户巢为馆，渔人艇作家。自怜心问景，三岁客长沙。”⑥这些令人悦目赏心的景象，并不能舒缓他的漂泊感和孤独感，触动诗人幽思的是那些岛户渔人，他们尚且能以巢为馆，以艇为家，而自己流落长沙三年，只不过是个无家可归的过客而已，两相对比，倍觉凄凉。诗人客情浸肌浃骨，“举目思乡县，春光定不殊”⑦，怀着江湖沦落、身世如萍的孤睽，在对故乡春光的想象中寻找着故乡给予生命的温暖和庇护。

迎来送往之事也易勾起诗人的思乡之情，“容华因别老，交旧与年颓。梦见长安陌，朝宗实盛哉”⑧，友人的入朝越发让诗人认识到自己的彷徨失路，不可避免地堕入了对往昔盛况的回忆，因而重返故土的渴望与热切满纸皆是，“形影

① 《张说集校注》卷一〇《邺都引》，第497页。
② 《张说集校注》卷九《岳州守岁三首》，第430页。
③ 《明皇杂录》卷下《张说致书苏颋》，第28页。
④ 《张说集校注》卷六《岳州宴别潭州王熊二首》其二，第262页。
⑤ 《张说集校注》卷七《伯奴边见归田赋因投赵侍御》，第308页。
⑥ 《张说集校注》卷八《巴丘春作》，第414页。
⑦ 《张说集校注》卷八《与赵冬曦尹懋子均登南楼》，第411页。
⑧ 《张说集校注》卷六《岳州别梁六入朝》，第266页。

相追高翥鸟，心肠并断北飞船”①，“离魂似征帆，恒往帝乡飞”②。此外，诗人在孤寂中对友情有着一份刻骨铭心的眷念，如《送梁知微渡海东》：“今日此相送，明年此相待”③，尚未分离却盼望着相聚；《岳州别姚司马绍之制许归侍》：“问君栖泊处，空岭夜猿惊”④，担忧之情溢于言表。因贬谪带来的挫败和委屈使昔日意气风发的宰辅重臣变得脆弱而敏感，内心的寒荒亟须得到亲情和友情的慰藉。

在忧伤和脆弱中，诗人没有丧失对世事对人生的希望，其作品还时时洋溢着一种向上的力量。正如李泽厚所说：“尽管悲伤，仍感轻快，虽然叹息，总是轻盈。”⑤张说在被贬之时因为功业未成流露出衰朽之叹，“白首看黄叶，徂颜复几何。空惭棠树下，不见政成歌”⑥，然而他并非一味颓伤、消沉，而是勤于政务，期望东山再起，“唯有报恩字，刻意长不灭”⑦，更多的是感时报国的豪迈意气。开元四年(716)张说作《闻雨二首》诗，先是极写在穷冬寒夜里空斋闻雨时的百种忧思，“心对炉灰死，颜随庭树残”，情绪可谓低沉、萧索至极，然诗人仍旧抱有把握自己命运的希冀，故于诗歌结尾处又振起一笔：“旧恩怀未报，倾胆镜中看。”⑧正因为如此，张说在苦闷不已而寄情山水之余，依然对玄宗忠心耿耿：“双童有灵药，愿取献明君！”⑨

张说不甘寂寞，总在寻找机会复出。所作《五君咏五首》，“达志、美类、刺异、感义、哀事”⑩，通过对其好友魏元忠等人生平遭际、功名的咏叹，抒发自己未泯的建功立业的信念。如他赞魏元忠：“入相廊庙静，出军沙漠霁。见深吕禄忧，举后陈平计。甘心除君恶，足以报先帝。”⑪赞郭元振：“代公举鹏翼，悬

① 《张说集校注》卷七《同赵侍御望归舟》，第 334 页。
② 《张说集校注》卷六《岳州别王十一赵公入朝》，第 264 页。
③ 《张说集校注》卷六《送梁知微渡海东》，第 248 页。
④ 《张说集校注》卷六《岳州别姚司马绍之制许归侍》，第 271 页。
⑤ 李泽厚：《美的历程》，生活·读书·新知三联书店，2009 年，第 132 页。
⑥ 《张说集校注》卷九《(岳州)看黄叶》，第 455 页。
⑦ 《张说集校注》卷八《岳州作二首》，第 390 页。
⑧ 《张说集校注》卷九《闻雨二首》，第 447 页。
⑨ 《张说集校注》卷八《游洞庭湖二首》，第 400 页。
⑩ 《张说集校注》卷一〇《五君咏五首》，第 499 页。
⑪ 《张说集校注》卷一〇《五君咏五首·魏齐公元忠》，第 499 页。

飞磨海雾。志康天地屯，适与云雷遇。兴丧一言决，安危万心注。大勋书王府，舛命沦江路。"①赞苏瓌："百事资朝问，三章广世程。"②《明皇杂录》卷下记载了张说写此诗之经过："张说之谪岳州也，常郁郁不乐。时宰以说机辨才略，互相排摈。苏颋方当大用。而张说与瓌(苏颋父)相善，张因为《五君咏》，致书，封其诗以遗颋，戒其使曰：'候忌日近暮送之。'使者既至，因忌日，赍书至颋门下。会积阴累旬，近暮吊客至，多说先公寮旧，颋因览诗，呜咽流涕，悲不自胜。翌日，乃上封，大陈说忠贞謇谔，尝勤劳王室，亦人望所属，不宜沦滞于遐方。上乃降玺书劳问，俄而迁荆州长史。"③据此，则张说作五君咏，本意即在求人汲引，再建功名。此外，像"窃羡能言鸟，衔恩向九重"④，"宁思江上老，岁晏蹇无成"⑤，也是在对朋友表示羡慕之余，委婉地表示希望能得到他们的汲引。开元六年(718)春夏之际，张说迁荆州大都督府长史时，心情愉快，"春色沅湘尽，三年客始回。夏云随北帆，同日过江来。水漫荆门出，山平郢路开。比肩羊叔子，千载岂多才!"⑥以西晋著名征南大将军羊祜自期，以示雄心不减。在经历了"巫山云雨峡，湘水洞庭波"⑦的风浪之后，此次提举也坚定了诗人的用世信心，希望再入台阁，施展其文经武纬而致太平的抱负，故有"不果朝宗愿，其如江汉何"⑧的自期。

张说在荆州，游览楚国遗迹，多有诗作。当张说看到楚地先贤而今也"潜卧九重泉。松柏剪无余，碑记灭罔传"的凄凉状况后，不由抚今追昔，发出"使人心怅然"的感叹⑨。吊楚怀王墓，诗人在"啼狖抱山月，饥狐猎野霜"的悲怆森竖中，悲叹怀王"客死峣关路，返葬岐江阳"，并由此生发出对当年屈原"怀沙"自沉衷情的理解："一闻怀沙事，千载尽悲凉"。⑩ 吊古实乃自吊，在这些诗中，隐

① 《张说集校注》卷一〇《五君咏五首·郭代公元振》，第505页。
② 《张说集校注》卷一〇《五君咏五首·许公苏环》，第501页。
③ 《明皇杂录》卷下《张说致书苏颋》，第28页。
④ 《张说集校注》卷六《广州萧都督入朝过岳州宴饯(赋)得冬字》，第269页。
⑤ 《张说集校注》卷七《赠广平公宋大夫》，第301页。
⑥ 《张说集校注》卷八《四月一日过江赴荆州》，第378页。
⑦ 《张说集校注》卷八《荆州亭入朝》，第393页。
⑧ 《张说集校注》卷八《荆州亭入朝》，第393页。
⑨ 《张说集校注》卷八《过汉南城叹古坟》，第373页。
⑩ 《张说集校注》卷八《过怀王墓》，第424页。

显明暗间流动着作者恋阙以期再展胸襟的沉郁心曲。

尽管张说身处困境，但多数情况下能以从容不迫的心态对待宠辱出处。他贬至荆湘时的心境，比贬谪岭南时显得平和达观多了，与“沈宋”“四杰”那种或躁进或褊狭，或愤激或颓废的心绪更是大相径庭。这使他能沉静下来对社会人世、宇宙人生进行重新审视和冷静思索。其《咏瓢》：“雅色素而黄，虚心轻且劲。岂无雕刻者，贵此成天性。”①表面上是崇尚质朴，反对雕饰，实际上是从道家“无为”思想出发，对自己积极求索行为的反思。《早霁南楼》通过对“四运相终始，万形纷代续”自然现象的总结，将深远的历史感和悠渺的空间感交织在一起，旨在探索天道人事变化的解决之道②。在与自然的对话中，诗人渐渐进入“心元是幻，法本皆空”③的思想境界。如《杂诗四首》之四曰：“默念群疑起，玄通百虑清。初心灭阳艳，复见湛虚明。悟灭心非尽，求虚见后生。应将无住法，修到不成名。”④《岳州夜坐》曰：“息心观有欲，弃知返无名。五十知天命，吾其达此生。”⑤即使诗人不能做到机心全泯，一无所恃，但有了这种超然之念，也足以在处境困厄时，保持良好的心态，静以待时。

张说着意将一种悠然自得的姿态引入日常生活，有时他似乎真的沉浸在微醺的快乐中。“醉后乐无极，弥胜未醉时，动容皆是舞，出语总成诗”，“宿酒何时醒，形骸不复存。忽闻有嘉客，蹶步出闲门”⑥，“但令不忘醉，翻是乐无为”⑦，“还将不事事，同醉俗中人”⑧，均传达出任真放达的人生情趣。其《和尹懋秋夜游灉湖》也表现了这种盛唐人的率真状态：“坐啸人事闲，佳游野情发。山门送落照，湖口升微月。”⑨游心于山水，诗人显得舒卷自如，那些因执著产生的痛苦仿佛落日慢慢地消失，心如明月，莹彻透亮。诗人又将内心的一片清辉送于友

① 《张说集校注》卷九《咏瓢》，第 457 页。
② 《张说集校注》卷八《早霁南楼》，第 409 页。
③ 《张说集校注》卷一《虚室赋》，第 12~13 页。
④ 《张说集校注》卷九《杂诗四首》其四，第 464 页。
⑤ 《张说集校注》卷九《岳州夜坐》，第 450 页。
⑥ 《张说集校注》卷七《翻著葛巾呈赵尹》，第 310 页。
⑦ 《张说集校注》卷九《耗磨日饮》之二，第 435 页。
⑧ 《张说集校注》卷九《耗磨日饮》之一，第 434 页。
⑨ 《张说集校注》卷八《和尹懋秋夜游灉湖》，第 403 页。

人，他劝慰同病相怜的赵冬曦："泊渚烦为媒，多才怨成褊。长沙鹏作赋，任道可知浅。请从三已心，荣辱两都遣。"①张说不仅对友人表现出豁达，独处时他的内心也是如此。其《石门墨山二山相连有禅堂(道)观天下绝境》有："长揖桃源士，举世同企羡。"②《襄州景空寺题融上人兰若》透露出自己希图步融上人之后尘："何由侣飞锡，从此脱朝簪。"③当然，对以经世之儒为终身奋斗目标的张说来说，要达到庄子那种齐万物、等生死的境界是不可能的，但他的这种有意的超脱，也意味着对苦难积极主动的消解。

以平和的心态去体味人生、欣赏自我，这是张说的解脱之法，而不是他的终极追求。他的终极追求还在于政治和功业。所以，当张说结束贬谪生涯后，巡守幽州，便作诗声言："会待安边报明主，作颂封山也未迟。"④那种朝气蓬勃的功业理想与进取精神又一次迸发出来。

二、张九龄及其创作

张九龄被贬至荆州，主要作有《感遇》十二首、《杂诗》五首和登高怀古诸作。

荆州之贬，再次触发了张九龄出身寒门、难以立足朝廷的孤独心境。年衰的诗人写道："芳意何能早，孤荣亦自危。更怜花蒂弱，不受岁寒移"，"馨香虽尚尔，飘荡复谁知。"⑤既有自怜自伤、忧谗畏讥之思，又有掩藏不住的无人理会、远离朝廷的失落之感。张九龄出身并非望族，朝无亲朋，加之地居南陬，能入朝为官，已属难能，官居宰辅，更是不易。他始终无法忘却其出身岭南、来自寒门的背景，他上奏表章往往自称"臣山薮陋材""草土""荒塞" "荒陬贱类"等，而在他的诗中也屡称"平生本单绪，邂逅承优秩"⑥，"荣达岂不伟，孤生非所任"⑦，时常有"一跌不自保，万全焉可寻"⑧的忧惧。《感遇》其四写道：

---

① 《张说集校注》卷七《赠赵侍御》，第 306 页。

② 《张说集校注》卷八《石门墨山二山相连有禅堂(道)观天下绝境》，第 416 页。

③ 《张说集校注》卷八《襄州景空寺题融上人兰若》，第 376 页。

④ 《张说集校注》卷八《巡边在河北作二首》之一，第 380 页。

⑤ 《张九龄集校注》卷四《庭梅咏》，第 308 页。

⑥ 《张九龄集校注》卷二《登郡城南楼》，第 125 页。

⑦ 《张九龄集校注》卷二《郡舍南有园畦杂树聊以永日》，第 152 页。

⑧ 《张九龄集校注》卷二《始兴南山下有林泉常卜居焉荆州卧病有怀此地》，第 157 页。

孤鸿海上来，池潢不敢顾。侧见双翠鸟，巢在三珠树。矫矫珍木巅，得无金丸惧？美服患人指，高明逼神恶。今我游冥冥，弋者何所慕。①

历经大海狂风骤浪的孤鸿，却连小小的护城河也不敢光顾。它看到双翠鸟筑巢于神话中华贵的三珠树上，也只能“侧见”，不敢正视，而它本身是“孤”身单影，可见其孤寒情形。这是诗人的自况，也隐喻着诗人与李林甫、牛仙客的不同位势：一则孤寒寥落，一则热焰熏天。其《感遇》其七云：

江南有丹橘，经冬犹绿林。岂伊地气暖，自有岁寒心。可以荐嘉客，奈何阻重深。运命唯所遇，循环不可寻。徒言树桃李，此木岂无阴。②

诗既是咏橘，又是自述怀抱，对难以推寻的命运和自己仕途不遇、遭人弃掷的命运，发为深长的慨叹。

张九龄因其高远的理想、刚正不阿的性格与媚俗的世态格格不入而迸发出郁勃不平。他早年抱有致君尧舜，齐衡管乐的政治理想，“三岁为相，万邦底宁，而善恶太分，背憎者众。虞机密发，投杼生疑。百犬吠声，众狙皆怒”③。在忧谗畏讥的困境中，诗人仍然表现出“壮图空不息，常恐发如丝”④的志向和追求。诗人一生都关心政治，忧国忧民，却在衰老之年被贬至荆州，对日益腐败的朝政只能束手旁观，有心无力。《感遇》其十写其对国步之艰的殷殷忧心：

汉上有游女，求思安可得。袖中一札书，欲寄双飞翼。冥冥愁不见，耿耿徒缄忆。紫兰秀空蹊，皓露夺幽色。馨香岁欲晚，感叹情何极。白云在南山，日暮长太息。⑤

① 《张九龄集校注》卷二《感遇》其四，第 174 页。
② 《张九龄集校注》卷二《感遇》其七，第 178 页。
③ (唐)徐浩：《唐尚书右丞相中书令张公神道碑》，《全唐文》卷四四〇，第 4491 页。
④ 《张九龄集校注》卷三《初发道中寄远》，第 226 页。
⑤ 《张九龄集校注》卷二《感遇》其十，第 180~181 页。

诗人借“求思”汉女表达对君王的忧思，其审美的手法仍是传统的。诗人要借飞鸟寄书，却不见飞鸟，只得把耿耿于怀的思情默记不言，以幽兰自比，感叹不已。

被贬荆州后的几年，也是张九龄人生的最后几年，他仍在对自己以及士子的人生追求进行着深刻的反思：“道家贵至柔，儒生何固穷。终始行一意，无乃过愚公。”①认为像他这样的士子之所以运乖命舛，都在于对理想的追求太执著了。倘若能像道家提倡的那样“抱元守一”，随顺自然，也许就不会有那么多苦恼的折磨了。所以，他悟出了“物生贵得性，身累由近名”②这个道理，并劝导人们“虽然经济日，无忘幽栖时”③。要做到知足常乐，随时准备激流勇退。这是一位从政治顶峰跌落下来的“过来人”的感世箴言，也是“儒道互补”这一古代大多数文人所选择的处世模式在张九龄身上的具体体现。张九龄最终形成了他的盛世人生观，这就是“当须报恩已，终尔谢尘缁”④，即逢时报恩，功成身退。但应指出的是，老庄所主张的功遂身退，实际上是其盈虚倚伏、祸福消长的自然观的一种体现，他们强调的“身退”、“无为”，是要人们主动避世、远害全身；而张九龄最终所确立的“功成身退”的人生观，固然有受老庄思想影响的一面，但他更重视的是“功成”，认为功成之后才能安心归隐。这又显示了他用儒家思想来纠道家之偏的积极入世的精神。因此，当遭受挫折时，张九龄一方面要坚守自己的节操，不愿与奸邪小人同流合污，另一方面，他又为“已矣直躬者，平生壮图失”⑤而感到莫大的悲哀和失望。只是在这种情况下，老庄的那种避世无为、超凡脱俗的教义，才成为他赖以解脱的支柱。相较而言，在他身上，儒家积极入世的态度还是占了主导地位。

三、贾至及其创作

乾元二年(759)秋，贾至被贬为岳州司马。其间所作诗颇多。试看其《初至

① 《张九龄集校注》卷四《杂诗五首》其五，第339页。
② 《张九龄集校注》卷二《秋晚登楼望南江入始兴郡路》，第136页。
③ 《张九龄集校注》卷四《骊山下逍遥公旧居游集》，第294页。
④ 《张九龄集校注》卷三《使还都湘东作》，第271页。
⑤ 《张九龄集校注》卷四《叙怀二首》其二，第332页。

巴陵与李十二白裴九同泛洞庭湖三首》：

> 江上相逢皆旧游，湘山永望不堪愁。明月秋风洞庭水，孤鸿落叶一扁舟。
>
> 枫岸纷纷落叶多，洞庭秋水晚来波。乘兴轻舟无近远，白云明月吊湘娥。
>
> 江畔枫叶初带霜，渚边菊花亦已黄。轻舟落日兴不尽，三湘五湖意何长。①

三首诗各有胜境，而以第二首最佳。诗写枫岸落叶，晚来秋水，意境悠远，词句清丽，但其中隐含的，却是游者的某种怅惘情怀。诗题曰“初至巴陵”(巴陵即岳州)，说明他甫至贬所，心情不畅，而遇李白诸友，又一乐事，故同游洞庭，在湖光山色中一尽雅兴，一遣愁绪。

此后，房琯之党纷纷被遣，“故人西掖寮，同扈岐阳蒐。差池尽三黜，蹭蹬各南州”②，自已眼见起复无望，苦闷便渐渐郁积心中：“我年四十余，已叹前路短。”③在心灵的苦闷无法排遣的时候，诗人迁怒于东风与春日：“东风不为吹愁去，春日偏能惹恨长。”④看似无理，却无理而妙，无理而深。

“孤帆泣潇湘，望远心欲断。”⑤迁客送迁客，越发悲凉寂寞。贾至在《岳阳楼重宴别王八员外贬长沙》中写道：“江路东连千里潮，青云北望紫微遥。莫道巴陵湖水阔，长沙南畔更萧条。”⑥深切怜惜着友人的悲惨遭遇，与友人相比，自己的艰难处境似乎已是不值一提了。等到夜别友人时，只能无奈地喊出心声：“柳

① (唐)贾至：《初至巴陵与李十二白裴九同泛洞庭湖三首》，《全唐诗》卷二三五，第2598页。

② (唐)贾至：《巴陵早秋寄荆州崔司马吏部阎功曹舍人》，《全唐诗》卷二三五，第2592页。

③ (唐)贾至：《送李侍御》，《全唐诗》卷二三五，第2593页。

④ (唐)贾至：《春思二首》其一，《全唐诗》卷二三五，第2597页。

⑤ (唐)贾至：《送李侍御》，《全唐诗》卷二三五，第2593页。

⑥ (唐)贾至：《岳阳楼重宴别王八员外贬长沙》，《全唐诗》卷二三五，第2599页。

絮飞时别洛阳，梅花发后到三湘。世情已逐浮云散，离恨空随江水长”①。穷途之人的互相慰藉也是心酸异常的，贾至在《送王员外赴长沙》中长吁短叹：“携手登临处，巴陵天一隅。春生云梦泽，水溢洞庭湖。共叹虞翻枉，同悲阮籍途。长沙旧卑湿，今古不应殊。”②岳州为迁客骚人汇聚之地，贾至迎来送往，俱是王员外这样的不遇之人，此一为别，“相逢路正难”③，这不能不使他为之一洒伤心之泪。伤心之余，贾至又对友人殷殷嘱托，“闻道衡阳外，由来雁不飞。送君从此去，书信定应稀。云海南溟远，烟波北渚微。勉哉孙楚吏，彩服正光辉”④，既希望友人能从困厄中振拔，亦借以自勉。

“共说金华旧游处，回看北斗欲潸然。”⑤“愿值回风吹羽翼，早随阳雁及春还。”⑥迁谪之中，思乡念阙之情油然而生。然而，对身处贬所的诗人来说，故乡是遥不可及的。被弃绝在荒隅，只能对那些归去的人徒生艳羡之情：“扣楫洞庭上，清风千里来。留欢一杯酒，欲别复裴回。相见楚山下，渔舟忆钓台。羡君还旧里，归念独悠哉”⑦，“一片仙云入帝乡，数声秋雁至衡阳。借问清都旧花月，岂知迁客泣潇湘”⑧。京都是政治文化中心，是自己及第入仕之处，有过意气风发的往事，有不少知交密友，对京都的怀念，其实是对往昔美好生活及亲友的想念，也包含着对政治理想或权力的依恋与追求。这种怀念更能触发诗人的今昔之悲：“畴昔丹墀与凤池，即今相见两相悲。朱崖云梦三千里，欲别俱为恸哭时”⑨。值得一提的是，沦落在外的贾至丝毫没有放弃对国家民众的责任：“我同长沙行，时事加百忧。登高望旧国，胡马满东周。”⑩念及每况愈下的政事，不免

① （唐）贾至：《巴陵夜别王八员外》，《全唐诗》卷二三五，第2598页。一作萧静诗，题《三湘有怀》，分见《全唐诗》卷七七四，第8774页。

② （唐）贾至：《送王员外赴长沙》，《全唐诗》卷二三五，第2595页。

③ （唐）贾至：《长沙别李六侍御》，《全唐诗》卷二三五，第2596页。

④ （唐）贾至：《送夏侯参军赴广州》，《全唐诗》卷二三五，第2596页。

⑤ （唐）贾至：《洞庭送李十二赴零陵》，《全唐诗》卷二三五，第2598页。

⑥ （唐）贾至：《江南送李卿》，《全唐诗》卷二三五，第2598页。

⑦ （唐）贾至：《送夏侯子之江夏》，《全唐诗》卷二三五，第2593页。

⑧ （唐）贾至：《送王道士还京》，《全唐诗》卷二三五，第2598页。

⑨ （唐）贾至：《送南给事贬崖州》，《全唐诗》卷二三五，第2599页。

⑩ （唐）贾至：《巴陵早秋寄荆州崔司马吏部阎功曹舍人》，《全唐诗》卷二三五，第2592页。

心急如焚。

诗人毕竟从盛唐中走出，没有一味的消沉和悲观。“湘中老人读黄老，手援紫藟坐碧草。春至不知湖水深，日暮忘却巴陵道。”①受老庄思想浸染，面对春来湖山，贾至像其他盛唐逐臣一样，依旧找寻着平衡心理的排遣之道。

第二节　王昌龄、赵冬曦、崔国辅、崔成甫等人及其创作

与张说、张九龄、贾至相比，王昌龄、赵冬曦、崔国辅、崔成甫诸人在两个方面有所不同：其一，前者贬前均身居高位，置身政治斗争的漩涡之中，屡受政敌打击，成为三次吏治与文学之争的牺牲品，故贬后对政治、人生的体验自然与一般人不同。而后者所任官职大多较低或只是外官，与朝政关联不是很大，其被贬也多是受人牵累所致，故在对政治、人生体验的角度上，便与前者有了差异。其二，前者的历史资料较为翔实，贬谪荆湘时所存诗作亦较多，根据这些资料和诗作，易于探寻其身世及创作的原委和究竟，而关于后者的历史资料较少，其贬谪期间除王昌龄外，所存诗作皆寥寥可数，因而在贬谪文学创作的力度上就与前者拉开了距离。然而，作为盛唐荆湘逐臣的一员，他们被贬的经历及创作仍然表现出了独具的特点。下面，亦依次予以论列。

一、王昌龄及其创作

开元二十七年(739)，王昌龄贬岭南，所作诗已多不可考；天宝六载(747)，王昌龄又因“不矜细行，谤议沸腾”②贬为龙标尉，接踵而来的打击使诗人沉浸在哀伤又无奈、清醒又痛苦、忧患又无措的感伤之中。

诗人对负屈含冤的放逐深感幽怨和无奈，但绝不轻易表露出消沉之态。王昌龄从扬州出发赴贬所，行前作《别刘谞》：

天地寒更雨，苍茫楚城阴。一尊广陵酒，十载衡阳心。倚伏不可料，悲

① (唐)贾至：《君山》，《全唐诗》卷二三五，第2598页。

② 《河岳英灵集》卷下《王昌龄》，见《唐人选唐诗新编》，第245页。

欢岂易寻？相逢成远别，后会何如今。身在江海上，云连京国深。行当务功业，策马何骎骎！①

倚伏难逆料，悲欢不易寻，身在江湖之上，心存魏阙之下，其情殷殷，若非有昂扬奋发的精神主导、建功立业的理想追求，实在是难以想象的。《九江口作》再次流露出诗人不以个人得失为怀，而寄理想于未来的豪士精神：

漭漭江势阔，雨开浔阳秋。驿门是高岸，望尽黄芦洲。水与五溪合，心期万里游。明时无弃才，谪去随孤舟。鸷鸟立寒木，丈夫佩吴钩，何当报君恩，却系单于头。②

途经岳阳，有诗《岳阳别李十七越宾》：“杉上秋雨声，悲切蒹葭夕。弹琴收余响，来送千里客。平明孤帆心，岁晚济代策。”暮年远谪，情何以堪？但他终能以随遇而安的豁达态度和朋友共勉：“遭黜同所安，风土任所适。闭门观玄化，携手遗损益。”③天宝十五载(756)，又作《留别武陵袁丞》：“皇恩暂迁谪，待罪逢知己。从此武陵溪，孤舟二千里。桃花遗古岸，金涧流春水。谁识马将军，忠贞抱生死。”④借汉伏波将军马援蒙谗除侯事，与自己被谗窜谪事相比，说明自己跟马援一样，遭受着含冤负屈的痛苦，而忠直之气犹在。

王昌龄虽然遭受着贬谪所带来的巨大痛苦，但对友朋的不幸依旧给予亲切的关怀，并对他人的关爱报以感恩的情怀。其《至南陵答皇甫岳》云：“与君同病复漂沦，昨夜宣称别故人。明主恩深非岁久，长江还共五溪滨。”⑤自己于贬谪途中，反倒安慰其他遭贬的官员。在鄂州江夏县(今武昌)之南浦，昌龄与从岭南谪归的从弟王越相逢，作《西江寄越弟》诗以共勉：“南浦逢君岭外还，沅溪更远

① 《王昌龄集编年校注》卷三《别刘谞》，第158页。
② 《王昌龄集编年校注》卷三《九江口作》，第161页。
③ 《王昌龄集编年校注》卷三《岳阳别李十七越宾》，第163页。
④ 《王昌龄集编年校注》卷三《留别武陵袁丞》，第185页。
⑤ 《王昌龄集编年校注》卷三《至南陵答皇甫岳》，第159页。

洞庭山。尧时恩泽如春雨，梦里相逢同入关。”①在困苦中希望和从弟相濡以沫，等待着皇恩浩荡的将来。既抵龙标，知友人张偾亦遭谗枉而贬湖南一带，时逢朝廷派按察使臣阎某巡察至此，昌龄身处逆境，犹能为朋友仗义执言，陈情申冤，作《为张偾赠阎使臣》诗以献：

> 哀哀献玉人，楚国同悲辛。泣尽继以血，何由辨其真。赖承琢磨惠，复使光辉新。犹畏谗口疾，弃之如埃尘。②

忠直进言如楚人卞和献璞，反遭谗毁。这是在说友人，也是在说自己，其中隐寓着无法消解的身世之戚。在逆境中，王昌龄虽也悲愤感伤，但始终不失信心，不失希望。其《送吴十九之沅陵》云：“沅江流水到辰阳，溪口逢君驿路长。远谪唯知望雷雨，明年春水共还乡。”③《送崔参军往龙溪》云：“龙溪只在龙标上，秋月孤山两相向。谴谪离心是丈夫，鸿恩共待春江涨。”④在对友人的宽慰中，展示了诗人达观开朗的情怀。至武陵时，因武陵郡太守田某对昌龄优礼相待，与武陵郡比邻的卢溪郡(即辰州，治沅陵)姓司马的太守，也来武陵聚宴，两位太守对昌龄的不幸远谪颇为同情，昌龄作《武陵田太守席送司马卢溪》诗谢云：“山水清晖远，俱怜一逐臣。”⑤由于对他人的同情和理解渴盼已久，所以偶一获之，就感激涕零，以致发出“黄鹤青云当一举，明珠吐著报君恩”⑥的表白。

王昌龄谪居期间，除了自身的悲怨和慷慨给予友人的同情外，还更有一种对国家政治失路、民心渐失的社会现状的焦急和惶恐，以及对民生疾苦的担忧。其《箜篌引》在写了“有一迁客登高楼，不言不寐弹箜篌”之后，念阙忧国之心顿生：“仆本东山为国忧，明光殿前论九畴。簏读兵书尽冥搜，为君掌上施权谋。”诗人

---

① 《王昌龄集编年校注》卷三《西江寄越弟》，第160页。

② 《王昌龄集编年校注》卷三《为张偾赠阎使臣》，第180页。《全唐诗》作“张债”，岑仲勉考订应为张偾，文章此处以后皆从岑说。见氏著：《读全唐诗札记》，《唐人行第录》(外三种)，中华书局，2004年，第216页。

③ 《王昌龄集编年校注》卷三《送吴十九之沅陵》，第175页。

④ 《王昌龄集编年校注》卷三《送崔参军往龙溪》，第178页。

⑤ 《王昌龄集编年校注》卷三《武陵田太守席送司马卢溪》，第164页。

⑥ 《王昌龄集编年校注》卷三《留别司马太守》，第170页。

借晋代谢安辞官归隐东山、日后复起的典故，表达了自己不甘沉沦而欲东山再起的信念。他不以一己之穷通为怀，而是意在报国，反对穷兵黩武，希望朝廷“怜爱苍生比蚍蜉，朔河屯兵须渐抽”，最后达到“海内休戈矛”的太平盛世。尽管对他而言，“殿前论九畴”只是一种难以实现的理想，但一位谪居荒远的逐臣心怀凌志，却是难能可贵的①。

王昌龄在荒远闭塞的龙标一住长达六七年，大赦仍渺茫无望，其内心深处未尝无忧戚痛苦。观其诗中“猿愁”“愁颜”“漂沦”“泪痕”诸词语，便知端倪。然而，无论是送客饯别，还是游览野宴，诗人终不作悲惨绝望语，而是以积极向上的生活态度、乐观豁达的情怀劝勉朋友，也安慰自己，对未来仍如初谪时那样充满信心和希望。“莫道弦歌愁远谪，青山明月不曾空”②，“行到荆门上三峡，莫将孤月对猿愁”③。类似的诗句，在现存王诗中所在多有，从中很可以看出诗人坚韧的性格和旷达的情怀。

安史之乱爆发后，王昌龄途经亳州，为刺史闾丘晓所杀。诗人一腔报国理想不仅未能实现，最终反以悲剧告终！千载之下，犹令人为之扼腕。

二、赵冬曦、崔国辅、崔成甫及其创作

赵冬曦因张说的倒台同被贬至岳阳，每每陪张说流连在湖光山色中，借以排解苦闷：“抑郁何以欢，阴氛亦登望。孤岛轻雾里，行舟白波上。目劳西北云，心醉东南嶂。昔日青溪子，胡然此无状。”似乎暂时忘掉了忧愁，甚至“携琴仙洞中，置酒灉湖上。芳景恣行乐，谪居忽如忘”④——连谪居之事都抛在了身后。然而，所有这些都是暂时的，对故乡、故都的怀想始终还是萦绕着诗人的思绪：“永怀宛洛游，曾是弹冠望”⑤，内心的创痛并不如其诗中所说的那样能轻易忘怀，楚山楚水反倒进一步触及了他的逐客之恨。他时而感慨先贤：“常钦才子意，

① 《王昌龄集编年校注》卷三《箜篌引》，第171页。

② 《王昌龄集编年校注》卷三《龙标野宴》，第177页。

③ 《王昌龄集编年校注》卷三《卢溪别人》，第168~169页。

④ （唐）赵冬曦：《陪张燕公登南楼》，《全唐诗》卷九八，第1056页。

⑤ （唐）赵冬曦：《酬燕公出湖见寄》，《全唐诗》卷九八，第1056页。

忌鵩伤踡跼。雅尚骚人文，怀沙何迫促。未知二贤意，去矣从所欲”①，时而悲叹自己的不遇：“穷鸟婴笼缀，孤飞任播迁。鷦鷯王佐用，复此挫冲天。”②

与张说相比，赵冬曦显然要消沉一些。张说《同赵侍御乾湖作》参悟天地盈虚消息之理，建议赵冬曦不要汲汲于人间倚伏：“天地盈虚尚难保，人间倚伏何须道。”③在《赠赵侍御》中进一步说道：“坐啸予多暇，行吟子独善。……长沙鵩作赋，任道可知浅。请从三已心，荣辱两都遣。”④也许正是在张说的影响下，赵冬曦才不至过于沉沦，并在诗中表现出了一些随运任化的态度。其《灉湖作》云：“来今自昔无终始，人事回环常若是。应思阙下声华日，谁谓江潭旅游子。初贞正喜固当然，往蹇来誉宜可俟。盈虚用舍轮舆旋，勿学灵均远问天。”⑤用人事回环之理来自我宽解，在对屈原的超越中认肯现实。

崔国辅从京官贬为竟陵郡太守，此后在悒郁潦倒中度过余生。其《石头滩作》云：

> 怅矣秋风时，余临石头濑。因高见远境，尽此数州内。羽山数点青，海岸杂光碎。离离树木少，漭漭湖波大。日暮千里帆，南飞落天外。须臾遂入夜，楚色有微霭。寻远迹已穷，遗荣事多昧。一身犹未理，安得济时代。且泛朝夕潮，荷衣蕙为带。⑥

既有功业未成的怅然，又有随遇而安的自适。前路已穷，世事多昧，一身尚且无暇自理，又何以谈得上济世救时？唯一的办法，便是荷花蕙带，芳洁自守，朝夕弄潮，融化自然。全诗以平和的语调出之，却隐含着不可言说的感伤。和其他逐臣一样，他亦有思乡之情：“江边枫落菊花黄，少长登高一望乡。九日陶家虽载

① （唐）赵冬曦：《奉和张燕公早雾南楼》，《全唐诗》卷九八，第 1056 页。
② （唐）赵冬曦：《奉酬燕公见归田赋垂赠之作》，《全唐诗》卷九八，第 1059 页。
③ 《张说集校注》卷七《同赵侍御乾湖作》，第 332 页。
④ 《张说集校注》卷七《赠赵侍御》，第 306 页。
⑤ （唐）赵冬曦：《灉湖作》，《全唐诗》卷九八，第 1057 页。
⑥ （唐）崔国辅：《石头滩作》，《全唐诗》卷一一九，第 1200 页。

酒，三年楚客已沾裳。”①

崔成甫被贬到湘阴，仅遗诗一首。李白为其作《〈泽畔吟〉序》谓：“《泽畔吟》者，逐臣崔公之所作也。”接着说他“流离乎沅湘，摧颓于草莽”，“忠愤义烈，形于清辞，恸哭泽畔，哀形翰墨，犹风雅之什”。据此可知，崔成甫在贬谪期间作了大量诗作，而且多为忠愤义烈之辞，哀怨悲痛之言。对他的诗，李白有很高的评价：“逸气顿挫，英风激扬，横波遗流，腾薄万古。至于微而彰，婉而丽，悲不自我，兴成他人，岂不云怨者之流乎？余览之怆然，掩卷挥涕。”②能受到太白如此推赏，真令我们对崔氏刮目相看。其《赠李十二白》这样写道：“我是潇湘放逐臣，君辞明主汉江滨。天外常求太白老，金陵捉得酒仙人。”③诗写得颇有味道，虽内含哀感，但更多诙谐和放达，使人想见其文采风流。李白在诗中曾数次论及崔成甫，说他“夫子虽蹭蹬，瑶台雪中鹤。独立窥浮云，其心在寥廓。时来一顾我，笑饭葵与藿。世路如秋风，相逢尽萧索”④。“崔生何傲岸，纵酒复谈玄。身为名公子，英才苦迍邅。”⑤既道出了崔成甫的仪表风姿、傲岸心性、纵酒生活和玄学修养，又对他身为“名公子”而身遭弃逐深表同情和惋惜。同时，由李白的叙述也能清晰看出崔成甫在困境中的人格操守和超然情调。

第三节　荆湘逐臣的交游与唱和

除了荆湘逐臣的自述怀抱外，盛唐其他诗人也在与他们的交往中写下了大量唱和、送别之作。这些诗人多为著名诗人，他们的加入使荆湘贬谪这个文化主题有了进一步的扩充。

张说在岳州时，除了和赵冬曦唱和外，与尹懋、梁知微、张均、张垍等人亦徜徉在楚地风物中，形成了一个文学群体，对当时的诗歌尤其是山水诗的发展起

---

① （唐）崔国辅：《九日》，《全唐诗》卷一一九，第1205页。

② 李白为其作《〈泽畔吟〉序》。见《李白全集编年笺注》卷一八《泽畔吟序》，第1911～1912页。

③ （唐）崔成甫：《赠李十二白》，《全唐诗》卷二六一，第2906页。

④ 《李白全集编年笺注》卷一〇《游敬亭寄崔侍御》，第1028页。

⑤ 《李白全集编年笺注》卷一〇《赠宣城宇文太守兼呈崔侍御》，第1037页。

到了极大的推动作用。此外，张说等与其他诗人亦有往来。开元四年(716)春，王琚自泽州移守衡州，经岳州，与张说游宴，诗歌酬唱。同为贬谪之臣，王琚向张说吐露心声：“我逐江潭雁，君随海上鸥。”①本年秋，王琚入朝，又与张说相聚，互为赠答，王琚有《自荆湖入朝至岳阳别张燕公》②，张说作《岳州别赵国公王十一琚入朝》③，内有“离魂似征帆，恒往帝乡飞”之句。开元五年，张九龄罢职南归，将至岳阳，有诗怀赵冬曦：“湘浦多深林，青冥昼结阴。独无谢客赏，况复贾生心。”④张九龄和赵冬曦两人于先天元年(712)同登制科为拾遗，情谊深厚，彼时又同遭坎坷，不由又增几分知己之感。

开元二十五年(737)四月，张九龄因荐周子谅非人而左迁荆州长史。谪居期间，他曾与孟浩然、王昌龄等有过交往。王上源云：“(浩然)间游秘省，秋月新霁，诸英华赋诗作会，浩然句曰：‘微云淡河汉，疏雨滴梧桐。’举座嗟其清绝，咸阁笔不复为继。丞相范阳张九龄、侍御史京兆王维……率与浩然为忘年之交。”⑤后因友人宋鼎之荐而辟孟浩然为从事，孟有《荆门上张丞相》《陪张丞相登荆城楼因寄蓟州张使君及浪泊戍主刘家》《陪张丞相祠紫盖山途经玉泉寺》等，多是为张九龄抱屈之作，传达了对张九龄昔日业绩的称羡，并对张的知遇之恩深表感谢⑥。据徐浩《唐尚书右丞相中书令张公神道碑》载：张九龄于“开元二十八年(740)春，请拜扫南归”⑦，五月病卒曲江私第，则孟浩然离荆州自当在此前。离荆府后，孟浩然写下《湖中旅泊寄阎防》《洞庭湖寄阎九》二诗⑧，慰藉贬谪长沙的阎防。

孟浩然与王昌龄也有关于贬谪的交往诗作。开元二十五年，王昌龄被贬岭

---

① (唐)赵冬曦：《奉答燕公》，《全唐诗》卷九八，第1059页。

② (唐)王琚：《自荆湖入朝至岳阳别张燕公》，《全唐诗》卷九八，第1062页。

③ 《张说集校注》卷六《岳州别赵国公王十一琚入朝》，第264页。

④ 《张九龄集校注》卷三《将至岳阳有怀赵二》，第219页。

⑤ 王士源撰《孟浩然集序》，参见《孟浩然诗集校注》，第475页。

⑥ 《荆门上张丞相》、《陪张丞相登荆城楼因寄蓟州张使君及浪泊戍主刘家》、《陪张丞相祠紫盖山途经玉泉寺》参见《孟浩然诗集校注》卷二，第185、183、160页。

⑦ (唐)徐浩：《唐尚书右丞相中书令张公神道碑》，《全唐文》卷四四〇，第4490页。

⑧ 《湖中旅泊寄阎防》、《洞庭湖寄阎九》参见《孟浩然诗集校注》卷一、三，第35、297~298页。

南，途经襄阳，与孟浩然相见，孟写下《送王昌龄之岭南》一诗，用“长沙贾谊愁”①的诗句表达了对友人不幸遭遇的同情和惋叹。开元二十七年(739)，王昌龄又至张九龄处。九龄曾于开元十九年任秘书省少监，当时王昌龄为秘书省校书郎，是张的下级，故此次相逢，有《奉赠张荆州》之作。诗云：“祝融之峰紫云衔，翠如何其雪崭岩。邑西有路缘石壁，我欲从之卧穹嵌。鱼有心兮脱网罟，江无人兮鸣枫杉。王君飞舄仍未去，苏耽宅中意遥缄。”②既表达了自己对张的慕恋追随之意，亦对张的处境深表同情，在隐约的言辞中，透露出无可奈何之感。同年，诗人钱起也来到荆州，和张九龄有诗唱和。

天宝五载(746)，崔成甫被贬潇湘。后转徙金陵，遇到故人李白，于是诗酒唱和，极为相得。李白集中现存酬赠崔侍御的诗有十一首，其中大部分诗篇都涉及崔的遭遇。崔成甫父亲崔沔在开元年间担任过东都副留守，家在洛阳，成甫出仕前及崔沔卒后守丧期间，主要在洛阳生活，李、崔初识，当在此时。李白《赠崔侍御》回顾往昔说：“洛阳因剧孟，托宿话胸襟。……长安复携手，再顾重千金。君乃輶轩佐，余叨翰墨林。”③可见，崔成甫摄监察御史时，李白也正供奉翰林。这段交谊，奠定了他们日后相知相重的牢固基础。这只要看看李白在金陵所作《玩月金陵城西孙楚酒楼达曙歌吹日晚乘醉著紫绮裘乌纱巾与酒客数人棹歌秦淮往石头访崔四侍御》④这一诗题，即可想见其时旧友重逢的热烈场景。李白为逐臣鸣不平最激烈的是《古风》之四十九，其中有“归去潇湘沚，沉吟何足悲”⑤之语，衡之当日情景，以指崔成甫最为恰当。《古风》之五十一借古喻今，指斥“殷后乱天纪”、“楚怀亦已昏”⑥的现实政治，而对“比干谏而死，屈平窜湘源”的直臣被诬遭际深表叹惋。

天宝七载(748)春，李白在金陵，闻王昌龄远谪龙标，不胜思念与同情，因

① 《孟浩然诗集校注》卷二《送王昌龄之岭南》，第 227 页。

② 《王昌龄集校注》卷三《奉赠张荆州》，第 117~118 页。

③ 《李白全集编年笺注》卷七《赠崔侍御》，第 686 页。

④ 《李白全集编年笺注》卷八《玩月金陵城西孙楚酒楼达曙歌吹日晚乘醉著紫绮裘乌纱巾与酒客数人棹歌秦淮往石头访崔四侍御》，第 814 页。

⑤ 《李白全集编年笺注》卷五《古风其四十九》，第 543 页。

⑥ 《李白全集编年笺注》卷一〇《古风其五十一》，第 974 页。

赋《闻王昌龄左迁龙标遥有此寄》："杨花落尽子规啼，闻道龙标过五溪。我寄愁心与明月，随风直到夜郎西。"①杨花、子规，飘零离恨之情已寓景中；将愁心寄托明月以随风逐友，尤见深情挚意。常建隐于鄂渚西山，闻昌龄已贬龙标僻地，且受谗枉，遂作《鄂渚招王昌龄张偾》："刈芦旷野中，沙土飞黄云。天晦无精光，茫茫悲远君。楚山隔湘水，湖湘落日曛。春雁又北飞，音节固难闻。谪居未为叹，谗枉何由分。午日逐蛟龙，宜为吊冤文。翻覆古共然，名宦安足云。贫士任枯槁，捕鱼清江濆。有时荷锄犁，旷野自耕耘。不然春山隐，溪间花氤氲。山鹿自有场，贤达亦顾群。二贤归去来，世上徒纷纷。"②常建与昌龄皆于开元十五年(727)登进士第，交情很深，故对昌龄受谗枉贬远地甚抱不平，充满了深切的同情和怀念，并劝他和张偾同来西山归隐，以排遣混浊尘世所带来的忧愁烦恼。

安史之乱后，李白曾较长时间流连于潇湘。肃宗至德二载（757)冬，李白因参加永王李璘幕府事被流放夜郎，这是他一生中最不幸的时期，也是他和众多诗人交往较为密切的时期。大概在他流放夜郎途中或遇赦东归至洞庭时，听到了好友崔成甫卒于江介的消息③。这无疑是雪上加霜，于是以满怀悲愤的心情写下了哀切动人的《〈泽畔吟〉序》，记叙了崔成甫一生的宦历，强烈控诉了权奸对他的陷害，并对其作品的艺术成就作出了高度评价。此序可以说是李白文章中写得感情最愤慨而又最激动人心的篇章。其时李白旧友郄昂被贬巴州清化尉，途经洞庭时与李白相遇，李白写有《送郄昂谪巴中》诗："予若洞庭叶，随波送逐臣。"④将自己比作洞庭落叶，以逐臣或前逐臣的身份送另一被放逐之友人，其情之悲苦溢于楮墨之间。

乾元二年(759)，李白刚遇大赦放还，与贾至在岳州相聚，诗酒唱和。贾至在诗中称李白为"旧游"，说明他们在天宝年间曾有交谊。这次旧雨重逢，境遇相似，故相聚之喜中又深寓惺惺相惜之悲。李白有诗《巴陵赠贾舍人》："贾生西

① 《李白全集编年笺注》卷八《闻王昌龄左迁龙标遥有此寄》，第806页。

② 《常建诗歌校注》卷上《鄂渚招王昌龄张偾》，第80~81页。

③ 《有唐通议大夫守太子宾客赠尚书左仆射崔孝公(沔)墓志》崔祐甫附记："孝公长子成甫……以事贬黜，乾元初卒于江介。"又据郁贤皓考证，李白写《〈泽畔吟〉序》的时间当在乾元元年或稍后，即李白流放夜郎途中或遇赦归来游潇湘之时。见郁贤皓著：《李白诗中崔侍御考辨》，《李白丛考》，第93页。

④ 《李白全集编年笺注》卷一三《送郄昂谪巴中》，第1378页。

望忆京华，湘浦南迁莫怨嗟。圣主恩深汉文帝，怜君不遣到长沙。”①李白把肃宗比之为汉文帝，劝慰贾至有朝一日还会像贾谊那样被召入京。其实，李白表面上用“圣主恩深”称颂当今皇帝，内里含着对肃宗婉曲而深切的讥讽，而且“圣主恩深”两句是李白以沉重的心情表达对朋友的解嘲和自嘲，饱含着同病相怜的酸楚。这首诗含情凄惋深微，讽刺意味委婉而深长，所以杨慎赞此诗“得温柔敦厚之旨矣”②。李白又有《与贾至舍人于龙兴寺剪落梧桐枝望灉湖》诗，其中说：“剪落青梧枝，灉湖坐可窥，雨洗秋山净，林光澹碧滋。”③游兴是很浓的。接着刑部侍郎李晔被贬岭南，路经洞庭，于是三人诗酒酬唱，过了一些快活的日子。李白有《陪族叔刑部侍郎晔及中书贾舍人至游洞庭五首》《陪侍郎叔游洞庭醉后三首》等，诗中写道：“洛阳才子谪湘川，元礼同舟月下仙。记得长安还欲笑，不知何处是西天?”④“帝子潇湘去不还，空余秋草洞庭间。淡扫明湖开玉镜，丹青画出是君山。”⑤此次三人难得有机会相遇，遭受与境遇相似，开怀畅饮，李白曾口出狂言要“划却君山”，“醉杀洞庭”，可以想见他们是何等欢畅了，尽管在这欢畅中也还掺杂着苦涩！与此同时，李白还作有《洞庭醉后送绛州吕使君杲流澧州》⑥等诗。在这一年的秋天，李白又从岳州南下，赴湖南零陵，贾至有诗相送，即《洞庭送李十二赴零陵》：“今日相逢落叶前，洞庭秋水远连天。共说金华旧游处，回看北斗欲潸然。”⑦至零陵后，李白有《赠卢司户》诗云：“秋色无远近，出门尽寒山。白云遥相识，待我苍梧间。”⑧可知乾元年间卢象正在永州司户参军任上。李白与卢象于天宝初就在长安结识，天宝四载(745)又曾在齐州相会，此次则是

---

① 《李白全集编年笺注》卷一四《巴陵赠贾舍人》，第1425页。

② (明)杨慎撰：《升庵诗话》卷一《巴陵赠贾舍人》，见丁福保辑：《历代诗话续编》，中华书局，2006年，第652页。

③ 《李白全集编年笺注》卷一四《与贾至舍人于龙兴寺剪落梧桐枝望灉湖》，第1426页。

④ 《李白全集编年笺注》卷一四《陪族叔刑部侍郎晔及中书贾舍人至游洞庭五首》，第1428~1429页。

⑤ 《李白全集编年笺注》卷一四《陪侍郎叔游洞庭醉后三首》，第1431页。

⑥ 《李白全集编年笺注》卷一四《洞庭醉后送绛州吕使君杲流澧州》，第1432页。

⑦ 《全唐诗》卷二三五《洞庭送李十二赴零陵》，第2598页。

⑧ 《李白全集编年笺注》卷一四《赠卢司户》，第1446页。按“卢司户”即卢象，《新唐书》卷六〇《艺文四》：“《卢象集》十二卷。”注：“字纬卿，左拾遗、膳部员外郎，授安禄山伪官，贬永州司户参军，起为主客员外郎。”第1603页。

继齐州聚首后的又一次相会。从诗中可以看出两人在潇湘见面时感情融洽，心境开朗，有“他乡遇故知”之感。

杜甫于乾元元年(758)出为华州司功参军，乾元二年弃官赴秦州。他在秦州写了几首怀念旧友的诗篇。其中一首怀念贾至、严武的长诗，即《寄岳州贾司马六丈巴州严八使君两阁老五十韵》①。诗云：“衡岳啼猿里，巴州鸟道边。故人俱不利，谪宦两悠然。”由于杜甫、严武、贾至俱是受房琯党牵连而被贬的，故有“故人俱不利”之语。诗又云：“旧好肠堪断，新愁眼欲穿。……贾笔论孤愤，严诗赋几篇？定知深意苦，莫使众人传。贝锦无停织，朱丝有断弦。浦鸥防碎首，霜鹘不空拳。地僻昏炎瘴，山稠隘石泉。”对贾、严的处境深表关切，从嘱咐对方缄默深藏，以免遭人谗害，到被贬之地自然环境的恶劣，均一一道来，见出老杜对朋友的一片深挚之情。

第四节　贬谪后的艺术创新

盛唐荆湘逐臣以张说、张九龄、王昌龄为代表，诗歌创作在贬谪前后出现了阶段性的变化。约略说来，有如下几端：

一、题材的转换

首先是从奉和应制诗到山水诗的转变。贬谪之前，张说、张九龄均为朝廷重臣，常随侍玄宗左右，应诏奉和，或因朝廷重大政治活动而作，或因宫廷宴会应酬而作。他们的应制诗辞藻富赡华丽，声调铿锵谐和，体制庄严恢宏，对仗精工绚密。杨慎《升庵诗话》曾评论初唐应制诗的特点：“唐自贞观至景龙，诗人之作，尽是应制。命题既同，体制复一，其绮绘有余，而微乏韵度。”②二张的应制诗因对初唐应制诗有所继承，故程式化、繁缛化等弊端在所难免，如张说所作《修书院学士奉敕宴梁王宅赋得树字》，全篇运用典故，表达对梁王知遇之恩的

① 《杜诗详注》卷八《寄岳州贾司马六丈巴州严八使君两阁老五十韵》，第645~650页。
② 《升庵诗话》卷八《桃花诗》，《历代诗话续编》，第787页。

感激，大致沿袭了传统的套路，但也有佳句“秋吹迎弦管，凉云生竹树”①，写得自然流利，洗剥了此前应制诗的繁缛密实。从总体上看，他的创作开始走向清新，像一阵穿过竹林的凉风，渐渐吹拂了初唐诗坛的阴霾，带来了健康新鲜的感受。

和张说相比，张九龄的应制诗能更好地抒发自己的真情实感，同时又能够起到规箴时政的作用。宇文所安的评价甚是到位：“张九龄写了大量宫廷诗，这些诗所受复古思想的影响，甚至超过张说的宫廷诗。在张九龄的宫廷诗中，虽然措辞一如既往地正规化，但帝王主体、儒家道德及历史范例经常取代帝王与神仙的典雅比拟。”②张九龄的一些应制诗反映了开元盛世的文治武功，这是诗人对赫赫国容的自觉讴歌，是幸逢修明的欢呼。其中颂圣奉承的内容也不可完全等同于初唐时期宫廷诗的阿谀谄媚，而在一定程度上具有历史文献的功用。还有一些应制诗作，表达了自己的政治见解或对皇帝的劝谏。如《奉和圣制送尚书燕国公赴朔方》：“宗臣事有征，庙算在休兵。天与三台座，人当万里城。朔南方偃革，河阳暂扬旌。宠锡从仙禁，光华出汉京。山川勤远略，原隰轸皇情。为奏熏琴唱，仍题宝剑名。闻风六郡勇，计日五戎平。山甫归应疾，留侯功复成。歌钟旋可望，枕席岂难行。四牡何时入，吾君忆履声。”③既有对圣朝的赞颂，又明确主张“休兵”，突破了旧有应制诗内容空虚的套路，为后来诗家所欣赏。

张说、张九龄在应制诗创作上的努力，取得了一定的成绩。然而，要想实现诗歌艺术的突破，就必须冲破宫廷生活的禁锢，在更广阔的天地施展身手。被贬荆湘，对个人的政治生命而言，是严酷的摧残；对诗歌艺术的成熟而言，是个良好的契机。

张说由台阁走向山水，在岳州写下“得江山之助”的诗篇，数量众多。《诗学渊源》论张说诗曰：“初尚宫体，谪岳州后，颇为比兴，感物写怀，已入盛唐”。④他在山水诗艺术嬗变中的作用和地位是不可忽视的。沈、宋贬谪岭南时写下的一

① 《张说集校注》卷五《修书院学士奉敕宴梁王宅(赋得)树字》，第192页。

② [美]宇文所安著，贾晋华译：《初唐诗》第二十五章《进入盛唐》，第330页。

③ 《张九龄集校注》卷一《奉和圣制送尚书燕国公赴朔方》，第44页。

④ (民国)丁仪撰：《诗学渊源》卷八，见张寅彭主编：《民国诗话丛编》第三册，上海书店出版社，2002年，第195页。

批山水诗，可以视为初唐山水诗走向繁荣的一个开端。以后自神龙至开元中，山水诗大量涌现，主要由两股潮流组成：一股是由中宗尚好游幸而在京洛造成的游赏别业之风，促进了以庄园为吟咏对象的山水诗；另一股则是以吴越名士为代表的中下层文人描绘江南风光之山水诗，使清丽的齐梁诗风再度复兴；而张说正是在结合这两股潮流的过程中促进了山水诗表现艺术的发展。张说的诗歌体现了对谢灵运、谢朓诗歌的继承与突破，摆脱了模山范水的格局，开始追求韵味，给山水诗注入了盛唐的时代精神。

张九龄走出宫廷，进行了多种题材的创作。以山水诗创作为例，他顺应了山水诗发展的方向，突破了大谢山水诗以客观观赏为主，未能融情入景的弊端，又纠正了初唐前期山水诗风格清丽秀媚却情思贫弱的缺陷，将山水诗与感遇诗相结合，将建安文人至陶渊明诗中积极进取的人生理想、坚持直道和清节的高尚情操，以及探求天道时运的深刻思考，引入了山水诗，从而充实了山水诗的骨力，初步形成了融兴寄于观赏、寄情致于物象的山水诗表现方式。

其次是由边塞诗到送别诗的转变。在盛唐诗人中，王昌龄的诗歌创作突出了“早”的特点，其诗歌创作的高峰于开元二十二年(734)之前已然形成，代表其诗歌主要成就的边塞诗、宫怨诗于斯时都已问世，并因之名满天下。诗人早年求仕不成，多方奔走，于开元十一年(723)前数年漫游河北、河东边塞，作了为数不少的边塞诗，大有流走激荡、笔力扛鼎之态，龙腾虎跃，急风骤雨之势①。如《从军行七首》之五：“大漠风尘日色昏，红旗半卷出辕门。前军夜战洮河北，已报生擒吐谷浑。”②将士们的勇武形象，恰如浮雕般凸现于读者眼前，于壮浪纵恣中见出豪迈气概。开元十五年(727)，王昌龄进士及第后，被任为秘书省校书郎。由于在朝为官而对宫廷生活的接近，有条件耳濡目染宫闱的愁怨生活，而校书郎

① 李云逸于《王昌龄诗注》称早年王昌龄在故乡躬耕读书，约开元十一年前后，短期盘桓在潞州和并州，后数年间，游西北边疆。参见《王昌龄诗注》前言，第 1 页。据谭优学《王昌龄行年考》，王昌龄曾赴河、陇，出玉门，经萧关、临洮，可能去过碎叶。参见谭优学著：《唐诗人行年考》，第 117 页。于石也在《中国历代著名文学家评传》中称：“王昌龄在西北边塞，到过萧关、临洮、碎叶等地，亲历战场”。泾州、萧州、临洮、玉门关一带，这段塞外边庭的经历，正是诗人自云的“出塞复入塞”。他的边塞诗大致是此时期创作的成果。参见吕慧鹃、刘波、卢达编：《中国历代著名文学家评传》，山东教育出版社，2009 年，第 102 页。

② 《王昌龄集编年校注》卷一《从军行七首》其五，第 49 页。

职守“望虽清雅，实非要剧”，使他内心深处怀才不遇的感情与宫人失宠的命运有心通则鸣的机缘。这时期的创作主要为宫怨诗、闺情诗，是代人述情，或隐寓己情，绝无“直露”之弊，让读者自己去品味，作出判断。

此后，接连被贬使诗人经历了太多的屈辱和不公，心中有太多的积愤要发泄，于是遂冲破“代言”者的身份，不再借他人酒杯浇胸中垒块，而是坦荡荡地在诗中直抒胸臆。这与他在《诗格》中称诗歌要“书身心之行李，序当时之愤气”①是一致的。在贬谪期间，昌龄所作多为送别诗，这一方面是因了诗人一生空抱建功立业之志，怀才不遇、委屈不伸，内心的悲苦哀怨之情渴望向他人诉说和发泄，所以常借送别倾吐心曲；另一方面，送别诗题材的特点正与其所处的情境，在氛围、情调以至表现内容上有契合之处。于是送朋别友，诗以寓感，便成为王昌龄叹息自身境遇和低吟多种隐曲的得力手段。也就是说，作者将生活中的失意，仕途的艰难，遭贬谪的幽怨，都融汇到倾诉离愁别绪的诗作之中，在吐泄郁闷中寻求慰藉。这样一种变化，给诗人的艺术创作带来若干新质，是值得注意的。

二、意境的追求

张说、张九龄、王昌龄此期的诗歌体现了对诗歌意境的拓展与追求，促进了此后以王、孟山水诗为典范的盛唐诗歌意境的形成。也许正是由于诗歌创作对意境的不断追求，王昌龄在《诗格》中首次将“意境”作为一个文论术语提了出来，对后世影响颇深②。

早在张说、张九龄的诗歌创作中，即已展示出了追求并关注意境的倾向。张说贬谪岭南时，诗作多有对南海气势的描摹，初步显示了苍凉阔大的意境。而至其贬谪荆湘后，所作诗更表现出这方面的自觉意识。如《同赵侍御乾湖作》：

江南湖水咽山川，春江溢入共湖连。气色纷沦横罩海，波涛鼓怒上漫天。鳞宗壳族嬉为府，弋叟罛师利焉聚。欹帆侧柁弄风口，赴险临深绕湾

① 《王昌龄集编年校注》卷六《文镜秘府论》引王昌龄《诗格》，第299页。

② 《王昌龄集编年校注》卷六《诗格》，第316~317页。

浦。一湾一浦怅邅回，千曲千漾恍迷哉。乍见灵妃含笑往，复闻游女怨歌来。暑来寒往运洄洑，潭生水落移陵谷。云间坠翮散泥沙，波上浮查栖树木。昨暮飞霜下北津，今朝行雁度南滨。处处沟洚清源竭，年年旧苇白头新。天地盈虚尚难保，人间倚伏何须道。秋月皛皛泛澄澜，冬景青青步纤草。念君宿昔观物变，安得踟蹰不衰老。①

诗歌景致宏伟、气象阔大，以若干宏伟的自然物象组合成一种阔大的境界，呈现出向上激扬、不可遏制的张势。通过对乾湖实景、想象之景以及传说的描写，极力渲染其诡怪、神秘，在风浪中寄托了自己对仕途沉浮的感慨，并融入人事盈虚消息之理。作为客体的动荡恣肆的湖水与作为主体的昂扬奋求的诗人自我，在这里得到了有机的统一。

与张说相比，张九龄则着意营造“清”境。邢昉《唐风定》卷十二评张九龄《自湘水南行》诗说：“闲淡幽远，王、孟一派，曲江开之”②。首先，张九龄的山水诗虽在艺术技巧上多取法于谢灵运，但在色彩的运用上，却与“声色大开”的大谢颇有不同，“他诗中景物很少着色，着色部分使用最多的也是‘青’、‘绿’、‘白’三种清淡的颜色。……造成和谐鲜明而又清新淡雅的效果……后世中国的‘青绿山水画’由此滥觞”③。诗人有意地营造这样一种清净爽洁的氛围，与世俗的噪杂纷乱、混浊肮脏形成鲜明的比照，借以突出其无心争宠、洁身自好的高尚人格。其次，张九龄的诗还能于清澹中透出一股“清拔”之气，这是因为作者气魄宏大，多摄取大景入诗，而且还善于通过景物的组合来展示阔大的意境。如《登荆州城楼》：

天宇何其旷，江城坐自拘。层楼百余尺，迢递在西隅。暇日时登眺，荒郊临故都。累累见陈迹，寂寂想雄图。古往山川在，今来郡邑殊。北疆虽入郑，东距岂防吴。几代传荆国，当时敌陕郛。上流空有处，中土复何虞。枕

① 《张说集校注》卷七《同赵侍御乾湖作》，第331~332页。

② （明）邢昉辑：《唐风定》卷十二上，民国二十三年贵阳邢氏思适斋刻本。

③ 张明非：《论张九龄山水诗的清澹风格》，《晋阳学刊》1991年第1期。

席夷三峡，关梁豁五湖。承平无异境，守隘莫论夫。自罢金门籍，来参竹使符。端居向林薮，微尚在桑榆。直似王陵戆，非如宁武愚。今兹对南浦，乘雁与双凫。①

此诗作于被贬荆州之后，以大手笔概括山川形胜的基本面貌，抒发深远的历史感慨和人生感慨，视野开阔，风格典雅，从中显示出诗人极其清高的气质和对历史人生的深刻思考。

三、风格的变化

荆湘逐臣的诗风变化以王昌龄为典型。前期，王昌龄多写边塞题材，诗风雄浑开阔，如《从军行七首》其四："青海长云暗雪山，孤城遥望玉门关。黄沙百战穿金甲，不破楼兰终不还。"其六："胡瓶落膊紫薄汗，碎叶城西秋月团。明敕星驰封宝剑，辞君一夜取楼兰。"②境界辽阔，气象峥嵘，其中人物意气风发，慷慨豪迈，很有鼓舞性。后期，因身遭贬逐，王昌龄诗由雄阔昂扬一变而为情深幽怨。他的初贬岭南，再贬龙标，使其承担了身心的巨大磨难，生命里凝聚了太多的委屈不平，呈现在诗作里的感伤程度较早期浓重，对友人知己的眷念，对自身坎坷的悲怨，对前程的深情期盼，都跃然纸上。诗人贬谪荆湘期间所写诗歌以七言为主，明陆时雍《诗镜总论》称："王龙标七言绝句，自是唐人《骚》语，深情苦恨，襞积重重，使人测之无端，玩之无尽。"③如其《送薛大赴安陆》："津头云雨暗湘山，迁客离忧楚地颜。遥送扁舟安陆郡，天边何处穆陵关？"④读后即令人觉其情极深，语极悲，怨极浓。不过，昌龄诗变中亦有不变者在，这不变者，便是其始终未曾泯灭的"风骨高峻"的神韵。殷璠评王昌龄曰："元嘉以还，四百年内，曹、刘、陆，谢风骨顿尽。顷有太原王昌龄、鲁国储光羲，颇从厥迹。且两贤气同体别，而王稍声峻。"⑤细览其诗，惊耳骇目之作俯拾皆是："去时三十万，

① 《张九龄集校注》卷二《登荆州城楼》，第133页。

② 《王昌龄集编年校注》卷一《从军行七首》其四，第47页。

③ （明）陆时雍撰，李子广评注：《诗镜总论》，中华书局，2014年，第125页。

④ 《王昌龄集编年校注》卷三《送薛大赴安陆》，第115~116页。

⑤ 《河岳英灵集》卷下《王昌龄》，见《唐人选唐诗新编》，第244~245页。

独自还长安。不信沙场苦，君看刀箭瘢”①，“苍荻寒沧江，石头岸边饮”，“长亭酒未醒，千里风动地”，“天仗森森练雪凝，身骑铁骢自臂鹰”②，无不风骨凛然；而贬谪岭南途经郴州所写“楮楠无冬春，柯叶连峰稠。阴壁下苍黑，烟含清江楼。……叠沙积为岗，崩剥雨露幽。石脉尽横亘，潜潭何时流？”③，也是气骨内含。当他再度被抛掷龙标，蒙受不白之冤时，其诗在深情幽怨中依旧保持了高峻凛然的神韵和旺盛坚挺的信念，如《别皇甫五》：“溆浦潭阳隔楚山，离樽不用起愁颜。明祠灵响期昭应，天泽俱从此路还。”④诗人怀一颗悲悯博大之心，劝慰友人“离樽不用起愁颜”，坚信“明祠灵响期昭应”，更相信自己与友人“天泽俱从此路还”。在逆境中不失望，不灰心，仍出之以志士的豪情和坚定的信念，这就是王昌龄的风格，也是其典型的诗境⑤。

同样发生这种变化的有崔成甫。他任陕县尉的时候，曾为迎驾翻得宝歌：“得宝弘农野，弘农得宝那。潭里船车闹，扬州铜器多。三郎当殿坐，听唱得宝歌。”⑥当时成甫“绿衣锦半臂，红抹额，立第一船为号头”⑦，领唱得宝歌，意气风发。后因韦坚事牵连贬至湘阴，“我是潇湘放逐臣”，从前期的明朗爽快转为后期的沉痛悲愤。惜其《泽畔吟》不传，仅能从李白序中窥见一斑，但仅此亦大致可见其风格之变化。

四、诗人和诗风的回归

随着荆湘逐臣被召还朝，他们的命运发生了回归，他们的艺术创作也相应地出现回归，或者说是某种意义上的倒退。当摆脱被逐命运后，他们在政治上的一帆风顺，似乎反而有碍于其诗歌创作的发展了。

张说回到他所熟悉的宫廷，诗歌创作由于受生活环境的制约，题材丰富程度

---

① 《王昌龄集编年校注》卷一《代扶风主人答》，第 54 页。

② 上述残句参见《全唐诗》卷一四三，第 1452 页。

③ 《王昌龄集编年校注》卷三《出郴山口至叠石湾野人室中寄张十一》，第 122 页。

④ 《王昌龄集编年校注》卷三《别皇甫五》，第 175 页。

⑤ 有关王昌龄诗歌系年，参见胡问涛、罗琴校注：《王昌龄集编年校注》，其中入仕前编年诗四七首，谪官前编年诗二五首，谪官后编年诗六九首。

⑥ （唐）崔成甫：《崔成甫翻得宝歌》，《全唐诗》卷八七四，第 9897 页。

⑦ 《新唐书》卷五三《食货》，第 1367 页。

明显不如此前，诗歌的感染力也大为减弱。王泠然上张说书云：“相公昔在南中，自为《岳阳集》，有《送别诗》云：‘谁念三千里，江潭一老翁。’则知虞卿非穷愁不能著书以自宽，贾谊非流窜不能作赋以自安。公当此时，思欲生入京华，归老田里，脱身瘴疠，其可得乎？今则不然，忘往日之栖迟，贪暮年之富贵。”①王泠然这封书信，本欲让张说荐贤，说张回到京城之后已忘记了往日的忧患，这是不应该的；但在不经意间，却点出了诗人之诗非经磨难不能有成、一旦富贵则意气易消的道理。张说返朝后，置身高位，富贵尽享，其诗歌主题也开始集中在应制乐章上，如：“高在上，道光明。物资始，德难名。承眷命，牧苍生。寰宇谧，泰阶平”②，“河上无名老，知非汉代人。先探道德要，留待圣明辰。玄妙为天下，清虚用谷神。化将和气一，风与太初邻”③。这些四平八稳的诗作，比起岳州所作山水诗和抒愤诗来，自然大为逊色。不过，我们也应看到，尽管张说的应制诗难以达到一种对前代应制之作艺术藩篱的完全突破，但他在“风骨”“气势”等方面的拓展，甚或对诗歌意境的有意营造也还是值得注意的。

与张说诗歌艺术嬗变相似的有赵冬曦等。赵冬曦和张说交往甚密，同进退，共祸福，受张说影响很大。现存十七首诗中有十四首作于谪居岳州期间。“南湖美泉石，君子玩幽奇。湾澳陪临泛，岩峿共践窥。秋风赪桂竦，春景绿杨垂”④，“江外多山水，招要步马来。琴将天籁合，酒共鸟声催。岩坐攀红药，溪行爱绿苔”⑤，“列岩重叠翠，远岸逶迤绿。风帆摩天垠，鱼艇散弯曲。鸿归鹤舞送，猿叫莺声续”⑥。赪桂绿杨，红药绿苔，重叠翠，逶迤绿，均呈现出视觉上的鲜亮、明快、华丽和感官上的丰满、欢喜、均衡。诗人沉浸在自然中，亲切地玩赏，可以窥见他对大自然生命的珍爱与流连。这是一种真正富有诗心的生命。赵冬曦召还复官后，回归到应制诗的创作，以《奉和圣制送张说上集贤学士赐宴赋得莲字》为代表：“浅术方观海，深恩忽见天。学开丹殿籍，名与石渠贤。良辅膺休命，微生谬采甄。春余仍啭鸟，夏近未舒莲。笺札来宸禁，衣冠集诏筵。史臣知

① （唐）王泠然：《论荐书》，《全唐文》卷二九四，第2982页。
② （唐）张说：《唐封泰山乐章·豫和六首》其四，《全唐诗》卷八五，第918页。
③ 《张说集校注》卷三《奉和经河上公庙应制》，第117页。
④ （唐）赵冬曦：《和燕公别灉湖》，《全唐诗》卷九八，第1059页。
⑤ （唐）赵冬曦：《陪燕公游灉湖上寺》，《全唐诗》卷九八，第1058页。
⑥ （唐）赵冬曦：《奉和张燕公早霁南楼》，《全唐诗》卷九八，第1056~1057页。

醉德，欲记升中年。”①技巧老练圆滑，风度雍容凝重，可见其应制诗的创作已趋于成熟，只是诗歌失去了往日的自然天趣。

从整体来看，以张说、张九龄、王昌龄为代表的荆湘逐臣从艺术主张、艺术新变上进行着努力，张九龄、张说在应制诗与山水诗的转换中，王昌龄从边塞诗、闺怨诗到送别诗的题材迁移中，都体现了自身遭际对创作带来的巨大影响，也都体现了对盛唐风骨的某种追求。

第五节　诗歌理论的开拓与成熟

经历了贬谪之痛的荆湘逐臣结合自身遭际，在诗歌理论方面也有了一定的开拓，并渐趋成熟。张说、张九龄等人先后继承、发展了陈子昂的“风雅”、“兴寄”理论，并对诗歌抒情功能予以较高的重视，与屈骚“发愤以抒情”之精神一脉相承。

张说是推动唐代文学从初唐向盛唐过渡的关键性的人物，他的文学思想对盛唐文学的形成具有重要意义。殷璠在《河岳英灵集》序中评述自南朝到唐开元年间诗歌的发展：“自萧氏以还，尤增矫饰。武德初，微波尚在。贞观末，标格渐高。景云中，颇通远调。开元十五年后，声律风骨始备矣。”②如果以开元十五年(727)为盛唐文学成熟的时间界限，则尤其能看到张说地位的举足轻重。他的主要政治活动、文学活动都集中在景云中至开元十五年之间③，正是唐代文学由“颇通远调”发展为“声律风骨始备”的时期。张说的文学思想具有良好的平衡性和综合性，与他政治家兼诗人的双重身份是相吻合的。一方面，他受“佐佑王化”的儒家政教观念的影响，认为：“若夫吟咏德泽，播越人声，斯固雅颂之余

① (唐)赵冬曦：《奉和圣制送张说上集贤学士赐宴赋得莲字》，《全唐诗》卷九八，第1059页。

② 《河岳英灵集》前记，见《唐人选唐诗新编》，第156页；另见《全唐文》卷四三六《河岳英灵集序》，第4452页。

③ 张说于景云二年初次为相，开元十五年致仕。《资治通鉴》卷二一〇景云二年载：“冬，十月，甲辰，上御承天门，引韦安石、郭元振、窦怀贞、李日知、张说宣制，责以‘……说可左丞，并罢政事。’”第6785页。《资治通鉴》卷二一三开元十五年载：“御史大夫崔隐甫、中丞宇文融，恐右丞相张说复用，数奏毁之，各为朋党。上恶之，二月，乙巳，制说致仕，隐甫免官侍母，融出为魏州刺史。”第6896页。

波，政教之遗美。凡我词客，安敢阙如。”①通过文学“独使温柔之教，渐于生人；风雅之声，流于来叶”②，从而最终发挥文学的四种功用：“吟咏性情，纪述事业，润色王道，发挥圣门”③。这是他作为文学重臣的重要文学观。也正是从这一观念出发，他对上官婉儿在武后、中宗时期的领导诗坛、培育后进和佐佑王化等功绩给予了很高的评价。另一方面，张说认为包括诗歌在内的文学还应发挥叙写人生、抒发情志的作用。他推崇“四杰”之文，曾与崔融评“四杰”，说“杨盈川文思如悬河注水，酌之不竭”④，并劝告杨炯“虽有韶夏，勿弃击辕”⑤，明确指出不应只顾及韶夏一类的雅颂正音而遗弃了野人的击辕之歌。从文学批评的角度来观照这一段话，可以看出，张说认为诗固然可以“理关刑政”“义涉箴规”，但也可以“怀去国之悲”“助从军之乐”⑥，甚至于台沼风月、莺树雁云，均可入诗。由此可见，他对诗歌题材的看法，已经从宫闱台阁、政治教化扩展到社会人生、抒写情志。与这种具有双重性的文学思想相对应，张说在其诗文创作中也明显地表现出两种倾向：庙堂乐章及应制奉和之作着力体现的是一种政治教化目的，而抒写情思之作尤其是被贬外任时的诗歌则体现了个体的真实感受。诗歌理论善于辩证而又巧于兼容，这正是张说的通达之处，并使得他的美学思想雍容大度，在一定程度上反映了盛唐精神。

张说在经历岳州之贬后，诗歌创作上呈现出一个高峰期，创作实践的成功为他晚年诗歌理论的总结奠定了良好基础。开元十年，张说与徐坚同在集贤院论文时，集中地阐述了他的文学思想：

> 时诸学士凋落者众，唯说、坚二人存焉。说手疏诸人名，与坚同观之。坚谓说曰：“诸公昔年皆擅一时之美，敢问孰为先后？”说曰：“李峤、崔融、薛稷、宋之问，皆如良金美玉，无施不可。富嘉谟之文，如孤峰绝岸，壁立

① 《张说集校注》卷五《东都酺宴五首并序》，第 165 页。
② 《张说集校注》卷二八《中宗上官昭容集序》，第 1319 页。
③ 《张说集校注》卷二五《齐黄门侍郎卢思道(神道)碑(铭并序)》，第 1196 页。
④ 《旧唐书》卷一九〇《文苑上 · 杨炯传》，第 5003 页。
⑤ 《张说集校注》卷一三《赠别杨盈川炯箴》，第 694 页。
⑥ 《张说集校注》卷二八《洛州张司马集序》，第 1329 页。

万仞，丛云郁兴，震雷俱发，诚可畏乎！若施于廊庙，则为骇矣。阎朝隐之文，则如丽色靓妆，衣之绮绣，燕歌赵舞，观者忘忧。然类之风雅，则为俳矣。”坚又曰：“今之后进，文词孰贤?”说曰：“韩休之文，有如太羹玄酒，虽雅有典则，而薄于滋味。许景先之文，有如丰肌腻体，虽秾华可爱，而乏风骨。张九龄之文，有如轻缣素练，虽济时适用，而窘于边幅。王翰之文，有如琼林玉斝，虽烂然可珍，而多有玷缺。若能箴其所阙，济其所长，亦一时之秀也。”①

俯视文坛，从容评说，臧否得宜，是张说这样的人才会有的气派。在逐个评点中可以看出他不断进行着理性与感性间的平衡，不偏不颇。他重点提出内容与形式的并重，形式上要有优美的色彩，可以“丽色靓妆，衣之绮绣”、“丰肌腻体，秾华可爱”，但内容要讲究风骨，合风雅之道。张说所标举的“丛云郁兴，震雷俱发”，实与“四杰”、陈子昂等人标举的“风骨”、“骨气”相一致，“同样是作者生命力的表现，同样反映了向上进取的精神和虽逢盛世却不能实现抱负的不平之气，往往呈现为刚健之力和飞动之势”②。这种审美理想可以说是萌发于贬谪生涯中的诗歌创作时期，也正是当时和此后的盛唐文人孜孜以求的诗美理想。此外，他批评韩休之文，谓其“雅有典则”，但“薄于滋味”，说明他是重视诗味的浓郁厚重的。在初盛唐的文论家中，“四杰”、陈子昂及以后的殷璠等人都未曾注意并使用“滋味”这一概念，张说上承钟嵘之说，重提“滋味”，强调了诗文的形象特征和耐人咀嚼的意蕴，这在唐代文学批评史上不能不说是一个创举。

张九龄在盛唐诗歌的发展中同样起了推动作用。“沿至唐初，积习未革，至盛唐，而射洪、曲江力起其衰，复归于古。”③即指出了他借复古以起衰的现实目的。在其《陪王司马宴王少府东阁序》中，他的文学思想得到了详细展示：

夫道行与废，命也，非谋之不臧；命通与塞，时也，岂力之为弊？古之

① 《大唐新语》卷八《文章》，第130页。

② 乔惟德、尚永亮：《唐代诗学》，湖南人民出版社，2000年，第49页。

③ （清）朱庭珍：《筱园诗话》卷一，第2205页。

君子，推其分，养其和，仲尼得之以弦歌，傅说因之以版筑。至若《诗》有怨刺之作，《骚》有愁思之文。求之微言，匪云大雅。王六官志其大者，司马公引而申之。谪居何心？不欲贾生之投吊；穷愁非我，安用虞卿之著书？尝以风月在怀，江山为事，簿领何废，形胜不辜。既好乐而不荒，亦上同而不混。迨乎倚层阁，凭华轩，川泽清明，上悬秋景；岑岭回合，下带溪流；联草树而心摇，际烟氛而目尽。兹邦枕倚，是日登临，岂子虚之过诧，诚仲宣之信美。物色起殊乡之感，谁则无情？而道术得异人之资，吾方有适。于是旨酒时献，清谈间发，歌《沧浪》以放言；咏《蟋蟀》而伤俭。盖古人之作者，岂异于斯？盍赋诗以扬其美。①

张九龄将诗分成大雅和非雅两类，“大雅”侧重对王业盛世的歌颂，“非雅”指怨刺之作和愁思之文。他认为“谪居之心”“穷愁”“风月在怀，江山为事”等非“大雅”事物，亦可择其美者作为表达对象，这表明他提倡恢复的是《诗》《骚》“怨刺”、“愁思”的抒情传统，主张沿着陆机《文赋》“诗缘情而绮靡”、钟嵘《诗品序》“指事造形，穷情写物”的抒情传统来写诗。显然，这既是对“四杰”和陈子昂诗论的补充，也表现为审美理想、审美情趣和表现艺术的演变，从而为唐诗由自觉言志转向自由抒情写意、兴象与情韵兼备作了理论上的前导。清人沈德潜有“诗品始正”“诗品始醇”②的说法，“诗品正”，当指陈子昂诗歌注重风雅比兴；“诗品醇”，当指张九龄诗歌感情浓郁，诗味醇厚。因为他对“非雅”的肯定，所以在诗歌中能继承屈骚以来抒发忧愤的传统，极力展露身世之感和自己对穷通出处的反思。张九龄贬谪荆州所作《感遇》成了“诗品醇”的典范之作，所以皎然《读张曲江集》评论道：“昔年歌阳春，徒推郢中调。今朝听鸾凤，岂独羡门啸。帝命镇雄州，待济寄上游。才兼荆衡秀，气助潇湘秋。逸荡子山四，经奇文畅畴。沈吟未终卷，变态纷难数。”③可以说，张九龄以“既多兴象、复备风骨”的诗歌创作为盛唐诗人树立了楷模，显示了盛唐诗歌所具有的理想风貌，表现了盛唐人

① 《张九龄集校注》卷一七《陪王司马宴王少府东阁序》，第875页。

② 《唐诗别裁集》卷一，第8页。

③ （唐）皎然：《读张曲江集》，《全唐诗》卷八二〇，第9242页。

所特有的审美情趣。

王昌龄在诗歌创作上取得很高成就，同时在理论总结上也做出了重大贡献。其《诗格》①在盛唐诗论相对薄弱的情形下，异军突起，鹤立鸡群，对唐代诗歌创作及诗论的发展有着功不可没的历史地位。王昌龄诗歌创作的高峰或成名当于开元二十二年(734)之前，代表其诗歌主要成就的边塞诗、宫怨诗都已问世，因之名满天下。此后长期贬谪的压抑和痛苦激发了诗人“发愤以抒情”的意识。他在《诗格》中旗帜鲜明地提出自己的见解：“何以为诗？是故诗者，书身心之行李，序当时之愤气。气来不适，心事不达，或以刺上，或以化下，或以申心，或以序事，皆为心中不快，众不我知。”②这些理论都强调了诗歌泄导人情的功能，秉承屈骚传统，对后代“不平则鸣”以及“性灵”说等具有重要影响。王昌龄在龙标尉上“书身心之行李”，所作皆为深情幽怨之诗，是诗歌理论的具体实践。然而，抒愤之作容易导致诗歌的感伤和幽怨，故王昌龄又提倡昂扬劲健的精神风貌和雄浑壮大的力度美。日僧遍照金刚《文镜秘府论》摘引的王昌龄的《诗格》中，有一段对诗歌发展史的评述，当论及建安文学时，王昌龄认为：“汉魏有曹植、刘桢，皆气高出于天纵，不傍经史，卓然为文。”③刘勰论“风骨”时特别强调“重气之旨”，王昌龄所说的“气”即是指风骨。他在称赞建安作家后，又批评“晋、宋、

---

① 关于《诗格》的作者是否王昌龄，历来都有争议。笔者认为，其中或有后人增补者，但大部分内容当划归王氏名下。理由有四：第一，据《唐文续拾》卷一六载日僧空海《献书表》所谓“王昌龄《诗格》一卷，此是在唐之日，于作者边隅得此书”云云，说明空海在唐之日，《诗格》即已行世，且颇有影响。参见《全唐文》，第11356页。第二，《文镜秘府论》地卷十七势有“王氏论文云”五字，据罗根泽《中国文学批评史》第四编第二章考证，此王氏当即王昌龄，其所论有确属王氏主张者。参见[日]遍照金刚撰，卢盛江校考：《文镜秘府论地卷·十七势》，《文镜秘府论汇校汇考》，中华书局，2006年，第346页；罗根泽：《中国文学批评史》，商务印书馆，2015年，第376~386页。第三，皎然《诗式·作用事第二格》引王昌龄语，与《文镜秘府论·南卷》所引王氏《论文意》语同。参见(唐)皎然著，李壮鹰校注：《诗式校注》卷二《作用事第二格》，人民文学出版社，2003年，第153页；《文镜秘府论南卷·论文意》，《文镜秘府论汇校汇考》，第1282页。第四，空海《文镜秘府论》自序谓：“沈侯、刘善之后，王、皎、崔、元之前，盛谈四声，争吐病犯。”此“王”即当指王昌龄。参见《文镜秘府论天卷·序》，《文镜秘府论汇校汇考》，第14页。综上，王昌龄确曾撰有《诗格》，其中部分内容并非伪作。有关论述可参见《唐才子传校笺》第1册卷二《王昌龄》，第260~261页；张伯伟编撰：《全唐五代诗格校考》，陕西人民教育出版社，1996年，第123~124页。

② 《王昌龄集编年校注》卷六《〈文镜秘府论〉引王昌龄〈诗格〉》，第299页。

③ 《王昌龄集编年校注》卷六《〈文镜秘府论〉引王昌龄〈诗格〉》，第291页。

齐、梁”，“皆悉颓毁”，对纤媚卑弱的文风深表不满。在实际创作中，王昌龄既发愤以抒情，又不乏风骨，体现为在困境中向上腾飞的气势和力量、广阔远大的胸襟和旺盛蓬勃的生命力。以汉魏风骨为审美标准的殷璠特别推崇王昌龄，评语中引用原作达四十二句之多，居各家评语之首；并称王昌龄为“中兴高作”。在《河岳英灵集·集论》中，殷璠又特别表明选诗的标准：“璠今所集，颇异诸家，既闲新声，复晓古体，文质半取，风骚两挟，言气骨则建安为传，论宫商则太康不逮。”①这虽是总论盛唐诗的话语，但其精神指向则无疑体现了对王昌龄诗歌理论及其创作的最大肯定。

以张说、张九龄、王昌龄为代表的荆湘逐臣在文学理论上见解颇多，这里不作一一论述。仅取其理论的贯通之处来探讨，那就是对“发愤以抒情”的诗歌理论的倡导以及对“风骨”的重视，而这两点，与诗人们的贬谪遭际和贬谪诗的创作也是密切相关的。

从开元元年至乾元二年，张说、张九龄、崔成甫、王昌龄、崔国辅、贾至等相继被贬荆湘。以这段时期荆湘逐臣的诗歌创作为重点，结合盛唐政治文化政策和荆湘历史文化地理状况，我们做了一定的考察和分析，发现贬谪不仅对荆湘逐臣群体的心理态势和诗歌创作产生了重要影响，也对盛唐诗歌的发展、荆湘地域的文学进程起到了推动作用。

盛唐荆湘逐臣促进了盛唐精神的成熟。盛唐士子们往往有着强烈的功名意识和进取精神，以“致君尧舜，齐衡管乐”自期，比武后、中宗朝诗人之人生思想更为雅正。当盛世遭到忠而见逐的冤屈，当理想遭到扼杀时，该采用何种姿态去面对有济世之心却无用世之路的尴尬？这个群体在贬谪荆湘期间所形成的人生思考、处事原则乃至人格秉性，都对我们了解盛唐精神具有启示意义。

盛唐荆湘逐臣群推动了盛唐诗歌的发展。在强盛的时代精神感召下，盛唐诗人竞相汇聚到都城成为一种普遍的心理与行为指向，诗歌主要体现为政治进取的性质和文学交往的面貌。在这种以诗歌酬赠为主要方式的文学性交往中，众多诗人形成交叉、广泛的交游关系，一时蔚为壮观。张说、张九龄等先后为政坛领袖和文坛领袖，这个群体中的其他诗人也有过京官经历，他们在贬官外放途中和谪

① 《河岳英灵集》前记，见《唐人选唐诗新编》，第157~158页。

居处所，将这种交流延向四方，形成开放式特点。就此而言，贬谪促使诗歌由台阁走向山水，由中原文化向边远文化的扩散，引发了诗歌在题材、意境、骨力方面的若干新变。

盛唐荆湘逐臣激发了荆湘文化的发展，使其底蕴更为丰厚。宋元之前，荆湘地区多作为安置贬谪官员之处，而被贬者及其有关文学作品的数量和才质，无疑大大充实了荆湘文化和文学的内蕴，使其在全国所占的地位均举足轻重。历史上，荆湘地域是贬谪文学的发源地，而在宋元以前，荆湘地域文学实以贬谪文学为主流。盛唐荆湘逐臣以自身的痛苦遭际抒写了哀怨悲凉的诗篇，展示了自己的生命历程和心路历程，同时，他们也在一定程度上融入了当地的生活，在与地方人士的交流往还中，传达了先进的理念和文明的思想，而他们这一段谪居的生活，也成为当地的一种文化财富，从此，荆湘的山水也就不再默默无闻，便成了后人游览仰慕的对象。

这是一个特殊时代形成的特殊的逐臣群体。到了中唐，贬至荆湘地域的诗人也还不少，但在精神意向上，却已与盛唐逐臣有了很大的不同。这在下编论述的元和逐臣之柳宗元、刘禹锡诸人那里，有着较为突出的展现。

第四编

中唐元和逐臣研究

近人陈衍首倡诗史“三元”之说：“诗莫盛于三元，上元开元，中元元和，下元元祐。”①如果说，开元是唐诗史上第一座高峰，那么，紧随其后的元和时代即以其对盛唐诗的大变，开启了唐诗史上另一个创作高潮。如果说，前述盛唐荆湘逐臣因其贬谪地域的相近而具有创作上的一致性，那么，元和逐臣更以其政治上的实际参与和共同的许国忘身精神，大呼猛进，致力中兴，遭到了来自皇权和政敌的极其沉重的打击，并由此展示出了其既不同于初唐，亦有别于盛唐的孤臣哀怨和悲剧性情怀。

按照传统的四唐划分法，如果将高祖武德至玄宗开元初(618—713)作为初唐，将开元初至代宗大历初(713—766)作为盛唐，而将大历初至文宗大和初(766—827)作为中唐的话，那么，这里就有了三组可资对照的数字：一是从三个时期的时间长度看，初唐九十余年，盛唐五十余年，中唐六十余年；二是从三个时期的贬官数量看，初唐598人次，盛唐543人次，中唐750人次；三是从三个时期的文士诗人贬官数量看，初唐220人次，盛唐186人次，中唐289人次②。比较这三组数字，不难发现：中唐虽较初唐少了三十余年，较盛唐只多了不足十年，但贬官及文士贬官人次却远远超过前两个时期；若是将这些人次平均到每年来计算的话，事情就更清楚了：初唐每年贬官6.29人次，文士贬官2.32人次；盛唐每年贬官10.25人次，文士贬官3.51人次；而至中唐，每年贬官约12.3人次，文士贬官4.74人次。据此可知，在初、盛、中唐几组数字中，中唐最为突出，而其贬官及文士贬官在三个时期各类型之总人次中，均占约40%的比例，这一数字，已非初、盛唐之贬官所能比并。由此看来，中唐是唐代贬官和文士诗人贬官最为突出的时期。

为论述集中起见，本编选取中唐文士中最具代表性的韩愈、柳宗元、刘禹锡、白居易、元稹五位主要活动在贞元、元和时期的贬官，简称为元和逐臣，予以重点考察。

---

① (近代)陈衍撰，郑朝宗、石文英点校：《石遗室诗话》卷一，人民文学出版社，2004年，第7页。

② 这里的文士贬官人次仅为贬时与贬地可考者。参见前列表2-7。

第十章　中唐社会背景与元和逐臣的政治悲剧

第一节　贞元、元和之际的时代特征

从贞元到元和，是中唐历史上非常重要的一个时期。其间变故迭起，士风几变。研读史书可知，唐德宗贞元年间存在着诸多复杂而严重的社会问题，概而言之，其大弊有四。

其一，强藩割据，大大削弱了中央皇权。安史乱后，藩镇相继而起，李怀仙、田承嗣、李宝臣等分别占据卢龙(今北京)、魏博(今河北大名北)和成德(今河北正定)等地，不受朝命，不输贡赋，自署将吏，“效战国，肱髀相依，以土地传子孙，胁百姓”①，与中央王朝分庭抗礼。他们“喜则连衡而叛上，怒则以力而相并，又其甚则起而弱王室”②，构成了对大唐帝国的严重威胁。

然而，“德宗自经忧患，多为姑息，不生除节帅；有物故者，先遣中使察军情所与则授之。中使或私受大将赂，归而誉之，既降旄钺，未尝有出朝廷之意者”③。

武夫悍将骄逞于外，朝廷既无力制裁，又姑息纵容之，其结果，自然使得“朝廷益弱，而方镇愈强”④。史家有言：“天子顾力不能制，则忍耻含垢，因而抚之，谓之姑息之政。盖姑息起于兵骄，兵骄由于方镇，姑息愈甚，而兵将愈俱骄。由是号令自出，以相侵击，虏其将帅，并其土地，天子熟视不知所为，反为

---

① 《新唐书》卷二一〇《藩镇魏博》，第5921页。

② 《新唐书》卷六四《方镇一》，第1759页。

③ 《资治通鉴》卷二三七元和元年引杜黄裳语，第7749页。

④ 《新唐书》卷七《宪宗纪》，第219页。

和解之，莫肯听命。”①这段话，可谓相当准确地道出了藩镇跋扈的原因和德宗后期权柄下移、威信扫地的现实状况。

其二，宦官专权，恃宠乱朝。和藩镇割据一样，宦官专权乃是唐代中后期一个极为突出的社会问题，而其为患之烈，又远胜过藩镇。早在玄宗开元、天宝之际，宦者队伍即已庞大，人数多达三千，除三品将军者亦不在少数，故史称“宦官之盛自此始”②。其后，“肃、代庸弱，倚为扞卫，故辅国以尚父显，元振以援立奋，朝恩以军容重，然犹未得常主兵也”③。到了德宗时代，情况更发生了大的变化。由于泾原藩兵作乱，德宗仓皇出逃奉天，回朝后，猜忌诸将，“以李晟、浑瑊为不可信，悉夺其兵，而以窦文场、霍仙鸣为中尉，使典宿卫。自是太阿之柄，落其掌握矣”④。本来，宦官已“居肘腋之地，为腹心之患”⑤了，而德宗又置护军中卫、中护军，使其分提禁兵，这便如为虎添翼，更使其有恃无恐，于是，“威柄下迁，政在宦人，举手伸缩，便有轻重”⑥；于是，“兰锜将臣，率皆子畜；藩方戎帅，必以贿成。万机之与夺任情，九重之废立由己”⑦；甚而至于“劫胁天子如制婴儿”⑧。在宦官权势日重的情况下，塞上之兵皆内统于中人，即使都城街肆，也受到宦者的严重骚扰。《顺宗实录》卷二载：宫中购外物，原以官吏主之，而至“贞元末，以宦者为使，抑买人物，稍不如本估。末年不复行文书，置‘白望’数百人于两市并要闹坊，阅人所卖物，但称‘宫市’，即敛手付与，真伪不复可辨，无敢问所从来。……名为‘宫市’，而实夺之”⑨。这种敲诈勒索、强取豪夺的行径，给下层民众带来了深重的祸患，同时，也充分反映出当时宦官的威势已到了何等样的程度！

① 《新唐书》卷五〇《兵志》，第1329~1330页。

② 《资治通鉴》卷二一〇开元元年，第6804页。

③ 《新唐书》卷二〇七《宦者上》，第5856页。

④ 《资治通鉴》卷二六三司马光语，第8717页。

⑤ （清）赵翼撰，王树民校证：《廿二史劄记校证》卷二〇《唐代宦官之祸》，中华书局，2013年，第453页。

⑥ 《新唐书》卷二〇七《宦者上》，第5856页。

⑦ 《旧唐书》卷一八四《宦官传》，第4754页。

⑧ 《资治通鉴》卷二六三司马光语，第8716页。

⑨ （唐）韩愈著，马其昶校注：《韩昌黎文集校注》外集下卷《顺宗实录》卷二，上海古籍出版社，2014年，第781页。

其三，君愎臣奸，贤不肖倒置。德宗即位之初，曾励精图治，欲以振作，“擢崔祐甫为相，颇用道德宽大，以弘上意，故建中初政声蔼然，海内想望贞观之理”①。但自朱泚之乱以后，却大乖前志，性情猜忌，刻薄少恩，信用奸邪，斥黜正人，使得整个朝政混浊不堪。

首先是君权日重，相权旁落。在古代社会，宰相等辅佐大臣的地位相当重要，它既是对君主过度专制的一个制约环节，也是勾通上下、选贤任能的关键所在，甚至一个朝代的兴衰，也与宰相的贤能与否紧相关联。然而，综观德宗朝的三十位宰相，无能乃至奸猾者居其泰半：张延赏与李晟不协，以私害公，恶直丑正②；卢杞与赵赞勾结，盘剥民财，压抑正论，使得要官大臣常惧颠危③；窦参多率情坏法，引用亲党，恃权贪利④；他如卢迈、崔损、齐映、刘滋、齐抗之流，虽无大过恶，却气局狭小，少有建树，聊以备位而已⑤。这些宰相之所以如此庸懦，固然与自身之才具有关，但很大程度上又何尝不是因巨大的压力和威胁所致？这种压力和威胁，既来自宦官，也来自皇帝。由于贞元间中人之权震于天下，遂使得“台省清要，时出其门”⑥，诚如陈寅恪先生所指出：“外朝士大夫朋党之动态即内廷阉寺党派之反影”⑦。至于来自皇帝的压力，则更为沉重。史载：德宗“性猜忌，不委任臣下，官无大小，必自选而用之，宰相进拟，少所称可”⑧；而“自陆贽贬官，尤不任宰相，自御史、刺史、县令以上皆自选用”⑨，从而使得宰相不过“庙堂备员，行文书而已”⑩。

由于相权旁落，而居位之相又多苟合取容，无复匡谏，遂造成奸邪当道、直士沉沦的可悲局面。《旧唐书·韦渠牟传》谓：德宗“居深宫，所狎而取信者裴延龄、李齐运、王绍、李实、韦执谊洎渠牟，皆权倾相府。延龄、李实，奸欺多

---

① 《旧唐书》卷一三五《卢杞传》，第3714～3715页。
② 《旧唐书》卷一二九《张延赏传》，第3607～3610页。
③ 《旧唐书》卷一三五《卢杞传》，第3713～3718。
④ 《旧唐书》卷一三六《窦参传》，第3745～3748页。
⑤ 参见《旧唐书》各本传。
⑥ 《旧唐书》卷一八四《窦文场霍仙鸣传》，第4766页。
⑦ 陈寅恪：《唐代政治史述论稿》中篇《政治革命及党派分野》，第124页。
⑧ 《资治通鉴》卷二三四贞元十年，第7677页。
⑨ 《资治通鉴》卷二三五贞元十二年，第7697页。
⑩ 《旧唐书》卷一三五《韦渠牟传》，第3729页。

端，甚伤国体；绍无所发明，而渠牟名素轻，颇张恩势以招趋向者，门庭填委。"①由于群小当道，君主"听断不明，无人君之量"②，自然使得贤臣正士日见摈弃。陆贽可谓有唐一代少有的贤相，却为裴延龄所构而远贬忠州；阳城刚肠嫉恶，奋起相救，亦遭贬谪厄运。其他群臣"一有谴责，往往终身不复收用"，以致"敦实之士，艰于进用，群材淹滞"③。面对这种贤与不肖倒置的情形，怎不令史家为之深深致慨？所谓"德宗猜忌刻薄，以强明自任，耻见屈于正论，而忘受欺于奸谀。故其疑萧复之轻己，谓姜公辅为卖直，而不能容；用卢杞、赵赞，则至于败乱，而终不悔"④；所谓"异哉！德宗之为人主也。忠良不用，谗慝是崇，乃至身播国屯，几将覆灭，尚独保延龄之是，不悟卢杞之非，悲夫！"⑤便不仅是对德宗个人的痛惜、指责，而且是对此一时期弊政的揭露，对后世人主臣子的昭示。

其四，士风浮薄，吏治日坏。唐代浮薄之世风由来已久，并不自德宗朝始，但由于贞元年间各种社会弊端日趋严重，遂导致社会风气每况愈下。李肇《唐国史补》卷下谓："长安风俗，自贞元侈于游宴。"⑥又云："大抵……贞元之风尚荡。"⑦王定保《唐摭言》卷五载皇甫湜与李生第二书言："近风偷薄，进士尤甚，乃至有一谦三十年之说，争为虚张，以相高自谩。"⑧元稹《白氏长庆集序》亦曰："贞元末，进士尚驰竞，不尚文，就中六籍尤摈落。"⑨由此言之，所谓世风尚荡、士风浮薄，其要有二，一是生活上的侈靡享乐，一是学术上的浮华无实。

生活上的侈靡享乐使士人不思进取，而学术上的浮华无实更使其无力进取，于是，二者彼此影响，互为依存，流荡成风，无可底止。固然，这种现象与唐代

① 《旧唐书》卷一三五《韦渠牟传》，第 3729 页。
② 《旧唐书》卷一三三《王佖传》，第 3687 页。
③ 《资治通鉴》卷二三四贞元十年，第 7677 页。
④ 《新唐书》卷七《宪宗纪》，第 219 页。
⑤ 《旧唐书》卷一三五《皇甫镈传》卷末评语，第 3743～3744 页。
⑥ 《唐国史补校注》卷之下，第 288 页。
⑦ 《唐国史补校注》卷之下，第 268～269 页。
⑧ 《唐摭言校证》卷五《切磋》，第 209 页。
⑨ 《元稹集校注》卷五一《白氏长庆集序》，第 1280 页。

专以诗赋取士而“不习法理”①的制度有关，也与主考者不主公道、因贿赂请托取士的恶习有关。由于主考者不主公道，贪财附势，遂使得“标榜与请托争途，朋甲共要津分柄”②，名实相悖，贤不肖倒置；由于专以诗赋取士而不务实学，遂导致广大士子“所习非所用，所用非所习”③，专以摘章绘句为能，而昧于职理，陋于吏治。但是，产生这一现象并使其愈演愈烈的深层原因，却在于政治的腐败和道德标准的变化。在《元白诗笺证稿》第四章中，陈寅恪先生曾指出：“凡士大夫阶级之转移升降，往往与道德标准及社会风习之变迁有关。当其新旧蜕嬗之间际，常呈一纷纭综错之情态，即新道德标准与旧道德标准，新社会风习与旧社会风习并存杂用。”而至唐之中叶，“此二者已适在蜕变进行之程途中”④。明乎此，则德宗末年之士风便很难不浮，吏治也难免不坏。更进一步，既然这种新道德的蜕嬗演进乃是历史在现实中的必然选择，那么，面对贞元末年“应进士举者，多务朋游，驰逐声名，每岁冬，州府荐送后，唯追奉宴集，罕肄其业”的状况，即使有一二刚正之士嫉其风习，“进幽独，抑浮华”⑤，于事怕也终无大补。

综上所述可知，唐德宗末年的各类社会弊端已达极严重的地步，如果任其发展，势必直接威胁到唐王朝的生存；如欲铲除此诸多弊端，则又非要有明君强臣，在政治、军事、学术、思想各方面花大气力不可。历史似乎很无情，也很幽默，而幽默、无情的历史偏将这一棘手的难题摆在了元和君臣面前，并先在永贞君臣这里播演了一出颇为激烈悲壮的插曲。

永贞处于贞元、元和之间，其实存时间连头带尾尚不足一年，但作为贞元之末和元和之始，它所起的作用却是相当重要的，也就是说，它对贞元之朝政是因袭还是更革，直接关系到元和时期的文化方向。

历史虽然曲折，却总是在向前发展的。早在顺宗皇帝还在东宫为太子时，就

① (清)陈鸿墀撰：《全唐文纪事》卷一四《贡举一》，上海古籍出版社，1987年，第171页。

② 胡震亨：《唐诗谈丛》卷二，王云五主编：《丛书集成初编》，商务印书馆，1936年，第33页。

③ (元)马端临撰：《文献通考》卷二九《举士》，中华书局，2011年，第832页。

④ 陈寅恪：《元白诗笺证稿》第四章《艳诗及悼亡诗》，上海古籍出版社，2020年，第108~109页。

⑤ 《旧唐书》卷一四七《高郢传》，第3976页。并可参看《唐会要》卷五九《礼部侍郎》。

表现出了与其父德宗颇不相同的政治态度。他“慈孝宽大，仁而善断”①，关心民瘼，对扰民之宫市极为不满，曾声称：“寡人见上，将极言之。”②德宗出游，极尽豪华侈靡之能事，太子以奢强谏；陆贽、李充因谗毁遭贬，“顺宗在东宫，每进见辄言延龄辈不可用，而谏臣可奖”③；对于宦者擅权纵恣的行为，他尤为厌恶，“未尝以颜色假借宦官。”④顺宗这种政治态度，在某种程度上实为受到翰林待诏王叔文的很大影响。叔文“自言猛之后，有远祖风”，“工言治道，能以口辩移人”⑤；“坚明直亮，有文武之用。……献可替否，有匡弼调护之勤”⑥；因而，顺宗对他颇为赏识，将倚为大用，并向韦执谊推荐说：“学士知王叔文乎？彼伟才也。”⑦由于君臣相得，政治态度一致，所以顺宗即位伊始，即起用王叔文、韦执谊等人，授以要职，锐意革除贞元弊政。他如王伾、陆质、吕温、李景俭、韩晔、韩泰、陈谏、柳宗元、刘禹锡、凌准、程异等人也都参与其中，从而形成了一个以新进士人为中坚的政治革新集团。这一集团在朝执政的时间从顺宗即位到退位算，不足八个月；若按王叔文的实际在朝执政时间算，仅有一百四十余天。现根据《顺宗实录》，新、旧《唐书》和《资治通鉴》等书的有关记载，将他们在此短时间内的主要执政措施排列于下：

(1)诏数京兆尹李实残暴掊敛之罪，贬通州长史。

(2)诸色逋负，一切蠲免，常贡之外，悉罢进奉。贞元末年政事为人患者，如宫市、五坊小儿之类，悉罢之。并罢盐铁使月进钱。罢翰林冗官三十二人。出后宫三百人及教坊女妓六百人。

(3)停发内侍郭忠政等十九人正员官俸⑧。

(4)追忠州别驾陆贽、道州刺史阳城及贬官郑余庆、韩皋等赴京师，诏未至

---

① 《韩昌黎文集校注》外集下卷《顺宗实录》卷一，第774页。

② 《旧唐书》卷一三五《王叔文传》，第3733页。

③ 《唐会要》卷三，第46页。

④ 《旧唐书》卷一四《顺宗纪》，第410页。

⑤ (唐)刘禹锡撰，陶敏、陶红雨校注：《刘禹锡全集编年校注》卷一九《子刘子自传》，中华书局，2019年，第2178~2179页。

⑥ 《柳宗元集校注》卷一三《故尚书户部侍郎王君先太夫人河间刘氏志文》，第865页。

⑦ 《旧唐书》卷一三五《韦执谊传》，第3732页。

⑧ 《册府元龟》卷五〇七《邦计部》，第5766页。按：此条材料首先由卞孝萱先生发现。

而陆、阳已死，乃赠官以示褒赏。

(5)加杜佑度支及诸道盐铁转运使，王叔文充任副使，罢免浙西观察使李錡的盐铁转运使之职。

(6)以名将范希朝为左右神策、京西诸城镇行营节度使，韩泰为行军司马，谋夺宦者兵权。

将上述诸项加以归纳，可以明显看出，打击权奸，进用贤能，减免赋税，革除弊政，强化中央权威，乃是王叔文集团之革新的主要内容，而打击宦官则是革新的重点目标。固然，由于他们执政时间过短，不少措施尚未及施行，已施行者也不够彻底，如谋夺宦者兵权即告失败，对强藩的制裁亦未提上议事日程，但他们毕竟有此举动，并展露了这方面的意向。如盘踞蜀中的军阀韦皋曾派剑南度支副使刘闢至长安贿赂王叔文，求领剑南、三川之地，并声言："若与其三川，当以死相助；若不用，某亦当有以相酬。"①王叔文当即严词拒绝，并要杀掉刘闢。这一举动，无疑反映了革新集团与藩镇势力是针锋相对的。

王叔文集团的革新行动，志在除弊图强，刷新政治，重振国威；而他们的一系列措施，使贞元弊端廓然一清，人情为之大悦，"自天宝以至贞元，少有及此者"②，诚所谓"只此小小施行，已为李唐一朝史所不多见，躁进小人，岂愿办此？岂能办此？"③虽然，这一革新集团很快便在唐宪宗及其拥戴者尤其是宦官势力的联合打击下夭折了，但他们的主要革新措施和昂扬奋发的进取精神却在宪宗一朝得到了继承和光大，从这一点来说，永贞实为元和之先导，二者的时代脉搏、文化精神是一线贯通的。不少论者昧于此理，因是永贞之革新而非元和之治理，或对后者避而不谈，恐怕有失明智通达。

关于唐宪宗打击王叔文集团的原因，后文将要谈到，我们在此要讨论的主要问题是，元和君臣究竟是怎样继承永贞精神以革除贞元弊政的？在这一过程中又展示出了什么样的时代气象？

如前所述，藩镇割据严重地削弱了中央皇权，已成为当时最突出的社会问

① 《韩昌黎文集校注》外集下卷《顺宗实录》卷四，第793页。

② (清)王鸣盛撰，黄曙辉点校：《十七史商榷》卷七四《顺宗纪所书善政》，上海古籍出版社，2016年，第1048页。

③ 岑仲勉：《隋唐史》，商务印书馆，2015年，第291页。

题，因而为了维护大一统王朝，强化中央权威，首要的任务便是用武力扫平藩镇。元和元年，西川节度使刘闢作乱，宪宗欲用兵征讨，议者以剑南险固为由，不予赞同，而宰相杜黄裳则坚主用兵，劝宪宗说："德宗自艰难之后，事多姑息……陛下宜熟思贞元故事，稍以法度整顿诸侯，则天下何忧而不治?"①这里存在着两种趋向：要么征讨强藩，虽冒风险却可获天下大治之效；要么忍让姑息，虽免于生事却坐以养奸，重蹈贞元旧辙。同时，这里的选择是极为重要的：由于是即位之始，任何决策的制定都将直接影响到此后的政治方向；如若此番姑息，则不仅会导致拥兵武将纷纷效尤，而且日后即使再想讨伐，士气也很难振作了。这是一个历史的关口，它严正地考验着宪宗的意志和胆魄。终于，宪宗迈出了决定性的一步，同意了杜的意见，命高崇文率军征讨西川，获得了初战告捷的胜利。接着，又相继平定了夏绥杨惠琳和浙西李錡(即王叔文罢免其盐铁转运使之职的李錡)的两次叛乱，赢得了宪宗即位后第一个振奋人心的高潮时期，诚如史家所言："用兵诛蜀、夏之后，不容藩臣蹇傲，克复两河，威令复振。"②

用兵淮西是元和年间旷日持久而又最引人注目的一场战役。"上自平蜀，即欲取淮西"③，但一直未逢其机。元和九年，彰义节度使吴少阳死，其子吴元济自领军务，"发兵四出，屠舞阳，焚叶，掠鲁山、襄城，关东震骇。"④面对此突然变局，宰相李吉甫、武元衡以及大臣李绛、裴度等皆力主用兵，于是宪宗发兵征讨。河北藩镇王承宗、李师道恐淮西平而祸延及己，一方面做好了支援淮西的准备，另一方面派遣刺客杀死武元衡，伤及裴度。在这种险恶的形势下，群臣多请罢兵，但宪宗坚执不许，任命力主用兵的裴度为相，并派度亲自统军督战。裴度临行慷慨陈词："主忧臣辱，义在必死。贼未授首，臣无还期!"这一大义凛然的举动，使得"帝壮之，为流涕"⑤。由于君臣协力，上下同心，取消了宦官监军之制，发挥了将领的才能，唐、隋、邓节度使李愬于元和十二年雪夜入蔡州，生擒吴元济，扫平了淮西镇。"及淮西平，师道忧惧，不知所为"，"贼中闻之，降

① 《旧唐书》卷一四七《杜黄裳传》，第3974页。
② 《旧唐书》卷一四七《杜黄裳传》，第3974页。
③ 《资治通鉴》卷二三九元和九年，第7828页。
④ 《资治通鉴》卷二三九元和九年，第7829页。
⑤ 《新唐书》卷一七三《裴度传》，第5211页。

者相继”①。元和十四年二月，李师道为部将所杀，成德王承宗、卢龙刘总遂归顺朝廷。至此，元和君臣在短短十余年的时间中，基本解决了自安史之乱后即已存在而至德宗末年尤为严重的藩镇割据问题，完成了永贞朝想完成而无力完成的任务，使得元和之治在实际上得以实现。所谓“宪宗刚明果断，自初即位，慨然发愤，志平僭叛，能用忠谋，不惑群议，卒收成功。自吴元济诛，强藩悍将皆欲悔过而效顺。当此之时，唐之威令，几于复振”②，当非溢美之言。

与用兵讨伐藩镇相同时，元和君臣还继续推行了永贞时期的一些改革措施，如禁止贡奉，减免赋税，赈恤灾民，精简冗官，并在一定范围内抑制了宦官的权势。史载：“宪宗之立，贞亮（即打击王叔文集团最力之宦官俱文珍）为有功，然终身无所宠假。”③吐突承璀“自春宫侍宪宗，恩顾莫二。承璀承间欲有所关说，宪宗惮垍，诫勿复言”；而当承璀伺察上意，请求率兵征讨王承宗，结果师劳力竭，无功而还时，裴垍上言“请贬黜以谢天下”，宪宗遂罢承璀兵柄④。元和六年，弓箭库使刘希光受人贿赂，事连吐突承璀，宪宗即将其贬为淮南监军，并对李绛说：“此家奴耳，向以其驱使之久，故假以恩私；若有违犯，朕去之轻如一毛耳！”⑤他如“斥刘光琦之分遣敕使赍赦书（元和三年），允许孟容之械系神策吏李昱（四年），抵许遂振于罪（五年），赐弓箭副使刘希光及五坊使杨朝汶死（六及十三年），杖死王伯恭（六年），听裴度言，撤回诸路监军（十二年），又吕全如擅取樟材治第，送狱自杀，郭旻醉触夜禁，即予杖杀，未尝不奋其刚断，振彼朝纲”⑥。从这些事件可以看出，宪宗对宦官有宠任，也有制裁，而宠任是建立在有充分能力制裁他们的前提之上的。当然，宪宗最后为宦官所杀，与他前期对宦官的宠任不无关系，但从总体着眼，则元和中前期的形势是朝臣之正气上升，宦者之邪气收敛，他们并未达到飞扬跋扈、控制朝政的地步。

由于元和君臣相继削平了藩镇，施行了一系列便民利国措施，并相对抑制了

---

① 《资治通鉴》卷二四〇元和十三年，第7869、7878页。

② 《新唐书》卷七《宪宗纪》，第219页。

③ 《新唐书》卷二〇七《宦者上》，第5869页。

④ 《旧唐书》卷一四八《裴垍传》，第3990~3991页。

⑤ 《资治通鉴》卷二三八元和六年，第7809页。

⑥ 岑仲勉：《隋唐史》，第295页。

宦官的权势，遂使得贞元末年早已沦丧的国威得以振扬，社会生活渐趋升平。考其主要原因，大致有二。

其一，君主开明勤勉，任用宰相，善于纳谏。史载："宪宗嗣位之初，读列圣实录，见贞观、开元故事，竦慕不能释卷"，"延英议政，昼漏率下五六刻方退。"①鉴于德宗末年不任宰相、大权独揽、以致佞臣在侧、仇正害公的教训，宪宗"自藩邸监国，以至临御，讫于元和，军国枢机，尽归之于宰相"②。同时，较能听取臣下意见，即位之初，即对宰臣说："朕览国书，见文皇帝行事，少有过差，谏臣论诤，往复数四。况朕之寡昧，涉道未明，今后事或未当，卿等每事十论，不可一二而止。"③此后又屡次告诫大臣："有关朕身，不便于时者，苟闻之则改。……卿但勤匡正，无谓朕不能行也。"④在元和众臣中，李绛所谏最多，谏言最直，当他久未进谏时，"上辄诘之曰：'岂朕不能容受邪？将无事可谏也？'"⑤由于宪宗重用宰相，注意纳谏，遂使得有功者赏，有罪者罚，正人勇进，小人多退，"中外咸理，纪律再张"⑥。

其二，宰相贤能，尽心匡弼，直言敢谏。前面说过，德宗朝宰相三十人，大多庸懦甚或奸猾，而且贤能者在位短，不肖者在位长。与此相比，宪宗朝宰相共二十五人，大多器识才干兼具，且不肖者在位短，贤能者在位长。其中约十人为相仅一年左右即罢免，罢免的原因很多，但主要一点即因其不称职或有遗行。如杜黄裳虽首倡用兵蜀、夏，有经划谋略之功，"然检身律物，寡廉洁之誉，以是居鼎职不久"⑦。郑絪与杜黄裳同当国柄，黄裳于国之大事多所关决，而"絪谦默多无所事，由是贬秩为太子宾客"⑧。李逢吉"天与奸回，妒贤伤善"⑨，故在元和朝为相亦仅两年。在一些宰相频繁更换的同时，另一部分宰相却能较长时间地

① 《旧唐书》卷一五《宪宗纪下》，第 472 页。
② 《旧唐书》卷一五《宪宗纪下》，第 472 页。
③ 《旧唐书》卷一四《宪宗纪上》，第 423 页。
④ 《旧唐书》卷一四八《李吉甫传》，第 3995 页。
⑤ 《资治通鉴》卷二三八元和七年，第 7812 页。
⑥ 《旧唐书》卷一五《宪宗纪下》，第 472 页。
⑦ 《旧唐书》卷一四七《杜黄裳传》，第 3974 页。
⑧ 《旧唐书》卷一五九《郑絪传》，第 4181 页。
⑨ 《旧唐书》卷一六七《李逢吉传》，第 4365 页。

任职下去，其中为相三年以上者约有八人。这八人之所以能久居鼎职，主要原因是才行兼备，深得人望。如裴垍“器局峻整，有法度”，“及在相位，用韦贯之、裴度知制诰，擢李夷简为御史中丞，其后继踵入相，咸著名迹。其余量材赋职，皆叶人望，选任之精，前后莫及”。故时人皆谓裴垍为相是才与时会，知无不为，一时间“朝无幸人，百度浸理”①。李吉甫“性聪敏，详练物务”，初为相时叙进群才，甚有美称，及再度为相，虽与李绛不协，但性格谨慎，“其不悦者，亦无所伤”②。李绛“孜孜以匡谏为己任”，曾极论中官纵恣、方镇进献之事，惹得宪宗大怒，但“绛前论不已，曰：‘臣所谏论，于臣无利，是国家之利。……惜身不言，仰屋窃叹，是臣负陛下也；若不顾患祸，尽诚奏论，旁忤幸臣，上犯圣旨，以此获罪，是陛下负臣也’”③。这种忠义内激、守法忘身的精神，使得宪宗也不得不为之改容。裴度忧国忧民，公而忘私，曾大书“居安思危”四字于笏上④，并力主用兵藩镇，亲预淮西之役。当五坊使杨朝汶残暴虐民，而宪宗谓之小事，一意袒护时，裴度直言：“用兵事小，所忧不过山东耳；五坊使暴横，恐乱辇毂。”宪宗虽不悦，但迫于裴度的正义感，还是召杨责备道：“以汝故，令吾羞见宰相。”遂将其赐死。⑤ 他如韦贯之“严身律下，以清流品为先，故门无杂宾”⑥；崔群“常以谠言正论闻于时”，“有冲识精裁，为时贤相”。⑦ 事实上，正是这样一批宰执大臣，上匡君主，下理万民，打击权奸，进用正士，深谋远虑，居安思危，以天下兴亡为己任，才在一定程度上限制了君权的膨胀，有力地荡涤了贞元秕政，解决了藩镇割据，重建了中央权威，赢得了元和一朝虽短暂却不无辉煌的中兴。孙甫有鉴于此而深刻指出：“夫天下安，固注意于相；天下危，亦宜注意于相也”；宪宗“首得杜黄裳陈安危之本，启其机断，继得武元衡、裴垍、李绛、裴度谋议国事，数人皆公忠至明之人，故能选任将帅，平定寇乱，累年叛

① 《旧唐书》卷一四八《裴垍传》，第 3992 页。

② 《旧唐书》卷一四八《李吉甫传》，第 3997 页。

③ 《旧唐书》卷一六四《李绛传》，第 4287 页。

④ 《元稹集校注》卷三一《上门下裴相公书》，第 874 页。

⑤ 《资治通鉴》卷二四〇元和十三年，第 7876 页；并见《新唐书》卷一七三《裴度传》，第 5213 页。

⑥ 《旧唐书》卷一五八《韦贯之传》，第 4174 页。

⑦ 《旧唐书》卷一五九《崔群传》，第 4187、4190 页。

涣之地，得为王土，四方之人，再见太平者，相得人也”①。

当然，元和中兴的实现，与广大士人尤其是韩、柳、刘、元、白五大诗人积极的、多方面的努力也不无关联。简言之，柳、刘大呼猛进，首倡革新于前，元、白嫉恶如仇，尽力除弊于后，韩愈高扬“以蕃王室”的旗帜，亲预平淮西之役，而后又独赴镇州叛将王廷凑军营，“召众贼帅前，抗声数责”，使得“贼众惧伏”②。联系到后文将要详述的他们在此一时期积极主张用兵藩镇、裁抑宦官、关心民瘼、打击邪恶势力等一系列举动，以及他们在思想文化诸方面颇有成效的建树，我们完全可以说，以五大诗人为代表的广大士人的多方面参与和努力，乃是元和中兴得以实现的又一个重要因素。

从贞元到元和，在历史的长河中不过是短暂的一瞬，但在这一瞬间，形势却发生了如此之大的变化，大唐帝国仿佛被注入了一针兴奋剂，从混浊腐败、险象环生的泥沼中爬起身来，迅速地昂首走向前去。在这一由衰败而至中兴的过程中，我们看到了些什么呢？我们看到了君臣关系由相互猜忌变为协力同心，社会风气由流荡颓靡渐趋昂扬振作，奸邪当道让位于贤能握柄，分裂割据重为大一统的局面所取代。然而，我们更看到了一种精神，一种不甘衰败、奋发图强的复兴精神，一种源于忧患而又欲克服忧患、建基于多难兴邦、哀兵必胜信念之上的进取精神。这种精神，渗透于各个文化领域，亦在政治、军事上得到了突出的展现，从而构成了此一时代的主要方向。

第二节　元和士人的参政意识与知识结构

与上述文化精神紧相关联，以五大诗人为代表的元和士人的精神风貌也发生了相当大的变化，这种变化，突出地表现在他们积极用世的参政意识和参政实践上。如果说，贞元、元和之际政治上的逐渐更新、军事上的节节胜利以及蕴含其中的复兴、进取精神，曾给予元和士人以有力的外在感召，使得他们生发出一种强烈的使命感和献身感，那么，此一时期儒学的重建、文学的创新和哲学的突破

① （宋）孙甫：《唐史论断》卷下，《景印文渊阁四库全书》，第685页。
② （唐）皇甫湜：《韩愈神道碑》，《全唐文》卷六八七，第7038页。

及其丰厚广博的文化力量，便更给予元和士人以极大的内在充实，从而大大深化并强化了他们的参政意识和参政实践，使其在实际的参政过程中，表现出了一种踔厉风发、刚健不挠、执著追求理想、许国不复谋身的激切心性。一方面，这种心性确曾把他们推向历史大潮的浪巅，纵横驰骋，显露身手，但另一方面，这心性也实实在在预示了他们可能的悲剧性，并最终导致了他们万死投荒的生命沉沦。为了对元和文化精神的实质和元和士人的政治遭际有一个更准确的了解，我们有必要对颇具代表性的韩、柳、刘、元、白五大诗人的参政意识和参政实践做一番系统梳理。

韩愈生于唐代宗大历三年(768)，白居易、刘禹锡生于大历七年(772)，柳宗元生于大历八年(773)，元稹生于大历十四年(779)。以年龄论，他们相差无几，都是同辈人。以关系论，白居易与元稹为莫逆之交；柳宗元与刘禹锡生死与共；而韩愈与他们均有往还，就中与刘、柳关系尤密；刘禹锡与元、白早年即有接触，晚岁与白居易诗酒唱和，形影不离；至于柳宗元与元稹，关系虽不甚密，但有诗作往还，唯柳、白之间尚未见到交往的迹象。以政治活动论，贞元十年(794)时，他们中年龄最小的年已十六，而至元和元年(806)，他们中年龄最大的已近四十。在这段时间里，他们先后都已步入政坛。因而可以说，贞元、元和之际乃是他们政治活动的展开时期。

相近的年龄、密切的关系和大体相同的政治活动时间，使他们在人生态度、用世倾向上获得了较为一致的发展趋势，而高才博学、志向远大的主观条件又使他们萌生了铲除弊政的强烈愿望和积极自觉的参政意识。综观五大诗人的诗文集可知，他们对贞元末年腐败混浊的社会现象无不具有深刻的认识和满腔的义愤。韩愈《与崔群书》云："自古贤者少，不肖者多。自省事已来，又见贤者恒不遇，不贤者比肩青紫；贤者恒无以自存，不贤者志满气得。"①白居易《策林》第三十五条云："臣伏见近代以来，时议者率以拱默保位者为明智，以柔顺安身者为贤能，以直言危行者为狂愚，以中立守道者为凝滞。故朝寡敢言之士，庭鲜执咎之臣，自国及家，寝而成俗"②；元稹《叙诗寄乐天书》云："贞元十年已后，德宗皇帝

① 《韩昌黎文集校注》卷三《与崔群书》，第210页。
② 《白居易文集校注》卷二六《策林》，第1478页。

春秋高，理务因人，最不欲文法吏生天下罪过。外阃节将，动十余年不许朝觐，死于其地不易者十八九。而又将豪卒愎之处，因丧负众，横相贼杀，告变骆驿，使者迭窥”，至于朝廷大臣，则“以谨慎不言为朴雅，以时进见者不过一二亲信。直臣义士，往往抑塞”；面对如此混浊政局，尚未成年的元稹“心体悸震，若不可活，思欲发之久矣！”①类似元稹这样的激切心态，在当时稍具正义感的广大士人中是普遍存在的。固然，沉重的忧患、腐败的朝政容易使人志消意减，随波逐流，但也同样可以使人嫉恶如仇，慨然发愤。而韩、柳、刘、元、白便正是这类人中的佼佼者。元稹诗云：

忆年十五学构厦，有意盖覆天下穷。②

白居易诗云：

自念咸秦客，尝为邹鲁儒。蕴藏经国术，轻弃度关𦈡。③

刘禹锡诗云：

少年负志气，信道不从时。
昔贤多使气，忧国不谋身。目览千载事，心交上古人。④

柳宗元声称：

仆之为文久矣，然心少之，不务也，以为是特博弈之雄耳。故在长安时，不以是取名誉，意欲施之事实，以辅时及物为道。⑤

① 《元稹集校注》卷三〇《叙诗寄乐天书》，第853~854页。
② 《元稹集校注》卷二六《酬郑从事四年九月宴望海亭次用旧韵》，第789页。
③ 《白居易诗集校注》卷一六《东南行一百韵寄通州元九侍御》，第1246页。
④ 《刘禹锡全集编年校注》卷一一《学阮公体三首》其一、其三，第1294、1296页。
⑤ 《柳宗元集校注》卷三一《答吴武陵论〈非国语〉书》，第2070页。

韩愈更是屡次放言：

> 少小尚奇伟，平生足悲吒。……事业窥皋稷，文章蔑曹谢。①
>
> 念昔始读书，志欲干霸王。屠龙破千金，为艺亦云亢。②
>
> 大贤事业异，远报非俗观。报国心皎洁，念时涕汍澜。③

这些千载之下读来犹热力未消的言辞，确实表现了一种急切的报国之心、用世之念，一种高标独树、英锐峻发的参政意识。而且为了达到实际参政的目的，他们不惜上书权贵，献诗献文，希望获得重用。如白居易《与陈给事书》、柳宗元《上权德舆补阙温卷决进退启》等即是，而尤为突出者，是韩愈的三上宰相书。在这些上书中，求进者态度之恭谨，言辞之卑微，甚而至于哀告求怜，确实有伤乎大雅；但从另一方面看，这种现象不也正反映出他们参政欲念的迫切吗？在《后廿九日复上书》中，韩愈这样说道："今天下一君，四海一国，舍乎此则夷狄矣，去父母之邦矣。故士之行道者不得于朝，则山林而已矣。山林者，士之所独善自养而不忧天下者之所能安也；如有忧天下之心，则不能矣，故愈每自进而不知愧焉。"④联系到韩愈在其他场合所谓"凡仆之汲汲于进者……盖欲以同吾之所乐于人耳"⑤、"其所不忘于仕进者，亦将小行乎其志耳"⑥，可以看出，"忧天下"、"行乎其志"乃是他屡次上书求进的主要动力。扩而展之，柳宗元、白居易等人又何尝不是源于此种动力而上书求进？在他们毛遂自荐、干谒求进的背后，正跃动着一颗炽热的报国之心！

当然，话说回来，在传统儒家修、齐、治、平思想的影响下，几乎历代士人都曾产生过诸如此类的报国之心、用世之念。以盛唐诗人为例，李白即曾明确表

① 《韩昌黎诗系年集释》卷二《县斋有怀》，第242页。

② 《韩昌黎诗系年集释》卷三《岳阳楼别窦司直》，第336页。

③ 《韩昌黎诗系年集释》卷一《龊龊》，第106页。

④ 《韩昌黎文集校注》卷三《后廿九日复上书》，第182页。

⑤ 《韩昌黎文集校注》卷三《答崔立之书》，第187页。

⑥ 《韩昌黎文集校注》卷三《与卫中行书》，第216页。

白志向："申管晏之谈，谋帝王之术，奋其智能，愿为辅弼，使寰区大定，海县清一"①；杜甫也一再声称："许身一何愚，窃比稷与契"②、"致君尧舜上，再使风俗淳"③；即使那位以隐士见称的孟浩然，亦不止一次地流露过参政的愿望："欲济无舟楫，端居耻圣明"④、"寄语朝廷当世人，何时重见长安道?"⑤然而，若细加比较不难发现，盛唐诗人的参政意识与元和诗人的参政意识又是有着不小差别的。

其一，盛唐诗人大多是带着一种强烈的功名欲望而要求参政的，对他们来说，功名是第一位的，参政不过是博取功名的一个手段；这就较难使其参政意识落到治国安邦、为吏理民的实处。同时，开、天之际激昂壮阔的时代风云，一方面的确陶冶了他们的气质，开拓了他们的胸怀，激励了他们高远的志向，但另一方面也难免给这志向染上一层空泛浮躁的色彩，有时多少有点大言欺人。相比之下，元和诗人虽亦颇重功名，但对他们来说，参与政治，掌握权柄，革除弊政，实现治理乃是第一位的，因而他们的参政意识积极而不乏实在，并直接与其参政实践联系在一起。又由于元和诗人生活在一个忧患相仍的时代，其参政意识借以萌生的土壤是险象环生、弊端层积的现实，这就自然使其参政意识显得格外深沉、厚重。

其二，从个人经历看，盛唐诗人大多经历过一个浪漫不羁的青少年时期，壮游、豪饮、赋诗、交友、纵横干谒、大漠立功似与他们结下了不解之缘。这由李白、杜甫、高适、岑参等人的诗作即可看出。高适曰："少时方浩荡，遇物犹尘埃。脱略身外事，交游天下才"⑥；杜甫曰："往者十四五，出游翰墨场。……性豪业嗜酒，嫉恶怀刚肠。……饮酣视八极，俗物都茫茫。……放荡齐赵间，裘马颇清狂。"⑦这种浪漫、豪放的生活，无疑使他们更多了一种诗人、侠士的气质，

① 《李白全集编年笺注》卷一七《代寿山答孟少府移文书》，第1749页。

② 《杜诗详注》卷四《自京赴奉先县咏怀五百字》，第264页。

③ 《杜诗详注》卷一《奉赠韦左丞丈二十二韵》，第74页。

④ 《孟浩然诗集校注》卷三《望洞庭湖赠张丞相》，第233页。

⑤ 《孟浩然诗集校注》卷二《和卢明府送郑十三还京兼寄之什》，第143页。

⑥ 《酬裴员外以诗代书》，(唐)高适著，刘开扬笺注：《高适诗集编年笺注》，中华书局，1981年，第308页。

⑦ 《杜诗详注》卷一六《壮游》，第1438页。

而较少政治家、实干家的才能。同时，盛唐时代推行开边政策，从军边塞、博取功名对青春勃发的诗人产生了巨大的吸引力，诚如李白所言；“羞作济南生，九十诵古文。不然拂剑起，沙漠收奇勋！”①时代趣尚如此，既在一定程度上分散了人们对参政的关注，减少了为吏之道的吸引力，也无疑降低了诗人们的实际参政能力。与此相较，元和诗人的青少年时代却较为贫寒艰辛。韩愈“生三岁而孤，随伯兄会贬官岭表。会卒，嫂郑鞠之”②；后至京师求仕，“无所取资，日求于人以度时月”③。白居易“二十以来，昼课赋，夜课书，间又课诗，不遑寝息矣。以至于口舌成疮，手肘成胝”④。元稹“八岁丧父”⑤，其母“备极劳苦，躬亲养育。截长补败，以御寒冻。质价市米，以给脯旦”⑥。柳宗元少时“家无书，太夫人教古赋十四首，皆讽传之”⑦；其后除十三岁随父南游外，皆在长安苦心为文。刘禹锡童时多病，后习医学文⑧，弱冠之年，北游长安应举。以上这些遭际，不能不使元和诗人的生活失去了一种浪漫激扬的风采，但同时却也加深了他们对苦难民生的真实了解，培养了他们吃苦耐劳、坚韧不拔的品性，促使他们砺志勤学，为早登仕途而努力；并由于藩镇割据而造成的活动地域的局促，从而在客观上导致了他们参政意识的格外集中。

其三，盛唐诗人虽有积极的参政愿望，却不屑或无力步入与实际参政紧相关联的科举之途。孟浩然高隐鹿门山，一生以布衣终；李白鄙夷世俗，热衷于终南捷径，向与进士无缘；杜甫虽曾应进士举，却遭摈落；高适前半生落拓失意，只中了个有道科；其身为大诗人而又中进士者，唯王昌龄、王维、岑参数人而已。这种情况，固然反映了盛唐诗人高蹈不群，耻于束缚的心性，但也着实说明他们的参政意识与实际参政间还是颇有距离的。与盛唐诗人明显不同的是，元和逐臣中除元稹一人于十五岁即登明经科外，其余四人皆进士出身，而且及第时间均较

① 《李白全集编年笺注》卷九《赠何七判官昌浩》，第 915 页。
② 《新唐书》卷一七六《韩愈传》，第 5255 页。
③ 《韩昌黎文集校注》卷三《与李翱书》，第 199 页。
④ 《白居易文集校注》卷八《与元九书》，第 324 页。
⑤ 《元稹集校注》卷三三《同州刺史谢上表》，第 914 页。
⑥ 《元稹集校注》卷五九《告赠皇考皇妣文》，第 1387 页。
⑦ 《柳宗元集校注》卷一三《先太夫人河东县太君归祔志》，第 826 页。
⑧ 《刘禹锡全集编年校注》卷一五《答道州薛郎中论方书书》，第 1762~1763 页。

早。韩愈于贞元八年(792)及第，二十四岁；柳宗元、刘禹锡于贞元九年(793)及第，二十一岁、二十二岁；白居易于贞元十六年(800)及第，二十九岁。这一情况，很能说明元和诗人用力方向与盛唐诗人的差异，同时也证实了他们参政意识的实在性及其与实际参政的关联性。当然，进士科所得者未必尽为贤才，这从前述贞元末年之浮薄士风可以窥知，但一般贤才大多能被罗列其中却也是事实。这一方面是因为才与不才之士子皆趋向进士，就中有才而遭剥落者毕竟是少数，另一方面也因为德宗虽于政事多所缺漏，却注重文学辞章，诚如刘禹锡在《唐故尚书礼部员外郎柳君集纪》中所说："贞元中，上方向文章……天下文士，争执所长，与时而奋，粲焉如繁星丽天。"①加之贞元时主持贡举者也不乏公允正直之人，如陆贽、顾少连、高郢等确曾在"进幽独，抑浮华"②上作过一定努力，因而使得韩、白、柳、刘以及裴度、李绛、令狐楚、吕温、韩泰、韦执谊、张籍、杨巨源等一大批曾在后来的元和政治、文化中发生过重要作用的先进之士，都于进士榜上有名，韩愈更入贞元八年"龙虎榜"之列。元稹为白集作序回忆白居易科举情形说："贞元末……礼部侍郎高郢始用经艺为进退，乐天一举擢上第。"③修《新唐书》的欧阳修等则从整体着眼说："大抵众科之目，进士尤为贵，其得人亦最为盛焉。方其取以辞章，类若浮文而少实；及其临事设施，奋其事业，隐然为国名臣者，不可胜数。"④这里，所谓"用经艺为进退"、"临事设施，奋其事业"，无疑从侧面反映了进士科与士人之参政实践的内在关联。

其四，盛唐诗人所处时代属于治世。杜甫《忆昔》其二云："忆昔开元全盛日，小邑犹藏万家室。……百余年间未灾变，叔孙礼乐萧何律。"⑤正所谓国泰民安，四时承平。这种情况，一方面由于国家无事而相对减弱了诗人们要求参政的迫切感，另一方面也因了政局稳定而难于为他们提供多种参政的机遇。到了天宝十四载(755)，安史之乱爆发，似乎为他们带来了一展经纶的机会，可是此时多数盛唐诗人已年过半百，精衰力减，知识结构亦趋定型，很难在政界有大的作为

① 《刘禹锡全集编年校注》卷一六《唐故尚书礼部员外郎柳君集纪》，第1805页。
② 《旧唐书》卷一四七《高郢传》，第3976页。
③ 《元稹集校注》卷五一《白氏长庆集序》，第1280页。
④ 《新唐书》卷四四《选举志上》，第1166页。
⑤ 《杜诗详注》卷一三《忆昔二首》，第1163页。

了。元和诗人则不同，他们所处时代正当由乱入治之际，除弊图强，国家需人，一方面，贞元弊政已使他们蕴积了源于忧患意识的无限紧迫感和积极参政的自觉使命感，另一方面，永贞、元和之拨乱反正、进取复兴的政治形势又在客观上为他们的参政创造了极好条件，加之他们此时正年富力强，精力充沛，极富进取心，因而，一条通向实际参政的理想之路便顺理成章地铺展在了他们面前。

由于以上这些差别，所以使得盛唐诗人虽有积极的参政愿望，却较难将其变为现实，而元和诗人则可迅速地将此愿望转化成轰轰烈烈的参政实践。

韩、刘、柳、元、白的从政时间皆始于贞元中后期，而且他们大多是先做了几年地方小官，然后于贞元末、元和初升任朝官的。如：韩愈于贞元十二年(796)试任秘书省校书郎，在宣武军节度使董晋幕中任观察推官，贞元十五年(799)转任徐泗濠节度推官，贞元十八年(802)入为国子监四门博士，至贞元十九年(803)转任监察御史；刘禹锡于贞元十一年(795)为太子校书，贞元十六年(800)入徐泗濠节度使杜佑幕掌书记，贞元十八年(802)调补京兆渭南县主簿，至贞元十九年入为监察御史，贞元二十一年(805)擢任屯田员外郎；柳宗元先于贞元十二年(796)任秘书省校书郎，贞元十四年(798)为集贤殿书院正字，后调任蓝田尉，于贞元十九年入为监察御史里行，贞元二十一年擢任礼部员外郎；元稹于贞元十九年署秘书省校书郎，元和元年(806)任左拾遗，元和四年，除监察御史；白居易于贞元十九年为校书郎，元和元年任盩厔尉，元和二年调京兆府进士试官、集贤校理，授翰林学士，至元和三年(808)任制策考官、左拾遗，并依前充翰林学士。

从这一简单的为官履历来看，韩、柳、刘、元、白五人短的三四年，长的七八年，便已由任职地方而入朝为官，这一升迁速度并不算慢。据《唐语林》卷二《政事下》载李建语云："方今秀茂皆在进士。使吾得志，当令登第之岁，集于吏部，使尉紧县；既罢复集，使尉望县；既罢又集，使尉畿县，而升于朝。大凡中人三十成名，四十乃至清列，迟速为宜。"①这番话曾被"议者是之"，可见它代表了中唐时期人们的一种普遍看法，而这种看法的产生，表明人们越来越看重基本

① (宋)王谠撰，周勋初校证：《唐语林校证》卷二《政事下》，中华书局，2008年，第114页。

的参政实际能力的培养。联系到元和逐臣的早期从政经历，与此大体吻合并稍快一些。在进士及第后、担任朝官前这段时间里，他们可以深入了解民情，熟悉吏治情况，培养实际从政能力，为日后的发展打下坚实的基础，因而是十分必要的。

入朝为官后，他们担任的第一职务几乎全是监察御史、御史里行或拾遗官，这一现象很值得注意。据《新唐书》卷四七《百官志》二、三，《唐会要》卷五六、卷六〇：左拾遗属门下省，八品上，掌供奉讽谏，大事廷议，小则上封事；监察御史属御史台，正八品下，掌分察百僚、巡按州县，以及狱讼、军戎、祭祀、营作、太府出纳等方面的监察。又据《唐语林》卷八载："监察御史振举百司纲纪，名曰'入品宰相'。……其里行员外试者，俗名为'合口椒'，言最有毒；监察为'开口椒'，言稍毒散。"①白居易《初授拾遗献书》谓："臣谨按《六典》：左、右拾遗，掌供奉讽谏。凡发令举事，有不便于时，不合于道者，小则上封，大则庭诤。其选甚重，其秩甚卑。"②由此可知，监察御史和拾遗官品位虽不算高，但职责却相当重要，它下可以纠察群臣，上可以谏诤皇帝，因而把它视作新进士人施展参政谋略的最佳场所，也是不过分的。

在进一步论述韩、柳、刘、元、白诸人的参政实践之前，还需辨清与其心理性格有关的两个问题。

一是贞元年间陆贽、阳城事件曾给予他们以普遍的、强有力的刺激和影响。陆贽为贞元中期有名的贤相，精于吏事，兼擅文章，品节高迈，心性端直，"事有不可，极言无隐"，结果为权奸裴延龄所谮，贞元十年罢相，十一年被贬忠州别驾③。时"上怒未解，中外惴恐，以为罪且不测，无敢求者"，唯谏议大夫阳城拍案而起，声言："不可令天子信用奸臣，杀无罪人！"遂率拾遗王仲舒、归登等守住延英门，上疏论延龄奸佞，贽等无罪，并慷慨陈辞："脱以延龄为相，城当取白麻坏之，恸哭于庭。"④由于德宗信用延龄，阳城遂被降职，又于十四年被贬为道州刺史。阳城被贬，群情激愤，太学生一百六十余人"投业奔走，稽首阙下，

① 《唐语林校证》卷八，第692页。
② 《白居易文集校注》卷二一《初授拾遗献书》，第1187页。
③ 见《旧唐书》卷一三九《陆贽传》，第3817页。
④ 《资治通鉴》卷二三五贞元十一年，第7689~7690页。

叫阍吁天，愿乞复旧”①。当时柳宗元初为集贤殿书院正字，听到这一消息，先是为其失去师表“悒然不喜”，旋即又为太学生们大义凛然之举动“抚手喜甚”、“震忭不宁”，挥笔写下《与太学诸生喜诣阙留阳城司业书》，表达了自己坚决声援之意。在信中，他援引汉末李膺、晋初嵇康事，说道：“观其言太学生徒仰阙赴诉者，仆谓讫千百年不可睹闻，乃今日闻而睹之，诚诸生见赐甚盛。”“今乃奋志厉义，出乎千百年之表”，“夫如是，服圣人遗教，居天子太学，可无愧矣！”最后，柳宗元深刻指出：“阳公之在于朝，四方闻风，仰而尊之，贪冒苟进邪薄之夫，庶得少沮其志，不遂其恶。”而太学生诣阙挽留阳城，其言其行，“非独为己也，于国体实甚宜”，故应“勖此良志”，“努力多贺”②。这是一封声援太学生的信函，但又何尝不是柳宗元明确表述政治观点的一篇宣言？那震忭不宁的心情，激情洋溢的文字，向善如渴、嫉恶如仇的态度，既表现了这一事件对他的强烈刺激，也反映出他的刚直心性与事件性质的深层吻合。

与柳宗元稍有不同的是，韩愈和元、白诸人见之于文字的态度主要表现在事件发生前后的一段时间里。史载：阳城为处士时，“搢绅想见风采。既兴草茅，处谏诤官，士以为且死职，天下益惮之。及受命，它谏官论事苛细纷纷，帝厌苦，而城寖闻得失且孰，犹未肯言。”③当时韩愈已进士及第，尚未除授官职，怀着激切的心情，写了一篇《争臣论》，责备阳城不宜默默无为，而应履行谏官职责：“阳子在位不为不久矣，闻天下之得失不为不熟矣，天子待之不为不加矣，而未尝一言及于政”，“有道之士，固如是乎哉？”④在这里，韩愈显然对阳城之不屑于细务而保持沉默欲以大有为的做法产生了误解，但也正是这种误解，才更有力地反证了二人心性的内在相同。换言之，韩愈能在未入政界时写出《争臣论》以讥切阳城，而阳城则能于读到此论三年后上疏勇助陆贽力排延龄，无不源于同一忧国情怀和刚直心性。当然，后来阳城被贬、太学生诣阙相救之事发生时，韩愈已离开京城，远在宣武军节度使董晋幕下任职，没能发表意见，但可以设想，由于韩愈与阳城有特殊的文字之缘，这一事件对他的影响势必极大，而且如果他

① 《柳宗元集校注》卷九《国子司业阳城遗爱碣》，第567页。
② 《柳宗元集校注》卷三四《与太学诸生喜诣阙留阳城司业书》，第2168~2169页。
③ 《新唐书》卷一九四《阳城传》，第5570页。
④ 《韩昌黎文集校注》卷二《争臣论》，第123页。

仍在长安，则其反应之激烈当不会在柳宗元之下。

至于元稹和白居易，情形又有不同。阳城事件发生时，白居易尚未及第，元稹亦未入仕，故他们所受影响，直到十余年后才以诗歌的形式展示出来。元和五年，元稹正道直行，无罪遭贬，途经商山阳城驿，触景伤情，因地名联及阳城其人，遂作为《阳城驿》一诗，对十余年前阳城的凛然正气予以高度称颂："贞元岁云暮，朝有曲如钩。……公乃帅其属，决谏同报仇。延英殿门外，叩阁仍叩头。且曰事不止，臣谏誓不休。……今来过此驿，若吊汨罗洲！"①读了元稹的诗，白居易"心甚贵重"②，很快写下《和〈阳城驿〉》一诗，更全面地颂扬了阳城的品行节操："次言阳公节，謇謇居谏司；誓心除国蠹，决死犯天威。"并明确说道："道州既已矣，往者不可追。何世无其人？来者亦可思！"③在这两首诗中，元、白二人所受阳城事件的影响表现得相当突出，更为重要的是，这种影响不独表现在诗中，而且渗透到了他们的行动里。元稹之被贬，无疑与阳城不畏权势、报国忘身的影响有关；而白居易三上谏书切论元不应贬的举动（详见后文），又何尝不可视作十五年前阳城勇救陆贽一事的再现？历史的巧合似乎是偶然的，而历史的必然性就在这貌似偶然性的众多巧合中为自己开辟了通道。联系到贞元十九年、元和十四年的韩愈之贬，元和十年的白居易之贬，甚至永贞元年的柳、刘之贬，则其中所含的必然性因素不已跃跃欲现了吗？当然，对五大诗人端直不阿、嫉恶如仇的心性形成来说，阳城事件的影响并非唯一因素，但由于这影响发生在五人未仕或初仕之际，对他们心理性格的定型和政治态度的确立起着更直接的作用，因而无疑是众多因素中较为重要的一个。

阳城事件之外，与韩、柳、刘、元、白之心理有关的另一个问题，便是在时代思潮影响下，他们的知识结构发生了显著的改变，并由此导致了其社会地位的一定变化。

如果再一次与盛唐诗人作比，便会发现，在盛唐诸如孟浩然、李白、岑参、王昌龄以至杜甫、高适等大诗人那里，知识结构普遍较为单一、薄弱。受激昂壮

① 《元稹集校注》卷二《阳城驿》，第38~39页。

② 《白居易诗集校注》卷二《和答诗十首并序》，第211页。

③ 《白居易诗集校注》卷二《和阳城驿》，第219页。

阔的时代精神影响，他们往往轻吏事，轻学术，而将主要精力投放到了文学尤其是诗歌的创作上，投放到了颇具诗人气质的漫游、交友、隐逸或从军等举动上。这种单向的、放纵不羁的发展，一方面固然使他们写出了称雄千古的辉煌诗篇，另一方面也导致了他们在政治、学术等领域很少或终无建树的结局。孟浩然、李白显然与学术、吏事无缘；岑参、王昌龄、杜甫虽曾步入仕途，但所任官职均不高且多为地方官吏，至于学术，似也无可称道；高适流落半生后终于碰到机会，做了大官，但由于学养上的欠缺和“喜言王霸大略”的纵横家气质，常“言过其术，为大臣所轻”①。相比之下，元和诗人的知识结构就大不相同了。一方面，韩、柳、刘、元、白诸人不仅是当时公认的一流诗人，而且是著名的古文大家；另一方面，他们既在经学、哲学等方面站到了中唐时代的峰巅，又在政治活动中走在了贞元、元和之际的前列。在他们这里，文学、政事和学术大多兼而备之，很少偏废，因而知识结构显得较为全面，较为丰厚。由于知识结构有了大的变化，自然引起社会地位的相应改变。如果仅就其官职来看，则如前所述，五大诗人步入政坛不久即已入朝任监察御史或左拾遗，而在唐代，朝官与地方官的差别至为明显，这就使得他们的社会地位与盛唐诗人有了一定的不同；此后，柳、刘曾一度做到礼部员外郎和屯田员外郎，韩、白分别官终吏部侍郎和刑部尚书，而元稹则最高做到宰相，这就与盛唐诗人有了更大的不同。社会地位的差异，势必引起人们心理的差异，换言之，从盛唐诗人到元和诗人这一历史过程中，发生了一种显著的心理位移：在前者那里，因其社会地位较低，与统治阶层始终存在着一种距离，一种隔阂，所以，在对待政局的态度上，大多以旁观者、怨愤者甚至抨击者的姿态出现；而在后者这里，因为社会地位的升高，自己已成了统治阶层的一员，那种距离感、隔阂感逐渐消失，表现在对待政局的态度上，便主要是以当事者、批评者和维护者的面貌出现了。这种心理上的位移，固然不能包罗所有个例，如盛唐诗人中并非全是政局的旁观者，忧国忧民多于怨刺的杜甫即是显例；而元和诗人中也不乏孟郊、李贺之流以悲士不遇或指斥时政为主的旁观诗人，但从总体倾向看，这种位移确实是发生了，而且还与以复兴、进取为主的元和文化精神相糅合，使广大士人自觉地把个人命运与国家命运关联在一起，或上

① 《旧唐书》卷一一一《高适传》，第3331页。

书论事，或面折廷诤，或弹劾权奸，或革除弊政，影响所及，遂成风气，精华荟萃，蔚然壮观，从而直接地、深刻地影响到了下面将要论述的五大诗人的参政实践。

第三节　元和士人的参政实践与斗争精神

韩、柳、刘、元、白诸人一方面固然受到了元和文化精神的巨大影响，但另一方面他们又以自己的行动为这一精神开凿了先河。既然如上所言，他们都曾受到阳城事件的强烈影响，都曾对贞元弊政有着深刻的了解，并因此而产生过不可遏制的激愤和革除弊政的坚定意念，而且由于知识结构、社会地位的改变和心理的位移大大强化并深化了他们的参政意识，入仕不久即任谏官的际遇又恰恰为其施展才能提供了极好的条件，那么，对他们来说，将积极的参政意识迅速转变为现实的参政实践并由此勃发出强烈的批判精神，便是势在必行之事了。

五大诗人中行动最早的是韩愈。他在担任监察御史的当年（贞元十九年），即将批判的锋芒指向了残暴的贪官。据皇甫湜《韩文公神道碑》载，贞元十九年，“关中旱饥，人死相枕藉，吏刻取息。先生列言天下根本，民急如是，请宽民徭而免田租之弊。专政者恶之”①。检韩愈文集，《御史台上论天旱人饥状》尚在，中云：“今年以来，京畿诸县夏逢亢旱，秋又早霜，田种所收，十不存一。”“上恩虽弘，下困犹甚。至闻有弃子逐妻以求口食，拆屋伐树以纳税钱，寒馁道途，毙踣沟壑。有者皆已输纳，无者徒被追征。臣愚以为此皆群臣之所未言，陛下之所未知者也。”②在这里，韩愈一方面是出于急切的忧民之心而上疏论事的，诚如他在诗中所言：“我时出衢路，饿者何其稠！亲逢道边死，伫立久咿嘤。归舍不能食，有如鱼中钩。适会除御史，诚当得言秋。拜疏移阁门，为忠宁自谋？”③而另一方面则显然表现了他对残暴贪官的愤怒。史载：贞元十九年，李实为京兆尹，“为政猛暴，方务聚敛进奉，以固恩顾，百姓所诉，一不介意。因入对，德

① （唐）皇甫湜：《韩愈神道碑》，《全唐文》卷六八七，第7037页。

② 《韩昌黎文集校注》卷八《御史台上论天旱人饥状》，第655页。

③ 《韩昌黎诗系年集释》卷三《赴江陵途中寄赠王二十补阙李十一拾遗李二十六员外翰林三学士》，第306页。

宗问人疾苦，实奏曰：‘今年虽旱，谷田甚好。’由是租税皆不免。”①由此看来，韩愈之上疏论奏，首先便是对李实谎言的有力揭露；而疏论中所谓“上恩虽弘，下困犹甚”、“此皆群臣之所未言，陛下之所未知也”等语，更无异于对李实从中盘剥、蒙蔽上听之行径的鞭挞。这是韩愈继《争臣论》之后的又一次豪举，也是他入朝为官后履行御史职责以实现夙昔宏愿的第一次行动。虽然，韩愈因此举触怒权幸而被贬阳山②，但他这种“为忠宁自谋”的勇敢无畏的斗争精神，却对两年后王叔文政治集团那场轰轰烈烈的革新运动有着直接的启迪。

韩愈之后，柳宗元、刘禹锡以更坚实的行动、更果决的意志，投入了革除弊政、开拓新局的斗争。在此一斗争中，他们贬黜李实、追还陆贽和阳城、罢免逋负进奉、打击宦官集团等一系列措施，前已论及，这里需要着重指出的是，柳、刘二人在这场斗争中展示出了卓越的政治才能和激切的进取精神。考之史书，在王叔文柄政期间，柳、刘二人深受重用，他们参与谋议，草拟文诰，采听外事，成为革新集团的核心人物，时号“二王刘柳”。“禹锡尤为叔文知奖，以宰相器待之”③，“太子即位，朝廷大议秘策多出叔文，引禹锡及柳宗元与议禁中，所言必从。擢屯田员外郎，判度支、盐铁案”④。“王叔文、韦执谊用事，尤奇待宗元”⑤，“二人者奇其才，及得政，引内禁近，与计事，擢礼部员外郎，欲大进用。”⑥才高志大，锐意革新，而又为人赏识，官职得到擢升，这无疑大大激发了柳、刘二人的从政热情和功名欲望。据载，革新活动展开之后，刘禹锡极为繁忙，“门吏接书尺日数千，禹锡一一报谢，绿珠盆中，日用面一斗为糊，以供缄封。”⑦这件事情虽小，但也足可看出他的热情之高了。

---

①　《旧唐书》卷一三五《李实传》，第 3731 页。

②　韩愈被贬阳山的原因，《旧唐书》本传谓：“宫市之弊，谏官论之不听。愈尝上章数千言极论之，不听，怒贬为连州阳山令。”(《新唐书》本传所载略同)据此，韩愈于论天旱人饥外，似还有论宫市之举动。然论宫市之文，今韩集无存，故仅据此尚难论定。又，据韩愈自述，其被贬除论天旱人饥外，还与王叔文等人之排斥有关，后文对此有专论。

③　《旧唐书》卷一六〇《刘禹锡传》，第 4210 页。

④　《新唐书》卷一六八《刘禹锡传》，第 5128 页。

⑤　《旧唐书》卷一六〇《柳宗元传》，第 4214 页。

⑥　《新唐书》卷一六八《柳宗元传》，第 5132 页。

⑦　(后唐)冯贽撰，张力伟点校：《云仙散录》，中华书局，2008 年，第 113 页。

如果说，“少年负志气，信道不从时”①、“俊杰廉悍，议论证据今古，出入经史百子，踔厉风发”②，乃是刘、柳步入仕途后的主要心性，那么，参加王叔文集团之后，这种心性便更得以进一步扩充。他们怀着“制令有不宜于时者，必复于上，革而正之”③的信念，“齿少心锐，径行高步”④、“冲罗陷阱，不知颠踣”⑤，“尽诚”以绝嫌猜，“徇公”以弭谗诉⑥，“知不可而愈进兮，誓不偷以自好”⑦。这种精神，这种气概，在贞元末年死气沉沉的政治环境中，确实是不多见的，它与具体的参政实践融为一体，形成一种强烈锐利的批判意向和摧枯拉朽的冲击力量。当然，由于王叔文革新集团最后惨败于政敌手中，柳、刘作为罪人而被贬遐荒，在恐怖的政治气氛中，他们很少提及自己在革新运动中的所作所为，而胜者王侯败者贼，在历史的真相被后来的统治者遮掩起来之后，历代史家除少数具眼者外，大多人云亦云，对柳、刘的政治品行一味诋毁，这就使得千载之后的我们很难找到更多有关他们此期活动的资料，但仅以上述言行和他们为革除弊政所施行的令“市里欢呼”“人情大悦”⑧的具体措施来看，亦足以说明柳、刘其人其行其才及其革新的性质了。似乎可以这样认为：作为现实人物，柳、刘踔厉风发、刚正果决、积极用世、谋国忘身的心性本身即包含着浓郁的悲剧性因素，即使他们在永贞元年没有参加王叔文集团，没有被贬谪，也必然会在此后的元和年间进行类似性质的其他活动，也必然难逃被贬厄运；但作为历史人物，他们及其所推崇的精神原则却在一定范围、一定程度内截断了历史通往深渊的步履，颠倒了陈腐的价值，实现了人们长久以来的愿望。尽管这在历史的长河中只是短暂的瞬间，尽管他们将为此短暂瞬间的获得而终生受苦。

与韩愈、柳宗元、刘禹锡稍有不同，元稹、白居易入朝为左拾遗、监察御史的时间已过了最为混浊、动乱的贞元和永贞，而进入了相对开明、安定的元和时

① 《刘禹锡全集编年校注》卷一一《学阮公体三首》其一，第1294页。
② 《韩昌黎文集校注》卷七《柳子厚墓志铭》，第570页。
③ 《柳宗元集校注》卷二六《监察使壁记》，第1710页。
④ 《柳宗元集校注》卷三四《上门下李夷简相公陈情书》，第2227页。
⑤ 《柳宗元集校注》卷一五《答问》，第1073页。
⑥ 《刘禹锡全集编年校注》卷一四《上杜司徒书》，第1520页。
⑦ 《柳宗元集校注》卷一九《吊苌弘文》，第1294页。
⑧ 《韩昌黎文集校注》外集下卷《顺宗实录》卷一、卷二，第780、782页。

期。相比起筚路蓝缕的开拓者来说，他们面前的道路似乎稍微平坦一些。然而，同样不可忽视的是，他们的心理、性格在颇含悲剧性这点上，却与韩、柳、刘完全一致。元稹诗云："箭镞本求利，淬砺良甚难。砺将何所用？砺以射凶残"①、"誓以鞭奸顽，不以鞭蹇踬。……借令寸寸折，节节不虚坠。"②白居易诗云："至宝有本性，精刚无与俦。可使寸寸折，不能绕指柔。愿快直士心，将断佞臣头"③、"我有鄙介性，好刚不好柔。勿轻直折剑，犹胜曲全钩。"④刚直狷介，嫉恶如仇，意激气烈，无所畏惧，便是元、白二人的典型心性。正是带着这种心性，面对元和之初拨乱反正、百废待理的局势，他们迅速进入了角色。史载："稹性锋锐，见事风生。既居谏垣，不欲碌碌自滞，事无不言，即日上疏论谏职。"⑤"居易……自以逢好文之主，非次拔擢，欲以生平所贮，仰酬恩造。拜命之日，献疏言事。"⑥说的便是这种进入角色后的情况。

综观元、白二人在元和年间的参政实践，大致可分三个层面。

第一，在理论上精心研讨治国方略，积极向君主提供建设性意见。白居易《与元九书》说自己"自登朝来，年齿渐长，阅事渐多。每与人言，多询时务；每读书史，多求理道。"⑦其《策林序》云："元和初，予罢校书郎，与元微之将应制举，退居于上都华阳观，闭户累月，揣摩当代之事，构成策目七十五门。"⑧由于怀着自觉的参政治国意识，对当代之事随时了解体察，所以时务、理道渐熟于心，上疏言事，皆有的放矢，颇中肯綮。元稹先后呈上《论教本书》、《献事表》、《论谏职表》、《论讨贼表》等，系统提出了自己对教化、政事、职理、军事等方面的见解；白居易则于《初授拾遗献书》之后，一发而不可收，就一些具体事件多次论奏。用元稹的话说，这些章疏"以指病陈术而为典要，不以举凡体论而饰

① 《元稹集校注》卷一《箭镞》，第 18 页。
② 《元稹集校注》卷三《野节鞭》，第 89 页。
③ 《白居易诗集校注》卷一《李都尉古剑》，第 29 页。
④ 《白居易诗集校注》卷一《折剑头》，第 60 页。
⑤ 《旧唐书》卷一六六《元稹传》，第 4327 页。
⑥ 《旧唐书》卷一六六《白居易传》，第 4341 页。
⑦ 《白居易文集校注》卷八《与元九书》，第 324 页。
⑧ 《白居易文集校注》卷二五《策林序》，第 1351 页。

文词”①。针对时弊，指病陈术，而不以虚美言辞为饰，正反映了此期士人一变贞元末年浮薄之习的精神风貌，也说明了他们在心理位移后确实更自觉地担承了政治使命的负荷。

从元、白政见之要者看，约有这样几端：其一，提出总体目标，“明考课之法，减冗食之徒，绝雕虫不急之工，罢商贾兼并之业，洁浮图之行，峻简稽之书，薄农桑之徭，兴耕战之术”②，以渐复贞观、开元之盛。其二，注重实际才能，杜绝章句之学：“陛下诚能使礼部以两科求士，凡自《唐礼》、《六典》、律令及国家制度之书者，用至于九经、历代史，能专其一者，悉得谓之学士。以环贯大义与道合符者为上第，口习文理者次之。其诗、赋、判论，以文自试者，皆得谓之文士，以经纬今古、理中是非者为上第，藻绩雅丽者次之”，若此，“则儒术之道兴，而经纬之文盛矣。”③其三，用兵藩镇，不宜循默无为，示之以弱：“贼(刘)辟有不庭之罪”，“愿陛下可有司之奏，法皇天之威，与公卿大臣议斩叛吊人之师，以快天下人人之愤。”④其四，修耕战之术，加强边备，以防外患：“陛下诚能使本道节制，广于荒隙大建屯田，塞下诸军，除使令守防之外，一切出之于野；……犬戎适至，则有连阡接畛之兵；戎骑才归，则复耰锄获耨之事。”⑤其五，君主应修身勤业，选贤任能，注重纳谏，疏远小人：“无时召宰相以讲庶政”、“序次对百辟以广聪明”、“复正衙奏事以示躬亲”、“许方幅纠弹以慑奸佞”、“禁非时贡献以绝诛求”⑥；不宜言行相悖，怪怒直臣⑦、不宜信用宦官而自隳法制⑧。可以说，上述意见与元、白精心结撰的七十五道《策林》一起，既完整地展露了两位诗人治国安邦的方略，也深刻地表现了他们为开创新局而摇旗呐喊的昂扬意气。

第二，创作诗歌揭露时弊，不避颠危犯颜直谏。首先是白居易，明确提出了

---

① 《元稹集校注》卷二八《才识兼茂明于体用策一道》，第 820 页。

② 《元稹集校注》卷二八《才识兼茂明于体用策一道》，第 822 页。

③ 《元稹集校注》卷二八《才识兼茂明于体用策一道》，第 824~825 页。

④ 《元稹集校注》卷三三《论讨贼表》，第 906 页。

⑤ 《元稹集校注》卷三三《论西戎表》，第 909 页。

⑥ 《元稹集校注》卷三二《献事表》，第 895 页。

⑦ 《白居易文集校注》卷二一《近日内外官除改及制科人等事》，第 1191~1194 页。

⑧ 《白居易文集校注》卷二二《论承璀职名状》，第 1240~1241 页。

“文章合为时而著，歌诗合为事而作”①的主张，并在此思想指导下，创作了诸如《骊宫高》《观刈麦》《宿紫阁山北村》《轻肥》《买花》《卖炭翁》等一大批反映民生疾苦、揭露黑暗现实的作品，正如他自己所说：“是时皇帝初即位，宰府有正人，屡降玺书，访人急病。仆当此日，擢在翰林，身是谏官，手请谏纸，启奏之外，有可以救济人病，裨补时阙，而难于指言者，辄咏歌之”，而其目的，则在于“欲稍稍递进闻于上，上以广宸聪，副忧勤，次以酬恩奖，塞言责，下以复吾平生之志。”②与此相前后，元稹也创作了数十首旨明词直、志在讽谕的新乐府，如《上阳白发人》《华原磬》《五弦弹》《驯犀》《阴山道》等。在《和李校书新题乐府十二首》的序言中，元稹自述其为诗之旨说：“予友李公垂贶予《乐府新题》二十首……予取其病时之尤急者，列而和之，盖十二而已。昔三代之盛也，士议而庶人谤。又曰：世理则词直，世忌则词隐。予遭理世而君盛圣，故直其词以示后。”③由此可见，所谓“病时”、“直其词”，正表现了与白居易讽谕诗同一的旨趣，亦即救济人病，裨补时阙，借诗歌这一工具来为其参政实践服务。当然，对这种做法，后人异议甚多，如《唐音癸签》云：“在少陵后仍咏见事讽刺，则诗为谤讪时政之具矣，此白氏讽谏，愈多愈不足珍也。”④《中国美学史·绪论》亦谓：白氏“以‘讽谕’为诗的唯一目的和评定诗的价值的最高标准，忽视了艺术的特征，导致了否定文艺所具有的美的欣赏的价值。”⑤从文学自身的特点出发来考虑问题，这些意见不无道理，但若联系到元、白所处的时代状况，以及此一时期之历史对每一个稍有良知的士人提出的革除弊政、实现治理这一首要要求，则元、白的做法不仅是完全可以理解的，而且还恰恰反映了他们忧国忧民、不甘以文学家自居的博大胸怀。事实上，他们这种胸怀不单单体现在借诗辅政一点上，在更多的情况下，他们还是以政治家的姿态，上疏言事，犯颜直谏，以副其平生之志的。诚如白居易所谓：“位未足惜，恩不忍负”，“有阙必规，有违必谏；朝廷得

① 《白居易文集校注》卷八《与元九书》，第 324 页。
② 《白居易文集校注》卷八《与元九书》，第 324 页。
③ 《元稹集校注》卷二四《和李校书新题乐府十二首》，第 718 页。
④ （明）胡震亨：《唐音癸签》，上海古籍出版社，1981 年，第 87 页。
⑤ 李泽厚、刘纲纪：《中国美学史》，安徽文艺出版社，1999 年，第 39 页。

失无不察，天下利病无不言”①。

今考之史书和作者文集，将元和年间元、白的论谏情况排列于下。

元和元年，元稹先后上疏论谏职、论教本、论讨贼、论西戎等，“皆朝政之大者，宪宗召对，问方略，为执政所忌”②；是时裴度等人“密疏论权幸，语切忤旨”③，元稹为其“讼所言当行”，“宰相大恶之，不一月，出为河南尉”④。

元和三年，皇甫湜、牛僧孺、李宗闵应贤良方正直言极谏科试，皆指陈时政之弊，放言无隐，考策官杨於陵、韦贯之将其擢为上第。宰相李吉甫“恶其言直，泣诉于上”⑤，遂导致僧孺等长期沉落下僚，而杨、韦以及覆策之翰林学士裴垍、王涯等或远贬，或降职。这一事件对白居易震动极大，他当即呈上《论制科人状》，声言杨、韦、裴、王诸人“公忠正直”，“皆人之望也”，不仅不应贬黜，而且还“宜授以要权，致之近地”，并谓“臣今言出身戮，亦所甘心”⑥。

元和四年，宪宗命宦者吐突承璀领兵征讨王承宗，白居易频频论奏，坚决反对：“兴王者之师，征天下之兵，自古及今，未有令中使专统领者。”今使承璀兼领制将、都统之职，“恐四方闻之，必轻朝廷”。所以他切谏道：“军国权柄，动关于治乱；朝廷制度，出自于祖宗；陛下宁忍徇下之情，而自隳法制？从人之欲，而自损圣明？何不思于一时之间，而取笑于万代之后？”⑦

同年，白居易又有《论太原事状》，其中所弹劾之严绶和刘贞亮（即俱文珍），一为永贞元年上疏朝廷大肆攻击王叔文等的军阀，一为打击王叔文集团最力的宦官，但白居易不畏权势，仗义执言：“贞亮元是旧人，曾任重职。……然臣伏闻贞亮先充汴州监军日，自置亲兵数千；又任三川都监日，专杀李康。两度事迹，深为不可。为性自用，所在专权。”⑧

① 《白居易文集校注》卷二一《初授拾遗献书》，第1188页。

② 《旧唐书》卷一六六《元稹传》，第4331页。

③ 《旧唐书》卷一七〇《裴度传》，第4413页。

④ 《旧唐书》卷一六六《元稹传》引元稹《文稿自叙》语，第4337页。参见《元稹集校注》卷三二《表奏有序》（一作《文稿自叙》），第885页。

⑤ 《资治通鉴》卷二三七元和三年，第7771页。

⑥ 《白居易文集校注》卷二一《论制科人状》，第1192页。

⑦ 《白居易文集校注》卷二二《论承璀职名状》，第1240~1241页。

⑧ 《白居易文集校注》卷二一《论太原事状三件》，第1210页。

元和五年，元稹因触怒权贵而再次获贬，白居易三上表章，极言元稹不当贬。他说："元稹守官正直，人所共知。自授御史已来，举奏不避权势"，故权要挟恨，宦官忌惮，方镇切齿；今无罪被贬，即是杜绝言路，即是偏袒宦官，即是方便方镇，"远近闻知，实损圣德"①。

元和十年，宰相武元衡因力主讨淮西而为藩镇盗杀，白居易拍案而起，第一个上疏言事，"以为书籍以来，未有此事，国辱臣死，此其时耶？"②请急捕贼以洗刷朝廷之耻，结果被以越职言事等罪名贬谪江州。

他如上疏建言尽免江淮灾民赋税，以及论奏于頔、王锷、罢恒州兵等事项③，皆大声镗鞳，无私无畏。这些事件集合一起，在在表现出元、白二人深沉的忧国情怀和强烈的批判精神。如果说，关心时务理道，搜取激直之策还只是他们参政实践的初级阶段，那么，创作讽喻诗和直言强谏便使其参政实践得到了全面的深入和发展。

第三，履行御史职责，实地纠察贪官污吏和不法之徒。元和四年，元稹以监察御史的身份充任剑南东川详覆使，广泛了解民众疾苦，访察官吏不法行为，弹劾剑南东川节度使严砺等违制擅赋、籍没管内吏民之田宅奴婢以及于两税外加征钱、米、草等事，使得七州刺史皆受到朝廷责罚。此举虽使元稹"名动三川"④，但也惹怒了严砺之党。"执政有与砺厚者恶之，使还，令分务东台。"⑤至东都后，元稹依然故我，秉公执法，不为权势淫威所动。白居易在《元公墓志铭》中记述道："时有河南尉离局从军职，尹不能止。监察使死，其柩乘传入邮，邮吏不敢诘。内园司械系人逾年，台府不得知。飞龙使匿赵氏亡命奴为养子，主不敢言。浙右帅封杖杖安吉令至死，子不敢诉。凡此者数十事，（元稹）或奏、或劾、或移，岁余皆举正之。内外权宠臣无奈何，咸不快意。"⑥元和五年，河南尹房式有

① 《白居易文集校注》卷二二《论元稹第三状》，第 1245 页。

② 《白居易文集校注》卷七《与杨虞卿书》，第 291 页。

③ 参见《白居易文集校注》卷二一、二二各状。

④ 《白居易文集校注》卷三三《唐故武昌军节度处置等使正议大夫检校户部尚书鄂州刺史兼御史大夫赐紫金鱼袋赠尚书右仆射河南元公墓志铭》，第 1927 页。

⑤ 《旧唐书》卷一六六《元稹传》，第 4331 页。

⑥ 《白居易文集校注》卷三三《唐故武昌军节度处置等使正议大夫检校户部尚书鄂州刺史兼御史大夫赐紫金鱼袋尚书右仆射河南元公墓志铭》，第 1927~1928 页。

不如法事，元稹“奏而摄之甚急”，结果再次触怒权臣，被召还西京，途中宿敷水驿，“内官刘士元后至，争厅，士元怒，排其户，稹袜而走厅后。士元追之，后以棰击稹伤面”①。这件事从其发生和结果看，无疑都是宦官作威作福，仗势欺人所致，但由于宪宗偏袒宦官，内外权臣“因以挟恨”、“将报私嫌”②，遂以“稹少年后辈，务作威福”③为由，把他贬为江陵府士曹参军。

综上所述元、白之所言所行，可以看出一个突出的特点，即参政心极切，论谏词极直，斗争胆甚壮，而所论所奏之事皆关乎国计民生。他们这样做，并非不知道其中的危险和可能导致的颠踣，但明知危险、颠踣仍执意坚行，正说明他们所言所行有更大于身危者在。元稹有言：

吾自为御史来，效职无避祸之心，临事有致命之志。④

白居易明谓：

今臣忘身命，沥肝胆，为陛下痛言者，非不知逆耳，非不知危身，但以蝼蚁之命至轻，社稷之事极重。⑤

因社稷之事而忘一己之危，纵令万死投荒也在所不辞，这心性、这气概，不正是元、白乃至韩、柳、刘诸人所共有的一种特质么？韩愈所谓“为忠宁自谋”⑥，刘禹锡所谓“忧国不谋身”⑦，柳宗元所谓“许国不复为身谋”⑧，其中蕴含的，不正是这种特质高度凝聚而成的精华么？这种特质，在盛唐诗人那里没有如此集中、

① 《旧唐书》卷一六六《元稹传》，第 4331 页。
② 《白居易文集校注》卷二二《论元稹第三状》，第 1244 页。
③ 《旧唐书》卷一六六《元稹传》，第 4331 页。
④ 《元稹集校注》卷三〇《诲侄等书》，第 861 页。
⑤ 《白居易文集校注》卷二二《论承璀职名状》，第 1241 页。
⑥ 《韩昌黎诗系年集释》卷三《赴江陵途中寄赠王二十补阙李十一拾遗李二十六员外翰林三学士》，第 306 页。
⑦ 《刘禹锡全集编年校注》卷一一《学阮公体三首》其一，第 1296 页。
⑧ 《柳宗元集校注》卷四三《冉溪》，第 2997 页。

明显的展现，在大历、贞元文人那里也较少见到，它只是到了元和士人这里，才得以大放异彩。小而论之，它是韩、柳、刘、元、白诸人之参政意识和批判精神的集中体现，大而言之，它作为一种无形的精神原则，扩展并渗透到了各阶层士人的深层意识之中，这从前文曾略加提及的裴度、裴垍、李绛、杨於陵、韦贯之、皇甫湜、牛僧孺、李宗闵等人的言行中即可得到明证。设若这一概括不致大误，那么上述这种源于参政意识和批判精神的许国不复谋身的心性情怀，无疑可以作为元和文化精神的另一个重要内涵。

第四节　源于文化精神和专制政治的诗人之贬

如前所述，元和文化精神的形成，不仅得力于君主宰臣的倡导力行，而且有赖于广大士人的积极努力，而在这些士人中，韩、柳、刘、元、白五人不仅最具代表性地为这一精神的形成摇旗呐喊，冲锋陷阵，而且还普遍地表现出一种执着理想、刚健不挠的性格特征，那么，我们便会立即发现一个触目惊心的事实，那就是作为元和文化精神之开创者和推动者的韩、柳等五人，竟毫无例外地恰恰成了这一精神的牺牲品，换言之，他们既为这一精神的形成又因这一精神的影响而付出了被贬遐荒的沉重代价。

打开史书，有关五大诗人贬谪、量移的一条线索便清晰地呈现出来。

贞元十九年(803)十二月，韩愈因上书论天旱人饥，为幸臣所忌，自监察御史贬连州阳山令。

永贞元年(805)九月，柳宗元、刘禹锡因参加王叔文集团革除弊政，遭宦官集团和新旧势力联合打击，自礼部员外郎、屯田员外郎贬邵州刺史、连州刺史；十一月，再贬永州司马、朗州司马。

同年岁末，韩愈自阳山令量移江陵法曹参军。

元和元年(806)九月，元稹因支持裴度等人密疏论权幸，触怒宰相，自左拾遗贬授河南尉。

元和二年(807)春夏间，韩愈为争先者所构，自国子博士分司东都。

元和四年(809)六月，元稹因劾奏故剑南东川节度使严砺违制擅赋，为其党排挤，自监察御史分务东台。

元和五年(810)三月，元稹因奏摄房式不法事并得罪宦官，自东台监察御史贬江陵府士曹参军。

元和六年(811)十一、十二月间，韩愈因上疏理华阴令柳涧事，自职方郎中下迁国子博士。

元和十年(815)三月，元、柳、刘诸人甫自贬所诏还复迁远州：元稹出为通州司马；柳宗元、刘禹锡出为柳州刺史、连州刺史。

同年八月，白居易因上疏论武元衡被盗杀事，为宰相和忌之者所恶，自太子左赞善大夫贬江表刺史，复贬为江州司马。

元和十一年(816)五月，韩愈因主用兵淮西为执政不喜，自中书舍人降为太子右庶子。

元和十三年(818)十二月，白居易远移忠州刺史；元稹移虢州长史。

元和十四年(819)正月，韩愈上表切谏唐宪宗不应佞佛，触怒龙颜，自刑部侍郎贬为潮州刺史；十月，量移袁州刺史。

上述五人之被贬被迁，在短短十七年内即达二十一次之多①，若与此前同类事件相比，则次数之频繁、时间之集中、程度之严重，都远有过之。更为重要的是，其遭贬之性质极为近似，即都是因正道直行，开罪权贵，不应贬而贬的负向贬谪。

正道直行却忠而遭贬，为时代文化精神摇旗呐喊冲锋陷阵，却终于成为这种精神的牺牲品，这不能不是一个深刻的背反现象。要解释其中的原因，首先需要注意到如下这样一个简单的逻辑过程，即：韩、柳、刘、元、白之被贬，无疑直接导源于他们执著理想、刚健不挠的性格特征和勇于除弊、直言强谏的参政实践，而这种性格特征和参政实践又无疑主要是元和文化精神影响下的产物；如果没有这一文化精神的影响，那么他们的性格特征和参政实践便很难表现得像现在

① 按：笔者旧著谓五人被贬被迁“十七年内达十二次”，盖仅就诸人外贬荒远地而言，未及其未外放仅降职之贬、同一年内连续贬降及量移事；今合计所有贬降量移，得二十一次，其数据较前准确。又，若将时段再向后移，将元和后之长庆至大和间刘禹锡(长庆元年冬移刺夔州、四年八月移刺和州、大和五年十月出刺苏州)、白居易(长庆二年七月自中书舍人出刺杭州)、元稹(长庆元年十月自翰林学士罢为工部侍郎、二年六月罢相并出刺同州、大和四年正月自尚书左丞出刺武昌)诸人外放、贬降及量移计入，则已达二十八次。然因其时已在元和后，且贬谪性质亦不无变化，故暂不计入。

这样突出、强烈，如果没有如此突出、强烈的性格特征和参政实践，他们也就不至于或较少可能去触动专制政治而招致被贬厄运，而且即令被贬，其中的偶然性因素也必将大大增加，而不会像现在这样因性质相近的事件接连被贬。换一个角度看，同样是这批士人，如果将他们放在贞元年间奸佞当道、气氛恐怖的政治环境里，那么慢说政治革新无望，即使勇于参政、直言强谏等举动怕也难以进行；假如这一切都在循规蹈矩、慎默保身的僵滞气息中归于消散，那么所谓触怒君主、开罪权贵，所谓贬谪，也就无从谈起了。

当然，这只是一个简单的逻辑推理，而实际情形要远为复杂。具体来说，五大诗人的政治活动并非在贞元中前期而是在贞元末、元和初广泛展开，这就决定了他们必然具有一种与时代要求相应的新的精神风貌。一方面，他们确是元和文化精神的开创者和推动者，另一方面，他们又无不受此精神的影响并为其推动。由于元和文化精神是一种弥漫于各个领域而又抽象集中的观念力量，所以它的影响所及，既有力地陶冶、催发了五大诗人原本即有但尚未充分展露的性格特征，使其向明朗化、突出化的方向发展，也强烈地作用于整个政局，促使君主专制相对开明，逐渐形成一种较为宽松的政治气氛，为士人们的参政实践创造了条件。由于气氛的宽松、环境的改善，参政主体的进取意向、批判精神和许国不复谋身的情怀势必益发强烈、激切，表现在行动上，便是大呼猛进，除弊图新，直言强谏，无所畏惧；又由于在专制社会中，任何政治上的宽松都是有限度的，在所谓的开明背后，时时闪动着千余年来一以贯之的严酷的专制巨影。虽然就元和时代而言，其限度的尺码较之政局混浊的贞元年间要大一些，但也绝不是可以任意延伸的，一旦参政者超越了那道无形的界碑，轻者受到权豪势要的诽谤诋毁，重者受到来自专制君主的无情责罚；而且从某种意义上讲，所谓宽松的政治反而更容易导致参政者的命运悲剧，因为人们往往更容易在掉以轻心中越过那道无形的界碑。事实上，问题就出在这里：一方面是上升、进取的时代文化精神强烈地鼓动了五大诗人等的参政热情，另一方面在这文化精神中又潜隐着随时可能爆发的危险基因；一方面是参政主体为追求理想而不惜身命的执著态度，另一方面则是横亘在这理想追求途中难以逾越的巨大障碍。当然，缓冲的办法并非没有，那就是参政主体一方减缓性格的刚度、追求的热度和批判的强度，知难而退或明哲保身；可是在特定时代、特定文化精神影响、熏陶下知识结构、文化心理、性格特征已趋定型且日益强化的五大诗人，却偏偏不愿这样做，或者说，受一种无形的精神力量的支配，他们难以这样做；既不能这样做，又要执著地追求理想，这就势必导致他们无视开明与专制的界限，一而再、再而三地跨越禁区，以致最终难免被诋毁诽谤乃至贬谪的悲剧结局了。

既然如上所言，韩、柳、刘、元、白五大诗人面临的是一种两难的抉择，而他们又不顾这抉择的两难，执著地坚持真理，追求理想，从而首先便已单方面地蕴积了性格中与时代文化精神紧相关联的悲剧性因素；那么，下面便很有必要就导致他们悲剧命运的另一方，亦即君主专制，联系历史和现实作进一步的考察。

君主专制是中国古代政治的突出特征，它集中表现为君主个人独裁、包揽生杀予夺等一切权力，而其实质，则在于排斥民主，取代法律，以便为所欲为。从历史记载看，早在夏、商两代，这种专制制度便已初具规模了，所谓“龙逢诛，比干戮，箕子狂”①，便是夏桀、殷纣借助王权迫害忠良的明证。此后，历经秦、汉两代，君主专制制度更得以极大加强，达到了全面的成熟。所以贾山《至言》说：“雷霆之所击，无不摧折者；万钧之所压，无不靡灭者。今人主之威，非特雷霆也，势重，非特万钧也。”②嵇康《太师箴》说：君主“凭尊恃势，不友不师，宰割天下，以奉其私”③。这些话，可谓对君主专制之残酷肆虐的最好说明。在专制君主的淫威下，古代士人普遍存在一种沉重的压力感，他们伴君如伴虎，动辄得咎，或被贬谪流放，或被问罪杀头。仅据明人王世贞对古代士人之流窜、刑辱、无终三项的粗略统计，人数即达二百八十七名之多，难怪王氏深有感触地说：“循览往匠，良少完终，为之怆然以慨，肃然以恐。”④

君主专制制度在其历史演进的过程中，还受到来自两方面的理论影响。一是倡言法、术、势而以刻薄少恩著称的法家，提出了一套系统的专制主义理论，竭力强化君权；一是主张君君臣臣而又反对暴政的儒家，既在总体上维护专制制

① （清）郭庆藩著，王孝鱼点校：《庄子集释》卷九《外物》，中华书局，2012 年，第 920 页。

② （汉）班固撰，（唐）颜师古注：《汉书》卷五一《贾邹枚路传》，中华书局，1962 年，第 2330 页。

③ 《嵇康集校注》卷一〇《太师箴》，第 534 页。

④ （明）王世贞著，罗仲鼎校注：《艺苑卮言校注》卷八，第 389 页。

度，又借鉴了西周以还逐渐明朗化了的民本思想和谏议理论，强调民贵君轻，臣下应心怀道义，心怀社稷，禁君之非，甚而至于“抗君之命”，“以安国之危”①，“君有大过则谏，反覆之而不听，则易位”②。儒家这种与法家相反对的理论，一方面旨在限制过度膨胀的君权，另一方面则蕴含着一种刚直不阿的人格力量。在这一理论的影响下，确实造就了一批批“拂心逆耳，而有犯无隐，触法靡悔，守死不贰”③的忠臣义士。虽然与严酷的君主专制制度相比，这种理论上的限制和人格的培养于事并无大补，而一批批忠臣义士也大多以悲剧结局而告终，但在历史上却由此而形成了中国士人的一种绵延不绝的谏诤传统。颇堪令人寻味的是，正是在君主专制达到极盛的秦代，出现了专掌论议的谏议大夫，此后汉代设置御史府，唐代改为御史台，下设御史大夫、侍御史和监察御史等数十人，又于门下省置谏议大夫、补阙、拾遗若干人，以箴规得失，明君之过。在这里我们看到，中国历史上民主与专制的斗争是始终存在的。一方面，君主专制制度是根深柢固、严酷残暴的，诚如韩非所谓：“夫龙之为虫也，柔可狎而骑也，然其喉下有逆鳞径尺，若人有婴之者，则必杀人。人主亦有逆鳞，说者能无婴人主之逆鳞，则几矣。”④另一方面，由于儒家思想和士大夫阶层注重品节、坚持正义、嫉恶如仇、昧死相争的优良传统代复一代地发挥作用，由于监察、谏议制度的设立、完善和由此体现的法律力量，从而也在一定程度上构成了对君主专制的抵制，并作为这一制度的消解因素而长期存在。

综观君主专制制度在由秦汉至唐的演进历程，大抵呈宽严交替而又总体弱化的趋势向前发展。顺应这一发展趋势，一些开明君主如唐太宗、唐玄宗在一定时期内均注重纳谏，广开言路，选贤任能，关心民瘼，以致有史家艳称的贞观之治、开元盛世的出现。而到了唐宪宗元和时期，适值历史的转折关头，因而就君主个人政治态度而言，便必然包含更复杂的因素。一方面，有鉴于德宗晚年大权独揽信用奸邪而导致的政局混浊，唐宪宗决意革弊图强，适当放权，信用宰相，注意纳谏，从而赢得了元和中前期政治、军事、文化等多方面的成就；但另一方

① 《荀子集解》卷九《臣道》，第 250 页。

② 《孟子集注》卷十《万章下》，《四书章句集注》，第 324 页。

③ 《册府元龟》卷五三四《谏诤部 · 直谏一》，第 6088 页。

④ 《韩非子集解》卷四《说难》，第 94～95 页。

面，宪宗也深知大权独揽的德宗因藩镇、宦官势力的牵制，实际权威已大大下落，因此，扫平藩镇以强化中央皇权便构成了他的首要政治目标。而在实现这一目标的过程中，几乎军事上、政治上的每一个成功，都使他的实际权威增强一步。这样，表面的权力下放和实际的权威增加便有机地统一起来。或许可以说，千余年来君主专制的强大诱惑始终在他内心骚动，只是为了增强实际权威，他不得不忍痛割爱，将手中权力下放；而这种暂时的权力下放，正是为了长久的权威增强。同时，他的实际权威每增强一步，外放的权力便收回一些，君主专制的程度也就加深一层，而当他获得了平淮西的最后胜利，其实际权威增强到了顶点，则外放的权力便几乎全部收回，君主专制的面目也就显露无遗。

考之史书，上述说法即可得到印证。元和十二年十一月，宪宗御兴安门受淮西俘，斩吴元济；十三年三月至八月，分别罢李鄘、王涯宰相职，李夷简以同平章事的身份出为淮南节度使；九月即擢任以聚敛财物刻剥百姓著称的皇甫镈以及程异为宰相；史称："淮西既平，上浸骄侈。户部侍郎判度支皇甫镈、卫尉卿·盐铁转运程异晓其意，数进羡余以供其费，由是有宠。镈又以厚赂结吐突承璀。甲辰，镈以本官、异以工部侍郎并同平章事，判使如故。制下，朝野骇愕，至于市井负贩者亦嗤之。"①崔群、裴度进言直谏，"帝怒不听"；"帝以天下略平，亦欲崇台沼宫观自娱乐，镈与程异知帝意，故数贡羡财，阴佐所欲，又赂吐突承璀为奥援，故帝排众论，决任之，反以度为朋党，不内其言。"②由于宪宗专任皇甫镈，大乖前志，故于次年即元和十四年便将宰相裴度调离中央，改任河东节度使，崔群亦罢为湖南观察使。至此，权奸当柄，巧媚自固，压抑正论，左右政局，元和时期之能臣贤相多被排挤出朝；至此，宪宗既可以纵欲奢侈，大兴佛事，派柳泌驱吏民采不死之药，而无需再经受那"延英议政，昼漏率下五六刻方退"③的辛劳了，也可以独行己意，生杀予夺，因一《论佛骨表》而大动肝火，欲加韩愈以极刑，不顾法律而将屈打成招之十六名罪囚悉杀之，诱骗郓州士卒并将其千二百人全部斩首，而不必再去担心那几近绝迹的逆耳之言了。的确，此时的

① 《资治通鉴》卷二四〇元和十三年，第7874页。

② 《新唐书》卷一六七《皇甫镈传》，第5113页。

③ 《旧唐书》卷一五《宪宗纪下》，第472页。

宪宗才算真正享受了皇帝的威福，尝到了专制、独裁的甜头，但却也因此而失去了历史赐予唐王朝的最后一个机遇，将元和之治的成果付诸东流。司马光有见于此曾不无感慨地说道："惜夫！宪宗削平僭乱，几致升平，其美业所以不终，由苟徇近功不敦大信故也。"①今天看来，这段批评宪宗的话显然没有说到要害之处。

元和十四年(819)，可谓中唐乃至整个唐王朝的一个重要界碑。这一年，裴度、崔群两位贤相被挤出朝，韩愈因直言强谏被贬潮州，宪宗专任权奸皇甫镈等。尽管就朝廷政治而言，这些事件并不算太大，而且此后一年宪宗方被弑身亡，宪宗死后也还有相当一段政局稳定的时间，但从实质上看，此年所发生的事件却透露出了一个极危险的信号，它预示着从此开始，元和之治便已名存实亡了，而唐王朝也很难再有中兴的希望了。历史似乎是一位洞览古今、善解人意的智者，正是在这一年，它安排了崔群与宪宗的一段对话：

> 上问宰相："玄宗之政，先理而后乱，何也？"崔群对曰："玄宗用姚崇、宋璟、卢怀慎、苏颋、韩休、张九龄则理，用宇文融、李林甫、杨国忠则乱。故用人得失，所系非轻。人皆以天宝十四年安禄山反为乱之始，臣独以为开元二十四年罢张九龄相，专任李林甫，此理乱之所分也。"②

分别理乱之标准，不是实际的动乱，而是用人的得失，这是崔群的高明之处，但他没有也不可能指出，在用人得失的背后，正深隐着激烈的专制与民主的较量。换言之，正是由于君主专制，一意孤行，才致使忠正耿直之士受压、奸邪柔佞小人得用，正是由于断绝了言路，君主唯邪谋是听，奸人是用，骄盈肆志，擅作威福，才坏了政局，乱了天下。所谓"理生于危心，乱生于肆志"③，诚然！

如果我们把眼光再放开一些，看看元和十四年之后的情形，便会发现，随着元和之治的名存实亡，政局渐趋浊乱，国家财用日益亏耗，对民众的盘剥也开始

① 《资治通鉴》卷二四一元和十四年，第7895页。
② 《资治通鉴》卷二四一元和十四年，第7895页。
③ 《旧唐书》卷一六四《李绛传》，第4288页。

变本加厉①；加之穆、敬二君“昏童失德”②，早在宪宗朝即已“纠绳军政，事任专达”③的宦官更趋跋扈，而各路藩镇故态复萌，河北三镇再叛中央，由此，内忧外患，绵延不绝。大和二年(828)，刘蕡即以超人的敏感断言：

> 宫闱将变，社稷将危，天下将倾，四海将乱。此四者，国家已然之兆。④

这时距元和十四年仅仅九年；自此又过七年即大和九年(835)，便发生了朝臣与宦官殊死拼搏、震惊内外的“甘露之变”；与此同时，朋党之争，愈演愈烈，相互倾轧，势同水火；所有这些聚合一途，终于动摇国本，使得唐朝江山在风雨飘摇中，在农民起义的打击下，一步步走向衰亡。

与唐代社会政治的变化相应，广大士人的处世态度和人生观念也发生了极大的变化。元和十四年后，裴度等元老重臣虽曾数次返朝执柄，但始终得不到重用，为人排挤；五大诗人中除柳宗元于元和十四年死于贬所外，其他四人则陆续由贬地被召回，但由于政局的变易和一再恶化，他们或颇乖前志，染指宦官，或退居洛下，诗酒唱和，已无复昔日那激切的参政意识和批判精神了。更为重要的是，此一时期的士大夫心理普遍发生了由外向到内向的收缩，由社会到自我的聚敛，他们躲避政治，怕谈政治，而醉心于园林的构建，奇石的把玩，茶茗的品味，诗酒的唱和，而这样一种生活趣味的变化，实在已很有些宋人的风貌了。有鉴于此，联系到前述崔群以开元二十四年为理乱之分界的观点，我们没有理由不将元和十四年作为继此之后的又一个历史转折点，而且也不能不将其视作元和文化精神的下限。

需要说明的是，元和文化精神的下限虽可定为元和十四年，但它的潜在萎缩却在此之前就早已开始了，而这一现象的实质，即在于君主专制制度对整个文化精神时隐时现却始终存在着的压抑和阻遏。同时，这里说的君主专制制度，固然

---

① 参见《新唐书》卷五四《食货四》，中华书局，1975年。

② 《新唐书》卷八《宣宗纪》，第253页。

③ 《资治通鉴》卷二四〇元和十三年，第7871~7872页。

④ 《新唐书》卷一七八《刘蕡传》，第5296~5297页。

主要指君主个人的擅权独裁，但也包括佞臣内竖等倚仗主势者的胡作非为。事实上，假如不是他们滥用从君主那里分得的部分权势，植党营私，迫害异己，那么所谓的君主专制便很难全面实现；假如没有二者合为一体的一个量的演进过程，最后的质的突变也就不易发生。

再一次回顾元和时期的历史现实，可以更清晰地看到，韩愈、柳宗元、刘禹锡、元稹、白居易五大诗人的贬谪，虽然直接导源于他们刚直不挠的性格特征和激切勇猛的参政实践，但就终极意义讲，却无不是君主专制制度作用的结果，而且其中元、白、韩三人之贬，似乎更明显地折射出了这一制度日渐强化的反影。不是吗？元稹元和元年之贬，主要是因触怒权幸而为宰相“大恶之”所致；他的元和五年之贬，既缘于弹劾赃官和不法之徒而侵犯了朝野官僚权臣的一体利益，也缘于得罪了宦官，触动了君主的私人势力，因而招致来自君主、宦官和内外权臣的联合打击。

至于白居易的贬谪，情形更为复杂而突出。表面看来，他是因上疏论武元衡被杀事而以越职言事的罪名被贬的，但实质上却是因他一再触犯权要、阉宦甚至君主所致。早在元和初年，白居易即因创作讽谕诗而引起众多权臣的反对，诚如他自己所说：“岂图志未就而悔已生，言未闻而谤已成矣”，“凡闻仆《贺雨》诗，而众口籍籍，已谓非宜矣；闻仆《哭孔戡》诗，众面脉脉，尽不悦矣；闻《秦中吟》，则权豪贵近者相目而变色矣；闻《乐游园》寄足下诗，则执政柄者扼腕矣。”①此后，白居易又因论宦者不宜握兵事，面折廷诤，直接激怒了宪宗。史载：居易“后对殿中，论执强鲠，帝未谕，辄进曰：‘陛下误矣’。帝变色，罢，谓李绛曰：‘是子我自拔擢，乃敢尔，我叵堪此？必斥之！”②虽然后经李绛的曲意解说，白未被斥，但宪宗刚愎自用的性格特点却显露无遗，他不仅最终也没有采纳白居易的意见，而且“时谏官、御史论承璀职名太重者相属，上皆不听”③。联系到元和二年宪宗与李绛的一段对话，当会使我们对宪宗暗藏杀机的心性有更深一层的了解：

---

① 《白居易文集校注》卷八《与元九书》，第 324 页。

② 《新唐书》卷一一九《白居易传》，第 4302 页。

③ 《资治通鉴》卷二三八元和四年，第 7789 页。

上又尝从容问绛曰："谏官多谤讪朝政，皆无事实，朕欲谪其尤者一二人以儆其余，何如?"对曰："此殆非陛下之意，必有邪臣以壅蔽陛下之聪明者。人臣死生，系人主喜怒，敢发口谏者有几？就有谏者，皆昼度夜思，朝删暮减，比得上达，什无二三。故人主孜孜求谏，犹惧不至，况罪之乎！"①

这是由于贤臣李绛的劝说，才避免了一次贬谪事件，假如君主一朝连这样的劝说也不听了，其结果如何自然不难想知。如果说，上述白居易的言论已直接得罪了皇帝和宦官，那么，他三上表章论元稹不当贬一事，无疑又一次加剧了这得罪的程度。按理，白居易这些言行已足可导致他的贬谪了，但他却没有被贬，而直到元和十年仅因区区"越职言事"即被贬江州，似乎不好理解，然而，这一不好理解的现象，从元和年间的政治变化看，却正说明早期的宪宗虽曾萌生过必斥白氏之念，但由于实际权威尚未强化，复兴之业尚未成就，为了广开言路，对一些逆耳之言还可忍耐；而到了后期，由于实际权威的增强，他已较少这种耐性了；同时也说明，内外权臣早已对白氏怀恨在心，但因白氏所行皆公忠正直而无机报复，至元和十年恰遇他"越职言事"，有把柄可抓，"会有素恶居易者，掎摭居易，言浮华无行，其母因看花堕井而死，而居易作《赏花》及《新井》诗，甚伤名教，不宜置彼周行"②，从而导致了白氏的江州之贬。显而易见，在这几种因素中，起决定作用的乃是君主独裁和佞臣擅权相结合而日益强化了的专制制度。

与此相比，韩愈的情况又有不同。他于贞元十九年的阳山之贬，因为正处于元和文化精神兴起的前夜，奸佞得志，宦官擅权，君主昏愎，故其论天旱人饥的激直言辞很难不招致昏君庸臣的报复；而元和十四年的潮州之贬，由于又处于元和文化精神已萎缩之际，君主权势已得到极大加强，外放之权已大部收回，这时的宪宗已很少有容忍臣下逆耳直言的耐性了，加之韩愈之论佛骨并不只是就事论事，他还抬出了先王之道和李唐祖宗来压宪宗，并直言帝王"事佛求福，乃更得祸"③，这就必然撄拂了人主逆鳞，必然要招致骄盈肆志的宪宗"怒甚"并"将加

① 《资治通鉴》卷二三七元和二年，第7768页。

② 《旧唐书》卷一六六《白居易传》，第4344页。

③ 《韩昌黎文集校注》卷八《论佛骨表》，第684页。

极法"①了。虽然韩愈最后未受极刑而只是被贬到了潮州，但就其成为专制制度下的牺牲品这一点而言，贬谪与极刑却是无所差异的，用宪宗的话说就是："愈为人臣，敢尔狂妄，固不可赦。"②从这杀气腾腾的话语中，我们不是很可以看出君主专制制度的严酷和残暴了么？

"君恩若雨露，君威若雷霆。退不苟免难，进不曲求荣。"③"恩若雨露"云者，不过是不得不说的门面话，而"威若雷霆"才是问题的关键所在。白居易早在元和五年因元稹之贬而写的这几句诗，充分说明了他对君主专制之严酷残暴的本质有着清醒的认识；既有清醒认识，而又荣不曲求，难不苟免，进退得失，一无挂怀，直言强谏，唯义是向，则被贬谪的政治悲剧势所必然地要降临到他以及与他同一意向的元稹、韩愈身上。论者有言："夫极言切谏，以弼违箴阙。……若夫南面万乘之贵，中堂千里之奥，威福已任，惨舒立致，乃敢奋发于悃幅，规切其过失，面折廷诤，以救其非，露章封事，以明其道，斯张良喻之于苦口，韩非比之于批鳞。非徒戾一时之意，且将蹈不测之祸。"④这段关于谏诤情形的总体概括，不仅深刻地揭示了中国历史上强谏多悲剧的原因，而且也适可拿来作为韩、元、白诸人之贬谪的有力注脚。

毫无疑问，柳宗元、刘禹锡的贬谪与韩、元、白之贬在性质上是完全一致的，即均属因积极参政而导致严酷打击的政治悲剧，但由于柳、刘二人主要是在一个新旧交替、较为动荡的短暂时期，因参加王叔文政治集团进行大张旗鼓的革新，而在多种敌对势力的联合打击下被贬的，故其贬谪原因要相对复杂一些，也就是说，他们的政治悲剧既具有与韩、元、白相同的普遍性，也具有与其不同的特殊性，在某种意义上甚至可以认为：正是这种特殊性，几乎决定了柳、刘二人终其一生的生命沉沦。

柳、刘政治悲剧的特殊性，深隐于王叔文政治集团失败的必然性之中。如前所述，柳宗元、刘禹锡锐意革新，大呼猛进，颇为王叔文所器重，官职得到超升，已成为该集团的中坚力量，这就决定了他们的个人命运必然与集团的整体命

① 《旧唐书》卷一六〇《韩愈传》，第4200页。
② 《旧唐书》卷一六〇《韩愈传》，第4200页。
③ 《白居易诗集校注》卷二《和〈思归乐〉》，第214页。
④ 《册府元龟》卷五三四《谏诤部·直谏一》，第6088页。

运密不可分，他们是否走向悲剧结局，主要取决于整个集团在政治角逐中的升沉得失；而从当时的实际情况看，革新运动要长期进行下去并取得成功，几乎是不可能的，甚至在革新开始之时，失败的必然性便已呈露出来。这是由两大方面的多种因素所决定的。

从革新派方面来看，他们首先缺少一位精力充沛、刚明果决、能将革新长期推行下去的君主。史载：德宗弥留之际，顺宗已"卧病不能侍"，此后病情愈重，中风不能语，行动亦极不便，故登极之后，"不复延纳宰臣共论大政，事无巨细，皆决于李忠言、王伾、王叔文。"①"时上久寝疾，不复关庶政，深居施帘帷，阉官李忠言、美人牛昭容侍左右，百官上议，自帷中可其奏。"②由于顺宗重病缠身，很多事不能躬亲料理，势必造成两种情况：其一，失去了对反对派的威慑力量，并直接兆示了革新运动的失败前景。如所周知，在中国古代社会，假如没有一位精明强干的君主予以大力的长久的支持，任何革新运动都必将夭折。固然，顺宗是支持革新的，但其身体状况却决定了这种支持的薄弱和不能持久，决定了他很难像其他有为之君那样以赫赫君权震慑臣下。同时顺宗正月即位，三月即立太子，至七月又令太子李纯勾当军国政事，八月退位称太上皇。所有这一系列事件，不论出自什么原因，都预示了他的皇位是极不牢固的，他不是革新派所亟须倚仗的大有为之君。既不能大有作为，皇位亦示人以不久，这就不能不使众多首鼠两端的望风臣子匆匆然去投奔新的靠山。陈寅恪先生曾就唐太宗之皇位继承问题深刻指出："盖皇位继承既不固定，则朝臣党派之活动必不能止息"，"太子之嗣位亦不得不别有拥戴扶立之元勋。"③以此论衡之顺宗情形，亦复如此。更进一步，顺宗在位时，王叔文集团的反对者已甚嚣尘上，他一旦退位而去，则反对派群起而攻、革新派迅速败北，便都应在不言之中了。其二，革新派因顺宗病重不得不采取特殊的联络方式——"叔文因王伾，伾因李忠言，忠言因牛昭容，转相结构。"④"每事先下翰林，使叔文可否，然后宣于中书，韦执谊承而行之。外党

① 《旧唐书》卷一四《顺宗纪》，第 408~409 页。

② 《旧唐书》卷一三五《王叔文传》，第 3734 页。

③ 《唐代政治史述论稿》中篇《政治革命及党派分野》，第 247 页。

④ 《旧唐书》卷一三五《王叔文传》，第 3734 页。

则韩泰、柳宗元、刘禹锡等主采听外事。”①从而使得猜忌横生，流言四起，“物论喧杂，以为不可。”②按照常理，要进行一场大的革新运动，势必会触动众多权臣的既得利益，其阻力之大可想而知，此时即令支持革新的皇帝亲自坐镇，都难乎其难，更何况皇帝病卧于深帷之中，仅由几个亲近侍从传递消息，几个新进士人发号施令！其中详情，外人不能得知；二王诸人，平素为人所轻。这样一种情况，很难不使革新派在一开始行动之际就难厌众情而步履维艰。

其次，革新派还存在一些与领导革新不相应而自身又难以完善的“先天不足”。一般来说，要领导一场大的革新运动，领导者不仅要有才干，而且要有超人的威望，这样才能服众，才有号召力。可是，王叔文集团中人大多出身贫寒，门第低微，属庶族阶层；除韦执谊等个别人在德宗朝官职稍高外，其余皆为顺宗朝新进之士。本来，门第和新进这两点并非他们的缺陷，而且中唐时期庶族阶层登上政治舞台已成为历史发展的大趋势，但从另一方面看，自魏晋以来虽几经演变却阴魂不散的氏族门第观念，仍在实际生活中发挥作用，“凡婚而不娶名家女，与仕而不由清望官，俱为社会所不齿。”③加之顺宗即位后，于人事上未有大的更动，德宗朝元老重臣大多俱在，他们眼看新进士人官职超升，握权弄柄，猜嫌忌恨势所难免。以革新派领导者王叔文论，虽“坚明直亮，有文武之用”④，却出身卑下，“以善弈棋得通籍博望”，“起苏州掾，超拜起居舍人，充翰林学士”⑤，这就很难不使当时的门阀士族和元老重臣对他低视一等。为了改变局面，提高身份，王叔文特将其越州山阴的籍贯改为“北海人，自言猛之后，有远祖风”⑥。诚如章士钊所谓：“彼必以北人自居者，殆有见于唐代崇尚门阀，鄙视南蛮，倘不自诡北人，并属景略（按：前秦名将、名相王猛字景略）裔孙，将不足以启同僚之尊重，致天下之景从。”⑦可是，籍贯能改，起苏州掾和以棋待诏的身份却是不

① 《资治通鉴》卷二三六永贞元年，第7732页。

② 《旧唐书》卷一四《顺宗纪》，第409页。

③ 陈寅恪：《元白诗笺证稿》第四章《附：读莺莺传》，第142页。

④ 《柳宗元集校注》卷一三《故尚书户部侍郎王君先太夫人河间刘氏志文》，第865页。

⑤ 《刘禹锡全集编年校注》卷一九《子刘子自传》，第2178页。

⑥ 《刘禹锡全集编年校注》卷一九《子刘子自传》，第2178页。

⑦ 章士钊：《柳文指要》上《体要之部》卷三一《答刘禹锡天论书·四》，文汇出版社，2000年，第746页。

能改的，而在唐代一般人的意识中，“官员与吏员之间有严格的区别，吏员因地位低贱而受鄙视”，“流外出身仍不光彩”①，这就决定了王叔文等人虽官职得以超升，仍难以树立威望，为人尊重。史载：侍御史窦群“尝谒叔文，揖之曰：‘事固有不可知者。’……‘去岁李实怙恩挟贵，气盖一时，公当此时，逡巡路旁，乃江南一吏耳。今公一旦复据其地，安知路旁无如公者乎？’”②尚书右丞韩皋“恃前辈，颇以简倨自处。顺宗时，王叔文党盛，皋嫉之，谓人曰：‘吾不能事新贵。’”③太常卿杜黄裳当叔文掌权时，“终不造其门。尝语其子婿韦执谊，令率百官请皇太子监国，执谊遽曰：‘丈人才得一官，可复开口议禁中事耶？’黄裳勃然曰：‘黄裳受恩三朝，岂可以一官见买！’即拂衣而出。”④他如当时于顺宗即位前已居相职的高郢、杜佑、贾耽、郑珣瑜四人中，对王叔文集团明确表示反对或采取不合作态度的至少有贾、郑两人，在五位翰林学士中，除凌准为王叔文集团成员外，余如李程、郑絪、王涯和卫次公皆属反对派。这些德宗朝旧臣之所以与王叔文集团相对立，除了对他们的一些行事作为不满外，很重要的一条原因便是瞧不起他们的出身，嫉恨他们新进握柄，损害了自己的利益。在此，王叔文既已为人轻视嫉恨，则由他提拔的柳、刘诸人自然也不会怎样受人尊重，所谓“既任喜怒凌人，京师人士不敢指名，道路以目，时号‘二王、刘、柳’”⑤，此虽过甚其辞，但仅就将柳、刘与二王相并列一点言，还是能看出柳、刘二人当时所处之境遇的。

综上所述可知，王叔文集团的政治革新既缺少一位大有为之君的全力支持，又存在着与领导革新不相应的“先天不足”，在这种情况下，要想取得革新的成功，确是极为困难的。可是，王叔文、柳宗元、刘禹锡等人又绝非庸碌之辈，他们高才博学，满腹经纶，痛感贞元弊政为害之烈，急欲在政治上有所作为，恰巧此时又碰到一位能赏识、重用他们的开明君主。君臣相得，千载一时，对古代士人说来，这乃是梦寐以求之事，王叔文等人自然不愿也不能错过这个机会。尽管

① 张广达：《论唐代的吏》，《北京大学学报》1989年第2期。

② 《资治通鉴》卷二三六永贞元年，第7735页。

③ 《旧唐书》卷一二九《韩滉传》，第3604页。

④ 《旧唐书》卷一四七《杜黄裳传》，第3973页。

⑤ 《旧唐书》卷一六〇《刘禹锡传》，第4210页。

他们深知顺宗重病缠身和他们资浅望薄等不利因素将会给革新带来重重困难，但他们没有理由也决不应该因此而畏缩不前。既要知难勇进，又无力克服那些几乎是克服不了的困难，则其走向悲剧结局便首先在自我一方具有了一种必然性。

从反对派方面来看，除了上面曾讲到的士族阶层和旧朝官僚外，还有更为重要的几大势力，那就是宦官、藩镇和太子(亦即后来的宪宗)。

宦官和藩镇在德宗朝之飞扬跋扈、为害朝政的情形已见前述，而要革除弊政、开拓新局又必须对这两大毒瘤开刀；要触及这两大毒瘤，势必会遭到猛烈的报复和反扑；而这报复、反扑一旦得到一位更有力的人物——太子李纯的支持，便足以致革新派于死地了。革新派与反对派之间的矛盾首先是由罢宫市、五坊小儿以及停内侍郭忠政等十九人正员官俸钱诸事引起的，这些事件的发生时间，大致在永贞元年二月间①；至三月，大宦官俱文珍等便纠集旧派官僚开始了对革新派的反扑。史载：

> 上疾久不愈，时扶御殿，群臣瞻望而已，莫有亲奏对者，中外危惧，思早立太子，而王叔文之党欲专大权，恶闻之。宦官俱文珍、刘光琦、薛盈珍皆先朝任使旧人，疾叔文、忠言等朋党专恣，乃启上召翰林学士郑絪、卫次公、李程、王涯入金銮殿，草立太子制。时牛昭容辈以广陵王淳(按：即后来的宪宗李纯)英睿，恶之；絪不复请，书纸为“立嫡以长”字呈上，上颔之。癸巳，立淳为太子。②

由此可见，围绕立太子一事，双方展开了第一大回合的正面较量。这里有几个问题需要澄清。首先，就太子李纯而言，他有没有可能站到革新派一边或至少不表反对？回答是否定的。原因有三：一是王叔文等人资浅望薄，难以服众，不值得支持；二是反对势力大，且多为握有兵权的宦官和先朝元老重臣，为了赢得他们的拥戴，他没有必要舍重就轻，去支持革新派；三是王叔文等属顺宗所用之人，

① 停俸钱事的发生时间可参看《柳文指要》下《通要之部》卷二《〈册府元龟〉之永贞史料》，第1067页。

② 《资治通鉴》卷二三六永贞元年，第7735页。

并已大权在握，如若站在他们一边致使革新成功，那么到头来这革弊图新之功究竟是记在其父的账上，还是记在他的账上？更为重要的是，王叔文等既为顺宗信用，就很难倾心于他；既难倾心于他，则其所握权柄便不啻是对他的一种威胁，因而他也没有理由对革新派予以支持。虽然他对革新派的很多措施并不反对，并在即位后给以继承和发展，但千年以来尤其是李唐以来残酷的宫廷政治教会了他：为了维护自己的权益，他必须带领自己的一班人马杀出一条血路，哪怕所杀对象代表着正义，也在所不惜。

换一个角度看，王叔文一方自然不愿早立太子，因为这样一来，无异于给革新运动设置了一个更强大的对立面；但衡之当日时局，顺宗久病不愈，群臣没有依托，无论从李唐王朝之继承人考虑，还是从国家当下的政局考虑，立太子都势在必行。既然立太子已成定局，而太子立后又将大大加剧革新的阻力，当此步履维艰之际，王叔文等只好于困厄中寻生路，派革新派成员、经学家陆质充皇太子侍读，以争取太子的支持；可是，"及质发言，太子怒曰：'陛下令先生为寡人讲经义耳，何为预他事！'"①这样一来，就断绝了争取太子的最后希望。四月乙巳，册立太子，"王叔文独有忧色，口不敢言，但吟杜甫题诸葛亮祠堂诗曰：'出师未捷身先死，长使英雄泪满襟！'"②显而易见，这里流露的是一种沉重苍凉的英雄末路之感，这种感觉的过早到来，既预示了革新派的悲剧前景，也说明革新派与新的皇权之间存在着已趋明朗化的深刻矛盾。

反对派一方则毫无疑问是太子的积极拥立者。宦官俱文珍等皆德宗朝任使旧人，俱氏曾"自置亲兵千人，贞元末，宦人领兵附顺者益众"③。但顺宗在为太子时即"未尝以颜色假借宦官"④，即位之后，又支持革新派将其作为重点打击对象。当此之际，这些对顺宗绝无好感而又握有兵权、骄盈惯了的宦官，为自己的既得利益乃至生存计，便不能不一面破釜沉舟，作困兽斗，一面匆忙寻找靠山，投奔新主，以捞取"拥戴扶立之元勋"的资本，而这样一种目的和举动，既与一大批旧朝官僚的利益相一致，又与李纯欲扩展个人势力的需要相吻合，于是，诸

① 《资治通鉴》卷二三六永贞元年，第7737页。
② 《资治通鉴》卷二三六永贞元年，第7736页。
③ 《新唐书》卷二〇七《宦者上》，第5868页。
④ 《旧唐书》卷一四《顺宗纪》，第410页。

方联合一体，利益均沾，紧锣密鼓地演出了一场册立太子而旨在对付革新派的政治闹剧。

谋夺宦官兵权是王叔文集团最重要的革新措施，正是这一行动，使得革新派与反对派的斗争达到白热化的程度，并成为革新派失败的直接契机。考之史实，五月辛未、甲戌，名将范希朝和革新派成员韩泰分别任职左右神策、京西诸城镇行营节度使和行军司马，“诸宦者尚未寤，会边上诸将各以状辞中尉，且言方属希朝。宦者始寤兵柄为叔文等所夺，乃大怒曰：‘从其谋，吾属必死其手。’”①与此同时，俱文珍等加紧活动，“与中人刘光琦、薛文珍、尚衍、解玉、吕如全等同劝帝立广陵王为太子监国”②，而朝外的藩镇亦遥相呼应，紧密配合。首先是曾被王叔文严词拒绝其行贿求领三川之地的蜀中军阀韦皋，为报私仇，于六月癸丑上表，力请皇太子“亲监庶政”③，并声称：“今则群小得志，隳紊纪纲，官以势迁，政由情改，朋党交构，荧惑宸聪。……特望殿下即日奏闻，斥逐群小，天下事务，出自殿下之心。”④接着，荆南节度使裴均、河东节度使严绶亦秉承宦者旨意，“笺表继至，意与皋同”⑤。至此，宦官、藩镇、旧朝官僚和太子李纯共同组成了一个对付革新派的庞大阵营，在这一阵营的强大压力和猛烈反扑下，王叔文集团几无招架之功，节节败退；顺宗亦于一个多月后的八月庚子被迫退位，而退位仅两天，王伾、王叔文即被远贬开州司马和渝州司户；时隔不久，伾病死贬所，叔文被杀。九月己卯，又贬韩泰、韩晔、柳宗元、刘禹锡为抚、池、邵、连四州刺史；可仅此贬谪还不能使反对派满意，“朝议谓王叔文之党或自员外郎出为刺史，贬之太轻”⑥，于是，再将他们分别贬为虔、饶、永、朗四州司马，并贬陈谏、凌准、程异为台、连、郴三州司马，贬韦执谊为崖州司马，从此，历史上便出现了饱含悲剧意义的“二王八司马”这一名称。紧接着，顺宗于元和元年正月又不明不白地死去，所谓“宫掖事秘，建桓立顺，功归贵臣”⑦，正微妙地透

① 《资治通鉴》卷二三六永贞元年，第7739页。

② 《新唐书》卷二〇七《宦者上》，第5868页。

③ 《资治通鉴》卷二三六永贞元年，第7738页。

④ (唐)韦皋：《上皇太子笺》，《全唐文》卷四五三，第4627页。

⑤ 《资治通鉴》卷二三六永贞元年，第7739页。

⑥ 《资治通鉴》卷二三六永贞元年，第7745页。

⑦ 《刘禹锡全集编年校注》卷一九《子刘子自传》，第2179页。

露出个中的篡弑信息①。时过八个月后，朝廷又一次严厉申明：

> 左降官韦执谊、韩泰、陈谏、柳宗元、刘禹锡、韩晔、凌准、程异等八人，纵逢恩赦，不在量移之限。②

由此看来，新的皇权对革新派已达深恶痛绝的地步，是必欲置之死地而后快的。因为事情很明显，这道诏令，不仅从根本上断绝了八司马回朝的希望，而且永久地将他们与二王一起划成了不得翻身的政治罪人。

那么，二王八司马究竟犯的是什么罪呢？据《全唐文》卷五六《贬王伾开州司马王叔文渝州司户参军制》云：伾、叔文"夙以薄伎，并参近署。阶缘际会，遂洽恩荣。骤居左掖之秩，超赞中邦之赋。曾不自厉，以效其诚，而乃漏泄密令，张皇威福；畜奸冒进，黩货彰闻。"③又，《贬韦执谊崖州司马制》云：执谊"直谅无闻，奸回有素。负恩弃德，毁信废忠。言必矫诬，动皆蒙蔽。官由党进，政以贿成。"④在这里，除了那些深文周纳而无实际意义的词语外，二王等的主要"罪状"之一，不过是骤居高位、张皇威福、过于激切、浮躁了一些而已，但这又怎能构成罪名呢？固然，革新派个别成员如王伾、韦执谊确有黩货行为，但这只是个别人的品质问题，却无关乎整个革新集团的性质，而且王叔文宁可得罪藩镇也决不放弃原则的拒贿行动，正说明革新派在大关节上是过得硬的。所谓"漏泄密令"、"奸回有素"，实乃矫诬之词。试想，顺宗卧病在床，在某种程度上是革新派代君行令，则"密令"何漏之有？既是奸回有素，则顺宗何以信用？若是顺宗信用奸回之人，岂不是一昏君？照此推论，这篇诏令实在是儿子在骂父亲。至于"官由党进，政以贿成"，在一定程度上容或有之，但既要革新，就必然需要形成一个集团，并提拔那些支持革新者进来，几已形成惯例，似乎没有什么不对。在《寄许京兆孟容书》中，柳宗元自述道："素卑贱，暴起领事，人所不信。射利求进者，填门排户，百不一得，一旦快意，更造怨讟。以此大罪之外，讟诃万

① 参见《唐代政治史述论稿》第286~287页及《柳文指要》第745页之辨证。

② 《旧唐书》卷一四《宪宗纪上》，第418页。

③ 《贬王伾开州司马王叔文渝州司户参军制》，《全唐文》卷五六，第605页。

④ 《贬韦执谊崖州司马制》，《全唐文》卷五六，第605页。

端，旁午构扇，尽为敌仇，协心同攻，外连强暴失职者以致其事。”①这就是所谓“政以贿成”的真相！也就是前述韦皋等军阀上表以及宦官与旧朝官僚攻击谩骂革新派的真实原因。

欲加之罪，何患无辞？背着强加的罪名，负着天大的冤屈，王叔文、柳宗元、刘禹锡这样一些“许国不复为身谋”的志节之士，在骂声中走向贬所，万死投荒，他们该是何等的痛苦！而后人不明就里，不辨真伪，竟让此不实罪名留在他们身上近千年之久，这又该是何等的残酷！相形之下，清代几位史学家说的话便别具一种开人耳目震人心魄的力量了。王夫之有言：

> 宪宗储位之定，虽出于郑絪，而亦俱文珍、刘光琦、薛盈珍等诸内竖修夺兵之怨，以为诛逐诸人之地。则韦执谊之惊，王叔文之忧色，虽有自私之情，亦未尝别有推奉，思摇国本，如谢晦、傅亮之为也。……观其初终，亦何不可测之有哉？……叔文、伾之就诛，八司马之远窜，事所自发，亦以宦官俱文珍等怨范希朝、韩泰之夺其兵柄。忿怼急泄，而大狱疾兴。②

王鸣盛亦谓：

> 宪宗乘父病，而一监国即斥叔文，父崩，骨肉未寒，又杀叔文，此不孝之尤者。吾不知叔文之死，竟有何罪？③
>
> 诸人（按：指八司马）虽轻狂，而其中才士亦多。自去年九月至此，一年之中，已经四度降旨④贬斥禁锢，何其频数，恶之一至于此！而其为党魁者，则已赐死矣。宪宗仇视其父所任用之人，居心殆不可问。诸人罪亦不过

① 《柳宗元集校注》卷三〇《寄许京兆孟容书》，第 1956 页。

② 《读通鉴论》卷二五《顺宗》，第 729~730 页。

③ 《十七史商榷》卷七四《顺宗纪所书善政》，第 1049 页。

④ 这里说的“四度降旨”，指永贞元年九月至十一月八司马被贬时的贬诏、元和元年正月的改元大赦、六月的册皇太后大赦和八月“纵逢恩赦，不在量移之限”的诏令。见《旧唐书》卷一四《宪宗纪上》，第 418 页。

躁进，岂真丑类比周、党邪害正者哉?①

不为正史所欺瞒，深入历史表象的背后，洗刷二王八司马的不实罪名，抓住他们被贬的实质内涵，乃是上述立论的高明之处、深刻之处。

是的，永贞、元和之际的这场斗争乃是充满血雨腥风的政治搏斗，在这场搏斗中，王叔文集团败得是如此之惨！尽管他们在革新过程中确有不少失误，如打击面过广、革新速度过快、收受贿赂、代君发令理事等，在一定程度上构成了对君权以及相权的侵犯，并酿成集团内部王叔文与韦执谊之间日益深刻的矛盾，所有这些，不能不说都与革新的失败有相当的因果关系，但从实质上看，他们的失败却根本导源于外部多种势力联合一致的严酷打击，导源于革新派与新的专制皇权不可调和的剧烈冲突。综观历代政治斗争史，一朝天子一朝臣几乎已成定规，而这一定规在顺、宪易代之际表现得尤为突出。唐宪宗之所以要起用德宗朝的官僚，而必置顺宗朝臣子于死地，关键即在于前者失去依靠后诚心归附，后者则直接构成了对自己权威的严重威胁。范文澜先生曾深刻指出：王叔文集团“在掌权的几个月内，颁布的政令，都是改革弊政，有利于民众，也有利于朝廷；唐宪宗给他们极重的处罚，完全从争权夺利的私仇出发，根本不顾及他们究竟犯了什么罪。从此，唐朝又创了一个新的恶例，每一皇帝都把自己任用的人当作私人，后帝对前帝的私人，不分是非功过，一概敌视，予以驱逐”②。事实上，唐宪宗所创这种“恶例”，乃是践踏法律准绳、生杀予夺任己的君主专制主义的集中表露。稍作比较可以发现：宪宗即位后的元和前中期，由于他面对的是“自己任用的人”，且又为了求治，因而在一定程度上将专制面孔收敛了一些；而在即位前和即位之初，他面对的却是“前帝的私人”，不管这些人才干品节是非功过如何，惩办他们都能剪除异己，显示自己即位伊始咸与维新的气象，因而，他丝毫不用遮掩什么，便大开杀戒了。

换一个角度看也许更为明显。王叔文、柳宗元、刘禹锡等是以寒门庶族和新进之士的身份骤然登上政治舞台的，而他们面对的却是数十年积聚而成的近似铁

---

① 《十七史商榷》卷七四《程异复用》，第1055~1056页。

② 范文澜：《中国通史》第三册，人民出版社，1978年，第199页。

板一块的官僚政治；要触动这一政治任何一个稍稍重要一点的环节，都足以牵一发而动全身。且不说他们自身存在什么样的先天或后天的不足，也勿论其所倚赖之君的大有为与否，仅就欲革新势必触犯众多既得利益者这一点而言，便决定了他们在对整个官僚政治造成巨大破坏的同时，自己也难逃脱由这破坏反作用于他们的必然性的悲剧命运。有如引爆巨石，为了自身安全就必须事先躲远，假如既不想或不能躲远，而又执意要引爆，那么等待引爆者的，必定是因巨石飞迸而导致的毁灭。事实上，王、柳、刘诸人便正是这样的引爆者。他们以其激切的参政热情和无畏的斗争精神冲上前去，没有为自己留下一点后退的余地，从而在险恶的政治斗争的漩涡中，在包括新的专制皇权在内的整个统治阶层的反扑下，导致了自身的毁灭和沉沦，他们又以自身的沉沦和毁灭为代价，为历史的前进铺平了道路，为一代文化精神的到来开启了先声。

如果说柳、刘的政治悲剧在与韩、元、白之政治悲剧相同的普遍性之外，还具有一种特殊性的话，那么其特殊性大概正表现在这里。

第十一章　元和逐臣的生命沉沦和心态变化

第一节　从京城到贬所的人生落差

有如一道界碑，一座分水岭，贬谪以其内含的专制主义的无比严酷和生命史上的全部痛苦，将元和逐臣的人生历程截然划为两段。在以上升、进取为主要特色的元和文化精神的有力影响下，韩愈、柳宗元、刘禹锡、元稹、白居易积极参政，锐意革新，直言强谏，大呼猛进，其生命内蕴得到了充分的展现，其生命价值就其所处时代而言亦可谓达到了极致，但接踵而来的贬谪，又把他们抛上了万死投荒的路途，使其生命形态顷刻间发生了巨大的逆转，生命价值亦由发展的高峰跌落到了无底的深谷。

这是生命的沉沦。所谓沉沦，大致包括两个层面，一个层面是指生命由高向低的跌落过程，另一个层面是指生命在此一过程中所遭受的磨难。综观元和逐臣的人生遭际，无不鲜明地体现了这两个特点：被贬之前，他们身在京城，担任朝官，论政议事，意气昂扬；被贬之后，他们置身偏僻荒远之地，大多在州县一级担任司马、参军一类有职无权的小官，英雄失去了用武之地，整日在寂寞、苦闷中讨生活。且不说恶劣的自然环境给他们的肉体带来了何等样的折磨，也勿论在此折磨的同时，他们还要遭到多少来自社会的非议、打击和世俗的冷眼、歧视，仅以其大好生命空被闲置甚或废弃一点而论，就足以使他们在精神上痛苦异常了。如果说，人的生命本即处于长久的磨难之中，那么，这种磨难虽然痛苦，但人还不至于不能忍受；可是，当此生命由一个极点向另一极点骤然转变的时候，由于有了正向的、高层级的生命体验作参照，则负向的、低层级的生命体验便会变得令人难以忍受乃至痛苦倍增。这就有如一个久居暗室的人，因已适应了黑暗，也就不至于过度感到黑暗造成的窒闷和痛苦，可当他一旦看到了外界的光亮，而这光亮又很快被人强行遮掩之后，则其所感窒闷痛苦的程度也就不难想知了。这是经比较后所产生的巨大的心理反差，是从希望追求到希望破灭的精神苦闷。白居易《我身》所谓："我身何所似，似彼孤生蓬。秋霜剪根断，浩浩随长风。昔游秦雍间，今落巴蛮中。昔为意气郎，今作寂寥翁。"①便深刻地反映了这种生命被弃置后由今昔对照而生出的心理反差和精神苦闷。正是在这层意义上，我们说，五大诗人的被贬，标志着一种最沉重的忧患和最深刻的生命体验。

既然五大诗人的贬谪即是生命的沉沦，而这生命沉沦又表现为生命由高向低的跌落过程以及在此过程中经受的磨难，那么，我们便很有必要就他们踏上贬路、到达贬所、长久谪居之过程和与之相伴而生的苦闷情怀予以详细论述，借以透视并把握其生存状态和内在心态。

与唐代众多贬谪文人大体相似，元和逐臣的生命沉沦客观上存在三个阶段，而他们的心理苦闷也随着阶段的推进益趋沉重。

第一阶段，在严诏催迫和吏役驱遣下，踏上万死投荒的远贬路途。

上一编谈到，在唐代法令中，对贬官的处置呈逐步严酷的发展趋势。与武周长寿三年(694)五月敕文所谓"贬降官并令于朝堂谢，仍容三五日装束"②及玄宗开元十年(722)六月敕文对受杖刑之流移左贬者"许一月内将息，然后发遣"③的规定相比，天宝五载(746)七月所发敕文对贬官的处置便发生了大幅度的严厉升级，不仅规定流贬之人，不许在路多作逗留，而且"左降官量情状稍重者，日驰十驿以上赴任，流人押领，纲典画时，递相分付，如更因循，所由官当别有处分"④。唐代"凡三十里一驿"⑤，而正常的行进速度是"乘传者日四驿，乘驿者六驿"⑥，若以"日驰十驿以上"的标准论，则每天至少须行三百里，较一般速度高出一倍，这对携有行装、书籍甚至带着家口的贬官来说，无疑是极严酷的迫害和

① 《白居易诗集校注》卷一一《我身》，第866页。

② 《唐会要》卷四一《左降官及流人》，第734页。

③ 《唐会要》卷四一《左降官及流人》，第734~735页。

④ 《唐会要》卷四一《左降官及流人》，第735页。

⑤ 《唐六典》卷五《尚书兵部·驾部郎中》，第163页。

⑥ 《新唐书》卷四六《百官志一·尚书部·礼部·主客郎中》，第1196页。

摧残。当然，此一敕文，与天宝五载韦坚戚属数十人被贬案密切相关，实乃李林甫打击政敌的极端手段①，其日行三百里的严酷规定，在日后其他流贬案例中未必能完全做到，但作为朝廷对待流贬官处罚程度的一个转折，却是极具影响力的。

这一诏令规定的不许多作逗留，并不自天宝五载始，也不只是指路途，它更表现在贬诏下达至离都出发的一段时间里。早在开元二十五年，张九龄被贬荆州，即“闻命皇怖，魂胆飞越，即日戒路，星夜奔驰”②；到了大历十二年，杨炎被贬道州时，“自朝受责，驰驿出城，不得归第”，尽管其妻已“先病”③。实际上，自天宝五载敕文之后，贬官从诏令下达之日起，无不仓促就道，而所犯事大者，更为吏役驱遣，有如羁囚。戎昱《送辰州郑使君》谓：“惊魂随驿吏，冒暑向炎方。”④张籍《伤歌行》描写杨凭贬临贺尉的情形是：“黄门诏下促收捕，京兆尹系御史府。出门无复部曲随，亲戚相逢不容语。辞成谪尉南海州，受命不得须臾留。身着青衫骑恶马，东门之外无送者。邮夫防吏急喧驱，往往惊堕马蹄下。”⑤这是何等严苛酷烈、令人心惊魄动的一幕！元和逐臣无不从这一幕中走过。

白居易被贬江州时，“即日辞双阙，明朝别九衢”⑥，得以“草草辞家”⑦而踏上贬途，情形算是略好一点；元稹自述其为拾遗时被贬情景说：“谪官诏下吏驱

① 《资治通鉴》卷二一五天宝五载：“春，正月……适之既失恩，韦坚失权，益相亲密，林甫愈恶之。……林甫因奏坚与惟明结谋，欲共立太子。坚、惟明下狱，林甫使慎矜与御史中丞王鉷、京兆府法曹吉温共鞫之。上亦疑坚与惟明有谋而不显其罪，癸酉，下制，责坚以干进不已，贬缙云太守；惟明以离间君臣，贬播川太守；……秋，七月……将作少匠韦兰、兵部员外郎韦芝为其兄坚讼冤，且引太子为言；上益怒。太子惧，表请与妃离婚，乞不以亲废法。丙子，再贬坚江夏别驾，兰、芝皆贬岭南。……李林甫因言坚与李适之等为朋党，后数日，坚长流临封，适之贬宜春太守，太常少卿韦斌贬巴陵太守，嗣薛王琄贬夷陵别驾，睢阳太守裴宽贬安陆别驾，河南尹李齐物贬竟陵太守，凡坚亲党连坐流贬者数十人。”见第6989~6993页。

② 张九龄：《荆州谢上表》，《全唐文》卷二八八，第2921页。

③ 《太平广记》卷一五三《定数》，第1098页。

④ (唐)戎昱：《送辰州郑使君》，《全唐诗》卷二七〇《送辰州郑使君》，第3018页。

⑤ (唐)张籍撰，徐礼节、余恕诚校注：《张籍集系年校注》卷一《伤歌行》，中华书局，2011年，第70页。

⑥ 《白居易诗集校注》卷一六《东南行一百韵寄通州元九侍御》，第1247页。

⑦ 《白居易诗集校注》卷一五《初贬官过望秦岭》，第1211页。

遣，身作囚拘妻在远。”①便严酷了许多。他被贬江陵时，白居易曾往送行，后来白氏回忆当时状况说：“诏下日，会予下内直归，而微之已即路。”②可见严诏之下，不许稍有迟延。韩愈初贬阳山时，“中使临门遣，顷刻不得留。病妹卧床褥，分知隔明幽。悲啼乞就别，百请不颔头。”③他再次被贬潮州时，“即日奔驰上道”④，而“有司以罪人家不可留京师，迫遣之”⑤，结果是全家踏上万里贬途。所谓“而我抱重罪，孑孑万里程。亲戚顿乖角，图史弃纵横”⑥，正反映出他被贬之际的仓皇促迫之状。与韩、元、白诸人相比，柳宗元和刘禹锡所犯事更重，所遭打击更大，尽管他们没有留下初次贬谪离京时的有关记述，但从其被贬性质可以想见，二人所受迫害程度相较韩、元、白必有过之而无不及。

这是贬官受到的初步打击。本为朝廷大臣，可顷刻间就如同羁囚，受人歧视虐待，其心理痛苦可想而知；然而又岂止痛苦？他们踏上贬途后面对的是一个陌生的危险世界，生命有如一叶孤舟，一尾断蓬，在波涌风吹下飘向远方；而南方炎瘴之地向为人所畏惧，此行前往，能否生还尚是一个未知数，这不能不使他们由痛苦转生恐畏，这恐畏更由于吏役的驱遣和仓皇的辞家而别具一种惊心动魄的惶惑之感。这不是在日常生活中觉得某种危险迫近时的那种恐畏和惶惑，而是在对一种不可知的、操纵着自我命运的巨大力量无能为力时所产生的恐畏和惶惑。心理学家认为：“恐怖之感的时间如果越短，短到一刹那只起信号作用，则焦急的准备状态也越易过渡而成为行动状态，从而整个事件的进行也就越有利于个体的安全。”⑦反之，恐怖感延续的时间愈长，则焦虑与惶惑状态亦必愈甚，整个事件也就愈易构成对个体的威胁和打击。联系到贬谪诗人的被贬经过，可以说这种恐怖感几乎是从贬诏下达到抵达贬所这一漫长时间中一直伴随着他们的。白居易

① 《元稹集校注》卷九《听庾及之弹乌夜啼引》，第 253 页。

② 《白居易诗集校注》卷二《和答诗十首并序》，第 211 页。

③ 《韩昌黎诗系年集释》卷三《赴江陵途中寄赠王二十补阙李十一拾遗李二十六员外翰林三学士》，第 306 页。

④ 《韩昌黎文集校注》卷八《潮州刺史谢上表》，第 689 页。

⑤ 《韩昌黎文集校注》卷七《女挐圹铭》，第 626 页。

⑥ 《韩昌黎诗系年集释》卷一一《食曲河驿》，第 1173~1174 页。

⑦ 弗洛伊德：《精神分析引论》，商务印书馆，2009 年，第 319 页。

《初贬官过望秦岭》云："草草辞家忧后事，迟迟去国问前途"①，韩愈《武关西逢配流吐蕃》云："我今罪重无归望，直去长安路八千"②，正真切地反映了这样一种既不愿前行又不能后退、集痛苦恐畏和惶惑不安于一体的复杂心境。

继此初步打击之后，接踵而来的便是踏上贬途所遇到的重重险阻、尘劳困顿，从而使得贬谪诗人的肉体和精神受到更为难堪的双重折磨。由此我们不能不首先关注与众多南贬者紧相关联的商於之路亦即蓝武驿道。

此道形势险要，古来即与政治军事极有关联。《读史方舆纪要》说它"扼秦、楚之交，据山川之险。道南阳而东方动，入蓝田而关右危。武关巨防，一举足而轻重分焉矣"③。唐代承平二百余年，战争较少，此道遂从军事要道转变为商旅要道，起着沟通南北的作用。唐前期，此道狭小难行，张九龄谓之"小道使多，驿马先少"④，故流量不大。到了中唐以后，南方经济地位跃升，由此南行者日增；加之安史乱后李希烈阻兵江淮，汴路受阻，此路遂成为南行的主要通道。其全程一千一百多里，有驿站二十余座，经行路线大致如下：东出长安，经长乐驿、灞桥驿，东南越横岭至蓝田驿；沿途经桓公驿、蓝桥驿至蓝田关；再东南行，逾七盘岭入商州界，经四皓驿、洛源驿至商洛县，又经棣华驿、桃花驿、层峰驿达武关；出武关后的第一驿为青云驿，由此过阳城驿入内乡县，经商於驿折而南行，过临湍驿、冠军驿而后至邓州、襄阳⑤。在这条路上，蓝田驿、蓝田关、武关最为著名，故又称"蓝武驿道"。至唐德宗贞元二年十二月，朝廷敕文明令："从上都至汴州为大路驿，从上都至荆南为次路驿"⑥，这条路遂升格为仅次于大路驿的"次路驿"，即全唐第二驿道。

蓝武驿道也是唐代贬官赴江湘、岭南之地的首选路途。与东出潼关经由洛阳而南行(或经汴河水路南行)的两都驿道相比，蓝武驿道利弊兼具：前者为主干

---

① 《白居易诗集校注》卷一五《初贬官过望秦岭》，第1211页。

② 《韩昌黎诗系年集释》卷一一《武关西逢配流吐蕃》，第1169页。

③ (清)顾祖禹撰，贺次君、施和金点校：《读史方舆纪要》卷五四，中华书局，2005年，第2593页。

④ 张九龄：《荆州谢上表》，《全唐文》卷二八八，第2921页。

⑤ 参看严耕望：《唐代交通图考·秦岭仇池区》篇十六《蓝田武关驿道》，北京联合出版公司，2021年，第637~660页。

⑥ 《唐会要》卷六一，第1061页。

道，宽畅易行，但程途远，费时多；后者行程捷近，无稽留之虞，却狭窄艰险，向为行人所苦。其沿线山高水深：自京兆府蓝田县至邓州内乡县一路多山，诚如李商隐《商於新开路》所谓："六百商於路，崎岖古共闻。"①而丹江、灞河支流繁多，舟桥颇少；沿途林深木茂，时有猛兽出没，更增加了通行的困难和危险。虽然有唐一代曾数次整修此道，但其险阻状况却很难从根本上得到改变，甚至所开新路"每经夏潦，摧压踣陷，行旅艰辛，僵仆相继"②。然而，由于此路捷近，省日省时，很多人还是乐于取道此途，而贬臣逐客因有严诏催迫，不敢稽留，更是多由此仓促上路，很难顾及其艰险崎岖了。

从唐代贬官所经道途可考者看，大多走蓝田武关道。如张九龄之贬荆州，颜真卿之贬峡州，周子谅、薛绣、杨志成、顾师邕、王抟等人之流岭南，即经此路南行。至于元和逐臣之贬，不仅多经此道，而且不止一次。韩愈贞元十九年之贬阳山、元和十四年之贬潮州，皆取道蓝、武一途，若将往返算在一起，已是四度经过；元稹元和五年之贬江陵、白居易元和十年之贬江州，以及其他几次南行之往返，无不途经蓝、武。白居易所谓"与君前后多迁谪，五度经过此路隅"③、"七年三往复，何得笑他人"④，即是明证。而柳宗元、刘禹锡于元和十年春被召还京时经由此道已无疑义，至于他们于永贞元年被贬出都的详情，虽记述不多，但从各方面推论，取道商山的可能性也最大⑤。

踏上这一贬谪路途后，身心的各种磨难便开始了。

岧峣青云岭，下有千仞溪。徘徊不可上，人倦马亦嘶。⑥

韩公堆北涧西头，冷雨凉风拂面秋。⑦

---

① (唐)李商隐撰，刘学锴、余恕诚集解：《李商隐诗歌集解》，中华书局，2004年，第653页。

② 《册府元龟》卷六九七《牧守部·酷虐》，第8050页。

③ 《白居易诗集校注》卷一八《商山路驿桐树昔与微之前后题名处》，第1485页。

④ 《白居易诗集校注》卷八《登商山最高顶》，第671页。

⑤ 参看拙文《柳宗元刘禹锡两被贬迁三度往返所经路途考》，《唐代文学研究》第7辑，广西师范大学出版社，1998年。

⑥ 《元稹集校注》卷二《青云驿》，第31页。

⑦ 《白居易诗集校注》卷一五《韩公堆寄元九》，第1212页。

停骖问前路，路在秋云里。苍苍县南道，去途从此始。……朝经韩公坂，夕次蓝桥水。浔阳仅四千，始行七十里。人烦马蹄阻，劳苦已如此！①

这里，路之高峻险阻、气候之变化多端自不待言，即以其"始行七十里"已"人烦马蹄阻"而论，便可看出攀越这条山路的劳苦情形了。虽然这种"劳苦"并非要一直持续到距长安四千里的江州，但在崎岖六百里的蓝、武路段，却是非受不可的。进一步说，白居易从早到晚才走了七十里，按此速度推算，要走完六百里崎岖路段，至少需要八天半的时间。固然，"日驰十驿以上"的标准对此难行之山路是不适用的，这似乎可以减轻一点贬官的紧迫感，但另一方面，这段不算太短的艰险路程，无疑会给初踏贬途之人带来并不轻松的身心磨难。

这还只是一般情况。如果是特殊情况，贬官所受的折磨就更大了。韩愈被贬阳山时适逢冬季，气候恶劣，所谓"商山季冬月，冰冻绝行辀"②、"叠雪走商岭，飞波航洞庭"③，即是当时实况。他在《南山诗》中回忆说："初从蓝田入，顾眄劳颈脰。时天晦大雪，泪目苦蒙瞀。峻涂拖长冰，直上若悬溜。褰衣步推马，颠蹶退且复。"④本已难走的山路，因寒冬结冰，愈发地冻路滑；加上大雪纷飞，视线受阻，看不清路况，只好撩起衣服，推着马往上爬，稍不留意便会大跌一跤。如此险恶的经历，即使再次回忆也触目惊心。韩愈再贬潮州时又当正月，大雪封山，寒冷有加，山道路滑，甚是艰险。这样的路对一般徒手旅人来讲尚且困难重重，何况是负有行装的贬臣？在《左迁至蓝关示侄孙湘》中，韩愈写道："云横秦岭家何在？雪拥蓝关马不前。"⑤这两句诗常被传诵，但它包含的斯时斯际极度困苦的情状，却很少引起人们的真正注意和细微体察。据《蓝田县志》卷三载：宪宗元和八年十月丙申，"大雪，人有冻踣者，雀鼠多死"⑥。由此可知唐时蓝田山

① 《白居易诗集校注》卷一〇《初出蓝田路作》，第 814 页。

② 《韩昌黎诗系年集释》卷三《赴江陵途中寄赠王二十补阙李十一拾遗李二十六员外翰林三学士》，第 306～307 页。

③ 《韩昌黎诗系年集释》卷四《答张彻》，第 420 页。

④ 《韩昌黎诗系年集释》卷四《南山诗》，第 459 页。

⑤ 《韩昌黎诗系年集释》卷一一《左迁至蓝关示侄孙湘》，第 1165 页。

⑥ 郝兆先修、牛兆濂纂：《民国续修蓝田县志》卷三《纪事表》，《中国地方志集成·陕西府县志辑》第 16 册，凤凰出版社，2007 年，第 480 页。

中降雪之严寒程度。又据该志卷二十蒋文祚《七盘坡烟洞沟等处修路记》云："蓝田……七盘坡至龙驹寨数百里皆在万山中，有所谓鸡头、刘郎、仄坡等关，其阨塞峻峭，崎岖坎陷，固弗利于行旅，而较甚者莫如烟洞沟、桃花砭二处，白石、搧车两河。一遇雨雪，往往覆舆毙马，咸称胜于蜀道之难。"①这里所记虽为后代情形，但由此可以推知唐代状况必将更甚于此。路途如此艰险，而又为冰雪阻塞，则韩愈立马蓝关，确是难以前行呵！除此之外，他更感到一种肉体折磨之外的巨大的精神摧残。据韩愈后来追述，他被贬时正逢第四女病重在床，但迫于严诏，仍不得稍事逗留，以尽为父之责，在无比悲凉中与家人"苍黄分散"②。而韩愈刚走，其家人即被有司迫遣，逐出京师，相继于冰天雪地中踏上了南行路途。这时，在京城的旧家已不存在，眼下全家人又处于颠沛流离的万里旅途上，这对负有全家重责的韩愈来说，怎能不五内俱伤？眼望秦岭云横，回首京都渺渺，他又怎能不发出"家何在"的泣血之问？但痛苦还不止于此。由于"我既南行，家亦随遣"，十二岁的爱女亦不得不带病就道，"走朝至暮"，"撼顿险阻，不得少息，不能食饮，又使渴饥"③，终于在距长安约四百五十里的商南层峰驿死去。当此家破人亡之际，五十一岁的贬谪诗人不能不感受到全部的生活重负和无可底止的哀伤，其精神也不能不蒙受到远远超出常人的严重摧残！

韩愈、白居易如此，元稹、柳宗元、刘禹锡也不例外。尽管他们在贬途上没有遭到韩愈这样的家庭变故，但肉体的磨难和精神的摧残却在所难免，而且柳宗元赴贬所时，尚有年近七十的老母与之同行，则其所受困苦之大当不在一般人之下。这是唐代文人生活中极为悲惨的一幕情景，昔日颇具抱负、叱咤风云的志节之士，如今却扶老携幼彳亍南行，万死投荒！千载之下，想来亦令人酸鼻。

"来往悲欢万里心，多从此路计浮沉！"④李涉的诗，可谓深刻道出了蓝武通道与唐代贬谪士人的紧密关联，在某种意义上甚至可以说，这是一条充满迁客血泪的贬谪之道！在这条路上，布满了逐臣沉重的足迹，也掩埋过迁客的累累白

① 《民国续修蓝田县志》卷二〇《七盘坡烟洞沟等处修路记》，《中国地方志集成·陕西府县志辑》第 17 册，第 367 页。

② 《韩昌黎文集校注》卷五《祭女挐女文》，第 387 页。

③ 《韩昌黎文集校注》卷五《祭女挐女文》，第 387 页。

④ （唐）李涉：《题武关》，《全唐诗》卷四七七，第 5430 页。

骨。唐代文人在贬途被赐死的事件时有发生，性命朝不保夕。据史书记载，这条道上死亡的“高发地段”集中在蓝田驿：开元十二年(724)，太子少保、驸马都尉王守一“贬为泽州别驾(按：“泽州”当为“柳州”)，至蓝田，赐死”①；二十五年(737)，周子谅“搛于殿庭，绝而复苏；仍杖之朝堂，流瀼州，至蓝田而死”②；二十五年，“太子妃兄驸马都尉薛锈长流瀼州，至蓝田驿赐死”③；宝应元年(762)，“襄州刺史裴茙长流费州，赐死于蓝田驿”④；大和九年(835)，翰林学士顾师邕“流崖州，至蓝田赐死”⑤；光化三年(900)，“平章事、监修国史王抟贬崖州司户，寻赐死于蓝田驿”⑥。蓝田驿外，还有些人被赐死于商州以及商於之路的延长线如公安、武昌等地。可以说，在整个贬途，死亡都如影随形，与逐臣相伴。“苍黄负谴走商颜，保得微躬出武关”⑦、“山下驿尘南窜路，不知冠盖几人回!”⑧面对变幻莫测的政治风云，不能不让人如履薄冰，心生极大的恐惧。可以说，在这条路上，书写着贬谪文人的生命沉沦，见证着政治高压的无比严酷，更凝聚着一种悲凄惨烈的文化内涵。白居易《和思归乐》说得深刻：“皆疑此山路，迁客多南征。忧愤气不散，结化为精灵!”⑨无数迁客，由此南行，忧愤郁结，弥漫不散，生死相继，日积月累，竟至于化结而为冥冥之中神秘莫测令人恐畏的“精灵”！如果排除其迷信因素，则此“精灵”不正是前述文化内涵及其悲剧因子的深厚聚积和形象表述么？是的，唯其记载着专制主义导致的人生感恨，所以文化意蕴深厚广博；唯其日积月累，郁结不散，所以益发显得沉重压抑、严酷惨烈。在这里，蓝武通道与迁客命运是紧紧纠结在一起的，它那艰难险阻的自然环境，它那积聚着无数迁客生命沉沦史的文化气氛，使得每一位后来的贬逐之臣一踏上此途，便产生一种深深的恐畏和刻骨的凄怆，而随着路途的延伸，贬所的

① 《旧唐书》卷八《玄宗上》，第186~187页。

② 《资治通鉴》卷二一四开元二十五年，第6947~6948页。

③ 《旧唐书》卷九《玄宗纪下》，第208页。

④ 《旧唐书》卷一一《代宗纪》，第270页。

⑤ 《新唐书》卷一七九《王璠传附顾师邕传》，第5325页。

⑥ 《旧唐书》卷二〇上《昭宗纪》，第766页。

⑦ (唐)吴融：《宿青云驿》，《全唐诗》卷六八六，第7882页。

⑧ 《丁卯集笺证》卷七《题四皓庙》，第418页。

⑨ 《白居易诗集校注》卷二《和思归乐》，第214页。

接近，这种恐畏和凄怆便愈趋深化。

第二节　荒远地域的多重磨难

元和逐臣所贬地域不同，则其由长安至贬所的距离和所费时日亦不同。如元稹被贬之江陵郡，距长安最近，约1730里①，半月即可到达②；而韩愈被贬之潮阳郡，距长安最远，经郴州路约5810里，经虔州路为6810里，需时两个多月（见后文）。这样看来，他们在贬途所受折磨的程度是有差别的。但尽管如此，因被贬而导致的各种身心的摧残却是免不了的，而且在经过长途跋涉到达贬所后，由于自然环境和文化环境等多种因素的侵袭、刺激，这种摧残对他们每个人来说都将变得更为严重。换言之，贬所是贬谪之路的自然延伸，也是该次贬谪的暂时终点，贬官在此经受的生命体验，乃是此前贬途体验合乎逻辑的深化和强化。

于是，元和逐臣生命沉沦的第二阶段便开始了。

到达贬所后，他们首先遇到的便是自然环境的恶劣和生活条件的贫乏，而这种恶劣和贫乏，与唐代统治者对贬官的严酷政策紧密相关。

刘禹锡《读张曲江集作并引》云："世称张曲江为相，建言放臣不宜与善地，多徙五溪不毛之乡。"③事实上，早在张九龄为相之前，贬臣"不宜与善地"的现象便已大量存在了，而在此之后，则愈趋严重。德宗贞元年间窦参之贬，朝廷诏令即明谓："其窦参等所有朋党亲密，并不可容在侧近，宜便条疏，尽发遣向僻远无兵马处，先虽已经流贬，更移向远恶处者。"④这里的"僻远无兵马处"、"远恶处"，指的便是那些距京城遥远、文化落后、自然环境恶劣的处所。对贬臣来说，无辜被贬已经受到一次沉重打击了，而所贬之地尽为远恶处所，则愈发加剧了这打击的程度。综观韩、柳、刘、元、白五人在元和十五年以前被贬被移之地，属

① 《旧唐书》卷三九，第1552页。

② 白居易《和答诗十首·和思归乐》云："荆州又非远，驿路半月程。"见《白居易诗集校注》，第214页。

③ 《刘禹锡全集编年校注》卷三《读张曲江集作并引》，第265页。

④ （唐）陆贽：《奏议窦参等官状》引，《全唐文》卷四七四，第4843页。

远恶州郡者占十分之七。韩愈初贬之连州阳山，初属岭南道，后改属江南西道，为中下小县；再贬之潮州潮阳，属岭南道，为下郡。柳宗元、刘禹锡永贞元年被贬之永州和朗州，一属江南西道，为中郡，一属山南东道，为下郡；而至元和十年他们被迁之柳州和连州，则更为遥远荒僻，皆属岭南道，为下郡。至于元稹和白居易被贬之江陵、江州，分属山南东道、江南西道，为上郡和中郡，条件稍好一点，但时间不长，他们又相继移至忠州和通州，此二州分属山南东、西道，前者为下郡，后者为上郡。这里，且不说作为下郡的忠州条件极荒恶，曾使得白居易屡屡发为“吏人生梗都如鹿，市井疏芜只抵村……更无平地堪行处，虚受朱轮五马恩”①的感叹；即以作为上郡的通州而言，其恶劣条件见诸元稹诗文描写者便有如下几端：

> 楚风轻似蜀，巴地湿如吴。气浊星难见，州斜日易晡。通宵但云雾，未酉即桑榆。瘴窟蛇休蛰，炎溪暑不徂。伥魂阴叫啸，鵩貌昼踟蹰。乡里家藏蛊，官曹世乏儒。②
>
> 茅檐屋舍竹篱州，虎怕偏蹄蛇两头(自注：通州，元和二年，偏蹄虎害人，比之白额。两头蛇处处皆有之也)。暗蛊有时迷酒影，浮尘向日似波流。沙含水弩多伤骨，田仰畬刀少用牛。③
>
> 通之地，湿垫卑褊，人士稀少，近荒札，死亡过半。邑无吏，市无货，百姓茹草木，刺史以下计粒而食。大有虎、貘、蛇、虺之患，小有蟆蚋、浮尘、蜘蛛、蛒蜂之类，皆能钻啮肌肤，使人疮痏。夏多阴霪，秋为痢疟，地无医巫，药石万里，病者有百死一生之虑。④

将上述情况简括起来，则通州的全貌便是：地域偏远、卑湿、荒残，自然祸患甚多，文化水准极低，客观条件颇差，人的生命得不到保障。面对这样一处所在，

① 《白居易诗集校注》卷一八《初到忠州赠李六》，第1432页。

② 《元稹集校注》卷一二《酬乐天东南行诗一百韵》，第366页。

③ 《元稹集校注》卷二一《酬乐天得微之诗知通州事因成四首》其一，第629页。

④ 《元稹集校注》卷三〇《叙诗寄乐天书》，第855~856页。

难怪元稹要说出如此绝望的话语："黄泉便是通州郡，渐入深泥渐到州！"①而如此环境，也不能不对贬谪诗人的身体构成严重的威胁，所以，元稹于元和十年闰六月甫至通州，即"染瘴危重"②，几至于死③。

这里需要着重指出的是，通州属于上郡，情形尚且如此，那么作为中、下州郡的永州、朗州以至更为荒远的连州、柳州和潮州的情形如何，就可想而知了。下面，我们重点以韩愈所至之潮州和柳宗元所至之永州、柳州为例，来看看贬谪诗人所处的环境和生活状况。

据《潮州府志》，潮乃"南交日出之乡，多燠少寒"，"外薄炎海，浥润溢淫，内负丛岭，瘴岚疠疵，愆阳所积，凝阴所伏。四时之气既盭，一日之候屡更"。其瘴气起时，"惟山泽间蓬蓬勃勃，郁结如火，久而不散"，而且春夏秋冬，瘴气不绝。如此严酷、恶劣的自然环境，"即土著者尚病之，无论羁游远宦也"④。所以，韩愈未到贬所，便先已生出无穷恐畏："不觉离家已五千，仍将衰病入泷船。潮阳未到吾能说，海气昏昏水拍天。"⑤"潮州底处所？有罪乃窜流。……恶溪瘴毒聚，雷电常汹汹。鳄鱼大于船，牙眼怖杀侬。州南数十里，有海无天地。飓风有时作，掀簸真差事。"⑥这里，瘴毒、鳄鱼、大海、飓风聚集一起，险恶光怪，阴森可怖，令人听来，朱颜为之尽凋，当此之际，贬谪诗人不能不产生一种浓郁的死亡意识。在《黄陵庙碑》中，韩愈写道："潮州……于汉为南海之揭阳，厉毒所聚，惧不得脱死，过庙而祷之。"⑦尚未至贬所，便先向神灵祈求平安，其中流露的，正是面对死亡而生的不可排解的深忧巨恐。这种深忧巨恐在诗人到达贬所后，并没有随着时间的流逝而消散，而是逐渐沉积到心底，随着恶劣的自然环境对身体的直接侵袭和戕害，变得愈发浓郁了。韩愈《潮州刺史谢上表》自述其至潮后状况说：

---

① 《元稹集校注》卷二〇《酬乐天雨后见忆》，第618页。

② 《元稹集校注》卷一二《酬乐天东南行诗一百韵》自注，第366页。

③ 参见《白居易文集校注》卷八《与微之书》所引元稹托付后事语，第361页。

④ （清）周硕勋纂修：《乾隆潮州府志》卷二《气候》，《中国地方志集成·广东府县志辑》第24册，上海书店出版社，2013年，第46~48页。

⑤ 《韩昌黎诗系年集释》卷一一《题临泷寺》，第1188页。

⑥ 《韩昌黎诗系年集释》卷一一《泷吏》，第1178页。

⑦ 《韩昌黎文集校注》卷七《黄陵庙碑》，第555页。

> 臣所领州，在广府极东界上，去广府虽云才二千里，然来往动皆经月。过海口，下恶水，涛泷壮猛，难计程期，飓风鳄鱼，患祸不测。州南近界，涨海连天，毒雾瘴氛，日夕发作。臣少多病，年才五十，发白齿落，理不久长；加以罪犯至重，所处又极远恶，忧惶惭悸，死亡无日。①

环境的荒恶已使人忧心忡忡，死亡的威胁更如同一个巨大的阴影笼罩心头，挥之不去。固然，韩愈对岭南的环境并不生疏，早在他十岁那年，其兄韩会贬官韶州，他即随从前往，所谓"忆作儿童随伯氏，南来今只一身存"②，指的便是这件事；而他三十五岁被贬连州阳山，对岭南环境之荒恶更有过切肤体验："有蛇类两首，有蛊群飞游。穷冬或摇扇，盛夏或重裘。飓起最可畏，訇哮簸陵丘。雷霆助光怪，气象难比侔。疠疫忽潜遘，十家无一瘳。"③按理而论，多次生命磨难所产生的适应性似不应使韩愈再产生过度的环境恐畏，但从别一角度看，他数度南迁之地虽均为岭南，却一次比一次远恶，所遭受打击一次比一次严重，他的年龄和身体也一次比一次老弱；而且旧地重经，睹今思昔，难免酸楚；瞻望前景，来日无多，势必忧思弥甚。这是一种深刻的死亡意识，"焦虑的现象之一是害怕死亡，并不是对人类必然经历到预期死亡所存在的普通畏惧，而是随时可能殒命的恐怖。……死亡是一个深刻的痛苦，未曾好好生活便要死去的悲惨事实，尤其无法忍受；与无法不畏惧死亡有连带关系的，是畏惧年迈。"④对韩愈来说，年龄的老大、身体的衰弱和随时可能殒命的威胁聚集在一起，沉沉地压在心头，当此之际，他不能不感到一种"忧惶惭悸，死亡无日"的巨大恐畏和痛苦。

至于柳宗元，由于后半生一直未脱谪籍，故所受磨难比韩愈更大。早在他到达柳州之前，即已精神憔悴，病魔缠身了。永州在唐代尚属落后、荒凉地区，

---

① 《韩昌黎文集校注》卷八《潮州刺史谢上表》，第690页。

② 《韩昌黎诗系年集释》卷一一《过始兴江口感怀》，第1191页。

③ 《韩昌黎诗系年集释》卷三《赴江陵途中寄赠王二十补阙李十一拾遗李二十六员外翰林三学士》，第307页。

④ ［美］E. 弗洛姆著，苏娜、安定译：《追寻自我》，延边大学出版社，1987年，第195页。

“地极三湘，俗参百越，左衽居椎髻之半，可垦乃石田之余”①。柳宗元于永贞元年初贬永州，“至则无以为居，居龙兴寺西序之下”②，条件备极艰苦；加之“徙播疠土”，“炎暑熇蒸，其下卑湿”，“诊视无所问，药石无所求”，他年近七旬的老母在到达贬所刚刚半年即染病身亡③。这一重大变故，使得“孤囚穷縶”的贬谪诗人“苍黄叫呼”、“魄逝心坏”④，精神蒙受了难以言说的刺激。又“永州多火灾”，诗人“五年之间，四为天火所迫，徒跣走出，坏墙穴牖，仅免燔灼。书籍散乱毁裂，不知所往；一遇火恐，累日茫洋。”⑤在《与李翰林建书》中，柳宗元描述此地环境：

永州于楚为最南，状与越相类。……涉野则有蝮虺大蜂……近水即畏射工沙虱，含怒窃发，中人形影，动成疮痏。⑥

生活在这样的环境之中，贬谪诗人的身体很难不受到摧残，而精神上的各种刺激和压力，更使其产生出一种莫可言状的痛苦。所以，柳宗元自贬官“一二年来，痞气尤甚；加以众疾，动作不常。眊眊然骚扰内生，霾雾填拥惨沮。……每闻人大言，则蹶气震怖，抚心按胆，不能自止”⑦。其痞病重时，一二日即发作一次，轻时亦一月发作二三次，在疾病折磨下，柳宗元“行则膝颤，坐则髀痹”⑧，身体坏到了极点，心境也坏到了极点。在《与萧翰林俛书》中，他如此说道：

居蛮夷中久，惯习炎毒，昏眊重膇，意以为常。忽遇北风晨起，薄寒中体，则肌革瘆懔，毛发萧条，瞿然注视怵惕，以为异候，意绪殆非中

① 《柳宗元集校注》卷三八《代韦永州谢上表》，第 2447 页。
② 《柳宗元集校注》卷二八《永州龙兴寺西轩记》，第 1860 页。
③ 《柳宗元集校注》卷一三《先太夫人河东县太君归祔志》，第 825~826 页。
④ 《柳宗元集校注》卷一三《先太夫人河东县太君归祔志》，第 826~827 页。
⑤ 《柳宗元集校注》卷三〇《与杨京兆凭书》，第 1979 页。
⑥ 《柳宗元集校注》卷三〇《与李翰林建书》，第 2008 页。
⑦ 《柳宗元集校注》卷三〇《与杨京兆凭书》，第 1979 页。
⑧ 《柳宗元集校注》卷三〇《与李翰林建书》，第 2008 页。

国人。①

这是荒恶环境中的自我体验，也是生命长久磨难之后忽遇北风吹拂时的猛醒，其中展露的，分明是贬谪诗人那颗泣血心灵的深深颤栗！

与永州相比，柳州的环境更为恶劣。“柳在唐时，为极边”②，“山川盘郁，气聚不易疏泄，故多岚雾作瘴，人感之多病胪胀或蛊”，“不惟烟雾蒸郁，亦多毒蛇猛兽”③。这样的环境，对在永州贬所已生活了十年、身心备受摧残的贬谪诗人来说，无疑具有更大的威胁性，它带给诗人心灵的，乃是无穷的生命忧虑和更深重的死亡投影：

> 瘴江南去入云烟，望尽黄茆是海边。山腹雨晴添象迹，潭心日暖长蛟涎。射工巧伺游人影，飓母偏惊旅客船。从此忧来非一事，岂容华发待流年！④

瘴江、黄茆、象迹、蛟涎、射工、飓母，沿途所见，无非异物，这是纪行写景，更是写己之所感所忧。在这首题名《岭南江行》的诗作中，柳宗元明确点出自己“忧来非一事”，可见乃众忧齐集。这种忧既与贬所那瘴气、怪兽的险恶可怖有关，也与自身的多病、年华的飞逝有关。是的，一切生命的本质乃在于维持和肯定自己的生存，当其生存的基本条件都难以得到保证时，当其已意识到所面临的环境是本身力量难以克服，而且自己的生命终将为此环境吞噬时，便必然会产生一种巨大的基于生命忧恐的痛苦体验，而多种疾病的一再侵袭，则无疑愈发加剧了这体验的程度。综观柳宗元至柳州后的诗文，其中所反映的诗人心绪较之永州时更为低沉，有时几近于绝望。

① 《柳宗元集校注》卷三〇《与萧翰林俛书》，第1999页。

② （清）王锦修，吴光昇纂：《乾隆柳州府志》卷二八《迁谪》，《中国地方志集成·广西府县志辑》第23册，凤凰出版社，2010年，第355页。

③ 《乾隆柳州府志》卷四〇《杂志》，《中国地方志集成·广西府县志辑》第23册，第621、620页。

④ 《柳宗元集校注》卷四二《岭南江行》，第2834页。

首先是其从父弟柳宗直之死给他精神上以沉重打击。据《志从父弟宗直殡》，元和十年七月，宗直南来柳州，道途即患痁寒，至柳后数日即死；在《祭弟宗直文》中，柳宗元沉痛地说道："吾门凋丧，岁月已久，但见祸谪，未闻昌延"；"如汝德业，尚早合出身，由吾被谤年深，使汝负才自弃"；"炎荒万里，毒瘴充塞，汝已久病，来此伴吾。……一寐不觉，便为古人。茫茫上天，岂知此痛！"① 这里，既表现了诗人对家族凋丧以及因己被谪连累他人而感到的焦虑不安，也流露出他因弟早于兄亡一事所产生的心理重压。

其次是恶劣环境给他身体造成的严重摧残。如上所说，宗直之死委实与他的南行有关，设若不经受那"炎荒万里，毒瘴充塞"的尘劳困顿和环境侵袭，他决不会"年才三十"即与世长辞；由此推进一步，既然宗直之死与长途跋涉和荒恶的环境有关，那么对比他年长且久病的宗元来说，"炎荒万里，毒瘴充塞"意味着什么，不就很清楚了吗？事实上，宗元至柳州后，旧病未愈，又添新疾。其《寄韦珩》云：

> 初拜柳州出东郊……独赴异域穿蓬蒿。炎烟六月咽口鼻，胸鸣肩举不可逃。桂州西南又千里，漓水斗石麻兰高。阴森野葛交蔽日，悬蛇结虺如蒲萄。……奇疮钉骨状如箭，鬼手脱命争纤毫。今年噬毒得霍疾，支心搅腹戟与刀。迩来气少筋骨露，苍白瀞汩盈颠毛。②

可见，诗人历经艰辛到达贬所，不久即染上多种病患，如箭钉骨的奇疮和支心搅腹的霍疾无疑与贬所极度恶劣的自然环境有关，而气少力衰、筋骨毕露、白发苍然、形容憔悴的情状，除与环境有关外，更源于十多年来接连不断的精神打击和心灵摧残！正是在这些打击、摧残和炎暑、毒虫、瘴气、疾病的交攻下，年仅四十七岁的诗人终于殒命柳州，终于没能活着走出贬所。后人有感于此而慨然长叹："嗟乎！孤臣去国，万里投荒，今古同悲，可胜道哉！"③

---

① 《柳宗元集校注》卷四一《祭弟宗直文》，第2650~2651页。

② 《柳宗元集校注》卷四二《寄韦珩》，第2760页。

③ 《乾隆柳州府志》卷二八《迁谪》，《中国地方志集成·广西府县志辑》第23册，第355页。

与恶劣的自然环境和客观条件对贬谪诗人造成的肉体戕害相关，贬所落后的文化氛围以及来自社会的舆论压力则给他们带来了沉重的精神磨难。

在唐代，相比起黄河中下游一带文化发达地区来，江湘、岭南、黔中等不少地区的文化水准都比较低下，风俗也较落后，向被视为蛮夷之地；而由于贬逐之臣所至处所多为远恶州郡，则其文化水准较一般情况更为低下自不待言。韩愈《送区册序》曰：

> 阳山，天下之穷处也。……县郭无居民，官无丞尉，夹江荒茅篁竹之间，小吏十余家，皆鸟言夷面。始至言语不通，画地为字，然后可告以出租赋、奉期约：是以宾客游从之士无所为而至。①

元稹《酬乐天东南行诗一百韵》述通州情形曰：

> 夷音啼似笑，蛮语谜相呼。……乡里家藏蛊，官曹世乏儒。敛缗偷印信，传箭作符繻。椎髻抛巾帼，镩刀代辘轳。当心鞙铜鼓，背弝射桑弧。②

地域的偏僻、吏民的稀少、语言的难懂、风俗的卑陋和文化设施的缺乏，乃是其文化落后的主要标志。这样一种文化气氛，对来自政治、经济、文化极为繁荣之京城的贬谪诗人来说，显然是格格不入的。一方面，置身这样的偏僻处所，信息闭塞，几乎与整个社会隔绝；缺少能谈到一起的朋友，孑然独处，精神倍感孤独。《旧唐书・刘禹锡传》云：禹锡贬朗州司马，“地居西南夷，土风僻陋，举目殊俗，无可与言者。”③刘禹锡自述道：“及谪官十年，居僻陋，不闻世论。……时态高下，无从知耳。”④柳宗元亦谓：“自吾居夷，不与中州人通书”⑤、“自吾

① 《韩昌黎文集校注》卷四《送区册序》，第298~299页。

② 《元稹集校注》卷一二《酬乐天东南行诗一百韵》，第366~367页。

③ 《旧唐书》卷一六〇《刘禹锡传》，第4210页。

④ 《刘禹锡全集编年校注》卷一五《答道州薛郎中论书仪书》，第1741页。

⑤ 《柳宗元集校注》卷二一《读韩愈所著毛颖传后题》，第1435页。

为僇人，居南乡，后之颖然出者，吾不见之也。”①便反映了这种信息闭塞的情况。另一方面，中原人士向来鄙视南蛮，这种习俗观念在贬谪诗人身上也有明显体现，加之与当地民众语言不通，更加深了相互之间的隔阂，并使得贬谪诗人益发感到孤独。韩愈诗云：“远地触途异，吏民似猨猴。生狞多忿很，辞舌纷嘲啁”②、“夷言听未惯，越俗循犹乍。指摘两憎嫌，睢盱互猜讶”③；白居易诗云：“前在浔阳日，已叹宾朋寡。忽忽抱忧怀，出门无处写。今来转深僻，穷峡巅山下。……巴人类猿狖，矍铄满山野。敢望见交亲，喜逢似人者”④、“安可施政教？尚不通语言”⑤；柳宗元诗云：“竟夕谁与言？但与竹素俱”⑥、“郡城南下接通津，异服殊音不可亲。……愁向公庭问重译，欲投章甫作文身”⑦。从这些诗句不难看出，对贬谪诗人来说，贬所几乎是作为一种异质文化而存在的，而这异质文化之水准又是如此低下，以致使他们在孤独的体验中，不能不产生出浓郁的苦闷情怀和一种文化意义上的被弃感。

不独如此，贬谪诗人到达贬所后，还要经受由地位变化而导致的心理失落以及社会歧视、上司压迫等精神折磨。白居易一再声言：“司马人间冗长官”⑧、“面瘦头斑四十四，远谪江州为郡吏”⑨；元稹亦谓：“蓬阁深沉省，荆门远慢州。课书同吏职，旅宦各乡愁。”⑩与元、白等人相比，柳宗元的情况较为特殊，在《永州法华寺新作西亭记》中，他自述道：“余时谪为州司马，官外乎常员”⑪，所谓“俟罪非真吏，翻惭奉简书”⑫，指的便是这种“官外乎常员”的情况。柳集

① 《柳宗元集校注》卷二四《送澥序》，第1591页。

② 《韩昌黎诗系年集释》卷三《赴江陵途中寄赠王二十补阙李十一拾遗李二十六员外翰林三学士》，第307页。

③ 《韩昌黎诗系年集释》卷二《县斋有怀》，第242~243页。

④ 《白居易诗集校注》卷一一《自江州至忠州》，第848页。

⑤ 《白居易诗集校注》卷一一《征秋税毕题郡南亭》，第878页。

⑥ 《柳宗元集校注》卷四三《读书》，第3098页。

⑦ 《柳宗元集校注》卷四二《柳州峒氓》，第2839页。

⑧ 《白居易诗集校注》卷一五《得微之到官后书备知通州之事怅然有感因成四章·其四》，第1207页。

⑨ 《白居易诗集校注》卷一六《谪居》，第1264页。

⑩ 《元稹集校注》卷一一《酬许五康佐》，第334页。

⑪ 《柳宗元集校注》卷二八《永州法华寺新作西亭记》，第1857页。

⑫ 《柳宗元集校注》卷四三《韦使君黄溪祈雨见召从行至祠下口号》，第2974页。

韩注云："公为永州员外司马，故曰'非真吏'。"①员外司马者，司马之编外人员也。如前所述，司马已是一个令人惭颜的空位了，何况又是员外？难怪柳氏要一再以吏自指了。尽管元和逐臣包括柳宗元在内皆非真正的吏，他们即使被贬，还是朝廷官员，但就其与吏相同的实际处境讲，却必然要受到人们的歧视，并受到上司的欺压。柳宗元诗云："沉埋全死地，流落半生涯。入郡腰恒折，逢人手尽叉"②，韩愈诗云："逾岭到所任，低颜奉君侯"③、"判司卑官不堪说，未免捶楚尘埃间"④，便真切地反映了他们在贬所受到的歧视和低人一等的自我感觉。

除此之外，贬谪诗人受到的另一重精神磨难，便是来自社会舆论的强大压力。这种情况，突出地表现在柳宗元、刘禹锡身上。由于柳、刘二人的主要参政实践是永贞元年进行的革新活动，而要革弊图新，势必会触动不少人的既得利益，并因不能满足一些人的不合理请求而得罪他们，所以在柳、刘被贬之后，墙倒众人推，各种流言、诽谤纷纷而起，大有"世人皆欲杀"之势。刘禹锡《上杜司徒书》云："是非之际，爱恶相攻；争先利途，虞相轧则衅起；希合贵意，虽无嫌而谤生。……加以吠声者多，辨实者寡，飞语一发，胪言四驰。"⑤《上淮南李相公启》云："骇机一发，浮谤如川，巧言奇中，别白无路。"⑥柳宗元在《答问》中借问者之口描述自己被贬后的情状说："独被罪辜，废斥伏匿。交游解散，羞与为戚，生平向慕，毁书灭迹。他人有恶，指诱增益；身居下流，为谤薮泽。"⑦在《寄许京兆孟容书》中，他进一步说道："伏念得罪来五年，未尝有故旧大臣肯以书见及者。何则？罪谤交积，群疑当道，诚可怪而畏也。"⑧刘、柳的上述言论，清晰地反映了他们被贬后为人诽谤、攻击乃至冷落、歧视的情形。

---

① 《柳宗元集校注》卷四三《韦使君黄溪祈雨见召从行至祠下口号》，第 2976 页。

② 《柳宗元集校注》卷四二《同刘二十八院长述旧言怀感时书事奉寄澧州张员外使君五十二韵之作因其韵增至八十通赠二君子》，第 2676 页。

③ 《韩昌黎诗系年集释》卷三《赴江陵途中寄赠王二十补阙李十一拾遗李二十六员外翰林三学士》，第 307 页。

④ 《韩昌黎诗系年集释》卷三《八月十五夜赠张功曹》，第 273 页。

⑤ 《刘禹锡全集编年校注》卷一四《上杜司徒书》，第 1522 页。

⑥ 《刘禹锡全集编年校注》卷一四《上淮南李相公启》，第 1587 页。

⑦ 《柳宗元集校注》卷一五《答问》，第 1072 页。

⑧ 《柳宗元集校注》卷三〇《寄许京兆孟容书》，第 1955 页。

这些流言、诽谤，有的来自政敌，有的来自想向上爬而苦于无路故攻击失势之人以迎合贵意者，有的则出于幸灾乐祸者之口。我们知道，柳、刘参加的王叔文政治革新集团失败以后，便被朝廷定为万死不赦的政治罪人，杀的杀，贬的贬，不仅已无丝毫还手之力，而且也难以东山再起了。当此之际，攻击、责骂他们，既不会遭到反驳和报复，又可以博得权贵乃至君主的欢心，则何乐而不为！韩愈与柳、刘为好友，柳、刘被贬时，他恰好遇赦，由阳山徙掾江陵，并谋求返朝。在此期间的一些诗作中，他虽然为柳、刘作了一些开脱："数君匪亲岂其朋。……吾尝同僚情可胜？"①但也不无怀疑；"同官尽才俊，偏善柳与刘。或虑语言泄，传之落冤仇"②，怀疑自己的被贬与二人有关。至于对王叔文等人，韩愈则极尽攻击、谩骂之能事："嗣皇传冕旒……首罪诛共吺"③，"小人乘时偷国柄。……天位未许庸夫干。"④韩愈抱此态度固然是有一定原因的（见后文），但从更广泛的意义看，它却无疑代表了当时对王叔文集团大加挞伐的社会思潮。与韩愈有所不同，元稹最初对宪宗之内禅是不满的，这由其《贞元历》、《永贞二年正月二日上御丹凤楼赦天下予与李公垂庾顺之闲行曲江不及盛观》诸诗可以看出。然而，时隔不久，在他任左拾遗后写的《论教本书》中，便改变了态度，以致"宪宗览之甚悦"⑤；而在其《献事表》中，更说出了这样的话语："陛下以上圣之姿，绍复前统，即位之日，天下惟新。罪叔文之徒而凶邪之党散……"⑥在这里，元稹的态度急转直下，并将王叔文集团比作"凶邪之党"，如果联系到他此前对宪宗的不满和此后与刘、柳的交往来看，则很难说他在此讲的是真心话，在很大程度上，无非是迫于时事，人云亦云，为自己的进取来讨好君主而已。可也正是在这里，我们发现了问题的关键所在：其一，由于王叔文集团是作为一个整体存在的，所以，韩、元之攻击王叔文等，便自觉不自觉地将柳、刘包括在了其中；其

① 《韩昌黎诗系年集释》卷三《永贞行》，第353页。

② 《韩昌黎诗系年集释》卷三《赴江陵途中寄赠王二十补阙李十一拾遗李二十六员外翰林三学士》，第306页。

③ 《韩昌黎诗系年集释》卷三《赴江陵途中寄赠王二十补阙李十一拾遗李二十六员外翰林三学士》，第307页。

④ 《韩昌黎诗系年集释》卷三《永贞行》，第352~353页。

⑤ 《旧唐书》卷一一六《元稹传》，第4331页。

⑥ 《元稹集校注》卷三二《献事表》，第894页。

二，作为柳、刘好友的韩愈以及对宪宗颇为不满、对革新集团亦无恶感的元稹，当时事变易之际，尚且翻覆其手，那么对前述那些革新集团的政敌和趋炎附势者来说，又该如何，不就可想而知了吗？反过来看，柳、刘被贬之后，不仅要承受整个社会舆论的巨大压力，而且还难以见谅于昔日的友人，在这种情况下，贬谪诗人怎么能不因精神上的重重折磨而生出无可底止的苦闷？

这是一种凝聚着孤独、屈辱、悲伤和近乎绝望的苦闷。如果说，恶劣的自然环境曾给他们的躯体以直接侵袭，落后的文化环境曾给他们的生活带来了严重的困难，但尽管如此，他们还有治愈的希望和习惯的可能，那么，来自社会的歧视和舆论便给予他们精神上以更为惨重的打击，并在他们心灵上烙下了永难磨灭的印痕。如果说，在此惨重打击下，贬谪诗人所受到的人格凌辱还只是表层现象，那么，在此人格凌辱的背后，则分明呈现出他们对混浊人世无比愤恨而欲尽早摆脱生活之累的绝望之感来。刘禹锡说自己“寒心销志，以生为惭”①，柳宗元更明确表示：“恬死百忧尽，苟生万虑滋②、“鸣玉机全息，怀沙事不忘！”③显然，假如内心苦闷没有到达极点，他们绝难产生一死的念头；尽管他们最终还是活了下来，在浮谤如川的舆论压力下，在艰难百端的谪居环境中，顽强地活了下来，但经受着日益沉沦的生命磨难，这样活着不是愈发加剧了他们的苦闷程度么？

第三节　元和逐臣的三大悲感

初踏贬途的仓皇促迫，来到贬所后的各种磨难，已使人品尝到了贬谪生活那难以言状的苦涩。然而，这并不是元和逐臣心理苦闷的全部内涵。随着谪居时间的延长，一种被弃感、被拘囚感和生命荒废感不断强化，由此，他们的生命沉沦和心理苦闷便必然地跨入第三阶段。

第三阶段是前两阶段的自然延续，其时间因素表现得最为突出。如前所述，在元和逐臣踏上贬途经艰辛跋涉终于到达贬所并开始谪居生活这一生命沉沦的过

① 《刘禹锡全集编年校注》卷一四《上杜司徒书》，第 1521 页。

② 《柳宗元集校注》卷四三《哭连州凌员外司马》，第 2956 页。

③ 《柳宗元集校注》卷四二《弘农公以硕德伟才屈于诬枉左官三岁复为大僚天监昭明人心感悦宗元窜伏湘浦拜贺未由谨献诗五十韵以毕微志》，第 2702 页。

程中，其个体生命均遭到了各种各样的严酷摧残，其政治生命则因与政治文化中心之京城的日益隔离而逐渐萎缩，甚至在一定程度上濒于死亡。我们知道，古代士大夫的生命价值是由个体生命与其政治生命交织在一起体现的，欠缺其一，即不健全，而当二者同步衰减，尤其是当这同步衰减经过了漫长的时间流程时，必然导致生命整体的极大贬值。事实上，元和逐臣的生命价值因了贬谪已经锐减，而由于孤独、苦闷、几无出头之日的谪居生活的折磨，便益发强化了他们早已存在的被弃感。是的，作为被整个社会群体和所属文化圈子抛弃了的一批“罪人”，他们在远离政治文化中心的一个偏僻角落，饱尝忧患磨难，很少有人记得起他们。他们对社会来说，似乎已失去了用处；社会对他们来说，则犹如一个逐渐陌生了的世界。当此之际，他们不能不深深体验到被抛弃后的无限痛苦。

当然，这种被弃感因生命沉沦程度、谪居生活久暂的不同而有所不同，以元稹的两次被贬为例，便可略见个中情形。

元稹于元和元年被贬河南尉，因刚步入仕途，树敌不多，即使被贬，也还存在着起复的希望，加之贬地为条件较好的河南府，以致朝廷执政尚且“对上以河南掾尉非贬官”①之说来搪塞，所以便不会形成太过强烈的沉沦体验。从被贬的具体过程看，他在元和元年九月与裴度“共贬河南亚大夫”②，当年即丁母忧，在家中度过了两年多的时间；至四年二月，“服除之明日，授监察御史”③。这样也就不至于产生多么明显的被弃之感。可是，到了元和五年被贬江陵时，情形便有所不同。据元稹自述：“予为监察御史，劾奏故东川节度使严砺，籍没衣冠等八十余家，由是操权者大怒；分司东台日，又劾奏宰相亲，因缘遂贬江陵士曹耳。”④可见，他这时树敌已多，积怨不少，且又得罪了宦官，故无论被贬性质还是所贬地域，均较初次要严重得多。但其中有三点情况尚需注意：其一，此时元稹正年少气盛，时时以直道自砺，不至于因一贬而萎靡不振。其二，元被贬时，李绛、崔群曾两次上疏相救，白居易更是竭尽全力，三上表章，极论元不当贬。

① 《元稹集校注》卷三一《上门下裴相公书》，第 876 页。

② 《元稹集校注》卷一九《西归绝句十二首》其三，第 594 页。

③ 《白居易文集校注》卷三三《唐故武昌军节度处置等使正议大夫检校户部尚书鄂州刺史兼御史大夫赐紫金鱼袋赠尚书右仆射河南元公墓志铭》，第 1927 页。

④ 《元稹集校注》卷二一《酬乐天闻李尚书拜相以诗见贺》，第 631 页。

这些举动，无疑增强了元稹对自我的正向判断和肯定。其三，也是更重要的一点，乃是元稹有背景。当时朝中裴垍为相，而元素为裴所赏识，元和四年他之能脱谪籍升任监察御史，即由于裴“一二明之”①，予以提拔；而此次被贬盖因正道直行，弹劾不法之徒，故无疑可以得到裴的同情和援助。由于有此三点原因，所以元稹充满自信，料定此贬将会增加自己的正直名声，而且不久还将重返朝廷。正是怀着这种心理，他被贬时“酣歌离岘顶，负气入江陵”②；并在赴江陵途中和至江陵以后写下不少表露壮怀、慷慨激烈的诗歌。所谓“我虽失乡去，我无失乡情。惨舒在方寸，宠辱将何惊”③、“霆轰电烻数声频，不奈狂夫不藉身。纵使被雷烧作烬，宁殊埋骨飏为尘？”④便是他当时心态的真切表露。然而，当年十一月，裴垍因中风病，“疾益锢，罢为兵部尚书”⑤，这对元稹来说，绝不是什么好消息；接着，次年正月李吉甫回朝任相，因吉甫与裴垍不谐，故上任伊始，为裴提拔的李绛即被逐出翰林院，李藩亦被罢相职⑥；到了三月，裴垍就死去了。这一连串的事件，对元稹无疑产生了重大影响，在《感梦》诗中，他这样说道：“前时予掾荆，公在期复起。自从裴公无，吾道甘已矣！”⑦其中流露的，乃是浓郁的失望情绪。既知不能很快回朝，则其被抛弃之感便自然迅速增加。尽管在此后一段时间里，元稹为了摆脱逆境，曾一度依附江陵尹、荆南节度使严绶和身为宦官的监军使崔潭峻⑧，但结果还是没有得到朝廷起用，在江陵贬所一待就是五年。到了元和十年，他虽被召回京城，但旋又出为通州司马。这时的元稹，已不复有五年前初赴江陵时那意激气烈的少年心性了，代之而起的，是因前途渺茫而生发的无限悲凄，是将被永久抛弃无所归属而愈益沉重的苦闷情怀。在《上兴元权尚书启》中，他记述当时情况说：“吏通之初，有言通之州幽阴险蒸，瘴之甚者。私又自怜其才命俱困，恐不能复脱于通。由是生心，悉所为文，留置友善，冀异

① 《元稹集校注》卷三一《上门下裴相公书》，第 876 页。

② 《元稹集校注》卷一一《纪怀赠李六户曹崔二十功曹五十韵》，第 318 页。

③ 《元稹集校注》卷一《思归乐》，第 1 页。

④ 《元稹集校注》卷一八《放言五首》其三，第 552 页。

⑤ 《旧唐书》卷一四八《裴垍传》，第 3990 页。

⑥ 《旧唐书》卷一四《宪宗纪上》，第 434 页。

⑦ 《元稹集校注》卷七《感梦》，第 202 页。

⑧ 关于元稹与严、崔二人的关系，本书第四章第一节已有详述，此不赘述。

日善恶不忘于朋类耳。”①似乎已将回朝的希望彻底打灭。其《酬乐天东南行诗一百韵》在历述了自己的贬谪遭际后说道：“光阴流似水，蒸瘴热于炉。……懒学三闾愤，甘齐百里愚。耽眠稀醒素，凭醉少嗟吁。学问徒为尔，书题尽已于。”②看透了世事，沉醉于酒乡，借以麻痹自我的灵魂，了此残生，这不是失望、苦闷又是什么？这种失望、苦闷随着贬谪诗人谪居时间的延续，变得益发浓郁、沉重。请看：

雨滑危梁性命愁，差池一步一生休。黄泉便是通州郡，渐入深泥渐到州！③

定觉身将囚一种，未知生共死何如？饥摇困尾丧家狗，热暴枯鳞失水鱼。④

三千里外巴蛇穴，四十年来司马官。瘴色满身治不尽，疮痕刮骨洗应难。⑤

尚书入用虽旬月，司马衔冤已十年。若待更遭秋瘴后，便愁平地有重泉。⑥

这里有自我的现实失落，有屈辱、苦难的深刻印痕，有对个体生命的无限忧恐，也有急切盼归的焦虑不安，它们聚合在一起，年复一年，日复一日地啮噬着诗人的心灵，搅扰着他的意绪，深化着他对被抛弃之生命的体验。

显而易见，对贬谪诗人被抛弃感程度起决定作用的，除了贬谪地域远恶的空间因素外，便是谪居生涯久长的时间因素了。就元稹的两次贬谪来看，后者的被抛弃感之所以较前者沉重，在很大程度上取决于谪居时间的漫长。他所谓“司马衔冤已十年”、“四十年来司马官”，虽不无夸大之辞，但却反映了通过时间投影

① 《元稹集校注》补遗卷二《上兴元权尚书启》，第1448页。
② 《元稹集校注》卷一二《酬乐天东南行诗一百韵》，第368~369页。
③ 《元稹集校注》卷二〇《酬乐天雨后见忆》，第618页。
④ 《元稹集校注》卷二一《酬乐天得微之诗知通州事因成四首》其四，第629页。
⑤ 《元稹集校注》卷二一《酬乐天见寄》，第625页。
⑥ 《元稹集校注》卷二一《酬乐天闻李尚叔拜相以诗见贺》，第631~632页。

而形成的诗人的心理真实。在这里，一方面是客观时间，另一方面是心理时间；心理时间通过客观时间的作用而发生变化，但二者又非同步，当贬谪诗人不仅感觉到了客观时间的久长，而且还意识到返朝无望因而度日如年时，其心理时间便会大大超过客观时间的长度，其被弃感比起实际的被弃来，在程度上也将有过之而无不及。

综观元和逐臣的谪居时间，如上所述，元稹初贬历时不久，再贬自元和五年直至十四年由通至虢、再由虢州返朝（是年年底）止，共十年有余。白居易自元和十年八月贬江州始，至十四年春抵忠州，十五年夏返朝，历时近六年。韩愈自贞元十九年十二月初贬阳山，一年多后徙掾江陵，元和元年六月前还京；十四年春再贬潮州，十月量移袁州，十五年九月召还，两次时间加起来，不足五年。在这里，由于诸人谪居时间不尽相同，因而势必对其被弃的心理感受产生不同的影响。

白居易的情况较为特别。一方面，在长达六年的谪居生涯中，他虽然也饱尝了忧患磨难，但由于我们在下一章中将要谈到的超越意识的作用，使得他能竭力从人生苦难、生命沉沦中超拔出来，因而，他的被弃感和内心苦闷在元和逐臣中表现得最为淡薄；但另一方面，他超越忧患的努力从实质上看却无异于强作达观，在他那些忘怀得失的词语背后，同样涌动着被抛弃后痛苦情感的潜流。如果说，他在《我身》中所谓“我身何所似，似彼孤生蓬。秋霜剪根断，浩浩随长风。昔游秦雍间，今落巴蛮中。昔为意气郎，今作寂寥翁”①，表现的还只是一般意义上的被弃感受，那么，他在《自题》中所谓“一旦失恩先左降，三年随例未量移。马头觅角生何日？石火敲光住几时？”②以及在《除忠州寄谢崔相公》中所谓“剑锋缺折难冲斗，桐尾烧焦岂望琴？……忠州好恶何须问，鸟得辞笼不择林”③，便将此被弃感具体化、深入化了，其中流露的，分明是一种因时间推移而迅速增长的焦虑苦闷和希求援引而急不可耐的心情。由此看来，白居易最为人所称道的那种与世无争、自足自适的意绪，在某种意义上，不过是他用以对付忧

① 《白居易诗集校注》卷一一《我身》，第 866 页。
② 《白居易诗集校注》卷一七《自题》，第 1353 页。
③ 《白居易诗集校注》卷一七《除忠州寄谢崔相公》，第 1410 页。

患、慰藉自我的心理补偿手段而已。

与元、白相比，韩愈的被弃感似乎更强烈一些，但也较为短暂。说它短暂，是因为韩愈两次被贬时间皆不长，随着他很快离开贬所、被召还京，其被弃感受、苦闷情怀也就逐渐消退，不至于对他的心理、人生产生过大的影响；说它强烈，是因为韩愈两次被贬都是在极度的仓皇促迫中，在冰冻雪封的严寒季节踏上贬途的，而且所贬地域是那样的遥远、荒恶，此一被贬，不仅形同流放，要受到意想不到的各种折磨，而且还朝希望极为渺茫，甚至连能否活下来都不可知，这些因素，无疑大大加剧了他的被弃感受。在诗作中，韩愈一再说出这样一些话来："不知四罪地，岂有再起辰？"①"仰视北斗高，不知路所归。"②"嗟我亦拙谋，致身落荆蛮。茫然失所诣，无路何能还？"③"我弃愁海滨，恒愿眠不觉。……哀哉思虑深，未见许回棹。"④而在《琴操十首》中，他更从多方面细致地描述了这种被弃的深刻体验，如最具代表性的《履霜操》即借尹吉甫之子伯奇无罪而为后母所逐一事为喻，痛苦地说道：

父兮儿寒，母兮儿饥。儿罪当笞，逐儿何为？儿在中野，以宿以处。四无人声，谁与儿语？儿寒何衣？儿饥何食？儿行于野，履霜以足。母生众儿，有母怜之；独无母怜，儿宁不悲？⑤

这里，一种巨大的心理苦闷通过一个极简单又涵盖面极广的故事再明显不过地表露出来：孩子被逐出家园，失去了父母之爱，流落荒野，饱尝被抛弃的辛酸。由于独被抛弃，所以不能无怨，而怨的旨归则在于唤起父母对孩儿的怜悯，使此被弃之子能得到与其他儿子一样的待遇。刘辰翁读此诗谓："不怨，非情也，乃怨也，此乃《小弁》之志欤？又饥寒履霜，反复感切，真可以泣鬼神矣！"⑥陈沆说得

① 《韩昌黎诗系年集释》卷一一《赠别元十八协律六首》其四，第1200页。
② 《韩昌黎诗系年集释》卷一一《宿曾江口示侄孙湘二首》其一，第1208页。
③ 《韩昌黎诗系年集释》卷一一《宿曾江口示侄孙湘二首》其二，第1209页。
④ 《韩昌黎诗系年集释》卷一一《答柳柳州食虾蟆》，第1210页。
⑤ 《韩昌黎诗系年集释》卷一一《履霜操》，第1237页。
⑥ 《韩昌黎诗系年集释》卷一一《履霜操》集说，第1239页。

更直捷："此即《至潮州谢表》所谓'臣负罪婴衅，自拘海岛，瞻望宸极，神魂飞去。伏望陛下天地父母哀而怜之'者也。"①显然，韩愈在此表现的是一种因被抛弃而悲怨苦闷、悲怨苦闷中又夹杂着乞求哀怜的复杂感情。这种感情，心理学称之为分离焦虑，亦即当人被迫离开自己熟悉的旧事物、旧环境而接触到陌生的新事物、新环境时，当这新事物、新环境对自己构成巨大的威胁，而自己又没有能力来对付时，便必然会为此焦虑不堪，希望逃避眼前现实而回到固有的生活中去。这种分离焦虑说到底，是由对惩罚的恐惧造成的，所以，心理学家指出："孩子与其说是因为爱不如说是因为恐惧才终日围着母亲裙边转的。这一点颇具讽刺意味，然而却千真万确。他害怕由于自己企图获得独立而招致母亲的报复。"②由此看来，韩愈在《履霜操》《潮州刺史谢上表》等作品中以父母喻君主并乞求哀怜的言论，一方面固然表现了他性格中的脆弱性和依附性，但另一方面又何尝不是出于人性本能的对被抛弃的恐惧？对报复的恐惧？而且这种恐惧一日不消除，他的被弃感和心理苦闷就会延续下去。

然而，韩愈毕竟被贬时间不算太长，很快就离开了贬所。相比之下，柳宗元、刘禹锡几乎半生时间都在万死投荒中度过，他们因被弃而生发的苦闷情怀最为沉重，因而自可当之无愧地作为贬谪诗人的典型代表。

柳、刘被贬地域之远恶已见前述，至于谪居时间之久长，实乃元和逐臣之冠。永贞元年(805)，二人被贬永州、朗州，在两地一待就是十年。接着，柳宗元在柳州又居近五年，直至身死贬所，共计十五年。刘禹锡于元和十年(815)五月转徙连州；十四年底因母卒扶柩北上，十五年(820)在洛阳丁母忧，至穆宗长庆元年(821)冬，除夔州刺史；四年(824)夏，转和州刺史；至敬宗宝历二年(826)冬，返回洛阳，直至文宗大和元年(827)六月，才被朝廷除授主客郎中，分司东都，脱离了谪籍。这一过程，若按实际谪居时间算，共计二十一年；如果加上在洛阳丁母忧的两年时间，则长达二十三年。

在这漫长的谪居生涯中，伴随着接连不断的政治打击和自我尊严的沉重失

① 《韩昌黎诗系年集释》卷一一《履霜操》集说，第1239页。

② ［美］C. S. 霍尔著，陈维正译：《弗洛伊德心理学入门》，商务印书馆，1985年，第84~85页。

落，柳宗元、刘禹锡深深陷入了被永久性抛弃的苦闷之中。如果再做一次简略的回顾，那么，我们便会对此被弃之苦闷产生进一步的理解。

永贞元年九月，柳、刘被贬邵、连二州刺史，结果，“朝议谓王叔文之党或自员外郎出为刺史，贬之太轻”①，于是再贬为永、朗二州司马。这时柳、刘二人刚行至荆南，接到诏令，内心痛苦可想而知；到达贬所后，恶劣的自然环境、陌生、落后的文化氛围、家庭的重大变故以及顺宗、王叔文的相继死去，从不同方面都给他们带来了极大的刺激，可就在此时，朝廷又一次严厉申明：柳、刘诸人“纵逢恩赦，不在量移之限”②，这就不仅将他们与“二王”一起划为永不得翻身的政治罪人，而且从根本上断绝了他们回朝的希望。在这种情况下，柳、刘面临着两种选择：一是以死殉志，表示自己对混浊人世的抗议，解脱生的痛苦；一是在逆境中活下来，不断努力，不断抗争，达到自我拯救的目的。关于前者，如上所述，柳、刘二人确曾生发过一死的念头，但他们之所以没有死，乃是因为他们尚存自信，还没有彻底绝望。柳宗元说得明白：“既受禁锢而不能即死者，以为久当自明。”③当然，“尚顾嗣续，不敢即死”④也是柳宗元活下来的一个原因，但相比起来，坚信自己是受冤屈的、事情真相终将大白的意念无疑是其中更为重要的因素。关于后者，柳、刘也是尽了最大努力的。由于他们确信自己是无罪的，所受待遇是极不公正的，因而必然会受到一种本能力量的驱使，诉说、发泄内心的无比忧怨，以求得公正，恢复自我的尊严。心理学认为：“本能因受阻力而不能释放其全部能量，这就是‘目的抑制’（aim-inhibited）。遭到目的抑制的本能常常产生强烈的对象性发泄和持久的内驱力，因为紧张不能完全被解除。结果，没有解除的刺激便不断提供能量，以保持其对象性发泄作用。”⑤柳、刘的情况便是如此。他们受本能驱使的对象性发泄，一方面表现为下章将要详述的对政敌的反击，另一方面表现为向朝内亲友以及当权者的陈情、请求。诚如柳宗元所

① 《资治通鉴》卷二三六永贞元年，第7745页。
② 《旧唐书》卷一四《宪宗纪上》，第418页。
③ 《柳宗元集校注》卷三〇《与裴埙书》，第1993页。
④ 《柳宗元集校注》卷一二《先侍御史府君神道表》，第758页。
⑤ 《弗洛伊德心理学入门》，第89页。

谓："仕于世，有劳而见罪，凡人处是，鲜不怨怼忿懥，列于上，诉于下，此恒状也。"①考察柳、刘二人在贬谪后发泄忧怨、请求援引的信函，达数十件之多，其中有给许孟容、杨凭、裴埙、萧俛、李建（柳）、杜佑、李绛、裴度（刘）等故旧亲朋的，也有给李夷简、赵宗儒、李吉甫等大僚，甚至像严绶、武元衡这样一些革新派的反对者的。在这些信函中，言辞之痛切、呼救之急迫，令人读之泪下。然而，希望是那样的渺茫，失望却接踵而来，而当其他贬官被接连起用，自己却毫无被赦的音信时，这种失望便愈加沉重。元和四年初，同为"八司马"的程异被朝廷召回，"擢为侍御史，复为扬子留后"②。这件事虽然给柳、刘带来了一线希望，证明他们还有被起用的可能，但同时也使他们在对照之下倍感苦闷，刘禹锡所谓"一自谪居，七悲秋气。越声长苦，听者谁哀？汤网虽疏，久而犹诖。失意多病，衰不待年。心如寒灰，头有白发……自同类牵复，又已三年"③，乃是这种苦闷意绪的典型表露。在《陪永州崔使君游宴南池序》中，柳宗元慨然长叹："席之贤者，率皆左官蒙泽，方将脱鳞介，生羽翮，夫岂趑趄湘中，为憔悴客耶？余既委废于世，恒得与是山水为伍！"④这里表现的，则是一种更为凄楚、沉痛的被弃感受。

好不容易等到了元和十年，柳、刘被朝廷召回，但接踵而来的打击顷刻间便再一次粉碎了他们重新燃起的希望。史载：

> 王叔文之党坐谪官者，凡十年不量移，执政有怜其才欲渐进之者，悉召至京师；谏官争言其不可，上与武元衡亦恶之，三月乙酉，皆以为远州刺史，官虽进而地益远。永州司马柳宗元为柳州刺史，朗州司马刘禹锡为播州刺史。宗元曰："播非人所居，而梦得亲在堂，万无母子俱往理。"欲请于朝，愿以柳易播。会中丞裴度亦为禹锡言曰："禹锡诚有罪，然母老，与其子为死别，良可伤！"上曰："为人子尤当自谨，勿贻亲忧，此则禹锡重可责

① 《柳宗元集校注》卷二三《送薛判官量移序》，第1550页。

② 《旧唐书》卷一三五《程异传》，第3737页。

③ 《刘禹锡全集编年校注》卷一四《上杜司徒启》，第1633页。

④ 《柳宗元全集校注》卷二四《陪永州崔使君游谯南池序》，第1601页。

也。”……明日，禹锡改连州刺史。①

这里有几点需要注意：其一，“谏官争言其不可”，说明社会舆论尚未消失，反对派力量颇大。其二，“上与武元衡亦恶之”、“此则禹锡重可责也”，说明宪宗和武元衡对十年前的旧事仍衔恨在心，必欲重责，致之恶地，所谓“但要与恶郡，岂系母在”②是也。因而，他们乃是柳、刘此贬的关键所在。其三，“官虽进而地益远”，说明这是一次更沉重的打击，由此导致的贬谪诗人的被弃感和生命沉沦程度亦必弥甚。其四，“刘禹锡为播州刺史”，据孟棨《本事诗·事感第二》说，是因了禹锡所作《元和十年自朗州承召至京戏赠看花诸君子》一诗，被人诬其有怨愤而招致的报复。由此看来，在同时被贬诸人中刘禹锡所受打击最重，君主专制制度的严酷和残暴在此表现得也最为突出。尽管刘禹锡后被改派连州刺史，但由此造成的心灵创伤却难以平复，而且扶持着八旬老母踏上贬途，“自发郴州，便染瘴疟，扶策在道，不敢停留”③，岂不愈发增加了内心的痛楚？所以，在《谢门下武相公启》中，刘禹锡悲怆地说道：

某一坐飞语，废锢十年。昨蒙征还，重罹不幸。诏命始下，周章失图。吞声咋舌，显白无路。④

十年的生命沉沦已使人艰辛备尝，而刚被征还旋又遭弃的打击更使人椎心泣血！人的权利被全部剥夺，人的尊严受到粗暴践踏，当此仅有的一点希望也已断绝之际，刘禹锡乃至柳宗元怎能不怀着永被抛弃的沉重苦闷，吟出一曲曲抒怀泄怨的苍凉悲歌？

十年憔悴到秦京，谁料翻为岭外行！伏波故道风烟在，翁仲遗墟草树平。直以慵疏招物议，休将文字占时名。今朝不用临河别，垂泪千行便

① 《资治通鉴》卷二三九元和十年，第7831页。
② （唐）赵璘：《因话录》，上海古籍出版社，1979年，第72页。
③ 《刘禹锡全集编年校注》卷一五《谢上连州刺史表》，第1707页。
④ 《刘禹锡全集编年校注》卷一五，第1709页。

濯缨。①

去国十年同赴召，渡湘千里又分歧。重临事异黄丞相，三黜名惭柳士师。归目并随回雁尽，愁肠正遇断猿时。桂江东过连山下，相望长吟有所思。②

这是两位志同道合生死与共的好友再赴贬所行至衡阳分手时的诗作，令人读来，为之泪下。一个“憔悴”，道尽了十年间的凄风苦雨；一个“重临”，饱含着现实的深哀巨痛；回首往昔，曾因“不识几微”、“一心直遂”③而招来了积毁销骨的无穷“物议”；举目未来，等待他们的将是那天各一方更其惨重的生命沉沦。当然，这时的柳宗元，尚未意识到此一被弃将再也难以生返故园，而这时的刘禹锡，亦未曾料到此一为别便与好友永远分手再难谋面，可是，作为一个既定事实，这次更为严酷的打击却已在他们心灵上烙下了永被抛弃的深刻印痕，他们已经很少有力量再与命运之神搏斗了。宋人葛立方有言：“柳子厚可谓一世穷人矣；永贞之初得一礼部郎，席不暖，即斥去为永州司马，在贬所历十一年。至宪宗元和十年，例召至京师，……乃复不得用，以柳州去。由永至京，已四千里；自京徂柳，又复六千，往返殆万里矣。故赠刘梦得诗云‘十年憔悴到秦京，谁料翻为岭外行’，赠宗一诗云‘一身去国六千里，万死投荒十二年’是也。呜呼！子厚之穷极矣！观赠李夷简书云：‘曩者齿少心锐，径行高步，不知道之艰，以陷于大厄。穷踬殒坠，废为孤囚，日号而望十四年矣！’……则子厚望归之心为如何！然竟不生还，毕命于蛇虺瘴疠之区，可胜叹哉！”④这段感慨无穷的话语，似可作为柳宗元以及刘禹锡被弃感的有力注脚。

上述被弃感和实际的被弃曾使柳、刘等元和逐臣产生了浓郁的心理苦闷，而与此被弃感紧相关联的被拘囚感，更从不同方面进一步加剧了这苦闷的程度。

---

① 《柳宗元集校注》卷四二《衡阳与梦得分路赠别》，第 2800 页。

② 《刘禹锡全集编年校注》卷四《再授连州至衡阳酬柳柳州赠别》，第 373 页。

③ 《柳宗元集校注》卷三〇《寄许京兆孟容书》，第 1956 页。

④ （宋）葛立方撰：《韵语阳秋》卷一一，（清）何文焕辑：《历代诗话》，中华书局，2004 年，第 567~568 页。

贬谪诗人的被拘囚感主要是由三种因素决定的，一是自然环境的包围。由于贬官所至处所大多遥远荒恶，或山高谷深，或局促狭小，致使人的视野乃至心境受到很大的空间阻遏，故极易形成被拘一隅不见天地的感觉。二是朝廷的律令限制。如元和十二年四月敕文即明确规定："应左降官流人，不得补职，及流连宴会，如擅离州县，具名闻奏。"①是年十月敕文再一次申明："自今以后，流人不得因事差使离本处。"②而早在元和六年，即有关于"准贞元十八年五月十九日敕，自今以后，流人左降官，称遭忧奔丧者，宜令所司，先奏听进止"③的奏议。贬官不得擅离贬所，甚至连奔丧都被禁止，只能在一个狭小的范围内活动，这不是拘囚是什么？当然，有时也有例外，如元和十四年底，刘禹锡母卒，即被允准扶柩北上；但在多数情况下却无此特例，如元和元年，柳宗元母卒于贬所，他只能眼望"灵车远去而身独止"④；与柳同时被贬的凌准也是"居母丧，不得归"⑤，所谓"高堂倾故国，葬祭限囚羁"⑥，指的便是这件事。三是谪居时间的久长，这是最重要的一点。如前所述，漫长的谪居生涯曾使得贬谪诗人无不产生强烈的被弃之感，同理，在"一经贬官，便同长往；回望旧里，永无还期"⑦的煎熬中，贬谪诗人的被拘囚感也势必日益浓重。

如果说，人类的天性便是追求自由、热爱自由，那么，上述三个因素聚合一途，恰恰构成了对自由的极大限制，对人性的无情压抑。虽然这种限制和压抑同时也激发了人对自由的更大渴望，但由于这渴望是难以实现的，因而便自然导致了受本能驱使的欲念与受现实约束的行动、相对自由的精神与极不自由的躯体之间的矛盾冲突，并最终将重重苦闷沉重地积压在人的心头。

综观元和逐臣的诗文集，这种身在贬所有如囚犯盼望自由而不可得的苦闷是普遍存在的。白居易向以达观见称，却也屡生羁囚之感："幽独已云极，何

① 《唐会要》卷四一《左降官及流人》，第 736 页。
② 《唐会要》卷四一《左降官及流人》，第 737 页。
③ 《唐会要》卷四一《左降官及流人》，第 736 页。
④ 《柳宗元集校注》卷一三《先太夫人河东县太君归祔志》，第 827 页。
⑤ 《柳宗元集校注》卷一〇《故连州员外司马凌君权厝志》，第 691 页。
⑥ 《柳宗元集校注》卷四三《哭连州凌员外司马》，第 2956 页。
⑦ (唐)陆贽：《三奏量移官状》，《全唐文》卷四七五，第 4850 页。

必山中居？”①“始知真隐者，不必在山林。”②“剑埋狱底谁深掘？松偃霜中尽冷看。举目争能不惆怅，高车大马满长安！”③元稹这类感触更多，也更浓郁：“鹤笼闲警露，鹰缚闷牵鞲。”④“云水兴方远，风波心已惊。可怜皆老大，不得自由行！”⑤“留君剩住君须住，我不自由君自由。”⑥“定觉身将囚一种，未知生共死何如？”⑦刘禹锡则一再沉痛地表述：“湘沅之滨，寒暑一候。阳雁虽到，华言罕闻。猿哀鸟思，啁啾异响。暮夜之后，并来愁肠。怀乡倦越吟之苦，举目多似人之喜。俯视遗体，仰安高堂。悲愁惴栗，常集方寸。”⑧“某久罹宪网，兀若枯株。当万类咸悦之辰，抱穷途终恸之苦。……嗟乎！一身主祀，万里望枌榆之乡；高堂有亲，九年居蛮貊之地。”⑨在这些或悲伤，或激愤，或痛楚，或抑郁的词语中，我们不是可以清晰地感触到贬谪诗人那被拘一隅失去自由的苦闷情怀吗？

然而，这种被拘囚感最突出、最集中的表现，却是在柳宗元那里。“春风无限潇湘意，欲采蘋花不自由。”⑩可以说，柳的整个后半生都处在这种渴盼自由和极不自由的境遇之中。以他的初贬为例，即可明了其中情形。由于永州四周多山，石多田少，虫蛇遍布，满目荒凉，因而首先使诗人感到一种沉重的压抑；而诗人的体弱多病，数遭火恐，更使他产生出对贬地的极大厌倦。虽然他也有“时到幽树好石，暂得一笑”的时候，但紧随这一笑之后而来的，却是那百忧攻心的“已复不乐”。为什么呢？诗人回答说：“譬如囚拘圜土，一遇和景出，负墙搔摩，伸展支体，当此之时，亦以为适，然顾地窥天，不过寻丈，终不得出，岂复能久为舒畅哉？”⑪“圜土”者，狱城也。将自己比作监狱中的囚犯，而这囚犯“顾

① 《白居易诗集校注》卷七《闲居》，第 643 页。

② 《白居易诗集校注》卷八《玩新庭树因咏所怀》，第 697 页。

③ 《白居易诗集校注》卷一五《得微之到官后书备知通州之事怅然有感因成四章》其四，第 1207 页。

④ 《元稹集校注》卷一一《酬许五康佐》，第 334 页。

⑤ 《元稹集校注》卷一五《遣行十首》其八，第 484 页。

⑥ 《元稹集校注》卷二〇《喜李十一景信到》，第 614 页。

⑦ 《元稹集校注》卷二一《酬乐天得微之诗知通州事因成四首》其四，第 629 页。

⑧ 《刘禹锡全集编年校注》卷一四《上杜司徒书》，第 1524 页。

⑨ 《刘禹锡全集编年校注》卷一四《上门下武相公启》，第 1643 页。

⑩ 《柳宗元集校注》卷四二《酬曹侍御过象县见寄》，第 2886 页。

⑪ 《柳宗元集校注》卷三〇《与李翰林建书》，第 2008 页。

地窥天，不过寻丈，终不得出”，这该是何等沉重的苦闷呵！怀着这种苦闷，柳宗元愤怒地发问：

吾缧囚也，逃山林入江海无路，其何以容吾躯乎？①

这是《答问》中的话语，其中流露的，分明是贬谪诗人地老天荒无所归属的大寂寞与大悲哀。尽管在此《答问》的篇末，诗人聊以自慰地说道：“尧舜之修兮，禹益之忧兮，能者任而愚者休兮。跹跹蓬藋，乐吾囚兮。文墨之彬彬，足以舒吾愁兮。已乎已乎，曷之求乎！”②但这种暗含强烈不满近乎自嘲的正话反说，不是愈发展示了他“逃山林入江海无路”的心理苦闷吗？在那篇著名的《囚山赋》中，诗人的这种苦闷更是得到了淋漓尽致的表述：

楚越之郊环万山兮，势腾踊夫波涛。纷对回合仰伏以离迾兮，若重墉之相褒。争生角逐上轶旁出兮，其下坼裂而为壕。欣下颓以就顺兮，曾不亩平而又高。沓云雨而渍厚土兮，蒸郁勃其腥臊。阳不舒以拥隔兮，群阴沍而为曹。侧耕危获苟以食兮，哀斯民之增劳。攒林麓以为丛棘兮，虎豹咆㘎代狴牢之吠嗥。胡井眢以管视兮，穷坎险其焉逃？顾幽昧之罪加兮，虽圣犹病夫嗷嗷。匪兕吾为柙兮，匪豕吾为牢。积十年莫吾省者兮，增蔽吾以蓬蒿！圣日以理兮，贤日以进，谁使吾山之囚吾兮滔滔？③

四周环抱、绵延逶迤的山峦，高低不平、极不开阔的地势，卑湿郁蒸、阴阳拥隔的气候，荆棘遍野、虎啸豹嗥的环境，仿佛构成了一张密不透风、令人窒息而又险怪百端、令人恐惧的大网，在这大网的笼罩下，诗人怎能不生被拘囚之感？而他在这大网中苦熬竟达十年之久，又怎能不使这被拘囚感强烈至极呢？所以，他既将山林比作陷阱，又将山林比作牢狱，不仅厌倦，而且几达深恶痛绝的地步。柳集《补注》引宋人晁补之的评论说：

① 《柳宗元集校注》卷一五《答问》，第 1072 页。
② 《柳宗元集校注》卷一五《答问》，第 1074 页。
③ 《柳宗元集校注》卷二《囚山赋》，第 170 页。

> 语云：“仁者乐山。”自昔达人，有以朝市为樊笼者矣，未闻以山林为樊笼也。宗元谪南海久，厌山不可得而出，怀朝市不可得而复，丘壑草木之可爱，皆陷阱也，故赋《囚山》。淮南小山之辞亦言“山中不可以久留”，以谓贤人远伏，非所宜尔，何至以幽独为狴牢，不可一日居哉？①

这段话一方面正确地分析了柳宗元赋《囚山》的原因，另一方面却责备他“以幽独为狴牢”，有悖“仁者乐山”之旨。这说明晁氏并未深切体察诗人的处境和心理矛盾。事实上，在柳宗元这里展现的，乃是一种明显而剧烈的矛盾心态，亦即对自然既喜爱又厌恶、对朝市既厌恶又向往的心态。一方面，从中国古代文人的处世态度看，往往是得志时以入世为主，失意时以出世为主，而他们一般是失意时居多，故而身在朝市却心慕山林，遂表现出与自然相亲和的倾向。对一般文人来说，大自然既是逃避社会的场所，又是陶冶身心、实现自由人格的地方。柳宗元作为古代文人中的一分子，当然不会例外。炎凉的世态、人间的倾轧，他是有过切身体验的，因而，他对朝市具有一种铭心刻骨的反感；而从他有名的“永州八记”来看，他对自然山水确是怀有深挚的眷恋之情的。然而，另一方面，柳宗元与一般的古代文人又有很大不同，他是作为被朝廷放逐、抛弃的“罪人”来到山林中的，这就首先使他失去了一般文人常有的那种对山林主动追求的心性；而他所置身之“山林”又是如此荒远、冷落、恶劣，在整体上缺乏令人怡情悦性的恬美色彩，这就又给了他一种客观的外在压抑；更为重要的是，尽管他厌恶朝市的混浊，但他却需要利用朝市来发挥自己的才能，实现“利安元元”的经纶壮志，以弥补其事业已达鼎盛之际而被逐出朝所造成的巨大损失，同时，亦欲借返朝来洗刷政敌强加给自己的不实罪名。基于此，他不能不向慕朝市而厌恶山林，不能不将所待之地视作樊笼，把己身视作羁囚，甚至一天也不想在此待下去。不想待下去，却非待不可；想返回朝市，又无计可施，这便大大加剧了他心理苦闷的程度。进一步看，他憎恶的对象表面是山林，但实质上无知觉的山林不过是他借以泄怨的一个替代物而已，不过是某种政治势力的象征而已，在它的背后，深隐着整个专制制度那凶恶残暴的巨影！“圣日以理兮，贤日以进，谁使吾山之囚吾兮

① 《柳宗元集校注》卷二《囚山赋》集评，第175页。

滔滔？”显而易见，这句反问中充溢着诗人的无比激愤。既然圣理贤进，而柳宗元并非不肖，为什么还要被拘囚于山林之中？既然他这样的贤能志节之士还被拘囚，那么所谓“圣”，所谓“贤”，又从何谈起？这样看来，柳的以山林为拘囚，正是以声东击西的手法对统治者残酷压抑人才扼杀人才之行为的愤怒抗议。柳宗元在永州时的好友吴武陵曾在柳为柳州刺史后向朝中执政申言：

> 古称一世三十年，子厚之斥十二年，殆半世矣！霆砰电射，天怒也，不能终朝；圣人在上，安有毕世而怒人臣耶？①

这话说得何等透彻！其中又包含多少激愤！专制君主“毕世而怒人臣”，这不正是柳宗元被长久拘囚和他之所以赋《囚山》的深层原因吗？

按吴武陵的话来理解，则柳宗元被囚被弃几达半世，而刘禹锡已近一世。在如此漫长的谪居生涯中，他们饱尝忧患，度日如年，熬白了双鬓等老了心，仍无出头之日，一种至深至切的生命荒废感怎能不如文火般不断地、愈来愈烈地炙烤着他们的灵魂？

于是，元和逐臣的第三重悲感，便不能不是一种发自内心的生命荒废的沉重感受。

这种生命的荒废感是与贬谪诗人现实的被抛弃、被拘囚紧紧联系在一起的，而这被弃、被囚的生命沉沦又导致了贬谪诗人对个体生命的深刻体认。我们知道，人的生命是短暂的，又是宝贵的。唯其短暂，才益发见出了宝贵；唯其宝贵，才弥足令人珍视。所以，在中国古代文人那里，无不具有一种深刻的生命意识，他们不仅重视生命的生理时间，而且更重视生命的现实时间，也就是说，生命的生理时间是有限的，不可延长的，但他们却希望通过在现实中的努力作为来增加生命之生理时间的有效性，以使自己在同样长度的时间内做出更多的事情。当然，人生的挫折是不可避免的，它必然会减少生命的实际时间，因而，在挫折中奋起，努力抗争，以自我的顽强拼搏为生命的发挥效用开拓出一条通道，便形成了古代文人生命意识中最有光彩的部分。然而，摆在贬谪诗人面前的现实却

① 《新唐书》卷二〇三《吴武陵传》，第5792页。

是：由于恶劣的自然环境的侵袭，人的身心健康不断受到破坏，生命的生理时间可怕地缩短着；由于远离了他们熟悉的文化环境和社会政治中心，英雄失去了用武之地，而在贬所所任官职大多有职无权，致使大好生命白白耗费于穷山恶水之中，因而生命的现实时间也在飞速流逝；更为重要的是，他们虽希望从挫折中奋起，作过多次的挣扎、努力，但却如同石沉大海，前景渺茫，甚至还要受到更加沉重的打击；壮盛之年就这样缓慢而又迅速地度过，取而代之的是那惊心的白发和衰老的心境。面对这生命的沉沦和空耗，他们怎能不痛心疾首？又怎能不生出生命荒废的强烈感受？须知，他们都曾是抱着齐天宏愿而欲利用生命大有作为的呵！

人对生命看得愈重，由此导致的痛苦便愈深；人愈是执著于自我，便愈是难以摆脱焦虑和苦闷；人愈是痛感于时间的无情，无情的时间就给人愈为残酷的报复。请看：

> 呜呼！以不驻之光阴，抱无涯之忧悔。当可封之至理，为永废之穷人！闻弦尚惊，危心不定。垂耳斯久，长鸣孔悲。①
>
> 伊我之谪，至于数极。长沙之悲，三倍其期。……稽天道与人纪，咸一偾而一起。去无久而不还，棼无久而不理。何吾道之一穷兮，贯九年而犹尔？②
>
> 某遭不幸，岁将二纪。虽累更符竹，而未出网罗。亲知见怜，或有论荐。如陷还泞，动而愈沉。甘心终否，无路自奋。③

这是刘禹锡的自述，其中充满痛苦、焦虑和时间折磨下的苦闷，但所有这些又无不源于贬谪的打击以及诗人对生命、自我、时间的全身心的关注。再请看：

> 少时陈力希公侯，许国不复为身谋。风波一跌逝万里，壮心瓦解空缧

① 《刘禹锡全集编年校注》卷一四《上中书李相公启》，第1649页。

② 《刘禹锡全集编年校注》卷一四《谪九年赋》，第1671~1672页。

③ 《刘禹锡全集编年校注》卷一七《谢裴相公启》，第1864页。

> 囚。缧囚终老无余事，愿卜湘西冉溪地。却学寿张樊敬侯，种漆南园待成器。①
>
> 摧伤之余，气力可想。假令病尽已，身复壮，悠悠人世，越不过为三十年客耳。前过三十七年，与瞬息无异。复所得者，其不足把玩，亦已审矣。②
>
> 悲夫！人生少得六七十者，今已三十七矣。长来觉日月益促，岁岁更甚，大都不过数十寒暑，则无此身矣。是非荣辱，又何足道！③

这是柳宗元的表白，与前引刘禹锡的自述相比，这表白似稍有不同：其一，由壮心的瓦解、生命的废弃而转生归田之念，欲借此解脱苦闷的缠绕；其二，在对人生命历程之短暂的深切体悟中，感到人生不足恃，是非荣辱不足道。表面看来，柳宗元在这里少了一些执著，而多了一些抽身退步的放旷，少了一点欲罢不能的悲怀，而多了一点自解自慰的超然。可是，只要我们向深处探察一步，便会立即发现，这乃是执著人故作超然语，其超然的背后，正滚动着“立身一败，万事瓦裂，身残家破，为世大僇”④之痛苦情感的轩然大波！昔日陈力希公侯的意念他是很难忘怀于心的，壮心瓦解被拘一隅的现实境遇只能愈发强化他对生命荒废的感受，是非荣辱之念几已深入骨髓，岂是轻易可以抹去的？而欲学后汉樊重之种漆南园以待成器的举动，更表露了一种不畏流言、执着信念的精神。因为事情很明显，一个“悲夫”，道尽了人生的凄凉：人的生命本即短暂，“前过三十七年，与瞬息无异”，再过“数十寒暑，则无此身矣”，如此短暂的生命行程，本应抓紧利用，干出一番事业，可现实却将他牢牢束缚于穷山恶水之中，只能眼看着“日月益促，岁岁更甚”的时光空空流逝，大好的生命日益沉沦、白白耗费，当此之际，他不可能不感到一种揪心的痛苦。内心本极痛苦，却强作无所谓之态，不是愈发反证了他的痛苦是无法排解的吗？

综观柳宗元的言行，确曾表现过一些希望归田终老的欲念和借佛理、山水以

① 《柳宗元集校注》卷四三《冉溪》，第 2997 页。
② 《柳宗元集校注》卷三〇《与李翰林建书》，第 2009 页。
③ 《柳宗元集校注》卷三〇《与萧翰林俛书》，第 1999 页。
④ 《柳宗元集校注》卷三〇《寄许京兆孟容书》，第 1957 页。

排遣苦闷的倾向。所谓“为农信可乐，居宠真虚荣。乔木余故国，愿言果丹诚”①、“皇恩若许归田去，晚岁当为邻舍翁”②；所谓“浮图诚有不可斥者……凡为其道者，不爱官，不争能，乐山水而嗜闲安者为多。吾病世之逐逐然唯印组为务以相轧也，则舍是其焉从?”③便是这种欲念和倾向的明证。固然，所有这些都是柳宗元的真实想法，而且在一定时期还表现得比较浓烈，但问题的关键在于，柳宗元本质上是一个执著型的诗人，他性格中刚直峻切、固执信念的成分过重，因而即使想超然也难以超然得成。以其出游山水为例，即可看到，他往往是“暂得一笑，已复不乐”④，在“步登最高寺，萧散任疏顽”之后，接踵而来的便是那“赏心难久留，离念来相关”⑤；刚刚领略到了一点“始至若有得，稍深遂忘疲”的乐趣，马上又被牵拽到了“去国魂已游，怀人泪空垂”⑥那永久的现实悲患之中。苏轼评柳诗曰：“忧中有乐，乐中有忧”⑦，事实上，在柳宗元那里，乐只是暂时的，忧却是永恒的，在他身上似乎总有一种无形而巨大的牵拽力量，时时刻刻在发挥作用，将他拖向苦闷的深渊。大凡他独游山水的时候，便是他最孤独的时候，他宣称人生无谓的时候，便是他被弃感、被拘囚感和生命荒废感最沉重的时候，而他寄身佛理、盼望归田的时候，则是他心灰意冷最感绝望的时候。正是由于此，所以我们说，柳宗元的苦闷和刘禹锡一样，在很大程度上源于对生命的过度重视、对自我的顽强执著以及对时间的全力关注。如果不是这样，如果他们换一种活法，漠视生命、摆脱自我、淡化时间意识，超然物外，自得自适，那么其心理苦闷便绝不至于像现在这样沉重。

正由于柳宗元从根本上做不到这一点，所以他才在遥遥无期的谪居生涯中，经受了比一般人剧烈得多的精神折磨，并由此一步步导致了他的性格变异。心理学告诉我们，刺激是随着时间的延长而递减的，也就是说，当刺激已达到其阈限

① 《柳宗元集校注》卷四三《游石角过小岭至长乌村》，第2914页。

② 《柳宗元集校注》卷四二《重别梦得》，第2806页。

③ 《柳宗元集校注》卷二五《送僧浩初序》，第1680~1681页。

④ 《柳宗元集校注》卷三〇《与李翰林建书》，第2008页。

⑤ 《柳宗元集校注》卷四三《构法华寺西亭》，第2921~2922页。

⑥ 《柳宗元集校注》卷四三《南涧中题》，第2908页。

⑦ （宋）胡仔撰，廖德明校点：《苕溪渔隐丛话》前集卷十九引，人民文学出版社，1962年，第123页。

的时候，此后的刺激便难以产生像初次刺激那样明显的心理反应；但从另一面看，这种递减只是对刺激强度之反应的递减，而并非受刺激者对刺激之感知深度的递减。事实上，由于刺激的反复作用，由于时间的沉潜力量，被刺激者极易形成一种固定化了的、潜意识的心态以及与之相应的性格特征。柳宗元的情况便是如此。一方面，接连不断的政治打击使他对自己被抛弃、被拘囚和生命荒废的感受特别敏锐、特别深刻，另一方面，长期谪居所经历的各种忧患磨难又使他对外界刺激产生了一种适应性，在感受上相对迟钝和冷漠；一方面，他确实想摆脱樊笼的拘囚，并为此做过多种努力，另一方面，他也因希望渺茫而不得不将巨大悲苦沉潜于心底，以沉默寡言、反视内省的态度来应付并漠视外界的事变。在《与萧翰林俛书》中，他这样说道："自料居此尚复几何，岂可更不知止，言说长短，重为一世非笑哉？读《周易·困卦》至'有言不信，尚口乃穷'也，往复益喜，曰：'嗟乎！余虽家置一喙以自称道，诟益甚耳。'用是更乐喑默，思与木石为徒，不复致意。"①很明显，柳宗元这种自甘喑默、思与木石为徒的态度，既可以谓之为一种心理防卫的方式，也可以说是由时间推移和刺激重复所造成的性格变异。在诗中他曾一再申言："远弃甘幽独"②、"寂寞固所欲"③、"岁月杀忧栗，慵疏寡将迎"④，这些诗句，无不展示出诗人性格向忧郁、冷漠变化的轨迹。心理学家指出：

> 冷漠是一种奇特的状态，它是人防卫打击以免于实质损伤的一种方式。当然它如果持续过久，人也会遭到时间的损伤。在我看来，冷漠似乎是人格遭受重大挫伤后借以暂时栖身的一种自卫奇迹。

这是一个问题的两个方面：本意是出于自卫，但由于保持冷漠的时间过久，自然容易使其在性格上固定下来，所以：

① 《柳宗元集校注》卷三〇《与萧翰林俛书》，第1999页。
② 《柳宗元集校注》卷四二《酬娄秀才将之淮南见赠之什》，第2726页。
③ 《柳宗元集校注》卷四三《夏初雨后寻愚溪》，第2971页。
④ 《柳宗元集校注》卷四三《游石角过小岭至长乌村》，第2914页。

> 这种状态持续愈久，冷漠也就愈是迁延下去并最终发展为一种性格状态。这种漠然状态意味着从旋风般的要求中退避出来，面对高强度刺激无动于衷；意味着由于深恐被激流淹没而站在一边不予响应。①

柳宗元的情形正是如此。由于长期处于被抛弃、被拘囚般的环境，处于忧郁苦闷、不与世接的冷漠状态，因而不能不使他一变昔日外向型的激切心性为内向型的自甘喑默，而且也不能不使他因旷日持久的外在压抑和自我压抑遭受到严重的“时间的损伤”。从实质上看，这种损伤与对象的缺乏亦即人与外在世界的强迫性疏远紧相关联；而作为其结果，则表现为一种集苦闷、悲伤、忧愤于一体而又难以言状的精神空落感。在《对贺者》一文中，柳宗元说自己“尝静处以思，独行以求”，但到头来却是“茫乎若升高以望，溃乎若乘海而无所往”；在文章的最后，他更是如此说道：

> 嘻笑之怒，甚乎裂眦，长歌之哀，过乎恸哭。庸讵知吾之浩浩非戚戚之尤者乎？②

这是何等沉痛的表白！又是何等悲怆的一问！表面之“浩浩”为内心之“戚戚”，而且是“戚戚之尤者”，这种表里悖反的情形，不正说明贬谪诗人的精神状态已达百忧攻心、万感交集、悲欢难言、哀乐莫辨的地步了么？不正反映了他那想排遣苦闷而不得、欲麻痹神经而不能、历久弥新、无可底止的人生感恨么？

第四节 脱离谪籍后的心灵烙印

上面，我们通过踏上贬途、初至贬所和长久谪居三大阶段，较为详细地论述了元和逐臣生命沉沦和心理苦闷的演进过程，在这一过程中我们看到，他们的生命由沉沦、磨难而一步步贬值，被抛弃、被拘囚，甚而至于荒废，他们的心理也

---

① H. S. 沙利文：《精神病交谈》，第184页，转引自［美］罗洛·梅著，冯川译：《爱与意志》，国际文化出版公司，1987年，第23页。

② 《柳宗元集校注》卷一四《对贺者》，第910页。

由惶恐、焦虑而一步步发展为孤独、苦闷、忧郁，直至产生性格的变异。固然，由于他们各自情况的不同，生命沉沦和心理苦闷的程度也是不同的，但就他们个人的人生经历而言，就他们身心所遭受到的各种创伤而言，贬谪都毫无疑问地标志着一种最沉重的忧患和最深刻的生命体验。正是贬谪，打破了他们生活的宁静和心理的平衡，颠倒了他们的人生信仰和价值观念，使他们怀着被抛弃的巨大忧愤和悲凉，在苦海中挣扎呼救，在风雨中寻觅家园，在迷途中辨认方向，在绝望中吞咽泪水，长期地甚至永久地陷入了人类那原始的悲患、痛苦之中。

那么，当贬谪诗人脱离了谪籍之后，他们的心理苦闷是否就消失了呢？回答是否定的。固然，由于结束了生命沉沦的过程，摆脱了贬所自然环境和社会环境的直接刺激，这种苦闷不再像以前那样强烈了，随着生命价值的重新确认，某些人的苦闷也确实在朝愈来愈淡的方向发展。但是，既然贬谪给人造成的是一种巨大的深刻的身心创伤，则此创伤就不会很快平复，而且即使表面平复了，创伤留下的疤痕仍在，那深入骨髓的痛苦体验也常常会以回忆的形式泛起在心头，并在隐显明暗的交叉中影响着他们的精神生活。进一步说，贬谪诗人虽然离开贬所回到了朝廷，但摆在他们面前的道路并不都是一帆风顺的，他们还会遇到各种各样的社会阻力和人生坎坷，而他们饱经苦难的人生经验也将导致他们对此作出独特的认识和选择，当这种认识和选择一旦与他们那寂寞的心灵相拍合并凝聚为新的忧患感的时候，便自然会以不同于以前的苦闷的形式表现出来。

如前所述，元和逐臣除柳宗元殒身贬所外，其余四人历经艰苦磨难最后均陆续返回朝廷，他们回朝后的心态，以苦闷的变化为中心，大致可分为淡化、延续、沉潜三种类型。

韩愈、元稹属于第一种类型亦即淡化型。他们的心理苦闷之所以渐趋淡化，固然与其贬谪经历有关(如韩愈受到的打击虽重，但贬谪时间却较短)，但更重要的原因在于，他们回朝后，沉沦的生命得到了相应的补偿，自我和人生具有一种充实感。韩愈于元和十五年九月返朝，先任国子祭酒，旋转兵部侍郎，接着亲赴镇州招抚王廷凑叛军，回来后又改任吏部侍郎，转京兆尹，兼御史大夫，后虽与李绅一度磨擦，但均属意气之争，韩所任官职亦只在兵部、吏部侍郎间摆动。据《新唐书》卷四六《百官志一》，兵部侍郎正四品下，吏部侍郎正四品上，这样的品级在朝官中已不算低，而高品级官职不仅能在一定程度上使人获得心理的满足，同时也确实给人提供了发挥才干的条件。因而，昔日的苦闷情怀不能不在韩愈身上渐趋淡化，代之而起的，乃是“窜逐三年海上归，逢公复此著征衣。旋吟佳句还鞭马，恨不身先去鸟飞”①的精锐之气，以及“事随忧共减，诗与酒俱还”②、“幸有用余俸……未有旦夕忧”③的知足情怀。

与韩愈的情形相比，元稹的政治遭际要复杂一些。元和十四年底，元稹返朝任膳部员外郎，不久转祠部郎中、知制诰，旋又召入翰林，为中书舍人、承旨学士，长庆二年，升任宰相。在这段时间里，由于我们下章将要谈到的一些特殊原因，元稹曾受到众多朝臣的轻视讥讽，同时，又因与裴度的矛盾冲突，罢相出为同州刺史，两年后改授越州刺史，兼御史大夫、浙东观察使。这一连串的事件，不能不使他一度颇感苦闷，所谓“论才赋命不相干，凤有文章雉有冠。羸骨欲销犹被刻，疮痕未没又遭弹”④、“二十年来谙世路，三千里外老江城。犹应更有前途在，知向人间何处行?”⑤便真实地勾勒了他苦闷心理的发展轨迹。然而，这种苦闷与昔日被贬时的苦闷在性质、程度、久暂上又是颇有差异的。首先，由于他在朝时主要处于激烈的竞争环境之中，并通过竞争达到了人臣官职的最高位，他的出任同州刺史，在很大程度上即由此竞争所致，因而便不仅使他的苦闷具有了一种向上求进的竞争性质，而且在一定程度上也因获得高官后的心理满足而有所补偿和弱化。其次，元稹在为相、出官前后曾做了不少有实际意义的工作，诸如“变诏书体，务纯厚明切，盛传一时”⑥；精心绘制京西京北州镇烽戍道路图进呈君主，以助边备；依法严劾长庆元年进士科试之不公，打击请托恶习；在同州均定税籍，“与唐前期的均田制名同实异”，“成为元稹的著名政绩”⑦；所有这些，无疑使他昔日的苦闷在忙碌、充实的生活中得到了相应的缓解和淡化。最后，元稹只有两年并握有实权的同州刺史之任，虽然使他产生过离开朝廷的痛苦，却难以给他造成实质性的损伤，也因时间的短暂而少了往昔那种被抛弃、被拘囚般的

① 《韩昌黎诗系年集释》卷一二《奉使镇州行次承天行营奉酬裴司空相公》，第1312页。
② 《韩昌黎诗系年集释》卷一二《和仆射相公朝回见寄》，第1334页。
③ 《韩昌黎诗系年集释》卷一二《南溪始泛三首》其二，第1361页。
④ 《元稹集校注》卷二一《寄乐天二首》其二，第643页。
⑤ 《元稹集校注》卷二二《寄乐天》，第654页。
⑥ 《新唐书》卷一七四《元稹传》，第5228页。
⑦ 范文澜：《中国通史》第三册，第285页。

压力；而到了越州以后，情形就愈为不同了。史载："会稽山水奇秀，稹所辟幕职，皆当时文士，而镜湖、秦望之游，月三四焉。而讽咏诗什，动盈卷帙。……稹既放意娱游，稍不修边幅，以渎货闻于时。凡在越八年。大和初，就加检校礼部尚书。三年九月，入为尚书左丞。振举纪纲，出郎官颇乖公议者七人。……会宰相王播仓卒而卒，稹大为路歧，经营相位。四年正月，检校户部尚书，兼鄂州刺史、御史大夫、武昌军节度使。"①由此看来，元稹这十余年间坐镇方面，寄情诗文山水间，心境总的来说是较为轻松的；而他的渎货行为和设法谋取相位的举动，更从一个侧面说明：他已很少有当年寂寞心了。

刘禹锡属于第二种类型，亦即苦闷延续型。与韩、元二人相同的是，刘返朝后亦颇欲有所作为，以弥补长期贬谪所造成的生命损失，所谓"闻说功名事，依前惜寸阴"②、"犹有登朝旧冠冕，待公三入拂埃尘"③，即此不甘寂寞心态之表露；但与韩、元二人不同的是，时代虽然将他从生命沉沦的逆境中解救出来，却没能给他创造进一步施展身手的条件；他本人虽仍保持着激切劲健、博取功名的心性，却不具备夤缘附势、屈己从人的手段；加之刘禹锡又特富诗人气质——"我本山东人，平生多感慨"④，而"感慨"在某种意义上不仅是心理苦闷的结果，而且是引发苦闷心理的原因；所有这些，无疑都预示着他返朝后的道路是不平坦的，他对昔日的痛苦经历是难以忘怀的，而他的苦闷情怀也是不会淡化和终结的。

唐敬宗宝历二年(826)冬，刘禹锡罢和州刺史任返归洛阳，终于脱离了漫长而沉重的谪籍。在归途中，他与白居易在扬州相遇。故旧握手，抚今追昔，感慨万千，遂以诗篇赠酬。白诗云：

为我引杯添酒饮，与君把箸击盘歌。诗称国手徒为尔，命压人头不奈何。举眼风光长寂寞，满朝官职独蹉跎。亦知合被才名折，二十三年折

① 《旧唐书》卷一六六《元稹传》，第4336页。

② 《刘禹锡全集编年校注》卷七《罢郡归洛阳闲居》，第703页。

③ 《刘禹锡全集编年校注》卷九《酬淮南牛相公述旧见贻》，第1037页。

④ 《刘禹锡全集编年校注》卷三《谒枉山会禅师》，第280页。

太多！①

刘诗云：

> 巴山楚水凄凉地，二十三年弃置身！怀旧空吟闻笛赋，到乡翻似烂柯人。沉舟侧畔千帆过，病树前头万木春。今日听君歌一曲，暂凭杯酒长精神。②

这是两首广为传诵的名篇。白诗主要在劝慰对方，劝慰中充满无限同情，这同情与对对方才名的称许合在一起，益发反跌出贬谪诗人所受挫折之沉重。刘诗紧承白诗语意，重在自叹，叹的内容有三：其一，叹自我生命之沉沦、废弃于巴山楚水竟达二十三年之久；其二，叹饱经磨难出得苦海竟人事变迁、恍如隔世；其三，叹见在之身犹如病树、沉舟，而此沉舟侧畔、病树前头竟有千帆驶过、万木葱茏！这三叹表明，贬谪诗人内心充溢着一种巨大的惆怅、难言的悲凉和沉重的自我失落，它预示着贬谪诗人因背负生命长久沉沦的重荷而自觉不自觉地与现实世界所拉开的距离，并在更深的层次上透露出他那块垒难消的不平之气。不是吗？“诗称国手”却“徒为尔”，“满朝官职”竟“独蹉跎”，白居易的话，正深刻道出了刘禹锡“二十三年弃置身”的全部委屈。当然，白居易将其根源归之于“命”，无疑是避实就虚之举，但对刘禹锡来说，便不能不对这“命”的真正意义进行深刻的思考，也不能不用别一种眼光来观察这个曾将他抛弃的社会；而他之所以与现实社会很难拍合并深感苦闷，恐怕主要原因即在于此。

刘禹锡回朝后所面临的最敏感的问题是对他数十年前被贬一事究竟取何态度。这时，当年革新集团的政敌诸如俱文珍、武元衡、宪宗李纯等多已物故，社会上对革新派成员的议论、讥讽也已渐趋平息，而由于裴度、窦易直等人的荐拔，刘禹锡于大和元年被授以主客郎中，分司东都；在这种情况下，如果他不旧事重提，不刺激反对派，倒也能获得心理的平静，甚至得到官职的升迁。然而，

---

① 《白居易诗集校注》卷二五《醉赠刘二十八使君》，第 1957 页。

② 《刘禹锡全集编年校注》卷六《酬乐天扬州初逢席上见赠》，第 689 页。

刘禹锡却偏偏具有激切刚直的心性，生长了一颗不安定的灵魂。无罪被贬的遭遇本已使他忧愤难平，如今终于回朝的胜利更使他内心涌动着一股缅怀往事感慨系之的发泄欲望。于是，当他于大和二年春来到长安重游玄都观时，便挥笔写下了那首有名的《再游玄都观绝句》，放言宣称："百亩庭中半是苔，桃花净尽菜花开。种桃道士归何处？前度刘郎今独(又)来！"据诗前小引，诗人"贞元二十一年为屯田员外郎，时此观未有花。是岁出牧连州，寻贬朗州司马。居十年，召至京师，人人皆言有道士手植仙桃，满观如红霞。遂有前篇，以志一时之事。旋又出牧，今十有四年，复为主客郎中。重游玄都，荡然无复一树，唯兔葵燕麦动摇于春风耳。因再题二十八字，以俟后游。"①由此看来，玄都观的象征意义是再明显不过的了，观中桃花的盛衰，不仅喻示着政局的变化，而且关合着诗人的命运；当年桃花盛开时，诗人作有《元和十年自朗州承召至京戏赠看花诸君子》诗，中有"玄都观里桃千树，尽是刘郎去后栽"之语，因而遭到比一般人更沉重的打击；如今荡然无复一树，政敌亦零落殆尽，而诗人却大难不死，终于回得朝廷，当此之际，一个"前度刘郎今又来"，内涵该是何等的丰富！它带有胜利者的自豪，包含着对政敌的嘲笑，并向世人传递了诗人本是清白无辜的信息。如果说，这首诗作为一种情感载体，确实使诗人畅快地宣泄了二十三年郁积的心理苦闷，那么反过来说，它也必然会因此宣泄触怒权要，从而使诗人陷入新的苦闷之中。史载：

> 禹锡衔前事未已，复作《游玄都观》。……人嘉其才而薄其行。禹锡甚怒武元衡、李逢吉，而裴度稍知之。太和中，度在中书，欲令知制诰，执政又闻诗序，滋不悦，累转礼部郎中、集贤院学士。……终以恃才褊心，不得久处朝列。②

"褊心"者，气量狭小之谓也；因一首诗遂以"褊心"相讥，显见史家曲笔。但平实而论，刘禹锡心性激切、对往事始终难以忘怀倒也是事实。似乎正是这一点，使得"人嘉其才而薄其行"和执政"滋不悦"。清人钱大昕有言："至《玄都》诗虽含

① 《刘禹锡全集编年校注》卷七《再游玄都观绝句》，第756页。

② 《旧唐书》卷一六〇《刘禹锡传》，第4211~4212页。

讥刺，亦词人感慨今昔之常情，何至遂薄其行！”①此语从为刘回护一点而论，说的极是，但就当时情状而言，“薄其行”的人怕还是不少的。据载：

文宗好五言诗……尝欲置诗学士七十二员，学士中有荐人姓名者，宰相杨嗣复曰：“今之能诗，无若宾客分司刘禹锡。”上无言。李珏奏曰：“当今起置学士，名稍不嘉。况诗人多穷薄之士，昧于识理。今翰林学士皆有文词，陛下得以览古今作者，可怡悦其间；有疑，顾问学士可也。陛下昔者命王起、许康佐为侍讲，天下谓陛下好古宗儒，敦扬朴厚。臣闻宪宗为诗，格合前古，当时轻薄之徒，摛章绘句，聱牙崛奇，讥讽时事，尔后鼓扇名声，谓之‘元和体’，实非圣意好尚如此。今陛下更置诗学士，臣深虑轻薄小人，竞为嘲咏之词，属意于云山草木，亦不谓之‘开成体’乎？玷黯皇化，实非小事。”②

李珏的话是针对杨嗣复对刘禹锡的举荐说的，因而其中“讥讽时事”的“轻薄小人”无疑重点指刘。又据杨嗣复语，刘是时已为“宾客分司”，而刘任太子宾客、分司东都的时间在开成元年，《通鉴》卷二四六则将此事系于开成三年(838)，设若这一系年没有问题，那么从开成三年上溯到大和二年(828)，已是十年时间；十年前发生的事(当然，这里也包括《再游玄都观绝句》之前发生的有关刘的一些事件)，十年后仍为人挂于齿舌，议论不已，那么，事件发生时的物议如何，便可想而知了；同时，由此也可证明前引史书所谓“人嘉其才而薄其行”、“执政……滋不悦”洵非虚语，而刘禹锡不得知制诰，累转礼部郎中、集贤院学士，并出任苏州、汝州、同州刺史的一连串事件，也确与权要的压抑、打击有关。在《苏州谢上表》中，刘禹锡这样说道：

始从郎署，出领郡章。承命若惊，省躬增感。……凡历外任，二十余

① (清)钱大昕著，杨勇军整理：《十驾斋养新录》卷六《刘禹锡传误》，上海书店出版社，2011年，第130页。

② 《唐语林校证》卷二《文学》，第149~150页。

> 年。伏遇陛下，应运重光，初无废滞。……在集贤院，四换星霜，供进新书，二千余卷。儒臣之分，甘老于典坟；优诏忽临，又委之符竹。分忧诚重，恋阙滋深。石室之书，空留笔札；金闺之籍，已去姓名。本末可明，申雪无路。……臣闻有味之物，蠹虫必生；有才之人，谗言必至。事理如此，古今同途。了然辨之，唯在明圣。①

事情至此已相当明显：刘禹锡回到朝廷后，仍蒙受着反对派的各种谗言、讥讽，心里仍处于苦闷的缠绕之中，否则，他绝不会说出“本末可明，申雪无路”、“有才之人，谗言必至”这样的话来。反对派的压抑、打击一方面说明当年弹压革新派的政敌势力仍然存在，它并没有随着俱文珍等主要人物的亡故而销声匿迹，当它受到新的刺激如上述刘禹锡诗作的反击时，还表现得相当猖獗；另一方面也反映了朝廷中不少人对刘禹锡之类当年的贬谪之士是戴着有色眼镜来看待的，前引李珏的话便是明证。当然，所有这些情况都对加剧刘的心理苦闷起着重要作用，但并不是导致其苦闷延续的唯一根源，除此之外，人事变迁所造成的心理障碍以及老大无成所引发的精神空落，也从不同方面促使诗人身陷苦闷而难以自拔。

前面说过，刘禹锡在经过数十年的生命沉沦后重返朝廷，曾有一种恍如隔世之感，并自觉不自觉地与现实世界保持心理距离，这主要是指主观上的情形；如果从客观方面看，便可发现，由于时间的无情推移，刘禹锡初脱谪籍时已到了敬宗一朝，也就是说，他的一生已经历了代宗、德宗、顺宗、宪宗、穆宗和敬宗六朝；如果再算上他最后在文宗和武宗朝生活的十余年时间，那么他便是当之无愧的八朝老臣了。在这漫长的时间里，昔日的友朋故旧散的散、死的死，几已零落殆尽，朝廷上下的大臣同僚多为新进之士、年轻后生。对刘禹锡来说，逝去的知己既已无可挽回地逝去了，而周围的后进者又与他具有一种因年龄、经历差别而导致的本然的隔阂，当此之际，他不能不深感寂寞和悲凉——一种无人理解的寂寞悲凉！

① 《刘禹锡全集编年校注》卷一八《苏州谢上表》，第 1974~1975 页。

远谪年犹少，初归鬓已衰！……濩落唯心在，平生有已知。商歌夜深后，听者竟为谁？①

弥年不得意，新岁又如何？念昔同游者，而今有几多？……春色无情故，幽居亦见过。②

吟君叹逝双绝句，使我伤怀奏短歌。世上空惊故人少，集中惟觉祭文多！③

二十余年别帝京，重闻天乐不胜情。旧人唯有何戡在，更与殷勤唱渭城。④

在这些诗歌中，诗人表露的那种无人理解的寂寞悲凉意绪是相当真切的，他那发自内心的无限感慨也是相当沉重的。然而，又岂止如此？如果说，由于年龄和经历的差别，在刘禹锡与后进者之间已横亘着一条本然的鸿沟，那么，由于诗人的"政治问题"和他的卓荦才名，更使得一些平步青云的新贵以一种深刻的成见和妒忌，人为地加大了这鸿沟的广度，从而不能不使诗人于寂寞、悲凉之外又深感气愤。在《与歌者米嘉荣》中，刘禹锡这样说道：

唱得凉州意外声，旧人唯数米嘉荣。近来时世轻先辈，好染髭须事后生。⑤

诗的前二句重在怀旧，后二句重在伤今，在今昔的隐然对照中，见出诗人强烈的现实愤懑。不是吗？在中国古代社会中，先辈向来是受到尊敬的，然而竟有人"轻先辈"，而且这"轻"是"近来"才有的，"轻"的对象乃是诗人这样的经磨历劫的高才之士，而"轻"的程度竟达到令先辈染黑须发去"事后生"，这该是何等的本末倒置！这里，诗人的不平之气以正话反说的形式表达出来，益发突现了强烈的程度。范摅《云溪友议》卷中载刘禹锡语云："余亦昔时直气，难以为制，因作

① 《刘禹锡全集编年校注》卷七《罢郡归洛阳寄友人》，第 704 页。

② 《刘禹锡全集编年校注》卷一一《岁夜咏怀》，第 1247 页。

③ 《刘禹锡全集编年校注》卷九《乐天见示伤微之敦诗晦叔三君子皆有深分因成是诗以寄》，第 993 页。

④ 《刘禹锡全集编年校注》卷七《与歌者何戡》，第 768 页。

⑤ 《刘禹锡全集编年校注》卷八《与歌者米嘉荣》，第 895 页。

一口号，赠歌人米嘉荣……”①这段话，适可作为此诗的有力注脚。

物是人非的现实和来自多方面的刺激、压力，一方面直接造成了刘禹锡的心理苦闷，另一方面也大大限制了他政治才能的施展。尽管刘禹锡返朝之后是极想有所作为、有所建树的，尽管他曾一度产生过“官无责词，始自今日”②的真诚想法，但依旧冷暖的人情和混浊的现实很快便粉碎了他的愿望，而朝内日益激烈、势同水火的党争更使他深感事已不可为。然而，就此作罢，实在于心不甘；急流勇进，又确感力不从心，而且也无此必要；当此之际，看着自己日渐增多的华发和衰弱的身体，年迈的诗人不能不生出老大无成的沉重苦闷。在《乐天重寄和晚达冬青一篇因成再答》一诗中，刘禹锡痛苦地说道：

> 风云变化饶年少，光景蹉跎属老夫。秋隼得时陵汗漫，寒龟饮气受泥涂。东隅有失谁能免？北叟之言岂便诬？振臂犹堪呼一掷，争知掌下不成卢！③

“卢”是古时樗蒲戏一掷五子皆黑的名称，为最胜采。晋人刘裕晚年曾在一次博戏中将五子掷下，四子俱黑，一子转跃未定，裕厉声喝之，遂成为卢④。这里，诗人化用典故，赋予掷卢以政治、人生意义。在他看来，自己虽曾半生坎坷，虽已年迫桑榆，但雄心不死，健气仍在，振臂高呼，犹可在社会政治这一大博戏场中将生命掷它一掷，可结果呢？“争知掌下不成卢！”这是多么沉重的悲慨！这种状况的形成，不只是由于心有余而力不足，更重要的是因为时事根本不具备使他“成卢”的条件。如果说，诗人的不能“成卢”主要是由于身心衰弱等主观上的原因，那么，他虽可能感到苦闷，但还不至于过度强烈；可眼下远不是这么回事，他主观上具备了“成卢”的条件而客观现实却偏不容许他去实现，致使他已遭废弃的、剩余不多的生命再遭废弃，凌云之志和满腹的才华付之东流，这样一种情

---

① （唐）范摅著，王宁校正：《云溪友议校正》卷中《中山悔》，凤凰出版社，2018 年，第 185 页。

② 《刘禹锡全集编年校注》卷一七《谢裴相公启》，第 1864 页。

③ 《刘禹锡全集编年校注》卷九《乐天重寄和晚达冬青一篇因成再答》，第 977 页。

④ 见（唐）房玄龄等：《晋书》卷八五《刘毅传》，中华书局，1974 年，第 2210~2211 页。

况，怎能不使“病闻北风犹举首”①的前贬谪诗人苦闷异常、感慨系之呢？固然，朝廷的压抑、时局的艰险、事无能为也不可为的失望以及晚年生活的相对优裕，确曾使诗人怀着避祸远灾之念而沉湎于退居洛下后的文酒之会中，与白居易、裴度等人唱酬优游，消遣时日，“以闲为自在，将寿补蹉跎”②，“处身于木雁，任世变桑田”③。表面看来，其苦闷情怀确实在与日俱减，但从深层次看，这只不过是不得已而求其次借以麻痹自我神经的做法而已，刘禹锡何尝一日忘怀过现实？何尝一日断绝过苦闷？在他临终前写的那篇自述身世的《子刘子自传》中，不仅以大量篇幅追记永贞、元和之际那场刻骨铭心的政治搏斗，为王叔文，也为自己洗刷罪名，而且在篇末铭词中喟然长叹：“重屯累厄，数之奇兮！天与所长，不使施兮！”④可以毫不夸张地说，无罪被贬、长久磨难、老而无成作为刘禹锡心理苦闷的三大主因，几乎伴随并折磨了他整整一生。

与刘禹锡有所不同，白居易属于第三种类型亦即苦闷沉潜型。白居易于元和十五年由忠州返回朝廷后，占主导地位的思想是知足保和、避祸远灾、超然于世事之外，求得现实生命的享用。正是在这种思想的导引下，白居易目睹“朋党倾轧，两河再乱，国是日荒，民生益困”⑤的险恶局势，仅在朝任职两年，便于长庆二年请求外任，先后刺史杭州、苏州，宝历二年九月以疾罢任归返洛阳，又经过不到两年的长安生活，终于大和三年五十八岁时，以太子宾客分司东都，此后十七年时间，一直优游洛下，终老于斯。

从白居易后期生活看，参禅、学道、饮酒、赋诗、出游几乎成了全部内容，所谓“所居有池五六亩，竹数千竿，乔木数十株，台榭舟桥，具体而微，先生安焉。家虽贫，不至寒馁；年虽老，未及昏耄。性嗜酒，耽琴，淫诗。凡酒徒、琴侣、诗客，多与之游。游之外，栖心释氏，通学小中大乘法。与嵩山僧如满为空门友，平泉客韦楚为山水友，彭城刘梦得为诗友，安定皇甫朗之为酒友。每一相

① 《刘禹锡全集编年校注》卷一四《伤我马词》，第1701页。
② 《刘禹锡全集编年校注》卷一一《岁夜咏怀》，第1247页。
③ 《刘禹锡全集编年校注》卷一〇《酬乐天醉后狂吟十韵》，第1148页。
④ 《刘禹锡全集编年校注》卷一九《子刘子自传》，第2179页。
⑤ 朱金城：《白居易年谱》，上海古籍出版社，1982年，第129页。

见，欣然忘归"①，便可视作晚年白居易生活、情趣的真实写照。那么，白居易是否完全改变了早年的兼济之志？完全忘怀了昔日的贬谪经历和苦闷？回答同样是否定的。仔细分析白居易的心理状态，可以发现，他具有和刘禹锡相同的用世意念和苦闷情怀，而他与刘禹锡的分野则在于：刘是知其不可为而仍欲为之，诗人气质过重以致苦闷常常泛起心头，挥之不去；白则是知其不可为而安之若命，将苦闷沉潜于心底而代之以庄学禅理的超然旷达。因而，白较刘要显得轻松得多，洒脱得多，但在他内心的最幽微处，仍盘踞着难以驱散的寂寞和苦闷，这寂寞和苦闷有时甚至强烈到非沉醉于酒乡才能驱散的程度：

> 年年老去欢情少，处处春来感事深。时到仇家非爱酒，醉时心胜醒时心。②

不是单纯地爱酒，而是借酒浇愁，借醉解闷，以此达到心理的暂时平衡。是的，"深心藏陷阱，巧言织网罗。举目非不见，不醉欲如何！"③世事如此，人心如此，何不以醉时的忘机来取代醒时的苦闷？何不抽身一步以避离悲剧性的现实？所以，白居易不仅爱酒、饮酒、沉溺于醉乡，而且赞酒、颂酒，以醉吟先生自命。他的《酒功赞》云："产灵者何？清醑一酌。……百虑齐息，时乃之德；万缘皆空，时乃之功。吾常终日不食，终夜不寝，以思无益，不如且饮。"④他的《醉吟先生传》云："自适于杯觞讽咏之间，放则放矣，庸何伤乎？……此刘伯伦所以闻妇言而不听，王无功所以游醉乡而不还也。……因自吟《咏怀》诗……吟罢自哂，揭瓮拨醅，又引数杯，兀然而醉。既而醉复醒，醒复吟，吟复饮，饮复醉：醉吟相仍，若循环然。由是得以梦身世，云富贵，幕席天地，瞬息百年，陶陶然，昏昏然，不知老之将至，古所谓得全于酒者，故自号为醉吟先生。"⑤这里，白居易以夸张的文学语言，围绕酒作了一篇大文章，而其核心则在于忘忧避祸，

① 《白居易文集校注》卷三三《醉吟先生传》，第 1981 页。
② 《白居易诗集校注》卷一五《仇家酒》，第 1179 页。
③ 《白居易诗集校注》卷九《劝酒寄元九》，第 742 页。
④ 《白居易文集校注》卷三三《酒功赞》，第 1925 页。
⑤ 《白居易文集校注》卷三三《醉吟先生传》，第 1982 页。

效法阮籍、刘伶等“古所谓得全于酒者”。宋人叶梦得有言：“晋人多言饮酒，有至于沉醉者，此未必意真在于酒。盖方时艰难，人各惧祸，惟托于醉，可以粗远世故。盖自陈平、曹参以来，已用此策。……流传至嵇、阮、刘伶之徒，遂全欲用此为保身之计。……如是，饮者未必剧饮，醉者未必真醉也。”①这话说得相当深刻，移用于白居易的饮酒，怕也十分恰当。

当然，饮酒只是白居易用以忘忧避祸的一个方面，而且白的饮酒在程度上也是很难与竹林名士相比的。不过，在此需要着重指出的倒是，比起竹林名士来，白居易的避祸意识似乎更复杂、更深切一些。因为事实很明显：在嵇康、阮籍等人那里，面对的乃是单一的政治恐怖，是司马氏政权对异己的迫害；而在白居易这里，情况便要复杂得多。一方面，朋党倾轧愈演愈烈，势同水火，稍有不慎，就有可能被卷入漩涡，另一方面，朝臣与宦官的矛盾冲突日趋激烈，从大和四年宰相宋申锡谋除宦官失败始，至大和九年甘露之变宦官得胜终，朝内政局已是险恶至极，而甘露之变的结果，则是上千人被杀，朝列几为之一空。这似乎是一场混战，面对这场混战，白居易自然要引身避祸了。与此同时，我们还应注意到白居易避祸意识不同于嵇、阮等人的另一个重要因素，即作为贬谪诗人，他是有过被祸患长久折磨的切身体验的。他在决计退出朝廷回归洛阳的前一年亦即大和二年，写了三首《戊申岁暮咏怀》，其三云：

> 七年囚闭作笼禽，但愿开笼便入林。幸得展张今日翅，不能辜负昔时心。人间祸福愚难料，世上风波老不禁。万一差池似前事，又应追悔不抽簪。②

此诗可以看作白居易绝妙的内心自白。长久的生命沉沦，使他饱尝了被抛弃、被拘囚的苦楚，而混浊险恶的政治，则使他对往事记忆良深，时时自警自戒。固然，艰难的时事、沉重的忧患确实大大减小了这位当年斗士的胆量，弱化了他直

① （宋）叶梦得撰，逯铭昕校注：《石林诗话校注》卷下，人民文学出版社，2011 年，第 192~193 页。

② 《白居易诗集校注》卷二七《戊申岁暮咏怀》其三，第 2117 页。

面人生的勇气，但同时也丰富了他的政治经验，教会了他必要的生存智慧。他深刻地意识到：政治是严酷的，人间布满网罗，人的一生风云变幻，祸福难料；既然自己已经有了一次惨痛的贬谪教训，便绝不能再重蹈覆辙。唯一的办法，就是效法那一旦出笼即远走高飞、逃入山林的鸟儿，离开朝廷，远灾避祸；否则，“万一差池似前事”，可就追悔莫及了。

这里我们看到，白居易的避祸意识是建立在他生命沉沦的痛苦经验之上的，而他对生命沉沦的那幕情景又是记忆犹新的。基于人的自我保存本能，这种记忆愈深刻，就愈是强化了他的避祸意识，愈是加剧了他的不安全感；反过来看，这种不安全感一天不消除，他就一天摆脱不了苦闷的缠绕，一天忘怀不了那铭心刻骨的苦难经历。心理学家认为：

> 各种记忆中最富有启发性的，是他开始述说其故事的方式，他能够记起的最早事件。第一件记忆能表现出个人的基本人生观，他的态度的雏形。它给我们一个机会，让我们一见之下便能看出：他是以什么东西作为其发展的起始点。我在探讨人格时，是绝不会不问其最初记忆的。①

最初记忆也就是最深刻的记忆，记忆之所以深刻，是因为事件的影响太大，留下的心印太深，以致人自觉不自觉地、习惯性地沉湎于对它的追想之中。这种情况，在白居易身上即有突出表现。

白居易有不少追想往事的诗篇，开头往往以“忆”字领起，而所“忆”之事多为昔日的贬谪事件：

> 忆昔谪居炎瘴地，巴猿引哭虎随行。②
> 忆除司马向江州，及此凡经十五秋。③

① ［奥］A·阿德勒著，黄光国译：《自卑与超越》，作家出版社，1988年，第67页。
② 《白居易诗集校注》卷二八《不准拟二首》其二，第2223页。
③ 《白居易诗集校注》卷二八《思往喜今》，第2212页。

对白居易来说，贬谪造成的心灵创伤并没有随着时间的推移而平复，在不断回忆的触发下，它还在隐隐作痛：

偶因明月清风夜，忽想迁臣逐客心。何处投荒初恐惧？谁人绕泽正悲吟？①

何处难忘酒？逐臣归故园。赦书逢驿骑，贺客出都门。半面瘴烟色，满衫乡泪痕。此时无一盏，何物可招魂？②

这里，诗人的思绪是相当曲折微妙的，他可以因些微触发，便联想开去，生出无限感慨；他不仅想到了谪居时的痛苦，而且还忆及逐臣归返时的悲喜交集；尽管这回忆的对象并不确定，但其中却充满诗人自己的切肤之感。不是吗？白居易谪居时的心理苦闷已见前述，而他归返乡国时的心境也颇为沉重："万里路长在，六年身始归。所经多旧馆，太半主人非！"③"恻恻复恻恻，逐臣返乡国。前事难重论，少年不再得！"④沉沦数载，物换星移，青春已逝，不堪回首！这感慨、这悲凉，标志着贬谪诗人对生命的全部解悟；而当它在时间的作用下，沉入心底，转为记忆，并由此记忆扩大开来，赋予个体经验以一种普遍意义的时候，不就来得益发深切了么？显而易见，记忆在此是作为贬谪事件与诗人心灵间的媒介存在的，它每重复一次，昔日的痛苦经验便会在诗人心中演绎一次，诗人受创的心灵也就要颤栗一次，所以白居易极真诚极沉重地说道：

随波逐浪到天涯，迁客生还有几家？却到帝乡重富贵，请君莫忘浪淘沙！⑤

经磨历劫有如大浪淘沙的生命沉沦，给贬谪诗人造成了创巨痛深的心理烙印，岂

① 《白居易诗集校注》卷三二《闲卧有所思二首》其一，第2429页。
② 《白居易诗集校注》卷二七《何处难忘酒七首》其六，第2147页。
③ 《白居易诗集校注》卷一八《商山路有感》，第1485页。
④ 《白居易诗集校注》卷一八《恻恻吟》，第1486页。
⑤ 《白居易诗集校注》卷三一《浪淘沙词六首》其六，第2421页。

是轻易忘记得了的？白居易之所以要突出强调“请君莫忘浪淘沙”，不仅仅是让人们记住昔日的苦难，而是让人们以此苦难为鉴戒，抓紧现世的生命享用，切莫再陷入生命沉沦的泥潭之中。无疑，这是白居易对苦难的理解，对生活的理解，对生命的理解，虽然这种理解与道家思想和禅学的影响有关，与当下险恶的现实有关，但在更大程度上，却是源于贬谪给他造成的痛苦经验。反过来说，贬谪作为他最初的也是最深刻的记忆，不仅长期延续着他的心理苦闷，而且也构成了他后期心态、人格“发展的起始点”，在有意识到无意识中影响着他的生活道路。如果不是这样去理解，而只从外部因素着眼，我们就很难全面地认识并解释白居易晚年何以如此强烈地要求避祸以及享用生命等一系列现象了。

最后需要指出的是，白居易毕竟是一位超越型的诗人，尽管他脱离谪籍后并没有结束心理的苦闷，但他却往往能以达观的情怀对此苦闷加以克制，通过参禅、学道、饮酒、优游来稀释这苦闷的浓度，因而，与刘禹锡那种常为苦闷所左右的情形相比，他的苦闷情怀大多处于沉潜状态，即使偶尔外露，也很快被转移开去，不至于对他整体的精神风貌产生大的影响。而且，随着他离开朝廷后心理不安全感的解除，这种苦闷也渐趋淡化，在不少情况下，白居易是怀着一种自足自慰的优胜心理来看待昔日自身之不幸和今日他人之不幸的。尽管在终极意义上，他的不安全感的解除及其优胜心理的获得，本即源于自己和他人的生命沉沦。

第十二章　元和逐臣的文学风格与艺术特征

第一节　血泪汇聚的悲伤大潮

“道屈才方振，身闲业始专。天教声烜赫，理合命迍邅。”①白居易的话，可谓深刻道出了贬谪对诗人和文学截然相反的两种作用。事情很明显：是贬谪，导致了韩愈、柳宗元、刘禹锡、元稹、白居易等元和诗人的生命沉沦，使他们备尝忧患磨难，身心受到巨大创伤；但也正是贬谪，激发了他们借文学创作抒发郁愤并与忧患抗争的动力和勇气，同时，也为他们提供了摆脱俗累宁神壹志专力进行文学创作的条件。如果说，真正的艺术只能源于苦难的现实并对现实苦难有所超越的话，那么，饱含悲剧艺术特征的元和贬谪文学便是这方面的明证。

所谓贬谪文学，大致由三大部分组成。第一部分是贬谪诗人在谪居期间创作的文学作品，这是贬谪文学的主体；第二部分、第三部分则是贬谪诗人在谪居前后以及非贬谪诗人在送别赠答、追忆述怀时创作的有关贬谪的文学作品，这是贬谪文学的侧翼。这里所要论述的，主要是第一部分，亦即元和逐臣在谪居期间创作的文学作品。

这批作品数量庞大，且具有独特价值。《旧唐书·元稹传》云：元稹“流放荆蛮者仅十年，俄而白居易亦贬江州司马，稹量移通州司马。虽通、江悬邈，而二人来往赠答，凡所为诗，有自三十、五十韵乃至百韵者。江南人士，传道讽诵，流闻阙下，里巷相传，为之纸贵。观其流离放逐之意，靡不凄惋”②。这段话，

---

① 《白居易诗集校注》卷一七《江楼夜吟元九律诗成三十韵》，第1339页。

② 《旧唐书》卷一六六《元稹传》，第4331~4332页。

适可与前引白诗相印证。事实上，不独元、白如此，韩、柳、刘诸人无不皆然。在韩愈现存的五百余首诗歌中，仅贬谪期间所作即达百首之多，占五分之一；而柳宗元几乎全部作品、刘禹锡的大部分作品都作于贬谪期内。这些作品既为诗人们赢得了巨大的声誉，也使他们久经沉沦的生命借文学表现而得到了更生，尤为重要的是，随着创作主体立足点的变化和心理的位移，亦即其关注对象从社会政治向个体生命、追求目标从建功立业向雪冤复仇、思维触角从人伦道德向苦难人生的重大转变，这些作品大多以颇不同于贬谪前的方式转入对人内心世界的描写。于是，内向的悲恨聚敛代替了外向的激情发越，对社会生活的反映则让位给了对自我、心灵、生命、人生的深刻表现。

步入元和贬谪文学的丛林，我们立即会为那饱含悲怆气息的滚滚声浪所吸引、所感染、所震颤。这里有哀凉的低吟，有悲壮的高唱，有痛苦的呼喊，有不屈的长鸣，它们组合在一起，有如烈火烧残的焦桐，又如饱经风霜的孤竹，形成了一种由内心向外喷涌的至悲凉至激切的音响，其中凝聚的，分明是贬谪诗人心灵经磨历劫，屡被煎熬后的深深颤栗，分明是他们那地老天荒无所归属的大真实与大虚幻、大寂寞与大悲哀，一句话，凝聚着他们血泪交织而成的整个生命。似乎正是这一点，构成了元和贬谪文学之主体风格的刻骨凄怆和激切悲壮，大大强化并深化了它的艺术穿透力和人生悲剧感。这里，我们先就其中表现的深沉的悲伤意绪作一考察。

深沉的悲伤意绪源于个体生命的现实沉沦，它是元和贬谪文学悲剧精神的基础。

西方文艺理论家丹纳指出：艺术家之所以为艺术家，“是因为他惯于辨别事物的基本性格和特色；别人只见到部分，他却见到全体，还抓住它的精神。悲伤既是时代的特征，他在事物中所看到的当然是悲伤。不但如此，艺术家原来就有夸张的本能与过度的幻想，所以他还扩大特征，推之极端。特征印在艺术家心上，艺术家又把特征印在作品上，以致他看到所描绘的事物，往往比当时别人所看到所描绘的色调更阴暗”①。就一般情况而论，这话说的是不错的，但由于贬谪诗人本即生活于忧患悲伤之中，比起普通的艺术家，他们更多了一种生命沉沦

① ［法］丹纳著，傅雷译：《艺术哲学》，人民文学出版社，1983年，第36页。

的真实体验，因而，在其作品中表现的悲伤意绪便绝非简单的社会观察和夸张、幻想所能致，换言之，在他们这里，诗人、情感和作品几乎是处于同一层面的，悲伤是以其直接的现实性和真切的感受性将诗人与作品紧紧连在一起，不可分割的，所谓“诗到极则，不过是抒写自己胸襟”①，指的便是这种情况。所以，在元和贬谪文学中，围绕沉沦之生命，悲伤意绪便构成了它时间上的无时不有，空间上的无所不在。

进一步说，元和逐臣面对的是一个悲剧性的现实，背负着一个沉重的悲剧性的命运，当他们在被抛弃、被拘囚的过程中，已清楚地意识到这悲剧性现实是无法逃避、这悲剧性命运是难以挣脱的时候，其心灵注定要漂泊在迷茫、苦闷、前途未卜、无所依归的路途上，必定会发出沉痛至极无可底止的巨大悲伤。狄克逊说：“只有当我们被逼得进行思考，而且发现我们的思考没有什么结果的时候，我们才在接近于产生悲剧。”②准此，则元和逐臣这种面对困境已无可如何了的悲伤意绪，便不能不具有浓郁的悲剧性质，而作为心灵的呼喊和叹息，作为对人的命运深刻感受的载体，元和贬谪文学也就不能不在最基本的层面上，呈现出诸多悲剧性的艺术特征。

综观元和逐臣的贬谪文学作品可知，对人生遭际和自我生命的感怀悲叹是其悲伤意绪最突出的表现。

直道由来黜，浮名岂敢要？三湘与百越，雨散又云摇。远守惭侯籍，征还荷诏条。悴容唯舌在，别恨几魂销！③

城上高楼接大荒，海天愁思正茫茫。惊风乱飐芙蓉水，密雨斜侵薜荔墙。岭树重遮千里目，江流曲似九回肠。共来百越文身地，犹自音书滞一乡！④

① （清）徐增撰：《而庵诗话》，（近代）丁福保辑：《清诗话》，上海古籍出版社，1963年，第431页。

② 狄克逊：《论悲剧》，转引自朱光潜：《悲剧心理学》，中华书局，2012年，第209页。

③ 《刘禹锡全集编年校注》卷七《酬杨八庶子喜韩吴兴与予同迁见赠》，第714页。

④ 《柳宗元集校注》卷四二《登柳州城楼寄漳汀封连四州》，第2815页。

这些诗作，没有故作哀愁的无病呻吟，有的是巨大人生感恨形成的刻骨凄怆；没有丝毫的圆和平滑，有的是生命力与阻力碰撞磨擦留下的艰涩印痕。憔悴的容颜、销魂的别恨、遥无际涯的愁思、肝肠寸断的哀怨，在在印证着贬谪诗人的人生苦难，孕育着他们掺和着血泪的苦闷意绪。贺裳评刘、柳诗谓："五古自是刘诗胜场……匪徒言动如生，言外感伤时事，使千载后人犹为之欲哭欲泣"①；"柳五言诗犹能强自排遣，七言则满纸涕泪。……只就此写景，已不可堪，不待读其'一身去国六千里，万死投荒十二年'矣。"②周昂《读柳诗》云："功名翕忽负初心，行和骚人泽畔吟。开卷未终还复掩，世间无此最悲音！"③可谓深刻地道出了人们读刘、柳诗的共同感受。

固然，白居易的悲伤意绪似远不及刘、柳浓烈，他被贬时曾声言："去国辞家谪异方，中心自怪少忧伤。"④然而，就在他同一时期的另一些诗作中，"忧伤"之情还是一再强烈地流露出来：

> 江云暗悠悠，江风冷修修。夜雨滴船背，夜浪打船头。船中有病客，左降向江州。⑤
>
> 壮心徒许国。薄命不如人。才展凌云翅，俄成失水鳞。……泽畔长愁地，天边欲老身。萧条残活计，冷落旧交亲。⑥

环境的惨淡凄凉先已预示了主体心境的抑郁苦闷，往事的不堪回首愈发见出了现实的萧条冷落。在那独坐船头听夜浪排空的场景中，在那行吟泽畔无以为计的境遇里，不是别具一种凄恻孤苦的感怀么？元稹初贬通州时曾作《闻乐天授江州司马》一诗，沉痛地说道："残灯无焰影幢幢，此夕闻君谪九江。垂死病中惊坐起，

① （清）贺裳：《载酒园诗话》又编，《清诗话续编》，第336页。

② 《载酒园诗话》又编，《清诗话续编》，第335页。

③ （金）周昂：《读柳诗》，（金）元好问编，张静校注：《中州集校注》丁集，中华书局，2018年，第945页。

④ 《白居易诗集校注》卷一五《读庄子》，第1228页。

⑤ 《白居易诗集校注》卷一〇《舟中雨夜》，第819页。

⑥ 《白居易诗集校注》卷一七《江南谪居十韵》，第1337页。

暗风吹雨入寒窗。”①一面是惨淡晃动的灯影、风雨交加的夜晚，一面是身染瘴疠、生命垂危的诗人，二者聚合一途，已令人百感交集，难以为怀了，何况“此夕闻君谪九江”！而且继之以“垂死病中惊坐起”！这种由绝望而迸发的至关至切之情以及诗人那极度悲伤的意绪，令人惊心动魄。所以，白居易在被贬三年后仍对元稹赠诗念念不忘：“此句他人尚不可闻，况仆心哉？至今每吟，犹恻恻耳。”②由此看来，白居易的“中心自怪少忧伤”③不过是以理遣情，强自作达而已，在他心里深层涌动的，仍是难以消释的人生感恨；那篇著名的表现诗人“迁谪意”的《琵琶行》，借琵琶女的身世遭际以喻示贬谪诗人的“天涯沦落”④，纵横铺排，反复渲染，则使得其人生感恨几乎浓烈到无以复加的地步。

与元和逐臣对人生遭际和自我生命的感怀悲叹紧相关合，这一时期的贬谪文学在表现形式上也呈现出一些新的特点，从而益发强化了其感怀悲叹的程度。

特点之一，是大量使用表示时空的数量词，将自我生命置于广阔遥远的空间和悠久漫长的时间之中，以突出它的沉沦色彩。

> 一封朝奏九重天，夕贬潮州路八千。⑤
> 我今罪重无归望，直去长安路八千。⑥
> 不觉离家已五千，仍将衰病入泷船。⑦

这是韩愈的歌声，在对遥远贬途的反复陈说中，流露出无限的忧惧。

> 尚书入用虽旬月，司马衔冤已十年。⑧

---

① 《元稹集校注》卷二〇《闻乐天授江州司马》，第606页。
② 《白居易文集校注》卷八《与微之书》，第361页。
③ 《白居易诗集校注》卷一五《读庄子》，第1228页。
④ 《白居易诗集校注》卷一二《琵琶引》，第961页。
⑤ 《韩昌黎诗系年集释》卷一一《左迁至蓝关示侄孙湘》，第1165页。
⑥ 《韩昌黎诗系年集释》卷一一《武关西逢配流吐蕃》，第1169页。
⑦ 《韩昌黎诗系年集释》卷一一《题临泷寺》，第1188页。
⑧ 《元稹集校注》卷二一《酬乐天闻李尚书拜相以诗见贺》，第631页。

二十年来谙世路，三千里外老江城。①
三千里外巴蛇穴，四十年来司马官。②

这是元稹的歌声，在时间、空间的相互比照中，饱含着生命被白白消磨的沉痛。

积十年莫吾省者兮，增蔽吾以蓬蒿！③
十一年前南渡客，四千里外北归人。④
十年憔悴到秦京，谁料翻为岭外行！⑤
一身去国六千里，万死投荒十二年！⑥
……　……
一自谪居，七悲秋气。越声长苦，听者谁哀？⑦
何吾道之一穷兮，贯九年而犹尔！⑧
去国十年同赴召，渡湘千里又分歧。⑨
巴山楚水凄凉地，二十三年弃置身！⑩

这是柳宗元、刘禹锡的歌声，这歌声尤其悲凉，在七、九、十、十二、二十三这些既表示年数又表示生命磨难长度的数字递进中，深寓着贬谪诗人被抛弃、被拘囚的万般凄楚。

人的生命是在具体的时空存在并借时空的推移变化而显示的，但对贬谪诗人来说，这种存在和推移变化却意味着一种巨大的苦难。“沉埋全死地，流落

① 《元稹集校注》卷二二《寄乐天》，第654页。
② 《元稹集校注》卷二一《酬乐天见寄》，第625页。
③ 《柳宗元集校注》卷二《囚山赋》，第171页。
④ 《柳宗元集校注》卷四二《诏追赴都二月至灞上》，第2789页。
⑤ 《柳宗元集校注》卷四二《衡阳与梦得分路赠别》，第2800页。
⑥ 《柳宗元集校注》卷四二《别舍弟宗一》，第2855页。
⑦ 《刘禹锡全集编年校注》卷一四《上杜司徒启》，第1633页。
⑧ 《刘禹锡全集编年校注》卷一四《谪九年赋》，第1672页。
⑨ 《刘禹锡全集编年校注》卷四《再授连州至衡阳酬柳柳州赠别》，第373页。
⑩ 《刘禹锡全集编年校注》卷六《酬乐天扬州初逢席上见赠》，第689页。

半生涯！”①一个“全死地”，见出空间的荒恶；一个“半生涯”，见出时间的久长；久长的时间和荒恶的空间一齐压在贬谪诗人头上，就人生而论，这该是何等的残酷！“人上寿百岁，中寿八十，下寿六十……天与地无穷，人死者有时，操有时之具而托于无穷之间，忽然无异骐骥之驰过隙也。”②庄子的话，深刻道出了天步悠长、人道苦短的事实；正因为人道苦短，所以生命之于人才倍加珍贵，它的价值才应充分展现。可是，在专制政治打击下生命屡遭沉沦的贬谪诗人，又怎能谈得上生命的价值及其发挥？“夙志随忧尽，残肌触瘴痛。”③当此身心均遭到严酷摧残之际，他们怎能不生发出感怀人生的深哀巨痛？这深哀巨痛用刘禹锡的话说就是：“呜呼！以不驻之光阴，抱无涯之忧悔；当可封之至理，为永废之穷人。闻弦尚惊，危心不定；垂耳斯久，长鸣孔悲。”④用柳宗元的话说就是：“悲夫！人生少得六七十者，今已三十七矣。长来觉日月益促，岁岁更甚，大都不过数十寒暑，则无此身矣！”⑤而这深哀巨痛用诗歌形式加以表现，便有了以数量词为突出标志的时空概念的大量产生。作为人的生命流程和生存状态的一种符号，这些数量词凝聚着贬谪诗人生命磨难的长度和深度。因而，当它们频频出现在作品之中时，唤起的必然是与其生命沉沦相同步的悲伤感受。

特点之二，是大量使用伤禽、笼鹰等意象，借以更深刻地表现自我生命之受创、被囚的程度，表现失去自由后内心郁积的沉重苦闷。元稹诗云：

鹤笼闲警露，鹰缚闷牵韝。⑥

心虽出云鹤，身尚触笼鹰。……铩翮鸾栖棘，藏锋箭在弸。⑦

---

① 《柳宗元集校注》卷四二《同刘二十八院长述旧言怀感时书事奉寄澧州张员外使君五十二韵之作因其韵增至八十通赠二君子》，第2676页。

② 《庄子集释》卷九下《盗跖》，第1000页。

③ 《柳宗元集校注》卷四二《酬韶州裴曹长使君寄道州吕八大使因以见示二十韵一首》，第2719页。

④ 《刘禹锡全集编年校注》卷一四《上中书李相公启》，第1650页。

⑤ 《柳宗元集校注》卷三〇《与萧翰林俛书》，第1999页。

⑥ 《元稹集校注》卷一一《酬许五康佐》，第334页。

⑦ 《元稹集校注》卷一一《纪怀赠李六户曹崔二十功曹五十韵》，第318~319页。

伤心自比笼中鹤，剪尽翅翎愁到身。①

白居易诗云：

悯默向隅心，摧颓触笼翅。②
白鸥毛羽弱，青凤文章异。各闭一笼中，岁晚同憔悴。③
七年囚闭作笼禽，但愿开笼便入林。④

他如韩愈所谓“捐躯辰在丁，铩翮时方褃”⑤；刘禹锡所谓“铩翮重叠伤，兢魂再三褫”⑥、“宿草恨长在，伤禽飞尚迟”⑦、“六翮方铩，思重托于扶摇”⑧，如此等等，皆借物自喻，伤怀无限。在这里，“伤禽”“笼鹰”“笼禽”等意象以及“铩翮”“剪翅”等词语的反复使用，一方面使人于形象的联想中深深感触到严酷的专制政治给贬谪诗人身心造成的巨大戕害，另一方面又令人在他们那有如被缚之鹰、被笼之鹤的苦难遭遇中，觉察出一种英雄末路无可如何的苦闷悲伤。不是吗？这些贬谪诗人在被贬前冲锋陷阵、大呼猛进，其志向之高远、意气之激烈正有如搏击长空、高飞远举的鹰、鹤，可突然之间，严霜飓风一齐袭来，使他们羽翼摧落，遍体鳞伤，从蓝天坠落山泽。再度振翅已经无力，就此作罢又于心不甘，而栖于草莽则备受凡鸟欺凌，当此之际，他们怎能不感到彻骨的寒凉！“鹏翼张风期万里，马头无角已三年！”⑨理想与现实、希望与失望相互糅合，相互碰撞，使得这种“伤禽”“笼鹰”意象别具一种砭人肌骨的悲凉感和沉重感。

---

① 《元稹集校注》卷二一《别毅郎》其二，第638页。
② 《白居易诗集校注》卷一〇《早秋晚望兼呈韦御史》，第838页。
③ 《白居易诗集校注》卷一〇《感秋怀微之》，第834页。
④ 《白居易诗集校注》卷二七《戊申岁暮咏怀三首》其三，第2117页。
⑤ 《韩昌黎诗系年集释》卷二《县斋有怀》，第242页。
⑥ 《刘禹锡全集编年校注》卷一《韩十八侍御见示岳阳楼别窦司直诗因令属和重以自述故足成六十二韵》，第100页。
⑦ 《刘禹锡全集编年校注》卷八《微之镇武昌中路见寄蓝桥怀旧之作凄然继和兼寄安平》，第881页。
⑧ 《刘禹锡全集编年校注》卷一四《上杜司徒启》，第1633页。
⑨ 《元稹集校注》卷一八《送友封二首·其二》，第550页。

是的，鹰是勇武矫健的，禽是性喜自由的，可如今这禽已受伤，鹰已被缚，在寂寞、孤独、苦闷中熬时度日，对他们来说，这该是何等的痛苦！而就其意象而言，又怎能不悲凉、沉重、“九天飞势在，六月目睛寒。动触樊笼倦，闲消肉食难！”①“杳杳冲天鹤，风排势暂违。有心长自负，无伴可相依。”②这一曲曲咏叹人生遭际和自我生命的悲歌，不正是贬谪诗人悲凉沉重之心境的真实写照么？如果说，在文学的象征意义上，“笼鹰”“伤禽”等意象与受专制政治打击生命长久沉沦的贬谪诗人最为吻合的话，那么，使用这些意象便理所当然地成了贬谪诗人的专利。所以，柳宗元屡屡借此意象，时而把自己比作折翅的苍鹰，时而把自己比作断足的乌鸦、被囚的鹧鸪，从不同角度深微曲折地表述了自己被贬后那莫可言说的一怀伤痛：

> 凄风淅沥飞严霜，苍鹰上击翻曙光，云披雾裂虹蜺断，霹雳掣电捎平冈。砉然劲翮剪荆棘，下攫狐兔腾苍茫。爪毛吻血百鸟逝，独立四顾时激昂。炎风溽暑忽然至，羽翼脱落自摧藏。草中狸鼠足为患，一夕十顾惊且伤。但愿清商复为假，拔去万累云间翔。③

在这首著名的《笼鹰词》中，有对昔日凌厉劲健之雄风的回顾怀念，有对拔去万累在清冽秋风中自由翱翔的期待盼望，更有对突遭打击、羽翼脱落、横遭凌辱、惊魂不定的悲伤感恨，而且这悲伤感恨因了对往昔的怀念、对未来的向往而显得益发沉重。也就是说，诗人的躯体虽已遍布伤痕，但他的精神仍不甘寂寞；尽管不甘寂寞，可恐怖的现实却迫使他必须将此精神的企盼埋在心底，而以全副精力来应付眼下这几已无能为力的困境，于是，人类原始的自卫本能便在“一夕十顾惊且伤”的悲剧氛围中发挥作用，一变贬谪诗人的劲健悲壮而为沉重悲凉。在《跂乌词》中，柳宗元借跂乌自况，进一步描摹了自己遭受打击后的情状：

---

① (唐)吕温：《和舍弟让笼中鹰》，《全唐诗》卷三七〇，第4159页。

② (唐)吕温：《赋得失群鹤》，《全唐诗》卷三七一，第4171页。

③ 《柳宗元集校注》卷四三《笼鹰词》，第3068页。

翘首独足下丛薄，口衔低枝始能跃。还顾泥涂备蝼蚁，仰看栋梁防燕雀。左右六翮利如刀，踊身失势不得高。①

乌足已伤，自难高飞，落魄之余，受欺虫鸟，为了自身的安全，只得"努力低飞逃后患"②了。由于柳宗元的人生遭际如同笼鹰、跂乌，所以他由物及人，又移情于物，对自然界与自己遭遇相类似的禽鸟也特具怜惜之情。他的《放鹧鸪词》便是典型例证：一只鹧鸪误入罗网，被缚笼中，生命危在旦夕；诗人想到自己"万里为孤囚"的境遇，不禁恻然心动，开笼释之，并谆谆告诫鹧鸪："破笼展翅当远去，同类相呼莫相顾！"③这是写鹧鸪，又何尝不是写自己？白居易有一首《放旅雁》云："我本北人今谴谪，人鸟虽殊同是客。见此客鸟伤客人，赎汝放汝飞入云。"④表现的情况盖与柳诗相类，所不同的，只是柳诗更多了一种因遭受严酷打击迫害所萌生的巨大恐惧而已。"铩羽集枯干，低昂互鸣悲"⑤、"好音怜铩羽，濡沫慰穷鳞"⑥、"瞻仰霄汉，邈然无由。网罗未解，纵羽翼而何施？"⑦从柳宗元一再使用的这些以"伤禽"意象为核心的词语来看，似乎在他内心深处正凝聚着一个将自我与伤禽合而为一的极浓郁的悲苦情结，并由此导致了意象使用的固定化和叙事抒情的程式化，而这种固定化、程式化的现象，反过来不正深深印证了贬谪诗人身心被创后那极度的沉重和悲凉么？

特点之三，是表现身处逆境不得回归的浓郁强烈的思乡怀归之情。对乡国的真挚怀恋，对人生终极归宿地的热切向往，进一步染浓了贬谪文学这块主悲主怨领地的悲剧气息。

江人授衣晚，十月始闻砧。一夕高楼月，万里故园心。⑧

---

① 《柳宗元集校注》卷四三《跂乌词》，第 3064 页。
② 《柳宗元集校注》卷四三《跂乌词》，第 3064 页。
③ 《柳宗元集校注》卷四三《放鹧鸪词》，第 3070 页。
④ 《白居易诗集校注》卷一二《放旅雁》，第 921 页。
⑤ 《柳宗元集校注》卷四二《零陵赠李卿元侍御简吴武陵》，第 2745~2746 页。
⑥ 《柳宗元集校注》卷四二《酬娄秀才将之淮南见赠之什》，第 2726 页。
⑦ 《柳宗元集校注》卷三五《谢襄阳李夷简尚书委曲抚问启》，第 2242 页。
⑧ 《白居易诗集校注》卷一〇《江楼闻砧》，第 821 页。

问春从此去，几日到秦原？凭寄还乡梦，殷勤入故园！①
旅情偏在夜，乡思岂惟秋？每羡朝宗水，门前日夕流。②
梦觉灯生晕，宵残雨送凉。如何连晓语，只是说家乡？③
朝结故乡念，暮作空堂寝。梦别泪亦流，啼痕暗横枕。④

在这里，故乡成了贬谪诗人唯一可以慰藉受伤心灵的处所，也成了他们无比怀念和执著追求的永恒目标。而从本质上看，对故乡的思念和盼望则源于人类根深柢固的以安全感、依附感为主要特征的归属需要。西方人本主义心理学家马斯洛曾将人的需要划分为五个层次，即生理需要、安全需要、归属和爱的需要、尊重需要和自我实现的需要⑤。这五个需要层次具有相当的普遍性，但在中国古代文人这里又有不同于西方人的独特之处，那就是他们的需要大多集中在第三和第五两个层次，亦即爱的归属层次与人的自我实现层次。在这两个层次中，其发生顺序往往是前者在后，后者在前；后者是古代文人追求的最高目标和境界，前者则是他们追求不到这种目标和境界后的必然归宿。换言之，他们首先需要的并不是非现代意义上的情爱以及为自己设想退路的归属之类的东西，而是以入世精神为主的建功立业，扬名后世；当这种需求在历经坎坷仍难以实现或身心遭到重大打击时，他们便不得已而走上了一条在颠踬困顿中渴望感情的慰藉和家园的路途。所谓“涉世险艰，故愿还故乡。故乡者，本性同原之善也。经疢疾忧患危难惧而后知悔，古人无不从此过而能成德者也”⑥，指的便是这种情况。

“本性同原之善”，无疑是故乡最深刻的内涵。它意味着稳定幸福，意味着纯朴无邪，一句话，它意味着真、善、美。所以，身经生命沉沦、在被抛弃、被拘囚的生涯中度日如年的贬谪诗人，便不能不对故乡产生永恒的忆念和向往。对

① 《柳宗元集校注》卷四三《零陵早春》，第3043页。
② 《刘禹锡全集编年校注》卷四《南中书来》，第467页。
③ 《韩昌黎诗系年集释》卷二《宿龙宫滩》，第262页。
④ 《元稹集校注》卷七《遣病十首》其十，第196页。
⑤ 参看[美]弗兰克·戈布尔：《第三思潮：马斯洛心理学》第四章，上海文艺出版社，1987年，第39~57页。
⑥ （清）方东树撰，汪绍楹校点：《昭昧詹言》卷二，人民文学出版社，1961年，第62页。

他们来说，故乡有如一副强效应的镇静剂，可以消释横亘心头的诸多垒块，是故乡，唤起了他们心灵深处最美好的回忆，在对故乡的忆念中，他们仿佛又回到了那单纯无邪的童年世界，回到了母亲的怀抱，身心的创伤得到了暂时的平复，精神的空虚得到了刹那的充实。在这里，故乡成了他们终极的归宿地，而对故乡的每次思怀，都增加了他们一次愉悦的体验。西方行为心理学家斯金纳指出：人的行为不仅要受环境的制约，也要受强化作用的影响，亦即受行为所带来的结果的影响。强化作用主要有三种，即正强化、负强化和惩罚。所谓正强化，指某一行为如果会带来使行为者感到愉快和满足的东西，行为者就会倾向于重复该行为；所谓负强化，指某一行为如果会消除使行为者感到不快或厌恶的东西，行为者也会倾向于重复该行为①。据此，则思乡作为一种心理行为，既给贬谪诗人带来了一定的满足，又暂时消除了他们的不快，因而可以说是正、负强化的有机结合。在这种情况下，贬谪诗人不仅乐于重复对故乡的怀思，而且在形成一种思维定势之后，哪怕有些微的外界触动，也会使他们思接往事，视通万里，魂一夕而九逝。你看，天空过往的飞鸟，会使他们由物及人，生发出“郁郁何郁郁，长安远如日。终日念乡关，燕来鸿复还”②的深切感怀；映入眼帘的景色，会使他们由此及彼，在相似性的联想中，辨别出“其奈山猿江上叫，故乡无此断肠声”③的细微差别；甚至听到一声黄鹂的鸣叫，他们也按捺不住激切的心情，生出对乡关的无限思念：“倦闻子规朝暮声，不意忽有黄鹂鸣。一声梦断楚江曲，满眼故园春意生。”④宋人评此诗谓：“其感物怀土，不尽之意，备见于两句中，不在多也。”⑤可谓中的。

然而，思乡怀归在本质上却是一种源于痛苦而又导向痛苦的心理活动。它在使人获得短暂的满足之后，又很快将人拖入沉重失望的深渊。这里我们看到，贬谪诗人的内心正经历着一种剧烈的悲剧性的冲突：一方面，是严酷的现实、心理

---

① 参看陈维正：《从行为研究到文化设计——斯金纳〈超越自由与尊严〉译后》，《读书》1987年第10期。

② 《刘禹锡全集编年校注》卷二《谪居悼往二首》其二，第207页。

③ 《白居易诗集校注》卷一六《答春》，第1270页。

④ 《柳宗元集校注》卷四三《闻黄鹂》，第3076页。

⑤ 《苕溪渔隐丛话》后集卷一一，第76页。

的苦闷直接促成了他们浓郁的怀乡情思，另一方面，又是这怀乡情思益发加剧了他们重新面对现实时的心理苦闷；一方面，他们清楚意识到故乡是回不去的，思归的结果只能适得其反，另一方面，他们又绝难打消怀乡思归的念头，而且愈是痛苦，便愈是思恋；愈是难回，便愈是想回。“愁极本凭诗遣兴，诗成吟咏转凄凉！”①于是，贬谪诗人便不能不怀着这种悲剧性的心理，既借诗遣兴，又承受凄凉，为我们展示了一幕幕登高望远的场景。

登高望远是贬谪文学表达思乡怀归之情的突出特点，也是贬谪诗人悲伤意绪借以抒发的最佳方式。刘禹锡在诗中这样说道：

> 潘岳岁寒思，屈平憔悴颜。殷勤望归路，无雨即登山！②
> 楚野花多思，南禽声例哀。殷勤最高顶，闲即望乡来！③

“无雨即登山”、“闲即望乡来”，足见其思乡情怀之浓烈，登高望远之频繁。登高是为了望远，要望远必须登高；其所以要望远，是因为难以归去；正因为难以归去，所以才要借远望以当归。然而，远望又怎么可以当归？“高台不望远，望远使人愁！”④登高以后，举目远望，四野茫茫，故乡邈邈，兴发思虑，震荡心灵，岂不益发加剧了人的乡愁？所以，“囊括古来众作，团词以蔽，不外乎登高望远，每足使有愁者添愁而无愁者生愁”⑤。而且就贬谪诗人来说，由于长久被抛弃、被拘囚的现实境遇，自然使得他们的愁情较一般人更为浓烈。所以刘禹锡每登高远望，无不百感交集，伤怀无限：

> 时时北风，振槁扬埃；萧条边声，与雁俱来。……观物之余，遂观我生。何广覆与厚载，岂有形而无情？高莫高兮九阍，远莫远兮故园！舟有楫

① 《杜诗详注》卷一四《至后》，第1199页。
② 《刘禹锡全集编年校注》卷二《谪居悼往二首》其二，第207~208页。
③ 《刘禹锡全集编年校注》卷八《题招隐寺》，第948页。
④ 《沈约集校笺》卷九《临高台》，第307页。
⑤ 钱锺书：《管锥编》，生活·读书·新知三联书店，2007年，第1411页。

兮车有辖，江山坐兮不可越。吾又安知其所如？怳临高以观物。①

望如何其望最伤！俟环玦兮思帝乡。龙门不见兮，云雾苍苍；乔木何许兮，山高水长。春之气兮说万族，独含颦兮千里目；秋之景兮悬清光，偏结愤兮九回肠。②

与刘禹锡相比，柳宗元的乡愁更加浓烈，甚至无处不在，无时不有，达到了化解不开的程度。在《寄许京兆孟容书》中，柳宗元痛切而深情地追忆道："城西有数顷田，树果数百株，多先人手自封植，今已荒秽，恐便斩伐，无复爱惜。家有赐书三千卷，尚在善和里旧宅，宅今已三易主，书存亡不可知。皆付受所重，常系心腑，然无可为者。"③细读这段话语，可以感触到贬谪诗人对家园那难以抑制的深深眷恋，似乎正是这种眷恋和自身的遭际，使他"每遇寒食，则北向长号，以首顿地"④；使他"升高欲自舒，弥使远念来"⑤、"步登最高寺……离念来相关"⑥。在《与浩初上人同看山寄京华亲故》中，柳宗元这种眷恋和悲伤表现得最为淋漓尽致：

海畔尖山似剑铓，秋来处处割愁肠。若为化得身千亿，散上峰头望故乡！⑦

"海畔"，见出贬所地域荒远；"愁肠"，说明思乡之情沉重；在远离故乡的海畔空有思乡之情而不可归去，已令人痛楚无比了，更何况那有如"剑铓"般的处处尖山，在不断地"割"着诗人的九转哀肠！然而，巨大的痛楚并没能阻止诗人登高望远的举动，为了那一愫乡情，他竟要化一身为千亿，散上每一座峰头去向北

① 《刘禹锡全集编年校注》卷一四《楚望赋》，第 1597~1598 页。
② 《刘禹锡全集编年校注》卷一四《望赋》，第 1676 页。
③ 《柳宗元集校注》卷三〇《寄许京兆孟容书》，第 1957 页。
④ 《柳宗元集校注》卷三〇《寄许京兆孟容书》，第 1956 页。
⑤ 《柳宗元集校注》卷四三《湘口馆潇湘二水所会》，第 2903 页。
⑥ 《柳宗元集校注》卷四三《构法华寺西亭》，第 2921~2922 页。
⑦ 《柳宗元集校注》卷四二《与浩初上人同看山寄京华亲故》，第 2773 页。

遥望，这执著、这眷恋，不是深蕴着贬谪诗人椎心泣血的悲伤么？

“永望如何，伤怀孔多！”①透过登高望远的表面现象，我们发现，贬谪诗人正经历着一种生命基本需求得不到满足的痛苦折磨，为了摆脱这种折磨，他们不断地追求，不停地呼喊，结果却愈发加剧了自我的失落，从而形成了一个循环往复不能自已的怪圈，而登高望远作为传达此一心路历程的媒介，无疑获得了一种悲剧性的震惊力量。所谓“非历览无以寄杼轴之怀，非高远无以开沉郁之绪。是以骚人发兴于临水，柱史诠妙于登台，不其然欤？盖人禀情性，是生哀乐，思必深而深必怨，望必远而远必伤。……然后精回魂乱，神茶志否，忧愤总集，莫能自止。……故望之感人深矣，而人之激情至矣！”②便是这种情形的最好说明。

综上所述，对人生遭际和生命沉沦的感怀悲叹，对故乡深切怀念的归属需求和这需求得不到满足的哀凉凄楚，构成了元和贬谪文学浓郁强烈的悲伤格调。这种悲伤格调，不论在执著型诗人那里还是超越型诗人那里，都是普遍存在的，所不同的，只是程度上有所差异而已。

当然，以悲伤为主要特征的生命悲叹和思乡怀归，并非元和文学所独有。早在屈原贾谊的赋作中，这种情况即有过突出表现，而到了唐代中前期的贬谪文学中，更形成了一种普遍的现象。翻检《全唐诗》，初、盛、中唐三期的贬谪诗人近三百二十人，这些人现存作品达十首以上者，不足九十人；而其中较多抒写贬谪情思者，亦唯宋之问、沈佺期、张说、张九龄、王昌龄、李白、贾至、刘长卿等十数人而已。在这十数人的作品中，悲叹生命、思乡怀归几乎已形成一个恒定主题，弥漫不散，化解不开，反复致意，一再咏叹。请听：“处处山川同瘴疠，自怜能得几人归”③的沉重歌吟刚刚落下，“昔传瘴江路，今到鬼门关。土地无人老，流移几客还”④的凄凉鸣唱便继之而起；“秋雁逢春返，流人何日归？将余去国泪，洒子入乡衣”⑤的无限怀思尚未完结，“日夜乡山远，秋风复此时。……念

① 《刘禹锡全集编年校注》卷一四《望赋》，第1676页。

② （唐）李峤：《楚望赋》，《全唐文》卷二四二，第2443~2445页。

③ 《宋之问集校注》卷二《至端州驿见杜五审言沈三佺期阎五朝隐王二无竞题壁慨然成咏》，第433页。

④ 《沈佺期集校注》卷二《入鬼门关》，第1050页。

⑤ 《张说集校注》卷六《岭南送使三首》，第283页。

别朝昏苦，怀归岁月迟”①的思乡之念便又萌生。“谪居潇湘渚，再见洞庭秋。……登高望旧国，胡马满东周”②；“独过长沙去，谁堪此路愁。秋风散千骑，寒雨泊孤舟”③；“南浦逢君岭外还，沅溪更远洞庭山。尧时恩泽如春雨，梦里相逢同入关”④；“一为迁客去长沙，西望长安不见家。黄鹤楼中吹玉笛，江城五月落梅花”⑤。……这里有面对死亡的深深忧恐，有系心乡国不能归去的满怀牢愁，有客中送客的无限凄楚，有踏上流放途程百感交集的巨大哀凉，所有这一切，汇聚了悲叹生命、思乡怀归的主旋律，呈现出浓郁强烈的悲伤色彩。

毫无疑问，这种悲伤乃是人类共有的基本情感，是个体生命遭受挫折时必然的心理指向，正是这一点，使得元和贬谪文学与上述作品具有本质上的一致性；但从别一角度看，二者在表现规模、艺术形式、风格特征等方面还存在着一定差异。如果说，悲叹生命、思乡怀归的悲伤意绪在上述作品中虽已明显存在，但因各贬谪诗人被贬和创作的时间间隔较大，因而呈现出时断时续的情形，那么，到了元和逐臣这里，便以其大范围、长时间、群体性的鸣唱，突出、集中地表现了这种意绪；如果说，上述作品在感怀悲叹的同时，尚未形成固定明确的艺术特点，那么，元和贬谪文学便以其时空数量词、伤禽笼鹰意象以及登高望远方式的大量使用，有力地深化了自身的悲剧意蕴，明确了贬谪文学独具的特征；如果说，所谓风格是由作者的创作个性和相当数量作品的主要特色所构成，在作者的个人风格外还存在着由相近风貌之作者作品汇合成就的群体风格，而上述作品由于数量的不足和时间的分散，很难达到这两点要求，那么，元和贬谪文学中大量的、共时性的以悲叹生命、思乡怀归为基础的悲伤格调，便不仅足以构成个别作者的风格特征，而且也可以作为群体的基本风格而存在。

---

① 《张九龄集校注》卷三《初发道中寄远》，第1588页。

② （唐）贾至：《巴陵早秋寄荆州崔司马吏部阎功曹舍人》，《全唐诗》卷二三五，第2592页。

③ 《刘长卿诗编年校注》未编年诗《送李使君贬连州》，第509页。

④ 《王昌龄集编年校注》卷三《西江寄越弟》，第160页。

⑤ 《李白全集编年笺注》卷一三《与史郎中钦听黄鹤楼上吹笛》，第1368页。

第二节　基于强烈孤愤的激越悲壮

元和贬谪文学的风格特征不只是悲伤，除此之外，它还具有深沉激越乃至冷峭劲健的一面，而且相比之下，这种深沉激越、冷峭劲健倒是更能代表它的本质特征。换言之，前者作为元和贬谪文学的基本风貌，是为共性，后者则构成元和贬谪文学的独特风格，是为个性；前者虽然突出、集中，具有群体性的特点，但毕竟对前人作品的风格没有大的突破，后者尽管不是每个人都具有，但却大大超越了前人，体现出了元和贬谪文学的新精神，亦即悲剧精神。

综观元和之前的唐代贬谪文学作品，悲伤确是极度的悲伤，但在悲伤之余，却较少表现出顽强的抗争，在悲叹生命和思乡怀归的题旨之外，较少展露出一种建基于生命意志之上的至大至刚情怀；而这种缺乏，在元和贬谪文学中则得到了有力的补足。表现在风格上，首先便是极度深沉的激越悲壮；表现在内容上，便是元和逐臣所一再申明的“孤愤”情怀。

所谓孤愤，自然以愤为中心，但其中又不无悲伤。这里，悲伤是孤愤的前提，孤愤是悲伤的发展；孤愤赋予悲伤以深度，悲伤则增加了孤愤的浓度，二者相包相容，不可或缺。在中国历史上，孟子最先提出与孤愤相关的“孤臣”概念：“独孤臣孽子，其操心也危，其虑患也深。”朱熹注谓：“孤臣，远臣；孽子，庶子；皆不得于君亲，而常有疢疾者也。”①由此可知，孤臣者，孤立无援之臣也，不得于其君之远臣也。与孤臣相对应，孽子即庶出之子，不见爱于双亲之子。对贬谪诗人来说，他们被抛异在荒远之地，远离朝廷，不仅不得于君，而且还要受到多方面的迫害打击，无疑属于孤臣；同时，就伦理政治而言，君、亲本为一体，故其身世遭际又形同孽子。柳宗元说自己“孤臣泪已尽，虚作断肠声”②，刘禹锡说自己“孤臣本危涕，乔木在天涯”③，韩愈将自己比作失母的弃儿，既深深致怨：“儿罪当笞，逐儿何为？”又自悲自伤：“母生众儿，有母怜之；独无母怜，

---

① 《孟子集注》卷一三《尽心章句上》，《四书章句集注》，第354页。

② 《柳宗元集校注》卷四三《入黄溪闻猿》，第2972页。

③ 《刘禹锡全集编年校注》卷三《晚岁登武陵城顾望水陆怅然有作》，第310页。

儿宁不悲?”①在这里，无论是孤臣之愤，还是孽子之恨，都偏重于被君、亲抛弃而导致的凄凉哀怨。从本质上说，它与前述因悲叹生命和思乡怀归所产生的悲伤意绪并无大别。

但从另一方面看，在这凄凉哀怨中又包含着孤臣孽子基于生命沉沦的强烈愤激，而其生命之所以沉沦，主要又是因了心性的孤直，所以，孤愤的另一重含义，便理所当然地指孤臣孽子因孤直而不容于时、见弃于世的愤慨。据《史记·老子韩非列传》，韩非“悲廉直不容于邪枉之臣，观往者得失之变，故作《孤愤》《五蠹》《内外储》《说林》《说难》十余万言。”司马贞《索隐》谓：“《孤愤》，愤孤直不容于时也。”②《韩非子·孤愤》注谓：“言法术之士，既无党与，孤独而已。故其材用终不见明。卞生既以抱玉而长号，韩公由之寝谋而内愤。”③综上所言，所谓“孤愤”已于哀凉悲怨之外增添了一种由人生感恨长久郁积而向外喷发的怨怒抗争情怀。对元和贬谪士人来说，他们无一不是孤直而不容于时之士，也无一不有“愤孤直不容于时”之情，所以刘禹锡明言：

> 昔称韩非善著书，而《说难》、《孤愤》尤为激切，故司马子长深悲之。……而(余)独深悲之者，岂非遭罹世故，益感其言之至邪!④

在今古遥接的跨时空联想中，已自深寓了特具历史内涵的人生悲凉，而自身不容于时、见弃于世的现实遭际，更孕育了诗人“独深悲之”的一腔愤懑。“悲斯叹，叹斯愤，愤必有泄，故见乎词。”⑤于是，在元和贬谪文学的群体鸣唱中，一种郁怒不平、深沉激越的情怀和格调便自然形成了。

元和逐臣的孤愤情怀首先是通过由内向外喷发的直接抒情方式展现出来的。他们或借物咏志，表示自己的顽强不屈；或直抒胸臆，畅泄内心的悲怨愤懑；或长歌当哭，借他人酒杯浇自己垒块，从而多方面地表现了贬谪诗人的悲剧抗争

---

① 《韩昌黎诗系年集释》卷一一《履霜操》，第1237页。
② 《史记(修订本)》卷六三《老子韩非列传》，第2613页。
③ 《韩非子集解》卷四《孤愤》，第78页。
④ 《刘禹锡全集编年校注》卷一四《上杜司徒书》，第1520页。
⑤ 《刘禹锡全集编年校注》卷一四《上杜司徒书》，第1522页。

精神。

元稹被贬以后，创作了大量抒愤之作，令人读来，甚是激切悲壮：

> 箭镞本求利，淬砺良甚难。砺将何所用，砺以射凶残！①
>
> 誓以鞭奸顽，不以鞭蹇蹶。……惜令寸寸折，节节不虚坠！②

以箭镞、野节鞭自喻自励，见出心性之刚直；与凶残、奸顽势不两立，更见出向善仇恶之志节。在《三叹》中，他再次借孤剑表露心迹："孤剑锋刃涩，犹能神彩生。有时雷雨过，暗吼阗阗声。"③并把自己比作一匹不羁的天马："天骥失龙偶，三年常夜嘶。哀缘喷风断，渴且含霜啼。"④这里，志节、心性的表白是抒发孤愤的一种有效方式。元稹本即因心性激切、志节刚直而遭贬，而今他不仅没有改弦易辙，反而愈加坚贞，其中包含的不正是决不妥协、决不后退的愤激之情吗？用他自己的话说，这种愤激之情就是"酣歌离岘顶，负气入江陵。……啸傲虽开口，幽忧复满膺"⑤、"我可俘为囚，我可刃为兵，我心终不死，金石贯以诚。"⑥固然，后期的元稹确实在一定程度上改变了初衷，并因"羸骨欲销犹被刻，疮痕未没又遭弹"的同州之贬，发为悔悟从前的慨叹："剑头已折藏须盖，丁字虽刚屈莫难。休学州前罗刹石，一生身敌海波澜。"⑦从以刚直锋利的宝剑、箭镞自喻，到将已折之剑头藏起，将象征刚强的"丁"字揉屈，预示着元稹心性的转变，但这种转变却并不能否定诗人前期作品中大量存在的孤愤情怀和顽强精神，而且即便在后期作品中，类似的孤愤情怀也或隐或显地存在着。诚如美学家所言："如果作者有尘俗之气，那也并不否定他的作品的简淡稚拙。我们应当就作品论作品，而不应当因人而异。在这样的情况下，艺术作品往往是作者人格分裂的表现：他在现实中被异化了，但却力图在艺术中过另一种生活，做另一种人。他说

① 《元稹集校注》卷一《箭镞》，第 18 页。
② 《元稹集校注》卷三《野节鞭》，第 89 页。
③ 《元稹集校注》卷六《三叹三首》，第 177 页。
④ 《元稹集校注》卷六《三叹三首》，第 178 页。
⑤ 《元稹集校注》卷一一《纪怀赠李六户曹崔二十功曹五十韵》，第 318~319 页。
⑥ 《元稹集校注》卷一《思归乐》，第 2 页。
⑦ 《元稹集校注》卷二一《寄乐天二首》，第 643 页。

的是真话。”①事实上，元稹那种不甘被贬而一再愤填胸臆的言辞，不仅是真实的，而且是强烈的，强烈到时时骚动于胸并向外喷涌的程度：

霆轰电烻数声频，不奈狂夫不藉身！纵使被雷烧作烬，宁殊埋骨飏为尘？②

除非入海无由住，纵使逢滩永拟休。会向伍员潮上见，气充顽石报心雠！③

这些诗句愤激悲怨，无丝毫儿女之气，充满强烈的复仇精神，若非一种源于人性深处的生命意志在支撑着他，岂能如此振聋发聩？“夜半雄嘶心不死”④、“尚有云心在鹤前”、“若见中丞忽相问，为言腰折气冲天！”⑤很明显，正是这种既充满郁愤又不甘屈服、既有所期待又倍感苦闷的精神状态，构成了元稹多数贬谪作品激切雄直而不乏悲壮的主体格调。

与元稹相比，柳宗元、刘禹锡的孤愤尤其强烈深沉。在他们的作品中，既有对自我遭际绵延不绝的悲叹，也有对人格志节终始如一的表白，而表现更多的，却是生命沉沦数十年郁积而成的极其深广的孤臣之愤。“溪路千里曲，哀猿何处鸣？孤臣泪已尽，虚作断肠声！”⑥“何处秋风至？萧萧送雁群。朝来入庭树，孤客最先闻。”⑦这是何等寂寞苍凉的心境！其中又包含了多少忧愤不平！不是吗？世事混浊，人间多难，黄钟毁弃，瓦釜雷鸣，生命空被荒废，欲一返而不可得，承受着巨大的政治压力，整日与穷山恶水为伴，或“俯视遗体，仰安高堂。悲忧惴栗，常集方寸”⑧；或“嘻笑之怒，甚乎裂眦；长歌之哀，过乎恸哭”⑨，内心

① 高尔泰：《美是自由的象征》，人民文学出版社，1986年，第259页。
② 《元稹集校注》卷一《放言五首》其三，第552页。
③ 《元稹集校注》卷二〇《相忆泪》，第613~614页。
④ 《元稹集校注》卷一七《哀病骢呈致用》，第544页。
⑤ 《元稹集校注》卷一八《送友封二首・其二》，第550页。
⑥ 《柳宗元集校注》卷四三《入黄溪闻猿》，第2972页。
⑦ 《刘禹锡全集编年校注》卷三《秋风引》，第324页。
⑧ 《刘禹锡全集编年校注》卷一四《上杜司徒书》，第1524页。
⑨ 《柳宗元集校注》卷一四《对贺者》，第910页。

的承受力已达极限。当此之际，他们于悲伤之余，怎能不深感愤懑？又怎能不将此愤懑借文学作品倾泻而出？

在《武陵书怀五十韵》中，刚刚遭到政敌严酷打击被贬遐荒的刘禹锡，又听到了顺宗死去的消息，面对险恶的政局，他不能不忧愤交集："湘灵悲鼓瑟，泉客泣酬恩。……南登无灞岸，旦夕上高原。"①这里表现的，不正是一颗在风雨飘摇中既深深颤栗又愤激无比的孤臣心灵么？在《华它(佗)论》中，他更强烈地抒发了这种激情，公然对专制君主杀戮人才的行为提出抗议："吾观自曹魏以来，执死生之柄者，用一恚而杀材能，众矣，又乌用书它之事为？"②作为社会的存在物，人深感专制政治的压抑，必然产生强烈的不平；作为自然的存在物，人连基本的生存条件都难以获得的时候，不能不产生强烈的怨愤；强烈的怨愤与强烈的不平合于一途，喷薄而出，则其冲击力之大，不难想知。请看：

> 莫高者天，莫浚者泉。推以极数，无逾九焉。伊我之谪，至于数极。长沙之悲，三倍其时。……稽天道与人纪，咸一偾而一起。去无久而不还，棼无久而不理。何吾道之一穷兮，贯九年而犹尔？③

在这篇《谪九年赋》中，刘禹锡反复申说，一再强调，将自我的生命沉沦推至极点，从而使得郁积胸中的无比怨愤跃然纸上。

李涂《文章精义》谓："子厚发之以愤激"④，甚确。通观柳宗元的诗文，几乎篇篇染满孤臣悲伤愤怨的斑斑血痕。在《祭吕衡州温文》中，柳宗元怀着万分的悲痛，长呼苍天：

> 呜呼天乎，君子何厉？天实仇之。生人何罪？天实雠之。聪明正直，行为君子，天则必速其死。道德仁义，志存生人，天则必夭其身。吾固知苍苍之无信，莫莫之无神，今于化光之殁，怨逾深而毒逾甚……天乎痛哉！……

① 《刘禹锡全集编年校注》卷二《武陵书怀五十韵》，第120~121页。

② 《刘禹锡全集编年校注》卷二〇《华它论》，第2205页。

③ 《刘禹锡全集编年校注》卷一四《谪九年赋》，第1671~1672页。

④ (宋)李涂撰：《文章精义》，人民文学出版社，1960年，第20页。

道大艺备，斯为全德。而官止刺一州，年不逾四十，佐王之志，没而不立，岂非修正直以召灾，好仁义以速咎者耶？①

这里，诗人对好友吕温的早逝充满悲哀怨愤是显而易见的。一方面，他将吕温的早逝归咎于“天”，而又明言“苍苍之无信，莫莫之无神”，可见“天”只不过是诗人泄怨的表面对象，而真正的对象无疑是导致吕温被贬的专制政治；另一方面，诗人与吕温同是革新派成员，又都遭贬，因而他悲悯吕温，即是悲悯自己，他说吕“修正直以召灾，好仁义以速咎”，即是对自己和其他被贬友人之身世遭际的深深不平，是对专制政治颠倒黑白、不分贤愚做法的强烈抗议；而祭文中“呜呼天乎”“天乎痛哉”的反复出现，则大大强化了诗人不平和抗议的程度，并使得他的激愤情感如大江出闸，滔滔东注，无遮无拦。

同样的孤愤情怀还突出地表现在柳宗元写给许孟容、杨凭、裴埙、萧俛、李建等人的书信中。这些书信备述身世遭际，痛陈是非曲直，但见泪痕，不睹文字，充满着巨大的人生感恨和悲剧气息。孙琮评《与裴埙书》谓：“通篇纯作愤懑无聊文字，极写怨望心事。前二段，自述得罪之由。中后四段，凡怨望朝廷，写作两番；怨望友朋亦写作两番。此不是重复：盖怨望朝廷而不得伸，转而望之友朋，怨望友朋而不得伸，又转而望之朝廷。望之朝廷而终不得伸，于是决意望之友朋。故作四段写来，展转反复，纯是一片愤懑无聊情况。孤臣心事，极力写尽”。② 又评《寄许京兆孟容书》云：“鹿门先生谓此书与马迁《报任安书》相似，然亦有大不同处：迁书激昂，此书悲愤；迁书写得雄快，此书写得郁结；迁书写得慷慨淋漓，此书呜咽怜惜。分道扬镳，各臻其妙。”③且不说这两段评语所评是否恰当，仅就其对子厚愤懑悲伤之九转哀肠的揭示而言，就其所下“悲愤”“郁结”“孤臣心事，极力写尽”等断语而言，亦可谓准确抓住了贬谪诗人孤愤情怀的要义真谛。

“指白日以致愤兮，卒幽颓而不列。……古固有一死兮，贤者乐得其所！”④

① 《柳宗元集校注》卷四〇《祭吕衡州温文》，第 2558~2559 页。

② 《柳宗元集校注》卷三〇《与裴埙书》，第 1997 页。

③ 《柳宗元集校注》卷三〇《寄许京兆孟容书》，第 1972 页。

④ 《柳宗元集校注》卷一九《吊苌弘文》，第 1294 页。

是死亡，以其内含的对人生的巨大威胁，唤醒了贬谪诗人对生命价值的深刻意识，也使他们在对道德人格的执著中，表现出了虽悲凉却无所畏惧的人生态度和孤愤情怀。所以柳宗元在其诗作中一再表示了他对混浊时事的强烈愤激："理世固轻士，弃捐湘之湄"①，"希声閟大朴，聋俗何由聪"②，"苟偷世之谓何兮，言余心之不臧"③，"众情嗜奸利，居货捐千金。危根一以振，齐斧来相寻。揽衣中夜起，感物涕盈襟。微霜众所贱，谁念岁寒心？"④这里的所谓"理世"不过是正话反说，"聋俗"、"偷世"才是它的真正含义。正是在对这聋俗偷世的指斥中，我们看到了柳宗元这位中唐诗人"愤孤直不容于时"⑤的全部苦闷和郁怒不平。

元和逐臣的孤愤情怀还表现为以寓言讽刺的方式对政敌进行猛烈鞭挞。通观元和贬谪文学可知，借寓言诗、寓言文以讥讽政敌、抒发郁愤的作品是大量的、引人注目的。一方面，元和逐臣的遭受打击、生命沉沦，几乎无一不与权臣佞幸的从中作祟有关，因而，他们对此权臣佞幸及其追随者不能不怀有满腔的义愤；另一方面，他们"身居下流，为谤薮泽"⑥，在严酷的政治压抑和恐怖气氛中，又难以将心中的仇恨和义愤直白无隐地和盘托出，于是，便托物讽谕，指桑骂槐，言此意彼，泄愤抒忧。

在《骂尸虫文》中，柳宗元把政敌比作阴秽变诈以害于物的尸虫，怒不可遏地予以痛斥：

> 来，尸虫！汝曷不自形其形？阴幽诡侧而寓乎人，以贼厥灵。膏肓是处兮，不择秽卑。潜窥默听兮，导人为非。冥持札牍兮，摇动祸机。卑陬拳缩兮，宅体险微。以曲为形，以邪为质，以仁为凶，以僭为吉，以淫谀谄诬为族类，以中正和平为罪疾，以通行直遂为颠蹶，以逆施反斗为安佚。谮下谩上，恒其心术，妒人之能，幸人之失。⑦

① 《柳宗元集校注》卷四二《零陵赠李卿元侍御简吴武陵》，第 2745 页。
② 《柳宗元集校注》卷四二《初秋夜坐赠吴武陵》，第 2734 页。
③ 《柳宗元集校注》卷一九《吊乐毅文》，第 1311 页。
④ 《柳宗元集校注》卷四三《感遇二首·其一》，第 3101 页。
⑤ 《史记(修订本)》卷六三《老子韩非列传》，第 2613 页。
⑥ 《柳宗元集校注》卷一五《答问》，第 1072 页。
⑦ 《柳宗元集校注》卷一八《骂尸虫文》，第 1236 页。

柳集韩注谓："公此文盖有所寓耳。……当时之谗公者众矣，假此以嫉其恶也。"①在《寄许京兆孟容书》中，柳宗元曾对昔日受谗情形痛苦地追忆道："宗元早岁……勤勤勉励，唯以中正信义为志，以兴尧舜孔子之道，利安元元为务。……很忤贵近，狂疏缪戾，蹈不测之辜，群言沸腾，鬼神交怒。加以素卑贱，暴起领事，人所不信。射利求进者，填门排户，百不一得，一旦快意，更造怨讟。以此大罪之外，诋诃万端，旁午构扇，尽为敌雠，协心同攻，外连强暴失职者以致其事。"②将此追忆与前引《骂尸虫文》作一比照，则二者何其相似乃尔！很明显，那些"以淫谀谄诬为族类，以中正和平为罪疾"的尸虫，正是现实中对"以中正信义为志"的诗人怨詈谗毁的"射利求进者"、"强暴失职者"。进一步说，柳宗元正道直行而遭谗毁、而被远贬；远贬之后这谗毁仍无休止，甚至"谤语转侈，嚣嚣嗷嗷"③；在这种情况下，他怎能不在备感冤屈的同时而义愤填膺？又怎能不对人世的"尸虫"们予以激切的斥骂？

为了发泄压在心头的沉重郁愤，柳宗元更将政敌比作蝮蛇、王孙，把混浊的政治比作曲几，嬉笑怒骂，正话反说，极尽讽刺、批判、鞭挞之能事。在他看来，现实社会不过是"欹形诡状，曲程诈力"的"末代淫巧"之世，此世"人道甚恶，惟曲为先。在心为贼，在口为愆"④。正是这样的社会，豢养了一批蝮蛇、王孙般的小人，他们或是"蓄怒而蟠，衔毒而趋，志蕲害物，阴妒潜狙"，"缘形役性，不可自止。草摇风动，百毒齐起，首拳脊努，呥舌摇尾。不逞其凶，若病乎己"⑤；或是"跳踉叫嚣兮，冲目宣龂。外以败物兮，内以争群。排斗善类兮，哗骇披纷"，属于"甚可憎"之类。因而，作者明确表示：决不与此恶类同流合污，而要"退优游兮，惟德是效"，并召唤"山之灵"从昏睡中醒来，除此恶类。⑥宋人晁补之有言："王孙、尸虫、蝮蛇，小人谗佞之类也；其憎之也，骂之也，

---

① 参见《柳宗元集校注》卷一八《骂尸虫文》，第 1238 页。
② 《柳宗元集校注》卷三〇《寄许京兆孟容书》，第 1955~1956 页。
③ 《柳宗元集校注》卷三〇《与萧翰林俛书》，第 1998 页。
④ 《柳宗元集校注》卷一八《斩曲几文》，第 1246 页。
⑤ 《柳宗元集校注》卷一八《斩曲几文》，第 1252 页。
⑥ 《柳宗元集校注》卷一八《憎王孙文》，第 1257 页。

投畀有北之意也；其宥之也，以远小人不恶而严之意也。”①核之柳文，此语诚然。

与柳宗元的寓言文相比，刘禹锡更善于用寓言诗的形式斥骂政敌。在《百舌吟》中，他将党人群小比作“绵蛮宛转似娱人，一心百舌何纷纷”的百舌鸟，对其“笙簧百转”、“迎风弄景”的变诈诡谲、骄横自矜之态予以尖刻的嘲讽，并以极度轻蔑的口吻说道：

天生羽族尔何微！舌端万变乘春辉。南方朱鸟一朝见，索寞无言蒿下飞。②

这里，对“舌端万变”之百舌亦即善造谣言、谗毁正人之群小的极度轻蔑，既源于对他们狐假虎威、外强中干之本质的深层透视，也源于诗人对自我的坚定信心；前者使诗人能身处逆境而不为所动，后者则赋予诗人与之顽强斗争的勇气和力量。因而，在《聚蚊谣》中，当那些象喻群小的飞蚊发着如雷的声音，“嘈然欻起初骇听，殷殷若自南山来”的时候，当“昧者不分聪者惑”，尽皆恐慌畏惧的时候，诗人尽管受其“利嘴”叮咬，但仍然以必将胜利的自信说道：“清商一来秋日晓，羞尔微形饲丹鸟！”③同样的情形也表现在《飞鸢操》中。表面看来，飞鸢与百舌的宛转娱人、蚊虫的伺暗伤人不同，它振翅高飞于青天长空之中，“游鹍朔雁出其下，庆云清景相回旋”，似乎很勇猛，很高雅，可是，它争食和躲藏的时候就大不一样了：“忽闻饥乌一噪聚，瞥下云中争腐鼠。腾音砺吻相喧呼，仰天大赫疑鸳雏。畏人避犬投高处，俯啄无声犹屡顾。”④你看，这是何等的贪婪、鄙陋！何等的外强中干！所以诗人最后说道：

天生众禽各有类，威凤文章在仁义。鹰隼仪形蝼蚁心，虽能戾天何

① 参见《柳宗元集校注》卷一八《宥蝮蛇文》，第1255页。
② 《刘禹锡全集编年校注》卷一《百舌吟》，第64页。
③ 《刘禹锡全集编年校注》卷一《聚蚊谣》，第67~68页。
④ 《刘禹锡全集编年校注》卷一《飞鸢操》，第72页。

足贵!①

这里表现的仍然是蔑视，是充满强烈愤慨的蔑视；同时，由此蔑视也益发显示了诗人羞与为伍而向慕“仁义”的凛凛气骨。也许正是这种蔑视和气骨，使得上述诗作于强烈的孤愤情怀外，别具一种深蕴人格力量的悲壮风采。

韩愈被贬之后，也创作了一些借物寓意的讽刺诗作，借以抒发内心的郁愤。如《射训狐》这样说道：

有鸟夜飞名训狐，矜凶挟狡夸自呼。乘时阴黑止我屋，声势慷慨非常粗。安然大唤谁畏忌，造作百怪非无须。聚鬼征妖自朋扇，摆掉栱桷颓墍涂。②

曰“造作百怪”“聚鬼征妖”，则此名为训狐的恶鸟显指党人群小；曰“乘时阴黑止我屋”，则此党人群小又无疑与诗人的被贬有关。由训狐的“矜凶挟狡”，可见其险恶之心；由训狐的“声势慷慨”，可见其嚣张之态；它不仅造作百怪，中伤正人，而且得寸进尺，“意欲唐突羲和乌”。因而，诗人深恶痛绝地举箭往射，“一矢斩颈群雏枯”。在《东方半明》中，诗人进一步以空中星、月为喻，将整个政局比作“东方半明大星没，独有太白配残月”，对象喻群小的太白、残月发出警告：“嗟尔残月勿相疑，同光共影须臾期。残月晖晖，太白睒睒。鸡三号，更五点。”③言外之意在说：天很快就要亮了，你们“同光共影”的时间和寿命都将到尽头了。程学恂评云：“此诗忧深思远，比兴超绝。”④还只是就诗论诗之语；如果联系到韩愈无罪被贬的遭遇和他在前诗中表达的意旨，便可看出，在其深忧远思中正包含着对政敌群小的极大愤慨和嘲笑，尽管这政敌之所指可能是与之有旧憾的二王等人。

将强烈的孤愤纳入饱经沧桑的悲凉心境，以深刻的理性认知去审视社会、解

① 《刘禹锡全集编年校注》卷一《飞鸢操》，第72页。
② 《韩昌黎诗系年集释》卷二《射训狐》，第265页。
③ 《韩昌黎诗系年集释》卷二《东方半明》，第268页。
④ 参看《韩昌黎诗系年集释》卷二《东方半明》集说，第271页。

悟人生，乃是元和逐臣孤愤情怀的又一种表现。对元和逐臣来说，自身的孤愤和悲伤，为他们提供了观察社会和人生的新的视角，而视角的改变，则大大深化了他们对问题的思考深度。

世路山河险，君门烟雾深。年年上高处，未省不伤心。①

人世的路途有如崎岖高峻、湍流急奔的山河，险恶无比；君主专制和社会政治的内幕有如层层缭绕的烟雾，深不可测；这些事理，诗人平昔也曾想到，但终有隔膜，只有当身遭打击、亲历其境的时候，只有当产生了巨大的人生感恨并将此感恨融入肌骨的时候，感触才益发深刻；而生命年复一年的沉沦，情感年复一年的凝聚，更给这深刻的感触增添了一种"心如止水鉴常明，见尽人间万物情"②的理性成分。

信书成自误，经事渐知非。今日临歧别，何年待汝归？③

是长久的生命磨难加深了诗人的社会认知，是险恶的社会现实教给了诗人书本所无的人生经验，而当这认知和经验早已铭刻在了心里，当再度遭受打击远赴穷荒不得不与好友扬镳分道之际，诗人想到的已不是卧薪尝胆的十年生聚，东山再起，而是饱含沉痛与省悟的对社会政治的厌恶和避离了。是呵，"世间人事有何穷？过后思量尽是空"④、"世途倚伏都无定，尘网牵缠卒未休"⑤。面对匆匆过往的人事，回首一次次被贬被放的遭际，怎能不使贬谪诗人怀着深深的戒惧和忧愤而生出万端感慨？所以，在刘禹锡的诗篇中，出现了大量融孤愤情怀与悲凉心境于一体的透视世事人心的力作：

① 《刘禹锡全集编年校注》卷三《九日登高》，第343页。
② 《刘禹锡全集编年校注》卷一一《和仆射牛相公寓言二首》其二，第1229页。
③ 《柳宗元集校注》卷四二《三赠刘员外》，第2808页。
④ 《刘禹锡全集编年校注》卷五《重寄表臣二首》其二，第479页。
⑤ 《白居易诗集校注》卷一五《放言五首》其二，第1231页。

瞿塘嘈嘈十二滩，此中道路古来难。长恨人心不如水，等闲平地起波澜。①

将略兵机命世雄，苍黄钟室叹良弓。遂令后代登坛者，每一寻思怕立功。②

“长恨”，见出诗人长久郁积的对那比瞿塘还要险恶之“人心”的无比憎恶，“怕立功”，见出诗人在深刻反思中对历代忠良悲剧命运的体察和自我遭际的切身感受。一面是凝聚心头化解不开的孤臣之愤，一面是由此一己之愤而彻悟到的人情事理。唯其孤臣之愤极深，故所见人情事理至透彻；唯其对人情事理有透彻的理解，故诗句内蕴极丰厚、命意极精警。这是对古今人际关系、社会政治的概括、揭露和批判，也是诗人长久愤世嫉俗之情的抒发。而所有这些，无不源于并不断加剧着诗人内心的不平和悲凉：

常恨言语浅，不如人意深。今朝两相视，脉脉万重心。③

在这首题名《视刀环歌》的小诗中，包含着多少难以言说的悲恨情怀！后人评此诗曰：“夫机贵密，泄则败。世间喜开口者多为不开口者所害，故一切深意人不易开口，鉴言语之为祸而始知不如人意之深也。……‘今朝两相视’，‘两’字指刀与环而言；‘相视’，非梦得视刀环、刀环亦视梦得之谓，是梦得视刀复视环、视环复视刀也。……梦得有极不平事在心，尽用得刀着，然其无柄，见此环念头又顿消歇下去，故不赋刀而赋刀环也。”④联系刘禹锡的心性遭际和前引作品来看，不能不说这段评语是颇有见地的；似乎也正是这种既“有极不平事在心”而又将此不平予以沉潜的悲恨情怀，大大增加了刘诗的理性深度。

柳宗元著名的《三戒》，世人已熟知，它通过《临江之麋》《黔之驴》和《永某氏

① 《刘禹锡全集编年校注》卷五《竹枝词九首》其七，第551页。

② 《刘禹锡全集编年校注》卷六《韩信庙》，第697页。

③ 《刘禹锡全集编年校注》卷三《视刀环歌》，第315页。

④ (清)徐增撰，樊维纲校注：《而庵说唐诗》卷八，中州古籍出版社，1990年，第195~196页。

之鼠》三个寓言故事，从不同角度表现了柳宗元以自身经验为基础的人生体察，其深刻意义诚如论者所谓：“就麋和鼠来说，它们的下场意味着胜败存亡并不在于当事者本身的道德性格或是它保护人的权势；而黔之驴的寓意则更进一步提供了例证：在毫无道德概念或环境势力干扰的情况下，自然律继续起作用，其结果与当事人的道德性亦无关。《三戒》固然包含了驴之自大、鼠之暴虐、麋之愚弱，但其共同点却在于说明自然最终无感于人的偏见和人欲控制自己和别人命运的徒劳无益。”①如果说，《三戒》所阐发的生活哲理在涵纳作者人生体验的同时，还具有较大的宽泛性，那么，在《复吴子松说》和《宋清传》中所表现的理性认知在包孕作者人生体验这一点上便无疑更为突出、更为集中了。《复吴子松说》是一篇借题发挥、不平而鸣的短文，文中针对吴武陵关于树表皮何以有斑驳奇诡之纹，人何以有贤不肖、寿夭、贵贱的疑问，谈了作者的看法，并由此引申一层：

> 然有可恨者。人或权褒贬黜陟，为天子求士者，皆学于圣人之道，皆又以仁义为的，皆曰：“我知人，我知人。”披辞窥貌，逐其声而核其所蹈者，以升而降。其所升，常多蒙瞀祸贼僻邪、罔人以自利者；其所降，率多清明冲淳、不为害者。彼非无情物也，非不欲得其升降也，然犹反戾若此。逾千百年，乃一二人幸不出于此者，征之，犹无以为告。今子不是病，而木肤之问为物者有无之疑，子胡横讯过诘扰扰焉如此哉！②

混浊反戾的世风，贤不肖倒置的现实，乃是引发作者悲之愤之的前提条件，而作者才而见弃的自身遭际以及由此生发的孤愤情怀，在冷静思考后转变为深刻的思想，则愈发加强了文章的穿透力。在《宋清传》中，作者描写了一位急人之难、乐善好施的药商宋清。尽管宋清“以是得大利”，但其“取利远，远故大，岂若小市人哉”？由宋清之作为反观世间人际关系，作者不禁慨然长叹：

> 吾观今之交乎人者，炎而附，寒而弃，鲜有能类清之为者。世之言，徒

① 陈幼石：《韩柳欧苏古文论》，上海文艺出版社，1983 年，第 71 页。
② 《柳宗元集校注》卷一六《复吴子松说》，第 1149~1150 页。

曰“市道交”。呜呼！清，市人也，今之交有能望报如清之远者乎？幸而庶几，则天下之穷困废辱得不死亡者众矣，“市道交”岂可少耶？或曰：“清，非市道人也。”柳先生曰：清居市不为市之道，然而居朝廷、居官府、居庠塾乡党以士大夫自名者，反争为之不已，悲夫！①

先以“市道交”论宋清，认为其所为者远胜“今之交乎人者”；继以“非市道人”论宋清，指出其品格远胜“以士大夫自名者”。前者借宋清之真诚反衬众人之虚伪，后者借宋清之高雅反衬士大夫之庸俗。“炎而附，寒而弃”，道尽了人情之冷暖；“反争为之不已”，道尽了世风之偷薄。柳集韩注谓：“公此文在谪永州后作。盖谓当时之交游者不为之汲引，附炎弃寒，有愧于清之为者，因托是以讽。”②此说固然不错，但在其讽谕之外，还存在着一种更深沉的情感，那就是作者在饱经“穷困废辱”之折磨后日益强烈的孤臣之愤，正是这种愤，给了作者直面人生的勇气和辨别是非的智慧。

《行路难三首》更集中地表现了柳宗元对艰难世事的洞察。第一首写夸父逐日、力尽道渴而死后，“狐鼠蜂蚁争噬吞”③的悲剧经历，并以北方短人与之作比，发为“睢盱大志小成遂，坐使儿女相悲怜”④的感叹。第二首写虞衡率人滥伐山间大木，使得“群材未成质已夭”，而到“柏梁天灾武库火”时，已无法补救，只剩下“匠石狼顾相愁冤”了。因而，诗人深有感触地说道：“君不见南山栋梁益稀少，爱材养育谁复论！”⑤第三首借“飞雪断道冰成梁，侯家炽炭雕玉房”之盛景与“雪山冰谷晞太阳”“死灰弃置参与商”之衰景的对比，深刻指出：“盛时一去贵反贱，桃笙葵扇安可当！”⑥这三首诗意在说理，而冠以“行路难”之名，说明在其表述的哲理中，深寓着诗人历尽人世艰险而大彻大悟的感怀和孤愤。所以，注解柳诗的韩醇指出：

---

① 《柳宗元集校注》卷一七《宋清传》，第1162页。
② 参看《柳宗元集校注》卷一七《宋清传》，第1163页。
③ 《柳宗元集校注》卷四三《行路难三首·其一》，第3053页。
④ 《柳宗元集校注》卷四三《行路难三首·其一》，第3054页。
⑤ 《柳宗元集校注》卷四三《行路难三首·其二》，第3056页。
⑥ 《柳宗元集校注》卷四三《行路难三首·其三》，第3058页。

三诗意皆有所讽。上篇谓志大如夸父者竟不免渴死，反不若北方之短人，亦足终天年。盖自谓也。中篇谓人才众多，则国家不能爱养，逮天下多事，则狼顾而叹无可用之才。盖言同辈诸公一时贬黜之意也。下篇谓物适其时则无有不贵，及时异事迁，则贵者反贱。盖言其前日居朝行而今日贬黜之意也。①

这段解说大致符合柳诗旨意，但深一步发掘还可看到：诗中对夸父遭遇的描写，不仅深寓着诗人自我的英雄末路之悲，深寓着他对复杂人生的深刻解悟，而且表现了他对“睢盱大志小成遂”之社会不公的深深不平；诗中对材木惨遭砍伐的描写，既借物喻人，深自感伤，又抒发了对专制政治扼杀人才的极度愤懑；诗中对贵贱易位、世事变化的描写，不独是写自己由高而低的生命沉沦，更是对整个人生世事的透彻体认，其中包含的，与其说是一人一时一事的感慨，毋宁说是超越具体人事时空的哲理表述以及由此外溢的一种宇宙性悲凉。别林斯基认为：诗的“感情越深刻，思想也越是深刻”，“思想消灭在感情里，感情又消灭在思想里，从这相互的消灭就产生了高度的艺术性”。② 衡之柳宗元上述作品乃至其他贬谪诗人的同类作品，几乎无不与此感情和思想的紧密融合，亦即具有强烈孤愤情怀的理性认知相关。

将强烈的孤愤融入对历史的观照、反思之中，既使得咏史具有浓郁的主观色彩，又赋予怀古以丰厚的现实内蕴和情感深度，也是元和逐臣孤愤情怀的一种表现。

诗是心灵的窗口，真正激动人心的诗作必定具备哲学的浓度，真正深刻的历史观照也应反映人的现实精神，而这种现实精神，在元和逐臣这里便具体表现为基于自身悲剧命运的忧愤和抗争。柳宗元《咏史》云：

燕有黄金台，远致望诸君。嗛嗛事强怨，三岁有奇勋。悠哉辟疆理，东

① 参看《柳宗元集校注》卷四三《行路难三首》下引，第3053页。

② （俄）别林斯基著，满涛译：《别林斯基选集》第一卷，人民文学出版社，1959年，第263页。

海漫浮云。宁知世情异，嘉谷坐熇焚。致令委金石，谁顾蠹蠕群。风波欻潜构，遗恨意纷纭。岂不善图后，交私非所闻。为忠不内顾，晏子亦垂文。①

这首诗以战国时期的名将乐毅为歌咏对象，而又暗自关合诗人的身世遭际：乐毅先事燕昭王，颇受重用，为燕拔齐七十余城，立下卓越战功，这就有如诗人参加王叔文政治集团，为顺宗信用，大刀阔斧地革除弊政，使得“市里欢呼”②、“人情大悦”③；乐毅在燕昭王卒后，备受燕惠王猜忌排挤，不得已而降赵，流落异国，就如同诗人等革新派成员在顺宗刚退位后即遭宪宗打击，被贬荒远。历史的相似性是惊人的，而其中尤为重要的是人的命运的相似。当这相似的命运在历史上一再出现，并由后人自觉观照前人同一命运的时候，怎能不慨然有动于中？“风波欻潜构，遗恨意纷纭”④，这是何等深切的历史经验总结！又是何等沉痛的自我心声表露！设若柳宗元没有生命沉沦的苦难遭际，没有“怅望千秋一洒泪”⑤的孤愤情怀，绝说不出这等沉痛的话来。

同样的情形更突出地表现在《咏三良》中。三良即春秋时代秦国子车氏之三子奄息、仲行、鍼虎。秦伯任好卒，三良皆被殉葬⑥。《咏三良》即取材于此。值得注意的是，历史故事本极简略，但到了柳宗元手下却得到了大大的扩展和丰富：

束带值明后，顾盼流辉光。一心在陈力，鼎列夸四方。款款效忠信，恩义皎如霜。生时亮同体，死没宁分张？壮躯闭幽隧，猛志填黄肠。⑦

这段文字从具体参政到殉死身亡，写得有声有色，情感激腾澎湃，极具现实意味，若非有切身参政经验如柳宗元者，便很难写得出来。联系柳宗元在《冉溪》

① 《柳宗元集校注》卷四三《咏史》，第 3107 页。
② 《韩昌黎文集校注》外集下卷《顺宗实录》卷一，第 780 页。
③ 《韩昌黎文集校注》外集下卷《顺宗实录》卷二，第 783 页。
④ 《柳宗元集校注》卷四三《咏史》，第 3107 页。
⑤ 《杜诗详注》卷一〇其《咏怀古迹五首·其二》，第 1501 页。
⑥ 见《春秋左传正义》卷一九《文公六年》，《十三经注疏》，第 4001~4005 页。
⑦ 《柳宗元集校注》卷四三《咏三良》，第 3110 页。

中所谓“少时陈力希公侯，许国不复为身谋。风波一跌逝万里，壮心瓦解空缧囚”①，则此“一心在陈力”数语岂不正是诗人对革新派成员当年勇于参政之行迹的追述和表白？如果再联系到王叔文被赐死，王伾、凌准相继贬死的事件，则此处对三良殉死的咏叹，又何尝不可视作是对王叔文等惨死的悲悼？更进一步，秦穆公以三良为殉一事在历史上是颇受非议的，但诗人在此却一反传统看法，移花接木，将穆公开脱出来。一方面，曰“明后”，曰“恩义皎如霜”，曰“生时亮同体，死没宁分张”，在在表现出君主之贤明与君臣关系之紧密；另一方面，又郑重指出：“殉死礼所非，况乃用其良？”那么，这让三良殉死者究系何人？从下文来看，并非穆公，而是穆公之子康公。为了说明这一点，诗人进一步引用魏武子卒，遗命令嬖妾殉死，而其子改其命的故事②，说道：“疾病命固乱，魏氏言有章。”③意思是说，魏武子之子之所以不从父命，以人为殉，是因为已认识到其父被疾病搞糊涂了，遗命不需要遵从；由此引申开来，则秦穆公又何尝不是这种情形？设若秦穆公也是“疾病命固乱”，则其子康公即不应遵从父命，而应像魏武子之子那样去做；可是，康公不仅没有这样做，仍坚持“礼所非”的殉葬制度，而且所殉之人竟是三良，这岂不是罪上加罪？因而，诗人对此行径不能不义愤填膺，以至公开宣称：

从邪陷厥父，吾欲讨彼狂！④

柳集孙注云：“彼狂，谓穆公子康公也。”⑤这话虽然不错，但还只是就史论史之言，实际上，柳宗元在此早已跳出了单纯的咏史层面，而将批判的矛头直接指向现实了。他欲讨伐康公，实乃鞭挞宪宗；他为穆公开脱，实则为顺宗张目；他称赞三良与穆公的生时同体，死不分张，实指王叔文等与顺宗同归于尽，借以慰藉忠魂；他咏叹三良的被殉而死，实即痛悼王叔文等革新志士的悲剧命运，借以抒

① 《柳宗元集校注》卷四三《冉溪》，第 2997 页。
② 见《春秋左传正义》卷二四《宣公十五年》，《十三经注疏》，第 4095~4099 页。
③ 《柳宗元集校注》卷四三《咏三良》，第 3110 页。
④ 《柳宗元集校注》卷四三《咏三良》，第 3110 页。
⑤ 参见《柳宗元集校注》卷四三《咏三良》，第 3111 页。

发孤愤。如果不是这样，那么，柳宗元为何一再选取历史上父子相悖的事件(如燕昭王父子、秦穆公父子、魏武子父子)为歌咏题材？他为什么会为一历史事件而大动肝火，竟至于去“讨彼狂”？为什么他不去声讨史家一再批评的令人从死的秦穆公①，而要去声讨那几乎无人提及的秦康公？为什么他的咏叹对象又都是与自己身世遭际相类似的乐毅、三良之流？在高明的诗人那里，历史往往即是现实，对史事的怀想即是对今事的思考，而为古人鸣冤也就是为今人叫屈。清人冒春荣有言：“己有怀抱，借古人事以抒写之，斯为千秋绝唱。”②就此而言，柳宗元的上述作品诚可当之。

柳宗元之外，其他元和逐臣如韩愈、白居易皆有咏史、怀古之作，而且其中或多或少、或隐或显也都融入了作者的现实意绪。如白居易谪居江州时作《昭君怨》一诗，末云：“自是君恩薄如纸，不须一向恨丹青。”③借昭君见疏终被远弃之事以影己事，怨君之情溢于言表。不久，白居易自江州量移忠州，由司马升任刺史，这使他一方面感到君主还没忘了自己，怨怼之情稍减，另一方面则因官虽进而地益远，终难返朝，不免继生悲恨。于是在量移途中，又作《过昭君村》一诗，咏史抒怀：“独美众所嫉，终弃于塞垣。唯此希代色，岂无一顾恩？事排势须去，不得由至尊。白黑既可变，丹青何足论？竟埋代北骨，不返巴东魂！”④这两首诗，同咏一事，却发生了从“自是君恩薄如纸”到“事排势须去，不得由至尊”的明显变化，如果不联系诗人处境情感的变化，那么这一现象又该作何解释呢？韩愈于元和十四年赴潮州贬所途中作有《题楚昭王庙》一诗，甚是悲凉：“丘坟满目衣冠尽，城阙连云草树荒。犹有国人怀旧德，一间茅屋祭昭王！”蒋之翘评云：“吊古诗只是伤今，不更及古，而思古之意，自是凄绝。”何焯评云：“意味深长，昌黎绝句中第一。”⑤细细想来，假若没有诗人朝奏夕贬远弃遐荒的悲剧命运以及苦闷沉重的孤臣情怀，没有由此命运和情怀凝铸的精神意脉贯穿其中，则此诗便

① 《史记(修订本)》卷五《秦本纪》，第289~378页。

② (清)冒春荣撰：《葚原诗说》卷二，《丛书集成三编》第61册，新文丰出版公司，1985年，第182~183页。

③ 《白居易诗集校注》卷一六《昭君怨》，第1332页。

④ 《白居易诗集校注》卷一一《过昭君村》，第847页。

⑤ 《韩昌黎诗系年集释》卷一一《题楚昭王庙》，第1176~1177页。

很难具有如此的深沉感、悲凉感。

然而，在元和逐臣中以咏史、怀古而独占鳌头的，不是韩愈、白居易，也不是柳宗元，而是“以意为主”①、“用意深远”②的刘禹锡。刘的咏史、怀古之作，不仅数量多，而且写得好，意悲境远，感慨无端，调响词练，高华深稳，在中唐诗坛洵为大家。综观刘禹锡此类诗作，大致可分为两种类型。

第一种类型重在表现主观情感，亦即咏史而兼抒怀抱，用意明朗直捷，情怀悲愤沉痛。如《咏史二首》云：

> 骠骑非无势，少卿终不去。世道剧颓波，我心如砥柱。
> 贾生明王道，卫绾工车戏。同遇汉文时，何人居贵位？③

二诗所咏皆汉代史事，而表现的则是强烈的现实愤慨。史载：任安（字少卿）事大将军卫青，后卫青权势日退，而骠骑将军霍去病日益贵盛，“举大将军故人门下多去事骠骑，辄得官爵，唯任安不肯”④。又，贾谊少年高才，满腹经纶，然终不为文帝信用，且遭远贬⑤；而卫绾“以戏车为郎，事文帝，功次迁为中郎将”⑥。在这里，刘禹锡取此诸事，先于第一首中高度称赞了任少卿不以权势富贵而移徙志节的态度，表明了自己不肯降心辱志而欲砥柱中流的决心；继于第二首中通过贾谊与卫绾的两相比照，发出饱含悲愤的一问。事情很明显：贾谊才高而见弃于世，卫绾平庸却获致高位，这该是何等的不公！而这不公显然是那位号称贤明的汉文帝及其时代造成的。往者已矣，继者如故，放眼现实社会，有才者不得其用，无才者平步青云，试问，又是谁造成了这贤不肖的倒置？如果说，诗人的身世遭际恰与贾谊相似，在对贾谊的同情中即已深寓了他的不平，在对文帝的讽刺中即已深寓了对现实君主的批判，那么，诗人与任安相似的处境便不能不

① 《刘禹锡全集编年校注》附录五《周履靖》，第 2493 页。
② 《苕溪渔隐丛话》前集卷二〇，第 135 页。
③ 《刘禹锡全集编年校注》卷一《咏史二首》，第 84~85 页。
④ 《史记（修订本）》卷一一一《卫将军骠骑列传》，第 3556 页。
⑤ 见《史记（修订本）》卷八四《屈原贾生列传》，第 3020~3034 页。
⑥ 《史记（修订本）》卷一〇三《万石张叔列传》，第 3351 页。

激起他与任安相类的刚直心性，不能不强化他身处浊世独立不移的孤愤情怀。所以，在《咏古二首有所寄》中，他游心于古，瞩目于今，借咏汉光武与阴丽华之事，道出“岂无三千女？初心不可忘”①之语。“初心”者，昔日之信念也。这是劝告友人的话语，② 也是诗人的自我表白，而就咏史言，又全不说破，若即若离，黏中有脱，令人读来，别是一番情韵。

第二种类型重在观照历史，亦即怀古而兼寄感慨，用意含蓄隐微，情感深沉厚重。换言之，这类作品的现实针对性不是那么强，主观意绪不是那么显，往往是抚今思古，怀古感今，在古今相接的大跨度时空中，缓缓注入诗人源于苦难而又沉潜凝聚了的悲凉孤愤，从而使得作品具有一种沉思历史和人生的深度、力度。且看《金陵五题》中的《石头城》、《乌衣巷》两首：

> 山围故国周遭在，潮打空城寂寞回。淮水东边旧时月，夜深还过女墙来。③
>
> 朱雀桥边野草花，乌衣巷口夕阳斜。旧时王谢堂前燕，飞入寻常百姓家。④

这是两首脍炙人口的佳作，前人评《石头城》云：“山在，朝(潮)在，月在，惟六国不在，而空城耳。是亦伤古兴怀之作云耳。”⑤“石头为六朝重镇，今城空寂寞，独明月不异往时，繁华竟在何处？”⑥“山无异东晋之山，潮无异东晋之潮，月无异东晋之月，求东晋之宗庙宫室、英雄豪杰，俱不可见矣。意在言外，寄有于无。”⑦评《乌衣巷》云：“此叹金陵之废也。朱雀、乌衣，并佳丽之地。今惟野花

① 《刘禹锡全集编年校注》卷二《咏古二首有所寄》其二，第149页。

② 据诗中“一朝复得幸，应知失意人”二语，疑此友人当指元和四年返朝的程异。

③ 《刘禹锡全集编年校注》卷六《金陵五题·石头城》，第671页。

④ 《刘禹锡全集编年校注》卷六《金陵五题·乌衣巷》，第675页。

⑤ (元)杨士弘编选，陶文鹏、魏祖钦点校：《唐音评注》卷七，贵州人民出版社，2006年，第580页。

⑥ (明)唐汝询选释，王振汉点校：《唐诗解》卷二九，河北大学出版社，2001年，第657页。

⑦ (明)高棅撰，葛景春、胡永杰点校：《唐诗品汇》卷五一，中华书局，2015年，第1675页。

夕阳，岂复有王、谢堂乎？不言王、谢堂为百姓家，而借言于燕，正诗人托兴玄妙处。”①“盖燕子仍入此堂，王、谢零落，已化作寻常百姓矣。如此则感慨无穷，用笔极曲。”②这些评语虽角度稍异，而归趣则一，即都认为两首诗饱含着诗人遥想人世变迁、盛衰更替而生发的深沉感慨。这无疑是正确的，但似乎还不够深入。张震谓《乌衣巷》“亦有刺风，非偶然之作”③；徐增进一步指出：“言‘百姓家’已大为燕子不堪，又加‘寻常’二字于其上，则为燕子旧时主人何堪？故知不是扫燕子之兴，是扫王、谢之兴；王、谢之兴为何去扫他？盖欲扫当时执政之兴也。”④此二说认为刘诗怀古而兼寄讽谕，其中寓有现实郁愤，不为无见，然仍觉稍有间隔。联系刘禹锡在诗前小引中所谓“余少为江南客，而未游秣陵，尝有遗恨。后为历阳守，跂而望之，适有客以《金陵五题》相示，逌尔生思，欻然有得”，可以得知，此数诗并非登临古迹之作，而是“逌尔生思，欻然有得”⑤的产物，而这时诗人身陷谪籍已达二十一二年之久。由于是在沉思联想中所得，则其中必然杂有浓郁的主观意绪；由于是在生命长久沉沦后所作，则此主观意绪必定包蕴着诗人对历史不堪回首、人生不堪回首的无限沉痛；而当这种饱含沉痛的主观意绪自觉不自觉地贯注于诗篇之中时，也就必然会给诗中景物统统染色，举凡萧条之故国、寂寞之空城、惨淡之夕阳、无主之燕雀，无不呈现出历经沧海桑田的荒冷空寞气氛。这是人生的巨大悲凉，也是人生的巨大感恨，这悲凉，这感恨只能源于历经人生苦难的诗人心灵，而且也势必导致其怀古之作的内在沉重。在这里，我们真切地感觉到了一位思想家、政治家而又是孤臣的贬谪诗人反思历史的力度及其体察人生的深度。这种力度和深度不独表现于上述二诗中，而且在其他同类作品中也清晰可辨：

潮满冶城渚，日斜征虏亭。蔡洲新草绿，幕府旧烟青。兴废由人事，山

① 《唐诗解》卷二九，第657页。

② （清）施补华：《岘傭说诗》，《施补华集》，浙江古籍出版社，2018年，第594页。

③ 《唐音评注》卷七，第580页。

④ 《而庵说唐诗》卷一一，第263页。

⑤ 《刘禹锡全集编年校注》卷六《金陵五题》，第671页。

川空地形。后庭花一曲，幽怨不堪听。①

故国荒台在，前临震泽波。绮罗随世尽，麋鹿占时多。筑用金锤力，摧因石鼠窠。昔年雕辇路，唯有采樵歌。②

南国山川旧帝畿，宋台梁馆尚依稀。马嘶古树行人歇，麦秀空城泽雉飞。风吹落叶填宫井，火入荒陵化宝衣。徒使词臣庾开府，咸阳终日苦思归。③

西晋楼船下益州，金陵王气漠然收。千寻铁锁沉江底，一片降幡出石头。人世几回伤往事，山形依旧枕寒流。今逢四海为家日，故垒萧萧芦荻秋！④

这些诗作无不低回夷犹，力透纸背，沉重苍凉，感慨遥深。固然，其中并不乏总结历史教训，以为“有国存亡之鉴”⑤的意图，但更重要的，则是充溢于诗中那种悲凉而不衰飒、沉重而不失坚韧的精神气脉，以及纵横千古、涵盖一切的气象。方贞观评《荆州道怀古》云：“‘风吹落叶填宫井，火入荒陵化宝衣’……不过写景句耳，而生前侈纵，死后荒凉，一一托出，又复光彩动人，非惊人语乎？”⑥汪师韩评《西塞山怀古》云：“梦得之专咏晋事也，尊题也。下接云：‘人世几回伤往事’，若有上下千年、纵横万里在其笔底者。山形枕水之情景，不涉其境，不悉其妙。至于芦荻萧萧，履清时而依故垒，含蕴正靡穷矣！”⑦其中“依旧”二字“有高峰堕石之捷速”，“今逢”二字“有居安思危之遥深”，“至于前半一气呵成，具有山川形势，制胜谋略，因前验后，兴废皆然，下只以‘几回’二字轻轻兜满，何其神妙！”⑧在这里，表现手法的神妙与诗作内蕴的深厚相辅相成，饱含哲理的

① 《刘禹锡全集编年校注》卷六《金陵怀古》，第685页。

② 《刘禹锡全集编年校注》卷九《姑苏台》，第1016页。

③ 《刘禹锡全集编年校注》卷四《荆州道怀古》，第355~356页。

④ 《刘禹锡全集编年校注》卷五《西塞山怀古》，第566页。

⑤ 《苕溪渔隐丛话》前集卷二〇，第135页。

⑥ （清）方南堂：《方南堂先生辍锻录》，《清诗话续编》，第1841页。

⑦ （清）汪师韩撰：《诗学纂闻》，《丛书集成续编》第二〇一册，新文丰出版公司，1988年，第443页。

⑧ （清）方世举：《兰丛诗话》，《清诗话续编》，第756页。

历史反思与深沉悲凉的人生感慨互为补充，大大强化、深化了刘禹锡怀古之作的格调境界，所谓“雄浑老苍，沉著痛快，小家数不能及也”①，洵非虚语。

诗人生命沉沦的悲凉感恨，赋予其怀古诗作以反思历史的力度和体察人生的深度，而当此悲凉感恨与诗人借古事抒己怀抱的意图结合在一起时，亦即上述第一种类型与第二种类型结合在一起时，便不能不形成一种打通古今的强烈冲击力量。刘禹锡的《蜀先主庙》堪称代表之作，诗云：

> 天下英雄气，千秋尚凛然，势分三足鼎，业复五铢钱，得相能开国，生儿不象贤。凄凉蜀故妓，来舞魏宫前。②

诗咏蜀先主庙，而无一语道及“庙”字，全写西蜀盛衰；在此盛衰过程中，尤为突出地指出了“得相能开国，生儿不象贤”这关键性的一点。从历史上看，西蜀之盛，在于先主刘备得一诸葛贤相；西蜀之败，在于刘禅庸弱无能，不会用人。因而就史实和诗的性质而言，确是在咏史；然而在咏史的背后，又何尝没有明确的现实针对性？广而言之，唐太宗李世民以降，李唐王朝的子孙们是一代不如一代了；狭而论之，顺宗之子宪宗违背父志，严酷打击贤能之士；宪宗之子孙穆、敬二君“昏童失德”③，使得朝政日乱，国是日荒。所有这些，怎能不激起人对昏君庸臣的强烈愤慨？愤慨而不明言，借咏史以抒发之，打通今古，以古衬今，令人于历史相似性的联想中更深刻地认识现实，无疑增加了诗作的内在意蕴，强化、深化了诗人讽刺抨击现实社会的力量。

与此诗在写法上相类，刘禹锡另一首较少为人注意的《经檀道济故垒》也表现了同样的情形：

> 万里长城坏，荒营野草秋。秣陵多士女，犹唱《白符鸠》！④

① （宋）刘克庄撰；辛更儒笺校：《刘克庄集笺校》卷一七三《后村诗话》，中华书局，2011年，6704页。

② 《刘禹锡全集编年校注》卷五《蜀先主庙》，第536页。

③ 《新唐书》卷八《宣宗纪》，第253页。

④ 《刘禹锡全集编年校注》卷五《经檀道济故垒》，第574页。

檀道济，南朝刘宋时人，曾于武帝朝屡立战功，威名甚重，至文帝朝而为朝廷疑畏，死于非命。史载："道济见收，愤怒气盛……脱帻投地曰：'乃坏汝万里长城！'"①"时人歌曰：'可怜《白符鸠》，枉杀檀江州！'"②刘禹锡诗作即取材于此，而且于诗下将此歌谣如实照录，其用意之所在，不难想知。联系现实来看，王叔文坚明执亮，有文武之用，在顺宗朝领导革新，颇有成效，可到了宪宗朝先被远贬，继被赐死，这不是"枉杀"是什么？对唐之君主来说，这不是自坏其"万里长城"又是什么？如果说，在《华它论》里，作者曾以史论的形式对"执死生之柄者用一恚而杀材能"的现象予以深刻揭露，那么，诗人在此便更以咏史的形式表现了对专制君主的无比激愤，对王叔文之惨死的痛切哀悼。刘禹锡曾在《刘氏集略说》中自述："及谪于沅、湘间，为江山风物之所荡，往往指事成歌诗；或读书有所感，辄立评议。"③《新唐书》本传亦谓："禹锡久落魄，郁郁不自聊，其吐辞多讽托幽远。"④准此，则诗人迁转江南，经檀道济故垒，睹物思怀，托古迹起兴，抒写忧愤，便是极自然的事了。需要说明的是，刘禹锡这类咏史与怀古相结合的诗作，虽自抒怀抱，又不露痕迹，令人初读，俨然咏史，细加品味，精义方出。清人吴乔指出："古人咏史，但叙事而不出己意，则史也，非诗也；出己意，发议论，而斧凿铮铮，又落宋人之病。"唯"用意隐然，最为得体"⑤。由此看来，刘禹锡的上述诗作确已达到了这种境界，所不同的，只是刘诗于"用意隐然"中更多地带有贬谪诗人悲凉沉重的人生感恨而已。

以上，我们通过直接抒情、寓言讽刺、理性认知和咏史抒怀四种方式，较系统地论述了元和逐臣的孤愤情怀及其在文学作品中的表现。我们看到，这种情怀及其表现方式虽或显或隐、或直或曲、或比兴寄托、或慷慨激烈，但都指向了一个共同目标，那就是不甘屈服、顽强抗争；都交会为同一种旋律，那就是深沉激越、苍凉悲壮；从而构成了元和贬谪文学的精魂——悲剧精神。

所谓悲剧精神，说到底即对人之悲剧命运的克服精神。诚然，如果没有人的

① （唐）李延寿撰：《南史》卷一五《檀道济传》，中华书局，1975 年，第 447 页。

② 《南史》卷一五《檀道济传》，第 446 页。

③ 《刘禹锡全集编年校注》卷一八《刘氏集略说》，第 2001 页。

④ 《新唐书》卷一六八《刘禹锡传》，第 5129 页。

⑤ （清）吴乔：《围炉诗话》卷三，《清诗话续编》，第 537 页。

悲剧命运，没有生命沉沦、置身忧患的痛苦磨难和由此产生的悲伤意绪，真正的悲剧精神便很难谈起；但更为重要的是，如果仅仅沉浸于悲伤之中，而没有对人生苦难和命运的顽强克服，那么，就体现不出主体的意志，体现不出生命的坚韧，真正的悲剧精神就更难谈起。“如果苦难落在一个生性懦弱的人头上，他逆来顺受地接受了苦难，那就不是真正的悲剧。只有当他表现出坚毅和斗争的时候，才有真正的悲剧，哪怕表现出的仅仅是片刻的活力、激情和灵感，使他能超越平时的自己。悲剧全在于对灾难的反抗。陷入命运罗网中的悲剧人物奋力挣扎，拼命想冲破越来越紧的罗网的包围而逃奔，即使他的努力不能成功，但在心中却总有一种反抗。”①这里讲的“悲剧”，即我们说的悲剧精神，具体到元和逐臣这里，便是那种郁怒不平、深沉激越的孤愤情怀和风格主调。

精神的伟大源于人性的坚强，坚强的人性必定导致与其相应的文学格调。如同只有屹立江中的巨石，才能激起奔腾的浪花，只有傲视风雨的林木，才能发出动地的呼啸，贬谪诗人饱经苦难仍不降心辱志改弦易辙的悲愤长鸣，必定散则万殊、合则为一，形成孤竹焦桐般的激切音响：

> 饱霜孤竹声偏切，带火焦桐韵本悲。今日知音一留听，是君心事(手)不平时！②

一“竹”一“桐”，一“切”一“悲”，有如经纬，纵横交织于元和贬谪文学之中。竹声偏切，切中有悲，桐韵本悲，又缘何不切？所以，“孤竹”，尤其是“焦桐”意象，成了元和贬谪文学以孤愤为核心之悲剧精神和激越格调的绝好象征。枚乘《七发》谓龙门之桐，其根半死半生，冬经烈风、漂霰、飞雪之所激，夏经雷霆、霹雳之所感，于是斫以为琴，“亦天下之至悲也。”③这是枯桐悲音的早期意象。柳宗元《霹雳琴赞》引言云：“琴莫良于桐，桐之良，莫良于生石上，石上之枯又加良焉，火之余又加良焉，震之于火为异。是琴也，既良且异，合而为美，天下

---

① 斯马特：《悲剧》，转引自朱光潜：《悲剧心理学》，第203~204页。

② 《刘禹锡全集编年校注》卷四《答杨八敬之绝句》，第386页。

③ (清)严可均编：《全上古三代秦汉三国六朝文·全汉文》卷二〇枚乘《七发》，中华书局，1958年，第238页。

将不可载焉。”①这是说琴，又何尝不可视作自我的写照？何尝不可视作对元和贬谪文学悲剧美的概括？“古来赏音者，樵爨得孤桐”②、“若人抱奇音，朱弦緪枯桐”③、“马因回顾虽增价，桐遇知音已半燋”④……从这些一再申说的或以“桐”自比命运或以“桐音”象喻悲诗的话中，很可以看出元和逐臣的悲剧美学追求。在这里，悲剧的命运孕育了他们的悲伤意绪，更激发了他们的孤愤情怀。没有前者，就不可能产生带火焦桐般的悲韵；没有后者，更难产生饱霜孤竹般的切声。在《彭阳唱和集引》中，刘禹锡这样说道：“鄙人少时，亦尝以词艺梯而航之，中途见险，流落不试。而胸中之气伊郁蜿蜒，泄为章句，以遣愁沮，凄然如燋桐孤竹。”⑤显然，从“中途见险”到“胸中之气伊郁蜿蜒”，最后到“凄然如燋桐孤竹”，乃是一个紧密关联的逻辑递进过程，在这一过程中，既有源于人生苦难的心灵颤栗，又有源于生命意志的主体抗争，它们相激相荡，有力地丰富了元和贬谪文学的悲剧内涵和艺术特征，并将其格调、境界提升到了一个苍凉沉郁、意悲而远的地步。

第三节 寓意山水的个体忧怨和偏执风格

深沉的悲伤，强烈的孤愤，构成了元和贬谪文学悲愤交集而志在抗争的悲剧精神和焦桐孤竹般的激越格调，它的进一步发展，便是以柳宗元为突出代表的悲剧游记文学的产生。

一般来说，人世的忧患、生命的沉沦往往导致文学要么走向对人内心痛苦的开掘，要么走向对山林自然的歌咏，这两种方向的目的都在于排遣悲忧苦闷，以获取内在心理的平衡；可是，当人的悲恨太重，执著意识又过强时，便不仅不能遣发愁沮，而且还会愈陷愈深，不能自拔；而当这种化解不开的愁沮通过情感外射，融入自然山水之中时，便不能不使它们染上浓郁的人的主观色彩。柳宗元饱

---

① 《柳宗元集校注》卷一九《霹雳琴赞》，第1326页。

② 《刘禹锡全集编年校注》卷四《送僧方及南谒柳员外》，第399页。

③ 《柳宗元集校注》卷四二《初秋夜坐赠吴武陵》，第2734页。

④ 《白居易诗集校注》卷一七《江西裴常侍以优礼见待又蒙赠诗辄叙鄙诚用伸感谢》，第1407页。

⑤ 《刘禹锡全集编年校注》卷一八《彭阳唱和集引》，第1993页。

含悲伤孤愤、格调冷峭的游记诗文，即是这种情形的最好说明。在《游南亭夜还叙志七十韵》中，诗人宣称：

> 屯难果见凌，剥丧宜所遭。神明固浩浩，众口徒嗷嗷。投迹山水地，放情咏《离骚》！①

投迹于边远荒僻之地，而不丧其神明，亦不为众口所屈，直以坚韧之心性追踪屈骚，发为高唱，正见出柳氏执著意识之顽强；而"《离骚》者，犹离忧也"，"屈平之作《离骚》，盖自怨生也"。② 司马迁的话，表明了《离骚》的悲剧性质，也使我们由此感触到了柳氏"放情咏《离骚》"以遣愁沮的意图，以及弥漫于其游记诗文中的愁云惨雾、悲音激响。《新唐书》本传谓：宗元"既窜斥，地又荒疠，因自放山泽间，其堙厄感郁，一寓诸文。仿《离骚》数十篇，读者咸悲恻。"③元好问《论诗绝句》评柳诗云："谢客风容映古今，发源谁似柳州深？朱弦一拂遗音在，却是当年寂寞心！"④这里的"堙厄感郁"、"寂寞心"，似乎可以看作柳宗元游记诗文的深层内蕴，而由此向前推进，便自然接触到了我们将要论述的与此内蕴紧相关合的直接象征性、间接表现性和风格偏执性诸大特征。

所谓直接象征性，盖指诗人有意识地将自身遭际与自然山水在某一层面上等同起来，借奇山异水的被忽略、被蔑视，象征自己被贬被弃、才而难申的悲剧命运，甚至发为议论，明确道出其借物自比的意图。

翻阅柳宗元的山水游记，可以突出地感觉到，他笔下呈现的大多是奇异美丽却遭人忽视、为世所弃的自然山水。在《钴鉧潭西小丘记》中，他反复致意，首云此丘乃"唐氏之弃地"，继谓"以兹丘之胜，致之沣、镐、鄠、杜，则贵游之士争买者，日增千金而愈不可得"，而"今弃是州也，农夫渔父过而陋之，贾四百，

① 《柳宗元集校注》卷四三《游南亭夜还叙志七十韵》，第 2930 页。

② 《史记(修订本)》卷八四《屈原列传》，第 3010 页。

③ 《新唐书》卷一六八《柳宗元传》，第 5132 页。

④ (金)元好问著，狄宝心校注：《元好问诗编年校注》卷一《论诗三十首》，中华书局，2011 年，第 63 页。

连岁不能售”。它如永州龙兴寺之东丘，“奥之宜者也，其始龛之外弃地”①。小石城山工夺造化，却“不为之中州，而列是夷狄，更千百年不得一售其伎”②。袁家渴林木参差，涧水百态，而“永之人未尝游焉”③。石渠风摇声激，美不胜收，却“未始有传焉者”④。即使偶尔出州，才行数十步，也可看到“有弃地在道南”⑤。在这里，“弃地”如此之多，一方面固然与唐代永州的荒远僻陋有关，是对实际情况的反映；但另一方面又深寓着作者的主观意图，也就是说，他是有意识地专门选择这些弃地并一再加以表现的，他是在借弃地来象征弃人的。在这里，地与人之间存在着一种深层的内在关联：一看到弃地，贬谪诗人便会自然联想到自己被社会抛弃的命运；一想到自己的命运，便不由得将被弃的主观情感外射于所见到的弃地之中；而弃地的大量存在，无疑愈发加强了他由地到人、又由人到地的定向思维。同时，作者在此也并未将地与人作简单的比附，而是用对比、衬托的手法先极力凸显自然山水之美，然后反跌出如此之美的山水竟然被弃的悲惨遭遇，从而对被象征之主体——贬谪诗人才华卓荦却不为世用流落遐荒的命运作了益发突出的展现。如果说，前引《钴鉧潭西小丘记》中所谓“唐氏之弃地”，就广泛的象征意义论，已足可引起人们对“唐室之弃人”的联想，那么，作者在文章末尾说的几句话，便将此象征意图以及对自我命运的悲叹表现得更为直截了当：

> 我与深源、克己独喜得之，是其果有遭乎？书于石，所以贺兹丘之遭也。⑥

林云铭评云：“末段以贺兹丘之遭，借题感慨，全说在自己身上。……乃今兹丘

① 《柳宗元集校注》卷二八《永州龙兴寺东丘记》，第 1852 页。
② 《柳宗元集校注》卷二九《小石城山记》，第 1934 页。
③ 《柳宗元集校注》卷二九《袁家渴记》，第 1918 页。
④ 《柳宗元集校注》卷二九《石渠记》，第 1926 页。
⑤ 《柳宗元集校注》卷二九《柳州东亭记》，第 1939 页。
⑥ 《柳宗元集校注》卷二九《钴鉧潭西小丘记》，第 1905 页。

有遭，而己独无遭，贺丘所以自吊。”①是的，既悲丘之不遇，又悲己之不遇；丘虽见弃于世人，尚可碰到知音的赏识，可自己竟连这样的机会都没有，相比之下，不是诗人的遭遇更惨于丘吗？

由于奇山异水为世所弃即象征着贬谪诗人的悲剧命运，这就必然造成二者之间一种同感共应的关系，必然使得贬谪诗人对被弃山水抱有一种特殊的感情。在著名的“永州八记”中，作者对永州一地的山山水水予以多角度、多层面的描摹、赞美，涧水的清澈寒冽、游鱼的萧散自由、秀木的参差披拂、泉石的奇伟怪特，无不带有这种特殊的感情烙印。这是爱与怜的结合，爱，既缘于山水本身的美，也缘于主体与客体命运的深层关合；怜，不仅因为二者皆沦落天涯，故尔同病相怜，而且因为通过此怜，贬谪诗人找到了一条悲情宣泄的途径，孤寂的心灵获得了暂时的慰藉。怜来自爱，又甚过爱，由爱到怜，反映了诗人基于被弃命运的心理流程。在《愚溪诗序》中，柳宗元将所遇到的溪、丘、泉、沟、池、堂、岛统统冠以“愚”名，其原因即在于它们“无以利世，而适类于余”②。然而，山水和人并非真的“无以利世”，而是为世所弃无法利世，尽管二者均盼望着有以利世的一天，却终究不得利世，当此之际，怎能不使作者对与自己同一命运的山水抱以深深的同情和怜惜，借以表露自己内心的沉重忧愤呢？

> 今余遭有道，而违于理，悖于事，故凡为愚者，莫我若也。③

这种明显的正话反说，正深刻透露出作者内心的郁结块垒和对混浊人世的强烈不满。不过，作者又没有仅仅停留在这一层面，当他已意识到他无力摆脱眼前的困境，悲忧愤懑于事无补徒劳无益的时候，便将一颗受伤的心灵投入自然之中，借对山水本身之美的发现和开掘，来表现人的自我价值；借对自我价值的肯定，以解嘲的方式来否定社会现存秩序和道德标准。所以，文章末尾这样说道：

① 《柳宗元集校注》卷二九《钴鉧潭西小丘记》，第1909页。
② 《柳宗元集校注》卷二四《愚溪诗序》，第1606页。
③ 《柳宗元集校注》卷二四《愚溪诗序》，第1606页。

> 溪虽莫利于世，而善鉴万类，清莹秀澈，锵鸣金石，能使愚者喜笑眷慕，乐而不能去也。余虽不合于俗，亦颇以文墨自慰，漱涤万物，牢笼百态，而无所避之。以愚辞歌愚溪，则茫然而不违，昏然而同归，超鸿蒙，混希夷，寂寥而莫我知也。①

这里，溪与人、人与溪在新的更高的层面上获得了同一性，二者的固有价值也由此明显地呈现出来：既然溪与人皆有利世之资，仅因“不合于俗”而不为世用，那么，其“善鉴万类，清莹秀澈”②之价值固在，并不因世之用否而稍为减损；既然二者均有自我的价值，而又同处于为世所弃的境地，那么，相爱相怜，共辱共荣，“以愚辞歌愚溪”，便必然是“茫然而不违，昏然而同归”了。前人评《愚溪诗序》云：“本是一篇诗序，正因胸中许多郁抑，忽寻出一个‘愚’字，自嘲不已，无故将所居山水尽数拖入浑水中，一齐嘲杀。……反复推驳，令其无处再寻出路，然后以溪不失其为溪者代溪解嘲，又以己不失其为己者自为解嘲。”③所谓“溪不失其为溪者”、“己不失其为己者”，亦即前述溪与人的固有价值；所谓“解嘲”，正见出作者对此价值的肯定、对社会道德规范的反讽。所以，日本学者清水茂深刻指出：

> 柳宗元的山水记，是对于被遗弃的土地之美的认识的不断的努力，这同他的传记文学在努力认识被遗弃的人们之美是同样性质的东西。并且，由于柳宗元自已也是被遗弃的人，所以这种文学也就是他的生活经验的反映，是一种强烈的抗议。强调被遗弃的山水之美的存在，也就等于强调了被遗弃人们的美的存在，换言之，即宗元自身之美的存在。随伴着这种积极的抗议，其反面则依于自已的孤独感对这种与他的生涯颇为相似的被遗弃的山水抱着特殊的亲切感，以及在这种美之中得到了某种安慰的感觉。④

① 《柳宗元集校注》卷二四《愚溪诗序》，第1607页。

② 《柳宗元集校注》卷二四《愚溪诗序》，第1606页。

③ 《柳宗元集校注》卷二四《愚溪诗序》，第1610页。

④ [日]清水茂，华山译：《柳宗元的生活体验及其山水记》，《文史哲》1957年第4期，第48页。

这是一段颇有见地的评议，它为我们展示了柳宗元山水游记的深层内涵，而这深层内涵的基础，则无疑是前述人与山水由共同遭遇构成的内在同一；这深层内涵的表现，更得益于由贬谪诗人自觉意识导致的直接象征手法的运用。

当然，这种直接象征手法的运用是有限度的，柳宗元的一腔忧愤并没有也不可能在与自然山水的融和、同一中得到消释，甚至在某种程度上他本即未与自然山水取得真正的和谐同一。这从两个方面可以看出：一方面，自然山水的美只是局部的，给他的安慰也只是暂时的，从整体上看，贬所环境给予诗人心灵的乃是一种恶的投影，由此产生的也就不能不是一种永久的悲伤忧愤。在《囚山赋》中，柳宗元把永州四郊的山林比作牢狱、陷阱，对之深恶痛绝；在《与李翰林建书》中，他不仅谈到永州之地蛇虫遍布令人游复多恐的险恶环境，而且详细叙述了自己被拘一隅暂得一笑已复不乐的心境。所有这些足以说明，自然山水局部的美与整体的恶，贬谪诗人暂时的乐与永久的忧，乃是横亘于柳氏游记诗文中的极为突出的内在矛盾。另一方面，如果不计贬所环境整体的恶，那么可以看到，即使在局部美的山水中，柳宗元依然得不到完全的安慰，也难以与自然达到真正的和谐同一。因为事情很清楚，柳氏笔下的奇山异水，大多奥狭深僻、幽寂凄冷。举凡东丘、钴鉧潭西小丘、小石潭、石渠等无不如此。由于奥狭深僻，且被外物环围，势必使人的视野受到极大限制，向外观望往往须抬头仰视，这就极易令人生出跼天蹐地坐井观天的被囚感和压抑感；由于幽寂凄冷，势必愈发强化了贬谪诗人原本即有的孤独感，甚至使他慑于气氛的“凄神寒骨，悄怆幽邃”而不敢久留，匆匆“记之而去”①。

既然由于上述原因，柳宗元很难取得与永州山水完全的、真正的和谐同一，在二者之间是颇有距离的，那么，为什么柳氏游记诗文中的自然山水是那样摇曳多姿、真实可爱？为什么这些山水大多呈现出奥狭深僻、幽寂凄冷的特色？为什么又令人于细读之后往往感触到一股浓郁的悲伤气息？我们认为，其主要原因乃在于柳氏游记诗文中间接表现性方法的使用。

所谓间接表现性，盖指主体情志不以直接抒发的方式加以表露，而是在自觉选择并真实描摹对象物的前提下，以隐蔽的方式融注其中。更确切地说，这是表

---

① 《柳宗元集校注》卷二九《至小丘西小石潭记》，第1912页。

现性和再现性两种艺术方法的结合体。就一般情况讲，表现性方法注重主观情感的抒发，相对忽略对外物的细致刻画；再现性方法注重对外物的真实再现，较少主观情感的明确表露；将此二者结合起来，既重自然景物的真实描摹，又将主观情感不露痕迹地大量融注其中，令人于意会中明确领略作者的情感指向，这便形成了存在于柳氏游记诗文中的间接表现性方法。

细读柳宗元的山水游记，一个突出的印象便是描写景物真实生动，惟妙惟肖，而较少主观情感的直接表露。在这些游记中，水，有涧水，有潭水，也有溪水，这些水或平布石上，“流若织文，响若操琴”①，或“流沫成轮，然后徐行”②；石，有横亘水底之石，也有负土而出之石，这些石或“全石以为底，近岸卷石底以出，为坻为屿，为嵁为岩”③，或突怒偃蹇，争为奇状，“其嵚然相累而下者，若牛马之饮于溪；其冲然角列而上者，若熊罴之登于山”④；游鱼，无不萧散自由，“皆若空游无所依，日光下澈，影布石上，佁然不动；俶尔远逝，往来翕忽”⑤；林木山风，则气象万千：“每风自四山而下，振动大木，掩苒众草，纷红骇绿，蓊葧香气，冲涛旋濑，退贮溪谷，摇飏葳蕤，与时推移”⑥。这里，有动有静，有形有色，有疾有缓，有点有面，直是一幅真切无比的山水画卷。刘熙载评柳文云：“如奇峰异嶂，层见叠出”，“柳州‘记山水’，状人物，论文章，无不形容尽致。其自命为‘牢笼百态’，固宜”。⑦ 可谓有见。

诚然，柳宗元的人生悲恨是极深重的，在他心中时刻涌动着发泄的欲望，但艺术家的天性又使他特重文学作品的真实性、严谨性，而自然山水局部的美又确实深深吸引了他，使他产生出将之再现出来传之世人的强烈意愿。但从别一角度看，既然柳宗元悲恨深重，既然他被“投迹山水地”，要“放情咏《离骚》”⑧，就不可能将此悲恨长期沉埋心底而不予表现。既要表现，又不愿因此表现而损伤艺

① 《柳宗元集校注》卷二九《石涧记》，第 1930 页。
② 《柳宗元集校注》卷二九《钴鉧潭记》，第 1899 页。
③ 《柳宗元集校注》卷二九《至小丘西小石潭记》，第 1912 页。
④ 《柳宗元集校注》卷二九《钴鉧潭西小丘记》，第 1904 页。
⑤ 《柳宗元集校注》卷二九《至小丘西小石潭记》，第 1912 页。
⑥ 《柳宗元集校注》卷二九《袁家渴记》，第 1918 页。
⑦ 《艺概笺释》卷一《文概》，第 134 页。
⑧ 《柳宗元集校注》卷四三《游南亭夜还叙志七十韵》，第 2930 页。

术的真实，唯一的办法，便是有目的地选择某种与自我心境和情怀相一致的自然景物，将主观情感不着痕迹地寄寓其中，为飘摇动荡的精神觅得一块暂时的安顿、停放处。

那么，哪些自然景物与贬谪诗人的主观情志最相契合呢？我们知道，柳宗元被贬之后，万谤齐集，百忧攻心，神荼志靡，方寸颇乱，他亟需在自然山水中找到一块幽深清静之地，以沉潜思虑，躲避烦嚣，诚如他一再申明的："夫气烦则虑乱，视壅则志滞。君子必有游息之物，高明之具，使之清宁平夷，恒若有余。"①与此同时，巨大的社会压力和揪心的精神痛苦也导致了柳宗元性格的变异，使他将人生悲恨沉埋心底，以沉默寡言、反视内省的态度来应付并漠视外界的事变，所谓"远弃甘幽独"②"寂寞固所欲"③"更乐喑默，思与木石为徒，不复致意"④，便清晰地展现了其性格向幽独、寂寞转化的轨迹。由于希望寻找幽深清静之地的主观意图和愈趋幽独寂寞的性格变化，必然促使贬谪诗人去寻找、选择并描写那些与其心境相契合的客观对应物，于是，大量奥狭深僻、幽寂凄冷的自然山水便接连不断地出现在他的笔下。诸如东丘的奥趣，石渠的清深，小石潭的寂寥，袁家渴的幽丽，黄溪二潭的曲邃，钴鉧潭西小丘的幽静，在在表现出与诗人心境相契合的特点，在在见出诗人追求幽寂美的主体情志。尽管在这些景物描写中，没有明确的悲情抒发，但由于在诗人幽独寂寞的心性中，本即包含着对混浊人世的强烈不满，因而，诗人以苍凉忧愤的眼光观物，不能不使上述景物之意境、气氛均呈低沉凄冷之态，不能不使它们都带着一种与世俗不谐的孤独冷峭的色彩。

不独如此，在柳宗元的山水游记中，诗人当年那颗"寂寞心"几乎是无所不在的。诗人的出游，固然是为了遣愁，但他往往是一人独游，所至之处又是那样的幽独，无人可语，只有风声、水声相伴，且不说诗人当时的心境如何，愁闷能否遣除，仅就其游记诗文中传达给读者的情状来看，已令人为之恻然动心了。不是吗？当我们看到诗人步入深林，独游南涧的时候；独坐于石渠，听风摇其巅，韵动崖谷

① 《柳宗元集校注》卷二七《零陵三亭记》，第 1821 页。

② 《柳宗元集校注》卷四二《酬娄秀才将之淮南见赠之什》，第 2726 页。

③ 《柳宗元集校注》卷四三《夏初雨后寻愚溪》，第 2971 页。

④ 《柳宗元集校注》卷三〇《与萧翰林俛书》，第 1999 页。

的时候；行至小石潭，四面竹树环合，寂寥无人，寒气透骨，心神凄冷的时候，难道体味不到由中透出的巨大寂寞，以及弥漫于环境之中的悲凉气息吗？

的确，柳宗元在出游中也曾感到过快慰，而且这种快慰在他登高远望时表现得最为明显。如《始得西山宴游记》写诗人“穷山之高而上，攀援而望，箕踞而遨，则凡数州之土壤，皆在衽席之下。其高下之势，岈然洼然，若垤若穴，尺寸千里，攒蹙累积，莫得遁隐。萦青缭白，外与天际，四望如一”①。在这里，西山的孤高特立与其他诸记中丘、潭之窄狭奥僻恰成鲜明的对比，而“尺寸千里”、“四望如一”的阔大视野也绝非在小丘小潭顾地窥天之状所可比拟。正是由于地势的变化，导致了景观的变化，同时导致了诗人由仰视而至俯瞰的视角改变，以及心境的改变：“悠悠乎与颢气俱，而莫得其涯，洋洋乎与造物者游，而不知其所穷”，并继之以“引觞满酌，颓然就醉，不知日之入；苍然暮色，自远而至，至无所见，而犹不欲归。心凝形释，与万化冥合”②。显然，这种感受是远远超过了诗人游钴鉧潭、小丘、小石潭等处的感受的。从某种意义上讲，这种感受乃是一种身在桎梏之中而完全摆脱了桎梏才产生的高度自由的境界，在其内里，正蕴含着贬谪诗人意欲摆脱苦闷追求自由的努力。

然而，这种感受是极少的，而且是暂时的，当诗人一回到现实之中，巨大的悲伤感恨便重又泛起心头，甚至比此前更为沉重。徐复观先生指出：“所有艺术家的精神修养，都是以一具体的艺术对象为其界域。在此一界域之内，有其精神上的自由、安顿之地。但一旦离开此一界域，而与危栗万变的世界相接，便会震撼动摇，其精神上的自由、安顿即归于破坏。”③柳宗元的情形便是如此。他出游山水的时候，往往是愁闷最重的时候——“闷即出游”④；他与奇山异水相接的时候，往往是他心情较为轻松的时候——“枕席而卧，则清泠之状与目谋，潆潆之声与耳谋，悠然而虚者与神谋，渊然而静者与心谋”⑤；而他结束游程回返郡中的时候，则往往是他失落感最强烈的时候——“入门守拘絷，凄戚憎郁陶。慕士

① 《柳宗元集校注》卷二九《始得西山宴游记》，第 1891 页。
② 《柳宗元集校注》卷二九《始得西山宴游记》，第 1891 页。
③ 徐复观：《中国艺术精神》，广西师范大学出版社，2007 年，第 99 页。
④ 《柳宗元集校注》卷三〇《与李翰林建书》，第 2008 页。
⑤ 《柳宗元集校注》卷二九《钴鉧潭西小丘记》，第 1905 页。

情未忘，怀人首徒搔”①。显然，柳宗元的内在心态始终在从失调到平衡、再从平衡到失调间摇摆，其悲伤忧愤的情感也一直处于由泛起到沉潜，再由沉潜到泛起的动荡之中。自然山水的奇丽和游历过程中的刺激使他暂时忘却了人世的纠纷，他精神上的自由、安顿之地便找到了；可是当他一想起萦绕中怀的深哀巨痛，并由被弃山水联及自身的悲剧命运，便不能不马上与危栗万变的世界相接，于是精神上的自由、安顿即归于破坏。是的，柳宗元的悲伤忧愤实在是太沉重了，沉重到往往使他难以忍受寂寞而必欲于文学作品中一抒为快的地步。在这种情况下，间接表现性的方式便在直接表现性的挤迫下而悄悄退避。在“永州八记”中，这种直接表现作者主观情感的突出例证便是《钴鉧潭西小丘记》和《小石城山记》两篇作品。关于前记的感慨议论上文已谈到，后记的感慨议论如下：

> 噫！吾疑造物者之有无久矣，及是，愈以为诚有。又怪其不为之中州，而列是夷狄，更千百年不得一售其伎，是故劳而无用，神者傥不宜如是，则其果无乎？或曰：“以慰夫贤而辱于此者。”或曰：“其气之灵不为伟人，而独为是物，故楚之南少人而多石。”是二者，余未信之。②

这里，作者借怀疑造物者之有无来抒发忧愤的意图是至为明显的：“盖子厚迁谪之后，而楚之南实无一人可以语者，故借题发挥，用寄其以贤而辱于此之慨”③；“妙在后幅从石城上忽信一段造物有神，忽疑一段造物无神，忽捏一段留此石以娱贤，忽捏一段不钟灵于人而钟灵于石，诙谐变幻，一吐胸中郁勃。”④

由于柳宗元的精神始终处于暂时安定和永恒动荡的摇摆之中，势必造成他忧乐结合、此起彼伏的心理流程，也势必导致他游记诗文中间接表现性和直接表现性两种方法的交替使用。《构法华寺西亭》这样写道：“窜身楚南极，山水穷险艰。步登最高寺，萧散任疏顽。”⑤这是游历的开始，已呈现出一股按捺不住的怡

① 《柳宗元集校注》卷四三《游南亭夜还叙志七十韵》，第2931页。
② 《柳宗元集校注》卷二九《小石城山记》，第1934页。
③ 《柳宗元集校注》卷四三《小石城山记》，第1937页。
④ 《柳宗元集校注》卷四三《小石城山记》，第1937页。
⑤ 《柳宗元集校注》卷四三《构法华寺西亭》，第2921页。

悦之气，随着骋目四望，美景毕观，心境也愈为开朗："神舒屏羁锁，志适忘幽潺。弃逐久枯槁，迨今始开颜。"①然而，志虽适而不得久适，颜甫开旋又闭合："赏心难久留，离念来相关。北望间亲爱，南瞻杂夷蛮。"②诗人好比戴着脚镣在跳舞，刚刚抬步，便被沉重的牵拽力拖在地面，很难真正轻松起来。所以，当他于"神舒屏羁锁"之后，便必然地升腾出"离念来相关"的凄楚悲凉。苏轼曾评柳诗谓："忧中有乐，乐中有忧，盖绝妙古今矣。然老杜云：'王侯与蝼蚁，同尽随丘墟。'仪曹何忧之深也？"③认为柳诗过于悲忧，而不能旷达，自是宋人不同于唐人处，可置勿论，唯需重视的是，所谓"忧中有乐，乐中有忧"和"忧之深"，则一语道破了柳诗的全部奥秘。试看《南涧中题》：

秋气集南涧，独游亭午时。回风一萧瑟，林影久参差。始至若有得，稍深遂忘疲。羁禽响幽谷，寒藻舞沦漪。去国魂已游，怀人泪空垂。孤生易为感，失路少所宜。索寞竟何事？徘徊只自知。谁为后来者，当与此心期。④

"独游"是全诗主线。时当正午，地在南涧，秋气毕集，回风萧瑟，林影参差晃动，气氛幽寂凄冷。由"始至若有得"四句看，诗人耳闻幽谷禽鸣，目观清流寒藻，入深探奇，竟忘记了疲劳，心境是愉悦的。诚如他在同期所作游同一南涧的《石涧记》中所说："交络之流，触激之音，皆在床下；翠羽之木，龙鳞之石，均荫其上。古之人其有乐乎此耶？后之来者有能追予之践履耶？得意之日，与石渠同。"⑤可是，诗人这种"得意"却是有条件的：得意之前，便先已存有沉重的失意之感；得意之中，失意之感虽暂时下沉到潜意识层次，却并未消失；而在得意之后，这种失意之感便益发浓烈地涌上心头。何况他所游之南涧是那样寂寥清冷！所当之秋气是那样凛冽肃杀！而所闻之声响又是羁禽的幽谷哀鸣！所有这些，作为触发他内心深层悲感的媒介，不能不使他得意未终便忧从中来，在对

① 《柳宗元集校注》卷四三《构法华寺西亭》，第 2922 页。
② 《柳宗元集校注》卷四三《构法华寺西亭》，第 2922 页。
③ 《苕溪渔隐丛话》前集卷二〇，第 123 页。
④ 《柳宗元集校注》卷四三《南涧中题》，第 2908 页。
⑤ 《柳宗元集校注》卷二九《石涧记》，第 1930 页。

“孤生”、“失路”的习惯性联想中，生发出“去国魂已游，怀人泪空垂”①的深沉至极的凄怆感受。贺裳有言：“《南涧》诗从乐而说至忧，《觉衰》诗从忧而说至乐，其胸中郁结则一也。柳子之答贺者曰：‘庸讵知吾之浩浩非戚戚之尤者乎？’读此文可解此诗。”②于浩浩中寓戚戚，实乃柳氏贬谪文学的一个基本特征，而乐中有忧，以乐衬忧，更是《南涧中题》等众多游记诗文间接表现乃至直接表现方法的集中体现。何焯指出：“‘羁禽响幽谷’一联，似缘上‘风’字，直书即目，其实乃兴中之比也。羁禽哀鸣者，友声不可求，而断迁乔之望也，起下‘怀人’句；寒藻独舞者，潜鱼不能依，而乖得性之乐也，起下‘去国’句。”③所说不无道理；由此转想开去，联及上古“伐木丁丁，鸟鸣嘤嘤。……嘤其鸣矣，求其友声”④的“兴”而兼“比”的诗句，可以对之获得进一步的理解：在深山大谷之中，失群的鸟儿独自哀鸣，以求同伴，以觅归途，这本身就是一种象征基础上的间接的悲情表现；然而友声竟不可求，归途亦不可觅，当此之际，这只孤独的鸟儿该是何等的悲伤！它那凄楚的鸣叫，正如同被拘一隅的诗人将“羁禽响幽谷”的间接表现一变而为对“去国”“怀人”之巨大寂寞和忧怨情怀的直接表述，听来令人为之心颤神凄！

柳宗元游记诗文的第三大特点，便是风格的偏执性。所谓偏执性，并不是指柳氏作品风格单一，而是指其风格在多样包容中又倾向、执著于某一点，从而使这一点得到了突出的表现。简而言之，这一点即是冷峭。冷，谓其色调清冷；峭，谓其骨力峭拔；峭拔的骨力和清冷的色调紧相糅合，构成了柳氏游记诗文乃至其他众多作品的典型风格。

这种风格的形成在很大程度上是柳宗元特别偏爱并着力追求的结果。在《答韦中立论师道书》中，柳宗元明确提出了自己为文的标准：“抑之欲其奥，扬之欲其明，疏之欲其通，廉之欲其节，激而发之欲其清，固而存之欲其重”，“参之《离骚》以致其幽，参之太史公以著其洁。”⑤这里的诸多标准虽各有区别，但若

① 《柳宗元集校注》卷四三《南涧中题》，第 2908 页。

② 《载酒园诗话》又编，《清诗话续编》，第 334~335 页。

③ （清）何焯撰，崔高维点校：《义门读书记》卷三七《河东集》下，中华书局，1987 年，第 668 页。

④ 《毛诗正义》卷九《伐木》，《十三经注疏》，第 877 页。

⑤ 《柳宗元集校注》卷三四《答韦中立论师道书》，第 2178 页。

细加体味，其内在指向大多与清冷峭拔有关，而其中“奥”、“节”、“清”、“幽”、“洁”诸点表现尤著。可见，柳宗元对此风格是有着明确意识的。然而，这又绝非一个理论认识和表现手法的问题，在此之外，它还与诗人的身世遭际和性格特征有关。如前所述，柳宗元本质上是一位执著型的诗人，激切、孤直是他性格中的主要特征，而生命沉沦的巨大人生苦难又迫使他逐渐向幽独、寂寞转化，从而给他孤直、激切的性格又增添了一种深沉、悲凉的色彩。这样一种源于人生感恨、饱含深沉悲凉的激切孤直而又幽独寂寞的性格，势必导致诗人在艺术上的相应追求，而当它自觉不自觉地贯注于创作实践的时候，则势必导致冷峭风格的形成。

首先，从艺术造境上看，柳宗元最为重视幽静深邃境界的创造和清冷凄迷氛围的渲染。

> 潭西南而望，斗折蛇行，明灭可见。其岸势犬牙差互，不可知其源。①
>
> 其侧皆诡石怪木，奇卉美箭，可列坐而庥焉。风摇其巅，韵动崖谷。视之既静，其听始远。②
>
> 重洲小溪，澄潭浅渚，间厕曲折，平者深黑，峻者沸白。舟行若穷，忽又无际。③

这里既有气氛的清冷凄迷，又有境界的深邃幽静，令人读来，耳目俱新，尘虑顿消。它如悬泉深涧，古木苍藤，曲折山径，羁禽哀鸣，无不呈现出同一特色，尽管由此特色可以领悟到一种美，但这美的基调却是低沉的、幽隐的、清淡的，它折射出了贬谪诗人孤独寂寞的意绪，因而，总体上必然趋向于清冷、寒冷甚至凄冷。

其次，从意象使用上看，冷峭的特点表现得更为突出。在柳宗元的山水游记中，水多为清冽凄寒之水，石多为奇峭怪丽之石。如《永州崔中丞万石亭记》详写怪石之状云：

① 《柳宗元集校注》卷二九《至小丘西小石潭记》，第 1912 页。

② 《柳宗元集校注》卷二九《石渠记》，第 1926 页。

③ 《柳宗元集校注》卷二九《袁家渴记》，第 1918 页。

大石林立，涣若奔云，错若置棋，怒者虎斗，企者鸟厉。抉其穴则鼻口相呀，搜其根则蹄股交峙。环行卒愕，疑若搏噬。①

石之多，已不可数；石之状，则突怒偃蹇；由之构成怪石意象，给人强烈的峭硬之感。又如《钴鉧潭记》写激流：

钴鉧潭在西山西，其始盖冉水自南奔注，抵山石，屈折东流，其颠委势峻，荡击益暴，啮其涯，故旁广而中深，毕至石乃止。流沫成轮，然后徐行，其清而平者且十余亩。②

这里的水有清冽的特点，但更为暴怒，林纾评“颠委势峻”四字云：“‘势’者，水势也；‘委’者，潭势也。水至而下迸，注其全力，趋涯如矢，中深者为水力所射。”③由此很可以看出峻急峭厉的水的意象。

我们知道，意象者，意与象之结合体也。它已不是简单的物象所可比拟，而是经过了主体心灵的化合，以意领象、借象寓意的产物。尽管它并不因此而失去客体本身的真实，但真实中却分明包蕴着外射的主体情感。如果说，在柳宗元山水游记中表现最多、写得最好的便是水与石，而这些水、石意象又无不寄寓着贬谪诗人幽独寂寞、郁怒不平的情志，所以在整体上显得清冷峻急、峭拔瘦硬，那么，这些意象聚集一途，反复出现，无疑大大强化了柳氏山水游记的冷峭风格。

然而，又岂只是山水游记？在柳宗元其他抒情写景之作中，类似的意象也是大量存在的。诸如“残月”“枯桐”“深竹”“清商”“寒松”“零露”“枯干”“寒光”“幽谷”等充满凄冷意味和峭厉之感的意象，在这些作品中几乎触目皆是。“风窗疏竹响，露井寒松滴”④、“芳丛翳湘竹，零露凝清华”⑤、“清商激西颢，泛滟凌长

① 《柳宗元集校注》卷二九《袁家渴记》，第1918页。

② 《柳宗元集校注》卷二九《钴鉧潭记》，第1899页。

③ （清）林纾著，武晔卿，陈小童校注：《韩柳文研究法·柳文研究法》，北京联合出版公司，2019年，第159页。

④ 《柳宗元集校注》卷四二《赠江华长老》，第2741页。

⑤ 《柳宗元集校注》卷四二《巽上人以竹间自采新茶见赠酬之以诗》，第2743页。

空"①、"朔云吐风寒，寂历穷秋时"②……夜间独卧，"觉闻繁露坠，开户临西园。寒月上东岭，泠泠疏竹根。石泉远逾响，山鸟一时喧"③；清晨早行，"杪秋霜露重，晨起行幽谷。黄叶覆溪桥，荒村唯古木。寒花疏寂历，幽泉微断续"④。这些诗句，较少外在色相的刻意渲染，没有使狠斗气的悲情抒发，而深刻峭拔、清寒幽冷之气自在，孤独寂寞、沉郁悲忧之情愈深。设若没有大量冷峭意象的使用，便很难达到这种"清劲"⑤、"森严"⑥的境界。

再次，从遣词造语、用笔行文上看，柳宗元特重字词的精当选择，特重笔法的深刻锻炼，充分体现了他提出的"严""清""幽""洁"等为文标准。请看：

> 崇其台，延其槛，行其泉于高者而坠之潭，有声潀然。尤与中秋观月为宜，于以见天之高，气之迥。⑦
>
> 其旁出堡坞，有若门焉。窥之正黑，投以小石，洞然有水声，其响之激越，良久乃已。环之可上，望甚远，无土壤而生嘉树美箭，益奇而坚。⑧

其文字，简洁至极，几乎移易一处而不得；其笔法，严整警拔而又灵活多变，有如奇峰异嶂；其气势，"生峭壁立，棱棱然使人生栗"⑨。刘熙载云：柳文"有四种笔法：突起、纡行、峭收、缦回也"⑩；林纾亦谓："子厚之文，古丽奇峭，似六朝而实非六朝；由精于小学，每下一字必有根据。体物既工，造语尤古。"⑪由此可见柳文冷峭特征与其文字功力之关联。

---

① 《柳宗元集校注》卷四二《初秋夜坐赠吴武陵》，第 2734 页。

② 《柳宗元集校注》卷四二《零陵赠李卿元侍御简吴武陵》，第 2746 页。

③ 《柳宗元集校注》卷四三《中夜起望西园值月上》，第 2982 页。

④ 《柳宗元集校注》卷四三《秋晓行南谷经荒村》，第 2978 页。

⑤ （宋）苏轼撰，（明）茅维编，孔凡礼点校：《苏轼文集》卷六七《书柳子厚南涧诗》，中华书局，1986 年，第 2116 页。

⑥ 《苕溪渔隐丛话》后集卷三三，第 257 页。

⑦ 《柳宗元集校注》卷二九《钴鉧潭记》，第 1899 页。

⑧ 《柳宗元集校注》卷二九《小石城山记》，第 1934 页。

⑨ 《韩柳文研究法·柳文研究法》，第 83 页。

⑩ 《艺概笺释》卷一《文概》，第 134 页。

⑪ 林纾：《春觉斋论文》，人民文学出版社，1998 年，第 70 页。

与此相应，柳诗也具有择字精审，刻画深刻的显著特点。以两首描写瀑布的诗作为例，即可看出个中情形：

界围汇湘曲，青壁环澄流。悬泉粲成帘，罗注无时休。韵磬叩凝碧，锵锵彻岩幽。丹霞冠其巅，想象凌虚游。灵境不可状，鬼工谅难求。……①

歊阳讶垂冰，白日惊雷雨。笙簧潭际起，鹳鹤云间舞。古苔凝青枝，阴草湿翠羽。蔽空素彩列，激浪寒光聚。的皪沉珠渊，锵鸣捐珮浦。……②

这两首诗气氛肃穆，境界清寒，比喻精警，气势峭厉，令人想见界围岩瀑布奔腾直下、锵锵轰鸣的情状；而其动词的选用尤为引人注目："碧"而谓之"凝"，"凝碧"又冠以"叩"，而叩击碧玉般青石之声乃为"磬"音，则此磬之"韵"该是何等的清远激越！这是多种力量的聚合，其中又极力突出了一个"叩"字，从而令人于听觉感受中去领略那瀑布与岩石撞击发出的音响。"浪"而曰"激浪"，见其迅猛翻腾之气势；激浪而发出"寒光"，见其凛冽幽冷之氛围；寒光不是外射，而是内"聚"，一个"聚"字，极真切地表现了瀑布落下后因岩底昏暗而导致的浪光幽寒、光波极短的情形，从而又给人以强烈的视觉感受。它如"悬泉粲成帘"的"粲"字，"古苔凝青枝"的"凝"字，"阴草湿翠羽"的"湿"字，"的皪沉珠渊"的"沉"字，都用得极好，从不同角度强化了整个环境冷峭幽寂的特点。

同时，我们注意到柳宗元诗文特爱使用色彩幽暗、形象尖利的字词和意象。从上面二诗看，"青碧""凝碧""垂冰""青枝""阴草""翠羽""素彩""寒光"，均属暗色，而且大多尖利瘦硬。它如柳氏山水记中频繁出现的色彩词语，如"黛蓄膏渟"③、"萦青缭白"④、"青树翠蔓"⑤、"平者深黑，峻者沸白"⑥、"青藓环周"、"清深多鲦鱼"⑦，也都呈暗色调，就中"青"色出现次数尤多。至于柳诗中

① 《柳宗元集校注》卷四二《界围岩水帘》，第 2748 页。
② 《柳宗元集校注》卷四二《再至界围岩水帘遂宿岩下》，第 2775 页。
③ 《柳宗元集校注》卷二九《游黄溪记》，第 1879 页。
④ 《柳宗元集校注》卷二九《始得西山宴游记》，第 1891 页。
⑤ 《柳宗元集校注》卷二九《至小丘西小石潭记》，第 1912 页。
⑥ 《柳宗元集校注》卷二九《袁家渴记》，第 1918 页。
⑦ 《柳宗元集校注》卷二九《石渠记》，第 1926 页。

使用的形象尖利的词语，更是所在多有，如“砉然劲翮剪荆棘”①、“左右六翮利如刀”②、“林邑东回山似戟”③、“海畔尖山似剑铓”④、“崩云下滴水，劈箭上浔江”⑤、“奇疮钉骨状如箭……支心搅腹戟与刀”⑥，其中的“箭”“利”“戟”“刀”“剑铓”“尖山”“劈箭”，无不尖利峻刻，刺人肺腑。常识告诉我们：尖利者易于引起人的触觉感受，给人以峭硬感和疼痛感；暗淡者易于引起人的视觉感受，给人以压抑感和幽冷感，甚至还可由视觉转化为触觉上的紧缩感。而当这两方面紧密结合在一起的时候，那么，无论就作品的基调而言，还是就读者的感受而言，柳宗元的游记诗文以及其他类型作品的风格，都势必呈现出冷峭特征。

上述形象尖利、色调冷暗之词语的选用和表现，固然与柳宗元的精于小学、富于技巧、择字精审、刻画深刻有关，但从本质上看，更与柳宗元的身世遭际、心性情怀有关。“《骚经》之文，非文也，有是心血，始有是至言。”⑦同理，柳氏之山水游记，非游记也，有是遭际和忧愤，始有是境界格调。换言之，柳宗元忧愤、寂寞、孤直、激切的心性情怀正是通过其作品的冷暗色调和尖利词语得以印证的，正是借助于其作品风格的冷峭性加以表现的。这里有贬谪诗人情感上的偏执性，更有他意志上的顽强性，整个地贯注着一股身处逆境虽然悲伤却不肯屈服的清刚之气，闪现着一种深沉凝重而又猛志常在的生命情调和悲剧精神。

千山鸟飞绝，万径人踪灭。孤舟蓑笠翁，独钓寒江雪。⑧

这首曾被誉为唐人五言绝句最佳者⑨的《江雪》，可以说是柳氏诗文冷峭风格和悲

---

① 《柳宗元集校注》卷四三《笼鹰词》，第3068页。
② 《柳宗元集校注》卷四三《跂乌词》，第3064页。
③ 《柳宗元集校注》卷四二《得卢衡州书因以诗寄》，第2828页。
④ 《柳宗元集校注》卷四二《与浩初上人同看山寄京华亲故》，第2773页。
⑤ 《柳宗元集校注》卷四二《答刘连州邦字》，第2832页。
⑥ 《柳宗元集校注》卷四二《寄韦珩》，第2760页。
⑦ 《春觉斋论文》，第49页。
⑧ 《柳宗元集校注》卷四三《江雪》，第2993页。
⑨ 范晞文云：“唐人五言四句，除柳子厚《钓雪》(按：即《江雪》)一诗之外，极少佳者。”见(宋)范晞文：《对床夜语》卷四，《历代诗话续编》，第432页。

剧精神的集中展示。一个“绝”，一个“灭”，见出环境极度的清冷寂寥；一个“寒”，一个“雪”，更给这清冷寂寥之境添加了浓郁的严寒肃杀之气；而渔翁竟丝毫不为此严冷肃杀所惧，仍执意垂钓，则其意志该是何等的顽强、坚韧！其精神又该是何等的孤傲、劲拔！一方面，这里有冷，也有峭，是峭中有冷，冷以见峭，二者的高度结合，形成了迥拔流俗一尘不染的冷峭格调；另一方面，冷峭的格调反映了诗人精神的卓绝。从诗意看，孤舟垂钓的渔翁象征着贬谪诗人是不言而喻的，而渔翁不畏严寒坚执垂钓的精神也不啻是贬谪诗人不屈不挠之悲剧精神的典型写照。徐复观在评论南宋马、夏诸人的画作时这样说道：“他们奇峭的峰峦，盘根屈铁的树木枝干，实在象征了在屈辱地位中人格向上的挣扎；在卑微的国势中人心向前的挣扎。”①这话是深刻的，联及柳宗元笔下的渔翁，以及他山水记中那突怒偃蹇的怪石、颠委势峻的激流、雷鸣骤雨般的瀑布，不是也很可以看出在屈辱、苦难的境遇中，贬谪诗人不肯降心辱志而努力挣扎的痕迹么？

当然，柳宗元的人格及其游记诗文的风格不只是孤直冷峭，除此之外，还具有淡泊纡徐的一面。就柳诗而言，前人便多将其诗风与陶渊明、韦应物等人的诗风联系在一起，认为“柳子厚诗在陶渊明下，韦苏州上。……所贵乎枯澹者，谓其外枯而中膏，似澹而实美，渊明、子厚之流是也”②，“中唐韦苏州、柳柳州，一则雅澹幽静，一则恬适安闲。汉魏六朝诸人而后，能嗣响古诗正音者，韦、柳也”③。从风格之淡泊、古朴一点上看，部分柳诗与陶、韦诗确有近似之处，亦即都能以其接近自然、不事藻绘的风貌给人清新闲雅之感。然而，若细加体味，他们的诗风又是颇有差异的：陶诗淡泊而近自然，最能反映心境的平和旷远；韦诗淡泊而近清丽，令人读后怡悦自得；而柳诗则于淡泊中寓忧怨，见峭厉；尽管诗人曾有意识地将此忧怨淡化，但痕迹却未能全然抹去，加上诗人在遣词造意上多所经营，致使很多诗作仍于隐显明暗之间传达出崭截冷峭的信息。对这一情况，前人亦曾屡加指明：“柳子厚诗，雄深简淡，迥拔流俗，至味自高，直揖陶、谢；然似入武库，但觉森严”④；“宋人又多以韦、柳并称，余细观其诗，亦甚相

① 《中国艺术精神》，第 343 页。

② 《苏轼文集》卷六七《评韩柳诗》，第 2109 页。

③ (清)田雯：《古欢堂集杂著》卷二，《清诗话续编》，第 676 页。

④ 《苕溪渔隐丛话》前集卷三三，第 257 页。

悬。韦无造作之烦，柳极锻炼之力；韦真有旷达之怀，柳终带排遣之意。诗为心声，自不可强”①；“世称韦、柳，其不及柳州者，少一峭耳。”②将这里的“森严”、“锻炼”、“排遣”、“峭”综合起来看，便足可看出柳与韦、陶的区别，看出柳之为柳的关键所在了。

鉴于此，我们有理由认为：是贬谪诗人情感的偏执性导致了其诗风的偏执性，而突出表现在柳氏游记诗文中的这种偏执的、几乎凝固化了的冷峭风格，在深层次上正反映了贬谪诗人饱含辛酸、屈辱和坚持、抗争的悲剧精神。

第四节　行健不息的生命意志和劲健雄风

对于元和贬谪文学的创作来说，诗人们生命沉沦的身世遭际固然重要，但更重要的则在于是否能由此身世遭际激发起一种顽强抗争的心理动力，能否激发起一种充满活力行健不息的生命意志。如果不仅得到了激发，而且给予了充分的展现，那么，其悲剧精神便达到了最高层级，其文学风格也必将呈现出悲壮劲健的色彩。

进一步说，元和贬谪文学本身就是一个生命力与阻力相碰撞、相抗衡并最终克服阻力的过程。哲学家有言：“生命的力量，尤其是心灵的威力，就在于它本身设立矛盾，忍受矛盾，克服矛盾。”③“生命是向否定以及否定的痛苦前进的，只有通过消除对立和矛盾，生命才变成对它本身是肯定的。”④显然，能否克服矛盾、阻力，乃是生命能否最终获得对自身完全肯定的关键。对矛盾、阻力克服得愈多，生命自身的肯定性就愈充分，反之，这种肯定性就愈少。就元和贬谪文学而论，其主要过程是在生命力与阻力碰撞、抗衡的阶段展开的，因而其中大量存在的是被压抑的深沉悲伤、反压抑的激切孤愤、压抑与反压抑长久相持的冷峻峭厉，而较少一种在压抑中备经磨难而能高瞻远瞩傲视忧患的悲壮劲健。这种悲壮劲健，便是生命力对阻力的克服，便是生命对自身较充分的肯定，便是生命之深

① 《载酒园诗话》又编，《清诗话续编》，第325页。

② 《石遗室诗话》卷六，第90页。

③ ［德］黑格尔著，朱光潜译：《美学》第一卷，商务印书馆，1979年，第154页。

④ 《美学》第一卷，第124页。

度和力度的象征。

毫无疑问，在元和逐臣中，这种悲壮劲健有着不同程度的存在。柳宗元于冷峭中尤见孤直，韩愈于奇险中不乏沉雄，元稹之激切已寓劲力，白居易虽平淡闲雅亦时露健气，然而，所有这些都不足以构成他们文学风格的主要特征，换言之，他们往往只得到其中一点，或得到者虽多，却又为别一风格所掩；相比之下，能将悲壮劲健合于一途而予以突出表现的，唯刘禹锡一人而已。在《刘白唱和集解》中，白居易曾深为叹服地说道："彭城刘梦得，诗豪者也，其锋森然，少敢当者。……梦得、梦得！文之神妙，莫先于情；若妙与神，则吾岂敢？"①从这段并不全面的话中，已很可看出刘禹锡诗风"豪"且"森然"的基本特点了。

表面看来，悲壮，主要指气韵的苍凉雄直；劲健，主要指骨力的坚挺劲拔；但从深层次看，这种苍凉雄直的气韵和坚挺劲拔的骨力又无不源于贬谪诗人生命力的内在充实，源于他对自我的坚定信念。固然，在被贬被弃的严酷打击下，在忧患相仍的谪居磨难中，刘禹锡确实感到了巨大的心理苦闷，产生了强烈的悲伤意绪，吟出了一曲曲孤臣的哀唱，然而，他却始终不曾绝望，始终跳动着一颗斗士的魂灵。读刘禹锡诗文，我们总有这样一种感觉：诗人虽然竭力希望摆脱苦难，却从未为苦难所压服，甚至往往将苦难视作磨炼自我的一个对象，对之抱有一份感激之情，从而于悲凉中有执著，沉痛中寓劲健。在很多情况下，诗人似乎是站在一个更高的角度来俯瞰给他造成悲剧命运的人和社会的，在他看来，虽然自己在政治上惨败于这个社会中某些人的手下，但在精神上、境界上、人格上却要远远高于他们，因而，他对政敌不仅愤慨，而且藐视、嘲笑，于是，激切中又糅合着一股雄直豪迈之气。当然，对昔日持守的信念，他是忘怀不了的，但在此之外，他还始终以他特有的诗人气质和真诚，执著地追求着一种更本质的、人与自然相激相生紧密融合的自由生命，从而不仅大大强化了他的生命活力，而且由此活力外溢，构成了他诗作中那极具感召力、吸附力和情感张力的劲健风格。

首先，这种风格明显地表现在诗人对待忧患的态度上。

莫道谗言如浪深，莫言迁客似沙沉。千淘万洒（漉）虽辛苦，吹尽狂沙

① 《白居易文集校注》卷三二《刘白唱和集解》，第1893~1894页。

始到金！①

“谗言如浪深”“迁客似沙沉”，极度突出了世情之险恶、忧患之沉重，而前面冠以“莫道”“莫言”，于否定语气中展现出一种傲视忧患独立不移的豪杰气概。诗人认为，自己的被贬就好比大浪淘沙，虽“千淘万漉”、备经磨难，但只有这种磨难，才能锤炼意志；只有风淘浪漉，才能得到真金。这里有饱含哲理的人生透视，有坚定执着的自我信念。“既然灾难不可挽救，既然人生不能虚度，精神抖擞的人就有一种崇高的意境，当陷入穷途之际，他高瞻远瞩，仿佛从另一个世界来静观世变”②。唯其如此，诗人的意志才益发显得坚强，他的胸怀才益发显得博大，而他所达到的境界才益发神圣而不可侵犯。

九曲黄河万里沙，浪淘风簸自天涯。如今直上银河去，同到牵牛织女家。③

塞北梅花羌笛吹，淮南桂树小山词。请君莫奏前朝曲，听取新翻《杨柳枝》。④

就诗意看，这两首作品均晓畅易解，但透过一层看，便会领悟到一种身在忧患之中而不为其所羁绊的乐观情怀，以及弃旧图新面向未来的追求精神。且不说诗中已然存在着一种奔动流走的生命活力，即以其写景来看，千回百折的黄河裹挟着万里泥沙，呼啸着、翻腾着，自遥远的天涯滚滚而来，其气势该是何等的雄壮！紧接着，诗人健笔陡转，出语惊人：“如今直上银河去！”则此境界又该是何等的浑灏高远！笔酣墨饱，元气淋漓，胸次特高，骨力甚健，乃是我们读此诗的突出感受。诚如王夫之所谓：“七言绝句，初、盛唐既饶有之，稍以郑重，故损其风神。至刘梦得而后宏放出于天然，于以扬扢性情，馺娑景物，无不宛尔成章，诚

① 《刘禹锡全集编年校注》卷九《浪淘沙词九首》其八，第1031页。

② ［美］乔治·桑塔耶纳著，缪灵珠译：《美感》，中国社会科学出版社，1985年，第161页。

③ 《刘禹锡全集编年校注》卷九《浪淘沙词九首》其一，第1028页。

④ 《刘禹锡全集编年校注》卷九《杨柳枝词八首》其一，第1018页。

小诗之圣证矣。”①

其次，刘禹锡悲壮劲健的诗风，还体现在他对生命意志的自觉磨砺、对自我人格的顽强坚持上。在《砥石赋》中，诗人注目于砥石，寄慨于宝刀，自激自励，高唱入云：

> 拭寒焰以破眦，击清音而振耳。故态复还，宝心再起。既赋形而终用，一蒙垢焉何耻？感利钝之有时兮，寄雄心于瞪视。②

盛唐诗人李白曾因怀才不遇而发为“天生我材必有用”的呼喊，刘禹锡这里所说“既赋形而终用”，盖与李白同一机杼。不以蒙垢为耻辱，不因生命沉沦而颓丧，而是在逆境中磨砺心性，等待时机，“寄雄心于瞪视”，则其自信何其坚定！意志何其果决！而一个“雄心”，更是丝毫无隐地展露了诗人的豪杰心性。“百胜难虑敌，三折乃良医。人生不失意，焉能慕己知？”③、“受谴时方久，分忧政未成。比琼虽碌碌，于铁尚铮铮！”④“养鸷非玩形，所资击鲜力”⑤、“犹思风尘起，无种取侯王！”⑥“天下英雄气，千秋尚凛然”⑦、“世道剧颓波，我心如砥柱！”⑧在这些诗句里，有对人生苦难的深刻透视，有对自我志节的真切表白，有对历史豪杰的由衷敬慕，有对生命意志的极力弘扬，多方面的内涵会聚一起，大声镗鞳，格调激越，有如宏钟巨响，令人在对贬谪诗人那颗“雄心”的领略中，深深感悟到一种坚毅高洁的人格操守，一种水石相激般的生命强力。

刘禹锡这颗“雄心”，既是志士之心，又是诗人之心；前者赋予其作品以深厚的思想内蕴，后者则强化了其作品悲壮劲健的风格特征。综观刘禹锡各种类型的作品，这种风格特征均有不同程度的表现。在着重抒发悲伤意绪的《望赋》中，

---

① （清）王夫之：《姜斋诗话》卷下，《清诗话》，第 18 页。
② 《刘禹锡全集编年校注》卷一四《砥石赋》，第 1591 页。
③ 《刘禹锡全集编年校注》卷一一《学阮公体三首・其一》，第 1294 页。
④ 《刘禹锡全集编年校注》卷六《历阳书事七十四韵》，第 592 页。
⑤ 《刘禹锡全集编年校注》卷一二《养鸷词》，第 1303 页。
⑥ 《刘禹锡全集编年校注》卷一二《武夫词》，第 1305 页。
⑦ 《刘禹锡全集编年校注》卷五《蜀先主庙》，第 536 页。
⑧ 《刘禹锡全集编年校注》卷一《咏史二首・其一》，第 84 页。

诗人的健气雄风虽有所潜隐，却并没有消失："风萧萧兮北渚波，烟漠漠兮西陵树。夫不归兮江上石，子可见兮秦原墓。拍琴翻朔塞之音，挟瑟指邯郸之路！"①在其咏史怀古诸作中，这种风格表现得尤为明显，《西塞山怀古》、《金陵怀古》、《荆州道怀古》等无不沉着痛快，雄浑老苍，而其《金陵五题》之《石头城》更为白居易"调头苦吟，叹赏良久"，并断言："吾知后之诗人不复措词矣。"②至如其他佳诗美句而具豪雄之气者，亦所在多有，"万乘旌旗分一半，八方风雨会中央"③，至被人评为"高唱入云，气魄雄厚"④。管世铭有言："十子而降，多成一副面目，未免数见不鲜。至刘、柳出，乃复见诗人本色，观听为之一变。子厚骨耸，梦得气雄，元和之二豪也。"⑤方回亦谓："刘梦得诗格高，在元、白之上，长庆以后诗人皆不能及。"⑥此二论可谓得之。

然而，这里需要强调指出的是，刘禹锡悲壮劲健风格更突出、更本质的表现，却是在其悲秋、爱秋乃至颂秋的众多作品中。

在中国古代文人那里，秋主要是作为悲的象征而存在的，"凡与秋可相系着之物态人事，莫非'蹙'而成'悲'，纷至沓来，汇合'一涂'，写秋而悲即同气一体。举远行、送归、失职、羁旅者，以人当秋则感其事更深，亦人当其事而悲秋逾甚。"⑦这是一种根深柢固、源远流长的悲秋意识⑧，这种悲秋意识，对刘禹锡置身逆境而悲伤忧愤的心理自然有着强大的影响。"何处秋风至？萧萧送雁群。朝来入庭树，孤客最先闻。"⑨这首题名《秋风引》的诗作，最能反映贬谪诗人因景起情、由情会景、悲秋悲己复悲人生的苍凉心境。唐汝洵谓此乃"孤客之心，未

① 《刘禹锡全集编年校注》卷一四《望赋》，第1675~1676页。

② 参见《刘禹锡全集编年校注》卷六《金陵五题》，第671页。

③ 《刘禹锡全集编年校注》卷九《郡内书情献裴侍中留守》，第1042页。

④ (清)朱庭珍：《筱园诗话》卷三，《清诗话续编》，第2246页。

⑤ (清)管世铭：《读雪山房唐诗序例·七律凡例》，《清诗话续编》，第1477页。

⑥ (元)方回选评，李庆甲校点：《瀛奎律髓汇评》卷四七，上海古籍出版社，2005年，第1740页。

⑦ 钱锺书：《管锥编》第二册，第628页。

⑧ 关于悲秋意识的解说，可参看拙著：《生命在西风中骚动——中国古代文人与自然之秋的双向考察》第二章，陕西人民教育出版社，1989年，第53~88页。

⑨ 《刘禹锡全集编年校注》卷三《秋风引》，第324页。

摇落而先秋，所以闻之最早”①，还只是一种总体上的解说，实际上，在这“孤客最先闻”的表述中，既有壮志未酬的英雄失路之悲，又有对人生反思而生成的凄楚之感，更有对自我生命空被耗费而深深惋惜的沉痛之情，而所有这些，又都在萧瑟秋风的刺激下愈发强烈了。然而，刘禹锡的特异之处在于，他并没有始终陷入这种痛苦之中，也不只是像历代文人骚客那样简单地以秋为悲，而是以悲为基础，赋予秋一种振衰起弊、激励生命的内蕴，因而，他笔下出现的秋，便较少萧瑟悲凉的色彩，而多是寥廓高远、清新疏落的秋境，凛冽肃杀、强劲无比的秋风。

寥廓高远、清新疏落的秋境，固然是自然物候本质特征的一个方面，但当他出现在诗人笔下时，又何尝没有留下诗人喜秋爱秋的心理投影？“暑退九霄净，秋澄万景新”②、“暮景中秋爽，阴灵既望圆”③、“长泊起秋色，空江涵霁晖”④、“芦苇晚风起，秋江鳞甲生”⑤……这里，秋以其澄澈、清爽、淡雅、明丽的多方面特征，构成了一个令人心驰神往的美的境界，正是在这境界中，诗人的人生感恨以向心底沉潜的方式获得了表层的淡化，他布满创伤的心灵得到了暂时的抚慰，他原本即有的高情雅趣得到了极大的提升，而他久经沉沦的生命也由此获得了更生。“轻阴迎晓日，霞霁秋江明。草树含远思，襟怀有余清。凝睇万象起，朗吟孤愤平”⑥、“尘中见月心亦闲，况是清秋仙府间。凝光悠悠寒露坠，此时立在最高山！”⑦宛如一副强效应的清凉剂，明净的秋江、如水的秋月，豁然唤醒了贬谪诗人疲惫的心灵，消解了他长期郁积的“孤愤”，此时登高而望，目极千里，放声朗吟，兴会淋漓，怎不使他产生一种脱尽尘俗、宠辱皆忘的感受？尽管在这种感受中也许还夹杂着人生的几多酸辛、世事的几度炎凉，但所有这些在旋转乾坤的自然变化面前都暂时淡化了、退隐了，都变成了一种潜在的悲感而刺激人去

① 《唐诗解》卷二三，第504页。
② 《刘禹锡全集编年校注》卷一二《八月十五日夜玩月》，第1320页。
③ 《刘禹锡全集编年校注》卷一《奉和中书崔舍人八月十五日夜玩月二十韵》，第33页。
④ 《刘禹锡全集编年校注》卷五《秋江晚泊》，第576页。
⑤ 《刘禹锡全集编年校注》卷五《晚泊牛渚》，第582页。
⑥ 《刘禹锡全集编年校注》卷六《秋江早发》，第682页。
⑦ 《刘禹锡全集编年校注》卷二《八月十五夜桃源玩月》，第141页。

作新的寻觅和追求。这种寻觅和追求说到底，便是贬谪诗人对自由生命的殷切盼望：

自古逢秋悲寂寥，我言秋日胜春朝。晴空一鹤排云上，便引诗情到碧霄。①

在这首有名的秋词中，诗人一反传统的悲秋观，颂秋赞秋，并赋予秋一种导引生命的力量。就其写景而言，在寥廓无比的秋空，一只孤鹤排云直上，振翅翱翔，矫健凌厉，所向披靡，该是何等的劲拔！何等的自由！就其内蕴来看，这只孤鹤又显然可以视作诗人的象征，在它排云直上、振翅翱翔的场景中，深寓着贬谪诗人对自由境界的无限向往。“六翮方铩，思重托于扶摇”②，表明诗人的这种向往积蓄已久，尽管在专制政治的严酷压抑下，他不可能在政治舞台实现此一愿望，但却可将之寄托于广袤的自然界，借此表现自己不屈的心志，表现那源于人性深处不可阻遏的自由生命的勃动。

正是由于秋具有一种导引生命的力量，所以，在刘禹锡笔下，人之于秋便不仅仅是一种单向度的喜爱、赞赏，而是一种双向交感并以激发生命意志为核心的多维关系。换言之，诗人对秋特具一种主动追求借以砺志的心态，而饱含诗人主观色彩的秋景和秋的意象反转过来，又极有力地催发了诗人的生命强力，从而不仅使得人与秋在一个更深的层面达到了同一，而且使得诗人的秋作无不具有突出的劲健感和深厚感。

秋季的苍鹰、骏马等意象的大量使用，将这种劲健感和深厚感推到了顶点。一般来说，用艺术形式表现情感的主要途径，便是寻找一个与此情感紧相吻合的客观对应物，借以更深刻地传达出主体的情感指向。这些客观对应物亦即艺术意象大多具有明显的特征，而“特征的重要程度取决于特征力量的大小，力量的大小取决于抵抗袭击的程度的强弱；因此，特征的不变性的大小，决定特征等级的高低，而越是构成生物的深刻的部分，属于生物的原素而非属于配合的特征，不

① 《刘禹锡全集编年校注》卷一二《秋词二首》其一，第1353页。

② 《刘禹锡全集编年校注》卷一四《上杜司徒启》，第1633页。

变性越大”①。据此，则苍鹰、骏马的意象无疑是表现贬谪诗人刚健不挠情志的最好的客观对应物，而且就生物属性来说，它们处于“万物秋霜能坏色”的肃杀环境，或凌空搏击，或大漠奔驰，反倒益发显露精锐之气，因而也最能代表一种深刻的、不变的、本能的生命强力，这就难怪苍鹰、骏马意象要一而再、再而三地奔赴诗人笔下了。

> 朔风悲老骥，秋霜动鸷禽。……不因感衰节，安能激壮心？②
>
> 马思边草拳毛动，雕眄青云睡眼开。天地肃清堪四望，为君扶病上高台！③

“朔风”“老骥”“秋霜”“鸷禽”，两两相对，若合符契，相激相生，互为依托，在人们面前展示了多么苍老雄阔的景象！马思边草而至于拳曲的鬃毛俱动，雕盼青云而至于惺忪的睡眼全开，这一“动”一“开”，不正因了那凛冽的秋气刺激并振起了它们的生命活力吗？“不因感衰节，安能激壮心？”是的，生命活力的勃发，全在于这一“感”一“激”，唯其有感，故尔能激，惟其被激，故所感愈深。“鹰至感风候，霜余变林麓”④、“鸷鸟得秋气，法星悬火旻”⑤、“边马萧萧鸣，边风满碛生。暗添弓箭力，斗上鼓鼙声”⑥……在这里，鹰的勇猛，马的矫健，在在契合着贬谪诗人不甘潦倒勇于奋争的自我形象。一方面，诗人将自我的生命意志寄寓于自然物候和苍鹰、骏马的意象中，另一方面，又借此已经人化了的自然和意象来更深一层地表现自己的渴望和追求。这种渴望和追求几乎贯穿了诗人的一生，即使在他已脱离谪籍、步入花甲之年的时候，也未稍减。在那篇作于会昌元年(841)亦即诗人卒前一年的《秋声赋》里，刘禹锡再次以鹰、马为喻，抒发了自己一怀悲慨激切的耿耿秋情：

---

① 《艺术哲学》，第350页。
② 《刘禹锡全集编年校注》卷一一《学阮公体三首》其二，第1295页。
③ 《刘禹锡全集编年校注》卷一一《始闻秋风》，第1292页。
④ 《刘禹锡全集编年校注》卷三《步出武陵东亭临江寓望》，第307页。
⑤ 《刘禹锡全集编年校注》卷七《早秋送台院杨侍御归朝》，第721页。
⑥ 《刘禹锡全集编年校注》卷一二《边风行》，第1368页。

骥伏枥而已老，鹰在韝而有情。聆朔风而心动，眄天籁而神惊。力将痑兮足受绁，犹奋迅于秋声！①

这里流露的是意志的坚强，心灵的敏感，追求的执著。坚强的意志使诗人于行将就衰的孤独寂寞中仍能保持信念、保持美感，顽强地超拔于浊世；敏感的心灵使诗人时时具有一种强烈的、一触即发的创作冲动，将其内在的雄直之气发抒出来；而执著的追求更给予诗人源源不断的精神动力，使他怀着“秋隼得时凌汗漫”②的壮志，在与大自然的紧密融合中，去实现个体的同时也是族类的自由生命。

这是一种百折不挠奋迅无比的精神，这是一种振衰起弊摧枯拉朽的力量，它的终极根源，无疑在于苦难对贬谪诗人的压抑以及在此压抑下生命不肯屈服而顽强抗争的向上挣扎，正是在这种压抑与反压抑的碰撞中，在万死投荒的无数劫难中，生命力强化了，意志坚强了，情趣升华了，贬谪诗人成熟了，而由此导致的贬谪文学的内在意蕴也大大增值了。因而，我们有理由认为：这是一种饱含生命强力的、具有最高价值取向的悲剧精神。

这种精神同时源于中华民族深厚博大的文化精神的涵育。《周易·乾传》云：“天行健，君子以自强不息。”孔颖达疏曰：“行者，运动之称；健者，强壮之名。”“天行健者，谓天体之行，昼夜不息，周而复始，无时亏退。……君子以自强不息，此以人事法天所行，言君子之人用此卦象，自强勉力，不有止息。”③这是中国古代文化中最富生命力和感召力的一种观念，这种观念经原始儒家理论的自觉熔铸，更紧密地与个体人格的完善和内在心志的培养联系在一起，并作为一种集体的无意识，代复一代地积淀在古代士人的心理深层，在意识与潜意识、理性与非理性之间，影响着他们的精神生活和价值选择。如果说，“天行健”在先民那里还只是对自然运行的泛指，那么，在面对强劲秋风、寥廓秋境的贬谪诗人这里，它便得到了具体化、形象化的落实；如果说，“君子以自强不息”对一般

① 《刘禹锡全集编年校注》卷一九《秋声赋》，第2173~2174页。
② 《刘禹锡全集编年校注》卷九《乐天寄重和晚达冬青一篇因成再答》，第977页。
③ 《周易正义》卷一《乾》，《十三经注疏》，第24页。

生活道路平坦、心性纤弱的文人来说，还没有展示其最大效力，那么，对饱经人生坎坷而又心性刚烈的俊杰之士来说，便发挥了它催人向上、顽强奋争的全部功用。刘禹锡精于《易》学，而且明确宣称：

愚独心有概焉，以为君子受乾阳健行之气，不可以息。苟吾位不足充吾道，是宜寄余术百艺以泄神用。其无暇日，与得位同。①

显而易见，贬谪诗人是以其全副身心去体悟行健不息之理，并将之融汇于自我生命之中的。在《伤我马词》中，诗人径以病马象喻自己沉沦之生命，慷慨致词：

生于碛砾善驰走，万里南来困丘阜。青菰寒菽非适口，病闻北风犹举首。②

身虽被病，犹昂首嘶鸣，永恒地盼望着那塞北的大漠秋风，时时忘怀不了自己“所向无空阔”③的凌厉本性，从本源上说，这不正是上述根深柢固的行健不息精神的最好展现么？是的，正是这种精神，以把握生命的肯定形式表现了生命曾经遭受过的否定内涵，以惜时重时的进取精神取代了悲时叹时的消极意绪，以自我生命活力与自然生命活力的深层契合，相激相荡，为人们展示了一片新的驰骋天地，同时也为元和贬谪文学增添了一种苍茫悲壮、雄直劲健的格调。

《二十四诗品》之《雄浑》有云：“大用外腓，真体内充。返虚入浑，积健为雄。”又《劲健》一品说道：“行神如空，行气如虹。巫峡千寻，走云连风。饮真茹强，蓄素守中。喻彼行健，是谓存雄。”郭绍虞注谓：“行神则劲气直达，绝无阻碍，故云如空；行气则硬语盘空，苍莽横亘，故云如虹。”“‘喻彼行健’，即天地亦可与之并立，如天地之终古不敝；这是劲的作用。‘是谓存雄’，则天地之存神造化，亦无不与之同功；这是真的存雄，同时又是健的作用。”④由此可知，

① 《刘禹锡全集编年校注》卷一五《答道州薛郎中论方书书》，第1762页。

② 《刘禹锡全集编年校注》卷一四《伤我马词》，第1701页。

③ 《杜诗详注》卷一《房兵曹胡马》，第18页。

④ （唐）司空图撰，郭绍虞集解：《诗品集解》，人民文学出版社，1981年，第16~17页。

劲、健、雄三者是紧密联系在一起的，雄为健之所积，健中又充溢了劲力，而它们在本源意义上，又无不与行健不息的文化精神紧相关合，具有一种与大自然相互依存、并立同功的特点。刘禹锡作品的风格特征，似乎正当作如是观。

当然，刘禹锡这种悲壮劲健，与盛唐诗人同一风格相比，确实缺少了一些雄阔博大的气象，而多了一种崚嶒刚硬的骨力。这种差别，与时代精神和诗人遭际不无关联。简言之，盛唐精神蓬勃昂扬，积极进取，中唐精神则相对局促，进取中总有一种勉力为之的沉重之感；盛唐诗人于安史乱前较少有巨大的人生忧患，漫游、交友、饮酒、尚侠、纵横干谒、大漠立功，构成了他们主要的生活经历，而中唐诗人尤其是大诗人几乎都遭到严酷的政治打击，生命的沉沦和心理的苦闷不能不使他们由外向的发越转为内向的聚敛，即使力大气雄如刘禹锡者虽能于总体的内敛中不时向外发越，但这发越也早已一扫人生少年时代那种纯感性的激情冲动和浮躁气息，而无形中增添了中年人所特有的成熟持重、深沉坚劲。由此影响他作品的风格特征，便不能不表现出与盛唐诗人的同中之异来。

进一步说，不独刘禹锡如此，柳宗元、韩愈、元稹、白居易无不如此。陆时雍有言："中唐诗近收敛，境敛而实，语敛而精。势大将收，物华反素。盛唐铺张已极，无复可加，中唐所以一反而之敛也。"①此论正确指出了盛、中唐文学的不同风貌，但原因却没有完全说准，相比之下，胡应麟的说法似乎更深刻一些：

> 盛唐句，如"海日生残夜，江春入旧年"；中唐句，如"风兼残雪起，河带断冰流"；晚唐句，如"鸡声茅店月，人迹板桥霜"；皆形容景物，妙绝今古，而盛、中、晚界限斩然。故知文章关气运，非人力。②

这里的"气运"，指的就是基于社会盛衰变化而形成的不同的时代精神，在这种精神的影响下，不同的历史时期必然呈现出各不相同的美学风神。如果说，这里所举的盛唐诗句代表着一种阔大广远、蓬勃开展的进取意向，晚唐诗句代表着一种孤寂冷清、中乏力度的萧飒意向，那么，这里所举的中唐诗句岂不正代表着一

① 《诗镜总论》，第179页。
② 《诗薮》内编卷四，第59页。

种嶙峋瘦劲、悲而不衰的坚韧意向？固然，就较广的范围论，自不难得出这样的结论："元和而后，诗道浸晚，而人才故自横绝一时。若昌黎之鸿伟，柳州之精工，梦得之雄奇，乐天之浩博，皆大家材具也。"①"唐诗至元和间，天地精华，尽为发泄，或平，或奇，或高深，或雄直，旗鼓相当，各成壁垒。"②但若将范围稍予缩小，仅就元和贬谪文学论，则无论是韩愈、元稹等人充满痛苦怨愤的悲慨激切，还是柳宗元描写山水以寄孤愤的清冷峭厉，抑或是刘禹锡由悲伤而忧愤终至毅然奋起克服忧患的悲壮劲健，都与此嶙峋瘦劲、悲而不衰的坚韧意象大体一致。换言之，在这一意象里，深隐着贬谪诗人们人生的苦难和生命的抗争，深隐着他们从沉沦到奋起那艰难的心路历程。正是在这一意义上，我们说，元和贬谪文学诸多艺术特征和主体风格的形成，无不源于元和逐臣命运的悲剧和克服悲剧的精神。

① 《诗薮》外编卷四，第 187 页。

② 《方南堂先生辍锻录》，《清诗话续编》，第 1838 页。

第五编

晚唐乱离逐臣研究

与盛、中唐相较，晚唐的贬谪现象和贬谪文学均发生了较大变化。万死投荒的人生转折、被弃被囚的孤独苦闷，使元和逐臣的生命在磨难中沉浮煎熬，就中以刘、柳的生命抗争尤为惨烈。而晚唐逐臣在贬谪造成的生命落差面前，心态却渐趋平和，苦闷渐趋弱化。以前的贬谪诗人常有的思乡怀国、浸洇血泪的浓愁深悲，忠直见弃、正道遭屈的怨望孤愤，风霜孤竹、烈火焦桐般的激越悲壮，在晚唐贬谪诗人的笔下则不多见。他们往往在带着几缕酸辛的自嘲中踏上贬途，一路且行且歌，以烟鸟岸花、江山风物自遣娱怀，在无可奈何中自甘自足，其谪居生活似乎与其既往的生命状态没有形成特别显著的差异。在很大程度上，晚唐贬谪文学表现出悲怨主题的淡化，悲剧精神的消解。因此，考察晚唐的贬谪现象，对于进一步研究贬谪文学的流变与模式，研究贬谪与诗人人生状态和文学创作的关系，具有其独特意义。

大凡治世，文士较易受到重用，而至乱世，文人往往退居社会政治权力的边缘。晚唐王室暗弱，武人跋扈，藩镇割据，战乱连绵，文士的现实地位大不如前。部分士人或隐居不仕，或弃官归隐，更大批的士子或久困场屋，或流连幕府，风霜凄苦，漂泊终生。从某种意义上说，唐末之世造成了整个时代士人群体性的生命沉沦，这是一个乱离时世，在逐臣身上也投射着浓郁的乱离色彩。晚唐的贬谪文学正是在这样一个大背景下展开的，所以我们将此一时段的贬官概称为“乱离逐臣”。

晚唐贬谪诗人名家不多，五代更少，其传下的贬谪作品较之此前也相应减少，因此，我们主要以晚唐后期之韩偓、吴融、钱珝三人为研究对象，展开考察。前人对韩偓的研究，多集中于其前期创作的《香奁集》，对其后期创作的研究不多；对吴融、钱珝之研究，所见尤少；而从贬谪的角度对三人进行的研究，更未之见。本编以此三人为主要研究对象，同时兼及晚唐前期存诗量较多之裴夷直、李德裕，希图通过对作家有关生平行事的考述和作品的细致分析，探究唐代前后期贬谪文学的发展变化，以及晚唐贬谪文学的特质。

第十三章　晚唐贬谪之特点与文士群体的政治边缘化

第一节　晚唐贬谪之特点及发展趋势

从文宗大和初至哀帝末(827—907)，整个晚唐共80年①。据粗略统计，在这80年间，有姓名和贬地可考的贬官共约711人次，文士贬官约305人次。

通过对晚唐各朝贬官的考察，可以发现影响贬谪的主要因素，除君主贤明与否之外，以持续不断的党争与佞相弄权、武人为祸最为显著。

党争是造成晚唐政治混乱的一大要因。由于天子对朝臣驾驭乏术，大权遂落于巧佞者之手，他们结党自固，打击政敌，排挤异已，贬官遂成其弄权的最佳工具。早在中唐后期、晚唐前期，朋党之争已成为佞相弄权的产物。持续四十年之久的牛、李党争，极尽互相打击之能事，其间虽有是非可辨，如李德裕等大体正道直行，算得上是贤相，而李宗闵、白敏中辈则近于巧佞，结党营私，但他们在党同伐异这一点上，却都不遗余力，牛党对对方更是必欲置之死地而后快。到了后期，党争虽消歇，佞相弄权在懿宗朝却愈演愈烈，至昭宗朝更外倚藩镇，擅权营私，成为导致朝士被贬的不可忽视的一个要因。

与初、盛、中唐相比，武人为祸在晚唐表现得最为突出，而以昭、哀两朝为甚。昭宗时，邠、岐、华、汴几大势力直接干预朝政，皆欲挟天子以令诸侯。景

① 关于晚唐之起始时间，学界说法不一。这里以敬宗宝历末、文宗大和初为断限，是从历史进程和文学创作两个方面来考虑的。至于中晚唐之交的文人，但凡其贬官发生在此时之后，均纳入晚唐阶段统计，这样做或许能让统计数据更为准确，也更能反映文人在晚唐受贬的实况。

福二年，凤翔李茂贞兵临城下；乾宁二年，邠宁王行瑜等三镇称兵犯阙；乾宁三年，昭宗被逼走华州，韩建专制朝政，几番侵陵，皆贬杀之声不绝于耳。凡此，已于第一编第三章第一节论述武人为祸时论及，兹不赘述。至若汴梁朱全忠，围昭宗于凤翔年余，继而诛杀张浚、崔胤及郑元规、陈班并崔胤所亲厚者数人，逼昭宗迁洛而弑，立十三岁之哀帝，又指使爪牙，杀昭宗九子于九曲池，诛朝士三十余人于白马驿，为改朝换代作大清洗。白马之祸中，前宰相裴枢、崔远、独孤损、吏部尚书陆扆、工部尚书王溥、太子太保致仕赵崇、兵部侍郎王瓒等，均遭贬逐。“自余或门胄高华，或科第自进，居三省台阁，以名检自处，声迹稍著者，皆指为浮薄，贬逐无虚日，搢绅为之一空。”①这时的朝士，不仅无力阻止朱温篡唐，而且鲜有以复兴唐室为志者，多备位取容而已。昭宗被弑，罕见死节之臣；幼帝被立近一年，朱温篡位之志早已昭然，而此辈犹立于朝，其中多有心怀改朝换代亦不失禄位之想者。然而，就是这样一些已成朱温囊中之物的人，仍被他大量杀戮。武人为祸之酷烈，于此可见一斑。考史书所载，朱温原为砀山草民，从黄巢为盗，后叛黄巢立功，于诸侯争雄中渐有其地，乃一纯粹武夫，素恶书生无行。《通鉴》卷二六五载：

> 全忠尝与僚佐及游客坐于大柳之下，全忠独言曰：“此木宜为车毂。”众莫应。有游客数人起应曰：“宜为车毂。”全忠勃然厉声曰：“书生辈好顺口玩人，皆此类也！车毂须用夹榆，柳木岂可为之！”顾左右曰：“尚何待！”左右数十人，捽言“宜为车毂”者悉扑杀之。②

抛开这种书生的浮习不谈，从此事可看出朱温心中对书生一贯的厌恶之情。朱温出身低微，尤忌搢绅士大夫之浮薄无行，而昭宗朝以来所见食禄之士无节操、趋利害之行为，更反复加深了其衣冠浮薄的印象，故一夕杀之，毫无顾惜。观其后对曾助其篡代之崔胤、柳璨、张廷范、苏循、苏楷辈的处理态度，可印证其对士大夫的厌恶。正因如此，故武人为祸所导致的贬官，最为酷烈，受贬者多难

① 《资治通鉴》卷二六五天祐二年，第 8762 页。

② 《资治通鉴》卷二六五天祐二年，第 8763 页。

自全。

此外，作为晚唐弊政之一的宦官乱政，并不直接引起大量贬官产生。仅有的一例是文宗大和五年宋申锡等数十人之贬，起因于文宗与宋申锡谋诛宦官，宦官为求自保反诬以罪，而非宦官主动作恶。至于“甘露之变”，李训、郑注诛杀宦官，情势急迫，招致宦官的疯狂反扑，且事起非常，宦官对朝士百官的报复为直接的血腥屠杀，超出了贬官所讨论的范围。

“甘露之变”后，宦官势力在僖宗朝呈现出新的特点，其一，宦官由幕后跃至台前。宦官之祸由来已久，但以往宦官均隐身幕后，挟禁兵之威，通过权力渗透来影响君主和大臣，干预朝政。而僖宗朝宦官则由隐而显，跃至台前，成挟天子以令诸侯之势，俨然天下之主，发号施令，视人君若无有。前之田令孜，后之杨复恭，莫不如此。令孜使年幼天子专事游戏，以“阿父”身份专揽政事，“除官及赐绯紫皆不关白于上”，“宰相以下，钳口莫敢言”①。南北司虽有矛盾，但天子无权，朝臣则失去与宦官斗争的依托，或如卢携、豆卢瑑、韦昭度辈依附宦官以自固，或因循备位而已。及天子播迁于蜀，栖身田令孜之兄西川节度使陈敬瑄檐下，朝臣更无力与宦官抗衡。故田令孜能两度挟天子出逃，罢王铎、崔安潜兵权付与李克用、杨复光，指使凤翔、邠宁两镇攻讨河中，号令皆出宦官之手。杨复恭接踵于后，传檄诸侯，除拜节帅，“行在制置，内外经略，皆出于复恭。”②僖宗朝的宦官势力猖獗于此可见。其二，宦官势力的家族化。以往宦官止于群体势力胶固，至田令孜则为其兄陈敬瑄谋得三川之地，别造巢穴以备不测。及其失势被贬，则不奉诏令，退守蜀中以自固。杨复光、杨复恭兄弟(非嫡亲)先后握柄，复光征战有劳，复恭则承其弟之基业，收其弟之假子，“使典禁兵，或为方镇”③，培植家族势力，达于中外。金商节度使杨守宗，山南西道节度使杨守亮，皆其手植。其余以守为名者数十人，皆为牧守将帅。及其被昭宗逐出，则出奔山南，依诸假子与朝廷对抗④。综而言之，宦官势力在僖宗朝因失去天子与朝臣两

① 《资治通鉴》卷二五二乾符二年，第8298页。

② 《旧唐书》卷一八四《杨复恭传》，第4774页。

③ 《资治通鉴》卷二五八龙纪元年，第8510页。

④ 俱见《资治通鉴》卷二五二至二五七，《旧唐书》卷一九下《僖宗本纪》，卷一三四《宦官传》。

方面力量的制约，而臻于巅峰，至昭宗朝始盛极而衰。又因为宦官势力完全凌驾于朝士之上，朝士力量不足以与之抗衡，亦无法形成大量流贬产生的局面。故晚唐时期由宦官直接导致的贬官不多，文士贬官更少。

晚唐七朝八十年间，对朝士贬谪的宽严随政局的好坏而变化起伏。文宗一朝，正邪两进，党争激烈，君主不能驾驭朝臣，权奸把持朝政，排挤打击不附己者。大和初年裴度、韦处厚，大和七年李德裕，开成初年郑覃、陈夷行相继三次短暂入主朝政，旋即被排挤逐出，造成贬官人次的增加，故文宗朝贬官尤盛。武、宣两朝，君主统御朝臣有术，政在人主，政治较为清明，故贬官人数有程度不同的下降。懿宗昏弱，政在臣下。权术之徒复大行其道，杨收、路岩、韦保衡先后弄权。但懿宗朝兵乱不息，朝廷疲于应付，一定程度上冲淡了朝士间的政治倾轧，故此期的贬官仅略有回升。僖宗朝君臣奔命于兵火之间，无暇顾及政治争斗，贬官亦无实际意义，故贬官人数锐减。其政局最糟，而贬官绝少，可视作一个特例。昭宗朝方镇皆欲挟天子以令诸侯，朝士多无品节，各依方镇自立甚或弄权，朝廷法令不易施行，故贬官较前朝进一步下降。哀帝朝朱温篡唐，对朝士除贬降外，还大肆杀戮，遂成为唐代最后几年间最黑暗最混乱的一个时期。与上述贬官走势相应，晚唐各朝的文士贬官亦大体保持了这样一个或升或降的态势。

晚唐贬官的整体面貌亦经历了由朋党之争、奸相弄权到武人杀伐的变化。如果说文、武两朝的贬官主要是朋党之争，那么随着李党在宣宗朝的消亡，至懿宗朝则主要表现为宰相恣意弄权。至昭、哀时虽仍有崔昭纬、崔胤、柳璨弄权，但朝政的实际决定者却是藩镇武人，而武人更习惯以直接的杀伐来打击对方，故对贬官往往是先贬后杀，哀帝朝尤其如此。

通过对晚唐贬官情况的考查，还可以发现自唐初以来一直在政治生活中扮演着重要角色的贬谪制度，在晚唐后期呈现出渐趋隳败的趋势。贬谪制度的顺利实施必须依赖两个基本条件：

其一，君主的绝对权威。贬谪是封建君主专制的产物，是无上的君权对臣下实施的一种强制性处罚。诏命一旦下达，被贬者只能顺从接受。虽然在很多情况下，权力的实际执行者对贬谪有重要影响乃至决定权，并不一定都经过君主这一环节，实际上他们不过是假人主之威而行事，但君权仍是起终极作用的力量。历朝的宰相弄权导致大量的流贬事件，更是窃人主之权，逞一己之欲，挟私报怨，把贬谪这一人主御臣之具窃作政治倾轧的利器。而到了僖宗朝，銮舆播迁于外，号令出自宦官之手，天子威权几近丧失。光启二年正月，宦官田令孜劫僖宗幸宝鸡，僖宗使御史大夫孔纬至凤翔召百官从驾，“孔纬诣宰相，欲宣诏召之；萧遘、裴澈以令孜在上侧，不欲往，辞疾不见。纬令台吏趣百官诣行在，皆辞以无袍笏”①。仅因一宦官在侧，虽天子蒙难而召之不赴，显示出君主在朝臣心中的无上权威已出现严重危机。朝臣尚且如此，天子威权对地方州县中杀伐正酣的武人来说，更失去了效用。随着天子威权的隳堕，贬谪的严厉强制性就会松动，贬官的执行就会打折扣。昭宗英睿，亦仅能维持天子表面上的权威，方镇武人数次胁迫，朝中宰臣亦阴结方镇谋一已权位。故朝士贬官中，多有巧为救援而违诏不行者。

其二，地方州县各级官府机构的配合执行。贬官赴任途中的限时催发遣送，到达贬所之后的限制、监管，谪居之后的考绩量移，凡此种种处置，都必须依靠各级地方机构来配合执行。而到了僖宗朝，群盗纷起，州县遍被战火，九州之地几无完土，朝廷已完全丧失了对地方的控制，由地方来配合执行贬官事宜已不可能。故僖宗朝基本不实施此类贬谪，而以罢权，退之散地为主。至昭宗朝，随着几大强藩的出现，局面渐趋稳定，然朝廷亦仅剩空壳，只有广州清海一镇尚在朝廷手里，其他州县皆为强藩所据。故昭宗朝的贬官，止于逐出朝廷而已。被贬官员，重者直接赐死于道，轻者离开京城以后，朝廷已无法通过州县官属继续控制，一切只能依靠受贬者的自觉。赴任途中的限时遣送无法保证，谪居的限制、监管、考绩、量移亦无从谈起。自唐初以来逐渐形成的系统、完整的贬谪制度，已无法顺利实施。

晚唐前期，贬谪制度仍有条不紊地运行着，朝廷仍在不断发布调整有关处置的诏令；但乾符以后，渐不再见。事实上在懿宗时因战乱兴起，藩镇节度使的权势进一步扩大，贬谪制度的破坏就已现端倪。咸通三年，岭南西道节度使蔡京为政惨苛，至为军士所逐。“敕贬崖州司户，不肯之官；还，至零陵，敕赐自尽。”②以贬地远恶而不肯赴任，说明其时贬谪严厉的强制性或已有松动。至僖宗

① 《资治通鉴》卷二五六光启二年，第8452页。

② 《资治通鉴》卷二五〇咸通三年，第8223页。

朝，上述贬谪的两个基本条件均不具备，遂有了公然的有恃无恐抗诏不行者。光启三年，诏"削夺三川都监田令孜官爵，长流端州。然令孜依陈敬瑄，竟不行"①。朝廷亦无可如何。至昭宗朝，违诏不行者渐习以为常。大顺三年，宰相张浚、孔纬因讨沙陀兵败，分别远贬，"张浚至蓝田，逃奔华州依韩建，与孔纬密求救于朱全忠。全忠上表为纬、浚讼冤，朝廷不得已，并听自便。纬至商州而还，亦寓居华州"②。宰相崔胤于乾宁三年、光化三年、天复元年三次被贬，皆求援于朱全忠，朝廷不得已，又还拜宰相③。乾宁四年，贬西川节度使王建为南州刺史④，显然更是一纸空文。天复元年，崔胤谋诛宦官，宦官忧惧不安，势将有激变，昭宗采纳韩偓建议，欲贬逐数人使其平息，然而"宦官自恃党援已成，稍不遵敕旨；上或出之使监军，或黜守诸陵，皆不行，上无如之何"⑤。无论朝士、节帅、宦官，但有所恃，皆视朝廷的贬谪诏书如废纸，贬谪诏令只能部分地实施于尚未丧品节的朝士。由此可见，盛行唐代两百多年的贬谪制度，随着唐末国运的急转直下已日渐隳败。

第二节 文人群体的政治边缘化及其类弃逐体验

晚唐文士逐臣占整个朝士贬官的比例不算低，特别是文宗至宣宗初党争激烈的二十年，高达50%以上，其后也接近35%，但文士逐臣的创作量并不高，存诗10首以上者不足30人；如果除去其中所包含的在晚唐受贬的中唐诗人李绅、裴潾、令狐楚、李翱、李涉、裴度、王建等人，则人数就更少了。由此可见，晚唐文士逐臣群体中的绝大部分，主要是以官员身份而非以诗家名世者⑥。另据《全唐诗》统计，晚唐存诗10首以上的非贬谪诗人尚有117人，两相对照，文学群体与贬官群体严重错位的现象在晚唐十分明显。为了探讨这种错位现象的深层原

① 《资治通鉴》卷二五六光启三年，第8456页。

② 《资治通鉴》卷二五八大顺二年，第8533页。

③ 《新唐书》卷二二三下《崔胤传》，第6355~6358页。

④ 《资治通鉴》卷二六一乾宁四年，第8624页。

⑤ 《资治通鉴》卷二六二天复元年，第8677页。

⑥ 所谓文士逐臣，是指有诗文作品留存至今的贬官，不论数量多寡，倘有作品留存，均纳入文士逐臣统计。

因，我们进一步考察了《唐才子传校笺》一书所收录之晚唐诗人的有关情况，兹将其出身、应举状况及所仕之最高官位列表13-1于下：

表13-1　晚唐诗人出身、科举、仕途情况对照表①

出身 / 仕历	寒门		士族	
	人数	占百分比	人数	占百分比
总数	87	82.9	18	17.1
久困举场者	51	58.6	3	16.7
举而终未第者	24	27.6	2	11.1
仕至朝堂清要者(郎官以上)	14	16.09	15	83.3

据表1可知，《唐才子传》所录晚唐诗人112人，除僧道女冠等7人，余105人，其中出身于豪贵势门或官宦之家者仅18人，占总数的17%，而出身寒门者87人，约占总数的83%，可见晚唐诗人绝大部分出身寒门。这些寒素诗人，久困举场者近六成，屡举而终未第者近三成，举而入仕、位迁清要者则不到两成。与之对应，出身稍好者科举、仕途明显顺利，仕至清要者达八成以上。既然出身寒素者是晚唐诗人的绝对主体，那么在晚唐政局之下，寒门士子在科举、仕途的角逐中，其现实处境如何，其与政治的关联及其思想意识、心理状态又如何，不仅直接关系到对晚唐贬谪文学的理解和认识，也可从深层次上帮助我们探寻晚唐逐臣有异于盛、中唐逐臣的特点，因此有必要予以详细考察。

一、晚唐科举的贵族化倾向

科举众科之中，进士素为唐人看重。所谓“搢绅虽位极人臣，不由进士者，终不为美，以至岁贡常不减八九百人”②。然每岁所收者不过三十人。唐世科举，防弊之法未密，势门子弟，交相酬酢，寒门士子难以争衡。至晚唐纲维渐失，科

① 此表盖从不同角度对所列87名寒门诗人进行统计，而非将87人分成不同的三类。故其间人数或有重叠者。

② 《唐摭言校证》卷一《散序进士》，第14~15页。

举猥滥，寒门俊造尤艰于一第。然学者言及晚唐贡举，谓“自长庆以后，考官之不克行其志者甚众，而势家子弟之见抑者亦颇深”①。似乎势家寒门，机会均等。若细考之，殊为不然。

《旧唐书》卷一七六《杨虞卿传》云：“虞卿性柔佞，能阿附权幸以为奸利。每岁铨曹贡部，为举选人驰走取科第，占员阙，无不得其所欲，升沉取舍，出其唇吻。”②《唐摭言》卷七云：“大和中，苏景胤、张元夫为翰林主人，杨汝士与弟虞卿及汉公，尤为文林表式。故后进相谓曰：‘欲入举场，先问苏、张；苏、张尤可，三杨杀我。’”③按此辈皆文宗朝盛于一时的牛党中坚，张元夫、杨虞卿时号党魁，苏景胤在敬宗朝即为李逢吉之“八关十六子”之一。贡举为此辈把持，大和间举场之猥滥可知。《登科记考补正》卷二八引《牛羊日历》云：杨虞卿兄弟，上挠宰政，下干有司。常曰：“人生一世，成童之后，精气方壮，遽能结客交游，识时知变，倾心面北，事三五要人，可以不下床使名誉若转丸走坂。又何必如老书生辈，矻矻于笔砚间，暗记六经，思溺诗赋，发白齿落，曾不沾于禄，而饥穷不暇。”④可明其所擅伎俩及处世哲学。“甘露之变”后，宦官势焰方炽，有裴思谦者，因交通宦官，态度倨傲，凌迫主司，自取状头⑤，更是骇人听闻。

武宗朝，君臣思振拔，力矫前朝权要请托之弊，擢用寒俊，对势门浮薄无艺之徒，打击颇力，以致朝中大臣，或为避嫌而不敢令子弟应举，贡院主司，或为避嫌而不收子弟。如子弟确有实艺，亦必别为奏闻，以俟皇帝裁断，不敢自专。无论武宗初意如何，贵门子弟受到抑制乃是事实。李德裕也尽力于擢升寒俊，《唐语林》卷七《补遗》载：“李卫公颇升寒素。……卫公既贬……广文诸生为诗曰：‘……三百孤寒齐下泪，一时南望李崖州。’”⑥德裕被贬制词亦谓其“凡彼簪缨之士，遏其进取之涂。”⑦故武宗朝科场较为整肃，寒门士子登第途径也较前为宽。

① 吕思勉：《隋唐五代史》下册，第958页。
② 《旧唐书》卷一七六《杨虞卿传》，第4563页。
③ 《唐摭言校证》卷七《升沉后进》，第267页。
④ 《登科记考补正》卷二八别录上引《牛羊日历》，第1290页。
⑤ 事见《唐摭言校证》卷九《恶得及第》，第385页。
⑥ 《唐语林校证》卷七《补遗》，第614页。
⑦ 《唐大诏令集》卷五八《李德裕崖州司户制》，第308页。

宣宗即位后，出于对武宗的偏见，会昌新政多废而不用。大中元年二月，礼部侍郎魏扶奏：“臣今年所放进士三十三人，其封彦卿、崔琢、郑延休等三人，实有词艺，为时所称，皆以父兄见居重位，不得令中选。”①则犹遵旧例奏闻。及诏令考覆，敕曰：“彦卿等所试文字，并合度程，可放及第。有司考试，只在至公，如涉请托，自有朝典。今后但依常例放榜，不得别有奏闻。”②则宣宗不再过问子弟事，弊窦于是渐起。孙棨《北里志序》云：

> 自大中皇帝好儒术，特重科第，故其爱婿郑詹事(郑颢)再掌春闱，上往往微服长安中，逢举子，则狎而与之语，时以所闻质于内庭学士及都尉，皆耸然莫知所自。故进士自此尤盛，旷古无俦。然率多膏粱子弟，平进岁不及三数人，由是仆马豪华，宴游崇侈。③

宣宗重科第，喜微服与举子狎语，又自号“乡贡进士李道龙”，进士情结颇重。但其用意并非选拔俊才，而是慕其风雅之盛，故更属意贵门子弟。由此而大中进士浮华成风，游宴狎妓，并直接带来平康里娼业之盛。人主好尚如此，贵门请托之风复盛于前。崔铉于大中初复入为相，其“所善者郑鲁、杨绍复、段瑰、薛蒙，颇参议论，时语曰：‘郑、杨、段、薛，炙手可热；欲得命通，鲁、绍、瑰、蒙。’”④令狐绹辅政十年，其子令狐滈外恃父势，内倚郑颢，势倾天下，人号“白衣宰相”⑤。“每岁贡闱登第，在朝清列除官，事望虽出于绹，取舍实由于滈。”⑥又《南部新书》庚卷云：“令狐相绹，以姓氏少，族人有投者，不吝其力，由是远近皆趋之，至有姓胡冒令狐者。进士温庭筠戏为词曰：‘自从元老登庸后，天下诸胡悉带“令”。’”⑦宣宗喜微行采听舆论，而未闻有抑贵游之举，足见其于寒门

① 《旧唐书》卷一八下《宣宗本纪》，第617页。
② 《旧唐书》卷一八下《宣宗本纪》，第617页。
③ (唐)孙棨：《北里志序》，《全唐文》卷八二七，第8714~8715页。
④ 《新唐书》卷一六〇《崔铉传》，第4974页。
⑤ 《资治通鉴》卷二五〇咸通四年，第8230页。
⑥ 《旧唐书》卷一七二《令狐滈传》，第4468页。
⑦ (宋)钱易撰，黄寿成点校：《南部新书》庚卷，中华书局，2002年，第102页。

士子无意。大中六年，“崔瑶知贡举，以贵要自持，不畏外议，榜出，率皆权豪子弟”①；大中十年，郑颢知举，委崔雍作榜，崔雍故意迁延至榜除日，颢待榜不至，至暮雍方遣一小童至贡院，告以明日放榜。小童宿于院中，夜半始出一蜡丸，即榜也，“颢得之大喜，狼忙札之，一无更易”②。“(崔雍)与郑颢同为流品所重。举子公车得游历其门馆者，则登第必然矣。时人相语为‘崔郑世界’”③。崔、郑都是门阀子弟，“流品所重”即指此而言，郑颢更为宣宗爱婿，两典贡举，其所为如此草率，则视贡举如同儿戏。崔雍兄弟八人皆登进士第，时号“点头崔家”④。如此何以能杜绝举场丑行？

咸、乾之世，科场之弊毫无改观。咸通中叶以前，“牛、孔数家凭势力，每岁主司为其所制”⑤。咸通十年，礼部侍郎王凝掌贡举。“凝性坚正，贡闱取士，拔其寒俊，而权豪请托不行，为其所怒，出为商州刺史。”⑥咸通末，高湜为礼部侍郎。“时士多繇权要干请，湜不能裁，既而抵帽于地曰：‘吾决以至公取之，得谴固吾分！’乃取公乘亿、许棠、聂夷中等。”⑦足见权要请托之盛，偶有正直考官，欲主持公道也甚是艰难。

广明庚子乱后，天子播迁，科场之事更不同于常制。僖宗幸梁洋，陆扆随驾。扆与宰相韦昭度关系亲密，遂依所请，自择主司，自造榜贴，自署状头。⑧又有所谓“芳林十哲”，出入宦官田令孜之门，“每岁，有司无不为其干挠，根蒂牢固，坚不可破。”⑨晚唐诗人秦韬玉即“十哲”中的一位，车驾幸蜀，韬玉已拜丞郎。归仁绍主文，韬玉特赐及第，仍编入其年春榜⑩。由此可见，懿、僖两朝科

① 《唐语林校证》卷三《方正》，第 214 页。

② 《唐摭言校证》卷八《通榜》，第 306 页。

③ (南唐)刘崇远撰，(清)周广业原注，李如冰校注：《金华子杂编》卷上一四，王承略、聂济冬主编：《子海精华编》，山东人民出版社，2018 年，第 178 页。

④ (宋)曾慥编纂，王汝涛等校注：《类说校注》卷二五《金华子·点头崔家》，福建人民出版社，1996 年，第 764 页。

⑤ 《唐语林校证》卷三《赏誉》，第 285 页。

⑥ 《旧唐书》卷一六五《王凝传》，第 4299 页。

⑦ 《新唐书》卷一七七《高湜传》，第 5276 页。

⑧ 《太平广记》卷一。

⑨ 《唐语林校证》卷三《方正》，第 214 页。

⑩ 《唐摭言校证》卷九《敕赐及第》，第 377 页。

场之滥已至何等地步。

昭宗欲挽颓局，常思得奇士，以不次之位而待之，故擢拔寒俊，整肃科场。乾宁二年，崔凝主试，录张贻宪等二十五人，物议纷纷，昭宗命翰林学士陆扆、秘书监冯渥覆试，黜落状头张贻宪以下十人，大多是浮薄无艺之徒，其尤者绝其再入举场，可见打击之力。但此时朝局已日趋动荡，皇位尚且不稳，何暇顾及于此？所以就总体来看，昭宗抑浮薄、拔寒俊的努力，难以落到实处。

由以上考述可知，所谓“势家子弟见抑颇深者”，仅见于武宗一朝，宣宗即位，即废而不行，贡举愈益猥滥。会昌“抑浮薄”遗意，至昭宗方稍稍恢复。至于宣宗朝令狐滈不得举进士，① 僖宗朝王铎从子荛，以铎当国不敢举进士②等例，则属理应避忌，不得视为“见抑”。试想当国宰相之直系亲属入试，主司岂能无畏忌？物议安得不嫌猜？其理与父子避嫌不得同省署共事一致，于事不便，避之理所当然。武宗时虽子弟见抑，然会昌一朝仅六年；晚唐八十年中，大部分时段寒门是处于被抑制的状态。

二、艰辛的科举之路及政治上的边缘化处境

科举的贵族化必然导致寒门诗人应试的艰难，无数的诗人以自己的举场经历证实了这一点：据前所列“晚唐诗人出身、科举、仕途情况对照表”，寒门诗人屡举不第，久困场屋者多达六成，一次又一次落第的打击，使他们不禁哀叹自己的寒门出身。“九华四俊”之一的张蠙，二十余年困于场屋才获一第，其《言怀》诗云：“十载声沉觉自非，贱身元合衣荷衣。”③蹭蹬举场三十年，而终未得一第的邵谒，其《下第有感》诗云：“我行三十载，青云路未达……身如石上草，根蒂浅难活。”④所谓“贱身”、“根蒂浅”者，皆指其出身贫寒之门。咸通中数举而未得一第的胡曾，其《下第》诗云：“上林新桂年年发，不许平人折一枝。”⑤大中咸通间逐贡二十年而终无所获的罗隐，其《投湖南王大夫启》云：“一枝仙桂，尝欲

① 《旧唐书》卷一七二《令狐滈传》，第4468页。
② 《新唐书》卷一八五《王铎传》，第5406~5407页。
③ （唐）张蠙：《言怀》，《全唐诗》卷七〇二，第8081页。
④ （唐）邵谒：《下第有感》，《全唐诗》卷六〇五，第6993页。
⑤ （唐）胡曾：《下第》，《全唐诗》卷六四七，第7438页。

觊觎。十年恸哭于秦庭，八举摧风于宋野。”①其《逼试投所知》诗亦云：“十年此地频偷眼，二月春风最断肠。”②所谓“不许”、“觊觎”，即是说晚唐举场几已成为势家子弟的专属，寒士仅能“偷眼”而已。蹉跎举场十年、二十年，甚至是三十年，举场之艰难可想而知。

未能登第者且不论，幸得一第者要踏入仕途，还得面临释褐的难关。施肩吾《与徐凝书》云：“仆虽幸忝成名，自知命薄，遂栖心元门，养性林壑。”③其及第后，自知出身卑贱，仕途难有作为，遂退隐林壑。又李宣古、崔涂、温宪、徐寅、章碣、褚载诸人，均既得一第后，流落江湖，汩没而终。而那些历经千辛万苦终于登第成功的人又如何呢？摆在他们面前最多的情形，一是早已两鬓斑白的老大之身，一是因无人荐引而尤显艰难的释褐门槛。如“三纪吟诗望一名，丹霄待得白头成”之许棠，因“当路公卿谁见待”、“应念无媒居选限”，故“已期到老还沾禄”之卑微愿望仍不能如他人一样顺利实现，只能感叹“丹霄空把桂枝归，白首依前着布衣”④。及第数年方释褐泾县尉。至如郑谷奔波举场十六年终得一第，又七年方释褐为鄠县尉⑤。许浑蹭蹬举场二十五年始获一第，又历六年方释褐为当涂尉⑥。王贞白及第时已鬓发花白，又历七年始授校书郎。

无论是应举的漫长，还是释褐的艰难，都意味着他们踏入仕途时年已老大，“白头新作尉”⑦、“一尉沧洲已白头”⑧，不仅包含太多辛酸，而且说明其入仕的前景已不大，升迁的空间已不多。故许多人最终仅得簿尉一类不为人看重的州县小官。不仅如此，入仕时间早晚必然影响其心态。如前编所述，中唐元和逐臣及第时间均较早：元稹十五岁（明经）；韩愈二十四岁；柳宗元二十一岁；刘禹锡

① （唐）罗隐撰，雍文华校辑：《罗隐集》杂著《投湖南王大夫启》，中华书局，1983年，第288页。

② 《罗隐集》甲乙集《逼试投所知》，第57页。

③ （唐）施肩吾：《与徐凝书》，《全唐文》卷七三九，第7632页。

④ 俱见（唐）许棠：《讲德陈情上淮南李仆射八首》，《全唐诗》卷六〇四，第6984~6985页。

⑤ 《唐才子传校笺》第4册卷九《郑谷》所考，第156~167页。

⑥ 《许浑年谱稿》，罗时进：《唐诗演进论》考述卷，第241、247页。

⑦ （唐）郑谷：《送许棠先辈之官泾县》，《全唐诗》卷六七四，第7708页。

⑧ 《丁卯集笺证》卷八《陪宣城大夫崔公泛后池兼北楼宴二首》，第527页。

二十二岁；白居易二十九岁。年轻而获用，与他们锐意政事，并积极实践的政治激情有必然联系。一旦受贬，大有可为之年空自荒废，生命被贬谪激发出来的能量必然撼人心魄。而晚唐诗人进入仕途时，或多或少都带有暮年心态，不会如青壮年那样心性激越，此后纵然受贬，也会因生命激情的减少而影响其贬后的苦痛程度。

另一方面，寒门诗人入仕后，较少能得到当路公卿的援引，仕途升迁缓慢。薛逢《上中书李舍人启》云："东观雠书七稔，才登于一邑，同时流辈，尽列班行。"①此时距其及第时已逾十七年，故同辈皆列班行，而薛逢仍为一县令②。据前"晚唐诗人出身、科举、仕途情况对照表"（表13-1），寒门诗人得以仕至郎官以上者不及两成，且多在暮年，任职亦不长。许浑、袁不约、郑谷、李频诸人也仅止于冷曹郎官。大多数诗人及第以后或流落江湖，或留连使府，或仅为簿尉，仕途难有作为。晚唐官场窳败，仕途升迁比举场争第更需党援荐引，争第举场尚可冀正直者主闱以至公取士，而官场竞争中，立身正直者自顾尚不暇，孤族寒门很难获得一贯的帮助，故立身官场倍感压力。郑谷晚年仕至都官郎中，其《池上》诗云："丧志嫌孤宦，忘机爱澹交。仙山如有分，必拟访三茅。"③《投时相十韵》亦云："何以保孤危，操修自不知，众中常杜口，梦里亦吟诗。"④联系到郑谷其他诗中一再提到的"冷曹孤宦"，则无党援攀引的孤寒之士在官场中的处境可以想见。郑谷亦渐厌仕途，最终走上弃官归隐之路。这些少数迹履朝堂的诗人，因官冷，因立朝倍感压力，虽在朝而宦情日薄，处境并不得意。

综上所述，在贡举渝滥、政治腐败的情势之下，晚唐文人在科场和官场的现实处境异常艰难，仕进之途非常狭窄，文人在国家、社会、政治中的地位被极度边缘化。贵门子弟窃居禄位，公卿大员蝇营狗苟，居位者恃势弄权，甚至为一己之权位而不惜出卖国家朝廷的利益⑤。奋一己智力救穷拯死于乱世，尽人臣之责

① （唐）薛逢：《上中书李舍人启》，《全唐文》卷七六六，第7970页。

② （元）辛文房撰，傅璇琮主编：《唐才子传校笺》第3册卷七《薛逢》，中华书局，1990年，第288~296页。

③ （唐）郑谷：《池上》，《全唐诗》卷六七四，第7719页。

④ （唐）郑谷：《投时相十韵》，《全唐诗》卷六七四，第7723页。

⑤ 参见第二章第一节宣宗以后的各朝政局。

如郑畋、王铎、崔安潜者寥若晨星，列位朝堂者多国贼禄蠹。“尘土十分归举子，乾坤大半属偷儿。”①寒门文人被抛向社会政治权力的边缘，湮灭于乱世的滚滚烟尘。这样一种情形，正是晚唐文学群体与贬官群体错位现象尤其明显的原因。贬谪发生的基本前提是具有一定等级官职的官员，而晚唐诗人大多未第未仕，或仅为簿尉、幕职，自然无从贬起。另一方面，晚唐诗人或暮年入仕，或仕途偃蹇，少数进入朝堂者亦不得意。生命状态本即处于较低水平，则贬谪所带来的落差不如盛、中唐逐臣之重，也就可以想知了。

三、晚唐文人的漂泊感与类弃逐体验

晚唐寒门文人自踏上科举的漫漫长途，就开始了辗转不定的漂泊生涯。为求得州府贡籍和名公大臣的书荐，必须奔赴各地州府，投刺干谒，以求赏识。及秋末随计入京，复奔走权门，冀获援引，激扬身价。及名落孙山而黯然出京，又辗转各地州府方镇，再次踏上漫游行卷之路，开始新一轮的漂荡。幸得一第后也并不意味着从此苦尽甘来，多不能立即释褐，不少人来到使府以期辗转入仕；或虽仕而官卑，亦需依使府以求进身。但入使府为从事完全取决于与府主的私人关系，合则留，不合则去。且府主并不能常在一地，或回朝廷，或因事罢府，僚属则各作星散。从事与府主这种短期的合作，不可能给文人们带来安定的生活，他们不得不奔波于道，一次次地寻找新的府主，正所谓“仕宦类商贾，终日常东西”②。如李商隐自大和四年入仕至大中十二年离世，30年中有20年辗转于各处幕府，“东到兖州，北到泾州，南到桂林，西到梓州，远离家室，飘泊异地。”③又如李频于大中八年进士及第，先后为黔中幕、鄂岳幕、鄜坊幕、浙东幕、京兆府参军，又曾两尉兰陵，后虽仕至都官员外郎，任满不得进，乞出为建州刺史。其平生足迹西至巴蜀、东至吴越、南至黔中、北至鄜坊④。一生时间大多在漂泊中度过。

可见晚唐文人无论及第前还是及第后，入仕前还是入仕后，都需要长年奔波

① (唐)章碣：《癸卯岁毗陵登高会中贻同志》，《全唐诗》卷六六九，第7654页。

② 《全唐诗》卷六九四孙郃残句，第7989页。

③ 袁行霈主编：《中国文学史》第二卷，高等教育出版社，2014年，第356页。

④ 《唐才子传校笺》第3册卷七《李频》，第382-386页。

于路；未第未仕者漂泊江湖，第而未仕或仕途偃蹇者飘转幕府，漂泊成为他们人生活动的主要特征。异乡羁旅的孤寂与凄凉，搅动着他们的诗肠与愁肠，使他们一再以诗歌诉说着自己漂泊的身世：“迢递三巴路，羁危万里身。乱山残雪夜，孤烛异乡春……那堪正漂泊，明日岁华新。”①“江南江北闲为客，潮来潮去老却人。”②“身贱与心违，秋风生旅衣。久贫辞国远，多病在家稀。”③“此身未有栖归处，天下人间一片云。”④长年漂泊给他们带来的不仅仅是现实的风霜，更给他们心理上带来失去归属感的痛苦与迷惘，进而产生被遗弃，被放逐的体验。

这样一种被弃逐的体验，在不少晚唐诗人笔下都有流露。杜荀鹤送人赴辟，却说：“罢却名场拟入秦，南行无罪似流人，纵经商岭非驰驿，须过长沙吊逐臣”⑤。赴辟本该是件高兴的事，而诗人联想到的却是“流人”“逐臣”，其原因不仅仅是辟地为岭南，更有送者与被送者基于长年漂泊而产生的形同放逐的共同心理体验。悲伤、羞惭、痛苦、执著、贫寒、困厄伴随着他们，这一大批被排摒于社会政治边缘的寒素文人，长年漂泊于江湖之间，苍苍的发鬓、衰惫的容颜、孱弱的身影、灰暗的衣裳、悲凉的吟唱，成为晚唐乱世中一道独特的苍凉风景。时代造成了他们群体性的生命沉沦，在某种程度上他们如同社会的迁客，时代的逐臣。世人多以迁客逐臣为“天地穷人”，而晚唐这些漂泊流寓者，其生命之困厄实同于逐臣，有时甚或过之。他们是用生命和诗歌吟唱人生之艰难、之悲患的一群，是真正的“江湖苦吟士，天地最穷人”⑥。

这种形同放逐的漂泊生涯，虽与真正的贬谪不同，却让漂泊者的心里产生与贬谪类似的感受。其对晚唐逐臣之精神态势和贬谪文学的影响也是多方面的：其一，无数次的落第打击使他们渐失自信，长年的漂泊消耗了生命的激情，使他们日后遭受贬谪打击时，已无力鼓起足够的意志去与命运抗争。其二，在长年的漂泊中，晚唐士人已饱尝人生的磨难，产生了对逆境的适应能力，纵然再受贬黜，

---

① （唐）崔涂：《巴山道中除夜书怀》，《全唐诗》卷六七九，第7785页。
② （唐）杜荀鹤：《春日行次钱塘却寄台州姚中丞》，《全唐诗》卷六九二，第7956页。
③ 《丁卯集笺证》卷二《将离郊园留示弟侄》，第103页。
④ （唐）李群玉：《言怀》，《全唐诗》卷五七〇，第6615页。
⑤ （唐）杜荀鹤：《赠友人罢举赴交趾辟命》，《全唐诗》卷六九二，第7958页。
⑥ （唐）杜荀鹤：《郊居即事投李给事》，《全唐诗》卷六九一，第7929页。

也不至难以接受；而其仕途的不得意及所任官职大多不高的情形，也使他们面对贬谪而不至形成大的生命落差感。其三，黯淡、动荡的时局，沦落社会政治边缘的处境，既消磨了他们参政的热情和对社会的承担精神，也使他们对政治抱有一种深深的淡漠。被前人视为人生大事的出处进退，已不被他们过度看重；离开朝廷，离开政治倾轧和是非祸患，对他们来说未尝不是一件幸事。其四，晚唐诗人群体性的生命沉沦，对晚唐逐臣来说，是一个参照背景，贬谪诗人与非贬谪诗人的生命状态在某种程度上的一致性，也减少了贬谪带来的心理失衡，使他们在心态和创作上与非贬谪诗人呈现出某种趋同特征。

第十四章　晚唐逐臣的心路历程与文学创作

第一节　晚唐贬谪文学概况及前期创作

晚唐贬谪文士中，存诗 20 首以上者仅 15 人，其中马戴、沈亚之、司空图、唐彦谦等人为任职幕府时被贬；贾岛、温庭筠、贯休等人属无官被贬。官小位卑，被贬前后处境变化不大。杜牧、薛逢等所受贬黜较为温和，经受的苦痛较轻。故贬谪创作较多者仅裴夷直、李德裕、吴融、钱珝、韩偓 5 人；将此种情况置于晚唐 80 年的长时段来考察，则贬谪文学创作实颇为寂寥，较之初、盛、中唐，无论数量还是质量，均呈急剧衰退之势。究其原因，一方面如前章所述，晚唐寒门诗人在科举与仕途中的艰难处境，使其在社会政治生活中的地位被严重边缘化，其中多数人官小位卑或竟未做官，故无贬谪经历，由此也就自然带来了相应创作的减少。另一方面，晚唐文人逐臣对贬谪及相关之政治、理想、人生进退的态度发生了变化。一般而言，被贬者在生命遭受困厄之时，无论是灵魂被苦痛煎熬的颤栗与哀鸣，还是意志对生命磨难的抗争与超越，都是贬谪激发出来的生命能量和人性辉光，从而形成贬谪文学的悲剧性魅力。而在晚唐，由于朝廷暗弱，纲维渐失，士人对忠君报国的人生理想的执著程度降低，对政治和个人的出处进退渐趋淡漠；且随着贬谪制度的松动，贬谪所带来的对个体的伤害亦渐趋减小。这使得被贬者所感受到的生命落差和精神痛苦有不同程度的下降，到了晚唐后期，此种情况尤为明显。就上述 5 人来说，除晚唐前期的裴夷直、李德裕的贬谪之作在悲伤感恨这一点上较类于中唐逐臣外，其余晚唐后期三人的创作多呈现出悲怨主题淡化、悲剧精神消解的态势。于是在逐臣心态和创作上，便不易形成人之生命力与阻力的激烈碰撞，不易产生感人心魄、惊动俗听的艺术效果。

晚唐逐臣的创作虽显寂寥，但那些未经窜逐者在送人、怀友、伤殁等场合所作的与贬谪相关的诗歌，却保持了一定的数量和质量。有些诗作颇有新意，如送人之作：

> 家留秦塞曲，官谪瘴溪湄。道直奸臣屏，冤深圣主知。①
>
> 自古有迁客，何朝无直臣？喧然公论在，难滞楚南春。②

前诗直斥主事者为奸臣，其胆气不多见。后诗更在对历史的反思中劝慰友人，谓自有公论行于世间，勿以入滞蛮乡荒地为忧。其情其理，均较为深切。寄友之作如：

> 白首为迁客，青山绕万州……望阙怀乡泪，荆江水共流。③
>
> 二年音信阻湘潭，花下相思酒半酣。记得竹斋风雨夜，对床孤枕话江南。④

前诗“白首”“青山”“迁客”“万州”对比反衬，写山重路远，百转千回，羁留之身，难以逾越，怀乡之泪共荆江之水奔流不尽。工稳中尤见抚慰之情，悠悠不尽。后诗写诗人见花思友，酒入愁肠，半醉之中，恍然记起日前竹斋风雨之夜，孤眠枕上，梦中犹与友人夜雨对床闲话江南。以自己相思之苦，温暖迁客孤寂之心，情感深厚诚挚。伤悼之作如：

> 故人何处殁，谪宦极南天。远地身狼狈，穷途事果然。白须才过海，丹旐却归船。肠断相逢路，新来客又迁。⑤

---

① 《丁卯集笺证》卷一〇《送从兄别驾归蜀》，第667页。

② （唐）杜荀鹤：《送黄补阙南迁》，《全唐诗》卷六九一，第7933页。

③ （唐）郑谷：《寄南浦谪官》，《全唐诗》卷六七四，第7713页。

④ （五代）韦庄著，聂安福笺注：《韦庄集笺注》卷二《寄江南逐客》，上海古籍出版社，2002年，第104页。

⑤ （唐）张祜撰，尹占华校注：《张祜诗集校注》卷二《伤迁客殁南中》，巴蜀书社，2007年，第106页。

> 遥见南来使，江头哭问君。临终时有雪，旅葬处无云。官库空收剑，蛮僧共起坟。知名人尚少，谁为录遗文。①

前首一句“果然”，已见出诗人担忧之切，“白须”“丹旐”对举，言迁客身死之速、之凄，令人心惊。末二句以见新客又迁作结，更显世事可伤。后首于歌哭之中，细诉友人临终、旅葬、录遗文等身后事，以此反衬南殁流人身世之凄凉及诗人伤悼之沉痛。

上述诸诗都表现了对迁谪者的挚切深情，而摆脱了诸如正道被谴、南路艰险、瘴疠可怖、乡国难返、归阙有日等置身事外者对迁客例行之无关痛痒的客套，以诚挚之情慰迁客之怀，诚挚中又蕴含着凄凉的人生况味。盖晚唐诗人虽大多未历贬谪，但多为失意之人，上述张祜、许浑、项斯、郑谷、韦庄、杜荀鹤等人皆半生漂泊，颇不得意者，穷途失路的共同心理体验，使他们面对别人的不幸时，易于激起感同身受的情怀。

晚唐宣宗以前，虽有牛李党争和甘露之祸，但朝廷纲维大体未失，天子威权尚在，特别是武宣朝局，尚称承平，贬谪制度仍在有条不紊地运行。懿宗以后，国势急转直下，宰臣弄权，宦官专政，天子威权渐失。兵乱四起，銮舆播迁，藩镇跋扈，朝士无行，天下纽解纲绝。若以此为界将晚唐分为前后两期，则前期的贬谪文学创作，承中唐之余绪，虽总体数量和质量受政治和时代风候的影响不及以前，但贬谪文学的性质面貌尚未发生大的变化。后期随着贬谪制度的渐次隳败和社会时局的恶化，贬谪文学的创作亦呈现出一些新的变化，苦痛的强度与情感的浓度逐渐降低，悲怨孤愤的精神内涵逐渐淡化，创作取向和总体面貌表现出一些不同以往的趋势。此为晚唐贬谪文学发展进程的大体情形。

这里，我们先就晚唐前期的贬谪文学创作作一概述。

前期的贬谪文学创作，主要作家有裴夷直、李德裕。裴夷直为牛党引进，武宗立，因涉废立，与杨嗣复，李珏同获罪，出为杭州刺史，复斥驩州司户参

① （唐）项斯著，徐光大校注：《项斯诗注》之《哭南流人》，浙江古籍出版社，2006 年，第 30 页。

军①。李德裕一生宦海沉浮，所受最大的两次贬谪，一为大和九年被李宗闵党诬陷，贬袁州长史；一为宣宗立，因宣宗怨望先朝及白敏中、令狐綯构陷，贬潮州司马，复贬崖州司户②。裴、李二人，虽都是激烈党争的牺牲者，然皆属正道枉祸，无罪被逐，且处置严厉，贬地遐荒，所受迫害尤重。又皆有诗名于世，穷愁之中，留下的作品较同时代人稍多。此外，李敬方、蔡京等人亦有少量作品。

一、漫漫贬途的磨难

诗人一踏上贬途，一头是愈行愈远，山遮路掩的旧乡故国，另一头是云昏雾暗，茫茫难测的遥远贬地，回望前瞻之际，家国的哀哀难舍，前路的忧惧惶恐，一时奔涌心头：

> 斗回山路掩皇州，二载欢娱一望休。从此万重青嶂合，无因更得重回头。③
>
> 嵩少心期杳莫攀，好山聊复一开颜。明朝便是南荒路，更上层楼望故关。④

对前路难测的忧惧，使诗人愈觉故国温馨难舍，似乎要最后再望一眼好将故山的影子深印心中带走。然此时南行仍未远，故山犹依稀。试想明朝一旦进入南荒之地，山险水恶，虫蛇瘴雾满途，不由平添无限畏恐；故山的依依难舍变成切切的思念，颠沛之中，思念乡关更深蕴着身世凄凉的哀叹。且看李德裕南贬诸作：

> 岭水争分路转迷，桄榔椰叶暗蛮溪。愁冲毒雾逢蛇草，畏落沙虫避燕

① 《唐才子传校笺》第3册卷六《裴夷直》，第100页。

② 《新唐书》卷一八〇《李德裕传》，第5334、5341页；李德裕贬袁州长史见《资治通鉴》卷二四五大和九年，第8025页；李德裕贬潮州复贬崖州参见《资治通鉴》卷二四八大中二年，第8153、8157页。

③ （唐）裴夷直：《上下七盘二首》，《全唐诗》卷五一三，第5860页。

④ （唐）李德裕撰，傅璇琮、周建国校笺：《李德裕文集校笺》李卫公集补《盘陀岭驿楼》，中华书局，2018年，第870页。

泥。五月畲田收火米，三更津吏报潮鸡。不堪肠断思乡处，红槿花中越鸟啼。①

风雨瘴昏蛮日月，烟波魂断恶溪时。岭头无限相思泪，泣向寒梅近北枝。②

前首写诗人于林昏雾暗之时，犹努力穿行于虫蛇瘴雾之中，魂断心迷之间，鸟啼更惊乡关之思、身世之悲。"冲"字之用，尤见气力，越鸟之典，极显凄哀。后首写山险水恶之中，思乡之泪洒向岭头寒梅，犹要近于北枝。两诗沉郁悲愤，畏途之恐、乡关之思、身世之哀、不平之愤混成一体，皆为佳什。

裴夷直贬地更为遥远，驩州(今越南义安省演州西安城)北至京师陆路一万二千四百五十二里，③ 为唐代贬人所能至之极处。故诗人每过一处，均觉留恋难舍：

明日便随江燕去，依依俱是故巢空。④

桂江南渡无杨柳，见此令人眼暂明。⑤

明朝回首处，此地是天涯。⑥

地尽炎荒瘴海头，圣朝今又放驩兜。交州已在南天外，更过交州四五州。⑦

对诗人而言，最大的忧惧已不是瘴路难行，而是贬地遥远难知。故每行一处，均想就此停下，每过一地，均觉依依难别；即便循州、交州等已是岭南极远恶之地，仍觉难舍。这种心理的背后，是对那个遥遥难期的终点的深深恐惧。末一首

① 《李德裕文集校笺》别集卷四《谪岭南道中作》，第 602 页。
② 《李德裕文集校笺》别集卷四《到恶溪夜泊芦岛》，第 603 页。
③ 《旧唐书》卷四一《地理四 · 岭南道》，第 1755 页。
④ (唐)裴夷直：《将发循州社日于所居馆宴送》，《全唐诗》卷五一三，第 5863 页。
⑤ (唐)裴夷直：《题江上柳寄李使君》，《全唐诗》卷五一三，第 5862 页。
⑥ (唐)裴夷直：《发交州日留题解炼师房》，《全唐诗》卷五一三，第 5859 页。
⑦ (唐)裴夷直：《崇山郡》，《全唐诗》卷五一三，第 5862 页。

写贬地之远，置身天边地角，常人应已寂寞心慌，更何况投身天之外、地之尽的某个空间，那种陌生，那种沉寂，将给人的心理造成何等的压迫，何等的恐慌？寥寥四句，写尽诗人远弃天外的恐慌与悲愤。

二、异乡望归的心潮

谪居异乡，物质匮乏之苦，瘴乡风候相侵是诗人必须面对的处境，而独居异地的孤寂感，身心如囚的压抑感，生命荒废的被弃感，是更难熬的精神折磨。逐臣们在身心的双重折磨中苦熬岁月，思乡怀归则成为他们最强烈的情感活动。思归不得，愈增身世之悲；因悲身世，思乡怀归愈切。

> 千年冤魄化为禽，永逐悲风叫远林。愁血滴花春艳死，月明飘浪冷光沉。凝成紫塞风前泪，惊破红楼梦里心。肠断楚词归不得，剑门迢递蜀江深。①
>
> 烽候惊春塞，缧囚困越吟。……一月无消息，西看日又沉。②

前诗托物寓怀，借凄美传说倾吐怀国思归之痛，身世飘零之悲。沉痛凄哀，一腔悲情确如杜鹃啼血。全诗意境凄迷，哀感顽艳，极是佳作。后诗写异乡春来，烽火又至，犹惊迁客之心；被困异地，终日思归，旧国音讯皆无；举首西望，夕阳沉沉欲坠。当此之际，怎一个愁字了得！裴夷直更长于借水之物象倾诉悲情：

> 岁律行将变，君恩竟未回，门前即潮水，朝去暮常来。③
>
> 江亭独倚阑干处，人亦无言水自流。④
>
> 流水颓阳不暂停，东流西落两无情。⑤

---

① (唐)蔡京：《咏子规》，《全唐诗》卷四七二，第5363页。
② (唐)李敬方：《近无西耗》，《全唐诗》卷五〇八，第5774页。
③ (唐)裴夷直：《水亭》，《全唐诗》卷五一三，第5858页。
④ (唐)裴夷直：《临水》，《全唐诗》卷五一三，第5862页。
⑤ (唐)裴夷直：《寓言》，《全唐诗》卷五一三，第5863页。

白发添双鬓，空过又一年。……圣朝知有感，云海漫相连。①

天海相连无尽处，梦魂来往尚应难。谁言南海无霜雪，试向愁人两鬓看。②

诗人幽居海隅，地老天荒，见流动之水更易兴起悲思，潮水、流水、海水、水之动、水之静、水之无情、水之永恒，诗人从中观照的皆是思归的无望、生命的荒废、幽居的孤寂；水消水长，潮去潮来，回应着诗人心潮的起起落落。末一首言天水远隔，梦尚难到，愁人之鬓，化作南海之雪，悲情远韵，传达着思乡的刻骨、人生的悲凉。

李德裕谪居崖州，只留下《登崖州城作》一首：

独上高楼望帝京，鸟飞犹是半年程。青山似欲留人住，百匝千遭绕郡城。③

前半借飞鸟反衬故国之遥，后半借青山烘托悲郁心潮。青山似有意，现实愈无情，百匝千遭，正如逐臣愁肠百转，其被囚被弃之状如见。诗语短情长，含蕴深厚，声情畅茂，允称杰构。李德裕功高盖世，垂老而无辜远贬海岛，观其《与姚谏议郃书三首》云："大海之中，无人拯恤，资储荡尽，家事一空。百口嗷然，往往绝食，块独穷悴，终日苦饥。惟恨垂没之年，须作馁而之鬼。自十月末得疾，伏枕七旬，属纩者数四。药物陈裛，又无医人，委命信天，幸而自活……"④则其居崖之情形，穷极惨极。然观其《登崖州城作》一诗，悲而不颓，悲愤内敛，无呼天吁地之态，当与李德裕长期处于政治的风口浪尖，在宦海沉浮中历练出来的政治家的强健人格，以及前次贬袁时于《畏途赋》《智囊赋》《积薪赋》《欹器赋》等二十余篇赋文中对君子处世之道的思索探寻有关。

晚唐前期的贬谪文学，承中唐之余绪，虽在总体数量和质量上不及以往，但

① （唐）裴夷直《献岁书情》，《全唐诗》卷五一三，第5856页。
② （唐）裴夷直《忆家》，《全唐诗》卷五一三，第5863页。
③ 《李德裕文集校笺》别集卷四《登崖州城作》，第604页。
④ 《李德裕文集校笺》别集卷六《与姚谏议郃书三首》，第629页。

仍维持了一定的情感浓度，贬谪心态、创作取向和总体面貌亦变化不大，少数作家如裴夷直、李德裕还有不少佳作，此其大概。晚唐后期的贬谪文学，主要作家有吴融、钱珝、韩偓，其创作情形及总的风貌，我们将在以下诸节分别论述。

第二节　吴融的贬后心态和创作

在晚唐后期的贬谪文学中，首先引起我们注意的是困顿半生、后被贬江陵的吴融。

吴融，字子华，越州山阴人。祖翥，有名大中时，高蹈不仕，赐号文简先生①。三十岁前曾隐居润州延陵茅山，咸通末入王龟浙东幕，识方干。后徙家松江长洲，与皮日休、陆龟蒙游②。“广明、中和之际，久负屈声，虽未擢科第，同人多赀谒之，如先达。”③龙纪元年与韩偓同擢第④，“韦昭度讨蜀，表掌书记，迁累侍御史。坐累去官，流浪荆南，依成汭。久之，召为左补阙，以礼部郎中为翰林学士，拜中书舍人”。昭宗反正，吴融草诏称旨，进户部侍郎。“凤翔劫迁，融不克从，去客阌乡”⑤。天复三年初，昭宗返京，吴融召还翰林，值韩偓出贬，继偓为翰林承旨，是年卒于官⑥。

吴融南贬江陵之起止时间，在其所作《禅月集序》、《登七盘岭》及贯休《送吴融员外赴阙》等作品中有所透露，《唐才子传校笺》卷九据此考定为乾宁二年初夏至三年冬⑦。然欧阳忠伟据吴融《春归次金陵》、《自讽》、《秋日感事》三诗，推断吴融贬官期间曾回乡一次，历时约大半年，因此认为吴融南贬时间为景福二年五月至乾宁三年春⑧。欧说较得其实。又吴融南贬之情由，据《宿青云驿》诗“苍

① 《新唐书》卷二〇三《文艺下·吴融传》，第5795页。

② 《唐才子传校笺》第4册卷九《吴融》，第221~231页。

③ 《唐摭言》卷五《切磋》，第199页。

④ 《登科记考补正》卷二四昭宗龙纪元年，第904~905页。

⑤ 《新唐书》卷二〇三《文艺下·吴融传》，第5795页。

⑥ 岑仲勉：《补唐代翰林两记》，见《郎官石柱题名新考订》(外三种)，中华书局，2004年，第432~434、481~482页。

⑦ 《唐才子传校笺》第4册卷九《吴融》，第227~228页。

⑧ 欧阳忠伟：《晚唐诗人吴融和他的诗》，上海师范大学硕士学位论文，1986年。

黄负谴走商颜，保得微躬出武关”①观之，仅知吴融出贬时颇为仓皇，几有性命之危。其余因史料缺乏已不可详知。

吴融死里逃生，仓皇出京踏上贬途，惊魂甫定，无限悲愤。其于途中所作数诗一再倾吐此种心情：

七盘岭上一长号，将谓青天鉴郁陶。近日青天都不鉴，七盘应是未为高。②

饭稻羹菰晓复昏，碧滩声里长诸孙。应嗟独上涔阳客，排比椒浆奠楚魂。③

惊魂往往坐疑飘，便好为文慰寂寥。若待清湘葬鱼了，纵然招得不堪招。④

第一首言登七盘岭，山高近天，遂放声长号，一泄悲郁，然天高不语，衷肠无可诉。后二首借屈子魂不返以抒悲怀，排比椒浆，祭千年之魂魄，放逐湘沅，同异代之逐臣。倘若客死清湘，谁能为自己招魂？诗人南行的悲愤吟唱，回响在这条无数迁客走过的南迁路上。

诗人并非总是如此悲愤，骤然的沉重打击否定了他以往的追求，使其痛定思痛之时，产生了人生如梦，世事无常的空漠感。

时来时去若循环，双阖平云谩锁山。只道地教秦设险，不知天与汉为关。贪生莫作千年计，到了都成一梦闲。争得便如岩下水，从他兴废自潺潺。⑤

不用登临足感伤，古来今往尽茫茫。未知尧桀谁臧否，可便彭殇有短

① (唐)吴融:《宿青云驿》,《全唐诗》卷六八六，第7882页。
② (唐)吴融:《登七盘岭二首》其二,《全唐诗》卷六八六，第7879页。
③ (唐)吴融:《溪翁》,《全唐诗》卷六八六，第7879页。
④ (唐)吴融:《寄友人》,《全唐诗》卷六八六，第7879页。
⑤ (唐)吴融:《武关》,《全唐诗》卷六八六，第7882页。

长。楚垒万重多故事，汉波千叠更残阳。到头一切皆身外，只觉关身是醉乡。①

天窄地险，云锁前山，往来奔波，终走不出人生困境，苦心经营，终了不过闲闲一梦。世事茫茫，孰有定论？江山无情，人生苦短，人世间的成败得失，不过过眼云烟。向所孜孜追求者，转眼“屈指尽随云雨散，满头赢得雪霜多”②。为何不能忘怀世事，退步抽身？诗人没有仅仅沉溺于咀嚼无辜被贬这一事实本身的痛苦，而是由此事引发对人世价值的思考。前者思考现实人生，后者思考历史古今，无论哪一种追寻，诗人得到的都是人生空漠的感伤，价值难寻的苦闷。“到头一切皆身外”这种人生空漠感，对身遭贬逐这一苦痛事件，无疑是一种超脱，对悲愤这一过于激烈的情感，无疑是一种稀释。诗人的心态也因此由初赴贬路的悲愤过渡到幽居江陵的感伤。

吴融《南迁途中作七首》其七《访贯休上人》：“休公为我设兰汤，方便教人学洗肠。自觉尘缨顿潇洒，南行不复问沧浪。”③则吴融甫至江陵，即受贯休照拂，或受其引荐而同为成汭的座上客。融与贯休一见如故，谈佛论道，了然于理，“自是而往，日入忘归，邈然浩然，使我不知放逐之感。此外商榷二雅，酬唱循还，越三日不得往来，恨疏矣。如此者凡期有半”④。吴融在与佛门诗僧的交往中，借佛道禅理，化解了被逐的悲愤，以诗友唱酬，抚慰了流落的孤寂。诗与禅的氛围无疑极大地冲释了诗人心中的伤痛，使诗人时有心游世外，邈然浩然之感。但诗人的江陵生活并非总是如此忘怀物我，萧然世外。在长年奔趋举场、萧条东归、幽居海上，周而复始达二十多年的失意生活中，吴融逐渐形成沉郁感伤的个性，使其不能忘情于自己漂泊流落的处境；自屈贾以来沉淀了浓厚悲剧意蕴的楚地风物和荆湘文化氛围，亦时时提醒诗人被放逐的身份，因此他又常常陷入深深的感伤之中。

① （唐）吴融：《过邓城县作》，《全唐诗》卷六八六，第7889页。
② （唐）吴融：《月夕追事》，《全唐诗》卷六八六，第7883页。
③ （唐）吴融：《南迁途中作七首》其七《访贯休上人》，《全唐诗》卷六八六，第7879页。
④ （唐）吴融：《禅月集序》，《全唐文》卷八二〇，第8643页。

草白烟寒半野陂，临江旧宅指遗基。已怀湘浦招魂事，更忆高唐说梦时。穿径早曾闻客住，登墙岂复见人窥。今朝送别还经此，吟断当年几许悲。①

落尽红芳春意阑，绿芜空锁辟疆园。嫦娥断影霜轮冷，帝子无踪泪竹繁。未达东邻还绝想，不劳南浦更销魂。晚来虽共残莺约，争奈风凄雨又昏。②

前首由宋玉遗宅追怀前人旧事。湘浦之魂，高唐之梦，诛茅之客，登墙之邻，次第入诗人之幽想愁怀。回环往复之中，倾吐着一种萧条异代的悲感。后首更是思绪无端，由吴中名园之荒落，到南浦离别之悲愁，由天上嫦娥之寂冷，到潇湘妃子之悲泣，恍惚迷离之中，述说着一种无边的悲愁，莫名的感伤。二诗风格，凄冷中又透着江南文士的清秀。

诗人闻子规而生悲愁，“雨暗不离浓绿树，月斜长吊欲明天。湘江日暮声凄切，愁杀行人归去船”③。见落叶而起秋思，“若逐水流应万里，莫因风起便孤飞。楚郊千树秋声急，日暮纷纷惹客衣”④。因物生感，托物抒怀。诗人于子规的飘荡、落叶的纷飞中，感伤的是自己漂泊零落的身世。诗人的沦落感伤不只是贬谪的结果，更有兵乱连年，国势飘摇，时局无望的社会现实在其心头投下的暗影。在感伤、无望的时代氛围之下，谪居中的诗人并没有像晚唐以前的诗人那样“离魂似征帆，恒往帝乡飞”⑤，而是出之以别样的思考了：

向日心须在，归朝路欲迷。近闻惊御火，犹及灞陵西。⑥

上国莫归戎马乱，故人何在塞鸿来。惊时感事俱无奈，不待残阳下楚台。⑦

① (唐)吴融：《宋玉宅》，《全唐诗》卷六八六，第7884页。
② (唐)吴融：《春晚书怀》，《全唐诗》卷六八六，第7884页。
③ (唐)吴融：《子规》，《全唐诗》卷六八六，第7889页。
④ (唐)吴融：《叶落》，《全唐诗》卷六八七，第7897页。
⑤ 《张说集校注》卷六《岳州别王十一赵公入朝》，第264页。
⑥ (唐)吴融：《渚宫立春书怀》，《全唐诗》卷六八四，第7848页。
⑦ (唐)吴融：《重阳日荆州作》，《全唐诗》卷六八四，第7854页。

如果说前诗在对时局的关切中仍有归朝之想，后诗则已难掩对时局的失望，关注朝廷的目光已颇为冷漠。诗人的返朝之心消融在惊时感事的无奈和感伤之中。上国正遭兵乱，故友不见音书。登高而望，满目残阳，家国身世，徒增伤感。

从初踏贬途的激愤，到谪居江陵的感伤，最后发展为彷徨失计后的退隐之思，展现了吴融贬后的大致心路历程。谪居江陵时，诗人虽有诗友的照拂，节帅的礼遇，然幽居他乡，徒耗时日，彷徨无计之中已有退隐之思。所谓"阙下新居成别业，江南旧隐是谁家。东迁西去俱无计，却羡暝归林上鸦"①，便透露了个中消息。而他的短暂东归，既感叹时局，又自伤身世，前路茫茫难问，更屡次表现了对古时隐者的企羡：

> 正困东西千里路，可怜潇洒五湖船。如何不及前贤事，却谢鲈鱼在洛川。②
>
> 未必柳间无谢客，也应花里有秦人。严光万古清风在，不敢停桡更问津。③

可见诗人此次东归，并非无心世事之后的决意归隐，途中有犹疑，有困惑，有强自慰解，颇具彷徨失计后的无奈。因此，诗人秋至越中后并未在家逗留多久，或迫于生计，或因其他原因，旋即西归江陵，于次年春在江陵返朝。

诗人这种犹犹疑疑的退隐心态并非自此始，亦未以此终。如晚唐绝大多数诗人一样，他经历了漫长的求仕生涯，在长年的失意中亦如他人一样有过进退两难的煎熬。正如其《早发潼关》诗所描写的："天边月初落，马上梦犹残。关树苍苍晓，玉阶澹澹寒。宦游终自苦，身世静堪观。争似山中隐，和云枕碧湍。"④诗人即便返朝时，犹言"去曾忧塞马"⑤，对宦途不无隐忧，而不像晚唐以前人那样欣喜若狂。在回朝后的几年中，虽仕途顺利，但朝局日危，诗人宦情日薄。"遭逢

---

① （唐）吴融：《闲望》，《全唐诗》卷六八四，第 7851 页。
② （唐）吴融：《晚泊松江》，《全唐诗》卷六八七，第 7894 页。
③ （唐）吴融：《富春》，《全唐诗》卷六八七，第 7895 页。
④ （唐）吴融：《早发潼关》，《全唐诗》卷六八五，第 7865 页。
⑤ （唐）吴融：《赴阙次留献荆南成相公三十韵》，《全唐诗》卷六八五，第 7866 页。

陪侍辇，归去忆抽簪”①；“吾道不行归始是，世情如此住应难。”②可见归隐之念时时涌动于心。天复元年，车驾西幸，诗人扈从不及，去隐阕乡。“珍重故人知我者，九霄休复寄音徽。”③已是决意归隐。天复三年复召还，“休公何处在，知我宦情无。……一身仍更病，双阙又须趋。”④虽勉强赴召，已是意态索寞。

这种进又思退、退亦不甘的心态是晚唐诗人的典型心态，求试时如此，仕宦时如此，晚唐诗人似乎一生都在进退两难中挣扎。科场窳败，朝政昏暗，消磨了他们进取的锐气和热情，时乱势危，无可作为，使他们不得不思抽身退步。而另一方面，士子人生价值的追求与实现又必须经过仕进之途，有志之士终不甘空老林下。人生的尴尬处境造成了晚唐诗人人生状态的持续低迷，人生的理想和价值追求在冷酷的现实面前苦苦挣扎终无由实现，思索探寻的努力均归徒然，现实人生的无望和历史古今的沧桑对短暂的生命而言都是一种反讽。在迷惘、无望的时代氛围里，人生的热望变成人生空漠的感伤。“翻覆升沉百岁中，前途一半已成空。浮生暂寄梦中梦，世事如闻风里风”⑤；“满壁存亡俱是梦，百年荣辱尽堪愁”⑥；“浮生都是梦，浩叹不如吟”⑦。这样一种“浮生若梦”的感伤萦绕在晚唐众多诗人的心头，挥之难去。但当诗人遭受贬谪打击时，这种人生空漠感和退隐念头却是一种自我保护的心理防线，能有效地冲淡悲愤，化解贬谪带来的精神苦难。

吴融久困科场，或往来于秦京与吴越之间，或幽居海上，早年之词即满纸忧愁感伤，返朝之后心态亦变化不大，其前后期诗作在风格和情感强度上都颇为相似。故其于贬谪期间的创作，如无相关名物、时节、情事等线索可寻，拣择颇不易，所作论述恐有阙漏。也因之可见贬谪创作区别于常态创作的特质至吴融已不很明显。

---

① （唐）吴融：《中秋陪熙用学士禁中玩月》，《全唐诗》卷六八四，第7848页。

② （唐）吴融：《送于员外归隐蓝田》，《全唐诗》卷六八六，第7883页。

③ （唐）吴融：《得京中亲友书讶久无音耗以诗代谢》，《全唐诗》卷六八七，第7893页。

④ （唐）吴融：《寄贯休》，《全唐诗》卷六八四，第7854页。

⑤ （唐）李群玉：《自遣》，《全唐诗》卷五六九，第6596页。

⑥ （唐）薛逢：《题白马驿》，《全唐诗》卷五四八，第6330页。

⑦ 《韦庄集笺注》卷二《对酒赋友人》，第95页。

第三节　钱珝的贬后心态和创作

钱珝，字瑞文，大历诗人钱起曾孙，祖徽，吏部尚书致仕。父方义，终太子宾客①。珝广明元年及进士第②，历太常博士，京兆府参军，蓝田尉充集贤校理。乾宁二年，为宰相王抟所荐，以膳部郎中知制诰③，三年，迁中书舍人④。光化三年，王抟得罪，坐贬抚州司马，卒⑤。

钱珝被贬与王抟之贬有连带关系。光化三年，崔胤日与上谋诛宦官，宦官躁动。宰相王抟“明达有度量，时称良相”，谏昭宗以道渐去之，免速奸变。及胤罢相出镇，意抟排己，使朱全忠上表论列，诬王抟交结中使。昭宗不得已，召还胤。六月十一日，胤复相，王抟罢，三贬崖州司户。枢密使朱道弼、景务修流岭南。十三日皆赐死于道，王抟死蓝田驿⑥。钱珝为王抟所荐引，又位在中书，故为崔胤所逐。钱珝《舟中录序》云：“庚申岁夏六月，以舍人获谴，佐抚州，驰暑道病。秋八月，自襄阳浮而下，舟行无事，因解束书，视所为辞稿……区别编联为二十卷。”⑦视王抟贬死情形，则钱珝初出京时当亦风声鹤唳，刀悬于颈，故冒暑赶路以至道病。然而其病后迁延月余，八月始经水路南下，且舟行无役，日编书作诗，颇为悠闲，这些都与晚唐以前逐臣为严诏促迫，驰驿遣送的情形有了很大的不同。

从钱珝诗看，其后行踪经岘山、沔阳、武昌、匡庐、浔阳、鄱湖、洪州等地，即沿汉江、长江、鄱湖水路，约秋后至抚州。《江行无题一百首》⑧即其赴贬所途中所作，其中不乏去国离乡的留恋与孤寂之感：

---

① 《新唐书》卷一七七《钱徽传》，第5273页。

② 《登科记考补正》卷二三僖宗广明元年，第888页。

③ 《唐才子传校笺》第4册卷九《钱珝》，第91~92页。

④ 岑仲勉：《郎官石柱题名新考订》（外三种），第172页。

⑤ 《唐才子传校笺》第4册卷九《钱珝》，第92~93页。

⑥ 《资治通鉴》卷二六二光化三年，第8650~8651页。

⑦ （唐）钱珝：《舟中录序》，《全唐文》卷八三六，第8806页。

⑧ 下论钱珝诸诗皆出《江行无题一百首》，见《全唐诗》卷七一二，不再注。详参第8190~8197页。

江曲全萦楚，云飞半自秦。岘山回首望，如别故乡人。

诗人自襄阳登舟，深情回首，只见云飞不见京，因之揣想此云或自秦京飞来。而岘山默默，却如故乡人一样难以告别。诗人于白云、岘山之温情暖意，写尽心中依依不舍。“去指龙沙路，徒悬象阙心。夜凉无远梦。不为偶闻砧。”梦短非关夜凉，可见恋京情切。

行到楚江岸，苍茫人正迷。只如秦塞远。格磔鹧鸪啼。
佳节虽逢菊，浮生正似萍。故山何处望，荒岸小长亭。
风晚冷飕飕，芦花已白头。旧来红叶寺，堪忆玉京秋。

荒亭回望，但见秦塞已远，芦花白头，翻忆玉京之秋。诗人在江天之中已渐行渐远，愈觉旅途漂泊的孤寂无诉。

好日当秋半，层波动旅肠。已行千里外，谁与共秋光。
渐觉江天远，难逢故国书。可能无往事，空食鼎中鱼。

孤身千里，贬途寂寞。故国已遥，音书渐杳。

渚边新雁下，舟上独凄凉。俱是南来客，怜君缀一行。
柳拂斜阳路，篱边数户村。可能还有意。不掩向江门。

随雁南征，雁飞犹有行，人去唯只影，孤单凄凉之中，白云、岘山、秋日、新雁、重阳之花、黄昏之村落、未掩之篱门，这些带着些许暖意的物象，都会牵动诗人的柔肠，勾起乡关之思。

诗人临老被逐，行经荆楚悲愁之地，不禁伤嗟自己身世的流落：

润色非东里，官曹更建章。宦游难自定，来唤棹船郎。
夜江清未晓，徒惜月光沉。不是因行乐，堪伤老大心。

渺渺望天涯，清涟浸赤霞。难逢星汉使，乌鹊日乘槎。
自念平生意，曾期一郡符。可知因谪宦，斑鬓入江湖。

当初谨默立朝，亦未高自期许，不意宦途难测，老来流落江湖，天涯渺渺，身如南飞乌鹊，栖处何方；回思以往，曾期外出牧郡，今番得出，却情形滋味大异！颇有几分哭笑不得的无奈。在身作逐臣的穷愁感伤之中，还夹杂着几许自嘲和自我宽慰。

憔悴异灵均，非谗作逐臣。如逢渔父问，未是独醒人。

自己并非锐意家国政事而遭小人所谗，只是恩相得罪而连带被逐，一样逐臣，所为之事却高下有分，实有惭于灵均。

秋云久无雨，江燕社犹飞。却笑舟中客，今年未得归。
橹慢生轻浪，帆虚带白云。客船虽狭小，容得瘦将军。

诗人既对自己身世流落伤感无奈，又对自己贬前的心志和贬后的处境自我解嘲。自嘲是人在困境中的一种自我防御方式。它能转移关注焦点，使人不过分专注于困境所带来的痛苦和伤害；它能改变关注角度，找出困境中荒谬不合理的一面，从而蔑视困境，在会心一笑中缓解精神的紧张和压力。自嘲是一种苦中作乐的机智。

也许是这种自嘲心态，使诗人没有沉溺于凄凉感伤之中，而是努力自我宽慰。

左宦终何路，摅怀亦自宽。襞笺嘲白鹭，无意喻枭鸾。
沙上独行时，高吟到楚词，难将垂岸蓼，盈把当江蓠。
幸有烟波兴，宁辞笔砚劳。缘情无怨刺，却似反离骚。

左宦失路，何不自宽襟怀，江湖鸥鹭，自可相戏，禁苑枭鸾，又何必介怀。诗人不专注于贬逐所带来的痛苦伤悲，退步而思，悲怀确实获得了舒解。行楚地而吟楚辞，主要是缘情自遣，无关怨刺，故与《离骚》已大不相同。

在《江行无题一百首》中，还有不少诗作留意山水风物。在自嘲自解、自我宽慰的作用下，诗人于萧条旅况中还写出了几许逸兴高情：

> 露坠日犹红，秋花不易逢。涉江虽已晚，高树攀芙蓉。
> 秋风动客心，寂寂不成吟。飞上危樯立，莺啼报好音。
> 咫尺愁风雨，匡庐不可登。只疑云雾窟，犹有六朝僧。

写沿江景致，轻松自如，已无逐臣况味。在其他一些诗中，诗人或将目光伸向沿途的农家生活，描述其朴野风情，或流连江南佳山胜水之间，停船搜句，饮酒吟诗，似乎完全忘怀了被贬的不快，只剩下诗客的清怀逸兴。当然，忘情山水时也偶现忧态愁绪，忧愁感伤中或有情兴愉悦之作，但总体来看，诗人的情感大致经历了悲愁感伤、自嘲自解、缘情遣兴到忘情山水等几个阶段。悲情之作大多写于途经荆楚之时，随着情感的逐渐平复，特别是由楚入吴之后，感伤身世的诗作日少，娱情山水的诗作日多，此其大概。

钱珝受贬时，恩相捐命，自己亦出于刀光之中，但其百首诗却无一语涉及政敌，也少见悲怨愤激，即便是较带感伤况味的诗作亦不过二十余首，三不及一，绝大部分为留意山水之辞。其《舟中录序》云："古者黜幽，不过考三载之绩，余冒居六年，见考无绩用，思黜不亦宜乎。"①观其责己之辞，思过之诚，足证珝亦一守道之士。但钱珝之贬实出弄权者之手，却无一字语及，可见其刻意与政治争斗保持距离，并非锐意仕进之士。因其对政治的冷漠，故无抗争的悲怨激愤；因其心性平和，故不偏执于伤痛，而能退步而思，自嘲自解，摆脱幽困；因其素有山林之兴，故能留意山水之美，怡情舒怀。以此数故，其作品呈现出与贬谪特性相去最远的总体面貌。

第四节　韩偓的贬后心态和创作

韩偓，字致尧（一说字致光），京兆万年人。久困名场，龙纪元年登进士

① （唐）钱珝：《舟中录序》，《全唐文》卷八三六，第8806页。

第①，佐河中幕，召拜左拾遗②，乾宁四年自刑部员外郎充职凤翔节度掌书记，光化三年六月以司封郎中充翰林学士，累迁左谏议大夫、中书舍人③。“偓尝与(崔)胤定策诛刘季述，昭宗反正，为功臣。”天复元年十一月，中尉韩全诲等劫昭宗幸凤翔，“偓夜追及鄠，见帝恸哭。至凤翔，迁兵部侍郎，进承旨。”天复三年，昭宗返京，偓忤朱全忠，贬濮州司马④。“再贬荣懿尉，江行途中徙邓州司马，汉水行次闻朱全忠杀崔胤、劫昭宗迁都，遂弃官南下湖南，后携家流寓闽中，全节以终。”⑤

下面，我们拟从几个方面对韩偓的宦海浮沉及其创作情况作一考察。

一、韩偓的三次贬官

韩偓第一次贬官在乾宁四年六月，以刑部员外郎充职掌书记随覃王镇凤翔。覃王此次出镇情势殊常⑥，僚属皆有性命之虞。韩偓其时有《余自刑部员外郎为时权所挤值盘石出镇藩屏朝选宾佐以余充职掌书记郁郁不乐因成长句寄所知》诗：

① 《登科记考补正》卷二四昭宗龙纪元年，第905页。

② 《新唐书》卷一八三《韩偓传》，第5387页。

③ 岑仲勉：《补僖昭哀三朝翰林学士记》，见《郎官石柱题名新考订》(外三种)，第438~440页。按岑考偓入翰林言“光化中”，霍松林先生则考定为“光化三年六月十一日至六月十三日左右”，见霍松林、邓小军所著《韩偓年谱》“光化三年”条，谱载于《陕西师范大学报》1988年第3期、第4期，1989年第1期。

④ 《新唐书》卷一八三《韩偓传》，第5388-5390页。

⑤ 霍松林、邓小军：《韩偓年谱》(上)，《陕西师大学报》1988年第3期。

⑥ 其事据《资治通鉴》卷二六一昭宗乾宁四年载：“(六月)李茂贞表：‘王建攻东川，连兵累岁，不听诏命。’甲寅，贬建南州刺史，乙卯，以茂贞为西川节度使，以覃王嗣周为凤翔节度使。”参见第8624页。李茂贞盘踞凤翔，久为京师肘腋之患，朝廷实已无力解除。早在景福二年，李茂贞上表请自镇兴元，“诏以茂贞为山南西道兼武定节度使”，以宰相徐彦若出镇凤翔，“茂贞欲兼得凤翔，不奉诏。”九月，覃王嗣周帅禁军三万送徐彦若赴镇，大败，茂贞逼京师，勒兵不解，宰相杜让能枉死，“制复以茂贞为凤翔节度使兼山南西道节度使。”参见《资治通鉴》卷二五九景福二年，第8559、8570页。比较前后两次去茂贞凤翔节度，前者尚有山南西兼武定两节度之利，又有覃王禁兵三万护送之威，及朝廷欲用兵凤翔之势，事尚不果。今者情势又大不如前，况车驾本因茂贞所逼，出幸华州，而朝廷命覃王代镇凤翔，且选宾佐于朝，茂贞决无甘心放弃凤翔而与王建远争西川之可能，故朝廷此次诏命，若非昭宗一时意气，必出于韩建借刀渔利之叵测心理(韩建专决政事，贬杀无数，事见第二章第二节)。

正叨清级忽从戎，况与燕台事不同。开口谩劳矜道在，抚膺唯合哭途穷。操心未省趋浮俗，点额尤惭自至公。他日陶甄寻坠履，沧州何处觅渔翁。①

诗首两句即言此次充职之特殊情势，又诗题明言此次充职为时权所挤，其原因即五、六句所言，自己但虑国事，正身立朝，未如他人依托权势以谋保身。华州行在，人物如韩偓者必不为权臣所容。全诗语意颇为怨望，难掩对朝廷政事的失望，不类集中其他诗作。盖偓此时，尚处于朝廷权力中心外围，亦未受知于昭宗，骤遭打击，一时难以接受。所幸韩偓此次受贬时间不长。六月，“覃王赴镇，李茂贞不受代，围覃王于奉天”，七月，“茂贞解奉天之围，覃王归华州”。八月，韩建与知枢密刘季述矫制发兵围十六宅，拥覃王嗣周等十一王至石堤谷，尽杀之②。韩偓节度掌书记之职自行解除，或旋授司封郎中兼侍御史。故偓此次之贬，前后不过月余，对偓之心理与文学创作影响均不大。

第二次贬官，时为天复二年，在凤翔行在。宰相韦贻范居丧求起复，韩偓冒死拒不草麻，触怒宦官及李茂贞③。霍松林、邓小军《韩偓年谱》（以下简称“霍谱”）天复二年条推测韩偓即因此由兵侍改户侍。虽官职略降，而君恩未殊，要者仍充翰林承旨，为昭宗腹心，君臣苦渡艰危④，自无意于些些名位得失。观韩偓此时所作《秋霖忆家》《寄远》《冬至夜作》诸诗，也没有语及此次改官。

韩偓第三次贬官即天复三年正月车驾还长安后，未及半月，贬濮州司马。被贬之由有二，其一为忤朱全忠。“全忠、胤临陛宣事，坐者皆去席，偓不动，曰：‘侍宴无辄立，二公将以我为知礼。’全忠怒偓薄己，悻然出。”偓贬之明年，其兄

① （唐）韩偓撰，吴在庆校注：《韩偓集系年校注》卷三《余自刑部员外郎为时权所挤值盘石出镇藩屏朝选宾佐以余充职掌书记郁郁不乐因成长句寄所知》，中华书局，2015年，第610页。

② 《资治通鉴》卷二六一乾宁四年，第8625~8626页。

③ 《资治通鉴》卷二六三天复二年，第8698页。

④ 韩偓只身赴难，在岐“周岁无奉入”。参见《新唐书》卷一八三《韩偓传》，第5389页。会朱温大兵围城，城中大雪，食尽，冻馁死者不可胜计。昭宗亦鬻衣充用，君臣之惨状可以想见。参见《资治通鉴》卷二六三天复二年，第8707页。

御史中丞韩仪也以同样情形贬棣州司马①。其二为荐赵崇、王赞为相。“上返自凤翔，欲用偓为相，偓荐(赵)崇(韩偓座主)及兵部侍郎王赞自代；上欲从之，崔胤恶分己权，使全忠入争之。全忠见上曰：‘赵崇轻薄之魁，王赞无才用，韩偓何得妄荐为相。’”②“(全忠)斥偓罪，帝数顾胤，胤不为解。全忠至中书，欲召偓杀之，郑元规曰：‘偓位侍郎学士承旨，公无遽。’全忠乃止，贬濮州司马。”③昭宗倚重之忠节大臣，左右唯偓一人而已，崔胤谋专权，朱三谋篡代，其势皆不能容偓于朝，韩偓之贬逐势所必然。此后，韩偓即漂泊天涯，终其生未再返朝，也未回京兆故乡。在唐末浮薄无行的士风之下，韩偓虽身世飘零，却独能大节挺然，成“唐末完人”④。除个人的性情品格因素以外，其虽生乱世却逢君臣际会的特殊经历也是重要因素，韩偓贬后的心态和创作，亦深受此段经历的影响。

二、翰苑生活对韩偓的影响

光化三年至天复三年的翰学生涯，成就了韩偓其人其诗，是真正改变韩偓人生的重大经历。考其原因有三：

其一，翰林学士是天子内臣，翰林承旨更受倚重，与其他朝臣相比，有更多的召对机会。如前所述，古代文人士大夫的人生价值实现与君臣间的距离密切相关，翰林之职亲近君王的优越性甚至连宰相也无可比拟，唐后期尤其如此。翰林学士以召对之便密参机议，能就军国政事对君王施以最直接的影响。对于文学之士而言，翰林之职更接近先秦之士师友王侯的人生理想⑤，也更接近盛唐文儒

① 韩偓贬濮州司马事见《新唐书》卷一八三《韩偓传》，第5389页；韩仪贬棣州司马事见《新唐书》卷一八三《韩仪传》，第5390页。

② 《资治通鉴》卷二六四天复三年，第8723页。

③ 《新唐书》卷一八三《韩偓传》，第5389~5390页。

④ 《四库全书》总目云：“偓为学士时，内预秘谋，外争国是，屡触逆臣之锋。死生患难，百折不渝，晚节亦管宁之流亚，实为唐末完人。”参见(清)永瑢等撰：《四库全书总目》卷一五一《集部四·韩内翰别集一卷》，中华书局，1965年，第1302页。

⑤ 余英时论道统与政统关系谓：“稷下学有两个特点最值得注意：第一是君主待知识界领袖以师友之礼；第二是这些知识界领袖的专职是各持其道以批评故事”。见氏著：《士与中国文化》，第94页。

"润色王道"、"赞佐政本"①的政治理想。韩偓初入翰林，即受昭宗赏识，《六月十七日召对自辰及申方归本院》诗云：

> 清暑帘开散异香，恩深咫尺对龙章。花应洞里寻常发，日向壶中特地长。坐久忽疑槎犯斗，归来兼恐海生桑。如今冷笑东方朔，唯用诙谐侍汉皇。②

君臣相对，不知不觉已四个时辰，中二联以恍入仙境不知人间变化来映衬此情此景，君臣际会之欢溢于言表。尾联言自己得以正言赞佐王道，不必如东方朔以诙谐侍主，而这正是一个文学之士的最高理想。光化三年前后是韩偓一生中意气优容之时，其时的其他诗作如：

> 声名烜赫文章士，金紫雍容富贵身。③
> 长卿只为长门赋，未识君臣际会难。④
> 臣心净比漪涟水，圣泽深于潋滟杯。⑤
> 涧松亦有凌云分，争似移根太液池。⑥
> 孜孜莫患劳心力，富国安民理道长。⑦

一再流露出雍容适意，感恩报国的乐观心态。其遭贬流落之后仍时时涌起对此段翰苑生活的深情追念。霍谱论韩偓别集之编次云："首为入翰、扈从、贬斥、寓闽诗，后附以及第前后诗。其编次大抵反映偓生前手定原貌。盖首列入翰以后

① 参见葛晓音：《诗国高潮与盛唐文化》，第 284 页。

② 《韩偓集系年校注》卷一《六月十七日召对自辰及申方归本院》，第 7 页。

③ 《韩偓集系年校注》卷一《与吴子华侍郎同年玉堂同直怀恩叙恳因成长句四韵兼呈诸同年》，第 14 页。

④ 《韩偓集系年校注》卷一《中秋禁直》，第 22 页。

⑤ 《韩偓集系年校注》卷一《锡宴日作》，第 32 页。

⑥ 《韩偓集系年校注》卷一《宫柳》，第 40 页。

⑦ 《韩偓集系年校注》卷三《朝退书怀》，第 649 页。

诗，正与其思想性格相合。”①所论深得其实。

其二，作为天子近臣，在患难中与君主相濡以沫，加深了个人情分。光化三年底，宦官囚昭宗于东内，天复元年正月反正，崔胤以功独掌军国事，日谋尽诛宦官。宦官忧惧，与凤翔卫兵相结，其势将又有激变。胤更矫诏召汴军迎驾东幸，朱全忠大兵将至，局面更成风雨不测之势。韩偓在对待宦官和留方镇兵宿卫等问题上数发有识之见，而崔胤不用，其智略却日益受昭宗赏识，独召韩偓议事渐多，危急之势虽已难于化解，但共履危难进一步拉近了君臣距离。及劫幸凤翔，韩偓只身追帝，更成为昭宗身边唯一的腹心大臣。君臣于患难中逐渐产生了超乎一般君臣关系的私人情分。劫幸凤翔前夕，韩全诲等勒兵宫禁，内外隔绝，“戊戌，上遣赵国夫人出语韩偓：‘朝来彦弼辈无礼极甚，欲召卿对，其势未可。’且言：‘上与皇后但涕泣相向。’自是，学士不复得对矣。”②天复二年冬，凤翔危困，茂贞疑昭宗与全忠有密约，增兵守御院。十一月二日，“上使赵国夫人诇学士院二使皆不在，亟召韩偓、姚洎，窃见之于土门外，执手相泣。洎请上速还，恐为它人所见；上遽去”③。上引二事君臣冒险通消息、私相见，虽于事无补，亦不曾议事，但犹如亲友于危难中但通声问、诉悲情、相慰藉而已。他如昭宗席间责问奸相(韦贻范)，为韩偓辩不草麻之罪④，俱可见君臣心意相通，默契无间。天复三年，韩偓忤朱全忠贬出，《资治通鉴》卷二六四云：“上密与偓泣别，偓曰：‘是人(朱全忠)非复前来之比，臣得远贬及死乃幸耳，不忍见篡弑之辱！’”⑤《新书》本传云：“帝执其手泣涕曰：‘我左右无人矣’”⑥。君臣泣别，语皆凄怆，可见君臣间情谊殊厚。

自古文士知遇为难，君臣相得无间者殊少，亦臣亦友，生死不渝的私人情分更旷古难得。韩偓位不及宰相，而其与昭宗于患难中形成的私人情分，使其人生价值的实现达到了他人无法企及的至高点，因此，三年翰苑生活对韩偓人生的影

① 霍松林、邓小军：《韩偓年谱》(上)，《陕西师大学报》1988年第3期。
② 《资治通鉴》卷二六二天复元年，第8679页。
③ 《资治通鉴》卷二六三天复二年，第8706页。
④ 《资治通鉴》卷二六三天复二年，第8698页。
⑤ 《资治通鉴》卷二六四天复三年，第8724页。
⑥ 《新唐书》卷一八三《韩偓传》，第5390页。

响，旁人无法想象。唐末朝士纷纷交通内外，趋避之间，品节落落，而许国为君，屡触逆臣之锋，蹈死不避者，唯韩偓一人。及其贬逐，垂老漂泊天涯，数诏不赴，不仕梁，不仕闽①，为三百年唐室守节者，也只有韩偓一人。

其三，翰院之职，相对独立于外班，更便于“内预密谋，外争国是”②。这也是韩偓屡辞拜相的原因。《资治通鉴》卷二六三载：“苏检数为韩偓经营入相，言于茂贞及中尉、枢密，且遣亲吏告偓，偓怒曰：‘公与韦公(韦贻范)自贬所召归，旬月致位宰相，讫不能有所为，今朝夕不济，乃欲以此相污邪！’”③这是天复二年十一月事，即韩偓触茂贞、宦官之怒拒不草麻之后，茂贞等因知偓不惧胁迫，故转以名位拉拢欲使其同流。昭宗幽困凤翔，宰相苏检、韦贻范俱李茂贞所荐，以非道致位，韩偓怒辞，即明示其不与此辈同流之志，或亦有不离昭宗左右的心理。及返长安，《新唐书》本传云：“偓处可机密，率与帝意合，欲相者三四，让不敢当。”而荐赵崇、王赞为相。史家论此事皆谓其“操可尚”，“不失君子之道”④，但韩偓入相并不损其操，且其屡贡智言，扶倾支颠，助昭宗苦撑危局，并非退藏养晦者，不可以君子淡泊名利之心度之。韩偓不肯入相有其更深的用意。凤翔还辇之后，崔胤“恃全忠之势，专权自恣，天子动静皆禀之。朝臣从上幸凤翔者，凡贬逐三十余人，刑赏系其爱憎，中外畏之”⑤。韩偓若入相，必附于胤及全忠方能立身，或缄口备位以求自保，二者皆不可能有所作为，于国事无补。而翰林承旨学士的内职身份，可相对独立于朝中各种势力之间，既可借密近天子之便乘机行事，又可以内署不预外朝纷争为由搪塞权奸之口，使其欲加害时

① 其不仕闽，霍谱开平三年条考辨甚详。参见霍松林、邓小军：《韩偓年谱》(下)，《陕西师大学报》1989 年第 1 期。

② 《四库全书总目》卷一五一《集部四·韩内翰别集一卷》，第 1302 页。

③ 《资治通鉴》卷二六三天复二年，第 8707 页。

④ 《新唐书》卷一八三《韩偓传》，第 5389 页。胡寅《读史管见》卷二七云：“主暗国危，韩偓久于近密而不去，何也？昭宗多与之谋议，君臣之分，有所不忍。宰相，人臣所愿欲，虽国滨于亡，未有无相之日。而偓终不肯拜，甘心斥逐，其去虽晚，志操可尚矣。”参见(宋)胡寅著，刘依平校点：《读史管见》卷第二十七《唐纪·昭宗下》，岳麓书社，2011 年，第 981 页。晁公武《郡斋读书志》卷六云：“予尝谓偓有君子之道四焉：……其时搢绅无不交通内外，以蹶取爵位，偓独能力辞相位，二也……”参见(宋)晁公武撰，孙猛校证：《郡斋读书志校证》卷六，上海古籍出版社，2011 年，第 251 页。

⑤ 《资治通鉴》卷二六四天复三年，第 8723 页。

不得不有所顾忌。天复二年，偓不草麻，“学士使马从皓逼偓求草，偓曰：‘腕可断，麻不可草！’从皓曰：‘君求死邪？’偓曰：‘吾职内署，可默默乎？’”①“解衣而寝；二使不得已奏之”②。此后李茂贞面争于昭宗不得，失却颜面，扼腕久之，语人曰：“我实不知书生礼数，为贻范所误。”③这正是韩偓借内职身份，搪塞彼辈之口，使其不能轻易加害。天复三年，韩偓忤朱全忠，“全忠至中书，欲召偓杀之”，郑元规曰：“偓位侍郎学士承旨，公无遽。”④假使韩偓非翰林承旨，恐怕早罹虎口了。又《新书》本传云：“偓侍宴，与京兆郑元规、威远使陈班(按皆崔胤之党，天复元年与胤一道被杀)并席，辞曰：‘学士不与外班接。’主席者固请，乃坐。及元规、班至，终绝席。”⑤可见韩偓不惜触怒崔胤，刻意保持内外距离，以维持其相对独立之身份以便于行事。事实上，天复元年、二年间韩偓扶倾支颠的种种努力，正是借其内翰身份来实行的。

综以言之，韩偓坚辞不相，既可伴昭宗左右，分忧解困，使昭宗不失腹心之寄，又可便宜行事，有所作为，助昭宗苦撑危局，这正是韩偓许国报恩的睿智和良苦用心。若非朱全忠篡谋之心已切，丑行不避天下之口，韩偓或许不至被贬，昭宗也不至如此无助。

三、韩偓贬后的创作

韩偓于天复三年二月十一日被贬出，与昭宗泣别，二十二日过硖石县，其后行迹，据霍谱条理如下：四月至濮州任，复贬荣懿尉，溯江西上，途中徙邓州司马，遂沿汉水北上赴邓州。途中闻朱全忠杀崔胤，迁都，于是弃官南下。天祐元年二月至湖南，经长沙，五月至醴陵；天祐二年入江西，经袁州，七月至萧滩镇，卧病至九月。朝命复召为学士承旨，偓不赴。天祐三年春经抚州、南城，东南入闽，秋抵福州。开平二年(908)去居沙县，乾化元年至泉州南安终老。其间两次闻诏，皆不赴。据此，韩偓的贬谪生涯，严格来说止于天祐二年九月，因朝

① 《新唐书》卷一八三《韩偓传》，第5388页。

② 《资治通鉴》卷二六三天复二年，第8698页。

③ 《资治通鉴》卷二六三天复二年，第8698页。

④ 《新唐书》卷一八三《韩偓传》，第5389页。

⑤ 《新唐书》卷一八三《韩偓传》，第5389页。

廷既召复故官，则其身份已非逐臣；虽不赴，但已脱谪籍，此后应属由被逐转为自我放逐。不过，韩偓其后的处境、心态变化不大，前后有一定承续性，所以我们论其贬谪诗作，还是以兼及天祐二年以后的诗为宜。

韩偓初贬出京，心情复杂沉重，有《出官经硖石县》诗：

> 谪宦过东畿，所抵州名濮。故里欲清明，临风堪恸哭。溪长柳似帷，山暖花如醭。逆旅讶簪裾，野老悲陵谷。暝鸟影连翩，惊狐尾纛簌。尚得佐方州，信是皇恩沐。①

时值二月，春光正艳，距清明尚早，而诗人感受到的却是清明时节般的凄清。一句"故里欲清明"，已是逐臣别有怀抱。诗人谪官东行，山花拂头，柳暗遮路，不见朝士往来，只见惊狐奔窜，野老悲泣，田野萧条，山河残破。诗人心情愈益沉重。垂老去国离乡，不能无悲；而生民萧条，朝局日危，人主泣别之语，朱三篡弑之忧，更是忧何以堪，悲何以堪。可见韩偓此时之悲，不仅仅是一己得失，亦不同于以往逐臣之悲。末二句所言君恩未殊，正是诗人虽悲而无怨望的缘由。全诗沉郁悲婉，韩偓此后所作诗，面貌大抵如此。

韩偓其后居濮州未见有诗留存，仅溯江赴荣懿、邓州途中有《江行》、《过汉江》、《汉江行次》三首，皆行旅萧条之词，除忆及京华旧家外，情感亦波澜不惊。及天祐二年春，弃官南下，流寓湖南的一年多时间，是韩偓贬谪诗的主要创作期。是年八月，发生昭宗被弑的大事，这不能不对韩偓的人生产生重要影响。考察韩偓此期作品，主要有以下几个方面的内容。

首先是对祸国奸佞的无情嘲讽。韩偓遭权奸所忌，几至身死，被迫君臣分离，漂泊天涯。忠愤之思，发而为辞。"忍苦可能遭鬼笑，息机应免致鸥猜。"②国步艰危，而奸纤盈朝，不思忠节，营营扰扰，无异末世鬼魃。"依倚雕梁轻社燕，抑扬金距笑晨鸡。"③"应笑暂时桃李树，盗天和气作年芳。"④诗人虽流落天

① 《韩偓集系年校注》卷一《出官经硖石县》，第 67 页。

② 《韩偓集系年校注》卷一《欲明》，第 109 页。

③ 《韩偓集系年校注》卷一《玩水禽》，第 101 页。

④ 《韩偓集系年校注》卷一《梅花》，第 113 页。

涯，而高自标置，对在朝奸纤充满讥嘲和鄙夷："白面儿郎犹巧宦，不知谁与正乾坤。"①"夭桃莫倚东风势，调鼎何曾用不材。"②对彼辈丑态更是痛加鞭挞。韩偓其后流寓闽中，唐亡时作《感事三十四韵》③，历述昭宗后期宰相弄权、中人为祸、递相倾轧，致使凤翔劫迁、朱三篡唐等历史大事，对权相谋诛宦官过激，致使变生不测，又养虎求全、引狼入室等一系列误国决策进行沉痛反思，识见卓绝。"恭显诚甘罪，韦平亦恃权。""谅直寻钳口，奸纤益比肩。""嗾獒翻丑正，养虎欲求全。""袁董非徒尔，师昭岂偶然。"对祸国群丑口诛笔伐。朱全忠被杀后，又历数其罪，"金虎挺灾不复论，构成狂猘犯车尘。""图霸未能知盗道，饰非唯欲害仁人。"④斥其为猛虎、疯狗、强盗。

不仅如此，韩偓对唐末士风浇漓亦深恶痛绝。诗人"击地嗟衰俗，看天贮不平。"⑤见雨后天清，亦思风雨洗去天下污浊之氛："污俗迎风变，虚怀遇物倾。"⑥这里的"污俗"，即唐末朝士不知忠节，唯逐利禄之士风。"独夫长啜泣，多士已忘筌。"⑦称自己守节为"独夫"，称利禄之徒为"多士"，讥刺尤为辛辣。在韩偓眼里，他们无异负恩误国之徒："左牵犬马诚难测，右袒簪缨最负恩。"⑧即便是白马罹难诸人，韩偓亦毫不留情：

> 显负旧恩归乱主，难教新国用轻刑。穴中狡兔终须尽，井上婴儿岂自宁。底事亦疑惩未了，更应书罪在泉扃。⑨

讥其不知将死，叹其罪有应得，更言此辈之罪应书之金石之史，表现出严厉的历史批判意识。韩偓终老挺然守节，不仕二姓，对两类人表现出鲜明不同的态度：

---

① 《韩偓集系年校注》卷一《避地》，第161页。
② 《韩偓集系年校注》卷一《湖南梅花一冬再发偶题于花援》，第143页。
③ 《韩偓集系年校注》卷二《感事三十四韵》，第235~236页。
④ 《韩偓集系年校注》卷二《八月六日作四首》其二，第426页。
⑤ 《韩偓集系年校注》卷一《赠吴颠尊师（丙寅年作）》，第219页。
⑥ 《韩偓集系年校注》卷二《漫作二首》其二，第319页。
⑦ 《韩偓集系年校注》卷二《感事三十四韵》，第236页。
⑧ 《韩偓集系年校注》卷二《八月六日作四首》其一，第417页。
⑨ 《韩偓集系年校注》卷二《八月六日作四首》其三，第434~435页。

《赠吴颠尊师(丙寅年作)》《送人弃官入道》①等诗对避世不仕者极其推崇，而对出仕新朝的唐室旧臣极尽嘲讽讥刺。《余寓汀州沙县病中闻前郑左丞璘随外镇举荐赴洛兼云继有急征旋见脂辖因作七言四韵戏以赠之或冀其感悟也》、《余卧疾深村闻一二郎官今称继使闽越笑余迂古潜于异乡闻之因成此篇》②等诗讥其为到处可用之“通材”，混迹“洿池”之“泥鳅”；嘲笑其“不羞莽卓黄金印”、“子牟欢抃促行期”之丑态；诫其“沙堤别筑基”，预言其必遭“清风扫地更无遗”。

其次是对翰苑生活的深情忆念。韩偓垂老去国离乡，孤身流寓湖南，而心却未尝一刻忘怀朝廷。诗人谪宦过洞庭，见明月皎皎，清光万顷，幽然兴起家国之思，回想起昔年“星斗疏明禁漏残，紫泥封后独凭阑。露和玉屑金盘冷，月射珠光贝阙寒”③的翰苑生活，明月长照清夜仙阙。而今明月依旧，却已人在天涯，紫阙丘墟。诗人不禁怅怅吟出：“更忆瑶台逢此夜，水晶宫殿挹琼浆。”④诗人偶见含桃，亦“感事伤怀”，只因此物“每岁初进之后，先宣赐学士”，“苦笋恐难同象匕，酪浆无复莹玭珠。金銮岁岁长宣赐，忍泪看天忆帝都”⑤。将两地樱笋、牛酪细细比较，今昔之感愈聚愈浓，末句的怀念、伤悲已如强忍之泪水，冲决而出。诗人见村边紫薇，亦勾起禁苑之思：

> 职在内庭宫阙下，厅前皆种紫微花。眼明忽傍渔家见，魂断方惊魏阙赊。浅色晕成宫里锦，浓香染著洞中霞。此行若遇支机石，又被君平验海槎。⑥

---

① 《赠吴颠尊师(丙寅年作)》《送人弃官入道》参见《韩偓集系年校注》卷一，第218～219、227页。

② 《余寓汀州沙县病中闻前郑左丞璘随外镇举荐赴洛兼云继有急征旋见脂辖因作七言四韵戏以赠之或冀其感悟也》、《余卧疾深村闻一二郎官今称继使闽越笑余迂古潜于异乡闻之因成此篇》参见《韩偓集系年校注》卷二，第280、380页。

③ 《韩偓集系年校注》卷一《中秋禁直》，第22页。

④ 《韩偓集系年校注》卷二《洞庭玩月》，第331页。

⑤ 《韩偓集系年校注》卷二《湖南绝少含桃偶有人以新摘者见惠感事伤怀因成四韵》，第501页。

⑥ 《韩偓集系年校注》卷三《甲子岁夏五月自长沙抵醴陵贵就深僻以便疏慵由道林之南步步胜绝去绿口分东入南小江山水益秀村篱之次忽见紫薇花因思玉堂及西掖厅前皆植是花遂赋诗四韵聊寄知心》，第539页。

村野篱边之花，使诗人恍惚又见禁苑紫薇，一时迷离之间，已然魂销。回神再思，蓦然惊觉故国已遥，魏阙已远，人事难再。此情此景，难于言说，只好以隐退求仙之常语匆匆掩过。其后诗人潜居闽中，对昔年翰苑生活也是魂梦不忘：

> 紫殿承恩岁，金銮入直年。人归三岛路，日过八花砖。鸳鸯皆回席，皋夔亦慕膻。庆霄舒羽翼，尘世有神仙。①

再看韩偓深得杜甫《秋兴八首》其五之神韵的《梦中作》一诗：

> 紫宸初启列鸳鸾，直向龙墀对揖班。九曜再新环北极，万方依旧祝南山。礼容肃睦缨緌外，和气熏蒸剑履间。扇合却循黄道退，庙堂谈笑百司闲。②

以华美之笔再现当年朝中生活，而“再新”、“依旧”，更将目光指向现实和未来。此诗成于唐亡数年之后，既得于梦中，梦醒之后又何如？诗虽无一字语及自身寥落，但人事沧桑之感较老杜或有过之。

韩偓念念不忘其翰苑经历，又不可看作是贪恋朝中生活的雍容舒适。翰苑三年，备受知遇，且形成了君臣间的患难情谊。文学之臣的人生价值得到最大程度的实现，韩偓不能不忆。又翰苑三年正是其感恩报国之时，翰苑之思蕴含着诗人不忘君恩，难舍朝廷的深情。事实上，君恩难酬，报国无由一直是韩偓南迁之后最沉重的精神重负。

> 私恩尚有捐躯誓，况是君恩万倍深。③
>
> 偷生亦似符天意，未死深疑负国恩。④

---

① 《韩偓集系年校注》卷二《感事三十四韵》，第 235 页。

② 《韩偓集系年校注》卷二《梦中作》，第 286 页。

③ 《韩偓集系年校注》卷一《奉和峡州孙舍人肇荆南重围中寄诸朝士二篇时李常侍洵严谏议龟李起居殷衡李郎中冉皆有继和余久有是债今至湖南方暇牵课》其一，第 84 页。

④ 《韩偓集系年校注》卷一《避地》，第 161 页。

诗人虽孤身流离，念念于心者仍是君恩难报的无穷怅恨。韩偓入闽后直到终老，一直未能摆脱这种情感的折磨：

天涯烈士空垂涕……冯驩无路学鸣鸡。①
省趋弘阁侍貂珰，指座恩深刻寸肠。②
坐看包藏负国恩，无才不得预经纶。③
心为感恩长惨戚，鬓缘经乱早苍浪。④

思君之哀，难酬君恩之恨，溢于楮墨之间，使得这些诗作极具感情力度。

再次是隐退江湖的情感心志。韩偓作为忠君忧国之士，却留下了大量表露淡泊退隐情志的诗作。究其原因，其一，韩偓流寓湖南已是昭宗东迁之后，天子已完全被朱全忠挟持，诗人短期内被召还朝已无可能。现实政治情势必然使诗人作自我调整，收起报国用世的兼济之心，向退隐江湖、自善其身倾斜。其二，韩偓在君臣际会的三年中，人生价值达到了他人无法企及的高度，此番贬出，已是“曾经沧海难为水，除却巫山不是云”了，企望用世的心情不会再那么急切，个人处境的改变也不会那么难于接受。这无疑有利于诗人淡化个人得失，化解贬谪所带来的人生困境，用更为淡泊平和的心态来看待由庙堂到江湖的变迁。其三，导致韩偓贬逐的既不是朝中的政敌，也不是谗言蒙君的小人，而是拥有强大军事实力，篡代之志已现的藩国武人。国运扼于强藩之手，纵武侯再世也回天乏术，况韩偓一介文士，其力何以扶危救倾？斗争的对立面若是政敌、小人，同为天子之臣的平等地位或使受贬者仍不失抗争的勇气和信心，仍有胜负易盘的可能。而韩偓面对的是一个根本不可能与之对抗的强大对立面，当其欲报国用世之时，念及此不能不为之气短，其用世之心不能不为之受挫。其四，韩偓处唐末乱世，武人跋扈，文人避位，有志之士纷纷流落江湖。乱世文人的地位和力量，韩偓不可能没有清醒的认识。当此之时，不淡泊退隐，不独善其身，又能奈何？凡此种

① 《韩偓集系年校注》卷一《故都》，第 209 页。
② 《韩偓集系年校注》卷二《感旧》，第 412 页。
③ 《韩偓集系年校注》卷二《八月六日作四首》其四，第 438 页。
④ 《韩偓集系年校注》卷二《秋郊闲望有感》，第 274 页。

种，都促成了韩偓作出息心退隐的人生选择。

韩偓入湖南后，息心退藏之志屡见于篇什：

> 诗道揣量疑可进，宦情刓缺转无多。①
> 多端莫撼三珠树，密策寻遗七宝鞭。②
> 道方时险拟如何，谪去甘心隐薜萝。③
> 借得茅斋岳麓西，拟将身世老锄犁。④

但韩偓此时用世之心尚未全息，其《奉和峡州孙舍人肇……》其一云："敏手何妨误汰金，敢怀私忿斅羊斟。直应宣室还三接，未必丰城便陆沉。"⑤"敏手"当指昭宗，昭宗并非昏庸之主，只要昭宗仍在，诗人还不至于绝望。或许时移势易，昭宗仍有重回长安之日，自己仍有重见天颜之时。然而是年八月，昭宗被弑于洛阳椒殿，朱全忠立十三岁之哀帝，唐王朝遂名存实亡。昭宗被弑无疑击碎了诗人最后一丝幻想，诗人从此坚决地走上了退隐江湖、远害不仕的道路：

> 劝君细认渔翁意，莫遣䍡罗误稳栖。⑥
> 挟弹小儿多害物，劝君莫近市朝飞。⑦
> 宦途弃掷须甘分，回避红尘是所长。⑧

诗人向"山长水远网罗稀"⑨之处，访幽就僻，寻求存身之所。天祐二年九月在江

---

① 《韩偓集系年校注》卷一《春阴独酌寄同年虞部李郎中》，第 80 页。

② 《韩偓集系年校注》卷一《奉和峡州孙舍人肇荆南重围中寄诸朝士二篇时李常侍洵严谏议龟李起居殷衡李郎中冉皆有继和余久有是债今至湖南方暇牵课》其二，第 89 页。

③ 《韩偓集系年校注》卷一《雪中过重湖信笔偶题》，第 93 页。

④ 《韩偓集系年校注》卷一《小隐》，第 118 页。

⑤ 《韩偓集系年校注》卷一《奉和峡州孙舍人肇荆南重围中寄诸朝士二篇时李常侍洵严谏议龟李起居殷衡李郎中冉皆有继和余久有是债今至湖南方暇牵课》其一，第 84 页。

⑥ 《韩偓集系年校注》卷一《玩水禽》，第 101 页。

⑦ 《韩偓集系年校注》卷一《翠碧鸟》，第 168 页。

⑧ 《韩偓集系年校注》卷一《即目二首》其一，第 148 页。

⑨ 《韩偓集系年校注》卷一《翠碧鸟》，第 168 页。

西萧滩镇(今江西清江县)闻召复原官，不禁百感交加，但已无意再入朝班了："也知恩泽招谗口，还痛神祇误直肠。""闻道复官翻涕泗，属车何在水茫茫。"昭宗已逝，诗人清楚地知道自己已经回不去了。"青云有路通还去……稳泊渔舟隐姓名。"①伤悼昭宗之余，毅然辞诏不赴，继续漂泊入闽。从此，诗人由被逐转为自我放逐，由贬谪生涯走向遗民生涯。

诗人贬谪时息心退藏的心态，使其接触南国风物时，不至因物候殊异中原而厌恶不已。相反，他以清新可喜的眼光来看待南国的山光水色，写下了不少充满隐逸情趣的作品：

> 尽日风扉从自掩，无人筒钓是谁抛……我亦好闲求老伴，莫嫌迁客且论交。②
>
> 旗亭腊酎逾年熟，水国春寒向晚多。处困不忙仍不怨，醉来唯是欲傞傞。③
>
> 黄篾舫中梅雨里，野人无事日高眠。④

诗人徜徉湖山村野，心中的忧思似乎已一时忘却，其《醉著》一诗云：

> 万里清江万里天，一树桑柘一村烟。渔翁醉著无人唤，过午醒来雪满船。⑤

兴味悠长，诗境宁谧，一派世外景象。他如《玩水禽》《小隐》《早起五言二韵》《花时与钱尊师同醉因成二十字》诸诗，南国的山花、水禽、溪月、村坞历历如见，均给诗人带来片时的忘情。诗人入闽后，生活稍安定，表现此类隐逸情怀的作品

① 《韩偓集系年校注》卷一《病中初闻复官二首》，第131、136~137页。

② 《韩偓集系年校注》卷一《赠渔者》，第77页。

③ 《韩偓集系年校注》卷一《雪中过重湖信笔偶题》，第93页。

④ 《韩偓集系年校注》卷一《奉和峡州孙舍人肇荆南重围中寄诸朝士二篇时李常侍洵严谏议龟李起居殷衡李郎中冉皆有继和余久有是债今至湖南方暇牵课》其二，第90页。

⑤ 《韩偓集系年校注》卷一《醉著》，第125页。

更多。如《秋深闲兴》、《社后》、《早起探春》、《卜隐》、《闲兴》、《清兴》、《深院》、《野塘》、《秋村》等。但诗人作为唐之遗民，并未真正做到泯灭世虑，忘情隐逸，家国之恨始终是诗人最深沉的情感。因之感时述怀，伤悼故国的作品仍是主流，不失其遗民诗人的面貌。

四、韩偓贬后的两次人生抉择

有论者谓韩偓时有惧祸远害之心理①。韩偓并不避死，王夫之《读通鉴论》云："唐之将亡，无一以身殉国之士，其韩偓乎！……昭宗反辟，刘季述伏诛之谋，偓与赞焉，蹈死之道一也。王抟请勿听崔氏之谋，杀宦官以贾祸，胤怒而诬杀之；偓为昭宗谋，亦云……其忤胤也与抟同，蹈死之道二也。韦贻范求宦官与李茂贞，起复入相，命偓草制，偓坚持不草……蹈死之道三也。"②此外还可加上一条：昭宗返长安，偓忤全忠，蹈死之道四也。韩偓若是惧祸远害之徒，必无此般作为。韩偓南迁后所作远害全身之诗，亦不可目为畏死惧祸，当更有其深意在。事实上，韩偓南迁后曾作过两次人生抉择，第一次即天复四年初沿汉水赴邓途中，闻朱全忠杀胤迁都，遂决意弃官南下。盖其时朝局日危，朱三篡唐之心日切，今揣韩偓之意：如随着贬令转徙，于事无补，甚至有被害之险。但昭宗尚在，或时移势易（如朱全忠在与河东李克用、淮南杨行密的角逐中失利也非无可能），天子回銮，自己仍可复侍昭宗。因之莫若弃官南下，鸿飞冥冥，则弋者无所得。故其弃官当有保存实力、以俟他时为昭宗复用之意，不可看作畏死。前引《奉和峡州孙舍人肇……》一诗，前半可见用世之心未绝。后四句："炽炭一炉真玉性，浓霜千涧老松心。私恩尚有捐躯誓，况是君恩万倍深。"③其欲酬君恩之心甚明。第二次即是年八月昭宗被弑，韩偓决意全身守节。昭宗被弑对韩偓而言，无疑是九天霹雳，韩偓虽然对朱全忠篡弑之心早有预见，但一旦担忧变成事实，

① 如吴在庆：《韩偓贬官前后的心态及对其诗歌创作的影响》一文云："他的心态虽然也有'报国危曾捋虎须'……不过在这主流心态下，诗人也必然在某一情势下有所忧虑甚至是惧祸的时候。"又云："韩偓在这种政局下，又身遭迫害放逐，也自然难免远祸避害的心理。"见《宁夏社会科学》2003 年第 2 期。

② 《读通鉴论》卷二七《昭宗》，第 832~833 页。

③ 《韩偓集系年校注》卷一《奉和峡州孙舍人肇荆南重围中寄诸朝士二篇时李常侍洵严谏议龟李起居殷衡李郎中冉皆有继和余久有是债今至湖南方暇牵课》其一，第 84 页。

仍然无法接受。昭宗被弑为八月十一日，其事非常，传播必速，当不出一月已到湖南，而韩偓此后数月几乎不见有什么诗作，至深冬方有三首梅花诗，则韩偓所历之悲恸或可想见。至次年春所作诸诗始略略涉及此事，亦未直书其事，或许世间之语无以抒其巨痛，又或许是诗人不敢触及此痛。多年以后，诗人犹言“相逢莫话金銮事，触拨伤心不愿闻”①。韩偓此时所作诗悲痛掩抑，如《即目二首》其一云：

> 万古离怀憎物色，几生愁绪溺风光。废城沃土肥春草，野渡空船荡夕阳。倚道向人多脉脉，为情因酒易伥伥。宦途弃掷须甘分，回避红尘是所长。②

三四句造语隽雅、醇厚，以春草斜阳深蕴无尽家国沧桑，黍离之悲绵绵不绝。“肥”字之用尤为绝妙。五六句闲闲之语似心事不欲向人诉，却又让人窥见其无涯之悲。全诗意气内敛，辞气和婉而情韵淳厚，尽显韩诗沉郁悲婉而秀杰的风格。又《净兴寺杜鹃一枝繁艳无比》云：

> 一园红艳醉坡陀，自地连梢簇蒨罗。蜀魄未归长滴血，只应偏滴此丛多。③

霍谱评此诗云：“君臣生死之悲打成一片，凄绝。”④深得其旨。

既然心心系念之昭宗已死，则韩偓何去何从？哀毁之中必有一番沉痛思量，诗人或许想到过死。《避地》诗云：“偷生亦似符天意，未死深疑负国恩”⑤，则其确有过以死殉君的念头。但韩偓毕竟未死，且远害全身，谨慎小心地活了下

① 《韩偓集系年校注》卷二《赠僧》，第408页。按：韩偓有《金銮秘记》一卷，密记从昭宗幸凤翔事，止于贬濮州司马。见《郡斋读书志校证》卷六，第251~252页。

② 《韩偓集系年校注》卷一《即目二首》其一，第148页。

③ 《韩偓集系年校注》卷一《净兴寺杜鹃一枝繁艳无比》，第155页。

④ 霍松林、邓小军：《韩偓年谱》(中)，《陕西师大学报》1988年第4期。

⑤ 《韩偓集系年校注》卷一《避地》，第161页。

去。如果说韩偓苟活仅为一己贪生，观其至死以君恩难酬为恨，则韩偓之人格何以忍受其撕裂？再者，以韩偓与昭宗关系之特殊，君死则偓必万念俱灰。且偓已老迈，纵不殉死于当时，亦必忧愤而死于其后，何得复存人世十数年？则偓之不死，必有其坚强的信念支撑。虽韩偓当时的思虑争斗，后人无法揣量，但其诗中仍可窥见其痛苦抉择的印痕。前引《避地》诗所云正是诗人心中的徘徊斗争。又《息兵》诗云：

> 渐觉人心望息兵，老儒希觊见澄清。正当困辱殊轻死，已过艰危却恋生。多难始应彰劲节，至公安肯为虚名。暂时胯下何须耻，自有苍苍鉴赤诚。①

三四句正是诗人历经生死之后的最后抉择，首二句及后半正是诗人不死的缘由。

韩偓不死，其意义有三。其一，唐末朝士无行，士风浇漓。韩偓皆亲见亲历，对此当有清醒认识，其痛恶之情屡形于诗，已见前述。韩偓欲报君恩，则君死而其当为唐室守节。守节之途有二：一为以死殉君，一为守身全节。前者或可震动人心，赢得一时叹惋，但在如此士风之下，必很快为人所遗忘，“独夫长啜泣，多士已忘筌”②，所指正是此种情形。后者全身于世，高标特立，挺然天地间。以自身昭然之忠义大节，时时照见天下碌碌之士，使彼辈得意之时良知或略有不安，庶几忠义犹得不灭于人间。“多难始应彰劲节，至公安肯为虚名。”天下诸公，碌碌为利，安肯为一忠节虚名，陷自身于困窘？使大节彰明于天下，舍我其谁？揣此二句，诗人之意图甚明。开平三年，韩偓作《余寓汀州沙县病中闻前郑左丞璘随外镇举荐赴洛兼云继有急征旋见脂辖因作七言四韵戏以赠之或冀其感悟也》③，题中郑璘为名臣郑从说之后，也曾为学士④，将仕于梁。韩偓作诗晓以大义，陈以利害，循循诱导，用心良苦，此事可为偓志之明证。其二，韩偓守

① 《韩偓集系年校注》卷一《息兵》，第165页。

② 《韩偓集系年校注》卷二《感事三十四韵》，第236页。

③ 《韩偓集系年校注》卷二《余寓汀州沙县病中闻前左丞璘随外镇举荐赴洛兼云继有急征旋见脂辖因作七言四韵戏以赠之或冀其感悟也》，第280页。

④ 岑仲勉：《补唐代翰林两记》，《郎官石柱题名新考订》(外三种)，第428页。

正不阿，向不避死，若以一死以明忠君抗暴之志，徒为仇者快。莫若努力全身于世，拒不屈服，任其迫害、笼络，犹全身于天地之间，“弋者甚多应扼腕，任他闲处指冥鸿。”①如此则必须谨慎小心，使其迫害无所加。其事虽难，却愈见对为暴者的蔑视，愈显其抗争之倔强。韩偓亦因此得见朱温被杀，可以告慰昭宗于地下。其三，韩偓历难既多，益信天道不枉，天意难欺。群丑为乱，仅得猖獗一时，自己正道丹心，自有天鉴。“暂时胯下何须耻，自有苍苍鉴赤诚。”②即谓暂且忍辱偷生，自有苍天可明一片丹诚，此即韩偓于生死徘徊中所作的最后抉择。由此可见韩偓全身不死，当为留命以证天道不诬。“天意”、“天道”在其此后诗中屡屡出现，“但保行藏天是证，莫矜纤巧鬼难欺”③、“神依正道终潜卫，天鉴衷肠竟不违。”④诗人始终抱着天鉴正道，纤巧难欺的坚定信念。此天意、天道，在社会人情则表现为公道人心，人间正义；在历史未来则表现为丹书信笔，千秋评说。“丹笔不知谁定罪，莫留遗迹怨神孙。”⑤“底事亦疑惩未了，更应书罪在泉扃。”⑥韩偓论唐末朝士时，突破咏史诗向前看的惯例，对身后的世人评说表现出自觉的关注。无论人间公道，还是千秋史书，韩偓以天为鉴的信念都使其超越了现实的人事得失，把目光转向更广远的时空。

> 丹梯倚寥廓，终去问青天。⑦
> 为报群鸡虚嫉妒，红尘向上有青冥。⑧
> 唯应鬼眼兼天眼，窥见行藏信此翁。⑨

韩偓此种情怀，当时人不能理解也无法企及。“何人识幽抱，目送冥冥鸿。”⑩如

① 《韩偓集系年校注》卷二《味道》，第 272 页。
② 《韩偓集系年校注》卷一《息兵》，第 165 页。
③ 《韩偓集系年校注》卷一《再思》，第 202 页。
④ 《韩偓集系年校注》卷二《天鉴》，第 373 页。
⑤ 《韩偓集系年校注》卷二《八月六日作四首》其一，第 417 页。
⑥ 《韩偓集系年校注》卷二《八月六日作四首》其三，第 434 页。
⑦ 《韩偓集系年校注》卷二《感事三十四韵》，第 236 页。
⑧ 《韩偓集系年校注》卷二《失鹤》，第 302 页。
⑨ 《韩偓集系年校注》卷二《此翁》，第 298 页。
⑩ 《韩偓集系年校注》卷二《山院避暑》，第 313 页。

果说翰苑生活使韩偓的人生价值得到了最大程度的实现，那么，其独立乱世，天道为鉴的信念和行为，则不仅表征了他的坚强意志，而且也成为鞭挞贰臣、砥砺世风的利器。事实上，正是这种信念和行为，抚慰了韩偓沉痛的故国之哀，支撑他走完了凄凉的逐臣生涯和遗民生涯。

第五节　晚唐后期贬谪文学的新变

贬谪文学进入晚唐后期，随着社会政治等现实情形的改易及贬谪制度的隳败，其在创作倾向、意象使用、情感浓度及作品的总体面貌上，确已发生了一些明显的变化。这种变化首先在贬谪作家的创作内容上表现出来。

一、贬谪主题的偏移

贬谪给逐臣的人生带来深重磨难，导致他们的生命沉沦。他们踏上贬途后，回望故国的悲伤，前路茫茫的忧惧、无罪被逐的悲愤、贬途艰险的哀叹，往往奔涌笔下；谪居异乡时，饱受打击的生命摧折感、身心不自由的拘囚感、身处异域的抛弃感、生命空耗的荒废感，亦时时涌动于逐臣心中。因而正道遭黜的悲愤、身世沦落的哀伤、思乡望归的痛切、生命抗争的悲郁，往往成为贬谪诗人创作的主要内容。其事其情，亦构成贬谪文学的基本面貌。而晚唐后期的文士逐臣，在创作的主要内容上，却对此表现出不同程度的偏离：

一是回归愿望的淡化。受贬者在异地苦熬岁月，思阙望归往往是最强烈的情感活动。吴融居江陵时虽仍关注着朝廷消息，而归阙的愿望却并非那么急切，返朝时亦没有欣喜若狂，反而有所犹疑①；钱珝谪居后虽未见有诗作，但从前文所述其人在贬途忘情山水的兴致看，其思念帝京之情或许也不会像前人那么急切；韩偓在昭宗被弑之前，也没有表达归朝热望的诗作。抛开各人的特殊情形及影响因素，可以发现一个共同的趋势，即此前作为贬臣重现人生价值的终极回归之地的朝廷，其作用和吸引力正逐渐失去，表现在创作上即此类作品的减少乃至阙如。二是表达退隐情志的作品增多，甚至成为其创作题材的一个重要方面。韩偓

---

① 参见本章第二节。

南贬后留下了不少表达退隐远害情志的作品，吴融回乡前后退隐之情屡屡见于篇什，钱珝“钓歌无远近，应喜罢艨艟”“撑开小渔艇，应到月明归”“数株曾手植，好事忆陶公”“落花惟待月，一钓紫菱湾”①诸诗，亦是一派隐士面目。这与此前贬谪文学一以贯之的怀阙望归之心情已很不相同。

二、对贬地山水的审美心态

唐时江淮及岭南、黔中等长江以南地区，不仅文化水平比较落后，自然物候更殊异中原。对那些生长于北方的逐臣来说，“贬所几乎是作为一种异质文化而存在的”②。吴楚之地，情形虽比岭表好得多，但要贬至此地的诗人真心喜欢上这片土地，却似不能。柳宗元谪居永州时，虽写过如“永州八记”那样的表现该地独特景观的山水游记，但同时也作有如《囚山赋》③之类的以憎恶该地穷山恶水为主的赋作和书信。白居易贬江州时，虽对庐山胜景不无迷恋，但同时也深感“浔阳小处无音乐，终岁不闻丝竹声。住近湓江地低湿，黄芦苦竹绕宅生。……岂无山歌与村笛，呕哑嘲哳难为听”④。可是，到了晚唐逐臣这里，情形就有了很大的变化。钱珝沿长江水路，经江州折而南下赴江西腹地之抚州，所到处更为远僻。对此中的山水景物、风土物候，其诗中却无丝毫厌恶之情的流露，反而以审美的眼光一路游赏，流连不已。无论是山水之景，还是农家风俗，都透着真诚的赞美和喜悦。湖南在唐人眼里尚是蛮夷之地，即便是地临长江、交通最为便利的岳州，亦令贬谪诗人难以忍受。张说《岳州作二首》其一云：“物土南州异，关河北信赊。日昏闻鸺鸟，地热见修蛇。”⑤可见湖南在唐人眼中的印象。韩偓更深入长沙、醴陵为避害而一路寻深就僻，却能发现山水之秀，村篱之美。其《甲子岁夏五月自长沙抵醴陵贵就深僻以便疏慵由道林场之南步步胜绝去绿口分东入南小江山水益秀村篱之次忽见紫薇花因思玉堂及西掖厅前皆植是花遂赋诗四韵聊寄知心》一诗，仅就诗题即可看出诗人行经如此深僻之地，仍能抱着审美心态发现

① （唐）钱珝：《江行无题一百首》，《全唐诗》卷七一二，第8194~8195页。

② 尚永亮：《元和五大诗人与贬谪文学考论》，第126页。

③ 《柳宗元集校注》卷二《囚山赋》，第170~171页。

④ 《白居易诗集校注》卷一二《琵琶引（并序）》，第962页。

⑤ 《张说集校注》卷八《岳州作二首》其一，第389页。

“步步胜绝”、“山水益秀”之景。① 韩偓在湖南逗留的一年多时间里，对此地的山水风物，始终是以审美的眼光去接受的：

> 门庭野水褵褷鹭，邻里短墙咿喔鸡。②
> 春阴漠漠土脉润，春寒微微风意和。③
> 清晨向市烟含郭，寒夜归村月照溪。④
> 黄篾舫中梅雨里，野人无事日高眠。⑤
> 桥下浅深水，竹间红白花。酒仙同避世，何用厌长沙。⑥
> 两两珍禽渺渺溪，翠衿红掌净无泥。向阳眠处莎成毯，踏水飞时浪作梯。⑦

没有丝毫的蛮地穷恶印象，写来俱觉清新可喜。韩偓与钱珝，皆生长于长安，南贬至此，面对与北方中原不同的异质文化环境，没有排斥与厌恶的心理，而是以良好的审美心态来观照此地的山水风物，消弭被贬的伤痛。这一方面印证了前文所说晚唐逐臣心态已开始向平和一路发展，另一方面也因此彰显出此期贬谪文学的一个特色。

三、诗歌物象的选择

与上述审美心态相联系，此期的贬谪诗人在诗歌意象的选择上亦颇不同以往。以钱珝《江行无题一百首》⑧为例，如云：“箭漏日初短，汀烟草未衰”“岸沙

① 《韩偓集系年校注》卷三《甲子岁夏五月自长沙抵醴陵贵就深僻以便疏慵由道林场之南步步胜绝去绿口分东入南小江山水益秀村篱之次忽见紫薇花因思玉堂及西掖厅前皆植是花遂赋诗四韵聊寄知心》，第539页。

② 《韩偓集系年校注》卷一《访同年虞部李郎中》，第72页。

③ 《韩偓集系年校注》卷一《春阴独酌寄同年虞部李郎中》，第80页。

④ 《韩偓集系年校注》卷一《小隐》，第118页。

⑤ 《韩偓集系年校注》卷一《奉和峡州孙舍人肇荆南重围中寄诸朝士二篇时李常侍洵严谏议龟李起居殷衡李郎中冉皆有继和余久有是债今至湖南方暇牵课》其二，第90页。

⑥ 《韩偓集系年校注》卷一《花时与钱尊师同醉因成二十字》，第158页。

⑦ 《韩偓集系年校注》卷一《玩水禽》，第101页。

⑧ （唐）钱珝：《江行无题一百首》，《全唐诗》卷七一二，第8191~8196页。

平欲尽，垂蓼入船窗”“柳拂斜开路，篱边数户村”“秋云久无西，江燕社犹飞”“蛩响依沙草，萤飞透水烟”“映竹疑村好，穿芦觉渚幽”“岸绿野烟远，江红斜照微”“江草何多思，冬青尚满洲”“难将垂岸蓼，盈把当江蓠”“细竹渔家路，晴阳看结罾”……将这些诗句与前引韩偓在湖南所作诸诗合观，即可看出，杨柳、溪月、垂蓼、紫菱、梅雨、细竹、小桥、村篱、村烟、野烟、汀烟、水烟、岸沙、岸草、江草、江燕等成为诗人乐于表现的物象，这些不带一丝蛮荒气味，而富于江南水乡泽国气息的物象，无疑给诗人的贬谪创作减少了几分沉重，而平添了几许江南山水的灵气。此类意象的大量使用，亦从整体上影响了贬谪创作的风格呈现，韩偓诗沉郁悲婉中透着清秀，钱珝诗更为秀逸，吴融贬后诗虽苦闷伤感，却不失其江南文士的本色，凄冷中可见清疏。三人贬谪诗的风格，无一例外都含有“清”“秀”这些要素。

四、情感强度的弱化

一般而言，贬谪作为一种无法抗拒的外力，强行阻断士大夫既定的生命流程，并给其身心带来持续的深重伤害，必然在他们的心里引起惶恐、悲愤、哀怨、羞惭、愤激等强烈的情感活动，直到贬谪状态的消失，这种持续的精神紧张才能得以缓解。因此，从某种意义上说，贬谪文学是生命在极度困厄中焕发出来的悲剧之美，贬谪是在荆棘上唱出的生命哀音，渗透着贬臣的血泪。但在晚唐后期，这种情形发生了变化。吴融初贬后确也非常悲愤，但为时很短，不久即进入幽居江陵的感伤状态。相对于悲愤而言，感伤因为缺少内在的张力，表现为一种比较平缓、缠绵的情绪。而悲愤因其抗争不公的强大内驱力，表现为一种更加激烈、紧张的情绪。感伤中透着无奈，悲愤则蕴含着抗争。感伤是吴融贬后的主要心理状态，其作品因之而凄清。钱珝被贬后未见有表达悲愤之情的作品，且行且歌之中，身世飘零的感伤无奈更变成了忘情山水的逸兴高情，其作品因之秀逸。韩偓于天复三年二月贬出，至天祐元年八月昭宗被弑以前，情绪悲愤的作品亦寥寥。悲愤作品较多的出现是在此时之后。若以事实而论，天祐二年九月复召，韩偓结束贬臣生涯；天祐四年三月唐亡，韩偓开始遗民生活。但自昭宗被弑，唐朝几近名存实亡，故就韩偓的心理而言，此时即是其贬臣心态的结束，遗民心态的开始。故韩偓之悲愤，并非基于自身个体生命的沉沦而产生的悲怨愤激。其悲愤含有深厚的家国内涵，与逐臣的悲愤有所不同。其作品正因此而沉郁悲婉。

若就各逐臣所经历的心理变化而言，无论是钱珝的自嘲自解、山水娱情，还是吴融的人生空漠的思考、无奈的隐退，都化解了贬谪的痛苦。而此又不同于白居易的超越意识。“超越本身就是一种不甘屈服的抗争形式。”①钱、吴等人只是面对困苦，出于最基本的防御心理而产生的一种消极退避，没有经过对人生进行严肃认真地思考探寻的过程，缺乏面对人生苦难而努力追求超越的意蕴。此期的贬谪文学，既没有执著，又不同于超越，只是一种无奈的退避，它反映出的是生命激情的消退，明显地带有唐末乱世所特有的印痕。

总上所言可知，晚唐后期贬谪文学的悲愤情怀和回归主题逐渐淡化，其精神层面上的矛盾冲突逐渐平息，情感强度和悲剧精神亦趋于弱化、消解。与此同时，表现隐逸情志和山水情怀的作品逐渐增多；对贬地山水的审美态度，以及饱含江南水乡气息的物象使用等，也给贬谪文学带来了不同于以往的新的质素。但这样一些质素，却也导致此期贬谪文学在整体风貌上与其他类型文学更为接近了。

① 尚永亮：《元和五大诗人与贬谪文学考论》，第 14 页。

第六编

唐代逐臣别诗研究

“别诗”之“别”包含两层涵义：一是送别，一是留别。但随着汉语的演变，“留别”一义逐渐弱化，而较少为人提及。实际上，留别诗与送别诗一样，有着厚重的感情积淀和文化历史内涵，因而，对逐臣别诗的考察当然不能把留别诗排除在外。因此下文凡提到“别诗”处，皆包含送别诗和留别诗。准确地说，所谓逐臣别诗，当为逐臣在被贬期间的送别和留别之诗，以及与逐臣相关的赠别、留别作品①。

逐臣别诗与普通别诗既相关联，又有区别，这种区别主要表现在：其一，逐臣遭受到远超常人的政治打击和生活变故，其别诗具有更加丰富的社会政治内容，并直接、间接地表现了生命从高层级向低层级的沉沦和落差。其二，逐臣别诗的感情强烈而复杂，展示了面对未知时空和人生威胁的巨大恐畏，具有远超普通别诗的爆发力、穿透力和悲剧感。其三，逐臣别诗在渴盼回归朝廷以及借别诗以达圣听的传播目的上，也有别于普通别诗，而蕴涵了逐臣独具的心理祈向。其四，逐臣别诗在词语、意象等的选择和使用上，也有其不同于普通别诗的一些特点。根据这种理解，本编拟以唐代逐臣别诗为切入点，兼及贬谪文学的主体和侧翼，考察其基本情形、发展概况、蕴涵其中的回归情结、逐臣别诗的艺术表现及传播方式、传播目的，探究逐臣别诗背后深层次的社会文化原因。

---

① 我们认为：贬谪文学大致由三部分组成：第一部分是贬谪诗人在谪居期间创作的文学作品，这是贬谪文学的主体；第二、第三部分则是贬谪诗人在谪居前后及非贬谪诗人在与逐臣送别赠答时创作的有关贬谪的文学作品，这是贬谪文学的侧翼。参见尚永亮：《元和五大诗人与贬谪文学考论》，第 307 页。

第十五章　逐臣别诗及其回归情结

第一节　逐臣别诗概述

离别，是中国古代文学中的一大主题。江淹《别赋》有言："别方不定，别理千名。有别必怨，有怨必盈。使人意夺神骇，心折骨惊。虽渊、云之墨妙，严、乐之笔精；金闺之诸彦，兰台之群英；赋有凌云之称，辩有雕龙之声，讵能摹暂离之状，写永诀之情者乎？"①离别的忧怨是如此强烈，纵有凌云健笔，也难描摹其暂离之状、永诀之情，因此，这类作品最能打动人心，具有永恒的艺术魅力。与之相比，逐臣别诗作为别诗的一个部类，更具有其自身的特殊性，更具有感动激发人意的力量。试想，逐臣被贬之际，甫承严诏，仓促就道，流窜遐荒，前路未卜，与故旧亲朋生离死别，其情何以堪？而到达贬所后，被拘一隅，环境荒恶，整日与穷山恶水、蛇虫瘴气为邻，熬白了双鬓等老了心，仍不见回归的希望，当此之际，偶有一二友人过往，旋又别去，则逐臣心绪由悲到喜，又由喜到悲，该是何等的凄楚！严羽《沧浪诗话·诗评》说得好："唐人好诗，多是征戍、迁谪、行旅、离别之作，往往能感动激发人意。"②这里所提四项中之迁谪、离别两项，即与我们所论之逐臣、别诗相拍合。如果说，唐人之征戍、迁谪、行旅、离别等每一单项题材均易于出好诗的话，那么，与迁谪相关的别诗因将两项有机地集中到了一起，则其产生好诗的概率无疑更多一些。

---

① （南朝）江淹著，（明）胡之骥注，李长路、赵威点校：《江文通集汇注》卷一《别赋》，中华书局，2006年，第40页。

② 《沧浪诗话校释》，第198页。

现存唐代逐臣别诗作者约 90 人，所存相关别诗约 493 首①，分布在唐五代三百余年的历史时段中。通过对《全唐诗》有关资料的详细统计，唐代逐臣别诗情形如表 15-1 所示：

表 15-1　唐代逐臣别诗创作情况统计②

	初唐	盛唐	中唐	晚唐、五代	总计
逐臣别诗	11	121	168	14	314
存疑诗	6	16	7	9	38
送逐臣诗	0	19	30	26	75
量移别诗	1	1	20	2	24
参考诗	6	2	14	12	34
和别诗	0	1	7	0	8
总计	24	160	246	63	493

由表 15-1 可知，在现存 493 首逐臣别诗中，纯属逐臣所作诗共 314 首，未能确定别诗是否逐臣所作而存疑者 38 首，逐臣送逐臣或非逐臣送逐臣的诗作 75 首，逐臣量移时所作别诗 24 首，非逐臣所作有关贬谪的别诗即参考诗 34 首，逐臣所作唱和别诗 8 首。在这些诗作中，逐臣所作别诗数量占据绝对优势，也是我们考察的重点对象。

进一步看，逐臣所作别诗在初、盛、中、晚唐及五代几大时段分布情形也不尽一致，其中初唐 11 首，盛唐 121 首，中唐 168 首，晚唐五代 14 首。由此可以看出，从初唐到晚唐五代，逐臣所作别诗的发展趋势为一两头低、中间高的抛物线型，其中盛唐和中唐是逐臣别诗创作最为兴盛的时期，而中唐尤盛。

唐代逐臣别诗的中心线索是其强烈的回归情结（参见后文详述），如果将唐

① 这里所说作者数及诗作量，包含少量非逐臣作者所作与贬谪有关之别诗。

② 逐臣别诗指逐臣在贬期的送别留别之作；存疑诗为暂不能确定其是否为逐臣别诗、然诗中确有迁谪之意的作品；量移别诗是逐臣在量移期间的送别、留别之作；参考诗属外围作品，虽非逐臣送别、留别之作，但可资研究相关贬谪情形及逐臣在贬地的心态；和别诗指并未亲到送别现场，只是逐臣唱和友人的别诗。

代几大时段中逐臣表现回归情结的别诗与其一般别诗作一比照，就会对其特点及发展态势有一个更清晰的了解(见表15-2)。

表15-2　唐代逐臣别诗及回归别诗创作情况表①

	初唐	盛唐	中唐	晚唐、五代
逐臣别诗	11	121	168	14
回归别诗	6	54	29	4

据表15-2可知，逐臣别诗创作的高潮在中唐，而回归别诗的创作巅峰在盛唐。这样一种创作态势，可用发展曲线图予以更形象的展示(见图15-1)：

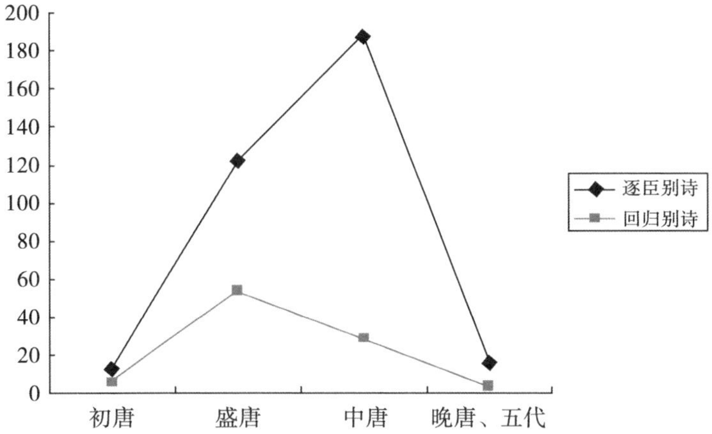

图15-1　唐代逐臣别诗及回归别诗创作曲线图

借助以上之曲线图，可以更直观地看出，逐臣别诗与回归别诗的走势虽均属

① 注：依照我们所辑录的逐臣别诗，把逐臣别诗的主体，即逐臣在被贬期间的送别留别之作，按其作者的生活年代划入四个时期，其中存疑诗、非贬人送贬人诗以及非别诗但有参考价值的诗不在统计之列，组诗分别统计，如《岳州别潭州王熊二首》以两首计。同时，对“四唐”的回归别诗也分别加以统计，回归别诗的统计标准是排除了抒发友情、亲情、乡情的别诗，有些作品虽未直言归朝，然玩其诗意，确有回归之意，遂计入，如此难免具有主观性，但大致不差，可作参考。

两头低中间高的抛物线型，但其发展并不同步，其间存在一个明显的时间差。对此现象形成的原因，有必要从社会政治及创作个体等方面予以分析。

先看逐臣别诗。这类作品的存诗量以中唐最为突出，盛唐次之，初唐和晚唐五代则与之相差甚远。那么，逐臣别诗的数量何以在中唐高居峰巅呢？这大致有两个方面的原因：一是元和逐臣大多是高产作家，尤其是元、白二人，交游甚广，迎来送往之作自然较丰，加之二人极喜唱和，谪居期间惺惺相惜，鱼雁尺素，纸墨遂多；二是刘长卿的创作增加了中唐逐臣别诗的数量。刘长卿生活在由盛唐向中唐过渡的时期，他一生两度被贬，第一次是在乾元二年(759)春被贬潘州南巴(今广东电白)，第二次是大历十年(775)秋被贬睦州(今浙江建德)；其第一次被贬时属盛唐后期，第二次则是中唐前期，依传统分法将其划入中唐。考刘长卿所作送别诗，达 78 首之多，为全唐逐臣别诗存诗量最高者，因此自然增加了中唐逐臣别诗的数量。至于盛唐时期逐臣别诗的存诗量也远高于初唐和晚唐五代，则主要是因为拥有张说、贾至、王昌龄为主体的贬谪诗人群，这三人的送别、留别之作的数量较一般作者高出不少，尤其是王昌龄，更是写别诗的能手；而且盛唐时期“天下朋友皆胶漆”①的状况也为别诗的创作创造了条件。相比之下，初唐逐臣整体存诗量不多，其中虽有神龙逐臣这样一个阵容不小的群体，但其中存诗量较多者，亦惟沈佺期、宋之问二人而已，故与此整体态势相关合，其别诗数量也就不可能多到哪里去。另一方面，因沈、宋等人所依靠的二张被诛，树倒猢狲散，无人再愿攀附，加之这些逐臣在品行上大多有可议之处，正直之士自然不愿与其交游，所谓“死生离骨肉，荣辱间朋游”②，就反映了这种情况。同时，他们的贬地均在极为遥远的岭南，中原人士较少前往。因此，无论流贬之际还是谪居之时，都不会有太多的外部交往，遂使其相关别诗数量寥寥。到了晚唐五代，逐臣人数虽然不少，但如前编所言，由于特殊的时代原因和文人群体政治边缘化的处境，导致诗人在这些逐臣中只占有很小的比例，其存诗稍多者仅裴夷直、李德裕、吴融、钱珝、韩偓 5 人而已。而这几位诗人之贬，或值政治高压，或逢兵荒马乱，大多无人敢于交往或尽力躲避交往，故其别诗创作自然低落。

---

① 《杜诗详注》卷一三《忆昔二首》其二，第 1163 页。

② 《沈佺期集校注》卷二《从驩州廨宅移住山间水亭赠苏使君》，第 117 页。

再看回归别诗的创作。回归别诗的创作以盛唐最丰，逐臣别诗最多的中唐，其回归别诗的数量却少于盛唐，初唐和晚唐五代的作品则锐减。形成这样一种发展态势有多方面的原因，而其中较关键的两点，一是与该时期别诗创作量之多寡相关，二是不同时期颇具差异的社会政治形势及逐臣对朝廷向心力、离心力的消长变化。

如前所述，初唐逐臣所作别诗无多，故表现回归的别诗亦自然相应减少。但需要注意的是，表现回归的别诗较少，并不说明此期逐臣要求回归的愿望不强烈。其原因在于：第一，初唐政局变幻动荡，武后、中宗两朝更是波诡云谲，贬逐频频。神龙元年(705)“朝官房融、崔神庆、崔融、李峤、宋之问、杜审言、沈佺期、阎朝隐等皆坐二张窜逐，凡数十人。”①其贬地皆荒远僻陋，房融流配高州，崔融贬袁州，沈佺期流驩州，杜审言窜峰州，李峤贬通州，宋之问贬泷州，阎朝隐流崖州，韦承庆流岭南。置身这样险恶的处所，这些逐臣们不能不热切盼望归去。第二，作为传统士人的一员，神龙逐臣大多有着强烈的功名理想，加之他们又都亲身感受过身居高位的荣耀和富贵，因此他们的归朝心理并不比别的逐臣弱。第三，他们被流贬，无疑主要与其立身不正、所附非人有关，但他们自己却并不这样认为，宋之问在《早发大庾岭》诗中说：“自惟勖忠孝，斯罪懵所得”②，申明自己并不清楚为何被贬，有鸣冤之意；其《自洪府舟行直书其事》诗中“黄金忽销铄”，“浩叹诬平生”③，更明言自己是被人诬陷。既然如此，希图归朝以正视听、重获富贵、重求功名，也就成了他们强烈的愿望。如沈佺期即一再申说：“搔首向南荒，拭泪看北斗。何年赦书来，重饮洛阳酒。”④“容颜荒外老，心想域中愚。”⑤宋之问更是屡屡悲叹言怀：“丹心江北死，白发岭南生。”⑥“南中虽可悦，北思日悠哉。”⑦“但令归有日，不敢恨长沙。”⑧“帝乡三万里，乘

① 《旧唐书》卷七八《张行成传附张易之、张昌宗传》，第 2708 页。
② 《宋之问集校注》卷二《早发大庾岭》，第 429 页。
③ 《宋之问集校注》卷二《自洪府舟行直书其事》，第 424 页。
④ 《沈佺期集校注》卷二《初达驩州二首》其二，第 97 页。
⑤ 《沈佺期集校注》卷二《夜泊越州逢北使》，第 127 页。
⑥ 《宋之问集校注》卷三《发藤州》，第 556 页。
⑦ 《宋之问集校注》卷二《早发始兴江口至虚氏村作》，第 431 页。
⑧ 《宋之问集校注》卷二《度大庾岭》，第 428 页。

彼白云归。”①“归心不可见，白发重相催。”②“北极怀明主，南溟作逐臣。”③读着这些诗句，很难看出其与其他时期逐臣的心理有什么差别，所不同的，只是与盛、中唐逐臣相比，特殊的政治形势造就了他们特殊的境遇，其回归心理无法通过别诗尽情表述，因而主要是通过其他题材的作品进行展示的。

盛唐是我国封建社会的鼎盛时期，政治清明，经济发展，文化繁荣，君主励精图治，臣子昂扬进取，诗歌创作蔚为大观，文人参政意识于斯为盛。但因存在如前所述“吏治与文学”之争，派别之间互相倾轧，因此盛唐时期仍有大量的被贬文士。但盛唐的政治从总体来说毕竟是开明的，太平盛世的富庶和繁荣激发了逐臣的回归热望，他们不甘心当此盛明之时而终老于蛮夷瘴疠之乡，他们热切地呼唤回归，并始终认为回归朝廷是有希望实现的，这在逐臣别诗和非逐臣之送别诗中均多有表现。如张说诗云：“愿为枫林叶，随君渡洛阳。”④“何时似春雁，双入上林中。”⑤“逢君入乡县，传我念京周。”⑥王昌龄诗云：“远谪唯知望雷雨，明年春水共还乡。”⑦“明祠灵响期昭应，天泽俱从此路还。”⑧“谴谪离心是丈夫，鸿恩共待春江涨。”⑨他如李白送逐臣诗云：“圣朝多雨露，莫厌此行难。”⑩王维送逐臣诗云：“长沙不久留才子，贾谊何须吊屈平。”⑪在这种希望鼓励和召唤下，盛唐逐臣在其别诗中得以尽情抒发其回归朝廷的渴望，从而导致盛唐回归别诗的创作远高于其他几个时期。

富有悲剧意义的“二王八司马”事件可以说是中唐政治的绝好注脚。在这一时期，贬谪作为一种惩罚已经变本加厉，韩泰、韩晔、柳宗元、刘禹锡等被贬后，朝中政敌仍不满意，于元和元年八月又下敕文：“左降官韦执谊、韩泰、陈

① 《宋之问集校注》卷三《桂州黄潭舜祠》，第565页。
② 《宋之问集校注》卷三《登粤王台》，第570页。
③ 《宋之问集校注》卷二《途中寒食题黄梅临江驿寄崔融》，第421页。
④ 《张说集校注》卷六《南中别蒋五(岑)向青州》，第289页。
⑤ 《张说集校注》卷六《南中别陈七李十》，第290页。
⑥ 《张说集校注》卷六《南中送北使二首》其二，第292页。
⑦ 《王昌龄集编年校注》卷三《送吴十九之沅陵》，第175页。
⑧ 《王昌龄集编年校注》卷三《别皇甫五》，第175页。
⑨ 《王昌龄集编年校注》卷三《送崔参军往龙溪》，第178页。
⑩ 《李白全集编年笺注》卷五《送窦司马贬宜春》，第462页。
⑪ 《王维集校注》卷七《送杨少府贬郴州》，第627页。

谏、柳宗元、刘禹锡、韩晔、凌準、程异等八人，纵逢恩赦，不在量移之限。”① 在这种严酷的镇压下，逐臣纵然有回归渴望，也自知渺茫难求，在别诗中不再像盛唐逐臣那样开口闭口言归，而是蕴藉隐忍，委婉道来。在柳宗元所存不多的数首别诗中，绝少提及归朝一事，便是显例。而到了中唐后期，牛、李党争渐趋激烈，政治异常险恶，则被逐者对归朝一事大多心存畏惧，便可以理解了。求安心、求超越如白居易者曾屡屡声言：“不独别君须强饮，穷愁自要醉如泥。”②“相看渐老无过醉，聚散穷通总是闲。”③对归朝已渐渐看淡；即以韩愈为例，在其为数不多的抒发回归的别诗中，也往往视归朝为不可能：“不知四罪地，岂有再起辰。”④“我今罪重无归望，直去长安路八千。”⑤细品诗意，第一首是欲言又止、小心翼翼的试探，第二首则索性直言归朝无望。由此看来，中唐逐臣虽然创作了大量别诗，但回归别诗却相对减少，这与中唐险恶政局对逐臣心理的影响不无关系。

至于晚唐、五代，一方面逐臣别诗已少，则其言回归之作自不易多；另一方面，整个政局是动荡不宁的，皇权更迭频繁，朝纲崩坏，宦官兴风作浪，朋党推波助澜，很多士人不愿入朝为官，避之唯恐不及，逐臣的回归热情也空前淡薄了。吴融的《旅中送迁客》很能代表此期逐臣的心态：“天南不可去，君去吊灵均。落日青山路，秋风白发人。言危无继者，道在有明神。满目尽胡越，平生何处陈。”⑥满纸肃杀，一简无奈，正所谓“大历以前，分明别是一副言语，晚唐分明别是一副言语”⑦。

据上简述可知，逐臣的回归心理是与社会政治形势紧密相关的。盛唐开明的政治、蒸蒸日上的国势及其对广大士人积极参政心理的影响，不仅使逐臣皆存激切的回归之望，而且大多具有可以回归的信念。因此赋诗言志，于悲切中寓希

① 《旧唐书》卷一四《宪宗本纪上》，第418页。
② 《白居易诗集校注》卷一六《北楼送客归上都》，第1274页。
③ 《白居易诗集校注》卷一六《南浦岁暮对酒送王十五归京》，第1299页。
④ 《韩昌黎诗集编年笺注》卷一一《赠别元十八协律六首》其四，第1200页。
⑤ 《韩昌黎诗集编年笺注》卷一一《武关西逢配流吐蕃》，第1169页。
⑥ (唐)吴融：《旅中送迁客》，《全唐诗》卷六八五，第7864页。
⑦ 《沧浪诗话校释》，第139页。

望，遂成一时风气。较之盛唐，中唐已显有不及，在日趋恶化的政治形势下，逐臣的心态颇为苍凉、疲惫，其回归诗的创作明显低落。至于初唐与晚唐五代，则或因逐臣别诗总体数量的减少，或因逐臣独特的境遇，或因时事的动荡混浊，都导致其回归别诗数量的不足或锐减。当然，诗歌创作的内容和指向与诗人个体的气质、爱好不无关系，但任何个体都是无法脱离他所属的社会的，“个人作为时代的产儿，更不是站在他的时代以外，他只在他自己的特殊形式下表现这时代的实质，——这也就是他自己的本质。没有人能够真正地超出他的时代，正如没有人能够超出他的皮肤。”①由此看来，唐代逐臣所作回归别诗在数量上的消长起伏，便是不难理解的现象了。

第二节　逐臣别诗个案考察

——以刘长卿及其相关创作为中心

了解了唐代逐臣别诗总体上的发展态势，还需进一步考察逐臣具体的创作情形，才能对逐臣别诗获得较深入的解会。

选取哪些逐臣及其别诗进行分析呢？根据统计，在数百位创作了别诗的唐代逐臣中，可以入选者约有十余位，其别诗的现存量均在十首以上，如宋之问，14首；张说，22首；张九龄，14首；王昌龄，43首；李白，20首；贾至，16首；刘长卿78首；李嘉祐，11首；韩愈，13首；刘禹锡，17首；元稹，23首；白居易，33首。这些诗人的存诗量较多，具备了用以分析的基本条件。但限于篇幅，我们的考察不可能面面俱到，故又需从中稍加拣择，既注重其诗作数量，又兼及其生活时代及所作别诗的内在包蕴，力求较深刻地反映逐臣别诗的特点。认真权衡之后，我们认为，在上述诗人中，以刘长卿最具代表性。这是因为：其一，刘长卿生活在盛唐后期和中唐前期，横跨两个大的历史时段，在他身上具有较其他诗人更为丰富的政治文化投影。其二，刘长卿一生两度被逐，长期谪居，有着更为深刻的生命沉沦的体验。其三，刘长卿创作了高达78首之多的别诗，

① ［德］黑格尔著，贺麟、王太庆译：《哲学史讲演录》，商务印书馆，1983年，第56~57页。

位居所有逐臣别诗数量之首，最具代表性。其四，本书前几编分别对沈佺期、宋之问、张说、张九龄、王昌龄、贾至、韩愈、柳宗元、刘禹锡、元稹、白居易、吴融、钱珝、韩偓等逐臣作了重点分析，却未曾涉及刘长卿，而就唐代逐臣研究来说，刘长卿是无论如何不能绕过去的一个重要对象。因此，我们下面拟以刘长卿为中心，围绕其身世遭际和别诗创作予以考察。

刘长卿约生于开元六年(718)，祖父刘庆官至考功郎中，虽非显宦，但也是书香门第，诗礼传家。刘长卿自幼奋发读书，曾有诗说："高文不可和，空愧学相如"①，可见他从小就追慕司马相如，取名长卿，希望能像司马相如那样名扬文坛词场，比肩将相公卿。但他却没有司马长卿幸运，从开元二十五年(737)至天宝十四载(755)这十八年间，刘长卿久困场屋，屡试屡北。铩羽科场使他如惊弓之鸟："泣连三献玉，疮惧再伤弓"②。在给河南府尹裴敦复的诗中他自比一只"藩篱小鸟"，流莺般漂荡参差，"独立虽轻燕雀群，孤飞还惧鹰鹯搏"，自怜"衔花纵有报恩时，择木谁容托身处？岁月蹉跎飞不进，羽毛憔悴何人问？"希望裴敦复能予提携，他将"不辞奋翼向君去"③。天宝初年，长卿家境已中落，过着"只为乏生计，尔来成远游。一身不家食，万事从人求"④的清苦生活。加上天宝五年(746)至七年(748)间连续三次名落孙山，使刘长卿感到人生理想的渺茫难求。但他并未灰心，四处游历干谒，以期得到帮助："此心欲引托，谁为生羽翼"⑤，"他时书一札，犹冀问途穷"⑥，这种急切的心情反映出刘长卿强烈的仕进之心。在《赠别于群投笔赴安西》诗中，他这样写道："知君志不小，一举凌鸿鹄。且愿乐从军，功名在殊俗。"⑦虽为勉励友人，但鸿鹄高举、立功建勋之语，又展示了诗人自己的梦想。

天宝十四载，在江东采访使、苏州刺史李希言的提携下，刘长卿终于得任长

① 《刘长卿诗编年笺注》，《酬包谏议佶见寄之什》，第 431 页。

② 《刘长卿诗编年笺注》，《落第赠杨侍御兼拜员外仍充安大夫判官赴范阳》，第 26 页。

③ 《刘长卿诗编年笺注》，《小鸟篇上裴尹》，第 33~34 页。

④ 《刘长卿诗编年笺注》，《睢阳赠李司仓》，第 10 页。

⑤ 《刘长卿诗编年笺注》，《对雨赠济阴马少府考城蒋少府兼献成武五兄南华二兄》，第 6 页。

⑥ 《刘长卿诗编年笺注》，《落第赠杨侍御兼拜员外仍充安大夫判官赴范阳》，第 26 页。

⑦ 《刘长卿诗编年笺注》，《赠别于群投笔赴安西》，第 45 页。

洲尉。命运似乎同他开了一个玩笑，正当年近不惑的诗人踏上仕途，欲稍试锋芒、小遂志愿时，安史之乱爆发了。江北渔阳鼙鼓动地，江南永王李璘和淮南李成式、江东李希言的战争如火如荼，在遍地燹火中，刘长卿的思想陷入矛盾之中。他渴望在乱世中建功立业，渴望得到提拔和重用，在投献李希言的《杂咏八首》中，他把自己比为"谁怜弃置久，却与驽骀亲"①的疲马和"岂能无汲引，长讶君恩绝"②的旧井，希望自己有朝一日能如出鞘古剑，"傥遇拂拭恩，应知剸犀利"③。在《登松江驿楼北望故园》诗中，他慷慨吟道："白鸥渔父徒相待，未扫欃枪懒息机"④，申述贼乱不平，绝不归隐之志。然紧接着又说："一官成白首，万里寄沧洲。久被浮名系，能无愧海鸥。"⑤两诗同用一典，其意却截然相反。他在向李希言献诗明志后，很快又说："棘寺初衔命，梅仙已误身。无心羡荣禄，唯待却垂纶。"⑥甚至在同一首诗里，刚说要投笔赴敌，紧接着又来一个让人惊讶的逆转："赴敌甘负戈，论兵勇投笔。临风但攘臂，择木将委质。不如归远山，云卧饭松栗"⑦。这些矛盾的诗句反映出诗人在乱世中的两难心境：一方面想得到擢拔，成就一番事业，而另一方面，动荡混乱的时局又让他徊徨犹豫，想隐居山林，垂纶息机。在刘长卿的诗歌里，"沧洲"一词运用非常频繁，"空使沧洲人，相思减衣带"⑧，"白发经多难，沧洲欲暮春"⑨，"白首看长剑，沧洲寄钓丝"⑩，"已作沧洲调，无心恋一官"⑪，"因之报亲爱，白发生沧洲"⑫，如此等等，不胜枚举。沧洲古时指隐居之所，谢朓有"既欢怀禄情，复协沧洲趣"⑬句，

① 《刘长卿诗编年笺注》，《杂咏八首·疲马》，第107页。

② 《刘长卿诗编年笺注》，《杂咏八首·旧井》，第109页。

③ 《刘长卿诗编年笺注》，《杂咏八首·古剑》，第108页。

④ 《刘长卿诗编年笺注》，《登松江驿楼北望故园》，第102页。

⑤ 《刘长卿诗编年笺注》，《松江独宿》，第247页。

⑥ 《刘长卿诗编年笺注》，《西庭夜宴喜评事兄拜命》，第148页。

⑦ 《刘长卿诗编年笺注》，《吴中闻潼关失守因奉寄淮南萧判官》，第104页。

⑧ 《刘长卿诗编年笺注》，《送史判官奏事之灵武兼寄巴西亲故》，第112~113页。

⑨ 《刘长卿诗编年笺注》，《送崔昇归上都》，第268页。

⑩ 《刘长卿诗编年笺注》，《贬南巴至鄱阳题李嘉祐江亭》，第197页。

⑪ 《刘长卿诗编年笺注》，《送卢判官南湖》，第249页。

⑫ 《刘长卿诗编年笺注》，《送贾侍御克复后入京》，第147页。

⑬ （南朝齐）谢朓撰，曹融南校注：《谢朓集校注》卷三《之宣城郡出新林浦向板桥》，中华书局，2019年，第218页。

而刘长卿未必有谢宣城那样的“怀禄情”，却有时藏时现的归隐之趣。

吏隐间的矛盾已使刘长卿“惆怅空伤情”①，而受诬被贬更如雪上加霜。至德三年(乾元元年，758)，刘长卿因事得罪下狱，其确切原因已不可考，但从他《非所留系寄张十四》中所言“冶长空得罪，夷甫岂言钱”②及独孤及“夫迹傲则合不苟，政峻则物忤。故绩未书也，而谤及之，臧仓之徒得骋其媒孽”③来看，当是因钱粮问题；从长卿自言“冤深意未传”④、“斗间谁与看冤气”⑤看，应是受了不白之冤。乾元二年(759)春，刘长卿被贬为潘州南巴(今广东电白)尉。

面对突如其来的衔冤被贬，刘长卿意气消沉，“裁书欲谁诉，无泪可潸然”⑥，退隐江湖的思想空前强烈。《负谪后登干越亭作》诗颇能反映他此时的思想状态：“落日独归鸟，孤舟何处人。生涯投越徼，世业陷胡尘。……青山数行泪，沧海一穷鳞。牢落机心尽，惟怜鸥鸟亲”⑦。作于乾元二年(759)春初被贬时的两首别诗抒发了同样的思想：

又过梅岭上，岁岁北枝寒。落日孤舟去，青山万里看。猿声湘水静，草色洞庭宽。已料生涯事，唯应把钓竿。⑧

莫恨扁舟去，川途我更遥。东西潮渺渺，离别雨潇潇。流水通春谷，青山过板桥。天涯有来客，迟尔访渔樵。⑨

闲卧垂纶，渔樵林泉，两首诗都反映出诗人想避祸全身、远离官场的消极念头。当时安史之乱尚未平定，“时艰方用武，儒者任浮沉”⑩，诗人在仕途上又遭此打击，产生隐居江湖的思想也很自然。但刘长卿到底是一个欲“一举凌鸿鹄”、“功

① 《刘长卿诗编年笺注》，《京口怀洛阳旧居兼寄广陵二三知己》，第95页。
② 《刘长卿诗编年笺注》，《非所留系寄张十四》，第161页。
③ (唐)独孤及：《送长洲刘少府贬南巴使牒留洪州序》，《全唐文》，第3933页。
④ 《刘长卿诗编年笺注》，《非所留系寄张十四》，第161页。
⑤ 《刘长卿诗编年笺注》，《非所上御史惟则》，第162页。
⑥ 《刘长卿诗编年笺注》，《赴南巴书情寄故人》，第186页。
⑦ 《刘长卿诗编年笺注》，《负谪后登干越亭作》，第192页。
⑧ 《刘长卿诗编年笺注》，《却赴南邑留别苏台知己》，第210页。
⑨ 《刘长卿诗编年笺注》，《赴江西湖上赠皇甫曾之宣州》，第211页。
⑩ 《刘长卿诗编年笺注》，《寄万州崔使君》，第178页。

名在殊俗”①的人，他在严酷的现实面前仍然念念不忘自己的理想。两京收复后，诗人似乎又看到了一丝希望，他在《晚次湖口有怀》中说：“帝乡劳想望，万里心来去。”②虽然长卿被贬前只是江南微官，但此时却是负罪逐臣，帝乡于他而言可谓遥不可及，但这毕竟是他灵魂最深处的一个梦想，在前往贬所的艰难路途中，他尚存有一线起复的希望。

乾元二年春，刘长卿在余干相遇李白，时李白刚遇赦，从夜郎返回，而刘长卿则要独往贬所，在与李白分别时，他写道：

> 江上花催问礼人，鄱阳莺报越乡春。谁怜此别悲欢异，万里青山送逐臣。③

两人境遇相反，真可谓“悲欢异”，而一个“谁怜”，道出了长卿心中的痛楚，他是多么想脱去谪籍、重获自由啊。与李白分别后，长卿在余干忽闻有量移之说，他喜极写道：“生涯已逐沧浪去，冤气初逢涣汗收。何事还邀迁客醉，春风日夜待归舟。”④这大喜过望的心情反映出诗人并未真正“息机”和“忘机”，他仍有所期待。但量移最终成空，诗人只有求助于执政者：“乱军交白刃，一骑出黄尘。汉节同归阙，江帆共逐臣。猿愁岐路晚，梅作异方春。知己酂侯在，应怜脱粟人。”⑤诗人先言“汉节同归阙”，用苏武典表明自己坚持节操、回归朝廷的决心，继而用萧何事，希望朝廷执政者能如酂侯萧何那样识人惜才，提携自己。“应怜脱粟人”，一个“怜”字，表现出长卿的归心之切。然朝中终无酂侯，诗人独向蛮荒，路过长沙时写了那首著名的《长沙过贾谊宅》：“汉文有道恩犹薄，湘水无情吊岂知。寂寂江山摇落处，怜君何事到天涯。”⑥这里的“君”，既指贾谊，恐怕也指诗人自己。贾生尚有机会重回朝廷，长卿却只能在送别友人时表达归思：

---

① 《刘长卿诗编年笺注》，《赠别于群投笔赴安西》，第 45 页。
② 《刘长卿诗编年笺注》，《晚次湖口有怀》，第 348 页。
③ 《刘长卿诗编年笺注》，《将赴南巴至余干别李十二》，第 195 页。
④ 《刘长卿诗编年笺注》，《初闻贬谪续喜量移登干越亭赠郑校书》，第 231 页。
⑤ 《刘长卿诗编年笺注》，《送裴郎中贬吉州》，第 184 页。
⑥ 《刘长卿诗编年笺注》，《长沙过贾谊宅》，第 337 页。

往来无尽日，离别要逢春。海内罹多事，天涯见近臣。芳时万里客，乡路独归人。魏阙心常在，随君亦向秦。①

在刘长卿的诗中，“魏阙心常在，随君亦向秦”与“已料生涯事，唯应把钓竿”②矛盾而又合理地共存着，他的思想，也总在吏与隐间挣扎。

上元二年(761)春，刘长卿遇赦北还，于宝应元年(762)佐幕淮南，并于大历二年(767)五十岁时入京为官。这段时间，刘长卿生活较为悠闲，与钱起、李嘉祐、皇甫曾等诗酒唱和，并营有灞陵别业。约大历六年(771)，长卿出任鄂岳转运使，这时他又面临着人生的第二个转折点。大历八年(773)，吴仲孺来鄂岳观察使任，不久“仲孺奏长卿犯赃三千万贯，时监察御史苗丕就推”③。勾稽史料，实为吴仲孺欲侵吞上缴中央的钱粮，刘长卿“刚而犯上”④，于是被诬。长卿此案幸赖苗丕秉公处理，才不至被斥岭外。大历九年(774)秋，刘长卿被贬睦州(今浙江建德)。

长卿被贬睦州时已经五十七岁，睦州虽非边地，但对一个衰飒老人来说，每一次别离都让他悲伤，所谓“谪居为别倍伤情”⑤，诚为他此时心态之写照：

新安君莫问，此路水云深。江海无行迹，孤舟何处寻。青山空向泪，白月岂知心。纵有余生在，终伤老病侵。⑥

洞庭何处雁南飞，江菼苍苍客去稀。帆带夕阳千里没，天连秋水一人归。黄花裛露开沙岸，白鸟衔鱼上钓矶。歧路相逢无可赠，老年唯有泪沾衣。⑦

① 《刘长卿诗编年笺注》,《送王员外归朝》,第181页。

② 《刘长卿诗编年笺注》,《却赴南邑留别苏台知己》,第211页。

③ 《唐会要》卷五九《刑部员外郎》,第1035页。

④ (唐)高仲武编,傅璇琮等编:《中兴间气集》卷下《刘长卿》,见《唐人选唐诗新编(增订本)》,中华书局,2014年,第504页。

⑤ 《刘长卿诗编年笺注》,《送卢侍御赴河北》,第232页。

⑥ 《刘长卿诗编年笺注》,《赴新安别梁侍御》,第413页。

⑦ 《刘长卿诗编年笺注》,《青溪口送人归岳州》,第466页。

在以泪赠别的浓浓感伤中，诗人归隐的思想又空前强烈了，加之当时大乱甫定，战争给社会造成了极大的破坏，社会矛盾非常尖锐，朝中奸臣宦官把持朝政，派系党争初露端倪，政治一片黑暗。而地方上则藩镇割据。史载：建中二年三月，李宝臣、李正已、田承嗣、梁崇义等“各聚兵数万。始因叛乱得位，虽朝廷宠待加恩，心犹疑贰，皆连衡盘结以自固。……而诸盗完城缮甲，略无宁日”①。藩镇飞扬跋扈，动辄以武力相逼，同时吐蕃、回纥趁机作乱，屡犯边境。这种混乱的局势使诗人先前“多惭恩未报”②的心情大大消减，取而代之的，只能是归卧沧州了：

寄身且喜沧洲近，顾影无如白发何。③
老得沧州趣，春伤白首情。④

刘长卿在睦州的生活比较闲适，他营有碧涧别墅，与李纾、朱放、崔载华、章八元、秦系、严维等人有唱和。大历十一年(776)秋，皇甫曾与刘长卿相会睦州，赠诗曰：“沧洲自有趣，不复哭途穷”⑤。这一时期，刘长卿真正过着一种悠游山水的“隐居”生活。同时，由于他生活于睦州，当地盛行的天台宗对他的思想有很大影响，他同僧人交游酬唱，在诗中时有出世之想：

沃州能共隐，不用道林钱。⑥
何时共到天台里，身与浮云处处闲。⑦
归共临川史，同翻贝叶文。⑧

① 《旧唐书》卷一二《德宗本纪上》，第328页。
② 《刘长卿诗编年笺注》，《移使鄂州次岘阳馆怀惟(扬)旧居》，第329页。
③ 《刘长卿诗编年笺注》，《江州重别薛六柳八二员外》，第408页。
④ 《刘长卿诗编年笺注》，《送郑说之歙州谒薛侍郎》，第394页。
⑤ 《刘长卿诗编年笺注》，《过刘员外长卿别墅》，第399页。
⑥ 皇甫曾诗原附《刘长卿诗编年笺注》，《初到碧涧招明契上人》，第399页。
⑦ 《刘长卿诗编年笺注》，《赠微上人》，第393页。
⑧ 《刘长卿诗编年笺注》，《送方外上人之常州依萧使君》，第442页。

如今渐欲生黄发，愿脱头冠与白云。①

这种出世之想与隐居沧州的念头在本质上是一致的。“就本质来看，吏隐与禅宗的修行方式是相通的，它们都强调了方式和过程的自然性、适意性。”②在浙江的青山绿水的自然和适意中，刘长卿真的“忘机”了吗？回答是否定的。我们看他这首诗：“到君幽卧处，为我扫莓苔。花雨晴天落，松风终日来。路经深竹过，门向远山开。岂得长高枕，中朝正用才。”③诗作于大历九年赴睦州任途中。一个刚遭迁谪的老臣，承受着巨大的委屈和失落，却对幽居的友人说“岂得长高枕，中朝正用才”。这能说他已经全然忘机？能说他没有用世之心？事实上，这种仕进之心在刘长卿那里一直都未泯灭，我们看他的睦州之作：“陈琳书记好，王粲从军乐。早晚归汉庭，随公上麟阁。”④“只应随越鸟，南翥托高柯。”⑤“生还北阙谁相引？老向南邦众所悲。岁岁任他芳草绿，长沙未有定归期。”⑥在《岁日见新历因寄都官裴郎中》诗中，他先是诘问：“绛老更能经几岁？贾生何事又三年。”无人回应他，于是只有“愁占蓍草终难决，病对椒花倍自怜”了。⑦ 从这些诗句不难发现，长卿的回归愿望如此强烈，以致作蓍草占卜来调节自己已经失衡的心态。同时，诗人用送别留赠之什，或直接或间接地表达自己的用世之念：

久别耶溪客，来乘使者轩。用才荣入幕，扶病喜同樽。山屐留何处，江帆去独翻。暮情辞镜水，秋梦识云门。莲府开花萼，桃园寄子孙。何当举严助，遍沐汉朝恩。⑧

不识闽中路，遥知别后心。猿声入岭切，鸟道问人深。旅食过夷落，方

① 《刘长卿诗编年笺注》，《酬灵澈公相招》，第 437 页。

② 蒋寅：《大历诗风》，上海古籍出版社，1992 年，第 93 页。

③ 《刘长卿诗编年笺注》，《集梁耿开元寺所居院》，第 506 页。

④ 《刘长卿诗编年笺注》，《奉和李大夫同吕评事太行苦热行兼寄院中诸公仍呈王员外》，第 175 页。

⑤ 《刘长卿诗编年笺注》，《奉寄婺州李使君舍人》，第 440 页。

⑥ 《刘长卿诗编年笺注》，《谪官后卧病官舍简贺兰侍御》，第 414 页。

⑦ 《刘长卿诗编年笺注》，《岁日见新历因寄都官裴郎中》，第 412 页。

⑧ 《刘长卿诗编年笺注》，《送严维赴河南充严中丞幕府》，第 433 页。

言会越音。西征开幕府，早晚用陈琳。①

两诗分别用严助、陈琳典，虽为勉励嘉许友人，又何尝不是长卿自己的心愿？其《新安奉送穆谕德归朝赋得行字》诗云：

九重宣室召，万里建溪行。事直皇天在，归迟白发生。用材身复起，睹圣眼犹明。离别寒江上，潺湲若有情。②

诗作于大历十四年秋，穆宁冤雪还朝，长卿送之建溪。“事直皇天在，归迟白发生”，友人虽因蒙冤而岁月虚耗，但终得还朝仍值得庆贺。长卿从穆宁的重新起用中看到了希望，在“用材身复起，睹圣眼犹明”寥寥十字中，包含着诗人难以言说的钦羡和希冀。

刘长卿在谪居睦州时常自比陶潜，但他远不及陶潜那样坚定而沉潜，他仍有仕进的激情。他在《送金昌宗归钱塘》诗中说：“柴门嘶马少，藜杖拜人稀。惟有陶潜柳，萧条对掩扉。”③既言陶潜柳，就应如陶潜那样与官场诀绝，躬耕自适，而不应叹惋门庭冷落、柴门深闭的失落、无奈和萧飒。诗中的矛盾透露出长卿心中的玄机，他是不甘心身老沧州的。在《新安送陆澧归江阴》诗中，他直言其志：

新安路，人来去。早潮复晚潮，明日知何处。潮水无情亦解归，自怜长在新安住。④

尽管住在山青水秀的碧涧别墅，久居新安仍让诗人自怨自艾，他不愿就此老死贬所，他对节序的更替变得非常敏感，“只畏生秋草，西归亦未期”⑤。在送友人归京时，他更显得脆弱而感伤：

① 《刘长卿诗编年笺注》，《送崔载华张起之闽中》，第468页。

② 《刘长卿诗编年笺注》，《新安奉送穆谕德归朝赋得行字》，第453页。

③ 《刘长卿诗编年笺注》，《送金昌宗归钱塘》，第464页。

④ 《刘长卿诗编年笺注》，《新安送陆澧归江阴》，第464页。

⑤ 《刘长卿诗编年笺注》，《酬张夏别后道中见寄》，第445页。

若为天畔独归秦，对水看山欲暮春。穷海别离无限路，隔河征战几归人。长安万里传双泪，建德千峰寄一身。想到邮亭愁驻马，不堪西望见风尘。①

面对归京的耿湋，长卿老泪潸然，他希望在长安的君主(当权者)能看到自己流寓于建德千峰间的孤独和凄凉。颈联的“万里”“千峰”“双泪”“一身”，数量词的运用使那种悲凉具有空间感和对比意味，“不堪西望”四字，更道出了长卿的辛酸无奈。又如：

汉主何时访逐臣？江边几度送归人。同官岁岁先辞满，唯有青山伴老身。②

这几乎不是一首送别友人的诗，始终都在自说自话，劈头就问“汉主何时访逐臣”？接着说别人都先于自己回朝了，自己却仍滞留他乡。这四句其实都是发问，如果在后两句前加上“为什么”，就更能体会长卿的满腹牢骚了。整首诗没有提及与王司马的离别之情，只是借他人酒杯，浇己之块垒，足见诗人回归情绪之强烈。

刘长卿一生都在吏与隐间游移徘徊，在吏和隐的交相煎熬中，刘长卿的思想表现出明显但又是合理的矛盾。当他刚欲在隐逸中香梦沉酣时，作为“士”的责任感和使命感又使他悚然惊醒，刘长卿终究是一个关注现实、同情黎民的诗人，这从他的《送李判官之润州行营》、《时平后送范伦归汝州》、《送卢侍御赴河北》、《送河南元判官赴河南句当青苗税充百官俸钱》③诸诗中都能看到。如果说，早于他的张说因盛唐的时代精神而频做回归之梦，执著地吟唱回归；晚

① 《刘长卿诗编年笺注》，《送耿拾遗归上都》，第417页。

② 《刘长卿诗编年笺注》，《送王司马秩满西归》，第467页。

③ 上述四诗《送李判官之润州行营》、《时平后送范伦归汝州》、《送卢侍御赴河北》、《送河南元判官赴河南句当青苗税充百官俸钱》，参见《刘长卿诗编年笺注》，第129、264~265、232、277页。

于他的柳宗元、刘禹锡因特殊的政治际遇而不敢也不愿明言回归，只能在与友人的信中希求援引，那么，刘长卿的时代则虽可以有梦，但又常被惊回到现实的清醒之中，于是他只有在半梦半醒之间，翘首京阙，在送别友人时发为悲凉的歌吟。

第三节　回归情结的群体展示及其成因

放逐与回归，是存在于逐臣那里的一对永恒矛盾，也是横亘于中国贬谪文学中的一条主要线索。大凡逐臣，从他们被施以政治暴力放逐的那天起，便很少有人不念及回归的。屈原“信而见疑，忠而被谤”①，含着万般的悲怨和凄楚，踏上了长年流放的旅途，在他借以发愤抒情的赋作中，有哀怨的倾诉，有志节的表白，有对奸佞的指斥，有对理想的执著追求，但其中给人印象最深的，则是他一而再、再而三申说的回归的愿望：“惟郢路之辽远兮，魂一夕而九逝。”②“羌灵魂之欲归兮，何须臾而忘反。……鸟飞反故乡兮，狐死必首丘。信非吾罪而弃逐兮，何日夜而忘之？”③在某种意义上，正是对回归的持续而强烈的要求，给屈赋增添了一种刚肠绕指的缠绵，一种纯绵裹铁的韧性。

如果说，中国贬谪文学的开端在屈原那里，那么，它的鼎盛期则主要在唐、宋两代④。翻开《全唐诗》，与屈骚同一旨趣的渴盼回归的诗作比比皆是，不胜枚举。逐臣们或翘首北望，直抒恋阙思乡之情：“尧时恩泽如春雨，梦里相逢同入关。”⑤“每羡朝宗水，门前日夕流。”⑥“殷勤望归路，无雨即登山。”⑦“独上高楼望帝京，鸟飞犹是半年程。”⑧或自悲自叹，表达无法归去的凄楚心绪：“处处山

① 《史记（修订本）》卷八四《贾生屈原列传》，第3010页。
② 《楚辞补注》卷四《抽思》，第140页。
③ 《楚辞补注》卷四《哀郢》，第134～136页。
④ 尚永亮：《元和五大诗人与贬谪文学考论》，第15页。
⑤ 《王昌龄集编年校注》卷三《西江寄越弟》，第160页。
⑥ 《刘禹锡全集编年校注》卷四《南中书来》，第467页。
⑦ 《刘禹锡全集编年校注》卷二《谪居悼往二首》其二，第208页。
⑧ 《李德裕文集校笺》别集卷四《登崖州城作》，第604页。

川同瘴疠，自怜能得几人归。"①"土地无人老，流移几客还?"②"念别朝昏苦，怀归岁月迟。"③或借今昔的霄壤之别、难以跨越的空间距离来抒发远离京城的无边惆怅："忆昨京华子，伤今边地囚。"④"昔游秦雍间，今落巴蛮中。昔为意气郎，今作寂寥翁。"⑤"不觉离家已五千，仍将衰病入泷船。"⑥"二十年来谙世路，三千里外老江城。"⑦……类似的歌吟，在三百余年的唐五代诗史上，此起彼伏，不绝如缕，愈发染浓了贬谪文学这块主悲主怨领地的悲剧气息，愈发凝聚成了一种层层环绕化解不开的回归情结。

对回归的渴盼在唐代贬谪文学中已有如上所述普遍而持久的表现，而由于离别的"催化"作用，逐臣别诗中要求回归的声浪更为浓郁，更为集中，也更为动人心魄。当然，逐臣们念念不忘的回归，在指向上却不是单一的。细加分辨，其中既有对亲友的思念和对故乡的深挚眷恋，也有恋阙忧国、希望回归朝廷的急切呼唤，相比起来，前者虽在激切程度和自身特点的鲜明性上有所不及，却更具人情味和永恒的感召力；后者虽包含较多的政治因素和功利色彩，但却更为切合逐臣的身份，更能凸显逐臣别诗自身的特点，而且这类别诗在数量上也远超前者，蔚为大观。据上节统计，唐代逐臣所作别诗约 314 首，而明确表达归朝意绪者即达 93 首，就中盛唐 54 首，中唐 29 首，可见盛、中唐逐臣别诗中的归朝呼声最为强烈。

所以，这里讨论的回归，主要指归朝；这里所说的回归情结，主要指逐臣以帝京、朝廷为目标的心理情结；这里分析的作品，也暂不涉及恋亲怀乡之作，而以表现归朝情结的作品尤其是盛、中唐时期的同类作品为重点对象。

翻开唐代逐臣及与之相关的各类别诗，渴盼回朝的"归"、"还"等类字词触目皆是，而以盛、中唐逐臣特别是盛唐逐臣使用频率最高，表现最为充分。就其

① 《宋之问集校注》卷二《至端州驿见杜五审言沈三佺期阎五朝隐王二无竞题壁慨然成咏》，第 433 页。

② 《沈佺期集校注》卷二《入鬼门关》，第 1050 页。

③ 《张九龄集校注》卷三《初发道中寄远》，第 1588 页。

④ 《沈佺期集校注》卷二《从驩州廨宅移住山间水亭赠苏使君》，第 117 页。

⑤ 《白居易诗集校注》卷一一《我身》，第 866 页。

⑥ 《韩昌黎诗系年集释》卷一一《题临泷寺》，第 1188 页。

⑦ 《元稹集校注》卷二二《寄乐天》，第 654 页。

表现特点而言，大致有以下几种类型：

首先是坦陈心迹，直抒胸臆：

> 窜逐勿复哀，惭君问寒灰。浮云本无意，吹落章华台。远别泪空尽，长愁心已摧。二年吟泽畔，憔悴几时回？①
>
> 势要情所重，排斥则尘埃……不知四罪地，岂有再起辰。②

或伤远别而泪沾衣，或怀归思而情自伤，总之，能否回归成为他们关注的重心，成为他们吟唱的主旋律。有时，他们神思飞越，不免生出美丽的幻想和期盼："远谪谁知望雷雨，明年春水共还乡"③；有时，他们心念魏阙，反复陈说一己的心曲："回首不问家，归心遥向阙"④，"复拜东阳郡，遥驰北阙心"⑤；有时，他们因归期难卜而频生徊徨和叹喟："只畏生秋草，西归亦未期"⑥，"枫树几回青，逐臣归不得"⑦；有时，他们忆昔思今乃至瞻望来日，在表现现实苦痛的同时，兼陈承恩必报的意愿："想到邮亭愁驻马，不堪西望见风尘"⑧，"常怀客鸟意，会答主人恩"⑨，"黄鹤青云当一举，明珠吐著报君恩"⑩。所有这些诗句，都直陈归意，毫无遮拦。

其次是不直言归意，而借象征、比喻等方法婉曲道来：

> 别筵铺柳岸，征棹倚芦洲。独叹湘江水，朝宗向北流。⑪
>
> 孤城抱大江，节使往朝宗。果是台中旧，依然水上逢。京华遥比日，疲

① 《李白全集编年笺注》卷一三《赠别郑判官》，第 1380 页。
② 《韩昌黎诗集编年笺注》卷一一《赠别元十八协律六首》其四，第 1200 页。
③ 《王昌龄集编年校注》卷三《送吴十九之沅陵》，第 175 页。
④ 《刘长卿诗编年笺注》，《奉饯郑中丞罢浙西节度还京》，第 182 页。
⑤ 《刘长卿诗编年笺注》，《余干夜宴奉饯前苏州韦使君新除婺州作》，第 226 页。
⑥ 《刘长卿诗编年笺注》，《酬张夏别后道中见寄》，第 445 页。
⑦ 司空曙：《送程秀才》，《全唐诗》卷二九三，第 3328 页。
⑧ 《刘长卿诗编年笺注》，《送耿拾遗归上都》，第 417 页。
⑨ 《张说集校注》卷六《南中别王陵成崇》，第 284 页。
⑩ 《王昌龄集编年校注》卷三《留别司马太守》，第 170 页。
⑪ 《张九龄集校注》卷三《饯王司马入计同用洲字》，第 195~196 页。

老飒如冬。窃羡能言鸟，衔恩向九重。①

前诗借水之朝宗北流，既象喻心系朝廷，又借以比况人之羁泊一隅，则人不如水，情何以堪？后诗以一个“羡”字，道出心中渴望，但其人不如鸟的失望也尽在不言之中了。

特点之三是通过归者与留者之比较，表现不得归去的悲怨：

江上五年同送客，与君长羡北归人。今朝又送君先去，千里洛阳城里尘。②

北阙见端冕，南台当绣衣。惟余播迁客，只伴鹧鸪飞。③

云是帝乡去，军中谒紫微。曾为金马客，向日泪沾衣。④

近臣朝琐闼，词客向文园。独有三川路，空伤游子魂。⑤

汉主何时访逐臣，江边几度送归人。同官岁岁先辞满，唯有青山伴老身。⑥

这些诗中，作者多将归京友人与自己的状况罗列在一起，既有对友人的祝贺，又有自怨自艾。虽未直言归朝，但在对比之中，留者的怨怼不平之气已充溢于楮墨，似乎比直接明言更显沉郁凝重。“留滞多时如我少，迁移好处似君稀”⑦，一个“少”，一个“稀”，看似相近，实则是两个极端，判若霄壤，正可谓“荣枯咫尺异，惆怅难再述”⑧。

特点之四是着力描写囚居贬地、无人问津的凄凉境况，从侧面表达归朝的愿望：

① 《张说集校注》卷六《广州萧都督入朝过岳州宴饯(赋)得冬字》，第269页。
② 《元稹集校注》卷一九《送杜元颖》，第586页。
③ (唐)李嘉祐：《送评事十九叔入秦》，《全唐诗》卷二〇七，第2161页。
④ (唐)卢象：《送平判官入秦》，《全唐诗》卷一三五，第1370页。
⑤ (唐)储光羲：《京口留别徐大补阙赵二零陵》，《全唐诗》卷一三九，第1412页。
⑥ 《刘长卿诗编年笺注》，《送王司马秩满西归》，第467页。
⑦ 《白居易诗集校注》卷一七《送韦侍御量移金州司马》，第1406页。
⑧ 《杜诗详注》卷四《自京赴奉先县咏怀五百字》，第270页。

月濛濛兮山掩掩，束束别魂眉敛敛。蠡盏覆时天欲明，碧幌青灯风滟滟。泪消语尽还暂眠，唯梦千山万山险。

水环环兮山簇簇，啼鸟声声妇人哭。离床别脸睡还开，灯灺暗飘珠蔌蔌。山深虎横馆无门，夜集巴儿扣空木。①

诗中描绘的是幽冷清寂的通州寒夜：微月濛濛，冷风透窗，残灯明灭，猛兽横门，“青”、“碧”写凄冷之状，“啼鸟”摹断肠之声，“兮”字的运用，更浓化了楚风所特有的神秘、诡谲气氛。在第三首中诗人又描写了凌晨时分的冷雨潇潇和杜鹃哀啼，把贬地的寂寥、艰苦和孤独烘托到极致。在这样的环境中，谁不想早日脱身？又如人所熟知的白居易《琵琶行》中的那段描写：

我从去年辞帝京，谪居卧病浔阳城。浔阳小处无音乐，终岁不闻丝竹声。住近湓江地低湿，黄芦苦竹绕宅生。其间旦暮闻何物，杜鹃啼哭猿哀鸣。春江花朝秋月夜，往往取酒还独倾。岂无山歌与村笛，呕哑嘲哳难为听。②

便是借“浔阳江头夜送客”时偶遇琵琶女而激发的对自己被贬境遇的倾诉，通过这种倾诉，既表现了作者“同是天涯沦落人”的凄怆感受，又表现了对帝京的深挚怀恋。

特点之五是以自我解嘲或正语若反的手法，更为隐晦曲折地表现不得归去的惆怅：

腊后冰生覆湓水，夜来云暗失庐山。风飘细雪落如米，索索萧萧芦苇间。此地二年留我住，今朝一酌送君还。相看渐老无过醉，聚散穷通总

① 《元稹集校注》卷二六《通州丁溪馆夜别李景信三首》其一、其二，第788页。

② 《白居易诗集校注》卷一二《琵琶引(并序)》，第962页。

是闲。①

为郎复典郡，锦帐映朱轮。露冕随龙节，停桡得水人。早霜芦叶变，寒雨石榴新。莫怪谙风土，三年作逐臣。②

前诗送友归京，倍感怅惘，但仅用“相看渐老无过醉，聚散穷通总是闲”轻轻带过，颇具自我解嘲意味；后诗明言被逐三年，已谙风土，暗中却充满牢骚，寄意言外。

在逐臣别诗中，表达归朝心理的作品大多诗旨明朗，少数作品由于作者特殊的境遇、当时严酷的政治气氛以及诗人的个体气质等原因，归意的抒发含蓄吞吐。但无论是直抒归意，还是委婉道来，都可看出，逐臣别诗中大量存在的回归情结，是其有别于普通别诗的一大特点。

那么，在这些悲凉的歌吟中，逐臣们何以如此系心于回归朝廷而欲罢不能呢？

从人性及人之心理层面说，这是人的一种最基本的需求，即归属的需求。人类的本性是趋利避害，是要求基本的生活保障。人之所以需要归属，除了逃避孤独，更重要的还在于寻求安全，这是人类自我保护的本能。而流放地和贬所，是不能给人提供这种安全保障的。因而，身处其中的逐臣便理所当然地会产生摆脱困境、走出泥潭、消除危机、回归朝廷的渴望。西方人本主义心理学家马斯洛在概括人的需求层次时，将归属感和安全感视作其中两个基本的要项，这一概括对逐臣心理来说，尤为切合。

从生存状态层面说，贬谪意味着个体生命的沉沦，意味着被抛弃、被拘囚以及生命的荒废。在被贬前后，逐臣们的生存状态大多存在明显的落差：被贬之前，他们身居高位，雍容暇逸，曾拥有和体验过较优裕的生活；而被贬之后，置身荒远，与虫蛇瘴气为邻，“邑无吏，市无货，百姓茹草木，刺史以下计粒而食”③。这样两种迥然相异的生活环境和生存状态，不能不使逐臣通过前后对比

① 《白居易诗集校注》卷一六《南浦岁暮对酒送王十五归京》，第1299页。

② （唐）李嘉祐：《送卢员外往饶州》，《全唐诗》卷二〇六，第2145页。

③ 《元稹集校注》卷三〇《叙诗寄乐天书》，第855页。

而生出远超常人的强烈体验，不能不使他们对失去的东西耿耿于怀，力图重新拥有，并由此产生持久而强烈的回归渴望。

从士人理想层面说，中国文人热衷参政的济世情怀和以身殉道的执著精神，千百年来一代代积淀在士人的血液中，形成一种近似于本能的“集体无意识”。而对逐臣尤其是忠而遭贬的逐臣来说，这种参与政治的可能被突然中止，其生命价值近于废弃，这不能不使其产生深深的精神痛苦。他们大多是身在权力中枢或事业鼎盛之际被逐出朝的，他们对个人才华和政治理想就此埋没乃至废弃，实在不甘于心，所以，他们希望回归朝廷，以成就其未竟之业，乃是与其济世理想紧相关联的题中应有之义。

从政治层面说，放逐是政治强力作用下的产物，不少逐臣是由于犯颜直谏、革除弊政或权奸作祟等原因而被迫离开朝廷的。常识告诉我们，有作用力即有反作用力，任何强制性的措施，都会带来程度不同的反弹。无论正道直行的忠臣义士，还是品行有亏或贪赃枉法的罪臣，在被强行逐出朝廷时，都会产生贬非其罪或罪不至此的屈辱、怨望，都希望有昭雪平反或再被起用的一天。相比起来，忠而遭贬者的这种要求无疑要来得更加强烈。在他们的这种要求中，除包含有对自我品节道德、个体价值之重新认定的因素外，也还存在着对政敌复仇雪恨的心理。而所有这些，都成为促发他们要求回归的深层动因。

从思想层面说，受传统儒家君父家国理论的长期浸染，古代士人普遍怀有一种根深柢固的忠君恋阙意识。在他们心目中，国是家的放大，君是父的提升，家与国、父与君是有机地结合在一起的，子、臣即使被父、君疏远或逐出，也只能“忠君忧国，每饭不忘”①。韩愈被贬，作《履霜操》以明意：“父兮儿寒，母兮儿饥。儿罪当笞，逐儿何为？……母生众儿，有母怜之。独无母怜，儿宁不悲？”②范仲淹应谪守巴陵的滕子京之邀作《岳阳楼记》，明确提出：“居庙堂之高，则忧其民；处江湖之远，则忧其君。”③清人嵇永仁《蒙谷每逢庆忌辰辄望北再拜诗以

① 《杜诗详注》附编《重修瀼西草堂记》，第2253页。

② 《韩昌黎诗系年集释》卷一一《履霜操》，第1237页。

③ （宋）范仲淹撰，李先勇等点校：《范仲淹全集》卷八《岳阳楼记》，中华书局，2020年，第165页。

纪之》更是直言："古人每饭不忘君，忠孝何曾患难分。"①当然，这种思想在不同时期不同个体那里的表现程度有所不同，但从总体来看，确是存在的，而其对逐臣回归意识所产生的心理影响也是不能低估的。

从离别的层面说，事物总是相对待的，有离别，就有对相聚的渴望，就有对回归的需求；至于逐臣，因其离别是一种外力强加的、不得不如此的行为，故他们对相聚、回归的渴望和需求就来得格外强烈。或者可以这么说：逐臣因了前述人之本性和心理、生存状态、士人理想、政治思想等层面多种因素的作用，已经形成了浓郁得近乎凝固化了的回归情结，而离别又恰好为这种情结提供了一个宣泄的契机，他们既可借此契机一抒哀痛，又可通过受体的传播，将自己的处境和想法或直接或间接地上达天听及朝中重臣，于是，表现回归情结似乎就成了逐臣别诗的专利，而回归情结的反复表现，也自然形成了逐臣别诗在创作手法和艺术形式等方面最突出的一类特点。

① (清)嵇永仁撰：《抱犊山房集》卷一《蒙谷每逢庆忌辰辄望北再拜诗以纪之》，《无锡文库》第4辑，凤凰出版社，2011年，第23页。

第十六章　逐臣别诗的艺术表现与传播方式

第一节　意象和典故的运用

在逐臣别诗的艺术表现中，首先引起我们注意的是其意象的使用。所谓意象，通常理解为“意”与“象”的结合体，它“包含着意象结构的内外两个层面，内层是‘意’，是诗人主体理性与感情的复合或‘情结’，外层则是‘象’，是一种形象的‘呈现’，两层缺一不可。”①在“意”与“象”的关系中，“意”显得更为重要，“意”通过“象”彰显出来，正如庞德所说：“一个意象是在瞬息间呈现出的一个理性与感情的复合体。”②苏珊·朗格也说：“一个真正的符号，比如一个词，它仅仅是一个记号，在领会它的意义时，我们的兴趣就会超出这个词本身而指向它的概念。词本身仅仅是一个工具，它的意义存在于它自身之外的地方，一旦我们把握了它的内涵或识别出某种属于它的外延的东西，我们便不再需要这个词了。”③可见这种作为“符号”的意象，承载着比自身更为重要、更有意义的内涵——个体或群体的情感。因此，通过作品中意象的比较，可以看到隐藏在作品内部不同的“理智和情感”。

逐臣别诗中的意象因人而异，各有不同，但就其具有共性且出现频率较高者而言，则主要有以下几种：

---

① 朱立元主编：《当代西方文艺理论》，华东师范大学出版社，2014 年，第 16 页。

② ［英］埃兹拉·庞德撰，郑敏译：《回顾》，载［英］戴维·洛奇编，葛林等译：《二十世纪文学评论》上册，上海译文出版社，1987 年，第 108 页。

③ ［美］苏珊·朗格著，滕守尧、朱疆源译：《艺术问题》，中国社会科学出版社，1983 年，第 128 页。

一、白首

因离别而想到相逢不知何时，从而生出逝者如斯、人生苦短的感喟：

红颜渡岭歇，白首对秋衰。①
一朝成白首，看取报家人。②
秋水照华发，凉风生褐衣。③
故园愁去后，白发想回时。④
闻君欲去潜销骨，一夜暗添新白头。⑤

二、孤舟、江流

古人送别多在水边，水的流动不居契合离别后的漂泊如蓬、光阴迁转，孤舟喻意前途的形单影只、动荡不定。王勃在《秋江送别二首》之一中写道："早是他乡值早秋，江亭明月带江流。已觉逝川伤别念，复看津树隐离舟。"⑥在古人心目中，"逝川""离舟"易使人产生"别念"，因而也常被撷入别诗之中：

太息东流水，盈觞难再持。⑦
楚客醉孤舟，越水将引棹。⑧
江海无行迹，孤舟何处寻。⑨

---

① 《张说集校注》卷六《南中送北使二首》其一，第 291 页。
② 《张说集校注》卷六《岭南送使三首》其三，第 283 页。
③ 《刘长卿诗编年笺注》，《送金昌宗归钱塘》，第 464 页。
④ 《王建诗集校注》卷五《送李郎中赴忠州》，第 233 页。
⑤ 《元稹集校注》卷二〇《别李十一五绝》其五，第 617 页。
⑥ (唐)王勃著，杨晓彩点校：《王勃集》卷三《秋江送别二首》，三晋出版社，2017 年，第 43 页。
⑦ 《沈佺期集校注》卷一《送友人任括州》，第 49 页。
⑧ 《王昌龄集编年校注》卷三《送任五之桂林》，第 179 页。
⑨ 《刘长卿诗编年笺注》，《赴新安别梁侍御》，第 413 页。

江边数杯酒，海内一孤舟。①
迁客临流倍惆怅，冷风黄叶满山城。②

三、猿啼

“巴东三峡巫峡长，猿啼三声泪沾裳。”③猿的啼声凄戾幽怨，如泣如诉，增添了离别的感伤气氛，是逐臣别诗中常用的意象：

客醉山月静，猿啼江树深。④
东南行舫远，秋浦念猿吟。⑤
饥狖啼相聚，愁猿喘更飞。⑥
忆君遥在潇湘上，愁听清猿梦里长。⑦
秋鸿次第过，哀猿朝夕闻。⑧

四、酒、泪

别泪潸然是离人常有的情感反应，借酒销愁则是离人对这种低沉情绪的反拨或者逃避，故泪和酒往往增添了诗的悲剧气氛：

泪来空泣脸，愁至不知心。⑨

① （唐）贾至：《送陆协律赴端州》，《全唐诗》卷二三五，第2595页。
② （唐）徐铉：《送蒯司录归京》，《全唐诗》卷七五三，第8570页。
③ （北魏）郦道元著，陈桥驿校证：《水经注校证》卷三四《江水》，中华书局，2007年，第790页。
④ 《宋之问集校注》卷三《端州别袁侍御》，第553页。
⑤ 《张九龄集校注》卷三《（送）别乡人南还》，第210页。
⑥ 《张说集校注》卷六《岭南送使三首》其一，第283页。
⑦ 《王昌龄集编年校注》卷四《送魏二》，第205~206页。
⑧ 《白居易诗集校注》卷九《秋江送客》，第772页。
⑨ 《宋之问集校注》卷三《端州别袁侍御》，第553页。

共说金华旧游处，回看北斗欲潸然。①
岐路相逢无可赠，老年空有泪沾衣。②
离筵非燕喜，别酒正销魂。③
不独别君须强饮，穷愁自要醉如泥。④

五、春草

王维《山中送别》诗云："春草明年绿，王孙归不归。"⑤春草绵绵无尽，萋萋刬尽还生，象征别愁的绵长；芳草如期而绿，离人却归期杳然，故芳草又含有"归"思：

淼淼沧江外，青青春草生。⑥
长沙千载后，春草独萋萋。⑦
乡心缘绿草，野思看青枫。⑧

以上"白首"、"孤舟"、"猿啼"、"酒"、"泪"、"芳草"诸意象反复出现在逐臣别诗中，有力地营构了诗作的感伤意绪。一般来说，意象只是诗的小小组成部分，是一个基本的意义单元，它与诗的别种意象及其他成分一起构成诗的情思基调，而这种情思基调又反过来赋予此意象以更为稳定的意义。这就是说，意象与诗是互动的。比如"白首"这一意象，孤立地看，只表示年龄老大的意义，但在"闻君欲去潜销骨，一夜暗添新白头"⑨中，除了"因别离而衰老"这层意思外，

① (唐)贾至：《洞庭送李十二赴零陵》，《全唐诗》卷二三五，第2598页。
② 《刘长卿诗编年笺注》，《青溪口送人归岳州》，第466页。
③ 《张说集校注》卷六《岳州别(子)均》，第274页。
④ 《白居易诗集校注》卷一六《北楼送客归上都》，第1274页。
⑤ 《王维集校注》卷五《山中送别》，第465页。
⑥ 《刘长卿诗编年笺注》，《送李校书赴东浙幕府》，第511页。
⑦ 《刘长卿诗编年笺注》，《长沙桓王墓下别李纾张南史》，第136页。
⑧ (唐)李嘉祐：《送严维归越州》，《全唐诗》卷二〇六，第2146页。
⑨ 《元稹集校注》卷二〇《别李十一五绝》其五，第617页。

更增添了一种刻骨的思念、极度的伤怀及其给人带来的瞬间的外貌变化。再将“潜销骨”和组诗中的“鸟笼猿槛”、“虎惊蛇伏”连起来看，便又赋予“白头”意象以更丰富的意义内涵——对分别后的寂寞孤独和孤立无援的恐惧，这正是逐臣特有的心态。同样，因分别而流泪，“泪”主要表达出感伤的程度，而在“歧路相逢无可赠，老年空有泪沾衣”①中，“老年”和“空”给“泪沾衣”增添了多少人生的无奈和苍凉，而这沾衣之泪竟是相逢时赠送的礼物，便更添一层悲苦。联系作此诗时诗人已是衰飒老翁，又谪居远地，于是这滴“泪”就有了掷地有声的分量。

当然，上述意象不独存在于逐臣别诗中，它同时也常常出现在普通别诗中，也就是说，这是逐臣别诗和普通别诗共用的意象。在艺术表现上，由于作者审美眼光和艺术技巧的差异，很难在两类别诗中分出一个高下来。但如果就人生体验和内在情感的深度看，则同样使用这些意象，那些遭受政治打击、饱经生命沉沦之逐臣所作别诗，在艺术感染力上恐怕是要超过普通别诗的。同时，在这些意象的使用频率上，逐臣别诗也远远超过了普通别诗。

与意象使用有所不同，在典故运用上，逐臣别诗更多地表现了一些独具的特点。诸如“长沙”、“贾生”、“虞翻”、“灵均”、“泽畔”、“三年”等，频频出现在逐臣别诗中，而这类词语，在普通别诗中却较少见到。这些由人名、地名、时间所组成的事典，大多与流贬或逐臣有关：屈原“信而见疑，忠而被谤”②，两被流放，可谓贬谪诗人之祖；西汉贾谊因受权臣排挤，被贬长沙，三年始归，此一关涉人、地、时的事典，遂为唐人特别是逐臣别诗频繁使用，并借以比拟和自况；三国时吴国虞翻因多次触怒孙权而被流交州，老死贬地，故也成为逐臣惺惺相惜的对象。试看以下诗例：

洞庭波渺渺，君去吊灵均。③

和玉悲无已，长沙宦不成。④

---

① 《刘长卿诗编年笺注》，《青溪口送人归岳州》，第 466 页。

② 《史记(修订本)》卷八四《贾生屈原列传》，第 3010 页。

③ 《刘长卿诗编年笺注》，《送李侍御贬郴州》，第 349 页。

④ 《张说集校注》卷六《岳州别姚司马绍之制许归侍》，第 271 页。

独过长沙去，谁堪此路愁。①

畴昔长沙事，三年召贾生。②

何罪过长沙，年年北望家。③

如今贾谊赋，不漫说长沙。④

共叹虞翻枉，同悲阮籍途。⑤

宁嗟人世弃虞翻，且喜江山得康乐。⑥

虞翻归有日，莫便哭穷途。⑦

逐臣喜用“灵均”、“贾生”、“虞翻”等典，除了其与自己的人生际遇相似外，还因为这些人都是无罪遭贬，都是应该昭雪并被召回朝廷的。从这点来说，这些事典的借用，既隐含着逐臣归朝的要求和希冀，也为诗作增添了浓郁的悲剧感和苍凉气氛。与此相比，普通别诗因为缺少贬谪的背景，亦缺乏逐臣那样激切的回归之心，因此对这些事典大多不具备类似逐臣那样的自觉认同感，除怀古凭吊之作外，也很少使用这类词语。

除前述意象和典故运用外，还需特别提及的一点是，“柳”意象作为一种文化象征和符号，在中国文学和传统习俗中一直与送别联系在一起，使用频率颇高。翻阅唐人别诗，到处是一片杨柳依依，可谓柳枝频频折，尽入离歌中。试看如下诗句：

故人洞庭去，杨柳春风生。⑧

① 《刘长卿诗编年笺注》，《送李使君贬连州》，第 509 页。

② （唐）李益著，郝润华整理：《李益诗集》卷二《送人流贬》，中华书局，2014 年，第 34 页。

③ 《王建诗集校注》卷四《赠谪者》，第 207 页。

④ （唐）于鹄：《送迁客二首》其一，《全唐诗》卷三一〇，第 3505 页。

⑤ （唐）贾至：《送王员外赴长沙》，《全唐诗》卷二三五，第 2595 页。

⑥ （唐）钱起著，王定璋校注：《钱起集校注》卷三《送毕侍御谪居》，浙江古籍出版社，2015 年，第 83 页。

⑦ （唐）郑谷：《迁客》，《全唐诗》卷六七五，第 7725 页。

⑧ 《陈子昂集》卷二《送客》，第 41 页。

灞上柳枝黄，垆头酒正香。①
郁郁杨柳枝，萧萧征马悲。②
官柳依依两乡色，谁能此别不相忆。③
柳色分官路，荷香入水亭。④
云深沧海暮，柳暗白门春。⑤
柳花撩乱扑流水，愁杀人行知不知。⑥
溪边杨柳色参差，攀折年年赠别离。⑦
留却一枝河畔柳，明朝犹存远行人。⑧

然而，这样一种在普通别诗中不断使用的意象，到了逐臣别诗中，却极少能寻觅到它的身影，这不能不是一个值得思考的问题。要回答这一问题，还需从柳意象的内涵说起。

中国人有折柳赠别的习俗，这个习俗来源于杨柳随地而生的顽强生命力，清人褚人获在《坚瓠集》中有云："(杨柳)倒插枝载，无不可活。其絮飞漫天，着沙土亦无不生，即浮水亦化为萍。是得木精之盛，而到处畅遂其生理者也。其光芒安得不透着天汉，列于维垣哉！送行之人岂无他枝可折而必于柳者，非谓津亭所便，亦以人之去乡，正如木之离土，望其随处皆安，一如柳之随地可活，为之祝愿耳。"⑨可见古人折柳为赠，是希望远行者能如杨柳那样蓊郁繁茂、剗断还生，小小的柳枝是祝福行人平安顺遂的吉祥物，也就是说，柳承载的主要是对友人和

① (唐)岑参撰，廖立笺注：《岑参诗笺注》卷三《送怀州吴别驾》，中华书局，2018年，第454页。

② (唐)韦应物撰，孙望校笺：《韦应物诗集系年校笺》卷八《送冯著受李广州署为录事》，中华书局，2002年，第408页。

③ 《钱起集校注》卷三《送崔十三东游》，第81页。

④ (唐)周瑀：《送潘三入京》，《全唐诗》卷一一四，第1162页。

⑤ (唐)殷遥：《送杜士瞻楚州觐省》，《全唐诗》卷一一四，第1163页。

⑥ (唐)朱放：《送魏校书》，《全唐诗》卷三一五，第3542页。

⑦ 《杜牧集系年校注》集外诗一《送别》，第1408页。

⑧ 《丁卯集笺证》卷一一《重别曾主簿时诸妓同饯》，第705页。

⑨ (清)褚人获辑撰，李梦生校点：《坚瓠集》广集卷之四《折柳》，上海古籍出版社，2012年，第960页。

亲人的思念和祝福。

但是对于逐臣来说，其最强烈的渴望莫过于回归朝廷。如前所述，逐臣别诗中比重较大的是回归别诗，回归别诗比普通别诗在感情上要沉郁凝重。我们是不是可以大胆地作这样的推断：“柳”意象所包蕴的感情内涵太轻，承载不起逐臣沉重而复杂的思想感情，或者说，“柳”意象表示的是送行和寄远，而逐臣却要表达回归，因此在逐臣别诗中多弃“柳”不用。我们知道，古代诗人十分重视用典，严格地遵循传统的典故和意象，不会生造和僭越。日本学者松浦友久说：“《诗经》《楚辞》以来的著名的古典作品里的用例，作为应有的最理想的诗语的典型，优先地而且系统地被继承下去。新的诗语的产生，大致只限于在现有作品中找不到与它相适应的用例的场合。无视先例的有无而使用‘生词’的例子，是极少见的。”①如戴叔伦《妻亡后别妻弟》诗：“杨柳青青满路垂，赠行惟折古松枝。停舟一对湘江哭，哭罢无言君自知。”②诗人这里要表达的是对亡妻的悼念和哀思，因此他没有选择代表别离的柳条赠内弟，而是用具有哀悼意味的松枝为赠；戴氏在另外一首诗《送吕少府》中说：“深山古路无杨柳，折取桐花寄远人”③，在当时的场合中本应赠柳，但因深山无柳，故权以桐花为赠。可见古人非常遵守传统和先例，不到不得已时是不会违规和破例的。同样，逐臣也会恪守“最理想的诗语的典型”，在表达回归心理时，不会选择用来“赠别”和“寄远”的柳条。

为了证明上述推断，下面先看几首送人入京的普通别诗：

几年乌府内，何处逐凫归。关吏迷骢马，铜章累绣衣。野亭山草绿，客路柳花飞。况复长安远，音书从此稀。④

秣陵春已至，君去学归鸿。绿水琴声切，青袍草色同。鸟喧金谷树，花满洛阳宫。日日相思处，江边杨柳风。⑤

① ［日］松浦友久，蒋寅译：《中国诗的性格——诗与语言》，《古代文学理论研究》第十一辑，上海古籍出版社，1986年，第212页。

② （唐）戴叔伦：《妻亡后别妻弟》，《全唐诗》卷二七四，第3110页。

③ （唐）戴叔伦：《送吕少府》，《全唐诗》卷二七四，第3109页。

④ （唐）刘商：《送林衮侍御东阳秩满赴上都》，《全唐诗》卷三〇三，第3455页。

⑤ （唐）朱放：《秣陵送客入京》，《全唐诗》卷三一五，第3540页。

故人嗟此别，相送出烟坰。柳色分官路，荷香入水亭。离歌未尽曲，酌酒共忘形。把手河桥上，孤山日暮青。①

萧萧行李上征鞍，满目离情欲去难。客里故人尊酒别，天涯游子弊裘寒。官桥杨柳和愁折，驿路梅花带雪看。重到京华旧游处，春风佳丽好盘桓。②

在这些诗中，无一例外出现了柳意象。再看逐臣别诗，就面貌大异了：

彤襜江上远，诏书万里催。独过浔阳去，空怜潮信回。离心秋草绿，挥手暮帆开。想见秦城路，人看五马来。③

昔滥貂蝉长，同承雨露霏。今参鱼鳖守，望美洞庭归。浦树悬秋影，江云烧落辉。离魂似征帆，恒往帝乡飞。④

水陆四千里，何时归到秦？舟辞三峡雨，马入九衢尘。有酒留行客，无书寄贵人。唯凭远传语，好在曲江春。⑤

送客身为客，思家怆别家。暂收双眼泪，遥想五陵花。路远征车迥，山回剑阁斜。长安君到日，春色未应赊。⑥

在这些逐臣所作别诗中，竟无一字提到柳。如前所述，送人归京是逐臣表达回归心理的最集中最典型的题材，逐臣在这类诗歌中要表达的是回归朝廷的渴望，“柳”意象与此渴望不相匹配，也无法承载如此沉重的内涵。至于普通人送人入京，只是单纯地抒发别情和对友人的祝福，“柳”意象自然是最佳的选择。我们再以同一个作家的作品为例，看看刘长卿的几首别诗：

① （唐）周瑀：《送潘三入京》，《全唐诗》卷一一四，第 1162 页。
② （唐）牟融：《送范启东还京》，《全唐诗》卷四六七，第 5314 页。
③ 《刘长卿诗编年笺注》，《奉送裴员外赴上都》，第 257 页。
④ 《张说集校注》卷六《岳州别赵国公王十一琚入朝》，第 264 页。
⑤ 《白居易诗集校注》卷一八《送客归京》，第 1457～1458 页。
⑥ （唐）戎昱：《送严十五郎之长安》，《全唐诗》卷二七〇，第 3021 页。

驿路疏柳长，春城百花媚。①

南客怀归乡梦频，东门怅别柳条新。②

路看新柳夕，家对旧山秋。③

离心与杨柳，临水更依依。④

听猿明月夜，看柳故年春。⑤

种荷依野水，移柳待山莺。⑥

这些别诗均作于刘长卿未被贬逐时，故“柳”意象频频出现，借以表达对友人的祝福、宽慰和相思；而至长卿两次被贬期间，其所表达的更多的是归朝之情，诗中就极少提到柳了。

由此可见，“柳”意象在普通诗人和逐臣那里的不同遭遇，反映了普通别诗与逐臣别诗的差异：在内容上，前者重在表现友情，后者重在表现回归；在感情程度上，前者相对平淡，后者凝重沉郁。这其实也正是普通别诗和逐臣别诗的区别所在。

另外，有学者认为“柳”“留”谐音，折柳赠别意为挽留行人，从这个意义上说，“柳”意象则更不是一个理想的“诗语的典型”。逐臣在贬所送别友人，却在诗中借“柳”来“挽留”对方，显然不合情理。这一点，是否可以视作“柳”意象极少在逐臣别诗中出现的另一个原因？

第二节　独具特色的抒情方式

抒情方式是诗歌创作中不可忽视的重要手段，不同的作者，不同的题材，不同的境遇，既会导致抒情方式的种种差异，也会形成抒情方式在某些方面的趋

① 《刘长卿诗编年笺注》，《送薛据宰涉县》，第 30 页。
② 《刘长卿诗编年笺注》，《送马秀才落第归江南》，第 296 页。
③ 《刘长卿诗编年笺注》，《送李补阙之上都》，第 271 页。
④ 《刘长卿诗编年笺注》，《夏口送徐郎中归朝》，第 357 页。
⑤ 《刘长卿诗编年笺注》，《送李侍御贬郴州》，第 349 页。
⑥ 《刘长卿诗编年笺注》，《送袁处士》，第 355 页。

同。就别诗而言，逐臣别诗与普通别诗因为都要表达离别之情，因此在抒情方式上是存在共同之处的，如不少诗人都喜欢采用“别后遥想”的方式来表达感情，遥想别后送者或行者的寂寞孤独，并将其惆怅和思念寄寓在虚拟的境界中。王昌龄贬后送人诗，即有“忆君遥在潇湘上，愁听清猿梦里长”①、“行到荆门上三峡，莫将孤月对猿愁”②之句；而李白所作普通送别诗，也有“他日相思一梦君，应得池塘生春草”③、“吴洲如见月，千里幸相思”④之句。相比之下，无多差别。

然而，如果进一步来看，便会发现，逐臣别诗与普通别诗在抒情方式上又是存在不小差别的。这里仅对逐臣别诗稍作整理，大致分出以下几种类型：

一、北望涕零式

唐代贬地多在南方或东南一带，逐臣身在贬所，举首遥望长安，以寄恋阙思归之情，出现较多的举动和字词自然是“北望”或“西望”了。如：

停杯试北望，还欲泪沾襟。⑤
江路东连千里潮，青云北望紫微遥。⑥
共说金华旧游处，回看北斗欲潸然。⑦
贾生西望忆京华，湘浦南迁莫怨嗟。⑧
我是北人长北望，每嗟南雁更南飞。⑨
蒙雪知何日，凭楼望北吟。⑩
君向长安余适越，独登秦望望秦川。⑪

---

① 《王昌龄集编年校注》卷四《送魏二》，第205~206页。
② 《王昌龄集编年校注》卷三《卢溪别人》，第168~169页。
③ 《李白全集编年笺注》卷一六《送舍弟》，第1608页。
④ 《李白全集编年笺注》卷三《送张舍人之江东》，第265页。
⑤ （唐）贾至：《岳阳楼宴王员外贬长沙》，《全唐诗》卷二三五，第2596页。
⑥ （唐）贾至：《岳阳楼重宴别王八员外贬长沙》，《全唐诗》卷二三五，第2599页。
⑦ （唐）贾至：《洞庭送李十二赴零陵》，《全唐诗》卷二三五，第2598页。
⑧ 《李白全集编年笺注》卷一四《巴陵赠贾舍人》，第1426页。
⑨ 《元稹集校注》卷一七《送岭南崔侍御》，第545页。
⑩ （唐）栖蟾：《送迁客》，《全唐诗》卷八四八，第9609页。
⑪ （唐）顾况：《送李秀才入京》，《全唐诗》卷二六七，第2964页。

上帆南去远，送雁北看愁。①

“望”是一个动词，在抒情中嵌入一个动词，刻画出一个具象的动作，顿见精神。而“望”前又以方位名词“北”“西”加以限制，对望的方向进行规定，全诗于是由散点收束为焦点，诗人和读者的视线都归于一处，全诗就有了一个稳定的重心。确定这个重心后，无论怨嗟惆怅还是涕泪潸然，都有了具体的针对性和指向，不流于肤廓和浮泛。“北望”如同雕刻家手中的凿，刻出一个个具体可感的雕像，而这雕像不是呆板无生气的，它有表情和感情。这表情和感情附丽于具体的雕像，因此不会漫衍空阔；而雕像也因为有了感情而气韵生动。同时，“望”又不仅仅是一个简单的动词，据《说文解字注》：“朢，月满也。与日相望，似朝君。从月、从臣、从壬。壬，朝廷也。”②望的本义就有朝君、向往朝廷之意，可见逐臣选择“北望”以抒情并不完全是无意而为之，在他们遣词造语及其对动作方式的选择上，也是有着文化积淀的，是有着更为明确的表达回归之心的意图的。因此，似可认为，在逐臣那里，“北望”已经成为一个程式化的动作，成了表达特定思想情感的符号。

二、随物(人)北归式

在逐臣别诗中，较常出现的另一种情景，便是鸟向北飞或水向北流，而作者无不遥寄钦羡之意，或借此比照人不如物，用以抒发不得归去的悲怨，或竟欲化身为物，与物一同前往期盼的处所，借助幻境来平和心理，缓解压力。如：

不知何岁月，得与尔同归。③
独叹湘江水，朝宗向北流。④
窃羡能言鸟，衔恩向九重。⑤

① (唐)于鹄：《送迁客二首》其二，《全唐诗》卷三一〇，第3505页。
② 《说文解字注》第八篇上，第391页。
③ (唐)韦承庆：《南中咏雁诗》，《全唐诗》卷四六，第557页。
④ 《张九龄集校注》卷三《饯王司马入计同用洲字》，第196页。
⑤ 《张说集校注》卷六《广州萧都督入朝过岳州宴饯(赋)得冬字》，第269页。

离魂似征帆，恒往帝乡飞。①

愿作枫林叶，随君度洛阳。②

何时似春雁，双入上林中。③

何日南风至，还随北使归。④

愿值回风吹羽翼，早随阳雁及春还。⑤

魏阙心常在，随君亦向秦。⑥

诗人采用这种抒情方式时经常用拟物的修辞手法，将人比拟为物，如张说的几首诗，把自己比为征帆、枫叶、春雁等，而那些对物表示钦羡之意的诗句，实际上与拟物手法有着同样的功用和意义，如“窃羡能言鸟，衔恩向九重”，“独叹湘江水，朝宗向北流”等。这种拟物的修辞隐含着两层意义，第一层是希望能像物（鸟、江水等）一样北归；第二层是人不如物，竟没有鸟、帆、树叶那样自由，这是何等悲哀？通过反衬，逐臣对被贬命运的束手无策以及对贬地生活的厌恶，便得到了透彻的展示。

三、诘问乞求式

为了抒发幽居贬地、无人问津的被抛弃感和孤寂情绪，也为了向当政者传递自己的凄惨境况和殷切望归之情，诗人大量运用“谁怜”“谁念”“岂知”等反诘词入诗，且多置于诗的尾联，在怆然发问中结束全诗，诗句虽戛然而止，诗意却余韵无穷。如：

谁怜散花萼，独赴日南春。⑦

① 《张说集校注》卷六《岳州别赵国公王十一琚入朝》，第264页。
② 《张说集校注》卷六《南中别蒋五（岑）向青州》，第289页。
③ 《张说集校注》卷六《南中别陈七李十》，第290页。
④ 《张说集校注》卷六《南中别北使二首》其一，第291页。
⑤ （唐）贾至：《江南送李卿》，《全唐诗》卷二三五，第2598页。
⑥ 《刘长卿诗编年笺注》，《送王员外归朝》，第181页。
⑦ 《宋之问集校注》卷二《留别之望舍弟》，第420页。

谁怜楚南树，不为岁寒移。①
谁念三千里，江潭一老翁。②
谁怜炎海曲，泪尽血沾衣。③
平生歌舞席，谁忆不归人。④
秋雁逢春返，流人何日归？⑤
谁怜此别悲欢异，万里青山送逐臣。⑥
北阙九重谁许屈，独看湘水泪沾襟。⑦
汉主何时访逐臣？江边几度送归人。⑧
借问清都旧花月，岂知迁客泣潇湘。⑨
二年吟泽畔，憔悴几时回？⑩

反诘具有强烈的语气力量，逐臣大量运用反诘句来抒情，冲口而出，怆然发问，是想最充分地宣泄情感。这种诘问方式有三层涵义：一是诘问中含乞求，“谁怜”“谁念”“谁忆”等词都有自伤自怜，希望得到同情和理解之意；二是借诘问发牢骚，“何时”“几时”，包括前述的“谁怜”、“谁念”等，都有对自己久处贬地不得归朝的怨愤不平；三是无奈的感叹，“谁怜”有“无人怜”意，“何时”有“不知何时”意，借这些词语，逐臣被贬后无人问津、无人援助的无可奈何之情跃然纸上。当然，无论是乞求、牢骚还是无奈，都有共同的动机和心理指向——回归。乞求是期盼别人助己回归，牢骚是对归而不得的不满，无奈是对归期杳然的叹喟。所有这些，都通过反诘方式得到了充分而酣畅的表达。

① 《张说集校注》卷六《同贺八送兖公赴荆州》，第 226 页。
② 《张说集校注》卷六《岳州宴别潭州王熊二首》其二，第 262 页。
③ 《张说集校注》卷六《南中送北使二首》其一，第 291 页。
④ 《张说集校注》卷七《（南中）赠高六戬》，第 299 页。
⑤ 《张说集校注》卷六《岭南送使三首》其一，第 283 页。
⑥ 《刘长卿诗编年笺注》，《将赴南巴至余干别李十二》，第 196 页。
⑦ 《刘长卿诗编年笺注》，《送侯中丞流康州》，第 207 页。
⑧ 《刘长卿诗编年笺注》，《送王司马秩满西归》，第 467 页。
⑨ （唐）贾至：《送王道士还京》，《全唐诗》卷二三五，第 2598 页。
⑩ 《李白全集编年笺注》卷一三《赠别郑判官》，第 1380 页。

逐臣别诗中这三种抒情方式具有独特的意义和内涵，北望涕零是思恋朝廷，随物北归是假想自己回归朝廷，诘问乞求是哀告朝廷，所有这些抒情方式都只有一个目的——回归朝廷。因为诗人有这种强烈的回归渴望，因此采用了独特的抒情方式来表达感情；也正因了这种独特乃至固定化了的抒情方式，诗人的情感也就得到了毫无遮蔽的明确传达和表露，逐臣别诗也由此形成其不同于普通别诗的另一显著特点。

第三节　匠心独运的遣词造语

古人认为："字句章法，文之浅者，然神气体势，皆因之而见。"①遣词造语虽为小技，但若仔细推敲、精心结撰，如画龙点睛，可为作品增色添彩。逐臣别诗在语言方面多具特点，即与作者匠心独运的字词选用不无关联。下面，我们试从两个方面稍加考察。

一、"空"字的运用

"空"，意为徒然、徒劳，多表达一种无奈、无助和凄凉的情绪。逐臣在贬途或贬所每与友人相逢一次，都会增加一次由聚到别、由欣慰到失落的悲凉体验，也都会引发其对个体生命之沦落遐荒、孤独无助的悲剧性感受：

> 合浦途未极，端溪行暂临。泪来空泣脸，悲至不知心。客醉山月静，猿啼江树深。明朝共分手，之子爱千金。②

流贬途中，与故人相遇，当日的朝中名臣，今天竟落到这种境地！端州已是偏僻荒远之地了，但要去的贬所比这里还要遥远，还要荒凉。马上又要踏上程途，向合浦进发了，当此之际，悲何以堪，痛何以堪！其神经已近麻木，以至于泪流满

① （清）方东树著，汪绍楹校点：《昭昧詹言》卷一四三条引姚范语，人民文学出版社，1961年，第15页。

② 《宋之问集校注》卷三《端州别袁侍御》，第553页。

面、悲怨从集竟无感觉。这里，作者用一个“空”字，非常贴切地表现了逐臣斯时斯地的生理和心理状态，若移用其他字词，恐怕会顿失神韵。再如李白、贾至的两首赠别诗：

窜逐勿复哀，惭君问寒灰。浮云本无意，吹落章华台。远别泪空尽，长愁心已摧。二年吟泽畔，憔悴几时回？①

柳絮飞时别洛阳，梅花发后到三湘。世情已逐浮云散，离恨空随江水长。②

李白的清泪不只为“远别”而尽，更为不愿远别而流；贾至空逐江水的“恨”，也不只为离别，更为风流云散的“世情”和杳然无望的归期。这里的“空”字，写出了逐臣无限的伤感和怅惘，细加品味，当有一种感同身受的体悟。

与上举数例相类，在逐臣别诗中，“空”字是出现次数相当多的一个字词，而其每次出现，都为诗作增添了一种凄迷哀凉的意味。仅以刘长卿的别诗为例，即有如下一些诗句：

汉廷当自召，湘水但空流。③
青山空向泪，白月岂知心。④
岁岁王孙草，空怜无处期。⑤
独过浔阳去，空怜潮信回。⑥
帝乡何处是？岐路空垂泣。⑦
应访王家宅，空怜江水平。⑧

① 《李白全集编年笺注》卷一三《赠别郑判官》，第1380页。
② （唐）贾至：《巴陵夜别王八员外》，《全唐诗》卷二三五，第2598页。
③ 《刘长卿诗编年笺注》，《送李使君贬连州》，第509页。
④ 《刘长卿诗编年笺注》，《赴新安别梁侍御》，第413页。
⑤ 《刘长卿诗编年笺注》，《赠别卢司直之闽中》，第357页。
⑥ 《刘长卿诗编年笺注》，《奉送裴员外赴上都》，第257页。
⑦ 《刘长卿诗编年笺注》，《送丘为赴上都》，第262页。
⑧ 《刘长卿诗编年笺注》，《送李校书赴东浙幕府》，第512页。

尽室今为客，惊秋空念归。①
生涯岂料承优诏，世事空知学醉歌。②
歧路相逢无可赠，老年空有泪沾衣。③
倘见主人论谪宦，尔来空有白头吟。④

在这些别诗中，“空”字运用得非常频繁，似乎不用此字，不足以传达其满腔伤悲。细加体察，这里的“空”又有两层涵义，一层意为“只”，“仅仅”，如“歧路相逢无可赠，老年空有泪沾衣”，意为艰难苦恨，能赠给友人的只有两行浊泪了；“帝乡何处是，歧路空垂泣”，帝乡山迢水远，回归不可希求，所能做的只是临歧垂涕；另一层涵义是“仅仅”一词的延展和深化，即“仅仅”能做的这一点也是徒然和无意义的。还以上两句诗为例，纵是挥泪相赠又有什么意义？纵然泪流成河，也不会离帝乡更近一步，临歧垂涕只是徒然。连哭都失去了意义，逐臣的无奈、怅惘和黯然该是何等沉重？有的诗句中“空”只有第二意，即“徒然”之意，如“独过浔阳去，空怜潮水平”、“青山空向泪，白月岂知心”等。“空”字表达出逐臣一次次失望后的神倦志疲和万念俱灰，准确、贴切，确实找不到别的字来替换它。

二、数量词和时空词

前文曾述及时空数量词的使用乃是贬谪文学的一大特点⑤，实际上，此一特点在逐臣别诗中有着更为充分的体现。我们知道，每一个个体都是生活在时间和空间中，而对时间和空间的关注程度，取决于个体的生活经历和生存状态。由于被贬遐荒和望归心理，逐臣的时空观念非常强烈，而因了送别、留别的触发，其对表示时间、空间的词语越发敏感，“千里”、“万里”、“十年”等词大量出现在他们的诗中，有时更用“千”、“万”等大数目的词来表现生命的落差和心理的震

① 《刘长卿诗编年笺注》，《宿严维宅送包佶》，第 543 页。
② 《刘长卿诗编年笺注》，《江州重别薛六柳八二员外》，第 408 页。
③ 《刘长卿诗编年笺注》，《青溪口送人归岳州》，第 466 页。
④ 《刘长卿诗编年笺注》，《送宇文迁明府赴洪州张观察追摄丰城令》，第 213 页。
⑤ 参见第四编第三章第一节。

荡。如：

万里人南去，三春雁北飞。①

风波万里阔，故旧十年来。②

种田东郊傍春陂，万事无情把钓丝。……从此别君千万里，白云流水忆佳期。③

极浦三春草，高楼万里心。④

闻道崖州一千里，今朝须尽数千杯。⑤

辰州万里外，想得逐臣心。⑥

十年憔悴到秦京，谁料翻为岭外行。……今朝不用临河别，垂泪千行便濯缨。⑦

去国十年同赴召，渡湘千里又分歧。⑧

今朝又送君先去，千里洛阳城里尘。⑨

悲君老别我沾巾，七十无家万里身。⑩

泽国三千里，羁孤万感心。⑪

逐臣对大跨度的时空词情有独钟，横亘于诗中的空间或是诗人流寓漂泊的距离，或是到京城的距离，也是诗人回归的距离，换言之，别诗中的“千里”“万里”，不只是距离名词，更是程度副词，表达一种回归的可能程度。这种距离其实不是空间上的，而是心理上的、情感上的，或者意识中的，属于想象的范畴。

① （唐）于季子：《南行别弟》，《全唐诗》卷八〇，第 872 页。
② 《张说集校注》卷六《岳州送李十从军归桂州》，第 273 页。
③ （唐）李嘉祐：《赴南中留别褚七少府湖上林亭》，《全唐诗》卷二〇七，第 2165 页。
④ （唐）贾至：《岳阳楼宴王员外贬长沙》，《全唐诗》卷二三五，第 2596 页。
⑤ （唐）贾至：《重别南给事》，《全唐诗》卷二三五，第 2599 页。
⑥ （唐）戎昱：《送郑炼师贬辰州》，《全唐诗》卷二七〇，第 3013 页。
⑦ 《柳宗元集校注》卷四二《衡阳与梦得分路赠别》，第 2800 页。
⑧ 《刘禹锡全集编年校注》卷四《再授连州至衡阳酬柳柳州赠别》，第 373 页。
⑨ 《元稹集校注》卷一九《送杜元颖》，第 586 页。
⑩ 《白居易诗集校注》卷一三《临江送夏瞻》，第 1058 页。
⑪ 《李德裕文集校笺》别集卷三《送张中丞入台从事》，第 571 页。

如苏联学者 A. C. 弥德诺夫所言："无论是李白的万里游，还是杜甫的万里悲秋，诗人都明显地从实际观察到的空间跨入了想象的空间。"①当逐臣说"万里身""万里青山"时，其实并不是指实际的空间距离，而是想象世界中的情感距离，借以表现被抛弃、被冷落的程度。

逐臣不仅在想象中空间意识非常强，对现实中的空间也有深刻的体察，这表现在他们对小数目的数量词和形容词的喜爱上，如"独"、"孤"、"几"、"一"等。这些词描述了他们在贬地的孤寂和落寞，是他们正在经历的、必须清醒面对的现实：

倚棹望兹川，销魂独黯然。②

古来相送处，凡得几人还。……一朝成白首，看取报家人。③

清江月色傍林秋，波上荧荧望一舟。④

新家浙江上，独泛落潮归。⑤

携手登临处，巴陵天一隅。⑥

闻君欲去潜销骨，一夜暗添新白头。明朝别后应肠断，独棹破船归到州。⑦

更多的时候，逐臣在一首诗或者同一联中，同时使用大跨度的时空词(千里、万里)和小数目的数词(孤、独、一、几)，从而形成强烈的对比效果：

若为天畔独归秦，对水看山欲暮春。穷海别离无限路，隔河征战几归

① A. C. 弥德诺夫著，夏康译：《唐代山水诗中的"远景"和"近景"》，《中外文学参考》，1985 年第 6 期。

② 《宋之问集校注》卷三《渡吴江别王长史》，第 539 页。

③ 《张说集校注》卷六《岭南送使三首》，第 283 页。

④ 《王昌龄集编年校注》卷三《送窦七》，第 162 页。

⑤ 《刘长卿诗编年笺注》，《送金昌宗归钱塘》，第 464 页。

⑥ (唐)贾至：《送王员外赴长沙》，《全唐诗》卷二三五，第 2595 页。

⑦ 《元稹集校注》卷二〇《别李十一五绝》其五，第 617 页。

人。长安万里传双泪，建德千峰寄一身。想到邮亭愁驻马，不堪西望见风尘。①

颔联的“无限”与“几”相对比，颈联出句的“万”、“双”，对句的“千”、“一”相对，同时出句的“万”和对句的“一”、对句的“千”和出句的“双”互对，在重叠而回环的对比中，取得强烈的艺术效果，诗人欲归而不得的焦灼无奈跃然纸上。

一封朝奏九重天，夕贬潮州路八千。②

首联连用三个数量词，“一”与“九”相对，也与“八千”相对，仅“一”封奏章，就被远逐“八千”里外的边地，在至高无上的“九”五至尊面前，朝臣的力量是那样弱小，其命运的被人摆布也就在所难免。

万里尚能来远道，一程那忍便分头？鸟笼猿槛君应会，十步向前非我州。③

短短四句小诗，连用三个数词，“万里”与“一程”的对比，道出逐臣对友人的难舍难分，也向读者传递了自己在贬地的孤独和落寞。“十步”与“万里”对比，见出州境的狭小，再走十步即出了州界，则其被拘囚和被束缚不言自明，逐臣的痛苦也可见一斑。

青枫江色晚，楚客独伤春。共对一尊酒，相看万里人。猜嫌成谪宦，正直不防身。莫畏炎方久，年年雨露新。④

诗人与友人同席而饮，共对一杯酒，而眼前的人很快就是万里之外的逐臣，咫尺

① 《刘长卿诗编年笺注》，《送耿拾遗归上都》，第417页。
② 《韩昌黎诗系年集释》卷一一《左迁至蓝关示侄孙湘》，第1165页。
③ 《元稹集校注》卷二〇《别李十一五绝》其三，第617页。
④ （唐）司空曙：《送郑明府贬岭南》，《全唐诗》卷二九三，第3325页。

也就是万里，“一”即是“万”，这种矛盾而悖谬的空间感，正是送别谪人时痛苦心情的体现。这种对比强烈的句字很多，如：

一身去国六千里，万死投荒十二年。①
从此武陵溪，孤舟二千里。②
一尊广陵酒，十载衡阳心。③
万里故人去，一行新雁来。④
羸马孤童鸟道微，三千客散独南归。⑤
江边数杯酒，海内一孤舟。……春心将别恨，万里共悠悠。⑥
东水将孤客，南行路几千。⑦

在这里，“万里”“千里”是横亘于逐臣人生羁旅上的迢递长途，“一”“孤”“几”则凸显逐臣在这巨大空间面前的形单影只和势孤力薄，诗人的感情在对比中得到了饱满而充分的表现，产生出震撼人心的艺术效果。

第四节　逐臣别诗的传播方式及传播效果

别诗与其他诗歌最大的不同之处在于其有明确的读者对象，特别是送别诗，送行者（作者）更有明确的创作目的，其直接对象就是被送者。于是在送者和被送者间就存在一种传播关系，这种赋诗以赠的行为具备了传播所必须的四个要素：传播者（送者）、传播内容（别情等）、传播媒介（诗）和受传者（被送者）。美国学者霍夫兰等人认为：传播是“某个人（传播者）传递刺激（通常是语言的）以影响另一些人（受传者）行为的过程。”沃伦·韦弗也认为传播是一个心灵影响另一

① 《柳宗元集校注》卷四二《别舍弟宗一》，第 2855 页。
② 《王昌龄集编年校注》卷三《留别武陵袁丞》，第 185 页。
③ 《王昌龄集编年校注》卷三《别刘谞》，第 158 页。
④ 《张祜诗集校注》卷一《送沈下贤谪尉南康》，第 7 页。
⑤ （唐）吕温：《道州送戴简处士往贺州谒杨侍郎》，《全唐诗》卷三七一，第 4168 页。
⑥ （唐）贾至：《送陆协律赴端州》，《全唐诗》卷二三五，第 2595 页。
⑦ 《钱起集校注》卷五《送薛八谪居》，第 156 页。

个心灵的全部程序①。这种看法虽然不尽全面，重点突出的是传播的目的性，却也符合别诗的实际情况。

事实上，唐代送别诗的确具有明显的目的性，诗歌在某种程度上成了联络感情、润滑人际关系的交际工具。符载《送卢端公归恒州序》云："感赋四韵，以代杂佩之赠焉"②，独孤及《送开封李少府勉自江南还赴京序》云："缘情者莫近于诗，二三子盍咏歌以为赠"③，梁肃《奉送刘侍御赴上都序》云："二三子尚未醉，盍各赋诗，以代疏麻瑶华之赠"④，钱起《赋得浦口望斜月送皇甫判官》诗曰："送君无可赠，持此代瑶华"⑤，刘禹锡《送景玄师东归》诗序曰："今无他请，唯文是求，故赋一篇，以代璎珞耳。"⑥在这些叙述中，诗歌其实等同于疏麻、瑶华之类的"礼物"，因此送别诗的目的性便由此得以凸显。元结《送孟校书往海南(并序)》云："平昌孟云卿，与元次山同州里，以词学相友，几二十年。次山今罢守春陵，云卿始典校芸阁。于戏，材业次山不如云卿，词赋次山不如云卿，通和次山不如云卿。在次山又诩然求进者也。谁言时命，吾欲听之。次山今且未老，云卿少次山六七岁，云卿声名满天下，知己在朝廷，及次山之年，云卿何事不可至。勿随长风，乘兴蹈海；勿爱罗浮，往而不归。南海幕府，有乐安任鸿，与次山最旧，请任公为次山一白府主，趣资装云卿使北归，慎勿令徘徊海上，诸公第作歌送之。"诗云："君有失母儿，爱之似阿阳。始解随人行，不欲离君傍。相劝早旋归，此言慎勿忘。"⑦显然，作此诗的目的是向南海幕府的府主举荐孟云卿，希望对方能"趣资装"使北归。诗人先在诗序中以自己与任鸿的交情力荐孟云卿，在诗中又言及云卿之"失母儿"盼其"早旋归"，看似告诫云卿，实则传递信息给任鸿，打"感情牌"，给对方施压，其目的性一目了然。岑参《与独孤渐道别长句兼呈严八侍御》诗云："自怜弃置天西头，因君为问相思否"⑧，其目的性

① 戴元光、金冠军主编：《传播学通论》，上海交通大学出版社，2007年，第2页。
② (唐)符载：《送卢端公归恒州序》，《全唐文》卷六九〇，第7072页。
③ (唐)独孤及：《送开封李少府勉自江南还赴京序》，《全唐文》卷三八八，第3945页。
④ (唐)梁肃：《奉送刘侍御赴上都序》，《全唐文》卷五一八，第5267页。
⑤ 《钱起集校注》卷五《赋得浦口望斜月送皇甫判官》，第154页。
⑥ 《刘禹锡全集编年校注》卷五《送景玄师东归(并引)》，第535页。
⑦ (唐)元结：《送孟校书往海南(并序)》，《全唐诗》卷二四一，第2710页。
⑧ 《岑参诗笺注》卷二《与独孤渐道别长句兼呈严八侍御》，第355页。

也是很明显的，希望独孤渐把自己的境况和愿望传达给严八侍御，《送绵州李司马秩满归京因呈李兵部》诗曰："因君报兵部，愁泪日沾衣"①，也是借行人传递信息。送别诗的目的性使其确实具有"传递刺激以影响另一些人"的功能和作用，从而进入传播学领域，诗歌的功能由此得到了拓展。

一般来说，传播过程具有三个重要的环节：信息传达、信息接收及信息反馈。传播者首先要确定传播内容，然后把需要传播的信息转换成可供传输的信号，即编码，而且这种编码必须是受传者能理解的符号形式，只有这样，受传者才能在接收信息后领会编码中的思想内容，并及时反馈于传播者。同时，还有一个条件，那就是传播的渠道必须保证畅通。由此四项基本条件，遂构成简单传播的大致流程(见图 16-1)：

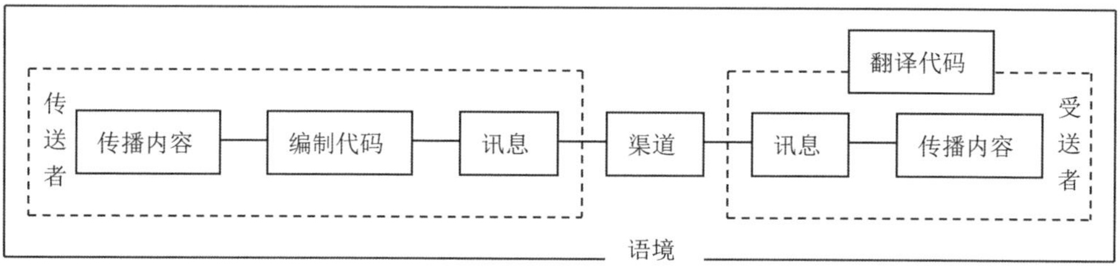

图 16-1　简单传播示意图

将图 16-2 稍加改动，增加相关内涵，便构成别诗简单传播的大致流程(见图 16-2)：

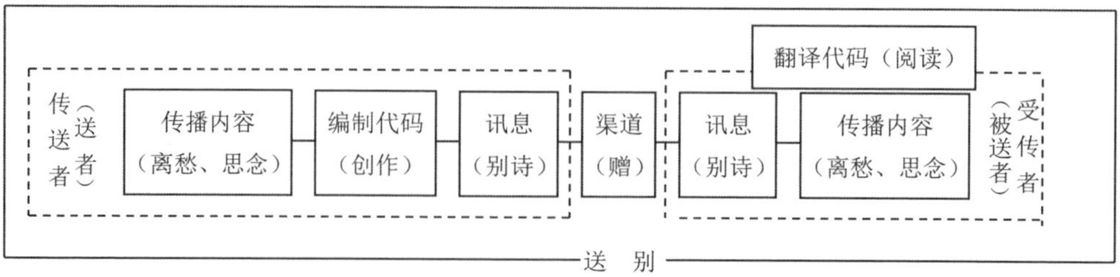

图 16-2　别诗简单传播示意图

① 《岑参诗笺注》卷三《送绵州李司马秩满归京因呈李兵部》，第 586 页。

这是一种简单的传播方式，主要适用于别诗中对象明确、具体，意旨较为单纯的一类诗歌，即送者（传播者）创作别诗，表达离愁和思念，只是为了赠与被送者（受传者）一人的，这种类型的诗歌如：

青山横北郭，白水绕东城。此地一为别，孤蓬万里征。浮云游子意，落日故人情。挥手自兹去，萧萧斑马鸣。①

星象移何处，旌麾独向东。劝耕沧海畔，听讼白云中。树色双溪合，猿声万岭同。石门康乐住，几里枉帆通。②

前一首为普通别诗，后一首为逐臣别诗，都是由送者赠予被送者的简单传播，此外没有其他更多的目的。

与之相比，还有更多的别诗，特别是大量逐臣别诗属于复杂的传播，也就是说，其受传者不只是接受赠诗的人（直接受传者），同时还另有他人（间接受传者）。如前举元结诗，其直接受传者是被送者孟云卿，间接受传者是任鸿；岑参《与独孤渐道别长句兼呈严八侍御》③诗，直接受传者是独孤渐，间接受传者是严八侍御。从某种意义上来说，这个间接受传者才是传播者心目中真正的信息接收者，具有更重要的作用。据此，可列出如下复杂传播图式（见图 16-3）：

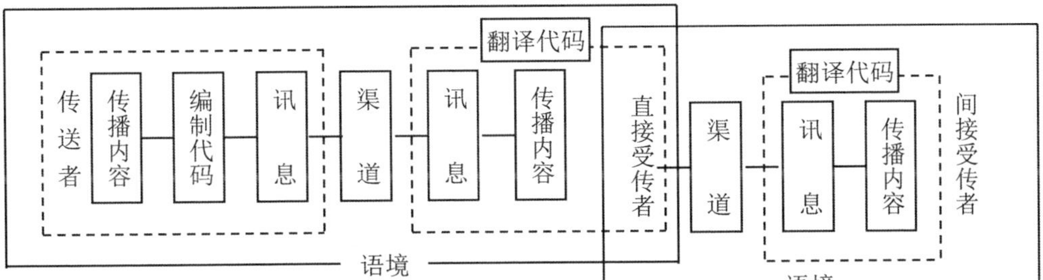

图 16-3　别诗复杂传播示意图

① 《李白全集编年笺注》卷三《送友人》，第 302 页。
② 《刘长卿诗编年笺注》，《送齐郎中典括州》，第 447 页。
③ 《岑参诗笺注》卷二《与独孤渐道别长句兼呈严八侍御》，第 354~355 页。

与简单传播有所不同，这里增加了间接受传者一项，亦即一条信息要经过传送者、直接受传者、间接受传者三个或多个环节，才能完成其整个流程。如刘禹锡有两首诗就属于复杂传播的范畴。其《送张盥赴举诗(并引)》这样说道：

> 古人以偕受学为同门友，今人以偕升名为同年友，其语孰见，搢绅者皆道焉。余(於)(与)张盥为丈人，由是道也。曩吾见尔之始生，以老成为祝；今吾见尔之成人，以未立为忧。吾不幸，向所谓同年友，当其盛时，联袂齐镳，亘绝九衢，若屏风然；今来落落如曙星之相望，借曰会合，不烦异席，可长太息哉！然而尚书右丞卫大受、兵部侍郎武庭硕二君者，当时伟人，咸万夫之望，足以订十朋之多也。第如京师，无骚骚尔，无忻忻尔。时秋也，吾为若叩商之讴，幸有感夫二君子。①

诗序先言自己和卫、武二人的交情渊源，再说明自己和张盥的关系，在回忆昔日友情、夸赞卫、武二人后，道出写诗的目的："吾为若叩商之讴"。接着在诗中说："尔生始悬弧，我作座上宾"，言己与张盥感情之密切，"道旧与抚孤，悄然伤我神。依依见眉睫，嘿嘿含悲辛"，说出了自己的困境和举荐张盥的迫切，从感情上打动卫、武二人。随后"永怀同年友，追想出谷晨"数句，回忆昔日友情和今朝自己的境况，最后点明目的："尔今持我诗，西见二重臣。成贤必念旧，保贵在安贫。清时为丞郎，气力侔陶钧。乞取斗升水，因之云汉津"②。看起来是送张盥，实则句句是说给卫、武二人的话。诗里固然有送别张盥的成分，但最主要的却是举荐他，于是间接受传者的地位喧宾夺主，后来居上。

刘禹锡的另一首诗《送陆侍御归淮南使府五韵》云："江左重诗篇，陆生名久传。凤城来已孰，羊酪不嫌膻。归路芙蓉府，离堂玳瑁筵。泰山呈腊雪，隋柳布新年。曾忝扬州荐，因君达短笺。"诗后自注曰："时段丞相镇扬州，尝辱表荐。"③诗人曾受段丞相表荐，心存感激，于是通过赠诗陆侍御以表达对段丞相的

① 《刘禹锡全集编年校注》卷五《送张盥赴举诗(并引)》，第500~501页。
② 《刘禹锡全集编年校注》卷五《送张盥赴举诗(并引)》，第501页。
③ 《刘禹锡全集编年校注》卷八《送陆侍御归淮南使府五韵》，第869页。

谢意和问候，相当于一帧充满诗意的问候短笺。因为只是表达对间接受传者的感谢，因此诗中表达对直接受传者(被送者)情谊的比重就大一些，感谢和问候只是于诗末顺便提及。可见直接受传者和间接受传者在传播中的地位，因别诗职能、传播目的之不同而发生变化：如果传播者的目的是突出举荐者，推荐被送者，则间接受传者处于主要地位；如果传播者仅通过诗向间接受传者传达问候，则直接受传者的地位至少与间接受传者可以并列。

对逐臣别诗而言，其传播模式要视其所表达的回归内容而定。如果抒发友情亲情和归乡之情，则这类作品一般属于送者——被送者的简单传播。如：

异壤同羁窜，途中喜共过。愁来时举酒，劳罢或长歌。南海风潮壮，西江瘴疠多。于焉复分手，此别伤如何！①

江中远回首，波上生微霭。秋色姑苏台，寒流子陵濑。相送苦易散，动别知难会。从此日相思，空令减衣带。②

张说和刘长卿的这两首诗都表达了友情，诗中没有其他信息要传播于第三者，因此属于简单传播。当然不能一概而论地说所有抒发友情乡情之作都是简单传播，例外也是有的。如王昌龄《别李浦之京》诗云：

故园今在灞陵西，江畔逢君醉不迷。小弟邻庄尚渔猎，一封书寄数行啼。③

这是一首逐臣送友思乡之作，诗人通过友人寄书故园，表达思乡之情，显然属于复杂传播的范畴。

如果逐臣别诗是回归别诗，抒发欲返朝廷的渴望，则一般属于复杂传播。根据被送者的情况，可将此类作品分为两类：被送者前往京城以外之所，则诗中间

① 《张说集校注》卷六《端州别高六戬》，第 288 页。

② 《刘长卿诗编年笺注》，《严子濑东送马处直归苏》，第 465 页。

③ 《王昌龄集编年校注》卷三《别李浦之京》，第 142 页。

接受传者与直接受传者的重要性差别不大；如果被送者前往京师，特别是被送者是返京官员，则间接受传者的地位要远比直接受传者重要。关于第一种情况，试看李白、贾至以下二诗：

少年解长剑，投赠即分离。何不断犀象，精光暗往时？蹉跎君自惜，窜逐我因谁？地远虞翻老，秋深宋玉悲。空摧芳桂色，不屈古松姿。感激平生意，劳歌寄此辞。①

携手登临处，巴陵天一隅。春生云梦泽，水溢洞庭湖。共叹虞翻枉，同悲阮籍途。长沙旧卑湿，今古不应殊。②

李白诗初读平淡，但仔细分析还是可以感受到一股牢骚不平之气。诗中自比虞翻，表明是无罪被流，又用“宋玉悲秋”事，感叹年华易逝，处境凄凉。从“窜逐我因谁”可以体会到诗人希望有人援引却无可依傍的胸中垒块。但全诗还是着重于友情的描述，以“感激平生意，劳歌寄此辞”作结，足见情真意切。贾至诗中用“虞翻枉”和“阮籍哭途穷”二典，其自抒悲愤并希图返朝之意也很明显，但就其主要目的言，仍然是送友，表示对友人的关切。这两首诗，虽均有希望援引、盼望归朝的目的，但因未展示助其达成此目的的对象，故间接受传者还只是一个潜在的存在，其在传播中的地位不会超过直接受传者。

再看另一种情况，即被送者前往京师之作。在这类诗歌中，间接受传者大多居于主导地位。因为间接受传者是掌握逐臣命运的君主、一言九鼎的权臣或者权势煊赫的当政者，逐臣写别诗的目的之一就是向当权者陈情，希望得到他们的谅解和提携，从而回归朝廷。而直接受传者，也就是被送者，一般是一些归京的大臣，其本身并无权决定逐臣的量移和赦还，因此更多地发挥了传播渠道的作用（将逐臣的诗以文本形式传送出去），有时则起到类似于传播流程中“讯息”的作用（将逐臣的诗意以口头的方式传送出去）。试看张说的《岭南送使》：

---

① 《李白全集编年笺注》卷一三《赠易秀才》，第1383页。

② （唐）贾至：《送王员外赴长沙》，《全唐诗》卷二三五，第2595页。

秋雁逢春返，流人何日归？将余去国泪，洒子入乡衣。饥狖啼相聚，愁猿喘更飞。南中不可问，书此示京畿。①

起首突兀发问，可见归心之切。接着泪洒使者衣襟，这泪并非离别之泪，而是“去国”泪，五六句借愁猿哀啼来烘托心中伤悲，结尾点明写此诗的目的：告知京畿的朝臣自己在贬地的境遇是何等凄凉，以求得同情并帮自己摆脱困境。因而诗中无片言只语提及离情，他写此诗的目的就是给京畿的朝臣们看的，“去国泪”是为他们而流，送别诗是为他们而作，真正的被送者——使者——实际上沦为信使和邮差。据此，则在图16-3的基础上稍作增添，即形成如下逐臣别诗的传播图式(见图16-4)：

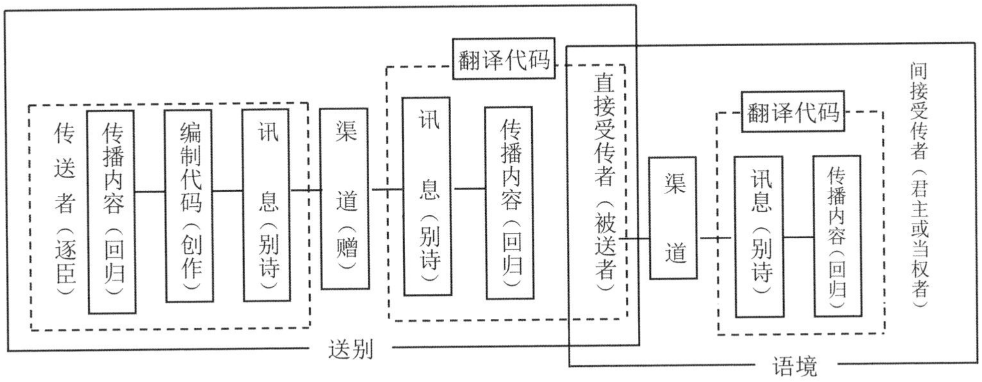

图16-4　逐臣别诗复杂传播示意图

借助图16-4所示可知，在逐臣别诗复杂传播流程中，处于较重要地位的，除传播内容外，便是间接受传者亦即君主或朝中当权者了。传送者与间接受传者处于传播流程的两极，借助直接受传者沟通讯息，如此，这位发挥沟通讯息作用的直接受传者亦即离别之际的被送者所占地位之重要度，无疑明显下降。

再看张说《南中送北使二首》之第二首，其在传播上的特点更为明显、典型：

① 《张说集校注》卷六《岭南送使》，第283页。

待罪居重译，穷愁暮雨秋。山临鬼门路，城绕瘴江流。人事今如此，生涯尚可求。逢君入乡县，传我念京周。别恨归途远，离言暮景遒。夷歌翻下泪，芦酒未消愁。闻有胡兵急，深怀汉国羞。和亲先是诈，款塞果为雠。释系应分爵，蠲徒几复侯。廉颇诚未老，孙叔且无谋。若道冯唐事，皇恩尚可收。①

诗的前半部分渲染暮雨秋山、寒江绕城的送别环境，“人事今如此，生涯尚可求”，暗含归朝希望；“逢君入乡县，传我念京周”，可谓“图穷匕见”，目的和盘托出。“别恨”后四句略作敷衍铺垫，便直奔主题，从“闻有胡兵急”起至诗末，诗的后半部分全是在向皇帝出谋划策和表白心迹，这才是此诗的“诗眼”所在。可以说这已不是一首别诗，而是一封“陈情表”或“鸡毛信”了。白居易的《送客归京》也具有同样的特点：

水陆四千里，何时归到秦？舟辞三峡雨，马入九衢尘。有酒留行客，无书寄贵人。唯凭远传语，好在曲江春。②

只有“有酒留行客”一句似乎提及对被送之“客”的惜别之情，但也只是平淡的应景而已，“三峡雨”、“九衢尘”也是诗家小技，而到了“无书寄贵人”处就已有几许意思了。诗人抖擞精神，道出“唯凭远传语，好在曲江春”，翻出一层新意来，其跂足北望的身影也就恍然在目了。

有的逐臣在别诗中甚至明言友人的“职责”，如李嘉祐《送独孤拾遗先辈先赴上都》：

行春日已晓，桂楫逐寒烟。转曲遥峰出，看涛极浦连。入京当献赋，封事更闻天。日日趋黄阁，应忘云海边。③

① 《张说集校注》卷六《南中送北使二首・二》，第 292 页。
② 《白居易诗集校注》卷一八《送客归京》，第 1457～1458 页。
③ （唐）李嘉祐：《送独孤拾遗先辈先赴上都》，《全唐诗》卷二〇六，第 2146 页。

尽管他称被送者为先辈，但仍只字不提别情与相思，而是拐着弯说：你每天在皇上面前献赋进谏，可能早把远在云海边的我忘了吧。言下之意是在提醒对方，不要忘了其“职责”，那就是把他的“讯息”传播到朝廷，传达给皇帝。

当然不是所有的逐臣都把被送友人降职为“邮差”，不少诗中仍有真挚感人的友情：

> 自叹未沾黄纸诏，那堪远送赤墀人。老为侨客偏相恋，素是诗家倍益亲。妻儿共载无羁思，鸳鹭同行不负身。凭尔将书通令弟，唯论华发愧头巾。①

诗中颔联、颈联写自己与友人的感情及因别而生的思念，但核心仍然是要行者传书于送者身为中书的弟弟，正如诗题所言“因寄中书十七弟”，间接受传者仍然占据主导地位。

由于逐臣对别诗的传播作用有着明确意识，所以他们在创作时必然深思熟虑，精心结撰，以期达到最佳的传播效果。传播学认为，“要达到传播目的，必须使用受传者能理解的符号，即规定双方能共同理解的‘代码’”②。具体到逐臣来说，其创作别诗的过程即相当于传播流程中的“编制代码”，作为讯息传送者，他们必须创作能让君主和当权者同情甚至怜悯、进而被感动的作品。前述的“北望涕零”“随物北归”“乞求诘问”诸类型的别诗，就是逐臣想以自己不可遏制的强烈归心和谪居贬地的凄凉境况来打动当权者，以达到“影响”受传者的目的。此外，有的逐臣在别诗中还采用“颂圣”方式，以取得殊途同归之效，我们看王昌龄的几首诗：

> 沅江流水到辰阳，溪口逢君驿路长。远谪唯知望雷雨，明年春水共还乡。③

---

① （唐）李嘉祐：《送窦拾遗赴朝因寄中书十七弟》，《全唐诗》卷二〇七，第 2162 页。窦拾遗叔向，其弟窦舒也。

② 《传播学通论》，第 154 页。

③ 《王昌龄集编年校注》卷三《送吴十九之沅陵》，第 175 页。

溆浦潭阳隔楚山，离尊不用起愁颜。明祠灵响期昭应，天泽俱从此路还。①

龙溪只在龙标上，秋月孤山两相向。谴谪离心是丈夫，鸿恩共待春江涨。②

“鸿恩”“天泽”“望雷雨”，这些歌颂君主圣明的词语，无疑传达着诗人的功利目的。而刘长卿《新安奉送穆谕德归朝赋得行字》诗中“事直皇天在，归迟白发生。用材身复起，睹圣眼犹明”则与王诗同一机杼。这在一定程度上反映了别诗传播作用对逐臣创作的影响。

对逐臣来说，传播效果是至关重要的。因此他们在创作时很注意用韵和安排结构，以增强诗歌的艺术感染力，如元稹《别李十一五绝》的五首绝句：

巴南分与亲情别，不料与君床并头。为我远来休怅望，折君灾难是通州。

京城每与闲人别，犹自伤心与白头。今日别君心更苦，别君缘是在通州。

万里尚能来远道，一程那忍便分头？鸟笼猿槛君应会，十步向前非我州。

来时见我江南岸，今日送君江上头。别后料添新梦寐，虎惊蛇伏是通州。

闻君欲去潜销骨，一夜暗添新白头。明朝别后应肠断，独棹破船归到州。③

五首绝句互相嵌套，很有气势。在用韵方面，每首诗都用“头”“州”二字作为韵脚，回环往复，纠葛错综而不纷乱冗杂，产生强烈的艺术效果。“头”、“州”与

① 《王昌龄集编年校注》卷三《别皇甫五》，第175页。

② 《王昌龄集编年校注》卷三《送崔参军往龙溪》，第178页。

③ 《元稹集校注》卷二〇《别李十一五绝》，第617页。

"愁"同韵，读来更觉肃杀沉重。另外，诗人又用"万里"、"一程"、"十步"、"一夜"等数量词作对比，更增添了诗的力度感，其传播效果也会随之增强。

前几节所述逐臣别诗的艺术特色，反映出诗人对创作的精益求精和殚精竭虑，而从传播学的角度来说，又印证了这种努力与最佳传播效果之间的正比例关系。也就是说，别诗在传播上的意义和作用，影响并导致了逐臣别诗在艺术上的独特风格，而逐臣别诗在艺术上取得的进展和独创，又转而促进和提高诗歌的传播效果，在根源上，二者是相辅相成的。

当然，如果就传播效果，特别是在间接受传者那里表现出来的效果看，逐臣别诗是有其局限的。现代传播学认为，影响人际传播效果的主要因素有人际间的互相吸引、时空上的接近等因素。① 逐臣与间接受传者的人际关系可暂置勿论，即以其时空距离言，一个在蛮荒贬所，另一个在京师，山高水远，天各一方，音问几至于隔绝，在此情况下，逐臣仅通过别诗来传递回归信息、进而达到回归目的的希冀，一般很难产生实际的结果。

另外，传播过程中还有一个非常重要的环节，那就是信息的反馈。没有反馈的传播是不完整的传播。传播过程不是一个起于传播者而止于受传者的单向过程，它是传播者和受传者互换角色的互动过程，信息在两者间流动，从而形成一个动态的循环，如图 16-5 所示：

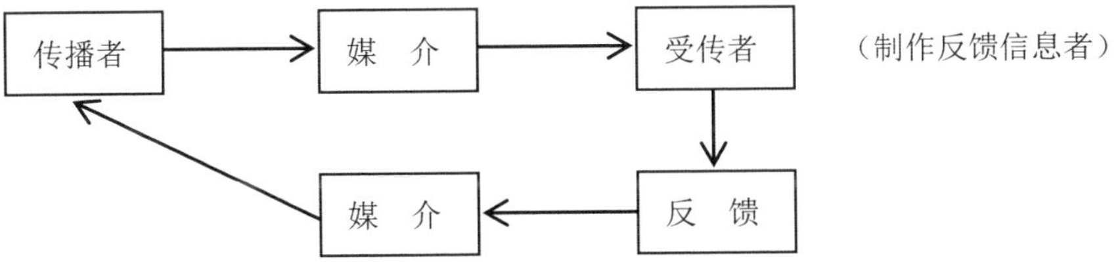

图 16-5　传播流程示意图

这样一种动态的循环流程，在那些互相酬答的别诗中是可以实现的，如柳宗元的《衡阳与梦得分路赠别》与刘禹锡的《再授连州至衡阳酬柳柳州赠别》、刘长

① 《传播学通论》，第 48 页。

卿的《七里滩重送》和严维的《答刘长卿七里濑重送》等。在这种传播中，受传者(被送者)可以制作反馈信息并反馈于诗人，通过完整的传播流程，诗人的感情得到了宣泄和交流。但大量逐臣别诗的真正受传者是君主或当权者，而这些人是不可能或较少可能作出反馈的，因此逐臣别诗的传播便成了不完整的传播，如图16-6所示：

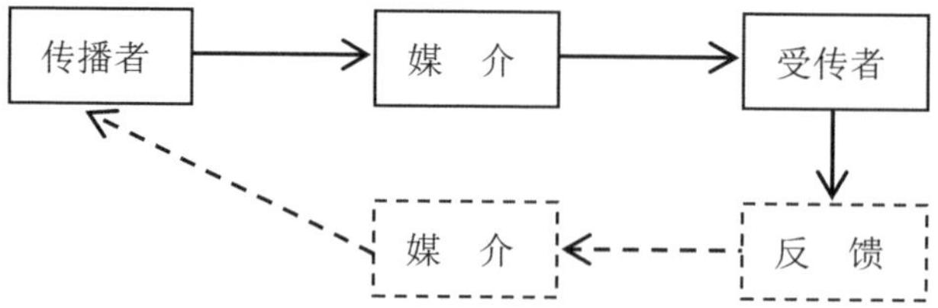

图16-6　逐臣别诗传播流程示意图

诗作送出如泥牛入海，杳无音信，由此，作为信息传播者的逐臣不能不感到莫大的失望。"谁念三千里，江潭一老翁"①、"谁怜炎海曲，泪尽血沾衣"②、"借问清都旧花月，岂知迁客泣潇湘"③的哀叹，写下了"泪来空泣脸，愁至不知心"④、"青山空向泪，白月岂知心。"⑤这样一些"谁怜"、"谁念"、"岂知"等诘问和带有"空"字的诗句，无不反映出逐臣的失望、落寞和无奈。尽管从政治角度看，这些被逐的臣子们身处贬地，遭受痛苦，乃是政治带给他们的惩罚，要想改变处境，绝非写几首别诗来传播哀怨、乞求援助所能奏效的；但从传播学角度说，上述逐臣哀怨的不能化解，又确与人际关系及时空接近之先天不足所造成的传播效果低下、反馈环节缺失不无关联。

当然，逐臣自己并非意识不到这种传播的缺陷，他们也未尝真就相信仅通过几首别诗传递讯息就能改变自己沦落的境遇和命运，但对置身荒远贬地、与朝廷

① 《张说集校注》卷六《岳州宴别潭州王熊二首》其二，第262页。
② 《张说集校注》卷六《南中送北使二首》其一，第291页。
③ (唐)贾至：《送王道士还京》，《全唐诗》卷二三五，第2598页。
④ 《宋之问集校注》卷三《端州别袁侍御》，第553页。
⑤ 《刘长卿诗编年笺注》编年诗《赴新安别梁侍御》，第413页。

绝少交流的他们来说，不抓取这种很难碰到的送友人归京的机会在别诗中做些表白，存些希冀，他们又能做些什么呢？他们实在是太想离开贬所了，对他们来说，回归的希望哪怕只有可怜的万分之一，他们也要尽最大的力量去争取。“愁极本凭诗遣兴，诗成吟咏转凄凉。”①在逐臣这里，则是苦极欲借诗求助，自知无望更凄凉。当然，这种情形只在部分逐臣，特别是盛、中唐逐臣那里表现得较为明显，到了晚唐时代，类似的情况因了政局的持续动荡恶化、文人士子边缘化的社会政治地位及其参政热情的淡漠，在逐臣那里已经日趋减少。但它毕竟在相当长的历史时段、相当一部分逐臣那里存在过，而且表现得非常突出，从这点来说，上述逐臣对归朝的渴望及其欲借别诗以达圣听的行为，便不仅如实地反映了中世纪逐臣悲苦凄凉的内心世界，而且为他们的诗作增添了别一种杂糅着希望的感伤和沉重。

① 《杜诗详注》卷一四《至后》，第 1199 页。

参 考 文 献

（以作者姓氏音序排列，兼顾同一姓氏内作者时代序）

古籍：

B

（唐）白居易著，谢思炜校注：《白居易诗集校注》，中华书局，2006 年。

（唐）白居易著，谢思炜校注：《白居易文集校注》，中华书局，2011 年。

（汉）班固著，颜师古注：《汉书》，中华书局，1962 年。

［日］遍照金刚著，卢盛江校考：《文镜秘府论汇校汇考》，中华书局，2006 年。

C

（唐）岑参著，廖立笺注：《岑参诗笺注》，中华书局，2018 年。

（唐）常建著，王锡九校注：《常建诗歌校注》，中华书局，2017 年。

（宋）晁公武著，孙猛校证：《郡斋读书志校证》，上海古籍出版社，2011 年。

（唐）陈子昂著，徐鹏校点：《陈子昂集》，上海古籍出版社，2013 年。

（清）陈鸿墀：《全唐文纪事》，上海古籍出版社，1987 年。

（清）陈运溶、王仁俊辑，石洪运点校：《荆州记九种》，湖北人民出版社，2018 年。

（近代）陈衍著，郑朝宗、石文英点校：《石遗室诗话》，人民文学出版社，2004 年。

陈尚君辑校：《全唐诗补编》，中华书局，1992 年。

陈尚君辑校：《全唐文补编》，中华书局，2005 年。

程树德集释，程俊英、蒋见元点校：《论语集释》，中华书局，1990 年。

（清）褚人获辑撰，李梦生校点：《坚瓠集》，上海古籍出版社，2012 年。

D

(近代)丁福保辑:《清诗话》,上海古籍出版社,1963年。

(近代)丁福保辑:《历代诗话续编》,中华书局,2006年。

(清)董诰等编:《全唐文》,中华书局,1983年。

(唐)杜甫著,(清)仇兆鳌注:《杜诗详注》,中华书局,1979年。

(唐)杜甫著,(清)钱谦益笺注:《钱注杜诗》,上海古籍出版社,2009年。

(唐)杜佑著,王文锦等点校:《通典》,中华书局,2016年。

(唐)杜牧著,吴在庆校注:《杜牧集系年校注》,中华书局,2008年。

F

(南朝宋)范晔著,(唐)李贤等注:《后汉书》,中华书局,1965年。

(唐)范摅著,王宁校正:《云溪友议校正》,凤凰出版社,2018年。

(宋)范仲淹著,李勇先等点校:《范仲淹全集》,中华书局,2020年。

(唐)房玄龄等:《晋书》,中华书局,1974年。

(元)方回选评,李庆甲集评校点:《瀛奎律髓汇评》,上海古籍出版社,2005年。

(清)方东树著,汪绍楹校点:《昭昧詹言》,人民文学出版社,1961年。

(唐)封演著,赵贞信校注:《封氏闻见记校注》,中华书局,2005年。

(后唐)冯贽著,张力伟点校:《云仙散录》,中华书局,2008年。

傅璇琮等编:《唐人选唐诗新编(增订本)》,中华书局,2014年。

G

(唐)高适著,刘开扬笺注:《高适诗集编年笺注》,中华书局,1981年。

(明)高棅著,葛景春、胡永杰点校:《唐诗品汇》,中华书局,2015年。

(清)顾炎武著,(清)黄汝成集释,栾保群校点:《日知录集释》,中华书局,2020年。

(清)顾祖禹著,贺次君、施和金点校:《读史方舆纪要》,中华书局,2005年。

(清)郭庆藩著,王孝鱼点校:《庄子集释》,中华书局,2012年。

郭绍虞编选,富寿荪校点:《清诗话续编》,上海古籍出版社,2016年。

H

(唐)韩愈著，马其昶校注：《韩昌黎文集校注》，上海古籍出版社，2014年。

(唐)韩愈著，钱仲联集释：《韩昌黎诗系年集释》，上海古籍出版社，2020年。

(唐)韩偓著，吴在庆校注：《韩偓集系年校注》，中华书局，2015年。

(清)何焯著，崔高维点校：《义门读书记》，中华书局，1987年。

(清)何文焕辑：《历代诗话》，中华书局，2004年。

(宋)洪兴祖著，白化文等点校：《楚辞补注》，中华书局，1983年。

(宋)胡寅著，刘依平校点：《读史管见》，岳麓书社，2011年。

(宋)胡仔纂集，廖德明校点：《苕溪渔隐丛话》，人民文学出版社，1962年。

(明)胡应麟：《诗薮》，上海古籍出版社，1979年。

(明)胡震亨：《唐音癸签》，上海古籍出版社，1981年。

(清)胡文英著，李花蕾点校：《庄子独见》，华东师范大学出版社，2011年。

J

(汉)贾谊著，(明)何孟春订注，彭昊、赵勖点校：《贾谊集》，岳麓书社，2010年。

(南朝)江淹著，(明)胡之骥注，李长路、赵威点校：《江文通集汇注》，中华书局，2006年。

(唐)皎然著，李壮鹰校注：《诗式校注》，人民文学出版社，2003年。

(三国魏)嵇康著，戴明扬校注：《嵇康集校注》，中华书局，2014年。

(宋)计有功著，王仲镛校笺：《唐诗纪事校笺》，中华书局，2007年。

(清)纪昀等编：《景印文渊阁四库全书》，台湾商务印书馆，1985年。

L

(北魏)郦道元著，陈桥驿校证：《水经注校证》，中华书局，2007年。

(唐)李延寿著：《南史》，中华书局，1975年。

(唐)李白著，安旗等笺注：《李白全集编年笺注》，中华书局，2015年。

(唐)李林甫等著，陈仲夫点校：《唐六典》，中华书局，1992年。

(唐)李吉甫著，贺次君点校：《元和郡县图志》，中华书局，1983年。

(唐)李益著，郝润华整理：《李益诗集》，中华书局，2014年。

（唐）李绅著，卢燕平校注：《李绅集校注》，中华书局，2009 年。

（唐）李肇著，聂清风校注：《唐国史补校注》，中华书局，2021 年。

（唐）李德裕著，傅璇琮、周建国校笺：《李德裕文集校笺》，中华书局，2018 年。

（唐）李商隐著，刘学锴、余恕诚集解：《李商隐诗歌集解》，中华书局，2004 年。

（宋）李昉等编：《太平广记》，中华书局，1961 年。

（宋）李涂著：《文章精义》，人民文学出版社，1960 年。

（清）林纾：《春觉斋论文》，人民文学出版社，1998 年。

（清）林纾著，武晔卿，陈小童校注：《韩柳文研究法》，北京联合出版公司，2019 年。

（后晋）刘昫等著：《旧唐书》，中华书局，1975 年。

（宋）刘克庄著，辛更儒笺校：《刘克庄集笺校》，中华书局，2011 年。

（清）刘熙载著，袁津琥笺释：《艺概笺释》，中华书局，2019 年。

（南朝梁）刘勰著，（清）黄叔琳注，（清）李详补注，杨明照校注拾遗：《文心雕龙校注》，中华书局，2021 年。

（唐）刘长卿著，储仲君笺注：《刘长卿诗编年笺注》，中华书局，1996 年。

（唐）刘禹锡著，陶敏、陶红雨校注：《刘禹锡全集编年校注》，中华书局，2019 年。

（唐）刘肃著，许德楠、李鼎霞点校：《大唐新语》，中华书局，1984 年。

（唐）柳宗元著，尹占华、韩文奇校注：《柳宗元集校注》，中华书局，2013 年。

（明）陆时雍著，李子广评注：《诗镜总论》，中华书局，2014 年。

逯钦立辑校：《先秦汉魏晋南北朝诗》，中华书局，2017 年。

（唐）骆宾王著，（清）陈熙晋笺，王群栗点校：《骆宾王集》，浙江古籍出版社，2015 年。

（唐）罗隐著，雍文华校辑：《罗隐集》，中华书局，1983 年。

M

（元）马端临：《文献通考》，中华书局，2011 年。

(唐)孟浩然著，李景白校注：《孟浩然诗集校注》，中华书局，2018年。

O

(宋)欧阳修、宋祁等：《新唐书》，中华书局，1975年。

P

(唐)裴庭裕著，田廷柱点校：《东观奏记》，中华书局，1994年。

(清)彭定求等编：《全唐诗》，中华书局，1960年。

Q

(唐)钱起著，王定璋校注：《钱起集校注》，浙江古籍出版社，2015年。

(宋)钱易著，黄寿成点校：《南部新书》，中华书局，2002年。

(清)钱大昕著，杨勇军整理：《十驾斋养新录》，上海书店出版社，2011年。

R

(三国魏)阮籍著，陈伯君校注：《阮籍集校注》，中华书局，2012年。

(清)阮元校刻：《十三经注疏》，中华书局，2009年。

S

(宋)邵博著，李剑雄、刘德权点校：《邵氏闻见后录》，中华书局，1983年。

(南朝梁)沈约著，陈庆元校笺：《沈约集校笺》，浙江古籍出版社，1995年。

(唐)沈佺期、宋之问著，陶敏、易淑琼校注：《沈佺期宋之问集校注》，中华书局，2001年。

(清)沈德潜编：《唐诗别裁集》，上海古籍出版社，2013年。

(清)施补华：《施补华集》，浙江古籍出版社，2018年。

(汉)司马迁著，顾颉刚等点校，赵生群等修订：《史记(修订本)》，中华书局，2014年。

(唐)司空图著，郭绍虞集解：《诗品集解》，人民文学出版社，1981年。

(宋)司马光著：《资治通鉴》，中华书局，2011年。

(宋)宋敏求编：《唐大诏令集》，中华书局，1983年。

(宋)苏轼著，(明)茅维编，孔凡礼点校：《苏轼文集》，中华书局，1986年。

(五代)孙光宪著，贾二强点校：《北梦琐言》，中华书局，2002年。

T

(明)唐汝询选释，王振汉点校：《唐诗解》，河北大学出版社，2001年。

W

(唐)王勃著，杨晓彩点校：《王勃集》，三晋出版社，2017年。

(唐)王昌龄著，胡问涛、罗琴校注：《王昌龄集编年校注》，巴蜀书社，2000年。

(唐)王昌龄著，李云逸注：《王昌龄诗注》，上海古籍出版社，1984年。

(唐)王建著，尹占华校注：《王建诗集校注》，上海古籍出版社，2020年。

(五代)王定保著，陶绍清校证：《唐摭言校证》，中华书局，2021年。

(宋)王溥著：《唐会要》，中华书局，1960年。

(宋)王钦若等编纂，周勋初等校订：《册府元龟》，凤凰出版社，2006年。

(宋)王谠著，周勋初校证：《唐语林校证》，中华书局，2008年。

(明)王世贞著，罗仲鼎校注：《艺苑卮言校注》，齐鲁书社，1992年。

(清)王夫之著，舒士彦点校：《读通鉴论》，中华书局，2013年。

(清)王鸣盛著，黄曙辉点校：《十七史商榷》，上海古籍出版社，2016年。

(清)王聘珍著，王文锦点校：《大戴礼记解诂》，中华书局，1983年。

(清)王先谦著，沈啸寰点校：《荀子集解》，中华书局，1988年。

(清)王先慎集解，钟哲点校：《韩非子集解》，中华书局，1998年。

王云五主编：《丛书集成初编》，商务印书馆，1936年。

王云五主编：《丛书集成续编》，台北新文丰出版公司，1988年。

王云五主编：《丛书集成三编》，台北新文丰出版公司，1985年。

王承略、聂济冬主编：《子海精华编》，山东人民出版社，2018年。

(唐)韦应物著，孙望校笺：《韦应物诗集系年校笺》，中华书局，2002年。

(五代)韦庄著，聂安福笺注：《韦庄集笺注》，上海古籍出版社，2002年。

(唐)魏征等著，汪绍楹等点校，吴玉贵等修订：《隋书(修订本)》，中华书局，2019年。

(清)魏源著，魏源全集编辑委员会编校：《诗比兴笺》，岳麓书社，2004年。

(清)翁方纲著，陈迩冬校点：《石洲诗话》，人民文学出版社，1981年。

吴刚主编：《全唐文补遗》第三辑，三秦出版社，1996年。

X

(唐)项斯著，徐光大校注：《项斯诗注》，浙江古籍出版社，2006年。

(南朝齐)谢朓著，曹融南校注：《谢朓集校注》，中华书局，2019 年。

(元)辛文房著，傅璇琮主编：《唐才子传校笺》，中华书局，1987-1995 年。

(汉)许慎著，段玉裁注：《说文解字注》，中华书局，2013 年。

(唐)许浑著，罗时进笺证：《丁卯集笺证》，中华书局，2012 年。

(清)徐增著，樊维纲校注：《而庵说唐诗》，中州古籍出版社，1990 年。

(清)徐松著，孟二冬补正：《登科记考补正》，中华书局，2019 年。

徐元诰集解，王树民、沈长云点校：《国语集解》，中华书局，2002 年。

徐定祥注：《杜审言诗注》，上海古籍出版社，1982 年。

(汉)荀悦著，(明)黄省曾注，孙启治校补：《申鉴注补校》，中华书局，2012 年。

Y

(宋)严羽著，郭绍虞校释：《沧浪诗话校释》，人民文学出版社，1983 年。

(清)严可均编：《全上古三代秦汉三国六朝文》，中华书局，1958 年。

(元)杨士弘编选，陶文鹏、魏祖钦点校：《唐音评注》，贵州人民出版社，2006 年。

(唐)元稹著，周相录校注：《元稹集校注》，上海古籍出版社，2011 年。

(金)元好问编，张静校注：《中州集校注》，中华书局，2018 年。

(金)元好问著，狄宝心校注：《元好问诗编年校注》，中华书局，2011 年。

袁珂校注：《山海经校注》，上海古籍出版社，1980 年。

(宋)叶梦得著，逯铭昕校注：《石林诗话校注》，人民文学出版社，2011 年。

(清)永瑢等编：《四库全书总目》，中华书局，1965 年。

Z

(宋)曾慥编纂，王汝涛等校注：《类说校注》，福建人民出版社，1996 年。

曾枣庄、刘琳主编：《全宋文》，上海辞书出版社；安徽教育出版社，2006 年。

(唐)张说著，熊飞校注：《张说集校注》，中华书局，2013 年。

(唐)张九龄著，熊飞校注：《张九龄集校注》，中华书局，2008 年。

(唐)张籍著，徐礼节、余恕诚校注：《张籍集系年校注》，中华书局，2011 年。

(唐)张祜著，尹占华校注：《张祜诗集校注》，巴蜀书社，2007年。

(唐)赵璘：《因话录》，上海古籍出版社，1979年。

(清)赵翼著，王树民校证：《廿二史劄记校证》，中华书局，2013年。

(唐)郑处诲著，田廷柱点校：《明皇杂录》，中华书局，1994年。

(宋)朱熹：《四书章句集注》，中华书局，1983年。

现当代著述：

专著：

A

[奥]阿尔弗雷德·阿德勒著，黄光国译：《自卑与超越》，作家出版社，1988年。

B

[俄]别林斯基著，满涛译：《别林斯基选集》，人民文学出版社，1959年。

C

岑仲勉：《郎官石柱题名新考订》(外三种)，中华书局，2004年。

岑仲勉：《唐人行第录》(外三种)，中华书局，2004年。

岑仲勉：《隋唐史》，商务印书馆，2015年。

陈寅恪：《元白诗笺证稿》，上海古籍出版社，2020年。

陈寅恪：《唐代政治史述论稿》，上海古籍出版社，2020年。

陈寅恪：《金明馆丛稿二编》，上海古籍出版社，2020年。

陈幼石：《韩柳欧苏古文论》，上海文艺出版社，1983年。

[美]C. S. 霍尔著，陈维正译：《弗洛伊德心理学入门》，商务印书馆，1985年。

[英]崔瑞德编：《剑桥中国隋唐史》，中国社会科学出版社，1990年。

D

[英]戴维·洛奇编，葛林等译：《二十世纪文学评论》，上海译文出版社，1987年。

戴元光、金冠军主编：《传播学通论》，上海交通大学出版社，2007年。

［法］丹纳著，傅雷译：《艺术哲学》，人民文学出版社，1983 年。

杜晓勤：《初盛唐诗歌的文化阐释》，东方出版社，1997 年。

E

［美］E·弗洛姆著，苏娜、安定译：《追寻自我》，延边大学出版社，1987 年。

［日］儿岛献吉郎著，孙俍中译：《中国文学通论》，山西人民出版社，2015 年。

F

范文澜：《中国通史》，人民出版社，1978 年。

冯契主编：《外国哲学大辞典》，上海辞书出版社，2008 年。

［奥］弗洛伊德著，高觉敷译：《精神分析引论》，商务印书馆，2009 年。

［美］弗兰克·戈布尔：《第三思潮：马斯洛心理学》，上海文艺出版社，1987 年。

傅璇琮：《唐代诗人丛考》，中华书局，2003 年。

傅璇琮：《李德裕年谱》，中华书局，2013 年。

G

高尔泰：《美是自由的象征》，人民文学出版社，1986 年。

H

［德］黑格尔著，贺麟、王太庆译：《哲学史讲演录》，商务印书馆，1983 年。

［德］黑格尔著，朱光潜译：《美学》，商务印书馆，1979 年。

J

蒋寅：《大历诗风》，上海古籍出版社，1992 年。

L

李泽厚：《美的历程》，生活·读书·新知三联书店，2009 年。

李泽厚、刘纲纪：《中国美学史》，安徽文艺出版社，1999 年。

李珍华：《王昌龄研究》，太白文艺出版社，1994 年。

吕思勉：《隋唐五代史》，上海古籍出版社，2020 年。

吕慧鹃、刘波、卢达编：《中国历代著名文学家评传》，山东教育出版社，2009 年。

陆侃如、冯沅君：《中国诗史》，2000年。

罗根泽：《中国文学批评史》，商务印书馆，2015年。

罗时进：《唐诗演进论》，江苏古籍出版社，2001年。

[美]罗洛·梅著，冯川译：《爱与意志》，国际文化出版公司，1987年。

M

牟发松：《唐代长江中游的经济与社会》，武汉大学出版社，1989年。

Q

钱基博：《近百年湖南学风》，岳麓书社，2010年。

钱锺书：《管锥编》，生活·图书·新知三联书店，2007年。

[美]乔治·桑塔耶纳著，缪灵珠译：《美感》，中国社会科学出版社，1985年。

乔惟德、尚永亮：《唐代诗学》，湖南人民出版社，2000年。

S

尚永亮：《生命在西风中骚动——中国古代文人与自然之秋的双向考察》，陕西人民教育出版社，1989年。

尚永亮：《元和五大诗人与贬谪文学考论》，台北：文津出版社，1993年。

史为乐主编：《中国历史地名大辞典》，中国社会科学出版社，2017年。

[日]松浦友久撰，蒋寅译：《中国诗的性格——诗与语言》，《古代文学理论研究》，第十一辑，上海古籍出版社，1986年。

[美]苏珊·朗格著，滕守尧、朱疆源译：《艺术问题》，中国社会科学出版社，1983年。

T

谭优学：《唐诗人行年考》，四川人民出版社，1981年。

谭优学：《唐诗人行年考(续编)》，巴蜀书社，1987年。

谭其骧主编：《简明中国历史地图集》，中国地图出版社，1991年。

W

汪篯：《汪篯汉唐史论稿》，北京大学出版社，2017年。

闻一多：《唐诗大系》，海南国际新闻出版中心，1997年。

闻一多：《唐诗杂论》，中华书局，2009年。

X

徐复观：《两汉思想史》，华东师范大学出版社，2001年。

徐复观：《中国艺术精神》，广西师范大学出版社，2007年。

Y

严耕望：《唐代交通图考》，北京联合出版公司，2021年。

郁贤皓：《李白丛考》，陕西人民出版社，1982年。

余英时：《士与中国文化》，上海人民出版社，2013年。

[美]宇文所安著，贾晋华译：《初唐诗》，生活·读书·新知三联书店，2014年。

袁行霈主编：《中国文学史》，高等教育出版社，2014年。

Z

章士钊：《柳文指要》，文汇出版社，2000年。

张伯伟：《全唐五代诗格校考》，陕西人民教育出版社，1996年。

郑振铎：《插图本中国文学史》，中华书局，2016年。

朱光潜：《悲剧心理学》，中华书局，2012年。

朱金城：《白居易年谱》，上海古籍出版社，1982年。

朱立元主编：《当代西方文艺理论》，华东师范大学出版社，2014年。

《中国地方志集成·陕西府县志辑》，凤凰出版社，2007年。

《中国地方志集成·广西府县志辑》，凤凰出版社，2010年。

《中国地方志集成·广东府县志辑》，上海书店出版社，2013年。

期刊：

陈立信：《赵冬曦墓志铭》，《中原文物》1986年第4期。

陈维正：《从行为研究到文化设计——斯金纳〈超越自由与尊严〉译后》，《读书》1987年第10期。

丁之方：《唐代的贬官制度》，《史林》1990年第2期。

古永继：《唐代岭南地区的贬流之人》，《学术研究》1998年第8期。

霍松林、邓小军：《韩偓年谱》（上），《陕西师大学报》1988年第3期。

霍松林、邓小军：《韩偓年谱》（中），《陕西师大学报》1988年第4期。

霍松林、邓小军：《韩偓年谱》(下)，《陕西师大学报》1989年第1期。

李中华、唐磊：《唐代贬官制度与不平之鸣——试论开明专制下的文人遭遇与心声》，《华中师范大学学报(人文社会科学版)》2001年第5期。

李海勇：《湖南早期楚文化的历史地理分析》，《中国历史地理论丛》2001年第2期。

[日]清水茂著，华山译：《柳宗元的生活体验及其山水记》，《文史哲》1957年第4期。

尚永亮：《湖湘贬谪文学的地域特点》，《求索》2001年第6期。

尚永亮：《人生困境中的执著与超越——对屈、贾、陶的接受态度看中唐贬谪诗人心态》，《社会科学战线》2001年第4期。

尚永亮、张娟：《唐知名诗人之层级分布与代群发展的定量分析》，《文学遗产》2003年第6期。

唐晓涛：《唐代桂管地区贬官人数考析》，《学术论坛》2003年第2期。

田彩仙：《从宋之问后期诗歌看其贬谪心态》，《集美大学学报(哲学社会科学版)》2001年第3期。

吴在庆：《韩偓贬官前后的心态及对其诗歌创作的影响》，《宁夏社会科学》2003年第2期。

严纪华：《试论两组与历史事件相关的谪贬题写诗——"端州驿题壁"与"玄都观题壁"》，《唐代文学研究》第七辑，广西师范大学出版社，1998年。

张广达：《论唐代的吏》，《北京大学学报》1989年第2期。

张明非：《论张九龄山水诗的清澹风格》，《晋阳学刊》1991年第1期。

章继光：《宋之问贬流岭南诗论》，《求索》1999年第5期。

后　　记

这部《唐五代逐臣与贬谪文学研究》自20世纪90年代中期即开始蕴酿，后于21世纪初入选教育部社科研究十五规划课题，遂进入撰写阶段。前后历时十载有余，却迟迟未能交稿。原因多种多样，但关键问题在于：对史料的掌握有欠充分，对唐五代三百余年间贬官的人数、分布时期及地域等难以做到无遗珠之憾，对贬官身份、范围、类型等的确认难以达致铢两相称。为了做好这一课题，我们曾广泛阅读《全唐诗》、《全唐诗补编》、《全唐文》、《全唐文补编》、两《唐书》、两《五代史》、《资治通鉴》、《历代石刻资料汇编》、《唐代墓志汇编》等史料，疑而未能明者，则参以《通典》、《唐会要》、《大唐六典》、《唐律疏议》、《唐大诏令集》、《唐摭言》、《册府元龟》、《太平御览》、《郎官石柱题名考》等，以及数十种杂史笔记、唐人别集；并借助《四库全书》、《四部丛刊》、《中国历代基本典籍库·隋唐五代卷》、《汉籍全文检索系统》等电子文献，辨疑订误，综合去取。在此基础上，编制了《唐五代贬官数据库》《唐五代逐臣纪年长编》等副产品，希望能对此一课题的系统化、科学化和准确化有所帮助。然而，由于学力的限制，尤其是时间上的难以保证，使得若干问题还难以达到圆满的解决；而要应付差事，仓促交稿，又实在不安于心。我们深知，文章千古事，一旦成为白纸黑字，再出现错误，便悔之无及；但因课题的最后期限在即，不容不加快进度。所以近一年来，我们在已有的基础上，对相关史料重作梳理，研制多种表格，采用定量分析，将之尽量细化和深化，把遗憾降到最低程度。就此而言，本书所提供的数据、所作的论析具有较高的可信度，其质量可以保证；但从初衷来看，它又只能算是笔者拟撰著的唐代贬官研究系列课题的前期成果，其进一步的充实和完善，还有待于正在撰写过程中的《唐五代逐臣文学编年史》的完成。也因了这些情况，所以真切地希望读者高明能就书中的错误、遗漏和存在的问题不吝赐教，以助我们在日后的研究中得到改正和提高。

这部书稿是由我和我的几位学生共同完成的，具体分工是：第一编：尚永亮、邹运月；第二编：冯丽霞；第三编：张娟；第四编：尚永亮；第五编：邹运月；第六编：程建虎。在撰写过程中，我们曾就相关问题多次探讨，初稿写成后，又对所用史料、数据和论析文字反复核对、修订，最后，由我三次通读全稿，删重补遗，精简文字，细化分析，提炼观点，其间邹运月、程建虎君帮我就数据核对做了不少工作。

《武汉大学学术丛书》是一套高质量、高品位的系列丛书，曾在海内外产生广泛影响。本课题经校内外专家匿名评审，获得较高评价，并得以跻身这套丛书。这既是我们的荣幸，也是对我们的鞭策。在此，仅对曾予此书大力支持的不知名专家、武汉大学学术丛书社会科学类编审委员会、武汉大学出版社及学界师友，致以衷心的感谢。

尚永亮

2007 年 5 月 15 日于珞珈山麓

再版后记

岁月不居，时节如流。从本书初版到再版，匆匆已过了十七个年头！在这不算太短的时间中，随着对流贬文献阅读的持续扩大，对相关问题思考的不断深入，以前的一些想法和论述文字渐觉粗疏，特别是在资料搜集、流贬官数据整理等方面，也都出现了一些差讹和欠准确处。本想再等些时日，依据新发现史料对旧著作一全面补充和改订，但因相关方面欲将旧著纳入这套已获湖北省公益学术著作出版基金资助的“中国古代流贬文学研究丛书”中一并推出，而为出版时间所限，很难在短时间内完成全书的改订任务。故只能大体上暂存旧貌，仅就全书引文做了细致核对，对有明显错误的文字和若干数据予以更改，至于全面的补充和改订，恐怕只有待诸来日了。

我的博士生蒋润、张腾诸君帮着核对引文，出版社李琼女史不仅策划了整套丛书的申报、出版事宜，而且对本书做出先期审核，提出若干改进意见；责编黄殊先生认真敬业，于文献查核方面用力尤多，修订了拙稿不少讹误，在此一并致以诚挚谢意。并期望读者高明纠谬指瑕，以补未逮。

尚永亮

2024 年 2 月 8 日匆草于长安寓所